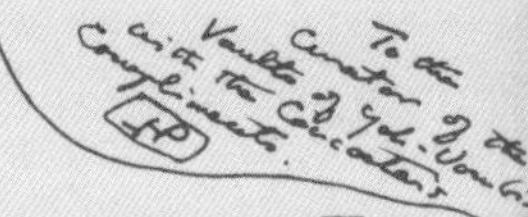

History of the Necronomicon

Original title *Al Azif* — *azif* being the word used by the Arabs to designate that nocturnal sound (made by insects) suppos'd to be the howling of d[obscured]

Co[obscured] a mad poet of Sanaá, in Yemen, who is [obscured] period of the Ommiade caliphs, circa 7[obscured] of Babylon & the subterranean secrets [obscured] great southern desert of Arabia — & spent [obscured] the Roba el Khaliyeh or "Empty Space" of the ancients — & "Dahna" or "Crimson" desert of the modern Arabs, which is held to be inhabited by protective evil spirits & monsters of death. Of this desert many strange & unbelievable marvels are told by those who ~~have~~ pretend to have penetrated it. In his last years Alhazred dwelt in Damascus, where the Necronomicon (Al Azif) was written, & of his final death, disappearance (738 A.D.) many terrible & conflicting things are told. He is said by Ebn Khallikan (12th cent. biographer) to have been seized by an invisible monster in broad daylight & devoured horribly before a large number of fright-frozen witnesses. Of his madness many things are told. He claimed to have seen the fabulous Irem, or City of Pillars, & to have found beneath the ruins of ~~[struck out]~~ a certain nameless desert town the shocking annals & secrets of a race older than mankind. He was only an indifferent Moslem, worshipping unknown Entities whom he called Yog-Sothoth & Cthulhu.

In A.D. 950 the *Azif*, which had gained a considerable tho' surreptitious circulation amongst the philosophers of the age, was secretly translated into Greek by Theodorus Philetas of Constantinople under the title *Necronomicon*. For a century it impelled certain experimenters to terrible attempts, when it was suppressed & burned by the patriarch Michael. After this it is only heard of furtively, but (1228) Olaus Wormius made a Latin translation later in the Middle Ages, & the Latin text was printed twice — once in the 15th century in black-letter (evidently in Germany) & once in the 17th — (prob. Spanish) both

(OVER)

クトゥルー神話大事典

東雅夫

新紀元社

はじめに

本書『クトゥルー神話大事典』は、学習研究社から刊行されていた拙著『クトゥルー神話事典』に、全面的な再編と増補改訂を施した最新版である。

前著は、一九九五年十二月に学研ホラーノベルズの一冊として単行本で刊行されたのち学研M文庫に移行し、『新訂　クトゥルー神話事典』（二〇〇一年二月）、『クトゥルー神話事典　第三版』（二〇〇七年一月）、『クトゥルー神話事典　第四版』（二〇一三年四月）と増補改訂版を上梓、日本の読者がラヴクラフトの文学とクトゥルー神話世界へ参入するための基本図書として、かれこれ四半世紀近くも御愛読いただいてきたが、同文庫自体の消滅（二〇一五年廃止）にともない絶版となっていたものである。

今回の復刊にあたっては、全体の構成を含めて抜本的な刷新を図った。

コンセプトは「原点回帰」――クトゥルー神話大系の原点であり母胎となったラヴクラフトの文学世界と、名著『文学と超自然的恐怖』などを通じて窺い知られる、その豊沃な文学的源流をさかのぼるための良き水先案内の書となることを目指している。

ゲームやアートの世界、そして映像・電子メディアにも、ラヴクラフトとクトゥルー神話が広く深く浸透し、日々世界のどこかで新たな神話関連作品が生み出されている現在、「紙の事典」に求められる役割は、刊行と同時に古びてしまう最新情報を徒（いたずら）に追うことではなく、神話大系を構成する基本的な事柄と、その文学的・文化史的な背景についての項目を拡充し、原典に即した簡潔で明確な情報を提供するところにあるのではないか。

ラヴクラフト／クトゥルー神話をめぐる近年の状況を鑑みるに、そうした思いをいよいよ深くしていたのだが、このたびの新紀元社との御縁を機会に、まずは実践を試みた次第である。

願わくは本書が、本朝のラヴクラフティアン（ラヴクラフトの人と文学を愛する人たち）諸賢にとって、心の朋友（とも）となり、座右の書とならんことを――。

二〇一八年九月

東雅夫

クトゥルー神話大事典◆目次

凡例

●この事典は、二十世紀初頭から現在までの一世紀余の間に米欧で発表された、主要なクトゥルー神話関連作品およびH・P・ラヴクラフトの全作品を対象に、作中に登場する神名・人名・地名・書名などの固有名詞を抽出し、解説を加えたものである。また今回の改訂に際して、これまで別立てとしていた「作品案内」と「作家名鑑」を「用語事典」に統合、すべてを五十音順に配列して、検索の効率化を図った。これにより一般の国語辞典や英和辞典と同じ感覚で、本書を御活用いただけたら幸いである。

●クトゥルー＝クトゥルフ＝ク・リトル・リトル＝クスルウーをはじめとして、神話関連用語の邦訳には異同がはなはだしいが、本書では原則として、複数の訳語がある場合、現時点で最も広く流布していると思われる版本の訳語に準拠した。特にラヴクラフト作品と後続作家たちによるクトゥルー神話作品については、個人全訳に近い形で邦訳がなされている創元推理文庫版〈ラヴクラフト全集〉と青心社文庫版〈クトゥルー〉シリーズに従って、表記の統一を図った。また、小説以外のラヴクラフト作品については、国書刊行会版〈定本ラヴクラフト全集〉に、おおむね準拠している。

●見出し語の配列は、和名の五十音順とし、長音については「アーカム」は「ああかむ」、「ドール」は「どおる」のように直前の母音と同じ扱いとしている。

●見出し語の上の「用語」は旧版における「用語辞典」、「作品」は旧版の「作品案内」、「作家」は旧版の「作家名鑑」の項目であることを示す。

●「用語」の各項目は、和名と原語表記／解説／参照作品で構成されている。【参照作品】は、各項目に関する情報を含む作品のうち、主要なもののみを掲げた。

●「作品」の各項目は、作品名と原題／作者名／初出／邦訳一覧／梗概／解説で構成されている。

●「作家」の各項目は、作家名／英語表記／神話作品一覧／解説で構成されている。神話作品一覧は、邦題・原題（流布本）初出年の順とした。異なる邦題がある場合は併記し、収録書も邦題の順に掲げてある。なお、ラヴクラフトの項のみ、初出年ではなく執筆年を採用しているので注意せられたい。

●邦訳一覧および神話作品一覧で使用した略号は、左記のとおり。略号下の数字は巻数を示す（全3＝『ラヴクラフト全集』第3巻）。

全＝創元推理文庫版『ラヴクラフト全集』全7巻＋別巻

（上下）
定＝国書刊行会版『定本ラヴクラフト全集』全10巻
ク＝青心社文庫版『クトゥルー』全13巻
真＝国書刊行会版『真ク・リトル・リトル神話大系』全10巻
新＝国書刊行会版『新編　真ク・リトル・リトル神話大系』全7巻
神＝国書刊行会版『真ク・リトル・リトル神話集』全1巻
●本書の解説等では、神話大系の始祖ラヴクラフトと後続の作品に共通するモチーフごとに、次のような総称を使用している。
「クトゥルーの呼び声」に発する〈クトゥルー物語〉
「ダニッチの怪」に発する〈ヨグ＝ソトース物語〉
「闇に囁くもの」に発する〈ユゴス物語〉
「狂気の山脈にて」に発する〈古のもの物語〉
「インスマスを覆う影」に発する〈インスマス物語〉
「時間からの影」に発する〈大いなる種族物語〉
「闇をさまようもの」に発する〈ナイアルラトホテップ物語〉
「チャールズ・デクスター・ウォード事件」に発する〈妖術師物語〉

十九世紀に描かれたプロスペクト・テラスの図。HPLがこよなく愛した光景である

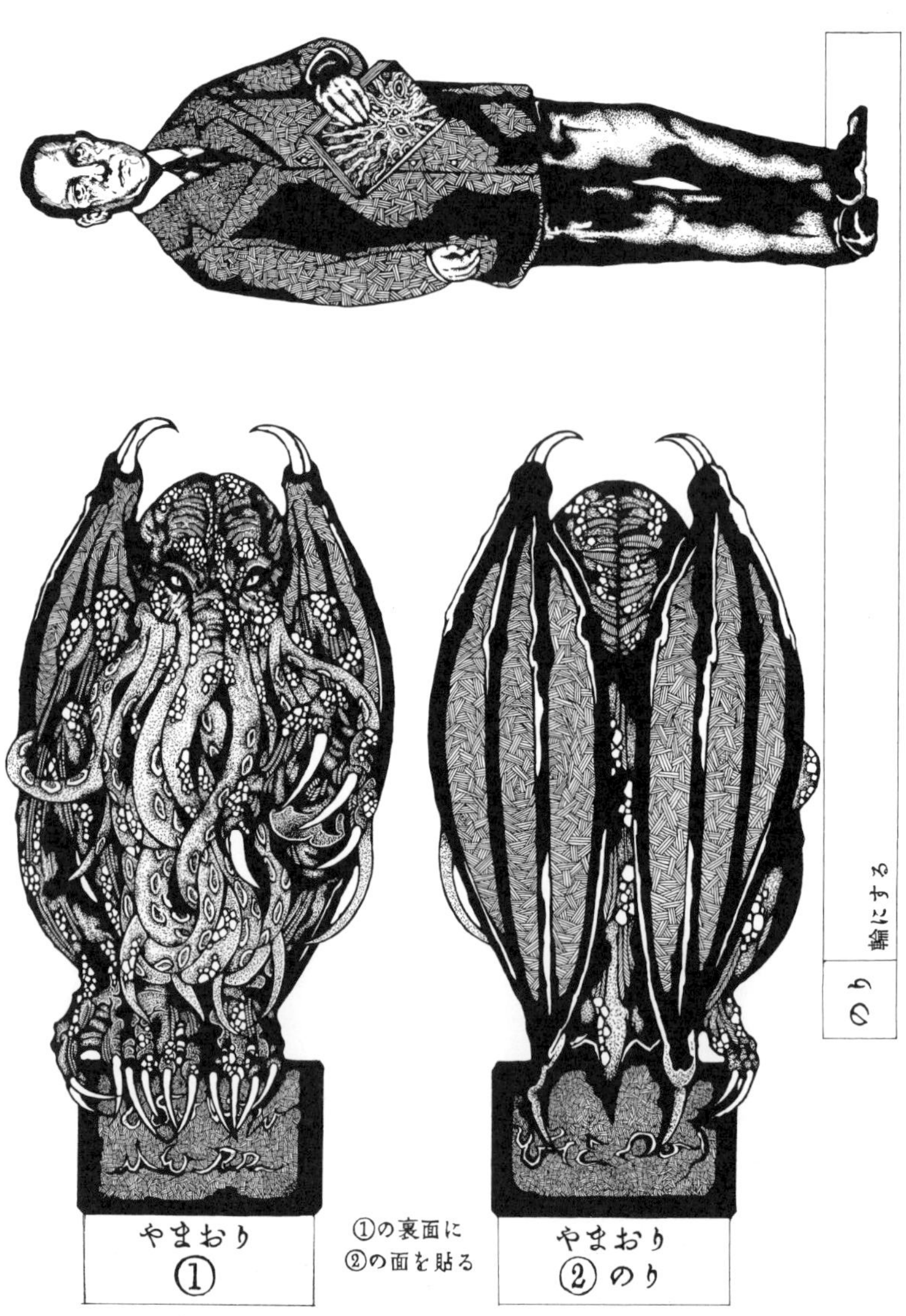

【特別附録】クトゥルー紙人形
作画＝北村紗希
※好みのサイズ・厚さの用紙にコピーして、お愉しみください！

ア

用語 **アーカート、ライオネル** Lionel Urquart

英国ウェールズ在住の退役軍人で、『ムー大陸の謎 The Mysteries of Mu』など、かなりいかがわしい内容とされる著書がある。ロイガー族の秘密に肉迫するが、ポール・ダンバー・ラングとともにセスナ機でワシントンに向かう途中、消息を絶つ。

【参照作品】「ロイガーの復活」

用語 **アーカム** Arkham

米国マサチューセッツ州にある地方都市。ミスカトニック河が市域の中央部を流れ、駒形切妻屋根の古びた町並がつづく。東にキングスポートが隣接し、アーカム街道を海沿いに北上するとインスマス、ニューベリイポートへ至る。ミスカトニック河をさかのぼるとダニッチに達する。魔女狩りで有名なセイレムやボストン、プロヴィデンスにもほど近い。ミスカトニック河の小島やメドウ・ヒルの奥地では、いまなお悪魔崇拝者の集会が密かに執りおこなわれているという。

【参照作品】「アルハザードのランプ」「アーカムそして星の世界へ」「魔女の家の夢」「戸口にあらわれたもの」「宇宙からの色」「暗礁の彼方に」「腔腸動物フランク」

アーカムの情景（リー・ブラウン・コイ画）

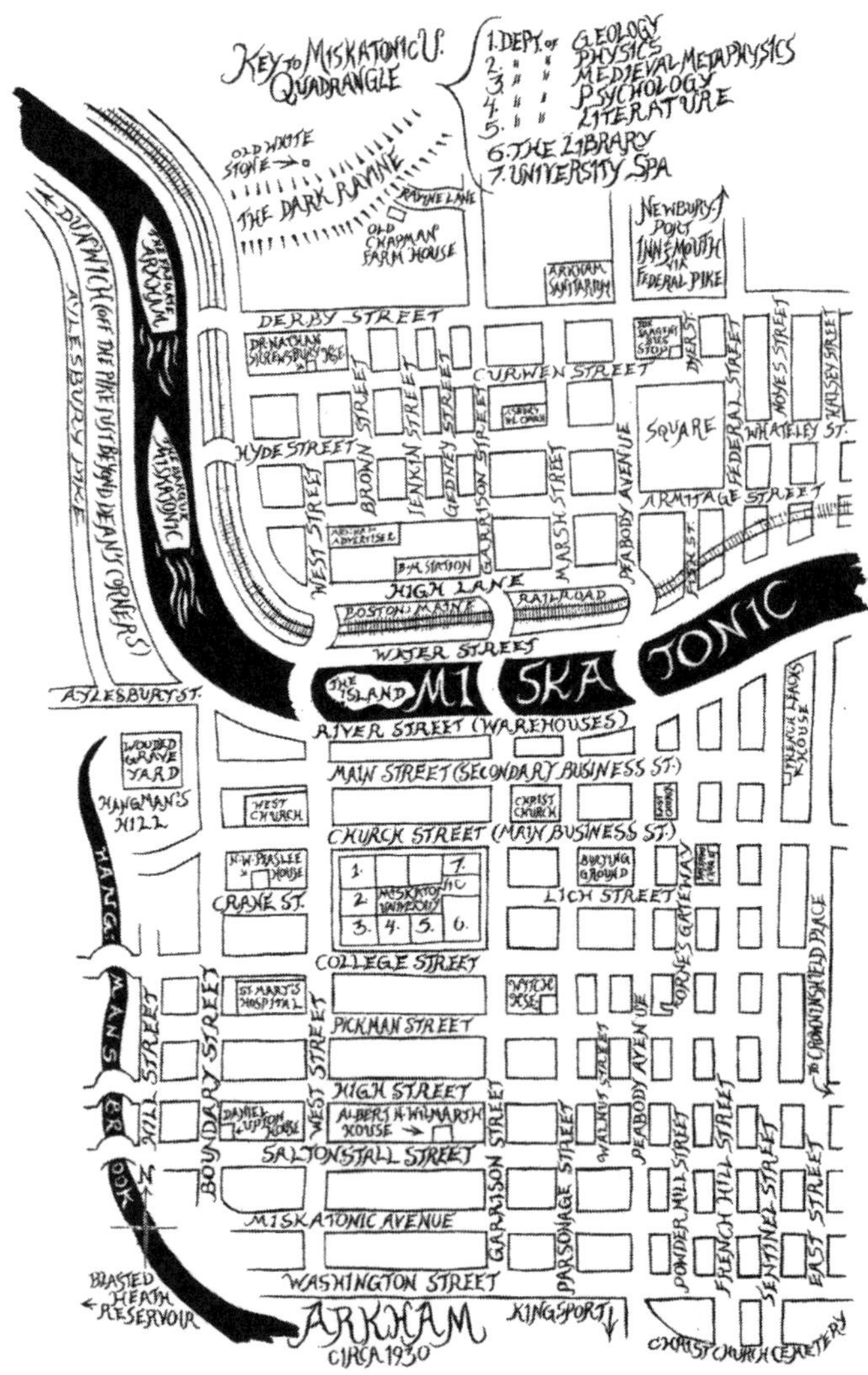

アーカムの地図（ゲイアン・ウィルスン作図）

用語『アーカム・アドヴァタイザー』 Arkham Advertiser

　アーカムで発行されている地方新聞。

【参照作品】「ダニッチの怪」「狂気の山脈にて」「闇に囁くもの」

作品 アーカム計画 Strange Eons

ロバート・ブロック

【初出】ウィスパーズ・プレス『アーカム計画』一九七九年刊

【邦訳】大瀧啓裕訳（創元推理文庫『アーカム計画』）

【梗概】蒐集家キースが骨董屋で購入した絵を見るなり、友人のウェイヴァリーは驚きの叫びをあげた――これは「ピックマンのモデル」だ！　ラヴクラフトの作品は、現実の出来事だったのか？　二人が謎の究明に乗りだした矢先、骨董屋の主人は「潜み棲む恐怖」さながら喰い殺され、調査から戻ったウェイヴァリーは「闇に囁くもの」同様、何物かとすりかわっていた。そのころ南太平洋では、海底都市ルルイエが浮上を開始していた。クトゥルーの復活を阻止するべく、キースは単身、南海へ向かうが……。（以上、第一部）

　キースの別れた妻ケイの前に現われた謎の男は、政府の諜報員だった。かれらは旧支配者復活の陰謀を阻止するため、続発するテロの黒幕とみられる〈星の知慧派〉のナイ神父を追っていた。ナイにモデルとして呼ばれたケイは、辛くも一味のアジトから脱出し、ワシントンでの「アーカム計画」会議に出席する。ルルイエへの原潜攻撃は成功するが、クトゥルーはイースター島へ移動していた。基地から拉致されたケイが、邪神の花嫁として捧げられた刹那、爆音が……。（以上、第二部）

　近未来。暗黒教団の謎を追う新聞記者マークは、育ての親のモイブリッジが、ラヴクラフト作品の真実性を全否定する著作を発表したことに不審を抱く。継父はひどく脅えて口を閉ざす。その直後、巨大地震が世界各地を襲った。逃げまどうマークは、墓地の地下が食屍鬼の巣と化していることに愕然とする。魚眼の男たちに拉致され、マークはナイ神父と対面する。ナイの告げる、怖るべき真相。そして、ついに世界は……。（以上、第三部）

【解説】主要なラヴクラフト作品の趣向を随処に織りこみながら、ナイアルラトホテップによるクトゥルー復活の陰謀を、暗澹たる筆致で描きだした傑作長篇。ラヴクラフト―ブロックの師弟コンビが育んだ〈ナイアルラトホテップ物語〉群の総決算というべき力作である。

作品 **アーカムそして星の世界へ**
To Arkham and the Stars
フリッツ・ライバー
【初出】アーカム・ハウス『ポーの末裔　その他の断片 The Dark Brotherhood and Other Pieces』一九六六年刊
【邦訳】後藤敏夫訳（ク4）
【梗概】九月十四日の夕刻、わたしはアーカムに到着した。いまでは空港や高速道路も整備されたこの都市だが、それでも近代的な建築群の合間には、昔ながらの駒形切妻屋根が見うけられて心がなごむ。宿舎のアーカム・ハウスに荷物をあずけたわたしは、すぐにミスカトニック大学へ向かった。そこではアルバート・ウィルマース教授をはじめ、ウィンゲイト・ピースリイ、ウィリアム・ダイアー、フランシス・モーガンといった名だたる事件の証人たちが、温かくわたしを迎えてくれた。アーミティッジ博士の墓へ詣でる道すがら、わたしはウィルマース教授から驚くべきことを耳打ちされる。ユゴス星人は、脳を肉体から取り出して保管する技術を有しており、一九三七年の三月十四日夜半、ロード・アイランド病院で臨終を迎えようとしていたあの紳士の脳も、そのようにして宇宙へ運び出されたらしいのだ！
【解説】神話小説中とびきりの異色作。これはラヴクラフトの作品と登場人物が、すべて実在のものだったという設定のもとに描かれた、現代のアーカム訪問記なのだから。一九三七年三月十四日が何の日にあたるかは、あえて付言するまでもあるまい。

用語 **「アーサー・ゴードン・ピム」** Arthur Gordon Pym
エドガー・アラン・ポオが一八三八年に、ニューヨークのハーパー&ブラザーズ社から刊行した長篇小説。正確な表題は「ナンタケット島出身のアーサー・ゴードン・ピムの物語 The Narrative of Arthur Gordon Pym of Nantucket」で、船乗りに憧れて友人と捕鯨船に乗り込んだピム少年が、水夫の暴動事件をきっかけに、思いもよらぬ冒険の航海を体験する物語である。一行が旅の終わりに極地で耳にする「テケリ・リ！」という謎めいた言葉について、作品の末尾に付された「ノート」より引用する。
〈テケリ・リ！　というのは、ジェイン・ガイ号の船長が海で拾いあげておいた例の白い動物の屍骸を、ツァラル島の土人たちが初めて見たときに恐がってあげた叫び声であった。これはまた、捕虜にしたあのツァラル島の土人が、ピム氏の持っていた白い布地に触れたときに、身ぶるいしながらたてた叫び声でもあった。さらに、これはまた、あの「南方」の水蒸気の白い幕から飛び出してきた、例の飛

び方の速くて白い、巨大な鳥の鳴き声でもあった〉（大西尹明訳）

【参照作品】「狂気の山脈にて」

用語 **アーミティッジ、ヘンリー** Henry Armitage

ミスカトニック大学図書館長を務める、白髭の老博士。ミスカトニック大学文学修士、プリンストン大学哲学博士、ジョンズ・ホプキンス大学文学博士の学位を取得。一九二八年、齢七十三歳にして、ダニッチで進行していたウェイトリイ兄弟の野望をいち早く察知し、隠秘学的な手段を用いることで、これを辛くも阻止した。

【参照作品】「ダニッチの怪」「アーカムそして星の世界へ」「ダニッチの破滅」

用語 **アーミントン** Armington

ペック・ヴァリー墓地の門番。幼い息子エドウィン Edwin とともに、ジョージ・バーチを墓地で発見し、救助した。

【参照作品】「地下納骨所にて」

用語 **アイ河** Ai

ムナールの地の中央を蛇行しつつ貫流する大河。流域にはトゥラー、イラーネク、カダテロンなどの都市が点在する。

【参照作品】「サルナスの滅亡」

用語 **アイラ** Aira

イーラとも。放浪の吟唱詩人イラノンが夢に追い求める至高の美の都。大理石と緑柱石から成る壮麗な都市であるという。

【参照作品】「イラノンの探求」

用語 **アイルズベリイ** Aylesbury

エイルズベリイとも。アーカム北方に広がる丘陵地帯。付近には怪しい噂の絶えない森や村、家々が点在する。インスマス有料道路が通じている。

【参照作品】「暗黒の儀式」「丘の夜鷹」「破風の窓」

用語 **『アイルズベリイ・トランスクリプト』** Aylesbury Transcript

アイルズベリイの地元新聞。ダニッチで起きた怪物騒動の一報を掲載した。

【参照作品】「ダニッチの怪」

用語 **アイレム** Irem

イレムとも。アド最後の暴君シャダッドが鬼神とともに築いた千柱の都市で、『コーラン』や『アラビアン・ナイト』にも言及が見出される。宏壮な円蓋建築物と、無数の光塔より成る。ハドラマント Hadramant と呼ばれる地域にあるとも、アラビアのペトラ Phetri（Petraea とも）の砂漠に埋もれているとも伝えられ、ときに無名都市と混同される。クトゥルー教団の本部があるとも伝えられる。

【参照作品】「クトゥルーの呼び声」「銀の鍵の門を越えて」「アルハザードのランプ」「暗黒のファラオの神殿」「ネクロノミコン アルハザードの放浪」「アルハザード」

用語 **アヴァルザウント** Avalzaunt

ヒューペルボリアの黒魔術師。埋葬された後にミイラの姿で蘇り、生き血を求めて弟子たちを襲った。

【参照作品】「窖に通じる階段」

用語 **アヴァロス** Avaloth

「悪辣な」と形容される謎めいた神格で、エルトダウン・シャーズの五番目の粘土板に、その不快きわまりない習性について詳述されているという。

【参照作品】「知識を守るもの」

用語 **アヴェロワーニュ** Averoigne

フランス南部とおぼしき一地方。中心都市はヴィヨンヌ Vyones。ドルイド僧が出没する広大な森や高山を擁し、かつてローマの支配地であった歴史を有する。女怪ラミアや牧羊神、人狼、吸血鬼、魔女や妖術師や錬金術師が跳梁跋扈する、魔法にかけられた土地である。

【参照作品】「アヴェロワーニュの獣」「イルーニュの巨人」「聖人アゼダラク」

用語 **アウグスティヌス** Augustine

アウレリウス・アウグスティヌス Aurelius Augustinus（三五四〜四三〇）。初期キリスト教会の著名な教父にして思想家。北アフリカに生まれ、マニ教、新プラトン哲学を奉じた後、ミラノで洗礼を受ける。後に故郷に戻り、ヒッポ Hippo の司教となった。自伝的な『告白 Confessiones』および大著『神の国 De civitate Dei』によって、中世以降の神学と宗教哲学に多大な影響を及ぼした。

英国のリンウォルドでクリタヌスが召喚した〈クトゥルーの落とし子〉を、五芒星形の石の力により石棺に封じ込め、狂ったクリタヌスをローマへ追放したとされる。

【参照作品】「彼方からあらわれたもの」「エリック・ホウムの死」「湖底の恐怖」

用語『アウトサイダー及びその他の物語』 The Outsider and Others

オーガスト・ダーレスとドナルド・ワンドレイが一九三九年にアーカム・ハウスを設立して刊行した、史上初のH・P・ラヴクラフト作品集。三十六篇の物語とエッセイ「文学における超自然的恐怖」を収める。装幀はヴァージル・フィンレイ。〈旧支配者〉の存在を裏付ける一資料として、ダーレスの作品中でも言及されている。

【参照作品】「闇に棲みつくもの」「戸口の彼方へ」

『アウトサイダー及びその他の物語』

用語 アカリエル Akariel

タラリオンの埠頭近くにある、巨大な彫刻門。

【参照作品】「白い帆船」

用語 悪魔が池 Devil's Pool

英国ヨークシャー州ディルハム Dilham 近郊のムーア（荒野）にある池。〈ル＝イブ〉への入口があるらしい。

【参照作品】「大いなる帰還」

用語『悪魔崇拝』 Daemonolatreia

フランスの異端審問官ニコラ・レミ Nicholas Remy（一五三〇～一六一二）が、レミギウス Remigius の筆名で著した書物。一五九五年刊。魔女と妖術に関する資料集で、魔女裁判の際に審問官の参考書として重用されたという。

【参照作品】「魔宴」「ダニッチの怪」「生きながらえるもの」

用語『悪魔性』 Daemonialitas

フランチェスコ会修道士ルドヴィコ・マリア・シニストラリ Ludovico Maria Sinistrari（一六二二～一七〇一）が著した書物。作者の死後、一八七五年になって完全版が発見された。おもに夢魔の問題を扱っている。

【参照作品】「ピーバディ家の遺産」

用語 **悪魔の暗礁** Devil Reef

デビルズ・リーフとも。インスマスの沖合一マイル半の地点にある、黒々とした低い岩礁。暗礁の先は断崖のような深海になっており、そこからやって来る〈深きものども〉が、岩礁の上や周辺で夜ごと戯れるという。オーベッド・マーシュは、この暗礁で〈深きものども〉と、おぞましい取引をしていた。

【参照作品】「インスマスを覆う影」

用語 **悪魔の階**(きざはし) Devil' Steps

英国ブリチェスター郊外にある岩山。天に向かって突き出した岩場が、階段のように見えるところから命名された。その頂上には三基の石塔が聳え、地球とユゴス星をつなぐ出入口がある。

【参照作品】「暗黒星の陥穽」

用語 **『悪魔の逃亡』** Fuga Satanae

ペトルス・アントニウス・スタンパ Petrus Antonius Stampa が著した悪魔祓いに関する書物。アサフ・ピーバディが架蔵していた。

【参照作品】「ピーバディ家の遺産」「屋根裏部屋の影」

用語 **『悪魔の本性について』** De Natura Daemonum

イタリアの悪魔学者ジョヴァンニ・ロレンツォ・アナニア Giovanni Lorenzo Anania の著書。一五八九年刊。アサフ・ピーバディが架蔵していた。

【参照作品】「ピーバディ家の遺産」「屋根裏部屋の影」

用語 **アクリオン** Akurion

サルナスに臨む湖の岸辺に屹立する、灰白色の大岩。

【参照作品】「サルナスの滅亡」

用語 **アクロ文字** Aklo

太古から存在する邪教宗派が用いる特殊な言語。ウィルバー・ウェイトリイは「支配者サバオト Sabaoth のためのアクロ文字」(創元推理文庫版『ラヴクラフト全集5』所収の大瀧啓裕「作品解題」によれば、サバオトとはグノーシス主義における悪魔的存在アルコーンの名称である由)を学んだと日記に記している。

【参照作品】「ダニッチの怪」「闇をさまようもの」「アロンソ・タイパーの日記」「ロイガーの復活」

用語 **アザトース** Azathoth

アザトホースとも。時空を超越した窮極の混沌の中心にあって、心をもたぬ無定形の踊り子に取り巻かれ、下劣な太鼓とかぼそく単調なフルートの音色になだめられて横たわる〈万物の王である盲目にして痴愚の神 the blind idiot god, Lord of All Things〉。その使者はナイアルラトホテップである。その姿を垣間見た者は、発狂をまぬかれないといわれる。また、この世界はアザトースの吹く笛の音によって生みだされたとか、アザトースとナイアルラトホテップは、かたや秩序を、かたや混沌を体現する異母兄弟であるといった説も唱えられている。

【参照作品】「未知なるカダスを夢に求めて」「闇をさまようもの」「魔女の家の夢」「ヒュドラ」「妖虫」「アザトホース」「アザトース」「アザトースの灰色の儀式」「ネクロノミコン　アルハザードの放浪」

アザトース（ケイオシアム社の作品集より）

用語 **『アザトースその他の恐怖』** Azathoth and Other Horrors

エドワード・ピックマン・ダービイが十八歳のときに出版した詩集。その内容は宇宙的恐怖の抒情を湛え、読む者を戦慄せしめたという。

【参照作品】「戸口にあらわれたもの」

用語 **アザニ** A'zani

アイレムの地下深くを流れていた古代の河。いまは干上がり、巨大な暗渠となって、遠く紅海の岸辺の岩穴まで通じているという。その闇底には、爬虫類種族の末裔たちが這いまわっている。

【参照作品】「ネクロノミコン　アルハザードの放浪」

作品 **足のない男** The Tree-Men of M'Bwa

ドナルド・ワンドレイ

【初出】『ウィアード・テイルズ』一九三二年二月号

【邦訳】亀井勝行訳（真10＆新2）

【梗概】コンゴ上流の月霊山脈を越えた谷間に入りこんだ探検家のリチャーズは、中央付近に聳える不定形の構築物と、それを囲むように林立する樹木に近づいていった。すると樹木は、じろりとこちらを見やり、襲いかかってくるではないか。〈ムンバの化木人〉だった！

【解説】旧支配者の一大拠点であるコンゴ奥地を舞台にした異色作。かれらは〈邪悪なる古き者〉の虜となった

用語 **アシブ** Athib

〈夢の国〉を航海するガレー船の船長。クラネスの乗船を承諾した。

【参照作品】「セレファイス」

用語 **アシュリイ、フェルディナンド・C**

Ferdinand C. Ashley

ミスカトニック大学の古代史教授。同大によるグレート・サンデー砂漠発掘に参加した。

【参照作品】「時間からの影」

用語 **アスピンウォール、アーニスト・B**

Ernest B. Aspinwall

ランドルフ・カーターの遠戚で、シカゴに住む法律家。カーターより十歳年長だという。カーターの遺産分与を推進しようとしたが、ニューオリンズのド・マリニー邸での調停会議中に、異変に見舞われショック死した。

【参照作品】「銀の鍵」「銀の鍵の門を越えて」

作家 **アタナジオ、A・A** Alfred Angero Attanasio

①**不知火** The Star Pools（真6―1&新6）一九八〇

米国の作家（一九五一～　）。ニュージャージー州ニューワーク出身。おもにSFとホラーの分野で活躍。ラヴクラフト作品との出会いは、七年生の文学の授業中、ウォルター・スコットの本のカバーをかけて偽装し、「宇宙からの色」を読み耽ったときだとか。①は邪神に憑依されるのが、麻薬売買のトラブルに巻きこまれたギャングである点に一風変わった味がある、土俗系神話小説。

作品 **アタマウスの遺言** The Testament of Athammaus

クラーク・アシュトン・スミス

【初出】『ウィアード・テイルズ』一九三二年十月号

【邦訳】大瀧啓裕訳「アタマウスの遺言」（ク5）／井辻朱

美訳「アタマウスの遺言」〈創元推理文庫『イルーニュの巨人』〉／大瀧啓裕訳「アタムマウスの遺書」〈創元推理文庫『ヒュペルボレオス極北神怪譚』〉

【梗概】ヒューペルボリアの首都コモリオム第一の首切り役人であったアタマウスが記す、王都荒廃の真相。そのころコモリオムの周辺部では、凶悪事件が横行していた。それはエイグロフ山脈に巣喰うヴーアミ族の仕業で、かれらの首領はクニガティン・ザウムと呼ばれる異形の者だった。その血筋は、邪神ツァトゥグア、およびツァトゥグアとともに異界より飛来した不定形の落とし子に連なると噂されていた。コモリオム警察の必死の捜索の結果、ザウムは捕えられるが、真の悪夢はこのときから始まった。アタマウスの手で首を切り落とされ埋葬された蛮人は、翌日、首都に出現し、通行人を捕えて貪り喰ったのだ。同様の処刑と再生が繰り返され、そのたびに不死身の怪物は、見るも忌まわしい変貌を遂げてゆく。業を煮やしたアタマウスは、切り離した首と胴体を別の場所に埋めさせるが……。

【解説】〈ツァトゥグア物語〉群の一篇。邪神の血をひくものの醜悪怪異な生態を、スミス一流の熱っぽい筆致で活写した力作である。ヒューペルボリア大陸の地理を把握するうえでも有益な情報が含まれている。

用語 **アダムズ、スタンリイ** Stanley Adams

奇妙な声音（こわね）で話す謎の男。ニューハンプシャーのキーン駅で、運送会社の係員を幻惑し、荷物の中からウィルマース宛てに送られた〈黒い石〉を奪い去った。ユゴス星の甲殻生物の手先らしい。

【参照作品】「闇に囁くもの」

作家 **アダムズ、ベンジャミン** Benjamin Adams

①**腔腸動物フランク** Frank the Cnidarian〈青心社文庫『ラヴクラフトの世界』〉一九九七

②**リッキー・ペレスの最後の誘惑** The Last Temptation of Ricky Perez〈早川書房『ＳＦマガジン』二〇一〇年五月号〉二〇〇三

米国のホラー作家（一九六六～　）。作品は『The Frieze of Life』（一九九五）、『Second Movement』（九六）ほか多数。ラヴクラフトやＰ・Ｋ・ディックに関するエッセイなども執筆している。①はウェイト一族最後の末裔の娘と結婚した青年を主人公に、軽妙皮肉なタッチで描かれた短篇。アーカム産の地ビール〈ジェンキンズ・ブラウン Jenkin's Brown〉だの、「ゴジラ対スモッグの怪物」（ヘドラを指す）だの、ニヤリとさせられる小道具も。②はクトゥルーな青春小説として味わい深い。

用語 アタル Atal
エイタールとも。ウルタールの神官。ウルタールの宿屋の息子に生まれたが、賢人バルザイに師事して修業を積み、師とともにハテグ＝クラに登り、師の壮絶な最期に立ち会って生還した。およそ三世紀の後、ウルタールを訪れたランドルフ・カーターに、地球の神々に関するさまざまな禁断の秘事を語り聞かせた。
【参照作品】「蕃神」「未知なるカダスを夢に求めて」

用語 アッシュールバニパルの焔
The Fire of Asshurbanipal
古代アッシリアの王アッシュールバニパル（在位前六六八～前六二七）の宮廷の魔道士ズトゥルタンが魔物から奪い取ってきた、燃えるように輝く宝石。カラ＝シェールで惨殺されたズトゥルタンの呪いにより、この宝石を手にした者には怖るべき運命がくだされるという。
【参照作品】「アッシュールバニパルの焔」

作品 アッシュールバニパルの焔
The Fire of Asshurbanipal
R・E・ハワード
【初出】『ウィアード・テイルズ』一九三六年十二月号
【邦訳】野村芳夫訳「アシャーバニパルの炎宝」（国書刊行会『スカル・フェイス』）／山崎紀子訳「砂漠の魔都」（ソノラマ文庫『剣と魔法の物語』）／岩村光博訳「アッシュールバニパルの焔」（ク7）／夏来健次訳「アッシュールバニパル王の火の石」（創元推理文庫『黒の碑』）
【梗概】命知らずの冒険家、スティーヴ・クラーニイと老アフガニスタン人のヤル・アリは、ペルシアの砂漠地帯の奥にあるというカラ＝シェール（暗黒の都市）を求めて旅立った。原住民たちが怖れて近寄らぬ、その古代都市には、白骨と化して玉座にすわる王の手に握られた宝石が、いまも燃えるような輝きを放っているという。馬を失い炎熱のさなかをさまよったふたりは、偶然カラ＝シェールを発見するが、後を追ってきた盗賊の一団と大立ち回りの末に囚われの身となる。盗賊の首領が宝石に手を伸ばしたそのとき、壁に開いた穴からグロテスクな触腕が！　魔道士ズトゥルタンが太古の魔物から奪い取った宝石には、怖るべき呪いがかけられていたのだ。
【解説】ハワード得意のテンポよい冒険活劇調で展開される、神話大系の中ではやや毛色の変わった作品。映画〈インディ・ジョーンズ〉シリーズの先駆!?

用語 **圧政者** the oppressor
〈光輝くもの〉が復讐の念に燃えて打倒しようとしている宇宙的な存在だが、詳細は不明である。アルゴール星と関係があるらしい。
【参照作品】「眠りの壁の彼方」

用語 **アップダイク夫人** Mrs. Updike
クロフォード・ティリンギャーストに雇われていた家政婦。実験の犠牲となって、他の召使いとともに不可解な消失を遂げた。
【参照作品】「彼方より」

用語 **アテュス** Atys
大地母神キュベレの愛人となった若者。嫉妬にかられたキュベレの呪いで狂気に陥り、みずからの五体を引き裂いて死んだ。後に、キュベレとともに崇拝される。
【参照作品】「壁のなかの鼠」

用語 **アド** Ad
古代アラビアの伝説的な謎の四種族のひとつ。アラビア半島南部に居住していた。円柱都市アイレムは、アド最後の暴君シャダッドによって築かれたという。
【参照作品】「アルハザードのランプ」

用語 **アトウッド** Atwood
ミスカトニック大学の物理学科教授。隕石学者でもある。一九三〇年の同大による南極大陸探検に参加した。
【参照作品】「狂気の山脈にて」

用語 **アトウッド、アリヤ** Alijah Atwood
著名な古物蒐集家。一九三〇年、プロヴィデンス、ベナフィット・ストリートのシャリエール館の特異な様式に魅せられ、同館に滞在。シャリエール医師の奇怪な実験結果を目の当たりにする。
【参照作品】「生きながらえるもの」

用語 **アドゥムブラリ** Adumbrali
悪意ある〈生ける影〉とも呼ばれる異次元の種族。他の世界や次元に、その世界の住人そっくりな〈探求者 Messengers〉を送りこみ、催眠術によって犠牲者の魂を彼らの世界へ拉致し好餌とする。『イステの歌』に言及がある。
【参照作品】「深淵の恐怖」

用語 **アトク** Athok

テロスの住民で、靴直しの店を営んでいる。

【参照作品】「イラノンの探求」

用語 **アトラアナアト** Atlaanat

「古さびたhoary」と形容される、あえて口にする者さえ稀な地。ランドルフ・カーターは同地を訪れたことがあるらしい。

【参照作品】「銀の鍵の門を越えて」

用語 **アトラク＝ナクア** Atlach-Nacha

アトラナート、アトラック＝ナチャとも。ツァトグアの洞窟の奥深く、底なしの深淵に巣をはる蜘蛛の神。人間と同じほどの蜘蛛の体軀に、毛にふちどられた狡猾そうな小さな目を備え、甲高い声を発する。

【参照作品】「七つの呪い」「アトラック＝ナチャへの祈願文」

用語 **アトランティス** Atlantis

超古代に高度な文明を築きながら、一夜にして大西洋の海中に没したと伝えられる伝説の大陸。〈ヘラクレスの柱Pillars of Hercules〉の彼方の大洋にあったという。古くはプラトンの対話篇『ティマイオス』と『クリティアス』で言及されている。〈霧の高みの不思議な家〉に住む隠者によれば、かつてアトランティスの諸王は〈大洋の底の亀裂からのたうってあらわれた、ぬらつく冒瀆の生物〉と戦ったという。また、アトランティスの崩壊を〈深きものども〉による侵攻の結果とする説もある。

【参照作品】「永劫の探究」「霧の高みの不思議な家」「最後の検査」「墳丘の怪」「ネクロノミコン　アルハザードの放浪」「古きものたちの墓」

用語 **『アトランティスと失われたレムリア』** Atlantis and the Lost Lemuria

英国の神智学者W・スコット・エリオットW.Scott-Elliot（一八四九〜一九一九）が一八九六年に著した書物。エインジェル教授が遺したメモの中に、頻繁に引用されていたという。

【参照作品】「クトゥルーの呼び声」

用語 **「窖（あな）に通じる階段」** The Stairs in the Crypt

作家ロバート・ブレイクが一九三四年から翌年にかけての冬の間に書きあげた、五篇の傑作短篇小説のひとつ。

【参照作品】「闇をさまようもの」「窖に通じる階段」

用語 **アパム** Upham
ミスカトニック大学の数学科教授。ウォルター・ギルマンの高等数学理論に感銘をうける。
【参照作品】「魔女の家の夢」「アーカムそして星の世界へ」

用語 **アフーム・ザー** Aphoom Zhah
万物を凍らせる強大な存在で、〈極地のもの Polar One〉〈冷たい炎 flame of coldness〉などと『ナコト写本』には暗示的に言及されている。フォーマルハウトから地球に到来し、北の極点に聳える氷の山ヤーラクの地底に封じられたという。ルリム・シャイコースをムー・トゥーランに送りこんだのは、アフーム・ザーであるとされる。
【参照作品】「極地からの光」

用語 **アフォラートのゼニグ** Zenig of Aphorat
〈凍てつく荒野のカダス〉にたどりつこうとして惨死した人物。
【参照作品】「未知なるカダスを夢に求めて」

用語 **アフトゥ** Ahtu
アフリカにおけるナイアルラトホテップの異称。
【参照作品】「蠢く密林」

用語 **アプトン、ダニエル** Daniel Upton
アーカム在住の建築家。親友エドワード・ダービイの遺志により、ダービイの肉体に宿ったエフレイム・ウェイトを射殺した。
【参照作品】「戸口にあらわれたもの」「アーカムそして星の世界へ」

用語 **アブホース** Abhoth
古代の魔峰ヴーアミタドレス山の地底にひろがる地下世界の最深部、粘着質の湾に横たわり、いとわしい分裂を永久におこなう灰色の塊で〈宇宙の不浄すべての母にして父 father and mother of all cosmic uncleanness〉と呼ばれる。その周辺には貪欲な〈アブホースの子孫 the spawn of Abhoth〉たちが蠢(うごめ)いている。
【参照作品】「七つの呪い」「ムー・トゥーランでのアブホースへの祈願文」

用語 **アフラシアブ** Afrasiab
アフラーシアーブとも。中世イランの叙事詩『シャー・ナーメ（王書）』に登場する、トゥーラーン Turan の王。サマルカンドに居城を構えたとされる。
【参照作品】「無名都市」

用語『アフリカ各部の考察』
Observation on the Several Parts of Africa
　十八世紀英国の探検家ウェイド・ジャーミン卿の著書。コンゴ一帯をつぶさに踏査した知見にもとづき、先史時代のコンゴにおける白人文化について考察した奇書である。
【参照作品】「故アーサー・ジャーミンとその家系に関する事実」

用語 アプルドー Appledore
　英国デヴァン州北部の寂れた漁村。その路地の一隅には、インスマスのフィッシュ・ストリートに通じる秘密の通路があるらしい。
【参照作品】「横断」

用語 アペプ Apep
　エジプトにおけるイグの異称。
【参照作品】「ネクロノミコン　アルハザードの放浪」

用語『アメリカ心理学協会紀要』
Journal of the American Psychological Society
　ナサニエル・ピースリーが一九二八年から翌年にかけて、みずからの体験および回復した記憶をまとめた論文を連続投稿した学術雑誌。
【参照作品】「時間からの影」

用語『アメリカにおけるキリストの大いなる御業(みわざ)』
Magnalia Christi Americana
　ボストンの牧師コットン・マザーが、一七〇二年に著した初期ニューイングランドの教会史。
【参照作品】「名状しがたいもの」「家のなかの絵」

用語 アラート号 Alert
　ニュージーランドのダニーディンに船籍をもつ重装備の蒸気船。カナカ人および混血の凶悪な面(つら)がまえの水夫たちが乗り組み、島嶼回航の貿易船として悪名を馳せていた。一九二五年三月二十二日に南緯四九度五一分、西経一二八度三四分の海域でエンマ号と遭遇、交戦の結果、乗組員は皆殺しにされた。エンマ号の船員たちはアラート号で航海を続け、二十三日に浮上したルルイエに遭遇。後に同船は航行不能に陥り、四月十二日、ヴィジラント号により発見され、オーストラリアに曳航された。
【参照作品】「クトゥルーの呼び声」

用語 **アラオザル** Alaozar
スン高原の〈恐怖の湖 Lake of Dread〉にある〈星の島 Isle of the Stars〉に築かれた古代都市。トゥチョ＝トゥチョ人によって護られ、その地下洞窟にはロイガーとツァールが幽閉されている。
【参照作品】「潜伏するもの」

用語 **アラン博士** Dr. Allen
チャールズ・ウォードと行動を共にしていた、やせぎすで学者風の男。常に黒眼鏡をかけ、顎鬚を伸ばしていた。その正体は、蘇生したジョウゼフ・カーウィンとおぼしい。
【参照作品】「チャールズ・デクスター・ウォード事件」

用語 **アラン山** Aran
オオス＝ナルガイにある山。山頂には雪を戴き、山腹では銀杏が海風に揺れる、風光明媚な山容である。
【参照作品】「セレファイス」「未知なるカダスを夢に求めて」

用語 **アリグザンダー、カズモウ** Cosmo Alexander
ニューポート在住のスコットランド人画家。ジョウゼフ・カーウィンの依頼で、その肖像画を描いた。
【参照作品】「チャールズ・デクスター・ウォード事件」

用語 **『アル・アジフ』** Al Azif
『ネクロノミコン』のアラビア語原題。アジフとは、アラブ人が魔物の吠え声だと考えていた、夜鳴く虫の声を意味するという。
【参照作品】「『ネクロノミコン』の歴史」「永劫の探究」「ネクロノミコン」

用語 **アルウィン、リアンダー** Leander Alwyn
元インスマスの船乗りで〈深きものども〉と接触するが、クトゥルー信仰を見限り、ウィスコンシン州の山奥の館に籠もって、イタカを召喚した。後に甥のジョサイア Josiah は、その秘密を探求しようとして、イタカに連れ去られた。
【参照作品】「戸口の彼方へ」

用語 **アル・カジミア** Al Kazimiyah
イラクにあるロイガー族の拠点。
【参照作品】「ロイガーの復活」

用語 **アルケタイプたち** Archetypes
魔峰ヴーアミタドレス山の地底深くにある原初の洞窟に

棲む、巨大で不定形にゆらめく霊体に近い存在。原初の世界における存在形態を、いまも保持しているとされる。
【参照作品】「七つの呪い」

用語 **アルゴール** Algol
別名を〈悪魔の星 Demon-Star〉。ペルセウス座のβ星で、代表的な食変光星として知られる。アルゴールとは、アラビア語で悪魔を意味する。〈圧政者〉と関係があるらしく、一九〇一年二月二十二日に〈光輝くもの〉は、アルゴールめがけて飛び去った。
【参照作品】「眠りの壁の彼方」

用語 **アルソフォカス** Alsophocus
超古代にエロンギル **Erongill** の地に住んでいた偉大な妖術師。『暗黒の大巻』を著した。
【参照作品】「アルソフォカスの書」

作家 **アルトマン、ハンス・カール**
Hans Carl Artmann
①**カーペンタリア湾にて**（河出書房新社『サセックスのフランケンシュタイン』）一九六九
②**コンラッド・トレゲラスの冒険**（同右）一九六九
③**危険な冒険**（同右）一九六九
オーストリアの詩人、作家、劇作家（一九二一〜二〇〇〇）。パロディと言語遊戯に満ちた特異な作風で知られる。ラヴクラフト作品の優れた独訳者でもあり、神話大系のパロディを含む短篇集に『船旗の頭文字』（六九／河出書房新社『サセックスのフランケンシュタイン』所収）がある。
「ぼくはしかし忘れられたアメリカ人を一人知っている、彼の文体は特別なものじゃないが、ストーリーは格別だ！　H・P・ラヴクラフト、おそらく不治の麻薬常用者、なんぞと書いちゃいけない、ぼくには素面に見えるからだ。ぼくは思い出す、『エリック・ザンの音楽』『トレスホールドの潜伏者』『地下室の鼠』『ダンウィッチの怪』など。ぼくは心の無垢な人を思い浮べる。このラヴクラフト氏はなによりも童話的な男だったにちがいない。詩人はなによりもまず童話的でなくてはならない。……」（前掲書「資料と解説」より／種村季弘訳）
右はおそらくラヴクラフトに対する最高の讃辞のひとつだろう。古代種族の呪術師が「オアルルング・ムムフルルウル・アハルークプブ・ンンーンシュンル！」と、どこかで聞いたような雄叫びをあげる①、地獄の化物を操る魔道士との対決を描く②、喰人鬼の飛行船パーティに潜入した男の恐怖を描く③……いずれも小品ながら愉しめるパロディに仕上がっている。

用語 アルハザード、アブドゥル Abdul Alhazred

イエメン国サナアSana'a出身の狂える詩人。アブドゥル・アルハザードは通称で、アラビア語で「喰らいつくすものの僕（しもべ）」を意味するという。バビロンとメンフィスの古代遺跡を探訪し、アラビア南部の大砂漠で謎多き十年間を過ごす。遍歴中に見聞・体得した禁断の知識をもとに、晩年、ダマスクスで『アル・アジフ』（『ネクロノミコン』のアラビア語原題）を執筆するが、紀元七三八年に不可解な失踪を遂げた。一説に、衆目の前で透明な怪物に貪り喰われたとも、〈無名都市〉に拉致されて拷問死したともいわれる。また、謎めいたその前半生について、若き詩人として国王の寵愛を得るも、王女と情交したため去勢され、砂漠に放逐されたのだと説く向きもある。

【参照作品】「『ネクロノミコン』の歴史」「無名都市」「永劫の探究」「ネクロノミコン」「師の生涯」「ネクロノミコン　アルハザードの放浪」「アルハザード」

用語 アルハザードのランプ lamp of Alhazred

伝説の古代種族アドによって造られ、アイレムで発掘された、魔力を有するランプ。アブドゥル・アルハザードが所持していたため、この名で呼ばれる。光をともすと、旧支配者が跋扈する異界の光景が映し出されるという。

【参照作品】「アルハザードのランプ」

作品 アルハザードのランプ The Lamp of Alhazred

H・P・ラヴクラフト&A・ダーレス

【初出】『マガジン・オヴ・ファンタジー&サイエンス・フィクション』一九五七年十月号

【邦訳】広田耕三訳「アルハザードのランプ」（神）／東谷真知子訳「アルハザードのランプ」（ク10）

【梗概】夢想家肌の貧乏作家ウォード・フィリップスは、失踪した祖父ウィップルの遺品である奇妙なアラビアのランプを譲り受ける。一夜、ランプに火をともすと、室内の壁面に異界の光景が映し出された。それは所有者が体験した驚異の数々を再現する魔法のランプだったのだ。フィリップスは憑かれたようにその光景を眺め、やがてそれを自分の物語として作品化していった。時が流れ、病に冒されたフィリップスが、ふたたびランプに火をともしたとき、そこに浮かびあがったのは、幼年期の故郷のたたずまいだった。彼はその景色の中へ歩み入り、二度と還らなかった。

【解説】創造主ラヴクラフトをも神話大系に取りこもうとするダーレスの稚気あふれる、愛すべき小品。活劇調の作品よりも、こうした抒情的な珠玉篇に、作者本来の美質が認められるように思う。

用語 アルビオンの環状列石神殿 the temple of monoliths on the isle of Albion

かつてヨグ・ソトース崇拝の中心地であったアルビオンの島（＝イングランドの古名）に残る巨大遺跡。その内部にはヨグ＝ソトースに生贄を捧げる祭壇がある。

【参照作品】「ネクロノミコン　アルハザードの放浪」

用語 アルマン、クラーク Clark Ulman

ウルマンとも。マンハッタン美術館の野外調査員。ツァン台地の洞窟で、象神チャウグナル・ファウグンの石像を発見する。

【参照作品】「恐怖の山」

用語 『荒地』 The Waste Land

英国の詩人T・S・エリオット **T. S. Eliot**（一八八八～一九六五）が、一九二二年十月に発表した長篇詩。その第一部は「死者の埋葬」と題されていた。古今東西の神話伝承や古典文学からの夥しい引用がちりばめられた、現代詩の金字塔である。ウィリット医師は、かつてジョウゼフ・カーウィンの農場があったポータクシットの地底の窖で、忌まわしいものを目にした後、この詩を想起した。

【参照作品】「チャールズ・デクスター・ウォード事件」

用語 あれ It

ラヴィニア・ウェイトリイがヨグ＝ソトースと契って産み落とした、双子のかたわれの通称。兄弟の名はウィルバー・ウェイトリイ。ウィルバーよりも父親の形質を多く受け継いでいたため、人間の目には見えない。民家よりも大きな鶏卵状の巨体は、のたうつロープの集合体を思わせ、その全面に眼球が、横腹には象の鼻を思わせる口状の器官が密集し、頂上部にはウェイトリイ老そっくりな顔がついていた。ウェイトリイ家の二階で、家畜の血肉を与えられ養われていたが、ウィルバーの死後、飢えてダニッチの村を襲撃、人畜を殺傷した。アーミティッジ博士一行により、センティネル丘で調伏された。

【参照作品】「ダニッチの怪」

用語 アレン、ザドック Zadok Allen

インスマス在住の、九十六歳になる酔いどれ老人。町の北外れの救貧院に住んでいる。インスマスの忌まわしい変貌ぶりを目の当たりにした唯一の生き証人である。

【参照作品】「インスマスを覆う影」「永劫の探究」

用語 **アロス** Alos
ロマールの地にある大理石都市オラトーエの総指揮官。イヌート族との戦いの指揮を執った。
【参照作品】「北極星」

作品 **アロンソ・タイパーの日記**
The Diary of Alonzo Typer
ウィリアム・ラムリー
【初出】『ウィアード・テイルズ』一九三八年二月号
【邦訳】大瀧啓裕訳「アロンソ・タイパーの日記」（ク1）／アロンゾウ・タイパーの日記（全別下）
【梗概】雑婚を繰りかえし退化した人々の住む村コラツィン。太古の環状列石が立つ丘の麓には、奇怪な噂の絶えないヴァン・デル・ハイル家の屋敷があった。屋敷の住人は代々、黒魔術を信奉し、しばしば不可解な失踪を遂げていた。一九三五年に屋敷が倒壊した際、廃墟から一冊の日記帳が発見される。そこにはオカルト学者タイパーが屋敷で体験した出来事が克明に記されていた。禁断の都市イアン＝ホーからもたらされた鍵の秘密とは。そしてヴァン・デル・ハイルの末裔にふりかかる怖るべき運命とは……。
【解説】『ドジアンの書』をはじめ『エルトダウン・シャーズ』や『エイボンの書』ほか、さながら魔道書図書館といった趣のある衒学的な作品。ラヴクラフトによる添削改稿が施されている。

用語 **アンガロラ** Anthony Angarola
米国の画家（一八九三〜一九二九）。イタリア系移民の出身で、シカゴの美術学校を卒業し、画家・美術教師として一九二〇年代に活躍した。
【参照作品】「クトゥルーの呼び声」「ピックマンのモデル」

用語 **アングストローム** Angstrom
エンマ号の乗組員。ヨハンセンらとともにルルイエに上陸、〈クトゥルーの墓所〉の扉を発見するが、復活したクトゥルーの餌食となった。
【参照作品】「クトゥルーの呼び声」

用語 **アンゲコク** angekok
グリーンランド西部の海岸に近い高地に棲む、退化したエスキモー部族における呪術祭司の呼称。ウェブ教授は、トルナスクに捧げられる奇怪な儀式の呪文を、アンゲコクから聴き取った。

【参照作品】「クトゥルーの呼び声」

用語『**暗号**』Kryptographik
シックネス Thickness の著書。シャリエール医師が架蔵していた。
【参照作品】「生きながらえるもの」

用語『**暗号解読**』Cryptomenysis Patefacta
ウィリアム・ファルコナー **William Falconer** が著した暗号解読に関する文献。
【参照作品】「ダニッチの怪」

作品**暗黒神ダゴン** Dagon
フレッド・チャペル
【初出】ハーコート・ブレイス『暗黒神ダゴン』一九六八年刊
【邦訳】尾之上浩司訳（創元推理文庫『暗黒神ダゴン』）
【梗概】北カリフォルニアのアフトンにあるファースト・メスジスト教会の牧師ピーター・リーランドは、南部の片田舎ササナスにある祖父母の農場と屋敷を遺贈される。そこは幼いころ、彼の父親が謎めいた錯乱死を遂げた場所でもあった。古代異教崇拝の残存に関する論文執筆に専念するため、二ヶ月の休暇をとったリーランドは、妻のシーラをともない農場へやってくる。クトゥルー、ヨグ＝ソトースなど不可解な言葉を書きつけた古い書状、かつて何かを繋ぎとめておいたらしい屋根裏部屋の鎖と手錠……。借地人であるモーガンの小屋で、魚を思わせる容貌をした娘ミナと出会ったリーランドは、彼女が放つ異様な性的魅力の虜となる。やがて夢うつつのうちに妻を殺害したリーランドは、モーガンの小屋に匿（かくま）われ、酷薄なミナの庇護下で刻々と廃人化してゆく。ミナは、チンピラ青年に車を運転させて、ゴードンの町の廃屋へリーランドを運びこみ、その全身に奇怪な紋様の刺青をほどこす。従容として異界へ参入するリーランドを待ち受けるものとは？
【解説】〈サザン・ゴシックとコズミック・ホラーとのユニークな融合〉（『St. James Guide to Horror, Ghost & Gothic Writers』）などとも評される、神話長篇中きわめつきの異色作。父祖の記憶の染みついた屋敷を訪れる呪われた家系の末裔という神話作品の典型的パターンを踏襲しながら、模倣と反復に堕することなく、フォークナーやウィルキンズ＝フリーマンの世界を彷彿せしめる南部的「暗黒家庭小説」の一変種ともいうべき独自の世界を構築している。

作品 暗黒星の陥穽 The Mine on Yuggoth

J・ラムジー・キャンベル

【初出】アーカム・ハウス『湖畔の住人と歓迎されざる借家人たち』一九六四年刊

【邦訳】福岡洋一訳（真3&新4）

【梗概】若きオカルティスト、エドワード・テイラーは、不死を獲得するために必要なトゥク＝ル金属を入手するため、ユゴス星の鉱山へおもむく計画を立てた。『グラーキの黙示録』完全版を所持しているダニエル・ノートンに面会したテイラーは、ユゴス星と地球を結ぶ〈悪魔の階〉を教示され、秘儀書を譲渡される。勇躍、〈悪魔の階〉を抜けてユゴス星に到ったテイラーだったが、ユゴスの住人である甲殻生物が一匹も見あたらないことに気づく。かれらは採掘坑の底から這いあがってくるものを怖れて、とうに逃げ去っていたのだ。そうとは知らぬテイラーが、うかうかと覗き見てしまったものとは……。

【解説】新世代の神話作家らしい、あっけらかんとしてユーモラスな書きぶりが印象的な作品。舞台となるブリチェスターは、ラヴクラフトにおけるアーカムたるべく、若き日の作者が創造した、英国の架空の街である。

用語 暗黒の男 Black Man

燃え上がる炎の目をもつ、夜の闇よりも黒々とした男だが、黒人ではない。ウォルター・ギルマンの夢に顕われたそれは「やせた長身の男で、髪や髭は一本もなく、何か厚

暗黒の男（右）

手の黒い繊維からつくられた、これといった形のないローブだけを身につけていた」（大瀧啓裕訳）。魔女信仰に登場する悪魔の異称でもある。
【参照作品】「魔女の家の夢」「ピーバディ家の遺産」「アルハザード」

用語『暗黒の儀式』Black Rites
〈黒い儀式〉を参照。

作品 **暗黒の儀式** The Lurker at the Threshold
H・P・ラヴクラフト&A・ダーレス
【初出】アーカム・ハウス『暗黒の儀式』（一九四五年刊）
【邦訳】大瀧啓裕訳（ク6）
【梗概】アーカム北部の丘陵地帯を通るアイルズベリイ街道沿いのビリントンの森は、忌まれた場所である。ダニッチなど周辺部の住民は、いまもこの森に残る伝説に怖気をふるうという……。森と屋敷の主だったビリントン一族の末裔アンブローズ・デュワートは、余生を先祖伝来の土地で過ごそうと、単身英国からやってきた。曾々祖父のアリヤ・ビリントンが、英国移住に際して旧領地の相続者に残した指示書には「塔を乱すことなかれ」「怪しの時と所に通じる扉を開けることなかれ」などの謎めいた言葉が記されていた。デュワートは地所内の小島に、環状列石に囲まれた塔を発見する。先祖の歴史に興味をもった彼は、屋敷に残る古文書や地方新聞を調べ始める。曾々祖父の代と、さらに一世紀前の先祖リチャードの時代に、よく似た失踪殺害事件が頻発しており、それらはビリントン一族と領地、とりわけあの塔と結びつけて噂されていた。アリヤの従者で後に行方不明になったクアミスの存在に注目したデュワートは、調査のためダニッチにおもむくが、住民たちは彼を見るなり「あの人がもどってきた！」と怖れおののく。彼の容貌は曾々祖父と瓜ふたつだったのだ。塔の頂上をふさぐ、印の刻まれた石を取りのぞいた頃から、デュワートは自分が何物かに監視されているように感じたり、悪夢に苛まれたりするようになる。そして、ふたたび起こる失踪殺害事件。デュワートは不安にかられ、ボストンに住む従弟のスティーブン・ベイツに狂乱した手紙を書きおくるのだった。（以上、第一章）
　手紙を受け取ったベイツが屋敷に到着してみると、なぜかデュワートは不機嫌で、彼の来訪を歓迎しないそぶりをみせる。その夜、ベイツは、デュワートが「ヨグ＝ソトース」とか「ないあらとてっぷ」など意味不明の文句を呟きながら夢中歩行するのを目撃する。デュワートが集めた資料に目をとおしたベイツは、ビリントン家の者が異次元の魔物と交渉をもっていたこと、塔が魔物召喚の通路として利用されていたこと、デュワートの精神が何物かに侵食されつつあることを知って慄然とする。ベイツの勧めにしたがってひと冬をボストンで過ごしたデュワートは、春になると屋敷へ強引に帰還する。ベイツはダニッチの老婆ビショップ夫人に面会、ビリントンと塔にまつわる因縁を知らされるが、同時に彼自身の身に迫る危険を警告される。その夜、異様な蛙の鳴き声に目を覚ましたベイツは、デュワートが塔の上に立ち、空中から、見るもグロテスクな翼ある不定形の生物を召喚する光景を目撃した。（以上、第二章）

デュワートが、かつて失踪したのと同名の原住民を伴っている様子を目にして不安にかられたベイツは、ミスカトニック大学のラファム博士に相談をもちかけた直後、失踪する。博士と助手のフィリップスは、一連の怪事件が古代の邪悪な崇拝に根ざしたものであると確信し、さらなる災厄を食いとめるべく塔へ向かうのだった。かれらがそこで目にしたものとは……。（以上、第三章）

【解説】 全神話作品中でも屈指の大作。ラヴクラフトの一連の長篇のような完成度や構想の妙には乏しく、やや冗長の感はまぬかれないものの、随所にダーレス神話の詳細が呈示されている点、やはり必読の作品といえる。ちなみに本篇は一九二三年から翌年にかけての出来事と設定されているが、ラヴクラフトの「ダニッチの怪」は一九二八年の出来事。ふたつの〈ヨグ＝ソトース物語〉を読み較べてみると興味深い発見があるにちがいない。

用語『暗黒の大巻』 Black Tome

超古代の大妖術師アルソフォカスが著した伝説の写本。旧支配者を召喚する邪悪な呪文の数々が記されているという。

【参照作品】「アルソフォカスの書」

作品 暗黒のファラオの神殿 Fane of the Black Pharaoh

ロバート・ブロック

【初出】『ウィアード・テイルズ』一九三七年十二月号

【邦訳】 三宅初江訳「暗黒のファラオの神殿」（ク３）／沼尻素子訳「暗黒王の神殿」（国書刊行会『ウィアード・テールズ４』）

【梗概】 エジプトの秘められた信仰史を調査してきたカータレット大尉のもとを、深夜、浅黒い顔をした男が訪れる。男は〈暗黒のファラオ〉と呼ばれる伝説の王ネフレン＝カの印である黒い金属製の物体を示し、王の秘密の墓所へ大尉を案内しようと言う。不安を感じながらも大発見の誘惑にかられたカータレットは、男に導かれカイロの地下に建造された神殿へ到る。壁面に描かれた過去から未来におよぶ一大歴史絵巻。それは暗黒神ナイアルラトホテップに生贄を捧げることで予知能力を得たネフレン＝カが記したものだった。そこに描かれた大尉の運命とは……。

【解説】〈ナイアルラトホテップ物語〉群の一篇。古代エジプトにおける暗黒神崇拝の模様や、『妖蛆の秘密』のルドウィク・プリンとの関連などが、詳しく語られている。

作品 **暗礁の彼方に** Beyond the Reef

ベイザル・カパー

【初出】フィドーガン＆ブレマー『インスマス年代記 Shadows Over Innsmouth』一九九四年刊

【邦訳】大瀧啓裕訳（学研M文庫『インスマス年代記』）

【梗概】これは一九三〇年から三二年に、アーカムからインスマスにかけての一帯で勃発した一連の変事に関する物語である。ミスカトニック大学のキャンパスで、陥没事故が発生、謎の地下通路が発見される。調査を依頼された測量技師ベロウズは、学部長のダロウとともにトンネルに潜入、その先がインスマス方面へ続いていることを確認するが、のたうつ蛇のごとき奇怪な生物を目撃して撤退する。一方、一連の変事を調査するため州警察から派遣されたオーツ警部は、身分を隠してインスマスに潜入、住民たちの不可解な敵意に直面して当惑する。オーツは警官隊を率いて、大学関係者とともにトンネルに踏みこみ、奇怪な生物と交戦、多くの犠牲者を出す。その際に一時、行方不明となった暗号学者のホルロイドは、精神に異常をきたし、ダロウ学部長を殺害、精神病院に収容される。オーツは大量の爆薬によるトンネルの破壊を決断するのだった。

【解説】神話大系には欠かせぬ舞台であるミスカトニック大学だが、そのキャンパスを具体的に登場させた作品は珍しい。アーカムとインスマスの地域的葛藤を背景に据えた点も注目に価する力作である。

用語 **アンドラダ** Andrada

ペルーでインディオの布教活動に従事していた神父。後に〈深きものども〉としての本性に目覚め、クトゥルー復活を予言、画策するようになる。

【参照作品】「永劫の探究」

作品 **アンドルー・フェランの手記** The Manuscript of Andrew Phelan

オーガスト・ダーレス

【初出】『ウィアード・テイルズ』一九四四年三月号

【邦訳】大瀧啓裕&岩村光博訳（ク2）

【梗概】求人広告を見て、謎めいた黒眼鏡の紳士シュリュズベリイ博士を訪問した青年フェランは、格闘技と言語学の才能を見こまれ、博士の助手となる。二十年前に奇妙な失踪を遂げ、最近になって突然アーカムの自邸に姿を現わしたというシュリュズベリイ博士は、人知を超えた禁断の知識に通暁した人物だった。フェランは博士と生活を共にするうち、クトゥルーと呼ばれる古代の邪神と、その復活を待望する邪悪な教団の存在を知る。博士はバイアクヘーという異形の生物を操って、ペルーの古代遺跡や太平洋に隆起した島など不穏な場所に急行しては、クトゥルー復活を未然に阻止していたのだ。

【解説】ダーレス神話の代表作というべき連作長篇『永劫の探究』の第一部で、全篇のイントロダクション的な性格が濃い作品。バイアクヘーを駆ってクトゥルー退治に奔走するシュリュズベリイ博士は、神話大系の中でも、まったく新しい性格のキャラクターだった。

用語 **イアン゠ホー** Yian-Ho

太古の秘密が隠された禁断の都市。しばしばレン高原と結びつけて語られる。

【参照作品】「アロンソ・タイパーの日記」「銀の鍵の門を越えて」「未知なるカダスを夢に求めて」「闇に囁くもの」

用語 **イース** Yith

イスとも。〈大いなる種族〉発祥の地といわれる超銀河宇宙。『エルトダウン・シャーズ』の中で言及されている。

【参照作品】「時間からの影」「暗黒の知識のパピルス」「ネクロノミコン　アルハザードの放浪」

用語 **イース人** Yithians

〈大いなる種族〉の異称。「見守るもの」とも呼ばれる。古代バビロニアでは「神の子」として崇められ、その子孫は、時を超える光線を放つ巨大なジグラット **ziggurat** を建造した。最大のジグラットは、イース人の言葉で「果てのない入口」を意味するバベル **Babel** の名で知られている。

【参照作品】「ネクロノミコン　アルハザードの放浪」

用語 **イーラ** Aira

〈アイラ〉を参照。

用語 **イヴァニツキ神父** Father Iwanicki

アーカムの聖スタニスラウス教会 **St. Stanislaus' Church** の神父。〈魔女の家〉の住人に、魔除けとして銀の十字架を授けた。

【参照作品】「魔女の家の夢」

用語 **イエーモグ** Yhemog

ヴーアミ族の祈禱師。

【参照作品】「モーロックの巻物」

用語 **イェグ＝ハ** Yegg-ha

目も鼻もない顔と翼を有する、身の丈十フィートの怪物。ローマ軍団に敵対する蛮族によって召喚されたが、凄惨な死闘の末に退治され、遺骸はイングランド北部、ハドリアヌスの長城 **Hadrian's Wall** の下に埋められた。タイタス・クロウは『国境の要塞』の記述をもとに、埋葬地点を突きとめ、髑髏と翼の骨を発掘したらしい。

【参照作品】「魔物の証明」「タイタス・クロウの帰還」

用語 **「イェグ＝ハの王国」** Yegg-ha's Realm

タイタス・クロウが執筆した短篇小説の表題。

【参照作品】「魔物の証明」「タイタス・クロウの帰還」

用語 **イエジディ派** Yezidees

イェーズィーディ族とも。クルディスタンの呪われたアラマウント山に棲む、謎めいた邪教集団。暗黒の魔王セイタンを崇拝するともいわれる。なお、実在するイエジディ派は、イスラム化したミトラ教を奉ずる宗派であり、神話大系におけるそれとは関係がない。

【参照作品】「レッド・フックの恐怖」「墓はいらない」「魂を屠る者」

用語 **イェブ** Yeb

シュブ＝ニグラスやイグとともに、古代ムー大陸で崇拝された神。クン＝ヤンでも崇拝されている。

【参照作品】「永劫より」「墳丘の怪」「ナグとイェブの黒き連禱」

用語 **イオド** Iod

〈輝ける狩人イオド **Iod the Shining Hunter**〉と呼ばれる地球本来の神。次元間をさまよいながら、人間の魂を狩りたてることを好む。その実体は、鉱物質の結晶体が集合し鱗に覆われた半透明の発光する肉体から、植物状の触手を蠢（うごめ）かせるおぞましい姿であるという。古代ムー大陸でクトゥルーやヴォルヴァドスとともに崇拝され、ギリシア人は〈トルフォニオス〉、エトルリア人は〈ヴェディオヴィス〉の名で、この神を崇めていた。『妖蛆の秘密』や『イシャクシャール』『古の鍵』に、断片的な言及がある。
【参照作品】「侵入者」「狩りたてるもの」「クラーリッツの秘密」「恐怖の鐘」

用語『**イオドの書**』Book of Iod
ジョウハン・ニーガス Johann Negus が翻訳した禁断の書物。古代秘教の呪文が記録されており、人類誕生以前の古代語で記された原本は、ただ一部のみが現存するという。ニーガスの訳書は、その削除版で、ハンティントン図書館 Huntington Library に一部が所蔵されている。

『イオドの書』（ケイオシアム社の作品集より）

【参照作品】「恐怖の鐘」

用語**イガ** yig'a
旧支配者の言葉で「大きな口」を意味するという。
【参照作品】「ネクロノミコン　アルハザードの放浪」

用語**異界のもの** Outer Ones
ユゴス星の菌類生物の異称。
【参照作品】「闇に囁くもの」

作品**生きながらえるもの** The Survivor
H・P・ラヴクラフト&A・ダーレス
【初出】『ウィアード・テイルズ』一九五四年七月号
【邦訳】那智史郎訳「爬虫類館の相続人」（真1&新4）／岩村光博訳「生きながらえるもの」（ク6）
【梗概】古物収集家のわたしは、プロヴィデンスのベナフィット・ストリートに建つシャリエール館にひとめ惚れして、幽霊屋敷の噂も気にせず借り受けた。館の主人シャリエール医師は三年前に死亡していたが、その不可解な経歴に、わたしは興味を惹かれた。彼は同一人物とは考えられないほどの長期間、欧州各地に出没していたのだ。シャリエールは爬虫類の長命さに着目し、これをある種の手術によって人体に応用しようと考えていたらしい。わたしの調査は、怪しい侵入者によって中断された。それはさながら人間と鰐を混合したような奇怪きわまりない姿をしていた。そのおぞましい正体を知ったわたしは、一目散にプロヴィデンスを後にしたのだった。

【解説】プロヴィデンスの洋館を舞台に、人獣混淆の悪夢を繰りひろげる本篇は、ラヴクラフト&ダーレス名義の作品中でも一、二をあらそう佳品といえるだろう。クトゥルー神話と爬虫類や恐竜とを結びつける疑似科学的アイディアは、おそらくダーレスのオリジナルかと思われるが、ライダー怪人を髣髴させる怪物の造形ともども、なかなかに魅力的である。

用語 **異形のもの** Shapes

地球から多次元へ通じる第一の門で、擬似六角形の台座に座し、司教冠を戴き笏(しゃく)をかまえる、一団の人ならざるものたち。ウムル・アト゠タウィルの従者、もしくはウムル・アト゠タウィルの一顕現であるとも考えられる。

【参照作品】「銀の鍵の門を越えて」

用語 **イグ** Yig

米国中西部の平原で崇拝される蛇の神。自分の子供である蛇に敬意を表する者には温厚だが、蛇たちが飢える秋には荒ぶる神に変わる。また蛇に危害を加えた者を、苦しめたあげく斑紋のある蛇に変えてしまうという。ムー大陸やクン゠ヤンでも崇拝されていた。

【参照作品】「イグの呪い」「墳丘の怪」「永劫より」「闇に囁くもの」「奇形」「ネクロノミコン アルハザードの放浪」

用語 **イグザム小修道院** Exham Priory

英国ウェールズのアンチェスターAnchester村にある奇妙な折衷様式の建造物。その地には有史前から神殿が建てられていたといい、後にローマ人によって持ちこまれたキュベレ崇拝の秘儀が執りおこなわれたり、忌まわしい教団の本拠地になった。一二六一年より、イグザム男爵ド・ラ・ポーア家の居宅となる。その地下深くには、おびただしい半人半獣と鼠たちの骨が堆積する巨大な洞窟が秘められており、さらにその奥処にはナイアルラトホテップが待ちうける暗黒の窖(あな)があるという。

【参照作品】「壁のなかの鼠」

用語 **イクナグンニスススズ** Ycnágnnisssz

「知られざる世界の穢れし主」であり、アザトースと並ぶ存在とされる。

【参照作品】「イクナグンニスススズ」

作品 **イグの呪い** The Curse of Yig
ゼリア・ビショップ
【初出】『ウィアード・テイルズ』一九二九年十一月号
【邦訳】那智史郎訳「イグの呪い」（神）／東谷真知子訳「イグの呪い」（ク7）／大瀧啓裕訳「イグの呪い」（全別上）
【梗概】アメリカ原住民の民俗文化を研究するわたしは、一九二五年に蛇の伝承を求めてオクラホマを訪れた。現地の精神病院で、なかば蛇と化して這いずりまわる患者を目撃し、院長からその因縁話を聞かされる。それは蛇神イグの伝説が残るビンガーという土地に移住してきた若夫婦の物語だった。旅の途中、妻のオードリーは、大の蛇嫌いの夫を気づかって、岩陰で見つけたガラガラ蛇の子をうっかり殺してしまう。新居に落ち着いてしばらくは平穏な日々が続いたが、その年のハロウィーンの夜に惨劇が起きた。オードリーが悪夢から醒めると、小屋は蛇で埋め尽くされており、夫は卒倒してしまう。そして闇の中から蛇の神がベッドへ近づいてきた……。翌日、隣人が発見したのは、斧で惨殺された夫の遺体のかたわらを這いまわる、オードリーの変わり果てた姿だった。院長の最後の一言が、わたしを凍りつかせる。先刻目にした患者はオードリーではなく、彼女が後に産み落とした子供の一匹だったのである。
【解説】クトゥルー神話が内包する土俗ホラー的な側面が強調された一篇。コズミック・ホラーというよりも、たとえば『まだらの少女』（一九六五）をはじめとする楳図かずおの恐怖漫画さながらの生理的恐怖を掻きたててやまない異色作である。ラヴクラフトの添削が加えられた作品だけに、幕切れの計算された恐怖描写が鮮やかだ。

作品 **異次元の影** The Shadow out of Space
H・P・ラヴクラフト&A・ダーレス
【初出】アーカム・ハウス『生きながらえるもの　その他』The Survivor and Others 一九五七年刊
【邦訳】東谷真知子訳（ク4）
【梗概】アーカム在住の精神分析医ナサニエル・コーリイは、エイモス・パイパーの特異な症例に興味をそそられる。パイパーはミスカトニック大学の学究だったが、三年前に観劇中、昏睡状態に陥ってから別人のような言動をとったあげく、一ヶ月前に突然元の状態に回復したのだ。パイパーは夢に現われる断片的な記憶をコーリイに語る。彼の精神は、牡牛座の暗黒星に仮の居留地をさだめる〈大いなる種族〉に拉致され、そこで三年間、人知を超えた研究に携わっていた。役目を終えて地球へ戻される際、記憶消去を施されたのだが、なぜか記憶が完全には消去されなかったらしい。いまなお〈大いなる種族〉の監視は続いており、遠からず自分は再度の人格転移を施されるだろう。――果たしてパイパーは、探検隊を組織してアラビアの砂漠へ姿を消した。そしていまコーリイのもとへも、パイパーそっくりの目つきをした男が……。

【解説】ラヴクラフトの創作メモにもとづく補作という体裁をとっているが、実際には「時間からの影」をダーレス流に書き直した作品である。ダーレスがわざわざ本篇をものした理由は、両作を読み較べてみれば明らかだろう。旧神対旧支配者の図式をさりげなく導入することで、ダーレスは〈大いなる種族〉をも、ダーレス流神話の世界に引きずりこんだのだ。

用語『**イシャクシャール**』Ixaxar, Ishakshar

リビア奥地の秘境に棲息していた、人に似て人ならざる種族が崇める黒い石。その表面に六十個の古代文字が刻まれているため〈六十石 Hexecontalitho〉とも称される。イオド召喚に関する記載が含まれているらしい。

【参照作品】「黒い石印」「狩りたてるもの」

用語**イシュタル** Ishtar

古代バビロニアで崇拝された女神。マギ族は、慈しみ深いイシュタルを、冷酷な旧支配者との戦いのシンボルとして崇めている。その故郷は、シリウスの彼方の空間にあるという。

【参照作品】「ネクロノミコン　アルハザードの放浪」

用語『**イステの歌**』Song of Yste

ときに『ネクロノミコン』や『エイボンの書』と並び称される魔道書。ディルカ一族の手で、往古の伝説的形態から人類黎明期の三大文明の言語に翻訳され、さらにギリシア語、ラテン語、アラビア語、エリザベス朝の英語に翻訳されたという。

【参照作品】「深淵の恐怖」「グラーグのマント」

用語『**イスラムのカノン**』Qanoon-e-Islam

『ネクロノミコン』の異称。

【参照作品】「チャールズ・デクスター・ウォード事件」

用語『**異世界の監視者**』The Watchers on the Other Side

英国の作家ネイランド・コラムが執筆した長篇小説。古代の伝説にもとづく怪奇幻想的な作品で、現実のクトゥルー信仰と酷似する部分があったため、作者の身に危険を招いた。
【参照作品】「永劫の探究」

用語 **イソグサ** Ythogtha

クトゥルーの三柱の子神の第二である「深淵に眠る忌まわしきもの」。旧神の印で封じられ、鎖に繋がれて、イヘーに横たわるとされる。
【参照作品】「夢でたまたま」「タイタス・クロウの帰還」

用語 **イタカ** Ithaqua

旧支配者の一柱とされる風の精。〈風を歩むもの Wind-Walker〉にして、大いなる白き沈黙の神とも呼ばれる。ハスターに従うともいう。生贄を遙かな空の高みに運んでは、禁断の土地土地を連れまわり、最後は雪のガーゼにくるまれたような状態にして、地上に投げ棄てる。その姿は、巨人の輪郭に似た雲と、緑色に燃える目のように輝く星として人間の目に映るが、それを目撃した者には例外なく死がもたらされる。北アメリカ原住民が畏怖する魔物〈ウェンディゴ〉は、イタカのことであるともいう。
【参照作品】「風に乗りて歩むもの」「戸口の彼方へ」「イタカ」

用語 **イタクアー** I'thakuah

アイレムの地下に棲む、かつて人間の女であった醜怪な生物で、魔女とも呼ばれる。旧支配者の伝承をはじめとする往古の深秘に通じているという。
【参照作品】「ネクロノミコン アルハザードの放浪」「アルハザード」

用語 **イダ＝ヤー** Idh-yaa

クトゥルーと交わり、ガタノトーア、イソグサ、ゾス＝オムモグの〈ゾス三神〉を産んだ母なる神性。

イタカ（ケイオシアム社の作品集より）

【参照作品】「時代より」

イドヒーム族 Ydheems

用語

イディーム族とも。サイクラノーシュ（土星）の原住民だが、ブフレムフロイム族と違って、頭部の痕跡が認められる。フジウルクォイグムンズハーを主神とする神々を崇めている。魔道士エイボンとモルギは、かれらに託宣者として迎えられ、かの地に安住した。

【参照作品】「魔道士エイボン」

『古の鍵』 Elder Key

用語

伝説に名高い一種の暗号文書だとされるが、詳細は不明である。

【参照作品】「狩りたてるもの」

古の印 Elder Seal

用語

〈旧支配者の大いなる印〉とも。永劫の太古にクトゥルーの軍団と戦った、上古の種族によって造りだされたとされる呪符で、旧支配者の通過を妨げる力を有する。

【参照作品】「ネクロノミコン　アルハザードの放浪」

古のもの Old Ones

用語

太古の南極に、星界から飛来した知的生物。高さ約八フィート、樽状の胴体には膜状の翼が生え、頭部は海星を思わせる五芒星形である。高度な知能をもち、無機物を合成して生命体を生み出した。その中には、巨石都市建設に使役するためのショゴスや、食用・玩弄用として飼育される人類の遠い祖先も含まれていた。他の宇宙生物との抗争やショゴスの反乱、地殻変動などによって次第に衰微し、氷河期の到来とともに、最後の拠点であった南極の海底深く

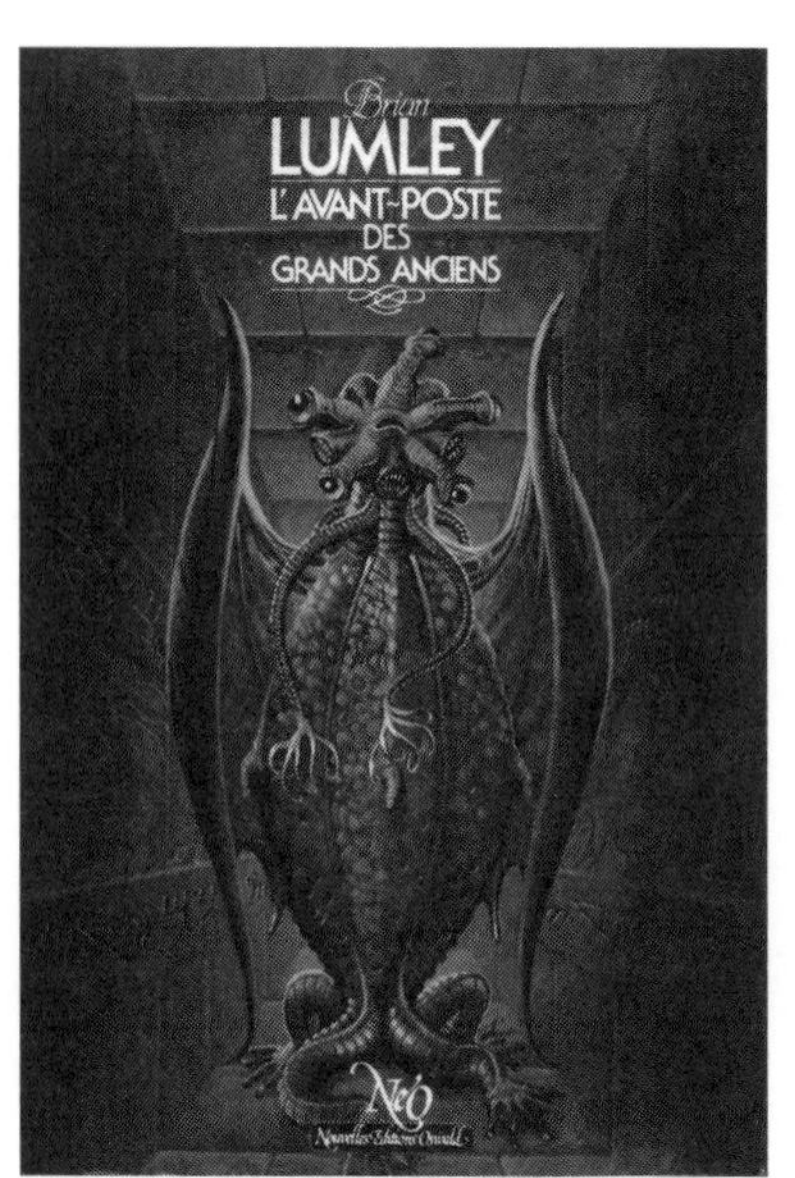

古のもの（仏訳版『狂気の地底回廊』より）

姿を消した。
【参照作品】「狂気の山脈にて」「狂気の地底回廊」「暗黒の知識のパピルス」

用語 **イヌート族** Inutos

ずんぐりした醜悪きわまりない黄色の悪鬼で、戦闘に長ける。未知の西方から到来し、ロマールの地を征服した。
【参照作品】「北極星」

用語 **イハ＝ントレイ** Y'ha-nthlei

〈悪魔の暗礁〉の沖合深くにある、夥しい柱の林立する巨石造りの海底都市。〈深きものども〉の一大拠点である。燐光を放つ宮殿にはテラスが数多く設けられており、庭園には鰓のある奇怪な花が咲き乱れているという。
【参照作品】「インスマスを覆う影」「タイタス・クロウの帰還」

用語 **イブ** Ib

人類の揺籃期にムナールの地の湖畔にあった、灰色の石造都市。奇異な彫像に覆われた方尖塔や、水蜥蜴神ボクラグを象った海緑色の石像を擁する。住民は緑色の醜悪な生物で、かれらは都市とともに月から降りて来たともいわれる。隣接する新興都市サルナスの民によって攻め滅ぼされ、住民の遺骸は湖に遺棄された。
【参照作品】「サルナスの滅亡」「大いなる帰還」「無名都市」

用語 **イプスウィッチ** Ipswich

インスマスの近くにある町。両町を結ぶ主要道路は、イプスウィッチ街道と呼ばれている。
【参照作品】「インスマスを覆う影」

用語 **イブ＝ツトゥル** Yibb-Tstll

旧支配者の一柱。光なき無窮の深淵にひそむ暗黒神にして、人間の魂を喰らう悪鬼、精神をかすめとる吸血鬼とも呼ばれる。妖術師が用いる〈黒きもの〉は、イブ＝ツトゥルの血であり霊顕であるといわれる。
【参照作品】「黒の召喚者」「続・黒の召喚者」

用語 **イブン・ガジの粉** the powder of Ibn Ghazi

ウィルバー・ウェイトリイが日記で言及している魔術用語。詳細は不明だが、この粉をかけると透明な兄弟の姿が垣間見られたという。
【参照作品】「ダニッチの怪」「魔道書ネクロノミコン」

用語 **イヘー** Yhe

イエーとも。太平洋に没したと伝えられる島。かつて高名な魔術師が棲んでいたという。

【参照作品】「時間からの影」「夢でたまたま」「タイタス・クロウの帰還」

用語 **イホウンデー** Yhoundeh

ヒューペルボリアで公に崇拝されたヘラジカの女神。その神官は、ツァトゥグア崇拝を弾圧した。

【参照作品】「魔道士エイボン」

用語 **忌まわしき双子** Twin obscenities

ロイガーとツァールを指す呼称。

【参照作品】「潜伏するもの」

用語 **忌み嫌われる家** The shunned house

忌まれた家、斎忌の館とも。プロヴィデンスのベナフィット・ストリートにあるハリス家 Harris family の居宅。その区画の一部には、かつて墓地があった。屋敷の地下には、十八世紀初頭に死んだ妖術師ポール・ルレの死体が埋まっており、そのせいか同家には変死や狂疾事件が絶えない。

【参照作品】「忌み嫌われる家」

〈忌み嫌われる家〉のモデルとなった家。ベナフィット・ストリートに現存する。ラヴクラフトだけでなく、ポオも同家の前を往き来したという。

用語 **イム＝ブヒ** y'm-bhi

ヨム・ビイとも。クン＝ヤンの住民に使役される奴隷階級で人間に酷似している。原子の力と思考の力で機械的に動かされる、生ける死者。不完全な標本は、家畜として扱われている。

【参照作品】「墳丘の怪」

用語 **イヤン＝リー** Yiang-Li

ツァン＝チャン帝国の哲学者。〈大いなる種族〉により精神を交換され、ナサニエル・ピースリーと会話した。

【参照作品】「時間からの影」

用語 **イラーネク** Ilarnek

イラーネックとも。ムナールの地にある都市。その大神殿には、サルナスの跡地で発見されたボクラグ神の石像が安置されている。

【参照作品】「サルナスの滅亡」

用語 **イラノン** Iranon

至上の美の都アイラを探し求めて、ムナール各地を放浪する吟唱詩人の若者。アイラの王子に生まれたが、幼くして流刑に処されたのだと、みずからの来歴を物語る。

【参照作品】「イラノンの探求」

用語 **イリミド** Yrimid

月世界人 Selenites の滅びゆく王国。

【参照作品】「月の文書庫より」

用語 **イル** Yr

カダスの遠方にあるとされる遙けき地。

【参照作品】「暗黒の儀式」

用語 **イレク＝ヴァド** Ilek-Vad

〈夢の国〉の都。中空のガラスの断崖に広がる、小塔が林立する伝説の都市である。その蛋白石で出来た玉座には、ランドルフ・カーターが君臨しているという。

【参照作品】「銀の鍵」「銀の鍵の門を越えて」「未知なるカダスを夢に求めて」

用語 **イレド＝ナア** Ired-Naa

ランドルフ・カーターが追い求めた〈夕映の都 sunset city〉にある神殿。その祭壇には不滅の炎が輝いていると いう。

【参照作品】「未知なるカダスを夢に求めて」

用語 イレム Irem

〈アイレム〉を参照。

用語 インガノック Inquanok

〈インクアノク〉を参照。

用語 インクアノク Inquanok

〈夢の国〉の都市。寒冷な薄明の地にあり、レン高原にも程近いという。縞瑪瑙で築かれており、中心部には〈古のものども〉を祀る十六角形の中央大神殿が屹立し、丘陵部には覆面をした王が君臨する縞瑪瑙の城がある。地球の神々の血をひくといわれる住民は、目が細長く耳朶が長く鼻が薄く顎がとがった独特の顔容をしており、劫初の神秘に通じている。玄武岩の波止場から出立する黒いガレー船は、定期的にセレファイスを訪れ、交易をおこなっている。

【参照作品】「未知なるカダスを夢に求めて」

用語 インスマス Innsmouth

インスマウス、インズマスとも。マサチューセッツ州エセックス郡、マヌーゼット河 Manuxet の河口に位置する古びた港町。周辺には荒涼として人の住めない塩性湿地が広がり、交通の妨げとなっている。一六四三年に建設され、独立戦争以前は造船業で、十九世紀初頭には海運業で栄えたが、一八一二年戦争（米英戦争）を境に次第に衰微し、一八四六年の伝染病蔓延と暴動以降は、オーベッド・マーシュに率いられたクトゥルー崇拝者の拠点と化した。そして一九二七年冬に起きた連邦政府による住民一斉検挙によって、荒廃の度をさらに深めた。住民は〈深きものども〉との混血により〈インスマス面〉と呼ばれる特異な容貌をしており、周辺地域の住民から忌み嫌われている。

【参照作品】「インスマスを覆う影」「魔女の家の夢」「戸口

インスマスの情景（フランク・ウトパテル画）

にあらわれたもの」「永劫の探究」「ルルイエの印」「セレファイス」「深きものども」「暗礁の彼方に」「大物」「インスマスに帰る」「長靴」「インスマスの黄金」「三時十五分前」「インスマスの遺産」「ディープネット」「世界の終わり」

用語 インスマス症候群 Innsmouth syndrome

インスマスの住人の容姿に認められる、遺伝学的特徴を指す名称。命名者はデイヴィッド・スティーヴンスン。

【参照作品】「インスマスの遺産」

用語 インスマス面(づら) Innsmouth look

インスマスの住民に共通した特徴である、魚類や両生類を想起させる奇異な容貌。禿げあがった頭部は妙に細く、鼻は平たく、まばたきをしない目は膨れあがり、皮膚はかさぶたに覆われ、首の両側には魚の鰓(えら)を思わせる皺が認められる。加齢につれて、変貌の度合いが増してゆくという。

【参照作品】「インスマスを覆う影」「インスマスの遺産」

作品 インスマスの遺産 The Innsmouth Heritage

ブライアン・ステイブルフォード

【初出】ネクロノミコン・プレス『インスマスの遺産』一九九二年刊

【邦訳】大瀧啓裕訳（学研M文庫『インスマス年代記』）

【梗概】生化学者で遺伝子研究に携わるぼくは、大学時代の友人アン・エリオットの招きに応じて、インスマスを訪れた。アンは叔父ネッドの遺産を引き継ぎ、同地の大地主となって、ホテル経営や不動産開発事業を展開していたのだ。「インスマス面(づら)」を遺伝子学で解明したいと念願するぼくは、アンの紹介で、漁師のギディアン・サージャントと知り合う。ギディアンは「最後にわしらを殺すのは、骨や目じゃねえ——夢がわしらを暗礁に呼びよせ、深海にとびこむよう命じるのさ」と、夢への怖れを告白する。愛するアンのためにも、ぼくは「インスマス症候群」を究明しようと意気ごむのだが……。

【解説】現代にあっては、かくもあらんというインスマスの変貌ぶりと、変わることなき深海への怖れを、リアルに追求した異色作。恋愛小説としてのほろ苦い味つけも好ましい。

用語 『インスマス・リコーダー』 Innsmouth Recorder

インスマスで発行されている地方新聞。

【参照作品】「暗礁の彼方に」

作品 インスマスを覆う影 The Shadow Over Insmouth

H・P・ラヴクラフト

【執筆年／初出】一九三一年／一九三六年（私家版の単行本として刊行）

【邦訳】大西尹明訳「インスマウスの影」（全1）／片岡しのぶ訳「インズマスの影」（定5）／大瀧啓裕訳「インスマスを覆う影」（ク8）

【梗概】成人を迎えた記念に、気ままなニューイングランド旅行を楽しんでいたわたしは、ニューベリイポートからアーカムへ向かう途中、インスマスという港町に立ち寄ることにする。周辺の住民はインスマスとその住民を忌み嫌っているらしく、古びた路線バスの乗客はわたし一人きりだった。かつては造船・海運業で栄えたこの町も、一八四六年に疫病が流行し、住民の大半が死に絶えてからはめっきり寂れたといわれ、現在の住民のほとんどが妙に両棲類を連想させる〈インスマス面(づら)〉をしていた。常にどこかから監視されているような圧迫感を覚えながら、荒廃した市街を散策するわたしは、ザドック・アレンという酔いどれの老人から、おぞましい秘密を聞かされる。町の有力者だったオーベッド・マーシュという男が、南洋交易の際に、深海の魔神と奇怪な通婚をしている島民たちと知り合い、一八三八年に周辺の島の人々によって島民が駆逐されて後は、みずから魔神と取引をするようになったというのだ。〈深きものども〉と呼ばれる魔物たちは、クトゥルー、ダゴン、ヒュドラといった神々を崇拝し、インスマス沖合の〈悪魔の暗礁〉の底深くを棲処(すみか)としており、マーシュはかれらに生贄を捧げ、忌まわしい通婚の求めに応じることで、豊漁と貴金属に恵まれたという。そして一八四六年に〈深きものども〉の上陸・襲撃によって、マーシュ一族の反対勢力が一掃されてからは、インスマスは魔物の巣窟になり果てたのだった……。老人はそこまで語ると「やつらに知られた、町を離れろ」と言い残して走り去る。路線バスの故障で足止めをくったわたしは、町で唯一の宿屋ギルマン・ハウスに泊まるが、不穏な住民の挙動から身の危険が迫っていることを知り、必死の逃亡を試みる。逃避行の途中、わたしが目にしたのは、半人半魚の化物たちのおぞましき隊列だった。辛くも逃げのびたわたしは連邦政府に急報し、大規模な掃討作戦が秘密裏に実行された。一方わたしは、自身の家系がマーシュ家につながることを知り、迫りくる変身の恐怖と深海の誘惑におののくのだった……。

【解説】〈インスマス物語〉の原点であると同時に、怪奇小説としてのクトゥルー神話の頂点を極めたといっても過言ではない傑作。グロテスクな異類婚によって頽落してゆく閉鎖社会を、圧倒的な臨場感でなまなましく描きだす鬼気迫る筆致は、真に比類がない。なお、学研版『文学における超自然の恐怖』には「インスマスを覆う影　未定稿」（大瀧啓裕訳）が収録されており、現行版から省かれたくだりを読むことができる。

用語『**隠蔽されしものの書**』Book of Hidden Things
魔道書のひとつと思われるが詳細は不明である。クラエス・ヴァン・デル・ハイルが秘蔵していた古文書の中に言及されている。
【参照作品】「アロンソ・タイパーの日記」

用語『**ヴァークリイ谷**』The Vale of Berkeley
ウィルシャーWilshireという人物が著した書物。
【参照作品】「城の部屋」

用語**ヴァク＝ヴィラ呪文** Vach-Viraj Incantation
ワク＝ウィラジの呪文とも。クトーニアンなどのクトゥルー眷属群を撃退するために、一定の効果があるとされる呪文。
【参照作品】「地を穿つ魔」「セイレムの恐怖」「第七の呪文」

用語**ヴァスケス、ディエゴ** Diego Vasquez
『無名祭祀書』が、一九〇九年にニューヨークの出版社ゴールデン・ゴブリン・プレスから削除版として再刊された際に、不気味な想像力に富む挿絵を描いた画家。
【参照作品】「屋根の上に」

用語『**ヴァチカン写本**』Vatican codex
法王庁の図書館で発見された、古代マヤ族の象形文字で記された写本。『ポポル・ヴフ』の原型とおぼしき創世神話が記されており、それによると、劫初の地球にアルクトゥールス星から飛来したガタノトーアもしくはイグと呼ばれる神性の精液から、地上の生物が誕生したのだという。
【参照作品】「賢者の石」

用語**ヴァルーシア** Valusia
ムーやアトランティスが小島にすぎなかった頃から栄えていた超古代の王国。蛇神を奉じる蛇人間が暗躍をきわめる、瀆神の都にして影の王国である。
【参照作品】「影の王国」

用語**ヴァン・コーラン一族** van Kaurans
悪魔と取引をし、一五八七年にウィットガード Wijtgaart

で縛り首となった魔術師ニコラス・ヴァン・コーラン Nicholas van Kauran の子孫。代々『エイボンの書』を秘蔵し、魔道に耽ってきた。
【参照作品】「石像の恐怖」

用語 **ヴァン・デル・ハイル一族** van der Heyls
奇妙な妖術をおこなった嫌疑により、一七四六年にアルバニーからニューヨーク州アッティカに移住した妖術師の一族。
【参照作品】「アロンソ・タイパーの日記」

用語 **ヴァン・ホーホストラーテン** van Hoogstraten
オールド・ダッチタウンにあるオークの森の家で、禁断の知識の探究に携わっていた謎のオランダ人。
【参照作品】「黒の詩人」

用語 **『ウィアード・テイルズ』** Weird Tales
米国シカゴを地盤とする出版人ジェイコブ・C・ヘネバーガーJ.C.Henneberger（一八九〇～一九六九）が、一九二三年三月に創刊した怪奇幻想小説専門のパルプ・マガジン（パルプと呼ばれる安価で粗悪な用紙に刷られた、大衆向けの娯楽小説雑誌の総称）。ファーンズワス・ライト Farnsworth Wright（一八八八～一九四〇）が第二代編集長として辣腕をふるった三〇年代前半に黄金期を迎え、ラヴクラフトはもとより、R・E・ハワード、C・A・スミスから、R・ブロック、A・ダーレスにいたる作家たちや、ヴァージル・フィンレイ、ハネス・ボクほかの挿絵画家など、多くの関係者の活動舞台となった、クトゥルー神話の故郷ともいうべき伝説の名雑誌である。一九五四年九月、通巻二七九冊をもって終刊した。
【参照作品】「ハスターの帰還」「闇に棲みつくもの」「大物」

用語 **ウィーデン、エズラ** Ezra Weeden
クローフォード内海運輸汽船の二等航海士（一七四〇～一八二四）。イライザ・ティリンガストとの婚約を一方的に破棄された恨みから、ジョウゼフ・カーウィンの素行を徹底的に調査し、その悪業を暴きだした。子孫のハザード・ウィーデン Hazard Weeden は、エインジェル・ストリート五九八番地に居住。
【参照作品】「チャールズ・デクスター・ウォード事件」

作家 **ウィーラー、トマス** Thomas Wheeler
①**神秘結社アルカーヌム** The Arcanum（扶桑社ミステリー）二〇〇四

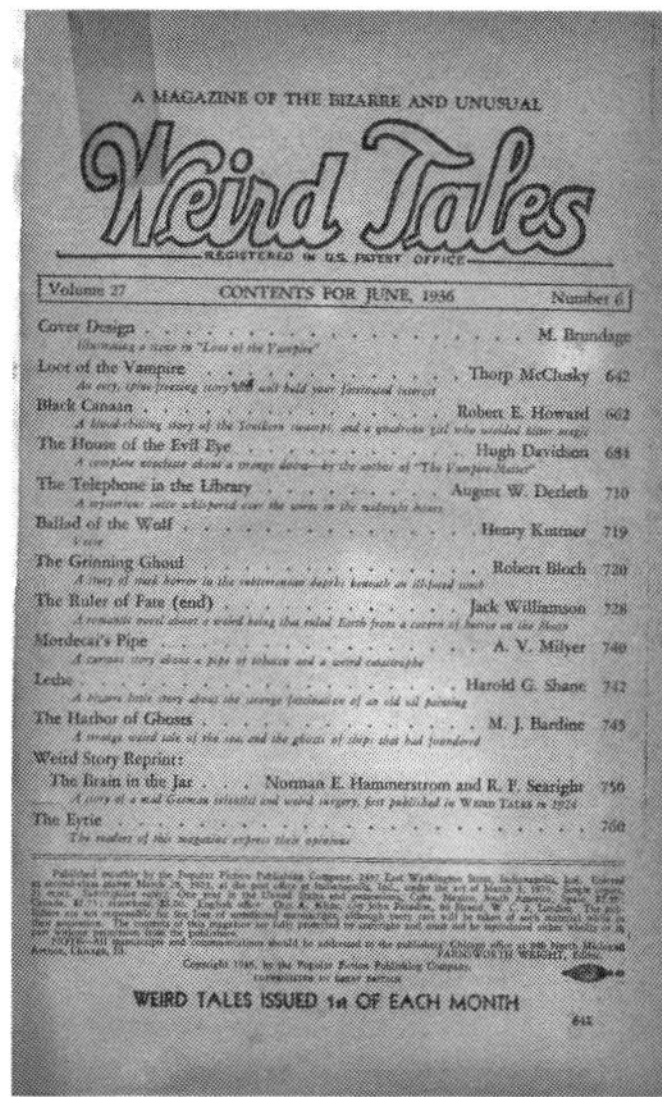

A MAGAZINE OF THE BIZARRE AND UNUSUAL

Weird Tales

REGISTERED IN U.S. PATENT OFFICE

Volume 27 — CONTENTS FOR JUNE, 1936 — Number 6

WEIRD TALES ISSUED 1st OF EACH MONTH

『ウィアード・テイルズ』同号の目次

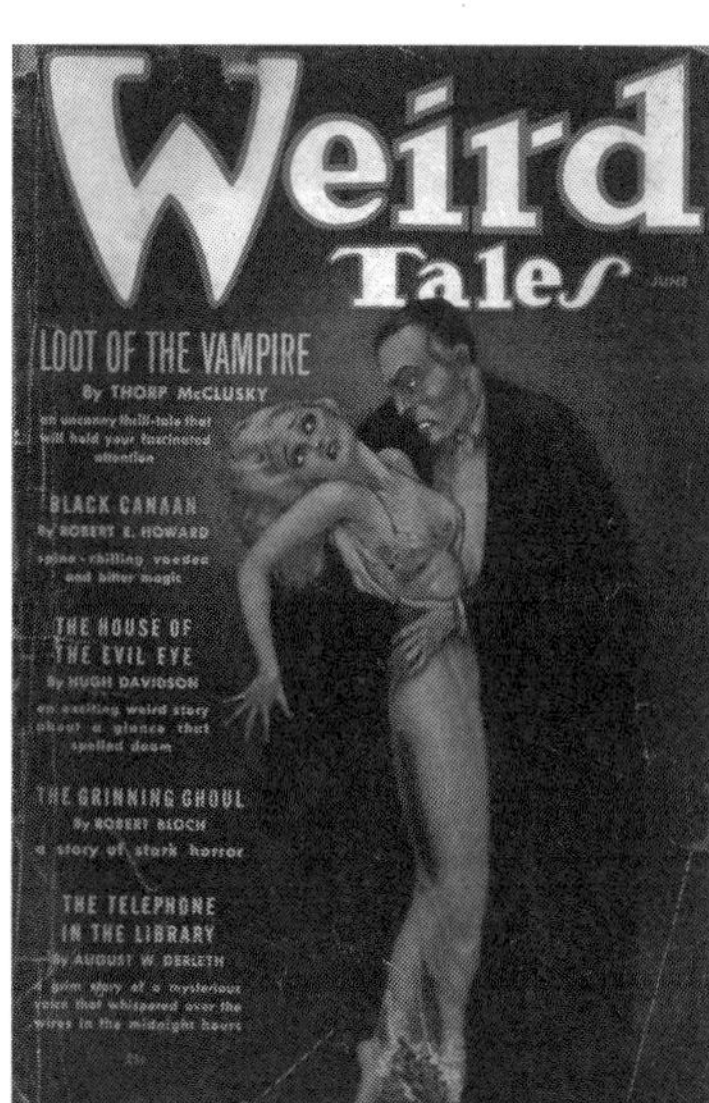

Weird Tales

JUNE

LOOT OF THE VAMPIRE
By THORP McCLUSKY
an uncanny thrill-tale that will hold your fascinated attention

BLACK CANAAN
By ROBERT E. HOWARD
spine-chilling voodoo and bitter magic

THE HOUSE OF THE EVIL EYE
By HUGH DAVIDSON
an exciting weird story about a glance that spelled doom

THE GRINNING GHOUL
By ROBERT BLOCH
a story of stark horror

THE TELEPHONE IN THE LIBRARY
By AUGUST W. DERLETH
a grim story of a mysterious voice that whispered over the wires in the midnight hours

『ウィアード・テイルズ』1936年6月号の表紙

The Grinning Ghoul

By ROBERT BLOCH

A story of stark horror in the subterranean depths beneath the tomb

FATE plays strange tricks on one, doesn't it? Six months ago I was a well-known and moderately successful practising psychiatrist; today I am an inmate of a sanatorium for mental cases. In my capacity of alienist and physician I have often committed patients to the selfsame institution in which I myself am now confined, and today—irony of ironies!—I find myself their brother in misfortune.

And yet I am not really mad. They sent me here because I chose to tell the truth, and it was not the kind of truth men dare to reveal or recognize. I acknowledge that my part in the matter led me to suffer a severe nervous break-down, but it did not derange me. My story is true; I swear to it—but they will not believe. Of course I really have no substantial proof to offer; I have never seen Professor Chaupin since that eventful night last August, and my subsequent investigations failed to substantiate his claim to a post at Newberry College. This, however, only testifies to the validity of my statement; a statement which sent me to shameful confinement, to a living death which I abhor.

There is one other concrete proof which I could give if I dared, but that would be too terrible. I must not lead them to the exact spot in that nameless cemetery and point out the passage that yawns beneath that tomb. It is better that I should suffer alone, that the world at large be spared the knowledge that destroys sanity. Yet it is hard for me to live like this, and to the drabness of my days my nighted dreams add endless torment. That is why I choose to set down this account—perhaps the unfolding of my story will serve somehow to ease the painful burden of my memory.

The affair began one day last August, at my downtown office. It had been a dull vigil that morning, and the long, hot afternoon was nearly over when the nurse ushered in the first patient. It was a gentleman who had never consulted me heretofore; a man who gave his name as Professor Alexander Chaupin, of Newberry College. He spoke sibilantly, with a peculiar foreign intonation which led me to assume that he was not a native of this country. I requested him to be seated, and tried to appraise him quickly as he complied with my invitation.

He was tall and thin. His hair was startlingly white, almost platinum; yet his general physique and appearance were that of a man of forty. His green, unwavering eyes were deeply set in a pale, protruding forehead and were surmounted by long, jet-black brows. The nose was large, with sensual nostrils, but his lips were thin—a physical contradiction which I immediately noticed. The lean hands resting on the table were exceedingly small, with long, tapering fingers terminating in lengthy nails—probably cultivated for use in reading and reference work, I decided. His supple posture was akin to that of a panther in repose; he had the foreigner's ease and graceful manner. In the sunlight I was able to

720 W.T.—6

THE GRINNING GHOUL 721

"As he watched that demon procession he would suddenly lose his footing and be precipitated into the charnel cavern below."

observe his face, and I discovered his entire countenance to be covered with a network of tiny wrinkles. I noted, too, the peculiar pallor of his skin, which indicated some dermatological disturbance. But by far the queerest thing about him was his unusual mode of dress. His clothes, while obviously new, were incongruous in two respects; they were formal attire in midday, and they did not seem to fit him. They were curiously large; his striped gray trousers sagged, and his coat bulged strangely. There was dried mud on his patent-leather pumps, and he carried no hat. Obviously he was an eccentric type; a schizophrenic, perhaps, with tendencies toward hypochondria.

I prepared to ask him the routine questions, but he intervened. He was a busy man, he told me, and he would inform me at once of his difficulty, without unnecessary preliminaries or introductions. He settled himself back in his chair, where the sunlight faded into shadow; cleared his throat nervously, and began.

He was troubled, he said, because of

W.T.—6

『ウィアード・テイルズ』同号の本文誌面

米国の脚本家（?～　）。弱冠二十二歳でデビューし、ハリウッドで活躍。ローマ帝国を描いたテレビ・ドラマのミニ・シリーズや、ミステリー・シリーズの脚本・製作総指揮を担当する。小説家としてのデビュー作となった①は、一九一九年のニューヨークを舞台に、文豪コナン・ドイル、奇術師ハリイ・フーディニ、ブードゥーの呪術師マリー・ラヴォー（二代目）、そしてあろうことか我らがラヴクラフトという歴史上の人物たちが、秘密結社アルカーヌム（ラテン語で「秘密」を意味する）を結成、『エノクの書』の行方をめぐる謎めいた事件の究明に乗りだすという、嬉しいくらい虚実ないまぜなオカルト伝奇サスペンスである。本書におけるラヴクラフトは若き悪魔学者で、オカルト殺人の嫌疑で拘禁中という、とんでもない登場の仕方をする。アレイスター・クロウリイやファーンズワス・ライト（！）との絡みも愉快だ。〈エルトダウン・シャーズ〉〈クトゥルー教団〉ほか神話アイテムも頻出。

用語 ウィーラー、ヘンリー Henry Wheeler

ダニッチの住人。アーミティッジ博士一行による怪物退治の模様を、望遠鏡で見守った一人である。

【参照作品】「ダニッチの怪」

用語 ヴィクトリー号 Victory

イギリスの貨物船。ニューヨークからリヴァプールに向かう途中、ドイツ軍の潜水艦U29により撃沈された。水死した乗組員の一人の手には、月桂冠を戴く美青年の頭部をあしらった奇妙な象牙細工が握られていた。

【参照作品】「神殿」

用語 ヴィジラント号 Vigilant

モリスン商船会社の貨物船。一九二五年四月十二日に南緯三四度二一分、西経一五二度一七分の海上で、漂流中のアラート号を発見、オーストラリアのダーリング港まで曳航した。

【参照作品】「クトゥルーの呼び声」

用語 『ヴィズーラノスの夜想録』
Noctuary of Vizooranos

往古の強壮な大魔道士ヴィズーラノスが遺した秘儀の大冊。別名『夜の書 Book of Night』。エイボンにより再発見された。

【参照作品】「『夜の書』への注釈」

用語 **『ウィスパーズ』** Whispers

米国で一九二〇年代に発行されていた娯楽小説誌。その一九二二年一月号に掲載されたランドルフ・カーターの短篇「屋根裏の窓」は、良識ある読者の非難を浴び、南部や太平洋岸では掲載誌の回収騒動に発展した。

【参照作品】「名状しがたいもの」

用語 **ウイツィロポチトリ** Huitzilopochtli

ウィツィロポクトリとも。メキシコのアステカ族が崇拝した軍神、太陽神。生贄の血を欲する恐るべき神で、王都の大神殿では厖大な人身御供の儀式が執りおこなわれていた。断末魔のファン・ロメロは、この神の名を絶叫していたという。

【参照作品】「ファン・ロメロの変容」

用語 **ウィットニイ、ゴードン** Gordon Whitner

ベロイン大学教授。専攻は化学だが、オカルティズム研究に没頭し、〈エルトダウン・シャーズ〉の第十九粘土板解読に成功。その直後に急死した。

【参照作品】「知識を守るもの」

用語 **ウィッパァーウィル** Whippoorwills

アーカム北方の丘陵地帯に群棲する、夜鷹の一種。臨終を迎える死者の魂をさらおうとして鳴き騒ぐと信じられており、異界のものの気配にも敏感に反応する。

【参照作品】「ダニッチの怪」「丘の夜鷹」「サンドウィン館の怪」

用語 **ウィップル、エイブラハム** Abraham Whipple

プロヴィデンス在住の私掠船船長。ジョウゼフ・カーウイン襲撃実行部隊の指揮官を務めた。

【参照作品】「チャールズ・デクスター・ウォード事件」

用語 **ウィップル、エラヒュー** Dr. Elihu Whipple

プロヴィデンス在住の医師で、郷土史家、古物研究家。ベナフィット・ストリートの〈忌み嫌われる家〉についての調査記録を遺す。一九一九年六月二十五日深夜、同家の地下室で壮絶な怪異に襲われ、おぞましい変容を遂げた。享年八十一。

【参照作品】「忌み嫌われる家」

用語 **ウィヌースキ河** Winooski River

ヴァーモント州マントピーリア Montpelier 近くを流れ

る河。一九二七年十一月の大洪水の直後、増水した河面を流れくだる異形のものの姿が目撃された。
【参照作品】「闇に囁くもの」

用語 **ウィリアムスン** Williamson
ミスカトニック大学の南極探検隊員の一人。
【参照作品】「狂気の山脈にて」

用語 **ウィリアムスン、ジェイムズ** James Williamson
オハイオ州クリーヴランドの住人で、イライザ・オーンと結婚、二男一女をもうけた。
【参照作品】「インスマスを覆う影」

用語 **ウィリアムスン、ダグラス** Douglas Williamson
ジェイムズとイライザのウィリアムスン夫妻の長男。ニューイングランド地方を旅した後、拳銃自殺を遂げた。
【参照作品】「インスマスを覆う影」

作家 **ウィリアムスン、チェット** Chet Williamson
①**ヘルムート・ヘッケルの日記と書簡** From the Papers of Helmut Hecker（創元推理文庫『ラヴクラフトの遺産』）一九九〇

米国の作家（一九四八～　）。ペンシルヴァニア州ランカスター出身。八一年に作家デビューし、処女長篇『Soul Storm』（八六）以降、おもにモダンホラーの分野で活躍。邦訳に、人気ゲームのノベライゼーション『HELL　地獄の聖戦』（九五）などがある。
①は、高尚を気取る純文学作家が、ラヴクラフトの生まれ変わりとおぼしき怪猫に魅入られて……という抱腹絶倒のファルス。なにやらんボルヘスとラヴクラフトの関係を想起させて愉快である。

用語 **ウィリアムスン、ローレンス** Lawrence Williamson
ジェイムズ・ウィリアムスンの次男ウォルターWalterの息子。祖母イライザに瓜ふたつの容姿で、長らくキャントンの療養所に隔離されているという。
【参照作品】「インスマスを覆う影」

用語 **ウィリット、マライナス・ビクナル** Marinus Bicknell Willett
マリナス・ビクネル・ウィレットとも。プロヴィデンスのバーンズ・ストリート一〇番地に住む医師。友人でもあるウォード家の主治医を長年にわたり務める。チャールズの身に起こった異変をいちはやく察知し、ヨグ＝ソトースの呪文を用いて、ジョウゼフ・カーウィンの野望を辛くも阻止した。ランドルフ・カーターとも親交があるらしい。

【参照作品】「チャールズ・デクスター・ウォード事件」

用語 ウィルコックス、ヘンリー・アントニー

Henry Anthony Wilcox

プロヴィデンスのトーマス・ストリート七番地に居住する青年彫刻家で、地元の名家の出身。ロード・アイランド美術学院で彫刻を学び、フレール・ド・リスの芸術家アパートで独り暮らしをしていた。一九二五年二月二十八日の夜、異様な悪夢に見舞われ、ルルイエとおぼしき巨大石造都市を幻視し、その記憶をもとに奇怪な浅浮彫を制作した。以後も奇怪な夢を見てはエインジェル教授に報告していたが、三月二十三日から四月二日まで譫妄状態に陥り、回復後は夢の記憶を完全に喪失していた。

【参照作品】「クトゥルーの呼び声」

作家 ウィルスン、F・ポール F. Paul Wilson

①**ザ・キープ** The Keep（扶桑社ミステリー）一九八一

②**荒地** The Barrens（創元推理文庫『ラヴクラフトの遺産』）一九九〇

米国の作家（一九四六〜　）。ニュージャージー州出身。少年時代からパルプ・マガジンを熱愛。医学部を出て医師となるが、そのかたわら作家を志し、処女長篇『Healer』（七六）をはじめとするSFを執筆。八一年発表のモダンホラー長篇『ザ・キープ』がベストセラーとなってからは、おもに伝奇ホラーと医学スリラーの分野で活躍している。

ウィルスンは代表作〈ナイトワールド・サイクル〉六部作（近年は〈アドヴァーサリ・サイクル〉という別称が定着しているが）の第一作である①で、『アル・アジフ』『エイボンの書』ほかクトゥルー神話の魔道書群を大量導入、第二作『マンハッタンの戦慄』（八四／扶桑社ミステリー）にも、妖獣ラコシをはじめエスニック系神話作品に通ずるアイテムをちりばめるなど、おりにふれ偉大なる先達HPLへの敬愛の念を作中で表明してきた。そもそも右の連作、とりわけ最終作『ナイトワールド』（九三／同）は、地球規模での壮大なハルマゲドン幻想活劇を描いて、ダーレス神話に近似した世界を、より本格的に展開したものともみなしうるのである。②は、そんなFPWがラヴクラフトの「宇宙からの色」を意識して書きあげた傑作短篇。故郷ニュージャージーに実際に伝わる〈ジャージー・デビル〉の怪奇伝説をもとに、異次元に触れた男の悲劇を描いて、本家におさおさひけをとらない宇宙的恐怖を幻成させている。

用語 **ウィルスン医師** Dr. Wilson
アーカムの医師。一九一三年九月、再度の異変に見舞われたナサニエル・ピースリーを診療した。
【参照作品】「時間からの影」

作家 **ウィルスン、ゲイアン** Gahan Wilson
①**ラヴクラフト邸探訪記** H.P.L.（創元推理文庫『ラヴクラフトの遺産』）一九九〇
米国の漫画家、作家（一九三〇〜）。ガーンとも。イリノイ州シカゴに生まれる。シカゴ美術学校で学び、『プレイボーイ』『ニューヨーカー』などの一流誌紙に独特なタッチの怪奇味と諧謔味あふれる漫画・イラスト作品を発表。その画風を彷彿させるホラー短篇でも評価が高い。短篇集に『The Cleft and Other Odd Tales』（九八）がある。
ある秘められた事情によって現代まで生きながらえ、執事のクラーカシュ＝トン（！）と豪邸に暮らすHPLのもとを訪れた青年の興奮と驚くべき真相を描いた①もまた、作者の才気横溢する、ラヴクラフティアン感涙の逸品といえよう。

作家 **ウィルスン、コリン** Colin Wilson
①**精神寄生体** The Mind Parasites（学研M文庫）一九六七
②**賢者の石** The Philosopher's Stone（創元推理文庫）一九六九
③**ロイガーの復活** The Return of the Lloigor（ハヤカワ文庫／角川ホラー文庫『ラヴクラフト恐怖の宇宙史』）一九六九
④**古きものたちの墓** The Tomb of the Old Ones（扶桑社ミステリー『古きものたちの墓』）一九九九
⑤**魔道書ネクロノミコン** The Necronomicon（学研）一九七八
⑥**魔道書ネクロノミコン続編** The R'lyeh Text:Hidden Leaves from the Necronomicon（学研『魔道書ネクロノミコン　完全版』）一九九五
⑦**魔道書ネクロノミコン　捏造の起源** The Necronomicon: The Origin of a Spoof（トライデント・ハウス『ナイトランド』創刊号）一九八四
英国の作家、評論家（一九三一〜二〇一三）。レスター出身。靴屋の息子に生まれ、工業高校中退後、さまざまな職業を転々としながら独学。一九五六年、評論『アウトサイダー』により「怒れる若者たち」の一員として衝撃的なデビューを飾った。著書に『宗教と反逆者』（五七）『発端への旅』（六九）『オカルト』（七一）ほか多数。
ウィルスンは評論集『夢見る力』（六一）の中で、自身の処女作と同じタイトルの小説を書いた作家ラヴクラフトに注目し、「二十世紀で最悪の、最もけばけばしい文章家」「文学としては失敗作であっても、心理学的な病歴書として興味をそそる」（中村保男訳）等々と評した。これにA・ダーレスが書簡で異議を呈したことがきっかけとなって、①に始まる神話作品を執筆することになったという（①と③は当初アーカム・ハウスから刊行されている）。

①の「まえがき」で、ウィルスンは『夢見る力』におけるラヴクラフト観を大幅に修正した再論をおこなった。その結論部分から、次に引用する。

「もしイギリスに生れていたら、彼はジョン・キーツのような詩人になっていただろう。彼は音楽・絵画・書物・山・湖を心の糧にせずにおられぬ人間だった。それにもしソホーやウィーンやプラハに住んでいたら、もっと仕合わせになっていたにちがいない。（中略）いろいろな若い作家たちに与えた彼の手紙は、彼が自分と同じような仲間をほしがっている非常に社交ずきな人間だったことを示している。だが一面また彼は生来どこか貴族的なところがあったから、ニューヨークやロンドンでわびしい貧乏ぐらしをするのに堪えられず、それくらいなら生れ故郷のプロヴィデンスで平凡な生活を送る方がましだっただろう。（中略）ということはつまり、彼は百年後にほかの何万という〈アウトサイダーたち〉がなめることになるみじめさを、特に深く経験したわけだ。だからこそ彼の作品は実際の文学的価値以上に——いや、おそらくは彼の意図しなかったくらいにまで——魅力をもっているのだ。

ヘミングウェイやフォークナーよりも……いや、カフカとくらべてさえも、彼は二十世紀におけるアウトサイダー芸術家の断然たる象徴だ」（中村保男訳）

ウィルスンの神話作品、特に①と②は、恐怖小説を意図して書かれたものではなく、むしろSF的な設定の中で、人間意識の拡張、潜在的能力の発現というウィルスン自身のテーマを展開したものであるため、他の作家の神話作品とはかなり趣を異にしている。①では古代より人間の精神に巣喰う生物と人類の闘争を描き、②では不老長寿探求の副産物として、自在に過去を覗く能力を得た青年が、人類の発生に旧支配者が関わっているという禁断の秘密を知ることになる。たんなるパスティーシュではなく、ラヴクラフト神話の本質をしかと見据えたうえでのオリジナル神話として、いずれも必読の名作である。最晩年、「狂気の山脈にて」のトリビュート競作集のために書き下ろされた④は、後日談的な設定と筋立てでさほど新味はないが、超能力者の美少女インガが重要な役まわりで登場するなど、作者のオカルト志向が全面に発揮された力作中篇だった。

⑤はウィルスン個人の著作ではないが、ウィルスンによる奇矯な序文が全体のなかば近くを占めている点といい、②や③に登場する〈ヴォイニッチ写本〉と同様のコンセプトによって同書が成立している点といい、⑤の黒幕がウィルスンであることは、おそらく間違いのないところと思われる（この推測が正しいことは、内幕を回顧したエッセイ⑦により実証された）。⑥はその続篇である。

用語 ウィルヘルム博士、フレデリック・C

Dr. Frederick C. Wilhelm

米国カリフォルニア州サン・シミアン近郊の動物学研究所で、イルカの研究に従事していた海洋生物学者。イルカと人間の女性を、テレパシーで交信させる実験をおこない、ある夜、事故死した。

【参照作品】「深きものども」

用語 ウィルマース、アルバート・N

Albert N. Wilmarth

ミスカトニック大学で英文学を講ずるアマチュア民俗学者。アーカムのソルトンストール・ストリート Saltonstall St. 一一八に居住。ヴァーモント州の洪水の際に目撃された怪生物に関する意見を新聞に投稿したのが縁で、ヘンリー・エイクリイと文通を交わし、〈ユゴス星の菌類生物〉の暗躍を目の当たりにする。

【参照作品】「闇に囁くもの」「狂気の山脈にて」「アーカムそして星の世界へ」

用語 ウィルマース・ファウンデーション

Wilmarth Foundation

ミスカトニック大学の教授陣によって組織された非公式の共同体組織。故アルバート・N・ウィルマースの遺志を継いで、クトゥルー眷属邪神群の追究と殲滅を完遂することを目的に設立された。初代統轄責任者には、ウィンゲイト・ピースリーが就任。五百名近い邪神狩人を擁する、世界規模の組織へと成長している。

【参照作品】「地を穿つ魔」「タイタス・クロウの帰還」

用語 ウィンスラップ、パースィス Persis Winthrop

かつて〈修道士の谷〉に棲んでいた魔女。その父親は、インディアン（北米先住民）が太古に崇拝していた蛙のごとき魔物であり、彼女自身も〈魔女の石 Witch Stone〉の下に埋められて後、父親と同じ姿に成り変わった。

【参照作品】「蛙」

用語 ヴーアデン、アイザック Isaac Voorden

サウス・キニキニクにある骨董店の主人。オカルトに精通し、魔術に関わる品物のコレクションを有する。

【参照作品】「妖術師の宝石」

用語 ヴーアの合図 Voorish sign

ウィルバー・ウェイトリイが日記で言及している魔術用語。詳細は不明だが、これによって、透明な兄弟の姿が垣間見られたという。

【参照作品】「ダニッチの怪」

用語 ヴーアミ族 Voormis

魔峰ヴーアミタドレス山に穴居する毛ぶかい蛮族。原初の時代、同山地下の洞窟世界から現われた、ある種の残虐な生物と人間の女の間に生まれたといわれている。

【参照作品】「七つの呪い」「アタマウスの遺言」「モーロックの巻物」「ヴーアミによる救済の讃歌」

用語 ヴーアミタドレス山 Voormithadreth

ヒューペルボリア大陸西部を縦断するエイグロフ山脈の最高峰。地底にはツァトゥグアの君臨する魔界が広がり、山中にはヴーアミ族や妖術師が跋扈する、魔の山である。

【参照作品】「七つの呪い」「深淵への降下」

用語 ヴーズ卿、ラリバール Lord Ralibar Vooz

ヒューペルボリアの都コモリオムで行政長官の職にある豪胆な貴族。妖術師エズダゴルの呪いにより、ヴーアミタドレス山の地下に広がる魔界を遍歴する。

【参照作品】「七つの呪い」

用語 ウーナイ Oonai

〈オオナイ〉を参照。

用語 ヴーニス voonith

〈夢の国〉に棲息する両棲類。池の畔で吠え声をあげる。あなどりがたい生物であるらしい。

【参照作品】「未知なるカダスを夢に求めて」

用語 ヴール Vhoorl

第二十三星雲の奥深くにあった惑星。人類によく似た文明を有する生物が繁栄していたらしい。クトゥルーの故地ではないかと推測する説もある。

【参照作品】「本を守護する者」

用語 **ウェイト、アサフ** Asaph Waite
ホーヴァス・ブレインの祖父。インスマスの船乗りで、一時はマーシュ家の代理人を務めたこともある。一九二八年の連邦政府によるインスマス急襲の際に、姿を消した。
【参照作品】「永劫の探究」

用語 **ウェイト、アセナス** Asenath Waite
エフレイム・ウェイトの娘。キングスポートのホール女学院に学び、ミスカトニック大学の中世形而上学の特別講義を受講中にエドワード・ダービイと知り合い、後に結婚した。催眠術や魔術の心得があったらしい。
【参照作品】「戸口にあらわれたもの」「アーカムそして星の世界へ」

用語 **ウェイト、アロンソ** Alonzo Waite
ウィルヘルム博士の動物学研究所近くの浜辺に居住するヒッピーだが、その正体は、旧支配者の解放を目指す結社に対抗するため結成された共同体の霊的指導者。元ミスカトニック大学の臨床心理学助教授で、ドラッグを用いた幻視の実験に関わったため大学を逐われた。研究所の人間に、イルカ研究の危険性を警告する。
【参照作品】「深きものども」

用語 **ウェイト、エフレイム** Ephraim Waite
インスマスのワシントン・ストリートにある、崩れかけた屋敷に住む悪名高い妖術師。鉄灰色の顎髭を生やした狼のような容貌をしていた。永遠の生を得るため、娘アセナスの肉体に宿り、続いてエドワード・ダービイの肉体をも狙った。魔女集会での秘密の名は〈カモグ Kamog〉。
【参照作品】「戸口にあらわれたもの」「アーカムそして星の世界へ」

用語 **ウェイト家** Waites
インスマスにおける良家の一つ。その末裔は、ワシントン・ストリートにある邸宅に隠棲している。
【参照作品】「インスマスを覆う影」「腔腸動物フランク」

用語 **ウェイト、サイラス** Silas Waite
アプルドーに長年にわたり隠れ棲み、不用心な人々を、秘密の通路を経由してインスマスへ送致し、〈深きものども〉に生贄として捧げてきた老人。
【参照作品】「横断」

作家 **ウェイド、ジェイムズ** James Wade
①**深きものども** The Deep Ones（ク13）一九六九

米国の作家、作曲家、ジャーナリスト（一九三〇～八三）。イリノイ州に生まれる。韓国で兵役を終えた後、ソウルに住まいし、音楽教授ほかの要職に就くかたわら、著書『One Man's Korea』（六七）を出版。交響曲や室内楽の作品でも知られる。①を皮切りに小説にも手を染め、多くの神話小説アンソロジーに、「The Silence of Erika Zann」「Planetfall on Yuggoth」「Those Who Wait」ほかの作品を寄稿している。

用語 ウェイト博士 Drs. Waite

プロヴィデンス在住の精神科医師。チャールズ・ウォードの治療にあたった医師団の中の一人。カナニカット島 Conanicut Island で私立病院を営む。

【参照作品】「チャールズ・デクスター・ウォード事件」

用語 ウェイトリイ、ウィルバー Wilbur Whateley

ラヴィニア・ウェイトリイが、ヨグ＝ソトースと契って産んだ双子のかたわれで、透明な怪物である兄弟とは異なり、人間的な形質をより多く受け継いでいた。一九一三年二月二日（聖燭節）の午前五時に誕生。幼少年期から、知能・体格両面で異様な早熟ぶりを示し、代々同家に伝わる魔道の研究に没頭。邪神召喚を画策するが、『ネクロノミコン』を盗みだそうとミスカトニック大学に侵入して番犬に喰い殺され、「悪臭を放つ」「山羊のばけもののような」半人半獣のおぞましい本性をさらしたのち消滅した。

【参照作品】「ダニッチの怪」「恐怖の巣食う橋」

用語 ウェイトリイ、カーティス Curtis Whateley

ダニッチ在住のウェイトリイ一族の一員だが、「まだ堕落するにいたっていない分家」の者。アーミティッジ博士一行による怪物退治の模様を望遠鏡で見守り、怪物の凄まじい正体を目撃して失神した。

【参照作品】「ダニッチの怪」

ウィルバー・ウェイトリイ（ランサー版『ダニッチの怪』より）

用語 **ウェイトリイ、サラ** Sarah Whateley
ルーサー・ウェイトリイ Luther Whateley の娘。インスマスでラルサ・マーシュ Ralsa Marsh と契り、異形のものを胎内に宿す。父の手で、自宅の隠れ部屋に死ぬまで幽閉されていた。その落とし子は、ルーサーの甥アブナー・ウェイトリイ Abner Whateley により焼き殺された。
【参照作品】「閉ざされた部屋」

用語 **ウェイトリイ、ゼカライア** Zechariah Whateley
ダニッチ在住の「まだ堕落してはいない」ウェイトリイ家の老人。ウェイトリイ老に、透明怪物の食料となる牛を売っていた。
【参照作品】「ダニッチの怪」

用語 **ウェイトリイ、ゼブロン** Zebulon Whateley
ダニッチの住人。「まだ堕落しきってもおらず、そうかといってまっとうでもない分家に属する」ウェイトリイ一族の老人で、透明怪物事件に際し、山頂で儀式を執りおこなう必要を訴えた。
【参照作品】「ダニッチの怪」

用語 **ウェイトリイ、ソーヤー** Sawyer Whateley
ダニッチの地主。一九一七年、米国が第一次世界大戦に参戦する際、徴兵選抜委員会の委員長を務めた。
【参照作品】「ダニッチの怪」

用語 **ウェイトリイ、ラヴィニア** Lavinia Whateley
ウェイトリイ老の娘。白化症を患い、病んだピンク色の目をしており、魔道に通じていた。左右の腕の長さが違う。三十五歳のとき、独身のまま双子を出産。晩年は息子ウィルバーを怖れるようになり、一九二六年の万聖節前夜に消息を絶った。
【参照作品】「ダニッチの怪」

用語 **ウェイトリイ一族** Whateleys
ダニッチ一帯に棲む呪われた家系。もとはマサチューセッツの紋章をつける資格をもつセイレムの名家だったが、代々近親婚をかさね魔道に耽り、堕落の一途をたどった。
【参照作品】「ダニッチの怪」「閉ざされた部屋」「暗黒の儀式」「ダニッチの破滅」

用語 **ウェイトリイ老** Old Wateley
老ウェイトリイとも。ダニッチの村から四マイル離れた郊外の大きな農家に住む奇矯な老人。黒魔術や太古の伝承に通じていた。一九二四年の収穫祭の夜、ラヴィニアとウィルバーに看取られて世を去った。
【参照作品】「ダニッチの怪」

用語 **ウェクター、ジェイスン** Jason Wecter
ボストン在住の批評家で原始美術のコレクター。クトゥルーとおぼしき生物を描いた古代の浅浮彫を入手したため、恐るべき最期を遂げた。
【参照作品】「謎の浅浮彫り」

用語 **ウェスト河** West River
ヴァーモント州ウィンダム郡 Windham County を流れる河。一九二七年十一月に起きた大洪水の後、増水した河面を流れくだる異形のものが目撃された。
【参照作品】「闇に囁くもの」

用語 **ウェスト、ハーバート** Herbert West
ミスカトニック大学医学部出身の外科医師。生命機械論に取り憑かれ、死体蘇生実験に没頭。第一次世界大戦中は軍医となって従軍し、戦死者の肉体を実験台にしたが、最後には、みずからが甦らせたゾンビ（生ける屍者）の群によって八つ裂きにされた。
【参照作品】「死体蘇生者ハーバート・ウェスト」

用語 **ヴェディオヴィス** Vediovis
イオドの異称の一つ。〈イオド〉を参照。

用語 **ウェブ、ウイリアム・チャニング** William Channing Webb
プリンストン大学の人類学教授にして高名な探検家。グリーンランド西部の高地で、退化したエスキモーの部族による悪魔信仰の現場に遭遇。アンゲコクと呼ばれる老呪術師から、祭祀の聴き取り調査をおこなった。一九〇八年にはアメリカ考古学協会の年次総会で、ルグラース警視正が持ちこんだ異形の小像について、注目すべき見解を披瀝している。
【参照作品】「クトゥルーの呼び声」

作家 **ヴェリッシモ、ルイス・フェルナンド** Luis Fernando Verissimo
①**ボルヘスと不死のオランウータン** Borges e os orangotangos eternos（扶桑社ミステリー）二〇〇〇
ブラジルの作家、編集者（一九三六〜　）。南部のポル

トアレグレに生まれる。父エリコは、ブラジル近代主義を代表する作家であった。米国でも長く暮らし、出版社勤務のかたわら英語翻訳や小説やクロニカ（時事エッセイ）の著述に携わる。

①は稀代の幻想作家ボルヘスが密室殺人の探偵役となり、謎のダイイング・メッセージに挑むという破天荒な構想による衒学的な長篇文芸ミステリー。推理の過程でポオやジョン・ディーが、さらにはラヴクラフトと『ネクロノミコン』が引き合いに出されている。

用語 **ヴェルハーレン** Verhaeren

コンゴの通商を担当しているベルギー人。一九一三年六月、ヌバング族が持ち去った〈白い類人猿の女神〉のミイラの所在を突きとめ、アーサー・ジャーミン卿宛に送付した。

【参照作品】「故アーサー・ジャーミンとその家系に関する事実」

用語 **ヴェルハディス** Verhadis

ムー・トゥーランの邪悪な魔術師。それゆえ「黒のヴェルハディス」と異名を取る。ティンダロスの猟犬を操り、仲間の黒魔術師たちを襲わせた。

【参照作品】「万物溶解液」

作家 **ウェルマン、マンリー・ウェイド**
Manly Wade Wellman

①**謎の羊皮紙** The Terrible Parchment（青心社『ウィアード3』）一九三七

米国の作家（一九〇三〜八六）。父の仕事の関係でポルトガル領西アフリカ（現アンゴラ）に生まれる。カウボーイから新聞記者まで、さまざまな職業を経験する。一九二七年頃から『ウィアード・テイルズ』や『アンノウン』などのパルプ・マガジンに、ホラー、SF、ミステリーを発表、多作家として知られた。第二次大戦後はノースカロライナ州の山間部に居を構え、アパラチア山脈一帯に伝わる民話や民謡の蒐集・調査にも着手した。同地方を放浪する「吟遊詩人のジョン」と妖怪変化の闘いを描く連作短篇集『悪魔なんかこわくない』（国書刊行会）などの邦訳がある。

用語 **ウェンディー＝スミス卿、エイマリー**
Sir Amery Wendy-Smith

グ＝ハーンの都を求めて、アフリカ奥地へおもむいた探検家。『グ＝ハーン断章』の部分的解読に成功する。

【参照作品】「大いなる帰還」「盗まれた眼」「狂気の地底回

廊」「地を穿つ魔」

用語 **ウェンディー＝スミス、ポール** Paul Wendy-Smith

一九三三年に若くして失踪した伝奇・怪奇小説作家。ウェンディー＝スミス卿の甥。

【参照作品】「地を穿つ魔」

マンリー・ウェイド・ウェルマン

用語 **ウェンディゴ** Wendigo

カナダの森林地帯で畏怖されている伝説の魔物。アルジャーノン・ブラックウッドの中篇小説「ウェンディゴ」（一九一〇）には、その神秘と幽遠な恐怖が活写されている。イタカの別称とも、その従兄弟であるともいわれる。

【参照作品】「ルルイエの印」「風に乗りて歩むもの」「戸口の彼方へ」

用語 **『ヴォイニッチ写本』** Voynich manuscript

ヴォイニッチ手稿とも。ロンドンの古書籍商ウィルフレッド・M・ヴォイニッチ **Wilfred M. Voynich**（一八六五～一九三〇）が一九一二年、イタリアの僧院に保管されていた櫃の中から発見し、後に米国に持ちこまれた、謎めいた写本。オカルティックな彩色図版と暗号文書より成り、現在はイェール大学の図書館に収蔵されている（インターネット上で閲覧可能）。歴代の所蔵者の中には、ルドルフ二世やアタナシウス・キルヒャーの名も挙げられている。ロジャー・ベイコン（ベイコンについては〈化学宝典〉を参照）の著作であるとされる一方で偽書説も根強く、真相は現在にいたるも解明されていない。一説に、その正体は『ネクロノミコン』であるともいう。ゲリー・ケネディとロブ・チャーチルによる最新のドキュメンタリー『ヴォイ

ウェンディゴ（マット・フォックス画）

ニッチ写本の謎』（二〇〇四）にも「それよりも遙かに興味深いのは、H・P・ラヴクラフト（一八九〇～一九三七）とコリン・ウィルソンの文学世界におけるファンタジーと現実の混合だ」（松田和也訳）云々と記されている。
【参照作品】「ロイガーの復活」「賢者の石」

用語 **ヴォーデンス卿、チーヴァ**
Sir Cheever Vordennes
考古学者。西オーストラリアで黒い石碑群を発見した後、事故死した。
【参照作品】「永劫の探究」

用語 **ウォード、チャールズ・デクスター**
Charles Dexter Ward
一九〇二年、プロヴィデンスに生まれ、一九二八年に奇怪な失踪を遂げた、古い家系の末裔である青年紳士。生来の考古趣味から、五代前の祖父にあたるジョウゼフ・カーウィンの事績調査に没頭。一九二三年から二六年まで、隠秘学探究のためヨーロッパ各地を遍歴する。次第に精神に変調をきたし、失踪直前にはカナニカット島のウェイト精神病院 Dr. Waite's hospital に収容されていた。
【参照作品】「チャールズ・デクスター・ウォード事件」

用語 **ウォード、テオドア・ハウランド** Theodore Howland Ward

チャールズ・ウォードの父。ポータクシット谷のリヴァーポイントに綿紡工場を所有する富裕な実業家で、プロスペクト・ストリート一〇〇番地に、ジョージ王朝様式の豪邸を構えていた。

【参照作品】「チャールズ・デクスター・ウォード事件」

用語 **ウォームズリー、ゴードン** Gordon Walmsley

英国ヨークシャー州のゴール Goole 大学考古学教授で、ウォービィ博物館 Wharby Museum 館長。古代文字研究の権威であり、著書に『記号暗号および古代碑文の解読に関する注解』がある。〈古のもの〉の地底回廊を探索後、想像を絶するような最期を遂げた。

【参照作品】「ド・マリニーの掛け時計」「狂気の地底回廊」

用語 **ウォーラン、ハーリイ** Harley Warren

ウォーレンとも。米国南部サウスキャロライナに住む、禁断の知識に通暁した神秘家。ナアカル語の研究から法外な結論を導きだしたという。ランドルフ・カーターの友人で、七年間生活を共にし研鑽を積んだ。インドから届いた秘巻と電話送話機を携え、ビッグ・サイプラス沼 Big Cypress Swamp 近くの墓地の地底に単身降りてゆき、そのまま消息を絶った。その際、地上で待機していたカーターは、何者かが電話で「You fool, Warren is DEAD!」（「莫迦め、ウォーランは死んだわ」）と告げるのを耳にした。

【参照作品】「ランドルフ・カーターの陳述」「銀の鍵の門を越えて」

用語 **ヴォルヴァドス** Vorvadoss

原初のムー大陸で、最初の人類に崇拝された神々の一柱。〈灰白湾のヴォルヴァドス Vorvadoss of the Grey Gulf〉〈焔を焚きつけるもの Flaming One〉などと呼ばれる。異次元生物の侵攻に際した闘いの最前線で、もっとも雄々しく活躍したという。その姿は銀色の靄ごしに浮かぶ、小さな炎がきらめく貌として、人の目に映じる。人類に友好的な神である。

【参照作品】「侵入者」

作家 **ウォルシュ、ドナルド・J** Donald J. Walsh Jr.

①**呪術師の指環** The Rings of the Papaloi（真2&新5）一九七一

米国の作家（一九五一～　）。ニューオリンズに生まれる。SF雑誌に作品を発表しており、アメリカSF作家協会（ＳＦＷＡ）の南部地区議長も務めている。①はニューオリンズ育ちの作者ならではの、ヴードゥー信仰にシュブ＝ニグラスをからめた異色作。

用語 ヴォルナイ Vornai

〈夢の国〉のカール平原にある都市。丘の上に〈妖蛆（ようしゅ）の館〉がある。

【参照作品】「妖蛆の館」

作家 ウォルハイム、ドナルド・Ａ
Donald A. Wollheim

①**ク・リトル・リトルの恐怖** The Horror out of Lovecraft
（真２＆新５）一九六九

米国の作家、編集者、出版人（一九一四～九〇）。ニューヨークに生まれる。同人誌『ファンシフル・テイルズ』などの編集や各種アンソロジーを手がけた後、ＳＦ専門出版社エースの創設に参加、編集者として辣腕をふるい、同社を退職後は、自身の頭文字をとったＤＡＷブックスからＳＦ・ホラー・ファンタジーにまたがる旺盛な出版活動を展開した。

ウォルハイムとラヴクラフトの間には、神話第一作「無名都市」掲載をめぐる交流があった。①はラヴクラフト作品に特有の言い回しや道具立てをすべて盛りこんだような、ファン気質あふれるパロディである。

用語 ウォルミウス、オラウス Olaus Wormius

『ネクロノミコン』のラテン語版翻訳者。一二二八年に完成したこの訳稿は、十五世紀にドイツで、十七世紀にスペインで、それぞれ密かに印刷されている。なお、ラヴクラフトの詩「レグナル・ロドブルグの哀歌 Regnar Lodbrug's Epicedium」（一九二〇？）には「八世紀の葬送歌……オラウス・ウォルミウスより翻訳」との註記がある。

【参照作品】「『ネクロノミコン』の歴史」「ネクロノミコン　アルハザードの放浪」

用語 ヴォレイコ、アナスタシア Anastasia Wolejko

アーカムのオーンズ・ギャングウェイ Orne's Gangway に住む洗濯女。二歳になる娘ラディスラス Ladislas を、ヴァルプルギスのサバト（魔宴）の生贄として奪われた。

【参照作品】「魔女の家の夢」

作品 蠢（うごめ）く密林 Than Curse The Darkness
デヴィッド・ドレイク

【初出】アーカム・ハウス『新編・クトゥルー神話作品集』

一九八〇年刊

【邦訳】遠藤勘也訳（真6―2&新7）

【梗概】白人による苛酷な搾取にあえぐコンゴの密林地帯の奥深く、それは目覚めつつあった。手足や片目片耳を失った原住民たちが寄り集まって崇めるその神の名はアフトゥ――またの名をナイアルラトホテップ！　迫りくる危機を察知した英国の貴婦人アリス・キルリアは、凄腕のガンマンであるスパロウをともなってコンゴへ向かう。かねて研鑽を積んできた術式によって、闇の魔神の侵攻を食いとめるために。

【解説】圧政者たる人間たちの残虐ぶりと旧支配者の脅威を対比させて描きだした異色作。貴婦人と邪神という意表を突く対決シーンも迫力満点である。

用語『失われた帝国の遺跡』 Remnants of Lost Empires

ドストマン Dostmann の著書。一八〇九年、ベルリンのドラーヘンハウス・プレス Der Drachenhaus Press から刊行された。〈黒い石〉に関する言及が、わずかながらなされているという。

【参照作品】「黒い石」

用語「蛆の館」 The House of the Worm

〈妖蛆の館〉とも。米国パートリッジヴィル在住の短篇小説作家ハワードの作品。後にゲイリー・マイヤースが同題の短篇を執筆した。

【参照作品】「喰らうものども」「妖蛆の館」

用語 ウスノール Uthnor

ヒューペルボリアの東岸に連なり、エイグロフ山脈南麓に位置する地。同地のスパタイン Spathain の村には一時期、過去世界の亡霊が顕現したという。

【参照作品】「ウスノールの亡霊」

用語 ウズルダロウム Uzuldaroum

ヒューペルボリア大陸にあるという都市。コモリオムの廃滅後、新たな首都となった。周囲には田園地帯と密林が広がる。

【参照作品】「狂気の山脈にて」「サタムプラ・ゼイロスの物語」

用語 ウドゥヴィル、ジェイムズ James Woodville

クロムウェル時代のサフォークの郷紳。〈大いなる種族〉と精神を交換され、ナサニエル・ピースリーと会話した。

【参照作品】「時間からの影」

作家 **ウトパテル、フランク** Frank Utpatel

ユトパテルとも。米国の挿絵画家（一九〇五～一九八〇）。イリノイ州に生まれる。私家版として刊行されたラヴクラフト『インスマスを覆う影』（一九三六）の挿絵を担当したのを皮切りに、アーカム・ハウスの多くの刊行物の装画や挿絵を描いた。

用語 **ウトレッソル** Utressor

ポラリオンの伝説の谷にある霊地。雪をさえぎる幻の壁の彼方、大魔道士の統べる多塔の神殿があるという。

【参照作品】「ウトレッソル」

用語 **ヴフロール** Vhlorrh

土星にあるブフレムフロイム族の首都。奇怪な巨大建築物が林立している。

【参照作品】「魔道士エイボン」

用語 **ウボ＝サスラ** Ubbo-Sathla

ウッボ＝サトゥラとも。誕生まもない地球の、蒸気を発する沼に横たわり、頭も手足も臓器もない無定形の巨体から、生命の原型である単細胞生物を生み出している神性。地球の生物はすべて大いなる輪廻の果てに、この神のもとに帰するという。

【参照作品】「ウボ＝サスラ」「深淵への降下」

作品 **ウボ＝サスラ** Ubbo-Sathla

クラーク・アシュトン・スミス

【初出】『ウィアード・テイルズ』一九三三年七月号

【邦訳】広田耕三訳「ウボ＝サトゥラ」（創土社『魔術師の帝国』）／若林玲子訳「ウボ＝サスラ」（ク4）／大瀧啓裕訳「ウッボ＝サトゥラ」（創元推理文庫『ヒュペルボレオス極北神怪譚』）

【梗概】オカルト研究家のポール・トリガーディスは、ロンドンの骨董店で、グリーンランドの氷河の下から発掘されたという水晶を買い求めた。眼球を思わせる形をしたその石に、言い知れぬなじみ深さを感じたのである。彼はそれが『エイボンの書』に記された〈ゾン・メザマレックの水晶〉であると確信する。そして彼自身が、かつてムー・トゥーランの魔術師メザマレックであったことをも。水晶を通して、彼は地球創成の原初の混沌への旅を敢行した。そこには、無定形の塊であるウボ＝サスラが、粘着物と蒸気の中に身を横たえ、あらゆる生命の原型である単細胞生物を生み出しているのだった……。

【解説】ウボ＝サスラは、幻想詩人スミス持ち前の粘着質な夢想が生み出した特異な神性であり、神話大系への位置づけは意外に厄介である。

用語 **ウマル** u'mal

〈シュブ＝ニグラスの落とし子〉が夜ごと訪れる高山の頂上のみに生える植物。その根は万能の妙薬になるという。

【参照作品】「ネクロノミコン　アルハザードの放浪」

作品 **海を見る** To See the Sea

マイカル・マーシャル・スミス

【初出】フィドーガン＆ブレマー『インスマス年代記』一九九四年刊

【邦訳】大瀧啓裕訳〈学研M文庫『インスマス年代記』〉

【梗概】仕事と喧噪に追われる都会生活に疲れ果てたぼくと新妻のスーザンは、つかのまの安らぎを求めて、週末の小旅行に出発した。目的地は、英国西海岸の寒村ドートン。謎の失踪を遂げたスーザンの母は、同地の沖合で座礁した客船オールドウィンクルに乗り合わせており、救助されるまでの恐怖体験を、幼い娘に語り聞かせていたのだ。寂れ果てた村の異様なたたずまい。沈没船オールドウィンクルの看板を掲げた不気味なパブ。村人の不審な応対。行けども行けども辿りつかない海岸線……民宿に戻ったぼくは、急激な酩酊状態に陥り、気がついたときスーザンの姿はなかった。必死で妻の行方を探すぼくは、村人たちが執りおこなう祭祀の模様を目撃して……。

【解説】英国版インスマスというべき奇怪な村に参入した男女が体験する怪異の数々を、情感あふれる筆致で描きだした佳品。結末に待ちうける哀切な現実崩壊感覚を堪能されたい。

用語 **ウムル・アト＝タウィル** 'Umr At-Tawil

劫初より、地球の延長部の玉座にあって、多次元への〈門を護るもの〉にして〈導くもの〉である特異な神性。〈延命せられしもの The Prolonged of Life〉〈古ぶるしきもの Most Ancient One〉とも呼ばれる。古来、人類に恐れられる存在だったが、ランドルフ・カーターに対しては好意的だった。

【参照作品】「銀の鍵の門を越えて」「ネクロノミコン　アルハザードの放浪」

用語 **ウルグ** Urg

インクアノク近郊に位置する、隊商路沿いの村。交易商人や鉱夫の憩いの場となっている。
【参照作品】「未知なるカダスを夢に求めて」

用語 **ウルタール** Ulthar
ウルサーとも。オークの森を抜けた平野、スカイ河の彼方にある村。同村の住民は何人たりとも猫を殺してはならないという掟がある。『ナコト写本』の最後の一冊が、この村に秘蔵されているともいわれる。
【参照作品】「ウルタールの猫」「未知なるカダスを夢に求めて」

用語 **ウルハグ** urhags
〈夢の国〉の飛翔生物。
【参照作品】「未知なるカダスを夢に求めて」

用語 **『ウンテル・ツェー・クルテン』** Unter-Zee Kulten
〈深海祭祀書〉を参照。

用語 **エイクリイ、ジョージ・グディナフ**
George Goodenough Akeley
ヘンリー・エイクリイの息子で、カリフォルニア州サン・ディエゴに在住。
【参照作品】「闇に囁くもの」

用語 **エイクリイ、ヘンリー・ウェントワス**
Henry Wentworth Akeley
米国ヴァーモント州ウィンダム郡のダーク山に隠棲する博学の郷士。地元の名家の末裔で、ヴァーモント大学在学中は数学、天文学、生物学、考古学、民俗学に優秀な成績を修めた。自宅の周辺に出没する〈ユゴス星の甲殻生物〉を調査中、再三の脅迫・襲撃にさらされ、一九二八年に失踪した。その脳髄は、生きたまま宇宙の彼方へ運び去られたと推測されている。彼の甥ウィルバーWilburも、アーカムの〈レンのガラス the glass from Leng〉の窓をもつ家で不可解な失踪を遂げている。
【参照作品】「闇に囁くもの」「破風の窓」

用語 **エイグロフ山脈** Eiglophian Mountains
ヒューペルボリアの都コモリオム近郊に聳える峻険な山脈。ヴーアミ族が棲みついている。
【参照作品】「アタマウスの遺言」「星から来て饗宴に列するもの」

作品 **永劫より** Out of the Eons

ヘイゼル・ヒールド

【初出】『ウィアード・テイルズ』一九三五年四月号

【邦訳】大野二郎訳「永劫より」（神）／大瀧啓裕訳「永劫より」（ク7／全別下）

【梗概】一九三二年、ボストンのキャボット博物館で一連の怪事件が起きた。超古代史に興味をもつ一新聞記者の記事がきっかけとなり、同博物館が所蔵するミイラ（一八七九年に太平洋の海底から隆起した島で発見されたもの）が大衆の注目を集め、オカルティストや怪しげな外国人が押しかける騒ぎとなったのだ。高名な神秘家ド・マリニーによって明かされたミイラの由来は、驚くべきものだった。それは邪神ガタノトーアを倒そうとして逆に生きながら石化された、古代ムー大陸の神官トヨグだったのだ。展示されたミイラに変化の兆しが現われ、ついに惨劇が起こる。ミイラを盗みだそうとした二人の外国人の変死体が発見されたのだ。一人は恐怖に悶死し、もう一人はミイラ同様に石と化し、そして……閉じていたはずのミイラの目が、開いていた！　ミイラの解剖調査にあたった学者たちが見いだした、さらなる驚愕の事実とは？

【解説】ラヴクラフト流神話とスミス流神話をミックスしたような味わいのある佳品。しかもハワードが創造した魔道書『無名祭祀書』が、『ネクロノミコン』や『エイボンの書』以上に重要な役どころを担うなど、さながら先行作家による神話アイテム総ざらえの趣もある。ガタノトーアが登場する作品は珍しい。

用語 **エイタール** Atal

〈アタル〉を参照。

作品 **エイベル・キーンの書置** The Deposition of Abel Keane

オーガスト・ダーレス

【初出】『ウィアード・テイルズ』一九四五年七月号

【邦訳】那智史郎訳「インスマスの追跡」（神）／大瀧啓裕&岩村光博訳「エイベル・キーンの書置」（ク2）

【梗概】神学生エイベル・キーンは、自室の前の住人で二年前に失踪したフェランの突然の来訪を受ける。インスマスを偵察するフェランの様子を夢で見たキーンは、好奇心を掻きたてられ、みずからインスマスへ向かい、マーシュとダゴン秘密教団に関わる忌まわしい噂を知る。フェランから邪神の存在を教えられたキーンは、自分も邪悪なものと闘う決意をかため、フェランによるエイハブ・マーシュ襲撃計画に同行するのだった。

【解説】連作『永劫の探究』の第二部。「インスマスを覆う影」の後日譚となっており、シュリュズベリイ博士は本篇には登場しない。

用語 **エイボン** Eibon

ムー・トゥーラン の大魔道士。ツァトゥグアに帰依し、禁断の知見の数々を『エイボンの書』にまとめた後、イホウンデーの神官による迫害を逃れてサイクラノーシュ(土星)に去った。

【参照作品】「魔道士エイボン」「シャッガイ」「ヴァラードのサイロンによるエイボンの生涯」「エイボンは語る」

用語 **『エイボンの書』** Book of Eibon

大魔道士エイボンが著したとされる、超古代から伝わる魔道書。暗黒の神話や邪悪な呪文、儀式、典礼の一大集成であり、あの『ネクロノミコン』にも欠落している禁断の知識が、数多く記されているらしい。特にツァトゥグアやヨグ＝ソトースに関する言及が目立つという。

【参照作品】「ウボ＝サスラ」「戸口にあらわれたもの」「無貌の神」「黒檀の書」「『エイボンの書』の歴史と年表」

用語 **エイボンの指輪** Ring of Eibon

古代ヒューペルボリアから伝わる指輪で、かつて魔道士エイボンが所持していたとされる。紫色の宝石の中には、人類誕生以前に地球に到来した炎の精霊が封じ込められていた。

【参照作品】「アヴェロワーニュの獣」「指輪の魔物」

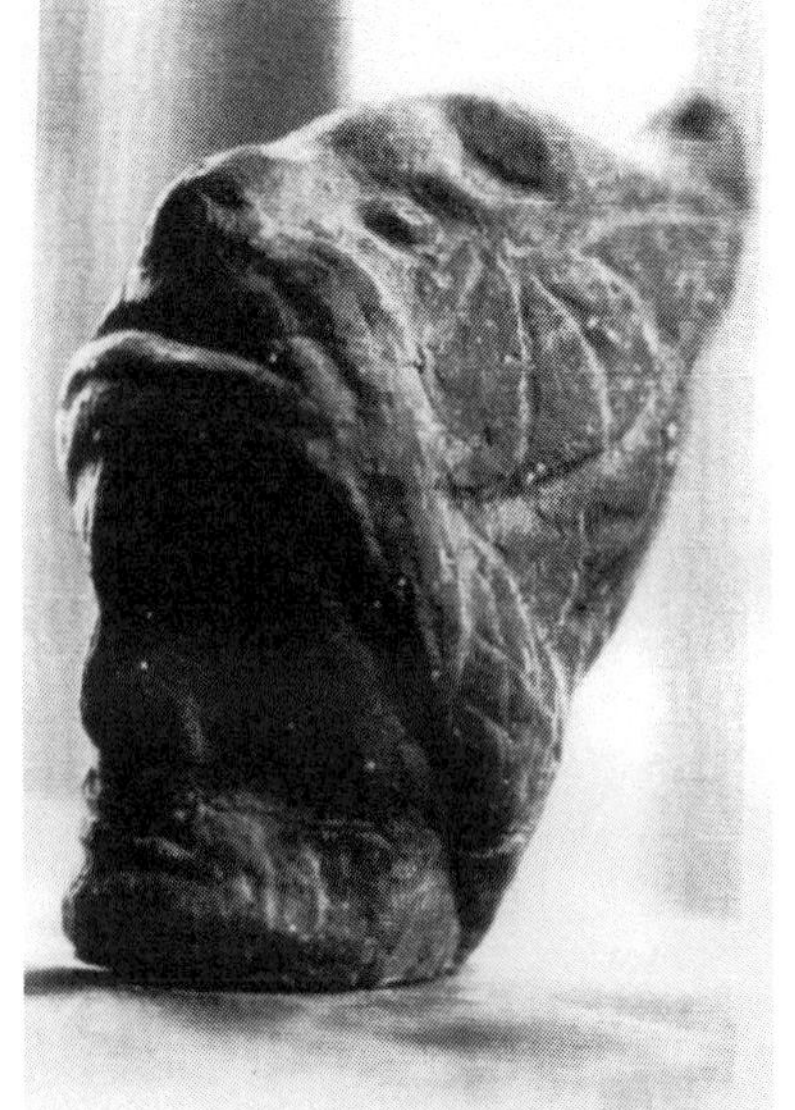

魔道士エイボン(C・A・スミス作)

用語 **エインジェル、ジョージ・ギャマル** George Gammell Angell

ジョージ・ガンメル・エインゼルとも。ブラウン大学の名誉教授で、専攻はセム語。古代碑文の権威であり、ウィルコックスが制作した浅浮彫を目にしたことから、クトゥルー信仰の存在に気づき、広範な調査活動を展開。『クトゥルー教団』と題する草稿を残したが、一九二七年に不可解な横死を遂げた。

【参照作品】「クトゥルーの呼び声」

用語 **エヴァグ** Evagh

エウァグとも。ムー・トゥーランの魔道士。心ならずも、異次元から到来したルリム・シャイコースの下僕となるが、雌伏の後、これを倒す。

【参照作品】「白蛆の襲来」「極地からの光」

用語 **エズダゴル** Ezdagor

魔峰ヴーアミタドレス山に隠棲する妖術師。コモリオムの貴族ラリバール・ヴーズに、招魂の儀式を邪魔されたことに激怒し、恐るべき呪いをかける。

【参照作品】「七つの呪い」

用語 **エディ、オリン・B** Orrin B. Eddy

一八五七年に、〈星の知慧派〉の実態について報告をした人物。

【参照作品】「闇をさまようもの」

作家 **エディ・ジュニア、クリフォード・マーティン** Clifford Martin Eddy Jr.

①**見えず、聞こえず、語れずとも** Deaf,Dumb,and Blind（全別上）一九二五

米国プロヴィデンス在住のパルプ作家（一八九六〜一九七一）。ラヴクラフトより早くデビューしていたが、『ウィアード・テイルズ』に投稿した作品が不採用となり、友人であるラヴクラフトに四作品の添削を依頼した。中では、ネクロフィリアと猟奇犯罪を真っ向から描いて衝撃を与えた「最愛の死者 The Loved Dead」（一九二四）が名高いが、神話関連と見なしうる作品は①のみである。従軍中に視覚・聴覚・発声を奪われた詩人作家が、過去に妖術師の住まいした家で奇怪な幻覚に見舞われる……という筋立と、錯乱した手記で締めくくる構成、作家の名がリチャード・ブレイクである点など、後年の「闇をさまようもの」に一脈通ずるところがあって興味深い。

用語 **エトリック卿、ランドン** Sir Landon Etrick
英国の学者。ポナペの〈魚人間 Fish-Men〉に関する論考を『オカルト・レヴュー』誌に発表した半年後、怪死した。
【参照作品】「永劫の探究」

用語 **エノイクラ** Enoycla
ムー・トゥーランの古参錬金術師。万物を溶かす強力な酸を調合し、〈ティンダロスの猟犬〉の恐るべき追跡を唯一、免れ得た人物とされる。
【参照作品】「万物溶解液」

用語 **エフィク族** Ephiqhs
サイクラノーシュ（土星）のおしゃべりな矮人族。妖精さながら、茸の住居に棲んでいる。
【参照作品】「魔道士エイボン」

用語 **エ゠ポオ** E-poh
スン高原に巣喰うトゥチョ゠トゥチョ人の首領。齢七千歳に達するという。強力な精神感応力の持ち主である。
【参照作品】「潜伏するもの」

用語 **エラリイ教授** Professor Ellery
ミスカトニック大学の化学教授。〈魔女の家〉の屋根裏部屋で発見された、〈古のもの〉を象った小像を調査し、像の中に未知の元素が含まれていることを発見した。
【参照作品】「魔女の家の夢」

用語 **エリオット、アン** Ann Eliot
インスマスのエリオット家から英国に渡った分家の末裔。叔父ネッド・エリオットの資産を引き継ぎ、荒廃したインスマスの四分の三にあたる土地を所有し、ホテル経営などをおこなっていた。〈悪魔の暗礁〉沖で消息を絶つ。
【参照作品】「インスマスの遺産」

用語 **エリオット家** Eliots
インスマスにおける良家のひとつ。その末裔は、ワシントン・ストリートにある邸宅に隠棲している。
【参照作品】「インスマスを覆う影」

用語 **エリオット、マット** Matt Eliot
オーベッド・マーシュが所有する船の一等航海士。ダゴン崇拝に批判的で、ザドック老人に、南洋でのおぞましい交易の模様を、こっそり語り聞かせた。

【参照作品】「インスマスを覆う影」

用語 **エリシア** Elysia

旧神の本拠地とされる神園。クタニドやティアニアも住まいする。地平線を見たためしがないほど宏大な場所らしく、美しく連なる山々と煌めく川や湖、その間に壮麗な尖塔を有する都市が、どこまでも点在している。その上空を龍に似た巨大生物リサードが、時には住民を乗せて飛びまわっている。

【参照作品】「タイタス・クロウの帰還」「旧神郷エリシア」

用語 **エルウッド、フランク** Frank Elwood

ミスカトニック大学の学生で、ウォルター・ギルマンの友人。貧乏なため〈魔女の家〉に下宿していた。

【参照作品】「魔女の家の夢」

用語 **『エルトダウン・シャーズ』** Eltdown Shards

エルトダウン陶片とも。二十世紀初頭、英国南部エルトダウン近郊の砂利採取場で、三畳紀初期の地層から出土した粘土板群に刻まれていた古代文字を、一九一二年にサセックスの牧師アーサー・ブルック・ウィンタース＝ホール Arthur Brooke Winters-Hall が解読し、小冊子の形で公刊した超古代文書。〈大いなる種族〉や〈知識を守るもの〉に関する言及がある。全部で二十三個ある粘土板は形も大きさもさまざまで、鉄のように硬く灰白色をしており、米国中西部のベロイン大学博物館に保管されている。

【参照作品】「時間からの影」「アロンソ・タイパーの日記」「彼方よりの挑戦」「知識を守るもの」

用語 **エルトン、バザル** Basil Elton

キングスポートにあるノース・ポイントの灯台守。白い帆船に乗って、〈夢の国〉を遍歴した。

【参照作品】「白い帆船」

用語 **エルム山** Elm Mountain

アーカム北部の丘陵地帯にある山。山腹には、カーター一族の屋敷の廃墟や〈蛇の巣〉がある。ランドルフ・カーターは、この地で消息を絶った。

【参照作品】「銀の鍵」

用語 **エレーロ夫人** Mrs. Herrero

ニューヨーク西十四丁目にある褐色砂岩の四階建てアパートで下宿屋を営む、スペイン出身の女主人。アパートの住人も大半が、貧しいスペイン人だった。エステバン

Estebanという名の息子がいる。
【参照作品】「冷気」

用語 **エレバス山** Mt. Erebus
南極のマクマード入江McMurdo Soundから眺められる「日本の聖なる富士山の版画のようJapanese print of the sacred Fujiyama」な活火山。一八四〇年に英国のJ・C・ロス南極探検隊により発見され、その乗用船にちなんで命名された。
【参照作品】「狂気の山脈にて」

用語 **エンマ号** Emma
ニュージーランドのオークランド船籍のスクーナー船。一九二五年三月二十二日に、南緯四九度五一分、西経一二八度三四分の海域で、アラート号に進路を阻まれ、武装攻撃を受けて沈没した。
【参照作品】「クトゥルーの呼び声」

用語 **オアンネス** Oannes
フェニキアにおけるダゴンの異称。半人半魚の神で、人々に文明をもたらしたとされる。フランスの作家ギュスターヴ・フローベールGustave Flaubert（一八二一～八〇）の戯曲形式の小説「聖アントワヌの誘惑」（一八七二）に登場するオアンネスを、象徴主義の画家オディロン・ルドンOdilon Redon（一八四〇～一九一六）が描いた絵でも名高い。
「己は、未だ形の定まらぬ世界に住んでいたが、そこには、両性を具有する動物が眠りを貪っていた。――その時分には、淀んだ大気の重量の下、暗澹たる海水の深みのなかに、指も鰭も翼も混沌として混り合い、未だ眼窩に収められぬ眼球が、人の顔をした雄牛や犬の脚を持った蛇の間を、軟体動物のように漂うて居った」（渡辺一夫訳「聖アントワヌの誘惑」岩波文庫）
【参照作品】「ダゴンの鐘」

用語 **『黄衣（おうい）の王』** The King in Yellow
読む者に災厄をもたらすと伝えられる戯曲で、その刊本は毒々しい黄色に彩られた表紙で装われている。とりわけ同書の第二部を目にした者には、恐るべき運命が待ちうけているといわれ、あえて、その内容を口にする者はない。ハスターやヒヤデス星団の謎についても記されているらしい。
【参照作品】「黄の印」「評判を回復する者」「仮面」「ドラゴン路地にて」「ファン・グラーフの絵」

用語 オウクラノス河 Oukranos

〈夢の国〉を流れる河。ガレー船が行き交い、その上流にはイレク＝ヴァドの都がある。

【参照作品】「銀の鍵」

用語 オウルニイ、トマス Thomas Olney

オルニーとも。哲学者。避暑のためキングスポートに滞在中、〈霧の高みの不思議な家〉を訪れ、隠者と対面、海洋の神秘を語り聞かされ、ノーデンスをはじめとする海の神々にまみえた。その家から帰還した後は、人格が一変していたという。

【参照作品】「霧の高みの不思議な家」

『黄衣の王』の巻頭詩

作品 大いなる帰還 The Sister City

ブライアン・ラムレイ

【初出】アーカム・ハウス『クトゥルー神話作品集』一九六九年刊

【邦訳】片岡しのぶ訳（真3&新5）

【梗概】ロンドンの空襲で両親を失い、自分も二年間の入院を余儀なくされたわたし、ロバート・クラクは、退院後、古代遺跡の研究に没頭、世界各地を遍歴し、無名都市やサルナスにも足を踏み入れた。そしてイブの廃墟で、異様な懐かしさを覚えながら、石柱に刻まれた文字を読んだ。そこにはイブの姉妹都市が、キンメリアの地にあると記されていた。キンメリア——それはわたしの故郷である英国北東部の古名ではないか！　帰郷したわたしは、父の遺言書から、自分がイブの姉妹都市ル＝イブの蜥蜴神の末裔であることを知るのだった。

【解説】いわゆる「取り替え子（チェンジリング）」の伝説を、蜥蜴神ボクラグに結びつけた着想が面白い。神話世界の中で無邪気に遊んでみせる書きぶりは、新世代神話作家の出現を印象づけるものであった。

用語 **大いなる種族** Great Race

超銀河世界〈イース〉から、六億年前の地球に到来した精神生命体。高さ約十フィートの皺の多い巨大な円錐体生物と精神交換をおこない、〈先住種族〉を駆逐して地球の支配者となった。その名は、時間の秘密を極めた唯一の種族であることに由来し、あらゆる時代に精神を投影しては知識の摂取に努めている。地底で強大化した〈先住種族〉の復讐による存亡の危機を察知したかれらは、人類滅亡後に繁栄する〈強壮な甲虫類〉の肉体に転移し、地球の終焉に際しては、水星の球根状植物に宿ることになるという。

【参照作品】「時間からの影」「異次元の影」「ネクロノミコン アルハザードの放浪」

用語『**大いなる秘法**』 Ars Magna et Ultima

〈最大窮極の術〉を参照。

用語 **大いなる無名者** Magnum Innominandum

〈大いなる名状しがたきもの〉とも。『妖蛆（ようしゅ）の秘密』の妖魔召喚呪文の中に言及されている謎めいた神格で、アザトースの落とし子とする説もある。H・W・エイクリイも、A・N・ウィルマースに宛てた手紙の中で、その名を挙げていた。ラヴクラフト自身が見たローマ時代の夢にも、この名が登場している。ヨグ＝ソトース、ハスター、チャウグナル・ファウグンなどとの関係も取沙汰されている。

【参照作品】「星から訪れたもの」「闇に囁くもの」「恐怖の山」

用語 **大いなるもの** Great Ones

地球の穏健な神々の異称。かれらは霊山の頂（いただき）に隠れ棲み、〈夢の国〉を治めるが、その支配力は脆弱であるらしい。

【参照作品】「未知なるカダスを夢に求めて」

用語 **オーク岬** Oak Point

アーカム郊外、インスマスとの中間地点にある岬で、警察の分署がある。岸辺の湿地帯に螢がまたたき蛙が鳴きわめく、神に見捨てられたような土地だという。

【参照作品】「暗礁の彼方に」

用語 **オオス＝ナルガイ** Ooth-Nargai

〈夢の国〉のタナール丘陵の彼方にある、永遠の若さの渓谷。セレファイスの都がある。

【参照作品】「セレファイス」

用語 **オーゼイユ街** Rue d'Auseil

フランスのどこかにあるという、地図にない市街地。黒々として悪臭を放つ水の流れる河向こう、狭くて急な坂の連なる古びた町で、住人の大半が物静かな老人である。その高みの一隅には、エーリッヒ・ツァンや形而上学専攻の大学生が暮らしていた、ブランド老人の下宿屋がある。

【参照作品】「エーリッヒ・ツァンの音楽」

用語 **オーツ、コーニーリャス** Cornelius Oates

コーネリアスとも。マサチューセッツ州警察刑事課所属のベテラン警部。一九三二年にアーカム・インスマス地区で発生した一連の異変の調査にあたり、大規模な爆破作戦の指揮を執った。

【参照作品】「暗礁の彼方に」

用語 **オオナイ** Oonai

ウーナイとも。カルティア丘陵の彼方にある〈リュートと舞踏の〉歓楽都市。見るからに不健康そうな住民たちは、放歌高吟と痛飲に明け暮れている。

【参照作品】「イラノンの探求」

作品 **大物** The Big Fish

ジャック・ヨウヴィル

【初出】『インターゾーン』一九九三年十月号

【邦訳】大瀧啓裕訳（学研M文庫『インスマス年代記』）

【梗概】時は太平洋戦争開戦直後。処は真珠湾攻撃の衝撃冷めやらぬ、カリフォルニアのベイ・シティ。私立探偵のおれは、女優のジャニイ・ワイルドの依頼を受けて、失踪中の大物賭博師レアード・ブルーネットの探索にのりだす。しかしブルーネットの相棒だったパストレは、ホテルのバスタブで溺死しており、おれは現場に現われた米英仏混成の特務機関員から尋問を受ける。かれらはダゴン秘密教団と〈深きものども〉が事件に関与していることをほのめかし、調査から手を引けと告げる。ブルーネットは、ジャニイと映画で共演したこともある個性派女優ジャニス・マーシュを愛人にして以来、奇怪な新興宗教にのめりこんでいたらしい。ハーバート・ウェスト・ラヴクラフトという偽名を使って教団本部にのりこんだおれは、ジャニスがオーベッド・マーシュの子孫で、教団の指導者となっていることを知るのだが……。

【解説】才人キム・ニューマンが別名義で発表した本篇は、ラヴクラフトと同時代に活躍したレイモンド・チャンドラーの作風をパスティーシュした趣のハードボイルド神話小説となった。戦時下の時代風俗を巧みに盛りこみ、随処に絶妙なくすぐりを利かせた、才気あふれる逸品である。

用語 **オールドウィンクル** Aldwinkle

英国の客船。一九五五年に、三百十人の乗員乗客を乗せ、ドートンの沖合で座礁した。村には同船と同じ名のパブがある。

【参照作品】「海を見る」

用語 **オールド・ダッチタウン** Old Dutchtown

キャッツキル山麓に位置するオランダ系入植者の村。同村にある〈オークの森の家〉は、異界に通じる戸口となっているといわれる。

【参照作品】「黒の詩人」

作家 **オールバンズ、デイヴィッド・T・セイント**

David T.St.Albans

①**師の生涯** The Life of Master（学研『魔道書ネクロノミコン外伝』）一九八四

シカゴ出身の作家、イラストレイター（一九五四〜　）。絵を描く際には、本名のデイヴィッド・T・ピューデルウィッツ **David Thomas Pudelwits** を使用しているという。著作に『Speaking of Angels』『Blood of the Dragon』など。

①はアブドゥル・アルハザードの高弟で死後の伝記作家であるエル＝ラシ **El-Rashi** が、師の生涯を記した文書を英訳したもので、作者みずから描いたアルハザードの肖像や邪神像の挿絵が添えられている。

用語 **オーン、イライザ** Eliza Orne

アーカム在住のベンジャミン・オーンの娘。一八六七年に生まれ、十七歳でオハイオのジェイムズ・ウィリアムスンに嫁いだ。祖父はオーベッド・マーシュ、祖母は〈深きものども〉の一人プトトヤ＝ライである。息子ダグラスの自殺後、失踪し、現在はイハ＝ントレイで暮らしているという。

【参照作品】「インスマスを覆う影」

用語 **オーン、サイモン** Simon Orne

魔女狩り以前のセイレムに住んでいたオカルティストで、ジョウゼフ・カーウィンの盟友。何歳になっても容貌に変化が見られないため住民の疑惑を招き、一七二〇年に行方をくらました。約二百年後の一九二八年二月に、プラハ旧市街のクライン街十一番地からチャールズ・ウォードに宛てて書簡を送っているが、その直後に火災で死亡したと伝えられる。プラハでは、ヨゼフ・ナデーJosef Nadekと名のっていた。
【参照作品】「チャールズ・デクスター・ウォード事件」

用語 **オーン、ジェディダイア** Jedediah Orne
サイモン・オーンの失踪から三十年後にセイレムに現われ、息子と称して遺産を相続し定住したオカルティスト。ジョウゼフ・カーウィンと文通を交わし、一七七一年に行方をくらました。その正体は、実はサイモン・オーン自身だったという。
【参照作品】「チャールズ・デクスター・ウォード事件」

用語 **オーン婆さん** Granny Orne
キングスポートのシップ・ストリートにある、苔や蔦に覆われた駒形切妻屋根の小屋に住む老婆。〈霧の高みの不思議な家〉に関する奇怪な目撃談を、祖母から聞かされていた。
【参照作品】「霧の高みの不思議な家」

用語 **オーン、ベンジャミン** Benjamin Orne
アーカムの住人。南北戦争直後に、ニューハンプシャーのマーシュ家から花嫁を迎えたが、その正体は、オーベッド・マーシュとプトトヤ＝ライの娘だったらしい。
【参照作品】「インスマスを覆う影」

作品 **丘の夜鷹** The Whippoorwills in the Hills
オーガスト・ダーレス
【初出】『ウィアード・テイルズ』一九四八年九月号
【邦訳】岩村光博訳（ク3）
【梗概】一九二八年四月、わたしは謎の失踪を遂げた従弟のエイバル・ハロップの家に移り住んだ。その家はアーカム郊外、アイルズベリイの辺鄙（へんぴ）な谷間にあった。付近の住民は従弟をひどく怖れていたらしく、わたしの質問にもかたくなに口を閉ざすが、エイモス・ウェイトリイだけは、従弟の蔵書を焼き捨て、ここから立ち去れと警告する。わたしは従弟が蒐めた魔道書に記された奇妙な呪文を口ずさんでみる。夜ごと、家の周囲に飛来しては、不気味な鳴き声をあげる夜鷹の大群。堪えきれなくなったわたしは棍棒を持って外に出、夜鷹を殺してまわるが、翌朝、近隣で人や家畜が殺されていたことを知る。これは偶然の一致だろうか？　そして今夜も夜鷹のおぞましい鳴き声が……。
【解説】〈ヨグ＝ソトース物語〉群の一篇。主人公が、この世ならぬものに魂を奪われてゆく過程を、不気味な夜鷹の群に象徴させて効果的に描いている。「ダニッチの怪」との関連が暗示されている点にも注目したい。

用語 **オグロタン** Ogrothan
〈夢の国〉にある都市。交易市場がある。
【参照作品】「未知なるカダスを夢に求めて」

用語 **オサダゴワア** Ossadagowah
北米先住民の間に語り伝えられる魔物。星より到来し、北の地で崇拝されるサドゴワアの仔とされる。ツァトゥグアとその眷属の異称ではないかとも推定されている。ワンパノーアグ族、ナンセット族、ナラガンセット族などは、この魔物を天から召喚する術に通じているという。
【参照作品】「暗黒の儀式」「ヴァーモントの森で見いだされた謎の文書」

用語 **「教え」** The Lesson
怪奇画家リチャード・アプトン・ピックマンの作品。墓地で食屍鬼の群が、小さな人間の子供に、自分たちの食事法を教えている光景が描かれている。
【参照作品】「ピックマンのモデル」

用語 **オス＝ネス** Oth-Neth
エリシアのリサードの一匹で、女神ティアニアに仕える。泳ぐ姿はネス湖（スコットランド）の怪獣ネッシーに似ているという。
【参照作品】「タイタス・クロウの帰還」「旧神郷エリシア」

用語 **オズボーン雑貨店** Osborn's
ダニッチにある雑貨店で、村人の溜まり場となっている。
【参照作品】「ダニッチの怪」

用語 **オズボーン、ジョー** Joe Osborn
ダニッチの住人。アーミティッジ博士一行による怪物退治を見守った一人である。
【参照作品】「ダニッチの怪」

用語 **恐ろしい老人** Terrible Old Man
怪老人とも。キングスポートの北、ウォーター・ストリートとシップ・ストリートに挟まれた屋敷に住む、長身痩軀で寡黙な老人。若い頃は東インド会社の快速帆船の船長だったという。小さな鉛を糸で吊した奇妙な瓶を多数所有しており、ときには瓶たちと異様な会話を交わすらしい。太古の神秘に通じているとされる。

【参照作品】「恐ろしい老人」「霧の高みの不思議な家」

用語 **オトゥーム** Othuum

クトゥルーの配下の神性で〈クトゥルーの騎士 Knight of Cthulhu〉などと呼ばれる。北の深淵ゲル゠ホーを拠点とする。

【参照作品】「盗まれた眼」

用語 **オマリー神父** Fr. O'Malley

プロヴィデンス在住の神父。エジプトの廃墟で発見された箱を用いて執りおこなわれる悪魔崇拝について、リリブリッジ記者に語った。

【参照作品】「闇をさまようもの」

用語 **オラトーエ** Olathoe

ロマールの地のサルキス高原にある、青い大理石で築かれた都市。ロマールで最も勇敢な軍勢を有するが、イヌート族の奇襲によって滅ぼされた。

【参照作品】「北極星」「イラノンの探求」「未知なるカダスを夢に求めて」

用語 **オリアブ** Oriab

〈夢の国〉の南方海にある、巨大な島。強大な港町バハルナを擁し、市街を貫流する大運河は暗渠（あんきょ）となって内陸部のヤス湖に通じ、その奥の岸辺には、原初の煉瓦造りの邑（むら）の廃墟がある。その中心部には、霊峰ングラネク山が屹立している。

【参照作品】「未知なるカダスを夢に求めて」

用語 **オリオン座** Orion

ベテルギウス Betelgeuse、リゲル Rigel などの輝星をふくむ星座。旧神や旧支配者の故地といわれ、旧神およびハスターは、今も彼の地にとどまっているらしい。

【参照作品】「永劫の探究」

用語 **オルニー、トマス** Thomas Olney

〈オウルニイ、トマス〉を参照。

用語 **オレンドーフ** Orrendorf

ミスカトニック大学の南極探検隊員。レイクとともに狂気山脈を探査し、〈古（いにしえ）のもの〉の化石を発見した。その後、消息を絶つ。

【参照作品】「狂気の山脈にて」

用語 **オンガ** Onga
コンゴ奥地の地名。この地の部族の間には、奇怪な混血生物が棲む、失われた都市の実在を暗示する伝説が語り伝えられているという。
【参照作品】「故アーサー・ジャーミンとその家系に関する事実」

カ

用語 **カー、ピーター・B** Peter B. Carr
ポトワンケットの漁師。一九一三年八月に落下した隕石を、トロール網に引っかけ、同僚とともに海岸に運びあげた。
【参照作品】「緑の草原」

用語 **カーウィン、ジョウゼフ** Joseph Curwen
ジョゼフとも。一六六二年もしくは翌六三年の二月十八日（旧暦）に、セイレム郊外のダンバーズ **Danvers**（旧称はセイレム村）に生まれた。十五歳で船員となり、海外から持ち帰った奇異なる書物を耽読、化学と錬金術の研究に着手した。セイレムで起きた魔女狩りを逃れて、プロヴィデンスのアルニイ・コート **Olney Court**（オルニー・コートとも）に移り住み、地元でも有数の海運貿易事業を営むかたわら、ポータクシットの農場で怪しげな研究を続けた。その容貌は百歳を超えても三十代のような若さを保ち、さまざまな異端の知識に通暁しており、好んで墓地を徘徊した。一七七一年四月十二日夜、町の有力者に指揮された百名余の住民たちによって襲撃、殺害されるも、その魂は復活の機会を虎視眈々と窺っていた。
【参照作品】「チャールズ・デクスター・ウォード事件」

用語 **ガーゴイル山脈** gargoyle mountains
彫像山脈とも。想像を絶する巨人の手によって、山肌を彫刻して造られたとおぼしい一群の怪獣像。司教冠を戴く双頭に、類人猿をハイエナじみた姿に歪めた体軀を有する。レン高原の彼方、カダスを守護するように、右手を掲げて屹立している。

【参照作品】「未知なるカダスを夢に求めて」

用語 **ガースト** ghast

カンガルーのように長い後脚で跳ねる〈夢の国〉の原始的な生物。〈ズィンの窖〉に棲息する。小型肉食恐竜を思わせる残忍な捕食者で、鋭敏な嗅覚を有する。ガグ族に烈しい恨みを抱く。

【参照作品】「未知なるカダスを夢に求めて」

用語 **カースン** Carson

セイレム在住の作家。ロマンス小説で人気を博するが、ニョグタの恐怖と遭遇して後は、おぞましい怪奇小説ばかりを書くようになった。

【参照作品】「セイレムの恐怖」

用語 **カーター、エドマンド** Edmund Carter

ランドルフ・カーターの先祖である魔道士。セイレムで妖術使いの嫌疑による絞首刑を辛くも免れ、一六九二年にアーカムへ舞い戻り、祖先伝来の〈銀の鍵〉を、古式ゆかしい箱に納めて子孫に伝えた。

【参照作品】「銀の鍵」「銀の鍵の門を越えて」

用語 **カーター、クリストファー** Christopher Carter

ランドルフ・カーターの大叔父。アーカムの丘陵地帯にある先祖伝来の土地で、妻のマーサ Martha と暮らしていた。

【参照作品】「銀の鍵」

用語 **カーター、ピックマン** Pickman Carter

二一六九年に、不思議な手段を用いて、モンゴル人の群をオーストラリアから駆逐することになるという人物。ランドルフ・カーターの遠い子孫らしい。

【参照作品】「銀の鍵の門を越えて」

用語 **カーター、ランドルフ** Randolph Carter

ボストン在住の夢想家。アーカムの背後に連なる、荒涼たる丘陵地帯を地盤とする古い家系の末裔で、エリザベス朝の魔術師だった初代ランドルフ・カーター以来、その家系からは代々、魔術師や神秘家を輩出している。九歳になった一八八三年十月、大叔父クリストファーの屋敷裏にある〈蛇の巣〉で、内的な秘儀参入を体験する。第一次世界大戦中は外人部隊に身を投じ、一九一六年にフランスのブロア゠アン゠サンテールで瀕死の重傷を負った。以後も数々の神秘や怪異に接した後、一九二八年十月七日、家伝の〈銀の鍵〉を用いて〈夢の国〉へ旅立った。後にイレク＝ヴァドの玉座に就く。

【参照作品】「ランドルフ・カーターの陳述」「名状しがたいもの」「銀の鍵」「銀の鍵の門を越えて」「未知なるカダスを夢に求めて」「チャールズ・デクスター・ウォード事件」

作家 **カーター、リン** Linwood Vrooman Carter

①**シャッガイ** Shaggai（真9＆新5＆新紀元社『エイボンの書』）一九七一

②**墳墓の主／墳墓に棲みつくもの** The Dweller in the Tomb（真9＆新5／エンターブレイン『クトゥルーの子供たち』）一九七一

③**二相の塔** The Double Tower（新紀元社『エイボンの書』）一九七三

④**ナスの谷にて** In the Vale of Pnath（新紀元社『エイボンの書』）一九七五

⑤**時代より** Out of the Ages（エンターブレイン『クトゥルーの子供たち』）一九七五

⑥**陳列室の恐怖** The Horror in the Gallery（エンターブレイン『クトゥルーの子供たち』）一九七六

⑦**モーロックの巻物** The Scroll of Morloc（新紀元社『エイボンの書』）一九七六

⑧**奈落の底のもの** The Thing in the Pit（エンターブレイン『クトゥルーの子供たち』）一九八〇

⑨**深淵への降下** The Descent into the Abyss（新紀元社『エイボンの書』）一九八〇

リン・カーター

⑩**ウィンフィールドの遺産** The Winfield Heritance（エンターブレイン『クトゥルーの子供たち』）一九八一
⑪**星から来て饗宴に列するもの** The Feaster from the Stars（新紀元社『エイボンの書』）一九八四
⑫**『エイボンの書』の歴史と年表** History and Chronology of the Book of Eibon（新紀元社『エイボンの書』）一九八四
⑬**炎の侍祭** The Acolyte of the Flame（新紀元社『エイボンの書』）一九八五
⑭**ヴァラードのサイロンによるエイボンの生涯** The Life of Eibon According to Cyron of Varaad（新紀元社『エイボンの書』）一九八八
⑮**羊皮紙の中の秘密** The Secret in the Parchment（新紀元社『エイボンの書』）一九八八
⑯**月の文書庫より** From the Archives of the Moon（新紀元社『エイボンの書』）一九八八
⑰**暗黒の知識のパピルス** Papyrus of the Dark Wisdom（新紀元社『エイボンの書』）一九八八（第一章のみ八四）
⑱**ヴァーモントの森で見いだされた謎の文書** Strange Manuscript Found in the Vermont Woods（青心社文庫『ラヴクラフトの世界』）一九八八
⑲**夢でたまたま** Perchance to Dreams（エンターブレイン『クトゥルーの子供たち』）一九八八
⑳**ネクロノミコン** The Necronomicon:The Dee Translation（学研『魔道書ネクロノミコン外伝』）一九八九
㉑**赤の供物** The Red Offering（エンターブレイン『クトゥルーの子供たち』）

【クラーク・アシュトン・スミスと合作】
㉒**最も忌まわしきもの** The Utmost Abomination（新紀元社『エイボンの書』）一九七三
㉓**窖に通じる階段** The Stairs in the Crypt（新紀元社『エイボンの書』）一九七六
㉔**極地からの光** The Light from the Pole（新紀元社『エイボンの書』）一九八〇

米国の作家、評論家、編集者（一九三〇～一九八八）。フロリダ州出身。E・R・バロウズやR・E・ハワードの流れを汲むヒロイック・ファンタジーの書き手として、〈ゾンガー〉シリーズや、ハワードの〈コナン〉シリーズの続篇などを手がける。一九六九年には、バランタイン社のペーパーバック〈アダルト・ファンタジー〉シリーズの監修者となり、古典ファンタジーの復刻と再評価に貢献した。評論書『トールキンの世界』（晶文社）『ファンタジーの歴史』（東京創元社）の邦訳がある。

カーターは余人に先駆けて『Lovecraft:A Look Behind the Cthulhu Mythos』（七二／東京創元社『クトゥルー神話

全書』）という先駆的な研究書を著した。同書はクトゥルー神話の観点から、ラヴクラフト作品の変遷を跡づけた入門書的性格の強い好著で、七〇年代におけるラヴクラフト・リバイバルに寄与するところ大であった。また「クトゥルー神話の神神」（ク1）「クトゥルー神話の魔道書」（ク2）などのガイダンスも、一部の恣意的解釈に問題はあるものの、便利な手引きとなっていることは間違いない。ほかに、ビアス、チェンバースら先行作家の関連作品にも目配りをきかせた神話作品アンソロジー『The Spawn of Cthulhu』（七一）も編んでいる。

神話関連の創作活動においては、先人が残した未完の物語やアイテムを活用して、神話世界を拡充していこうとする志向が顕著に認められる。クラーク・アシュトン・スミスの着想メモをもとに合作を試みた㉒㉓㉔は、その典型といえよう。また『Dreams from R'lyeh』（七五）と題するクトゥルー詩集の試みなどもあるが、いずれもやや趣味的な感をまぬかれない。その早すぎる晩年、カーターは『ネクロノミコン』や『エイボンの書』を自ら創造する試みに着手した。前者については⑳にまとめられ、後者についてはカーターの没後、その遺志を継いだロバート・M・プライスが、ローレンス・J・コーンフォードらと協力して『The Book of Eibon』（新紀元社『エイボンの書』）を編纂刊行している。

用語 **ガードナー、アプトン** Upton Gardner

ウィスコンシン州立大学教授。リック湖の伝説を調査中に失踪する。ナイアルラトホテップによって拉致されたものと考えられている。

【参照作品】「闇に棲みつくもの」

用語 **ガードナー、ジナス** Zenas Gardner

ネイハム・ガードナーの長男。大柄で活発な性格。隕石の作用で無気力状態に陥り、井戸の中に引き寄せられて、姿を消した。

【参照作品】「宇宙からの色」

用語 **ガードナー、タデウス** Thaddeus Gardner

ネイハム・ガードナーの次男。感受性の強い十五歳の少年で、隕石による汚染の影響で精神錯乱に陥り、屋根裏部屋に幽閉された。

【参照作品】「宇宙からの色」

用語 **ガードナー、ナビー** Nabby Gardner

ネイハム・ガードナーの妻。真っ先に精神に変調をきたし、屋根裏部屋に幽閉されていた。後にアミ・ピアースによって、変わり果てた姿を発見された。

【参照作品】「宇宙からの色」

用語 **ガードナー、ネイハム** Nahum Gardner

アーカム西方の丘陵地帯の奥にある、肥沃な庭と果樹園に囲まれた白い家で、妻と三人の息子と暮らしていた農夫。一八八二年六月、地所内の井戸近くに落下した隕石が発する奇怪な作用のために、一家そろって心身に異常をきたし、翌年の十一月までに全滅した。以来、不毛の地と化した農場一帯は〈焼け野〉と呼ばれるようになる。

【参照作品】「宇宙からの色」

用語 **ガードナー、マーウィン** Merwin Gardner

ネイハム・ガードナーの幼い三男。井戸のそばで絶叫とともに消失した。

【参照作品】「宇宙からの色」

用語 **『カーナックの書』** Book of Karnak

エジプト起源かと推定されている魔術書。異次元の知的生命体の実在に関する記述があるという。

【参照作品】「狩りたてるもの」

用語 **カーノティ、ドクター** Doctor Carnoti

考古学調査団の随員としてエジプトに入国し、今はカイロで古美術品の密輸などをおこなっている強欲な山師。偶然発見されたナイアルラトホテップの石像を我が物とするべく砂漠へ向かい、慄然たる運命に見舞われる。

【参照作品】「無貌の神」

用語 **カーペンター、ジェイスン** Jason Carpenter

英国ハーデンのケトゥルトープ農場に、獰猛な愛犬ボーンズBonesを唯一の伴侶に、三十年近く隠棲していた老人。かつてインスマスで〈深きものども〉に妻子を奪われた恨みを晴らすため、農場の地下に蝟集（いしゅう）する〈深きものども〉を殺戮することを生き甲斐にしていた。

【参照作品】「ダゴンの鐘」

用語 **カール** Kaar

〈夢の国〉の平原。ヴォルナイの町がある。

【参照作品】「妖蛆の館」

用語 **カーンビイ、ジョン** John Carnby

米国カリフォルニア州オークランド在住のオカルティスト。異様な熱心さで『ネクロノミコン』解読に取り組むが、その甲斐もなく、おぞましい運命に見舞われる。
【参照作品】「妖術師の帰還」

用語 **カーンビイ、ヘルマン** Helman Carnby
ジョン・カーンビイの双子の弟。兄に勝る妖力の持ち主で、兄に五体をバラバラにされながらも、凄惨な復讐を果たす。
【参照作品】「妖術師の帰還」

用語 **海棲(かいせい)ショゴス** sea-shoggoth
〈海棲(シー)ショゴス〉を参照。

用語 **カイナラトホリス王** King Kynaratholis
今は死のたれこめる廃都となった国を、かつて治めていた王。征服地より帰還し、神々の復讐を目の当たりにしたという。
【参照作品】「セレファイス」

用語 **怪老人** Terrible Old Man
〈恐ろしい老人〉を参照。

用語 **カウダ・ドラコーニス** cauda draconis
〈ドラゴンの尾〉を参照。

用語 **『科学の驚異』** Marvells of Science
モリスターMorryster が著した「奔放な」書物。キングスポートの悪魔崇拝集団の長老が架蔵していた。米国の作家アンブローズ・ビアスの短篇「人間と蛇 The Man and the Snake」にも、本書に関する言及がある。
【参照作品】「魔宴」

用語 **『化学宝典』** Thesaurus Chemicus
驚異的博識を謳われた十三世紀英国の哲学・自然科学者ロジャー・ベイコン Roger Bacon（一二二〇頃～一二九二頃）が著した書物。
【参照作品】「チャールズ・デクスター・ウォード事件」

用語 **輝くトラペゾヘドロン** Shining Trapezohedron
不均整な形の金属箱の中に、七本の支柱で吊り下げられた結晶物。大きさ約四インチ、赤い線の入った黒い多面体である。時間と空間のすべてに通じる窓と呼ばれ、闇の中で箱から解放されることにより、ナイアルラトホテップを召喚する。ユゴス星で造りだされた後、〈古(いにしえ)のもの〉により地球にもたらされ、南極の海星状生物、ヴァルーシアの蛇人間の所有を経て、レムリア大陸で初めて人類の目にふれた。後にアトランティス大陸とともに海中に没したが、ミノアの漁師が海底からすなどり、ケムから来た商人に売り渡し、エジプト王ネフレン＝カの所有に帰したという。

【参照作品】「闇をさまようもの」「尖塔の影」「アーカム計画」

用語 学者の小路 Lane of Scholars

ダマスクス（シリアの首都）の北の地区にある閑静な通り。深遠な研究にいそしむ魔道士たちが住まいするといい、かつてアブドゥル・アルハザードも、その一隅に住居を購い、『アル・アジフ』を執筆した。

【参照作品】「ネクロノミコン　アルハザードの放浪」

用語 ガグ族 Gugs

毛むくじゃらの人喰い巨人族。かつて〈魔法の森〉に環状列石を築き、蕃神（ばんしん）とナイアルラトホテップに生贄を捧げていた。後に、森の地底に放逐され、円塔そびえる都城を築き、夢見る人間の代わりにガーストを常食とするようになった。巨大な牙の生えた口は、おぞましくも垂直に開閉する。

【参照作品】「未知なるカダスを夢に求めて」

用語 カス Kath

超銀河の星。ランドルフ・カーターはズカウバとなってヤディス星で暮らした間に、この星に旅したという。

【参照作品】「銀の鍵の門を越えて」

用語 カストロ Castro

スペイン人とインディオの血をひく、クトゥルー教徒の老人。世界各地の名も知れぬ港を訪れ、中国の山岳地帯では、教団の不死の指導者たちと話をしたという。ニューオリンズ警察の尋問に応えて、クトゥルー崇拝のあらましを語り聞かせた。

【参照作品】「クトゥルーの呼び声」

作品 風に乗りて歩むもの

The Thing That Walked on the Wind

オーガスト・ダーレス

【初出】『ストレンジ・テイルズ』一九三三年一月号

【邦訳】黒瀬隆功訳「奈落より吹く風」（真9&新2）／菊地秀行&高橋直訳「風に乗りて歩むもの」（ク4）

【梗概】マニトバ（カナダ）のナビサ・キャンプに滞在中

の警官ロバート・ノリスは、突如、三人の人間が空から降ってくるのを目撃する。二人の男は息があったが、もう一人の娘は絶命していた。かれらは一年前に住民全員が謎の失踪を遂げたスティルウォーター村の関係者だった。意識を回復した男の口から真相が明かされる。村人は風の神イタカをひそかに崇拝しており、娘は生贄に捧げられるのを怖れて、男たちと逃亡したのだ。怒ったイタカは、かれらと村人を天空に連れ去り、それからの一年、かれらは禁断の地帯を遍歴してきたのだという。息をひきとる間際、男は告げる——風の神を見たものは死をまぬかれない、と。そしてノリスは、何物かが空の高みから自分を見下ろすのを感じたのだった。

【解説】 ダーレス初期の〈イタカ物語〉群の一篇。ここに登場するイタカのイメージは、アルジャーノン・ブラックウッドの「ウェンディゴ」に多くを負っている。

用語 カダス Kadath

〈地球の夢の国〉の果て、レン高原を超えた凍てつく荒野の地。そのはかり知れない高みの頂には、未知なる星の二重冠を戴く縞瑪瑙の城が築かれ、温厚で虚弱な地球の神々が、蕃神とナイアルラトホテップに護られて暮らしている。なお、南極の狂気山脈の背後に聳え立つ、邪悪な超巨大山脈を、カダスの原形とみなす説もあり、「南極のカダス山 the South Pole near the mountain Kadath」(「墳丘の怪」より)とも呼ばれることがある。

【参照作品】「未知なるカダスを夢に求めて」「狂気の山脈にて」「蕃神」「墳丘の怪」「ネクロノミコン　アルハザードの放浪」

用語 カダテロン Kadatheron

ムナールの地にある都市。イブの生物について記された円筒形粘土が収蔵されている。

【参照作品】「サルナスの滅亡」「未知なるカダスを夢に求めて」

用語 ガタノトーア Ghatanothoa

ガタノソアとも。ユゴス星の生物が崇拝し、かれらとともに地球へ到来した神格。触腕と長い鼻、蛸の眼をもち、鱗と皺に覆われた無定形の巨体を、ムー大陸の聖地クナアに聳えるヤディス＝ゴー山の地底深く横たえている。その姿をひと目見た者は、たちまち石と化すが、脳だけは半永久的に生き続けるといわれる。かくも恐るべき神を地底に留めおくために、生贄を捧げる信仰は、環太平洋地域を中心に世界規模で広まり、フォン・ユンツトによれば、アトランティスやレン、クン＝ヤンなどでも崇拝されたという。なお一説によれば、ガタノトーアとはロイガーの異称、もしくはロイガー族の首領の名であるともいわれる。グタンタ G'tanta、タノタア Tanotah、タン＝タ Than-Tha、ガタン Gatan、クタン＝タア Ktan-Tah など、さまざまな異称がある。

【参照作品】「永劫より」「奈落の底のもの」「ロイガーの復活」「賢者の石」

用語 **カッシルダ** Kassilda

呪われた戯曲「黄衣の王」の登場人物。第一幕第二場の「カッシルダの歌」には〈失われたカルコサの地 **Lost Carcosa**〉の情景が詠われているという。

【参照作品】「仮面」「黄衣の王」

作家 **カットナー、ヘンリイ** Henry Kuttner

①**クラーリッツの秘密** The Secret of Kralitz（ク10）一九三六

②**セイレムの怪異／セイレムの恐怖** The Salem Horror（真1&新3／ク7）一九三七

③**ダゴンの末裔** The Spawn of Dagon（早川書房『SFマガジン』一九七一年十月臨時増刊号）一九三八

④**狩りたてるもの** The Hunt（ク11）一九三九

⑤**蛙** The Frog（ク11）一九三九

⑥**触手／侵入者** The Invaders（真3&新3／ク8）一九三九

⑦**ハイドラ／ヒュドラ** Hydra（真1&新3／ク9）一九三九

⑧**恐怖の鐘** Bells of Horror（ク13）一九三九

⑨**暗黒の接吻／暗黒の口づけ** The Black Kiss（R・ブロックと共作／真1&新3／ク11）一九三七

米国の作家（一九一五〜一九五八）。ロスアンジェルスに生まれる。一九三六年、ラヴクラフトの影響が色濃い「墓地の鼠」（青心社『ウィアード1』所収）で『ウィアード・テイルズ』にデビューした。SF・ホラー・ファンタジーの全ジャンルを器用にこなす才筆家で、一九四〇年に女流SF作家のC・L・ムーアと結婚してからは、夫妻による合作も数多く手がけた。

カットナーの神話作品は数こそ少ないもののそれぞれに特色があり、ラヴクラフト―ダーレス路線とは異なる独自色を出している点で珍重すべきものとなっている。その先駆というべき①は、ラヴクラフト「魔宴」の中世ドイツ版といった趣、⑤は「ダニッチの怪」の化蛙版といった趣である。③はアトランティスの盗賊皇子エラークを主人公とするヒロイック・ファンタジー・シリーズの一篇で、ダゴンを崇拝する半魚人にそそのかされたエラークが、かれらの弱みをにぎる魔道士を危うく倒そうとする話。〈インスマス物語〉外伝といった趣もある。⑧は、邪悪なる鐘の音によって召喚され、地上に災厄をもたらす地底の魔物〈ズ・チェ・クォン〉の恐怖を描く。聴覚に特化した怪異描写がユニークだ。ブロックと合作した⑨は、オカルト探偵マイケル・リー物の一篇だが、餌食とする人間の肉体をのっとる海魔という、きわめてラヴクラフト的なテーマを扱った作品。ただし既成のクトゥルー神話との関連を明示するような固有名詞は一切出てこない。

用語 **カディフォネク** Kadiphonek

ロマールの地に聳える高峰。

【参照作品】「北極星」

用語 **カトゥリア** Cathuria

〈夢の国〉の西方はるか、西の玄武岩の柱 the basalt pillars of the West の彼方、危険な海を超えたところにあるという伝説上の理想の国。神々の住まう無数の黄金都市があるらしいが、誰も見た者はなく、実際には〈地球の夢の国〉の海が無の深淵へとなだれこむ大瀑布があるのみともいう。

【参照作品】「白い帆船」「未知なるカダスを夢に求めて」

用語 **カトゥルン** Kathulhn

惑星ヴールの数学者で、時空の深遠な神秘の飽くなき探求者。異次元に達する方法を発見したが、そこに跋扈(ばっこ)する邪悪な実体によって弄ばれ、おぞましい運命に見舞われた。彼が書き残した文書は、一冊の呪われた本に仕立てあげられ、いまも宇宙のいずこかを、本の守護者とともに彷徨(さまよ)っているという。なお、名称の類似性から、カトゥルンとクトゥルーを関連づける興味深い見解もあることを付言しておこう。

【参照作品】「本を守護する者」

用語 **カナカ人** Kanaky

西太平洋ミクロネシアの島々に棲む原住民の総称のひとつ。かれらの中には〈深きものども〉と忌まわしい交婚をおこなう部族があったが、他の島の人々により根絶されたらしい。

【参照作品】「インスマスを覆う影」

用語 **彼方に横たわるもの** Him Who Lies Beyond

ユゴス星の生物が用いるヨグ゠ソトースの異称。

【参照作品】「ネクロノミコン　アルハザードの放浪」

用語 **カプト・ドラコーニス** caput draconis
〈ドラゴンの頭〉を参照。

用語 **カマン＝ター** Kaman-Thah
〈焔の洞窟〉の神官。顎鬚をたくわえ、古代エジプトの二重冠を戴いている。
【参照作品】「未知なるカダスを夢に求めて」

用語 **カムサイド** Camside
英国ブリチェスター近郊の怪しい町。いまも旧支配者崇拝がおこなわれているらしい。
【参照作品】「ハイ・ストリートの教会」

用語 **カモグ** Kamog
〈エフレイム・ウェイト〉を参照。

用語 **カラ＝シェール** Kara-Shehr
〈暗黒の都市〉を意味する。アラビアの砂漠地帯の奥深くにあるという沈黙の石造都市。廃都の玉座に就いた骸骨は、深紅の宝石〈アッシュールバニパルの焔〉を手にしているという。無名都市の別名であるともいわれる。
【参照作品】「アッシュールバニパルの焔」「大いなる帰還」

作品 **狩りたてるもの** The Hunt
ヘンリイ・カットナー
【初出】『ストレンジ・ストーリーズ』一九三九年一月号
【邦訳】東谷真知子訳（ク11）
【梗概】遺産相続に邪魔な従兄を始末するため、アルヴィン・ドイルが〈修道士の谷〉にやってきた。従兄のウィル・ベンスンは、村から二マイル離れた小さな峡谷の小屋で、世捨人のような生活をおくる魔術師で、住居の周辺では怪異の噂が絶えなかった。おりしもベンスンは、長年探求していた〈魂を狩りたてるもの〉イオド召喚の儀式を執行する真最中。しかしドイルは情け容赦なくベンスンを射殺する。車で逃走する途中、ドイルは際限のない悪夢に苛まれる。夢の中では、青白い輝きを放ち、黒い触手を蠢（うごめ）かせるおぞましい怪物が、どこまでもどこまでも彼を追跡してくるのだった。そして遂に……。
【解説】カットナーの独創による神格イオドの恐怖をなまなましく描いた一篇。悪夢を経由して襲来する異次元生物という着想が光る。また、マッケン「黒い石印」との関連がほのめかされている点にも注目したい。

用語 ガルヴェス、ジョゼフ・D Joseph D. Galvez

ニューオリンズ警察署の警官で、南部の沼沢地におけるクトゥルー教団の捕縛に従事した。スペイン系で想像力たくましく、林の奥で邪教徒の召喚に応える物音がするのを聞いたと証言した。

【参照作品】「クトゥルーの呼び声」

用語 カルコサ Carcosa

ヒヤデス星団のアルデバランを間近に望む、荒涼とした古代都市。後に『黄衣の王』やハスターと関連づけて言及されるようになる。

【参照作品】「カルコサの住民」「黄の印」「ハスターの帰還」

用語 カルス山脈 Karthian hills

〈カルティア丘陵〉を参照。

用語 カルティア丘陵 Karthian hills

カルス山脈とも。ムナールにある丘陵地帯。その彼方には歓楽都市オオナイがある。

【参照作品】「イラノンの探求」

用語 カルル・ハインリッヒ、アルトベルク＝エーレンシュタイン伯爵

Karl Heinrich, Graf von Altberg-Ehrenstein

ドイツ帝国海軍少佐で、Uボート艦長。彼が指揮する潜水艦U29は、撃沈した英国貨物船の船員が所持していた奇妙な象牙細工を回収して以来、相次ぐ異変に見舞われ、北緯二〇度西経三五度の海底で座礁した。カルル・ハインリッヒは一九一七年八月二十日、手記を納めた壜を海中に投棄した後、海底にある古代の神殿へと姿を消した。

【参照作品】「神殿」

用語 カロース Kalos

カロスとも。ギリシア時代の彫刻家。友人ムーシデスによって毒殺された。

【参照作品】「木」

用語 カンガー、イーノック Enoch Conger

インスマス近郊のファルコン岬に独居する変わり者の漁師。〈悪魔の暗礁〉で半人半魚の女を網にかけた。後に失踪し、〈深きものども〉の一員と化す。

【参照作品】「ファルコン岬の漁師」

用語 **カンプタン家** Comptons

コンプトンとも。オクラホマ州カドウ郡ビンガーに昔から居住する開拓者一家。同地で起こった怪事件を、しばしば目撃していた。

【参照作品】「イグの呪い」「墳丘の怪」

用語 **キーアン** Chian

〈チアン〉を参照。

用語 **キーン、エイベル** Abel Keane

ボストン在住の神学生。以前アンドルー・フェランが住んでいた部屋を借りた縁で、彼とともにインスマスに潜入、エイハブ・マーシュを倒す。後にグロチェスターで溺死した。

【参照作品】「永劫の探究」

用語 **キーン、マーチン** Martin Keane

ミスカトニック大学教授。『ネクロノミコン』を丸暗記するほど、禁断の知識に通じており、ポター一家の救済に助力する。

【参照作品】「魔女の谷」

作品 **奇形** The Mannikin

ロバート・ブロック

【初出】『ウィアード・テイルズ』一九三七年四月号

【邦訳】柿沼瑛子訳「悪魔の傀儡」（ソノラマ文庫『暗黒界の悪霊』）／三宅初江訳「奇形」（ク４）

【梗概】静養のためブリッジタウンを訪れたわたしは、大学時代の教え子で、特異な文才を高く評価していたサイモン・マグロアと再会する。彼は当時から背中にできた腫瘍のような増殖物に悩まされていたが、健康状態はますます悪化しているようだった。わたしはマグロア一族が悪名高い妖術師の家系であることを知り、云いようもない不安にかられる。サイモンは次第に錯乱の度を深め、ついに不可解な惨死を遂げた。そして残された書置には、彼の肉体に生まれたときから取り憑いていた、おぞましい「兄弟」との壮絶な闘いが明かされていたのだった。

【解説】ブロックの本領であるグロテスク・ショッカーの手法を活かした〈妖術師物語〉。『妖蛆の秘密』や〈ドール讃歌〉〈父なるイグの儀式〉などへの言及を除けば、神話大系との関わりは薄い。

用語『**記号暗号および古代碑文の解読に関する注解**』Notes on Deciphering Codes, Cryptograms and Ancient Inscriptions
　ゴードン・ウォームズリー教授の著書。未知の象形文字解読に必須の資料とされる。
【参照作品】「ド・マリニーの掛け時計」

用語『**記号概論**』Traite des Chiffres
　ヨーロッパにおける暗号研究の先駆的な権威だったド・ヴィジュネール De Vigenere が著した書物。
【参照作品】「ダニッチの怪」

用語**キタミール**　Kythamil
　かつてアークトゥルス星の周囲を回っていたという二重星。そこから飛来した、ツァトゥグアを崇める無定形のキタミール星人は、人類の遙かな祖先であるともいわれる。
【参照作品】「銀の鍵の門を越えて」

用語**黄の印**　Yellow Sign
　人ならぬものの文字を金で象嵌（ぞうがん）した黒縞瑪瑙（くろしまめのう）のメダル。これを所持する者には、やがて恐るべき運命がくだされるという。

R·W CHAMBERS
The King in Yellow
DEDALUS

黄の印（ティム・グレイ画）

【参照作品】「黄の印」「闇に囁くもの」

用語**ギャア・ヨトン**　Gyaa-yothn
〈グヤア＝ヨトン〉を参照。

作家**キャッスル、モート**　Mort Castle
①**吾が心臓の秘密** A Secret of the Heart（創元推理文庫『ラヴクラフトの遺産』）一九九〇
　米国の作家、演出家、漫画原作者（一九四五〜　）。少年時代からパルプ・ホラーを愛好、七二年に作家デビュー。著書に長篇『The Strangers』（八七）ほか。①はポオ―ラ

ヴクラフト直系の〈妖術師物語〉を企図した、擬古調のオカルト・サイエンティスト物の短篇である。

用語 **キャッツキル山脈** Catskill Mountains

米国ニューヨーク州東部のなだらかな丘陵地帯。同地にあるテンペスト山には魔物が潜むと言い伝えられており、付近には初期植民地農民の子孫が暮らす、閉鎖的で堕落した集落が点在する。

【参照作品】「潜み棲む恐怖」「眠りの壁の彼方」

作家 **キャナン、ピーター** Peter Cannon

①**アーカムの蒐集家** The Arkham Collector（青心社文庫『ラヴクラフトの世界』）一九九七

米国のホラー作家、ラヴクラフト研究家（一九五一〜 ）。ニューヨーク在住。スリラーとミステリーの専門誌『パブリッシャーズ・ウィーク』の編集者でもある。ラヴクラフトに関する評論で知られており、HPL作品がシャーロック・ホームズ物や『ヴァテック』、ナサニエル・ホーソーンの作品から影響を受けていると指摘している。また、F・B・ロングの伝記も著した。創作ではラヴクラフトの伝記小説のほか、多くの神話作品がある。①は、アーカム在住の批評家を訪ねた小説家（ダンセイニ風の長篇『黄金の運命』という著書がある）の奇妙な体験を描いた作品である。

用語 **キャボット考古学博物館**
Cabot Museum of Archeology

キャバットとも。ボストンの高級住宅地ビーコン・ヒルにある小さな博物館。古代文明の遺品を専門に展示し、研究家筋からは高く評価されている。同館のミイラ・コレクションは全米随一といわれ、ムーの神官トヨグのミイラも、ここに収蔵されていた。

【参照作品】「永劫より」

用語 **キャラウェイ、ルーバン** Reuben Calloway

英国のサウスダウン大学教授で、オカルト方面にも該博な知識を有する正義漢。タイタス・クロウとも親交があるらしい。

【参照作品】「プリスクスの墓」

用語 **ギャリスン、ウライア** Uriah Garrison

アーカムの悪名高い妖術師。死後も女夢魔とともに、アイルズベリイ・ストリートの屋敷に憑依し、子孫の肉体を奪おうとした。

【参照作品】「屋根裏部屋の影」

用語 **キャロル** Carroll
ミスカトニック大学の大学院生。同大の南極探検隊に参加し、F・H・ピーバディ教授とともにナンセン山 Mt. Nansen の登頂に成功した。
【参照作品】「狂気の山脈にて」

用語 **キャンフィールド、サイモン** Simon Canfield
ポトワンケットの漁師。一九一三年八月に落下した隕石をトロール網に引っかけ、同僚とともに海岸に運びあげた。隕石を「鉱滓(こうさい)めいていた」と証言。
【参照作品】「緑の草原」

作家 **キャンベル、ラムジー** John Ramsey Campbell
①**ハイ・ストリートの教会** The Church in High Street(学研M文庫『インスマス年代記』/論創社『漆黒の霊魂』)一九六二
②**暗黒星の陥穽** The Mine on Yuggoth(真3&新4)一九六四
③**異次元通信器** The Plain of the Sound(真9&新4)一九六四
④**妖虫** The Insects from Shaggai(真9&新4)一九六四
⑤**城の部屋** The Room in the Castle(ク9)一九六四
⑥**ヴェールを破るもの** The Render of the Veils(扶桑社ミステリー『クトゥルフ神話への招待』)一九六四
⑦**魔女の帰還** The Return of the Witch(扶桑社ミステリー『クトゥルフ神話への招待』)一九六四
⑧**呪われた石碑** The Stone on the Island(扶桑社ミステリー『クトゥルフ神話への招待』)一九六四
⑨**スタンリー・ブルックの遺志** The Will of Stanley Brooke(扶桑社ミステリー『クトゥルフ神話への招待』)一九六四
⑩**恐怖の橋** The Horror from the Bridge(扶桑社ミステリー『クトゥルフ神話への招待』)一九六四
⑪**ムーン・レンズ** The Moon-Lens(扶桑社ミステリー『古きものたちの墓』)一九六四
⑫**湖畔の住人** The Inhabitant of the Lake(扶桑社ミステリー『古きものたちの墓』)一九六四
⑬**コールド・プリント** Cold Print(トライデント・ハウス『ナイトランド』創刊号)一九六九
⑭**パイン・デューンズの顔** The Faces at Pine Dunes(真6―2&新7)一九八〇
英国の作家、映画批評家(一九四六~)。リヴァプールに生まれる。十代でA・ダーレスに才能を見いだされ、

一九六二年、アーカム・ハウスのアンソロジー『Dark Mind, Dark Heart』に収録された①でデビュー。六四年には同社よりクトゥルー神話作品集『The Inhabitant of the Lake and Less Welcome Tenants』が刊行された。その後、税務署や図書館などで働きながら創作を続け、七三年から作家専業となる。次第にラヴクラフト色を払拭し、長篇第一作『母親を喰った人形』（七六／ハヤカワ文庫）以降、英国モダンホラーを代表する作家のひとりとして長きにわたり活躍している。

キャンベルの神話作品は、ラヴクラフトのアーカムに相当する英国の架空都市ブリチェスターや、『ネクロノミコン』を意識した魔道書『グラーキの黙示録』をはじめとするオリジナルな神話アイテムを嬉々として導入している点で、神話大系のもつゲーム的性格に積極的にのめりこもうとする姿勢が鮮明であった。①〜⑫が若書きにもかかわらず今なお再読に堪えるのも、そうした作者の熱狂が読者にもたらす心地よい一体感ゆえだろう。その起点となった①は、ヨグ＝ソトース崇拝が現在も息づく町テンプヒルを探訪する人々が遭遇する「出口なし」の恐怖を惻々と描く。③はブリチェスター近郊の廃屋で奇妙な通信機器を発見した学生たちが、おぞましい異界の光景を垣間見る話。⑤はセヴァンフォードの古城を舞台に謎めいた神性バイアティスの恐怖を、⑥ではダオロス召喚の恐るべき顛末を描く。魔女の棲む家をめぐる都市伝説風の⑦や、セヴァンフォード郊外の小島にまつわる怪異を綴った⑧のように、怪談的なアプローチが認められる点も興味深い。⑩はキャンベル版「ダニッチの怪」というべき力作中篇。⑪はゴーツウッドの町に揺曳するシュブ＝ニグラスの恐怖を描く。デビュー短篇集の表題作である⑫は、ブリチェスター近郊のセヴァン谷にある無気味な湖の畔の住宅に入居した画家が、湖底にひそむグラーキに魅入られてゆく過程を、底冷えするような筆致で活写している。

ジョン・ラムジー・キャンベル

カ キャロ

用語 窮極の門 Ultimate Gate

全宇宙・全物質を超越した最極の空虚に通じる、巨大な石造のアーチ門。

【参照作品】「銀の鍵の門を越えて」

用語 旧支配者 Ancient Ones, Evil Ones, Great Old Ones

宇宙の邪悪を体現する神々の総称。かつて太古の地球に到来し、地上に君臨していたことから、この名がある。なお〈大いなる種族〉や〈古のもの〉も、ときに旧支配者と呼ばれることがあるが、本来これらは神々とは異なる存在であった。

旧支配者の多くは、その属性によって、地（ヨグ＝ソトース、ツァトゥグア、シュブ＝ニグラス、ナイアルラトホテップなど）／水（クトゥルー、ダゴン、ヒュドラ、オトゥーム）／火（クトゥグア）／風（ハスター、ツァール、イタカ、ロイガー）の四大に分かたれ、それぞれにヒエラルキーが存在するようだが、アザトース、アブホース、ウボ＝サスラ、ウムル・アト＝タウィルのように、明確な位置づけが困難な神性も数多い。また、クトゥルーには〈深きものども〉、ハスターにはバイアクヘー、クトゥグアには〈炎の生物〉が従うという。四大神性の間には対立関係が認められ、ことにクトゥルーとハスター、ナイアルラトホテップとクトゥグアは烈しく敵対しているらしい。

かつて旧支配者は、結束して旧神に反逆したが敗退し、地球の地底や海中、宇宙空間などに、それぞれ幽閉を余儀なくされた（ただし、ナイアルラトホテップだけは、その後も自在に活動しているとおぼしい）。旧支配者は、従者や一部の人間たちを操り、〈旧神の封印〉を破らせ、復活再臨する機会を常に窺っているという。

【参照作品】「永劫の探究」

用語 旧支配者の大いなる印 Great Seal of the Old Ones

〈古の印〉を参照。

用語 旧支配者の帝 the lords of the Old Ones

旧支配者の首魁であり、「世界の帝ないしは軍使」であるものたち。その総数は七名で、六名の兄妹（アザトース、ダゴン、ナイアルラトホテップ、イグ、シュブ＝ニグラス、ヨグ＝ソトース）および父親の兄弟の息子にあたる別格の一名（クトゥルー）から成るという。

また、帝たちはそれぞれ固有の惑星に対応しており、その関係は以下のとおり――アザトース／太陽、ダゴン／月、ナイアルラトホテップ／水星、イグ／土星、シュブ＝ニグラス／金星、ヨグ＝ソトース／木星、クトゥルー／火星。
【参照作品】「ネクロノミコン　アルハザードの放浪」

用語 旧支配者の養い子
the fosterling of the Great Old Ones

旧支配者が、誕生まもない人類の一部の子宮に宿らせた化身。復活の時が満つるまでの備えとして、旧支配者の記憶を共有し、世代を経るごとに完全な姿に近づく。世代交替に際して、その心身は旧支配者の体内に吸収融合されるともいう。
【参照作品】「パイン・デューンズの顔」

用語 旧神 Old Ones, Elder Gods

宇宙的な善を体現する全能の存在。オリオン座のベテルギウスに鎮座するとされるが、その実体は神秘につつまれている。永劫の昔、謀反(むほん)を起こした旧支配者と旧神の間に繰りひろげられた激烈な闘いのひと齣は、次のようなものであったという。

「人間には想像もできない生物どうしが闘っていた。一方の生物は巨大で、たえず姿をかえつづけ、純粋な光の塊のように見えた。柱の形をとることもあれば、巨大な球の形、雲塊のような形をとることもあった。これらの塊が、おなじように姿、濃度、色を変化させつづける他の塊と闘っていた。その大きさは怪物じみていた」「ときおり、光の柱に敵対するもののひとつが捕えられ、遠くへ投げとばされた。すると投げとばされたものは怖しい姿にかわり、肉体をそなえはじめながら変成をしつづけた」（大瀧啓裕・岩村光博訳『永劫の探究』より）
【参照作品】「永劫の探究」「ハスターの帰還」「潜伏するもの」「湖底の恐怖」「彼方からあらわれたもの」「モスケンの大渦巻き」

用語 旧神の印 Elder Sign

〈五芒星形の印〉を参照。

用語 「旧世界より」 Out of the Old Land

ジャスティン・ジョフリが書いた詩作品。
【参照作品】「屋根の上に」

用語 キュクロープス Cyclops

ギリシア神話に登場する単眼の巨人。額の中央に唯一の目をもつ。鍛冶の名工として知られる。古代ギリシアの吟遊詩人ホメロスの叙事詩『オデュッセイア』に描かれるキュクロープスは、イタリアの海辺に棲む凶暴で野蛮な人喰い族である。

【参照作品】「クトゥルーの呼び声」

用語 **キュダトリア** Cydathria

サイダリアとも。ムナールの一地方。

【参照作品】「イラノンの探求」「サルナスの滅亡」

用語 **キュナルス** Kynath

ユゴスとともに、太陽系の周縁に位置する惑星。

【参照作品】「銀の鍵の門を越えて」

用語 **キュベレ** Cybele, Kybele

シビリーとも。古代小アジア地方で崇拝された大地母神。マグナマーター（諸神の母）とも呼ばれる。愛人のアテュスとともに、狂騒的祭祀で崇拝の対象となった。英国ウェールズのイグザム小修道院には、キュベレ信仰がひそかに伝存していたらしい。

【参照作品】「壁のなかの鼠」

用語 **狂気山脈** Mountains of Madness

南極大陸を横断する巨大な山脈。その峻嶮な領域は、南緯八二度、東経六〇度から、南緯七〇度、東経一一五度にわたり、最高峰は三万四千フィートに達する。その山頂を超えた台地には、古第三紀に〈古のもの〉が建造した巨大石造都市が広がっている。一九三一年一月、ミスカトニック大学南極探検隊によって発見された。伝説のレン高原の原形であるともいわれる。

【参照作品】「狂気の山脈にて」「狂気の地底回廊」「古きものたちの墓」

用語 **「狂気の暗黒神」** Black God of Madness

作家カーソンが執筆した長篇小説。あまりにも病的で恐ろしい内容のため、出版を拒否された。

【参照作品】「セイレムの恐怖」「ウィンフィールドの遺産」

作品 **狂気の山脈にて** At the Mountains of Madness

H・P・ラヴクラフト

【執筆年／初出】一九三一年／『アスタウンディング・ストーリーズ』一九三六年二月号～四月号

【邦訳】荒俣宏訳「狂気の山にて」（角川ホラー文庫版『ラヴクラフト恐怖の宇宙史』ほか）／大瀧啓裕訳「狂気の山脈にて」（全4）／高木国寿訳「狂気山脈」（定5）

【梗概】一九三〇年九月、南極の地質調査を主目的とするミスカトニック大学探検隊が出発した。工学科のピーバディ、生物学科のレイク、物理学科のアトウッド、そして地質学者で隊長を務めるわたしの四教授と十六名の助手から成る一行は、強力な新型ドリルを用いたボーリング作業で着々と成果を挙げ、途方もなく古い時代のものと思われる化石資料を得た。さらなる大発見への野心に燃えるレイクは、人跡未踏の奥地へ向かうことを提案する。レイク隊からもたらされる報告は驚くべきものだった。これまで目にしたいかなる山よりも高い巨大な山脈を発見、その麓で掘りあてた洞窟から、奇怪な生物の化石が見つかったというのだ。樽状の胴体に翼を生やし、海星のような五芒星形の頭部をもつ生物は、進化の常識から逸脱した存在だった。強風によって通信が途絶し、不安にかられた一行は飛行機でレイク隊のキャンプへ急ぐ。キャンプは何物かに蹂躙され全滅していた。助手のダンフォースとともに、飛行機で山脈の背後に遠征したわたしは、狂気の迷宮を思わせる巨石建造物群を発見する。その壁面には、人類出現以前の超古代にそれを築いた〈古のもの〉の歴史が、浅浮彫によって描かれていた。原初の地球に宇宙から飛来したかれらは、みずからの科学力で生み出したショゴスを使役して海中に都市を築き、特異な文明を発達させていった。遅れて地球に到来した〈クトゥルーの落とし子〉や〈ユゴス星の甲殻生物〉との覇権争いや、再三にわたるショゴスの反乱をも克服し旧支配者としての勢力を保っていたが、大地殻変動や氷河の到来によって次第に南極の海底深く撤退していったのだ……。さらに探索を続けたわたしたちは、発掘され蘇った〈古のもの〉が、何物かによって惨殺された現場に直面、海底都市の慄然たる現状を知らされる。正気を失い絶叫するダンフォースの声に応えるかのように、深淵から「テケリ・リ！」という叫びが聞こえ、恐怖のショゴスがおぞましい姿を現わした。辛うじて逃げのびたわたしたちだが、狂気山脈の背後に聳える想像を絶する超山脈の後ろ側を垣間見たダンフォースは、今も錯乱したままである。わたしは警告する、南極大陸の奥地へ決して足を踏み入れてはならない、と。

【解説】 後述の「時間からの影」と双璧を成す、ラヴクラフト神話の最終到達点ともいうべき大作である。人類以前に地球を支配した諸種族の変遷が、具体的に系統立てて語られる点も興味深いが、〈古のもの〉に対してわたしが抱く「何であれ、彼らは人間だったのだ」という感慨には、異形の存在に寄せるラヴクラフトの共感が、からずも吐露されているかのようで、読む者の胸に迫るものがあろう。

「狂気の山脈にて」挿絵

作品 狂気の地底回廊 In the Vaults Beneath
ブライアン・ラムレイ

【初出】アーカム・ハウス『黒の召喚者』一九七一年刊
【邦訳】朝松健訳（国書刊行会『黒の召喚者』）
【梗概】わたしと友人のジェフリーズは、『グ＝ハーン断章』をめぐるゴードン・ウォームズリー教授の講演に感動し、協力して同文書が示唆する超古代遺跡の発掘に取り組むことになった。そして、ある荒涼とした丘陵地帯で、〈古のもの〉の前哨基地を掘りあてた。壁面に象形文字や浮彫が刻まれた人工の地底回廊を探査したわれわれは、不思議な金属繊維でできた巻物や小立像などを発見するが、危うくショゴスが封じられた扉を開けそうになり、ほうほうの体で逃げ戻る。戦利品の分析を進めた結果、あの狂気山脈がその後の南極探検で発見されなかった謎が判明する。ところが、思いもよらぬアクシデントがわれわれを待ち受けていた。自分たちの痕跡を消去しようとする〈古のもの〉の空間移動操作によって、発見物は瞬時に消え失せ、金属繊維で作ったスーツを着ていたウォームズリー教授も、頭部と両手・両脚を残して消失したのである！
【解説】「狂気の山脈にて」の後日譚風作品。とはいえ土木機械も使わずに、前哨基地の入口を掘りあててホイホイ入りこむあたりのお気楽さは、オリジナルの荘厳さとは較べるべくもない。

用語 **強壮な甲虫類** mighty beetle

人類滅亡後に地球の支配種族となる甲虫族。〈大いなる種族〉の集団移住により、その肉体を奪われることになるという。

【参照作品】「時間からの影」

作品 **恐怖の巣食う橋** The Horror from the Middle Span

H・P・ラヴクラフト&A・ダーレス

【初出】アーカム・ハウス『トラベラーズ・バイ・ナイト Travellers By Night』一九六七年刊

【邦訳】片岡しのぶ訳「魔界へのかけ橋」（真3&新4）／岩村光博訳「恐怖の巣食う橋」（ク6）

【梗概】わたしはダニッチ北方の荒地に建つ大叔父セプティマス・ビショップの家に移り住む。大叔父は二十年前に謎の失踪を遂げていた。付近の住民は、わたしがビショップ家の者であると知るや嫌悪感をあらわにし、大叔父は身内の者ともども殺されたのだと謎めいたことを口ばしる。家の地下にはミスカトニック河にかかる廃橋の方へ通じる秘密のトンネルがあった。大叔父は秘密の学問に通じていたらしく、ウィルバー・ウェイトリイをはじめとする、いかがわしい人物と文通を交わしていた。嵐によって破壊された廃橋の残骸の中に、わたしは奇妙な形の白骨を見つけ、家へ持ち帰る。その夜の夢に、骨は妖しい魔物の姿に変じてわたしを悩ませたが、同じころ二十年前を再現するかのような若者の失踪事件が起こっていた。押し寄せる暴徒から逃れるため、わたしは甦った大叔父と使い魔の美女に導かれるまま、トンネルを下っていった。

【解説】「ダニッチの怪」の後日譚ともいうべき作品だが、全体の構成はダーレスの「谷間の家」に酷似している（発表は「谷間の家」が先）。先住者の名前が同じセス（セプティマス）・ビショップである点に注目。

用語 **恐怖の湖** Lake of Dread

ビルマ奥地のスン高原にある湖。中央の島には廃都アラオザルがある。

【参照作品】「潜伏するもの」

作品 **恐怖の山** The Horror from the Hills

フランク・ベルナップ・ロング

【初出】『ウィアード・テイルズ』一九三一年一月号、二・三月合併号

【邦訳】根本政信訳「夜歩く石像」（真4&新1）／東谷真

知子訳「恐怖の山」（ク11）

【梗概】ツァンの不毛の台地を越えた洞窟から、考古学調査員のアルマンが持ち帰った石像は、生きていた！　それは象さながらの長大な鼻をもつ太古の吸血邪神チャウグナル・ファウグンだった。白人の手で邪神は洞窟を出、世界を制覇するという予言を信じる崇拝者たちによって、アルマンは神像の同行者に仕立てられたのだ。アルマンの血を啜りながら米国に到着した邪神は、マンハッタン美術館を抜け出し、市民を襲い始める。同じ頃ピレネー山中では、邪神の〈兄弟たち〉による殺戮が始まっていた。同僚の学芸員アルジャナン・ハリスは、霊能者のロジャー・リトルに協力を求める。チャウグナル・ファウグンの名を聞いたリトルは恐怖の面持ちで、自分が見た前世の夢、古代ローマ軍がピレネーで遭遇した邪神の暴威を物語る。しかし彼には切り札があった。みずから考案したタイム゠スペース・マシーンを用いて、邪神を時の彼方に送り返そうというのだ。人類は甦った吸血邪神の恐怖をまぬかれるのか？

【解説】クトゥルー神話版『吸血鬼ドラキュラ』といった趣もある力作中篇で、六三年にアーカム・ハウスから単行本としても刊行されている。夢語りの形で作中に登場する、古代ローマ時代の印象的なエピソードには、ラヴクラフト自身の見た夢が、本人の承諾を得て活かされている（学研『夢魔の書』参照）。唐突に超科学兵器を持ちだすところが、いかにも往時のパルプ・ホラーといえようか。

用語　キランの碧玉の台地　jasper terraces of Kiran

〈夢の国〉を流れるオウクラノス河沿いの台地で、イレク゠ヴァドの王が年に一度訪れる、壮麗な碧玉の神殿がある。

【参照作品】「未知なるカダスを夢に求めて」

用語　霧の高みの不思議な家

The Strange High House in the Mist

キングスポートの北の果て、畏怖すべき断崖上に建つ、古びた灰色の家。地元民はその家に、黒い顎鬚をたくわえた隠者が、何百年も棲みついていると信じている。

【参照作品】「霧の高みの不思議な家」「インスマスを覆う影」

用語　キルデリイ　Kilderry

キルダリーとも。アイルランドの寒村。石で築かれた町が沈んでいると伝えられる、禁断の湿原がある。

【参照作品】「月の湿原」

用語 **ギルマン、アサフ** Asaph Gilman

元ハーヴァード大学核物理学教授。定年退職後はミスカトニック大学で教鞭をとった。晩年、クトゥルー教団の調査に全力をかたむけたが、ロンドンの中国人街で事故死する。

【参照作品】「永劫の探究」

用語 **ギルマン、ウォルター** Walter Gilman

ハヴァーヒル Haverhill 出身でミスカトニック大学に通う学生。アーカム市内の〈魔女の家〉に下宿し、異次元空間の研究に没頭するが、魔女キザイア・メイスンに憑依され、旧支配者がさきわう異世界の夢に悩まされたあげく、最後はキザイアの使い魔ブラウン・ジェンキンに、生きたまま心臓を喰い尽くされて絶命した。

【参照作品】「魔女の家の夢」

用語 **ギルマン家** Gilmans

インスマスにおける良家のひとつ。その末裔は、ワシントン・ストリートにある邸宅に隠棲している。

【参照作品】「インスマスを覆う影」

作家 **ギルマン、シャーロット・パーキンズ** Charlotte Perkins Gilman

①**黄色い壁紙** The Yellow Wall Paper〈創元推理文庫『淑やかな悪夢』〉一八九二

米国の作家、詩人、フェミニスト（一八六〇～一九三五）。名家の末裔としてコネチカット州ハートフォードに生まれる。二十四歳で風景画家チャールズ・ステットソンと結婚、一女をもうけるが、出産を機に鬱病を発症。一八八八年に離婚し、娘とともにカリフォルニアへ移住。一九〇〇年に従兄弟のヒュートン・ギルマンと再婚、フェミニズム運動と文筆に打ちこむ後半生を過ごし、乳癌の告知をうけて三年後に自殺した。

鬱と神経衰弱に苦しめられた体験をもとに書かれたという①について、ラヴクラフトは「文学と超自然的恐怖」の中で「かつて気が狂った女性が監禁されていたことのある壁紙におおいつくされた部屋に住んでいる一人の女性の身に狂気がしのび寄るさまを巧みに描き出して、怪奇作家として最高水準に達している」（植松靖夫訳）と評している。「インスマスを覆う影」で重要な役まわりを果たす〈ギルマン・ハウス〉における怪異に、①と作者の名が反映されているか否かは、さだかではない。

用語 **ギルマン、ジョゥジフィーン** Josephine Gilman
ジョゼフィンとも。ミスカトニック大学で海洋学を専攻後、ウィルヘルム博士の動物学研究所で助手を務める、ボストン出身の若い女性。海軍軍人の父は、インスマスのギルマン家の人間だった。水槽での実験中、イルカの子を宿し、やがてイルカに乗って海へと去った。
【参照作品】「深きものども」

用語 **ギルマン・ハウス** Gilman House
インスマスで営業している唯一のホテル。空室から不気味な物音が聞こえるなど、その評判ははなはだ芳しくない。
【参照作品】「インスマスを覆う影」

用語 **キルリア、アリス** Alice Kilrea
アイルランド出身の英国貴婦人。禁断の知識の研究に生涯を捧げ、コンゴ奥地に出現したナイアルラトホテップを、術式により撃退した。
【参照作品】「蠢く密林」

作家 **キング、スティーヴン** Stephen Edwin King
①**呪われた村〈ジェルサレムズ・ロット〉** Jerusalem's Lot（扶桑社ミステリー『深夜勤務』）一九七八
②**クラウチ・エンドの怪／クラウチ・エンド** Crouch End（真6―1&新6／文藝春秋『ヘッド・ダウン』）一九八〇
③**キャンパスの悪夢** I Know What You Need（扶桑社ミステリー『トウモロコシ畑の子供たち』）一九七六
④**おばあちゃん** Gramma（扶桑社ミステリー『ミルクマン』）一九八四
⑤**霧** The Mist（扶桑社ミステリー『骸骨乗組員』）一九八〇
アメリカン・モダンホラーを代表する作家、というよりも現代米国を代表する作家のひとり（一九四七〜　）。メイン州のポートランドに生まれる。アイルランド系の父ドナルドは、キングが二歳のときに失踪し二度と戻らなかった。少年時代から大学卒業後、高校教師の職に就くまで一貫して小説の投稿を続けるが、ほとんど採用されず、妻子を抱えて苦しい生活が続いた。一九七四年、初めて大手出版社に売れた長篇『キャリー』（新潮文庫）が大成功をおさめ、以後『呪われた町』（七五／集英社文庫）『シャイニング』（七七／文春文庫）と話題作を連発、ホラーの常識を覆す大ベストセラー作家となった。
十二歳の頃、キングは叔母の家の屋根裏で、父親が残したペーパーバック群を発見する。その中にはラヴクラフトの短篇集や『ウィアード・テイルズ』系作家の傑作集なども含まれており、このときの出会いがホラー作家キングの原体験となった。大学時代、ゴシック小説の授業の課題として執筆されたという①が、ラヴクラフトによる神話作品の定型をきわめて忠実に踏襲している点にも、その影響の大きさが窺われよう。キングは自作の中に、しばしば〈アーカム〉や〈ネクロノミコン〉といった固有名詞を親愛の念とともに忍びこませている。たとえば『ニードフル・シングス』（九一／文藝春秋）第十四章に登場する〈ヨグ・ソトースの法則〉にニヤリとされたラヴクラフティアンも多いだろう。ヒロインにつきまとう「魔性の恋人」の蔵書中に『ネクロノミコン』が見いだされる③や、死に瀕した老祖母が「ハストゥル、デグリヨン、ヨス・ソォス・オース！」と叫びだす④などは、神話大系の〈妖術師物語〉群の流れを汲む作品とも見なすことができる。しかしながら、最もラヴクラフト的なキング作品といえば、やはり傑作中篇⑤にとどめを刺す。神話アイテムこそ登場しないものの、悪夢のような怪物世界の鬼気迫る精密描写は、ラヴクラフトと『ウィアード・テイルズ』系パルプ作家たちに捧げた、キングなりのオマージュなのかもしれない。

用語 キングストン＝ブラウン、ネヴェル

Nevil Kingston-Brown

紀元二二五一八年に逝去するオーストラリアの物理学者。〈大いなる種族〉と精神を交換され、ナサニエル・ピースリーと会話した。

【参照作品】「時間からの影」

用語 キングスポート Kingsport

アーカムの東方に位置する、古さびた港町。町の北はずれの大断崖は異界と近接しており、教会の地下深くでは往古よりユール（クリスマス）に秘密の儀式が執りおこなわれ、町なかには〈恐ろしい老人〉の棲む屋敷があるなど、随処に怪しの気配が潜む町である。

【参照作品】「魔宴」「霧の高みの不思議な家」「恐ろしい老人」「インスマスを覆う影」「魔宴の維持」

作家 キングリア、J・トッド J.Tod Kingrea

①ファン・グラーフの絵 Van Graf's Painting（青心社文庫『ラヴクラフトの遺産』）一九九七

米国の作家、メソジスト教会牧師（?～　）。ヴァージニア州出身。一九八八年、ラドフォード大学を卒業後、グラフィック・アーティストやフリーライターとして活動。その後、二〇〇〇年にアズベリー神学大学にて、神学の修士号を取得。牧師としての職務に精励しており、『Carrying on the Mission of Jesus』といった宗教方面の著作もある。

キングスポートのモデルとなったマーブルヘッドの眺望（シュレフラー『ラヴクラフト・コンパニオン』より）

R・M・プライスといいキングリアといい、聖職者がクトゥルー神話小説を書いているのは興味深いといえよう。①はチェンバースの「黄の印」のパスティッシュというべき無気味な物語である。

用語**『金枝篇』** The Golden Bough

英国の人類学者J・G・フレイザーJames George Frazer（一八五四〜一九四一）が、一八九〇年に刊行した書物。呪術・宗教の発生と変遷を、膨大な史料により跡づけた、民俗学・宗教学の分野における古典的大著である。

【参照作品】「クトゥルーの呼び声」

用語**銀の鍵** The silver key

アーカムのカーター家に代々伝わる、魔力を秘めた鍵。超古代のヒューペルボリアで鋳造されたといわれる。長さは五インチほどで、表面には無気味きわまるグロテスクな象形文字がびっしり刻み込まれている。ランドルフ・カーターは、この鍵を用いて時空を超え、〈夢の国〉に到った。またヤディス星の魔道士も、この鍵を用いて、時空を超える秘術に長じているらしい。

【参照作品】「銀の鍵」「銀の鍵の門を越えて」

作品 **銀の鍵の門を越えて**

Through the Gates of the Silver Key

H・P・ラヴクラフト&E・ホフマン・プライス

【執筆年／初出】 一九三三年／『ウィアード・テイルズ』一九三四年七月号

【邦訳】 荒俣宏訳「銀の鍵の門を超えて」（角川ホラー文庫『ラヴクラフト恐怖の宇宙史』）／小林勇次訳「銀の秘鑰の門を越えて」（定6）／大瀧啓裕訳「銀の鍵の門を越えて」（全6）

【梗概】 ニューオリンズの神秘家ド・マリニーの居宅に集った四人の男たち——法律家のアスピンウォール、プロヴィデンスの神秘研究家フィリップス、謎のインド人チャンドラプトラ師、そしてホスト役のド・マリニー。かれらは失踪したランドルフ・カーターの財産を処分する問題について協議していた。カーターが幼年期の夢の王国に君臨していると主張するフィリップスを、現実主義者のアスピンウォールはせせら笑うが、そのときチャンドラプトラ師が口を開き、カーター失踪の驚くべき真相を語り始める。〈銀の鍵〉を使って〈窮極の門〉へ至る門口に立ったカーターは、ウムル・アト゠タウィルに導かれ、ついに窮極の門を通り抜けた。そこで超越的な〈実体〉から〈窮極の神秘〉を伝授される。そして、宇宙に存在する遙遠（ようえん）の時代や土地のすべてを、肉体をそなえたまま訪れるという望みを抱く。願いは叶えられ、気がつくと彼は、遙かな外宇宙のヤディス星の魔道士ズカウバとなっていた。ところがカーターは、〈銀の鍵〉が地球の人間にのみ効力を有することを失念していた。長期間に及ぶ研究と自身の内なる〈ズカウバ局面〉との抗争を経て、ついにカーターは地球への帰還方法を編みだし、実行に移したのだった……。不審の念をあらわにするアスピンウォールに、チャンドラプトラ師が示した確たる証拠とは？

【解説】 〈夢の国物語〉の到達点であり、ラヴクラフトの異界幻想の極致というべき異色作である。神話大系の中でもとりわけ謎めいた存在であるウムル・アト゠タウィルを理解するうえでも欠かせない作品といえよう。なお、合作者のホフマン・プライス **E. Hoffman Price**（一八九八〜一九八八）はエキゾティックなファンタジーを得意としたウィアード・テイルズ作家で、神秘学にも造詣が深かった。本篇の原型となったプライスの短篇「幻影の王」も邦訳されている（定6）。

用語 **クアミス** Quamis

〈ミスクアマカス〉を参照。

用語 **グール** ghoul
〈食屍鬼〉を参照。

用語 **クォリー、エレナ** Eleanor Quarry
教母クォリーとも通称される霊媒の老婦人。タイタス・クロウにイタカ襲来の警告を発し、絶対の危難を救った。
【参照作品】「地を穿つ魔」「タイタス・クロウの帰還」

用語 **クサリ河** Xari
ナルトスを流れる冷えびえとした河。
【参照作品】「イラノンの探求」

用語 **クシナイアン** Xinaian
〈クン＝ヤン〉の異称。
【参照作品】「墳丘の怪」

用語 **クシル** X'hyl
スリシック・ハイを拠点とする蛇人間の中で、最高位の一人である高名な薬剤師。「賢者クシル」の異名を取る。
【参照作品】「スリシック・ハイの災難」

用語 **クストデス** Custodes
〈番人〉を参照。

用語 **クタニド** Kthanid
旧神の一柱。エリシアの永久氷河の奥にある〈水晶と真珠の宮殿〉に鎮座する。旧神と人間双方の血をひくティアニアやクロウを守護する存在でもある。その姿はクトゥルーと瓜ふたつだという。
【参照作品】「タイタス・クロウの帰還」「旧神郷エリシア」

用語 **クティーラ** Cthylla
クトゥルーの〈娘〉とも〈秘められし胤(こ)〉とも称される姫神。イハ＝ントレイの奥深い海洞に、ダゴンとハイドラに護られて秘匿されているといい、その存在はあらゆる記録から抹消されている。
【参照作品】「タイタス・クロウの帰還」

用語 **クトゥグア** Cthugha
地球から二十七光年離れたフォマルハウト星 Fomalhaut に棲まう炎の精。〈クトゥグアの配下 the minions of Cthugha〉と呼ばれる無数の光の小球を従え、生ける炎となって出現する。ナイアルラトホテップの天敵であり、その一拠点である〈ンガイの森〉を焼きはらった。

【参照作品】「闇に棲みつくもの」

用語 クトゥルー Cthulhu, Kthulhut

クルウルウ、クトゥルフ、ク・リトル・リトル、チュールー、九頭龍とも。太古の地球に星界から到来した偉大なる存在。頭部は蛸に似て、顔面には無数の触腕が生え、胴体はゴム状で鱗に覆われ、手足に巨大な鉤爪、背中に細長い翼を有する。

その眷属たる陸棲種族（クトゥルーの落とし子）は、かつて南極の海星状生物と地球の覇を競い、現在の太平洋付近に隆起した大陸に、ルルイエをはじめとする巨大な石造都市群を築いた。やがて星々の位置の変化によって、クトゥルーはルルイエの館で死の眠りに就き、続いて起こった地殻変動によって、ルルイエも海底に没した。

しかしながらクトゥルー崇拝は、その後に出現した人類の一部にも連綿と受け継がれ、かれらはルルイエを守護する〈深きものども〉と結託し、予言された復活の時節を待ち望んでいる。クトゥルー崇拝は、古代ムー大陸や地底世界クン＝ヤンにおいても認められ、現在は南太平洋のポナペやペルーのマチュ・ピチュ、北米のインスマスが、その主要な拠点となっている。

【参照作品】「クトゥルーの呼び声」「インスマスを覆う影」「永劫の探究」「アーカム計画」「狂気の山脈にて」「墳丘の怪」「地を穿つ魔」「タイタス・クロウの帰還」「幻夢の時計」「旧神郷エリシア」「暗黒の知識のパピルス」「ネクロノミコン アルハザードの放浪」

用語 クトゥルー教団 Cthulhu Cult

地底や海底に封じられた旧支配者は、最初の人類の中で鋭敏な者に夢を送って、秘められた知識を伝えた。その人間たちが、旧支配者の彫像崇拝を中核に組織したのがクト

クトゥルーとルルイエ（B・ベニントン画）

ゥルー教団である。円柱都市アイレムが眠るアラビアの砂漠地帯を本拠に、世界各地の辺境に潜伏して、おぞましい祭祀を執りおこない、星々が正しい位置に復してルルイエが浮上し、大いなるクトゥルーが解放される時を、教徒たちは心待ちにしているという。

【参照作品】「クトゥルーの呼び声」「永劫の探求」

用語『**クトゥルー教団**』Cthulhu Cult

エインジェル教授が死の間際に書きあげた草稿集で、「一九二五年――ロード・アイランド州、プロヴィデンス、トーマス・ストリート七番地居住、H・A・ウィルコックスの夢に基づく作品」および「アメリカ考古学協会一九〇八年年次総会におけるルイジアナ州、ニューオリンズ、ビアンヴィル・ストリート一二一番地居住、ジョン・R・ルグラース警視正の話――上記についての注釈およびウェブ博士の説明」と見出しのつけられた二部より成る草稿が中心を占める。新聞記事の切り抜きや粘土板の浅浮彫とともに箱に納めて厳重に保管されていた。

【参照作品】「クトゥルーの呼び声」

用語 **クトゥルー眷属邪神群** Cthulhu Cycle Deities

おもにウィルマース・ファウンデーションで使用されている、旧支配者の別称。CCDとも略称される。

【参照作品】「地を穿つ魔」「タイタス・クロウの帰還」「幻夢の時計」

用語 **クトゥルーの落とし子** Cthulhu spawn

クルウルウの末裔とも。蛸のような形態をした陸棲種族。南太平洋に新大陸が隆起する時代に地球に飛来し、〈古（いにしえ）のもの〉と凄まじい抗争を繰りひろげた。石造都市ルルイエを築いて新大陸に君臨したが、やがて大陸の水没と運命を共にしたという。

【参照作品】「狂気の山脈にて」「湖底の恐怖」「彼方からあ

クトゥルーの落とし子（カレル・トール画）

らわれたもの」「エリック・ホウムの死」「狂気の地底回廊」「ネクロノミコン　アルハザードの放浪」

作品 クトゥルーの眷属 Demons of Cthulhu

ロバート・シルヴァーバーグ

【初出】『モンスター・パレード』一九五九年三月号

【邦訳】 三宅初江訳（ク10）

【梗概】 ミスカトニック大学付属図書館で整理係を勤める十七歳のマーティは、上司の大学院生ヴォーリスに内密な頼まれ事をする。特別書庫の書物を、研究のため館外へ持ち出す片棒を担いでほしいというのだ。手筈どおり外で待ち受けるマーティが託されたのは……『ネクロノミコン』だった！　欲にかられて本を横取りしたマーティが、その中に記されたナラトース召喚の呪文を唱えると、果たして異次元の魔物が室内に出現し、マーティの望みを何でも叶えてくれる。慌てて駆けつけたヴォーリスが止めるのを無視して、退散の呪文を唱えたマーティだったが……。

【解説】 ＳＦ界の大御所の手になる珍しい神話小説。最も召喚の容易な下級の魔物と、平凡な若者を主役に据えた発想の転換は秀逸で、寓話風の味わいを醸しだしている。

作品 クトゥルーの呼び声 The Call of Cthulhu

Ｈ・Ｐ・ラヴクラフト

【執筆年／初出】 一九二六年／『ウィアード・テイルズ』一九二八年二月号

【邦訳】 矢野浩三郎訳「クスルウーの喚び声」（定３ほか）／仁賀克雄訳「クートウリュウの呼び声」（創土社『暗黒の秘儀』ほか）／宇野利泰訳「クトゥルフの呼び声」（全２）／大瀧啓裕訳「クトゥルーの呼び声」（ク１／学研『夢魔の書』）

【梗概】 大伯父にあたる考古学者エインジェル教授の遺稿を整理していたわたしは、怪異な水棲生物が描かれた粘土板の浅浮彫と一連の文書が収められた書類箱を発見する。中心となる文書には『クトゥルー教団』という表題が付され、前半には一九二五年にプロヴィデンス在住の彫刻家ウィルコックスが見た妖夢について、後半には一九〇八年にニューオリンズのルグラース警視正が関与した邪教崇拝事件についての奇怪な顛末が記されていた。

ウィルコックスが夢に見たままの姿を造形したという浅浮彫を見せられた教授は、ルグラースが事件現場で押収した太古の石像との類似に注目し、異様な巨大石造物に満ちた彫刻家の夢を詳細に記録しはじめるが、ウィルコックスは突如として譫妄（せんもう）状態に陥り、一週間ほどで回復したときには、その間の記憶をすべて失っていた。教授が蒐集した資料によれば、それと同時期に世界各地で、芸術家たちが悪夢に襲われ発狂したり、謎めいた凶悪事件や騒乱が多発していたのだった。またルグラースに関する報告の中には、海底都市に幽閉されたクトゥルーの復活を待望する、太古より続く邪教集団の存在が暗示されていた。

大伯父の遺稿に興味を抱き、追跡調査を開始したわたしは、偶然発見した新聞記事から驚くべき事実を知ることになる。その記事は一九二五年に起こった貨物船の海難事件に関するもので、例の石像と瓜ふたつの彫像の写真が添えられていた。唯一人生還した航海士ヨハンセンに対面するため、私はオスロ（ノルウェー）に向かうが、航海士はすでに事故死しており、わたしは未亡人から遺品の草稿を借り受ける。そこには乗組員一行が南太平洋上に隆起した島に上陸し、深淵へと続く途方もない大きさの扉から出現した見るもおぞましい巨大生物に襲撃された様子が記されていた。大伯父とヨハンセンの横死に、クトゥルー教団の魔手を認めたわたしは、みずからの死も間近に迫っていることを予測し、この文書を書き残したのだった。

【解説】〈クトゥルー物語〉のみならず、クトゥルー神話大系全体の大いなる原点ともいうべき傑作。それまで断片的に言及されるのみだった古代の邪神や幻想都市、魔道書などの情報が、本篇にいたって有機的に結合され、暗黒の宇宙年代記を背景とする幻想神話大系が、ここに誕生したのである。

用語 **クトーニアン** Cthonian

またの名を「地をうがつもの」。クトゥルー眷属邪神群の一種族で、巨大で醜悪な烏賊(いか)さながらの姿をしており、地底に棲息する。その首魁はシャッド＝メルである。卵生で水と放射能に弱い。かつてはアフリカの地底に封印されていたが、現在は世界各処の地下に侵出し、夢を通じて人間を操り、クトゥルー復活を画策しているという。

【参照作品】「地を穿つ魔」

用語 **クナア** K'naa

ムー大陸の聖地で、中央に聳えるヤディス＝ゴー山の麓には、邪神ガタノトーアを祀る神殿がある。

【参照作品】「永劫より」

用語 **グナルカ** G'nar'ka

伝説の食屍鬼。砂漠の食屍鬼たちにとっては、英雄のような存在であるといい、その事績は幾多の物語に語り伝えられているという。

【参照作品】「ネクロノミコン　アルハザードの放浪」

用語 **クニガティン・ザウム** Knygathin Zhaum

ヴーアミ族の残忍無比な首領。ツァトゥグアおよび異界から来た不定形の落とし子の血をひくため、全身無毛で黒と黄の大きな斑紋があり、五体を裂かれても何度でも蘇生する力を有している。最後には不定形の巨大な怪物となって荒れ狂い、首都コモリオムを蹂躙、一帯を廃墟と化した。

【参照作品】「アタマウスの遺言」

用語 **グノフケー族** Gnophkehs

ノフケー族とも。毛むくじゃらで腕の長い食人種。オラトーエを征服したと伝えられる。また棲息地および形態上の類似から、これをラーン＝テゴスの顕現と考える説もある。

【参照作品】「北極星」「未知なるカダスを夢に求めて」「博物館の恐怖」

用語 **グ＝ハーン** G'harne

アフリカの砂漠に埋もれた地底都市。『グ＝ハーン断章』によれば、そこには悪魔シャッド＝メルが率いる異様な生物が這いまわっているとされる。

【参照作品】「狂気の地底回廊」「大いなる帰還」「地を穿つ魔」

用語 **『グ＝ハーン断章』** G'harne Fragments

探検家ウィンドロップが、一九三四年にアフリカ奥地から持ち帰った謎の文書。最初に解読された部分に〈グ＝ハーン〉の名があったことから、この名称で呼ばれる。〈古のもの〉によって書かれた文書の写本の一部とされ、超古代遺跡に関する情報の宝庫であるらしい。

【参照作品】「狂気の地底回廊」「地を穿つ魔」「タイタス・クロウの帰還」

用語 **『クハヤの儀式』** chhaya Ritual

詳細が不明な魔道書。異次元の知的生命体の実在に関する記述があるという。

【参照作品】「狩りたてるもの」

用語 **首切り入江** Cut-Throat Cove

西インド諸島の某島にある入江。その海底には、沈没船に積みこまれていた黄金の櫃が横たわり、その中には、アマゾンの密林で崇拝されていた、黒い触手もてる神が潜んでいる。神は常に飢えており、生贄の肉体と精神をむさぼり喰らうことで、際限なく巨大になるという。
【参照作品】「首切り入江の恐怖」

用語 **グフロムフ** Ghlomph
サイクラノーシュ（土星）にあるイドヒーム族の都市。魔道士エイボンとモルギにとっては、安住の地となった。
【参照作品】「魔道士エイボン」

用語 **グヤア＝ヨトン** Gyaa-yothn
ギャア・ヨトンとも。クン＝ヤンで飼育される奇怪な四足獣。のたうつ白い巨体の背中に黒い毛を生やし、額に角の痕跡がある顔は人間を思わせる。人肉を喰うが、無害である。ヨスで発見されたため、同地の先住種族が生み出したものではないかと推定されており、品種改良されるまでは爬虫類に近かったともいう。
【参照作品】「墳丘の怪」

用語 **クラーカシュ＝トン** Klarkash-Ton
アトランティスの大祭司にして、コモリオム神話の継承者。クラーク・アシュトン・スミスの異称でもある。
【参照作品】「闇に囁くもの」「アトランティスの夢魔」

用語 **グラーキ** Glaaki
ユゴス、シャッガイ、トンドといった星々を経て地球に到来した神性。「無数のとがった棘を突き出している、玉虫のような金属状の楕円形の体。スポンジ状の顔のまんなかには、厚い唇にかこまれた楕円形の口がある。体の下面には白いピラミッド状の突起がびっしりと生えていて、それを使って動きまわる」（尾之上浩司訳）とされる。セヴァン谷にある湖にひそみ、夢によって人間を誘惑、恐るべき棘を突き刺して意のままに操るという。
【参照作品】「湖畔の住人」「暗黒星の陥穽」「異次元通信機」「ヴェールを破るもの」

用語 **『グラーキの黙示録』** Revelations of Glaaki
グラーキを崇拝する信者たちが書き継いで成った、異界に関わる事どもを記した魔道書。ブリチェスター一帯で特に悪名高いが、全十一巻から成る完全版は稀にしか存在しない。奇怪な図版類も収められているとされる。
【参照作品】「暗黒星の陥穽」「異次元通信機」「ヴェールを破るもの」「湖畔の住人」

用語 **グラーグ** Graag
米国メイン州奥地の湖畔に建つ狩猟小屋に隠棲する妖術

師。『ネクロノミコン』や『イステの歌』を所蔵していた。その遺物を乱すものには、〈グラーグのマント Mantle of Graag〉と呼ばれる、恐るべき白蛆（びゃくしゅ）の呪いがふりかかるといわれている。

【参照作品】「グラーグのマント」

用語 **クラーリッツ男爵家**
the House of the Baron Kralitz

ドイツの由緒ある家柄。初代男爵が鏖殺（おうさつ）した修道院の大修道院長によって呪いをかけられた。それゆえ代々の当主は、ある時期が来ると、黒装束をまとった秘密の番人によって、城の地下にある洞窟へ案内され、旧支配者の眷属と忌まわしい饗宴をもよおすのだという。

【参照作品】「クラーリッツの秘密」

用語 **クライスト・チャーチ墓地**
Christchurch Cemetery

アーカムにある公共墓地。

【参照作品】「死体蘇生者ハーバート・ウェスト」

作家 **クライン、T・E・D** T. E. D. Klein

①**ポーロス農場の変事** The Events at Poroth Farm（青心社文庫『ラヴクラフトの世界』）一九七二

②**角笛をもつ影** Black Man with a Horn（真6―2&新7）一九八〇

③**王国の子ら** Children of the Kingdom（ハヤカワ文庫『闇の展覧会』）一九八〇

④**復活の儀式** The Ceremonies（創元推理文庫）一九八四

米国の作家（一九四七～　）。生粋のニューヨーカーで、ラヴクラフトゆかりのブラウン大学やコロンビア大学に学ぶ。高校教師やパラマウント映画勤務を経て、職業作家となる。②③を含む傑作短篇集『Dark Gods』（八五）や長篇④などがある。

ともすると神話大系への熱狂に文章が追いつかない嫌いのある新世代作家陣の中にあって、クラインは抑制のきいた緻密な文体で、マッケン―ラヴクラフトの正系を継ぐ暗示的恐怖を醸し出している。③には明確な神話アイテムこそ登場しないものの、ラヴクラフトが「レッド・フックの恐怖」や「あいつ」で描いた魔都ニューヨークの暗黒面を、より入念な筆致で描いた力作であり、ちらりと姿を見せる魔物の描写からも、その血脈が那辺にあるかが推察されよう。短篇小説として発表された①を長篇化した④には、作者の有するそうした資質が十全に発揮されているとおぼしい。米国東部の田舎町の地底に、太古より蟠踞（ばんきょ）する邪悪な存在を召喚するため、その傀儡となった老人が、おぞましい儀式を執行しようと画策する。儀式に不可欠な生贄の候補者とされたのは、ニューヨークっ子の若手大学講師と、図書館に勤める娘。一切接点のなかった男女は、老人がお膳立てしたとも知らずにめぐり逢い、好意を抱き、忌まわしい罠が待ちうける田舎町へヴァカンスにおもむく……。〈妖術師物語〉の典型というべき設定が、作者の手にかかると、瑞々しい情感を湛えた怪奇小説版ボーイ・ミーツ・ガールの物語——現実への違和感を抱えて、都会の片隅に暮らすゴシック・ロマンス研究家（！）の青年と夢見がちなオカルト娘との初々しいラヴ・ロマンスに一変する。おまけに両者の縁結びとなるのが、娘が勤める図書館に架蔵されたアーサー・マッケンの作品集『魂の家』ときては！右の一例にも明らかなとおり、④にはラヴクラフト以上にマッケンの妖影が濃厚であり、その現代版といっても過言ではない。マッケン—ラヴクラフト—クラインという「魂の血族」に共通しているのは、みずからを育んだ故郷への深い愛着であり、それと同じほどに熾烈な、異界への憧憬にほかなるまい。

用語 クラウチ・エンド Crouch End

ロンドンの町外れに近い一隅。異次元との防壁がきわめて薄い地区といわれ、しばしば得体の知れぬ怪事件が発生している。

【参照作品】「クラウチ・エンドの怪」

作品 クラウチ・エンドの怪 Crouch End

スティーヴン・キング

【初出】アーカム・ハウス『新編・クトゥルー神話作品集』一九八〇年刊

【邦訳】福岡洋一訳「クラウチ・エンドの怪」（真6—1&新6）／小尾芙佐訳「クラウチ・エンド」（文藝春秋『ナイトメアズ&ドリームスケープス』）

【梗概】米国人の弁護士フリーマン夫妻は、ロンドンのクラウチ・エンド地区に住む友人宅へ向かうが、途中で道に迷ってしまう。乗車拒否をするタクシー運転手、鉤爪のような手をした少年、陰気な商店街、そして民家の芝生に開いた穴から聞こえる呻き声。助けに行った夫のロニーは、穴の中で何物かと争い、恐慌をきたして飛び出してきた。見えない追っ手から逃れるように歩きまわるふたり。しかし血のような夕陽に照らされるなか、夫は姿を消し、残された妻は、地底から蠢き出る触手を目にする。クラウチ・エンド——そこは異界との防壁が、はなはだ薄い場所なのだ。

【解説】モダンホラーの大御所キングが、アーカム・ハウスからの依頼に応えて、独自のスタイルで神話大系に本格挑戦した意欲作。異界との境界線にある街の薄気味悪い雰囲気が、外来者の視点から見事に描きだされている。

用語 **クラウニンシールド荘** Crowninshield place

アーカムのハイ・ストリートの外れにある古屋敷。アセナス・ウェイトはエドワード・ダービイと結婚後、ここを買い取り、インスマスから連れてきた三人の召使いとともに恐るべき新生活を始めた。

【参照作品】「戸口にあらわれたもの」

作品 **喰らうものども** The Space Eaters
フランク・ベルナップ・ロング

【初出】『ウィアード・テイルズ』一九二八年七月号

【邦訳】波津博明訳「怪魔の森」（真2&新1）／東谷真知子訳「喰らうものども」（ク9）

【梗概】恐怖が霧となってパートリッジヴィルに到来した……。友人で怪奇作家のハワードとわたしが、異次元の恐怖をめぐり談論風発のさなか、隣人が蒼白な顔でやってくる。彼は近くにあるマリガンの森で、触手を生やし浮遊する怪物に襲われ、脳に穴を穿たれながら辛くも逃げのびたのだった。森から聞こえる悲鳴にわれわれが駆けつけると、やはり怪物に襲われた近所の男が瀕死状態で横たわっていた。怪物の接近を告げる無気味な唸りのなか、なんとか男を救いだしたものの、その脳を診察した医師は、あまりのおぞましさに錯乱する。やがて恐るべき食脳怪物は森を出て、われわれのもとへと……。

【解説】ラヴクラフトの承諾を得て、『ネクロノミコン』からの一節を冒頭に掲げた本篇は、ロングの神話第一作であるばかりでなく、ラヴクラフト以外の作家による神話創造の嚆矢となった記念碑的作品である。『ネクロノミコン』以外に固有のアイテムなどは登場していないが、徹底してコズミック・ホラーにこだわったその内容は、クトゥルー神話の原点が那辺にあるかを、はからずも物語っているかのようだ。

用語 **クラ川** Kra

アイラの渓谷を流れる川で、美しい滝がある。

【参照作品】「イラノンの探求」

用語 **暗きもの** Dark One

豚の鼻、緑の目、野獣の鉤爪と牙を備え、全身が柔毛に覆われて真っ黒な、異次元の魔物。ナイアルラトホテップの一顕現であると推測されている。
【参照作品】「闇の魔神」「妖術師の帰還」

用語 **クラク、ロバート** Robert Krug
ロンドンで暮らしていた戦災孤児。世界各地の古代遺跡を遍歴した後、水蜥蜴神ボクラグの末裔であることを悟り、故郷ル＝イブに還った。
【参照作品】「大いなる帰還」

用語 **クラネス** Kuranes
オオス＝ナルガイとその近隣の〈夢の領域〉を創造し支配する、王にして主神。星の深淵におもむいて狂気に陥ることなく帰還した唯一の人間である。美を追い求める夢想家肌の作家として、人界のロンドンにあったときの名前は知られていないが、ランドルフ・カーターとは親交があったらしい。古きイングランドを、こよなく愛するという。
【参照作品】「セレファイス」「未知なるカダスを夢に求めて」

用語 **クラノン老** Old Kranon
ウルタールの市長。
【参照作品】「ウルタールの猫」

用語 **クラパム＝リー、エリック・モーランド** Eric Moreland Clapham-Lee
第一次世界大戦に外科医師として従軍した、米人少佐。墜落死した後、ハーバート・ウェストの手で蘇生させられた。ウェストに復讐するため集結した生ける死者たちのリーダーとなる。
【参照作品】「死体蘇生者ハーバート・ウェスト」

用語 **グリーン一等航海士** First Mate Green
エンマ号の乗組員。アラート号の襲撃を受けた際に殺害された。
【参照作品】「クトゥルーの呼び声」

作家 **グリーン、ソーニャ・ハフト** Sonia H. Green
①**マーティン浜辺の恐怖／妖魔の爪** The Horror at Martin's Beach／The Invisible Monster（全別上／真1&新1）一九二三
ソニアとも。米国のアマチュア作家、実業家（一八八三～一九七二）。ロシア系ユダヤ人で、九歳のときウクライナから米国に移住、九九年にスタンリー・グリーンと結婚、一児をもうけたが一九一六年に死別したという。二一年の夏にアマチュア作家大会でラヴクラフトと知り合い、熱烈

な交際の末、二四年三月三日、ニューヨークのセント・ポール教会で挙式。しかし一年足らずで別居状態となり、二九年、正式に離婚した。後に元カリフォルニア大学教授のナサニエル・A・デイヴィスと結婚し、デイヴィス姓となる。ラヴクラフトとの結婚の顛末については回想記「素顔のラヴクラフト」（定2）に詳しい。なお、右の回想記の完全版が『The Private Life of H. P. Lovecraft』として、八五年にネクロノミコン・プレスから刊行されている。

ソーニャ・グリーン

ラヴクラフトによる入念な添削が施された①（『ウィアード・テイルズ』掲載時に The Invisible Monster と改題された）は、グロテスクな海の魔物が浜辺の人々を水中に引きずりこむ惨劇を描いた印象的な恐怖小品だが、特定の神話アイテムは登場しない。ほかに墓畔の散文詩めいた小品「午前四時」（定7―2）がある。

[用語] **グリーン、ダニエル** Daniel Green

プロヴィデンス在住の鍛冶屋。死亡してから五十年以上が過ぎた一七七一年一月中旬、グレート・ブリッジ付近で全裸死体となって発見された。ジョウゼフ・カーウィンの農場から逃げだしたものらしい。

【参照作品】「チャールズ・デクスター・ウォード事件」

[作家] **グリーンバーグ、ロランス** Lawrence Greenberg

①**暗黒の炎** The Fire of the Dark（扶桑社ミステリー『ノストラダムス秘録』）一九九五

米国の作家（?～　）。コンピューター雑誌のライターとして長年活動するかたわら、各種の雑誌や競作集などに短篇小説を執筆。ノストラダムスの予言詩を素材とする書き下ろし短篇競作集に寄稿された①は、オカルトに狂奔するナチス総統ヒトラーが、邪神と人間の女の交婚によって理想の超人を生み出そうとする忌まわしい顚末を、ドキュメンタリー風に描いた佳品。朝松健「邪神帝国」やラムレイ「名数秘法」などと併読すれば興趣倍増か⁉

用語 クリタヌス Clithanus

英国沿岸部のリンウォルド Lynwold の修道院で暮らしていた修道士。旧支配者に関わる禁断の知識に通暁し、同地の海岸で〈クトゥルーの落とし子〉を召喚、精神に異常をきたしてローマに送還された。その告白録（『発狂した修道士クリタヌスの告白録』）は、ローマで内密に出版されたという。

【参照作品】「彼方からあらわれたもの」「エリック・ホウムの死」「湖底の恐怖」

用語 グリニッチ Greenwich

ニューヨーク市マンハッタン島南部の一地区。かつては先住民が怪しげな儀式を執りおこなっていた土地で、その一隅には、過去と未来を幻視せしめる力を有する魔術師が、人知れず住まいしている。

【参照作品】「あの男」

用語 グリムブル卿、アーサー Sir Arthur Grimble

ギルバート諸島（英連邦キリバス）の植民地総督としてブダリアリ（ブタリタリとも）Butaritari 環礁を訪れたとき、イルカたちと霊的に交感する村人を目撃し、著書に記した人物。

【参照作品】「深きものども」

用語 グリムラン、ジョン John Grimlan

英国サフォーク州にある〈蟇（ひきがえる）の荒野の荘園 Toad's heath Manor〉で、一六三〇年三月十日に生まれた魔術師。魔王セイタンであるマリク・タウスとの契約により三百年の齢（よわい）をかさね、世界各処を遍歴後、その魂と肉体は魔王の手に帰した。

【参照作品】「墓はいらない」

用語 グリンビー、アリステア・H Alistair H. Greenbie

アドヴァケイト号の乗組員。同船はニュージーランド沖で遭難し、無気味な小島の近くで〈深きものども〉の襲撃をうけた。唯一生き残ったグリンビーは、手記を壜に入れて海に流し、消息を絶った。

【参照作品】「永劫の探究」

用語 クルウルウ Clooloo

〈クトゥルー〉の別表記。

用語 グル＝フタア＝イン Gll'-Hthaa-Ynn

ツァスの指導者のひとりで、サマコナと最も積極的に情報交換をおこなった。

【参照作品】「墳丘の怪」

用語 グル＝ホー G'll-Ho

〈ゲル＝ホー〉を参照。

用語 グル＝ヤン Grh-yan

クン＝ヤンの地名。ニスの平原を越えた処にある低い丘陵地帯。地上の墳丘に通ずる、忘れられたトンネルがある。

【参照作品】「墳丘の怪」

用語 グレイ・イーグル Grey Eagle

米国オクラホマ州カドウ郡の特別居留地に暮らす、ウィチターWichita族の酋長。齢百五十歳に近い賢者で、墳丘の地下に棲むものどもについて警告を発した。

【参照作品】「墳丘の怪」

用語 クレイ、エドゥ Ed Clay

ビンガーに住むクレイ家の若者。一九二〇年九月、弟のウォーカーWalkerと郊外の墳丘探険におもむき、失踪。三ヶ月後の夜に単身で帰宅し、墳丘の危険性を警告する手記をしたためた後、拳銃自殺を遂げた。その臓器は不可解にも裏返しになっていたという。

【参照作品】「墳丘の怪」

用語 クレイグ、ゴードン Gordon Craig

ニューヨーク市警の警視にして「地下鉄特別班」のリーダー。元は自然史博物館に勤める生物学者だったが、食屍鬼の死体解剖を担当したことがきっかけで、現在の職に就く。

【参照作品】「遙かな地底で」

作品 クレイボーン・ボイドの遺書

The Testament of Claiborne Boyd

オーガスト・ダーレス

【初出】『ウィアード・テイルズ』一九四九年三月号

【邦訳】大瀧啓裕&岩村光博訳（ク2）

【梗概】クリオール文化の研究家クレイボーン・ボイドは、大叔父アサフ・ギルマンの遺品からクトゥルー教団の存在を知る。邪悪な教団の魔手が我が身にも迫っていることに危機感を深めるボイドの夢に、シュリュズベリイ博士が現われ、アンドラダという謎の人物の探索をボイドに依頼する。アンドラダとは、ペルー奥地でクトゥルー復活を画策する邪悪な神父だった。ペルーに向かったボイドは、神父を射殺し、ダイナマイトで地底の湖を破壊して、姿を消した。

【解説】連作『永劫の探究』の第三部。前半の展開は「クトゥルーの呼び声」を忠実に踏襲しているが、後半の活劇調にはダーレスらしい個性が感じられる。

用語 グレート・サンデー砂漠 Great Sandy Desert

オーストラリア西部に広がる砂漠。同地の南緯二二度三分一四秒、東経一二五度〇分三九秒の付近には、〈大いなる種族〉の遺跡が散在している。一九三五年にミスカトニック大学の探検隊が、同地の発掘調査をおこなった。

【参照作品】「時間からの影」

用語 クレド Kled

〈夢の国〉にある都市。象牙の列柱が連なる宮殿が、密林の中に眠る廃市である。

【参照作品】「銀の鍵」「銀の鍵の門を越えて」

用語 クレンツェ大尉 Lieutenant Klenze

ドイツ軍の潜水艦U29に搭乗していた将校。撃沈したヴィクトリー号の船員が持っていた象牙細工に取り憑かれ、さまざまな幻影に翻弄されて狂死した。

【参照作品】「神殿」

用語 黒い石 Black Stone

ハンガリーの寒村シュトレゴイカバール近郊に立つ石塔。八角形で高さ約十六フィート、さしわたし約一フィート半、周囲には奇怪な象形文字が刻まれている。塔の周辺では、

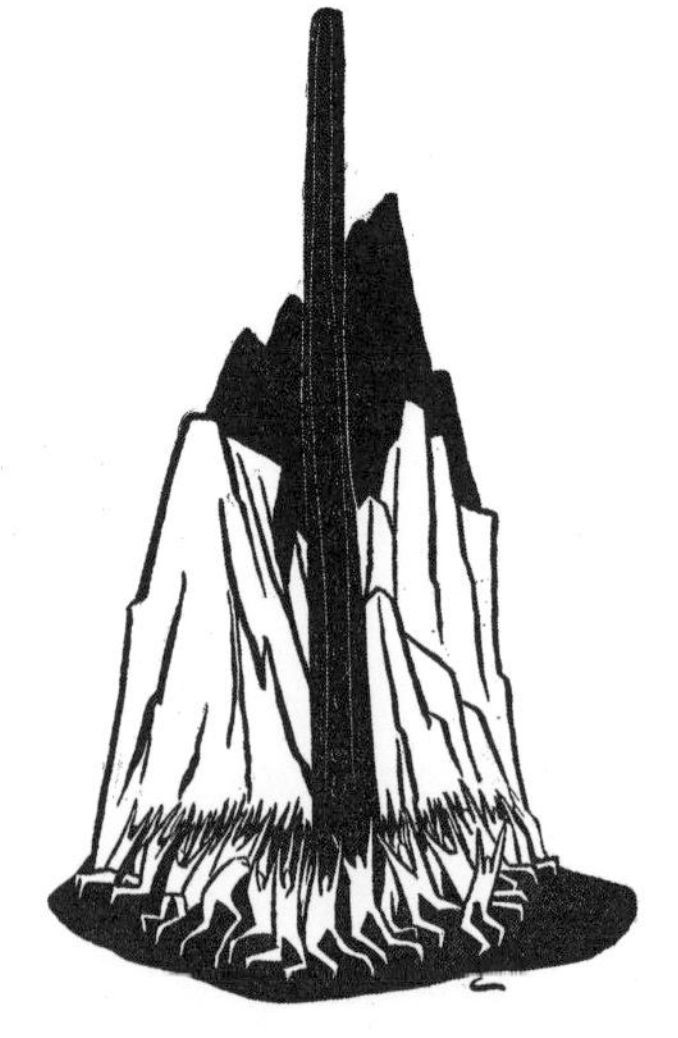

「黒い石」挿絵（リー・ブラウン・コイ画）

太古から邪神崇拝の魔宴がおこなわれていたらしい。
【参照作品】「黒い石」

作品 黒い石 The Black Stone
R・E・ハワード

【初出】『ウィアード・テイルズ』一九三一年十一月号
【邦訳】鏡明訳「黒い石」（国書刊行会『スカル・フェイス』ほか）／東谷真知子訳「黒い石」（ク4）／夏来健次訳「黒の碑」（創元推理文庫『黒の碑』）
【梗概】フォン・ユンツトの『黒の書』を偶然入手したわたしは、〈黒い石〉に関する記述に興味をそそられた。それはハンガリーの山村シュトレゴイカバールに人知れず立つ、不吉な伝説のまつわる独立石だった。休暇を利用して、わたしはその村におもむく。かつての村人は一五二六年のトルコ軍侵入の際に皆殺しにされていたが、かれらの邪神崇拝にまつわる噂は、いまも語り草となっていた。真夏の夜、黒い石に近づいて気のふれた者もいたらしい。その夜わたしは、黒い石のかたわらでいつしか眠気に襲われ、夢の中で世にもおぞましい邪教の狂宴の光景を目撃する。裸体の男女がみだらに踊り狂う渦中、黒い石の頂上に姿を顕わしたのは、巨大な蛙に似た化物だった……。
【解説】奇怪な黒い石にまつわる伝説に、異民族間の抗争をからめて描いているあたりに、ヒロイック・ファンタジー作家としてのハワードの関心の所在が示されている。

用語 黒いガレー船 black galleys
〈夢の国〉のダイラス＝リーンを訪れる、怪しい交易船。瘤のあるターバンを巻いた商人が、見たこともない紅玉とひきかえに、河向こうのパルグから黄金と黒人奴隷を買い入れては、いずこかへ去る。その正体は、月の裏側と〈夢の国〉とを往還する、レンの人間もどきであった。
【参照作品】「未知なるカダスを夢に求めて」

用語 『黒い儀式』 Black Rites
『暗黒の儀式』とも。エジプトの猫神バストの神官ラヴェ＝ケラフの著した魔道書。
【参照作品】「哄笑する食屍鬼」「自滅の魔術」

用語 クロウジャー、ジョン John Clothier
テンプヒル（英国）の住民。サウス・ストリート八番地に居住し、隣家に滞在中のアルバート・ヤングに、ハイ・ストリートの教会でおこなわれている祭祀について教示した。
【参照作品】「ハイ・ストリートの教会」

用語 クロウ、タイタス Titus Crow

ロンドン郊外のブロウン館に隠棲するオカルティスト。禁断の書物の蒐集家として夙に名高い。後に対邪神組織ウィルマース・ファウンデーションの代表的活動家となり、ゴースト・ハンターならぬ邪神狩人として活躍する。

【参照作品】「黒の召喚者」「ド・マリニーの掛け時計」「地を穿つ魔」「タイタス・クロウの帰還」「幻夢の時計」「旧神郷エリシア」「プリスクスの墓」

用語 黒きもの the Black

〈暗黒のもの〉とも。妖術師の呪文によって、虚空より召喚される黒い雪片。犠牲者の体に降りつもり溺れさせて窒息死せしめる。その正体はイブ＝ツトゥルの黒い血とされ、犠牲者の魂は邪神のもとへ吸いあげられるという。流水に体を浸すことでのみ、その難を逃れることができ、その際、呪いは召喚者にふりかかる。

【参照作品】「黒の召喚者」「続・黒の召喚者」

作品 黒の詩人 The House in the Oaks

R・E・ハワード&A・ダーレス

【初出】アーカム・ハウス『ダーク・シングス Dark Things』一九七一年刊

【邦訳】佐藤嗣二訳（真9&新5）

【梗概】狂気の天才詩人ジャスティン・ジョフリを研究するジェイムズ・コンラッドは、ジョフリの一族に類似した気質の先祖が皆無なこと、ジャスティンの性格が十歳を境に一変していることに気づき、ついにその秘密を突きとめる。十歳のジャスティンは、キャッツキル山麓のオールド・ダッチタウンにあるオークに囲まれた家で一夜を過ごし、それ以降、夜ごと悪夢に悩まされるようになったのだ。その家が異界へ通じる扉の役割を果たしていることを確信するコンラッドは、みずからそこで一夜を明かし、窓外に奇怪な異界の光景と、浮遊する巨大な顔を目撃する。コンラッドはオークの森の家を焼きはらった後、自殺を遂げた。

【解説】ダーレスはラヴクラフトのみならずハワードとの「合作」も試みている。本篇はW・H・ホジスンの『異次元を覗く家』と一脈通じる設定下に、ジャスティン・ジョフリの創作の秘密を明かした興趣尽きない作品。語り手であるキロワンの友人ジェイムズ・コンラッドは、「夜の末裔」「墓はいらない」に登場するジョン・コンラッドと、おそらくは同一人物と思われる。

用語 『黒の書』 Black Book

『無名祭祀書』の異称。

【参照作品】「黒い石」

作家 クロフォード、フランシス・マリオン

Francis Marion Crawford

①**上段寝台** The Upper Berth（河出文庫『イギリス怪談集』ほか）一八九四

米国の小説家（一八五四〜一九〇九）。米国籍の両親のもと、イタリアで生まれる。父トーマスは彫刻家で、親戚にも文学者や芸術家が多かった。一八七九年にサンスクリット語研究のためインドに渡り、同地で英字新聞の編集に携わる。このときの見聞をもとに、一八八二年、最初の長篇小説『Mr Isaacs』を刊行、以後精力的にロマンス小説を発表し、流行作家となる。しかしながら現在では、オカルト長篇『プラハの妖術師 The Witch of Prague』（一八九一）や東洋ファンタジー『妖霊ハーリド Khaled: A Tale of Arabia』（一八九一）、没後に刊行された怪奇小説集『さまよえる幽霊 Wandering Ghosts』（一九一一）で、もっぱら記憶されている。

『さまよえる幽霊』所収の①について、ラヴクラフトは「文学と超自然的恐怖」の中で、「あらゆる文学の中で最も恐るべき恐怖小説の一つに数えられる」「自殺者の亡霊が出る船室を舞台とするこの物語では、塩水の湿気、奇妙な舷窓、そしていわく言い難い何ものかと苦闘を演ずる悪夢といったものが比類のないほど巧妙に利用されている」（植松靖夫訳）と賞讃を惜しまない。とりわけ水死体に似た名状しがたい水妖の描写は卓越しており、ラヴクラフト流のショッカーにも、何らかの影響を及ぼしているように感じられる。

用語 クロム＝ヤ Crom-Ya

紀元前一万五千年のキンメリアの族長。〈大いなる種族〉により精神を交換され、ナサニエル・ピースリーと会話した。

【参照作品】「時間からの影」

用語 グロング族 Ghlonghs

サイクラノーシュ（土星）の地底に棲む、謎めいた種族。

【参照作品】「魔道士エイボン」

用語 黒んぼ Nigger-Man

再建されたド・ラ・ポーア家の居宅に移住した九匹の猫たちの長老格で、七歳になる黒猫。館に起こる異変をいちはやく察知した。

【参照作品】「壁のなかの鼠」

用語 **グンアグン** gn'agn

ツァスにおける最高法廷の裁判官の役職名。三名のグンアグンが、サマコナの逃亡事件に関する審理にあたった。

【参照作品】「墳丘の怪」

用語 **グンナルサン** Gunnarsson

ミスカトニック大学の南極探検隊に同行した船員のひとり。

【参照作品】「狂気の山脈にて」

用語 **クン゠ヤン** K'n-yan

米国中西部の地底に広がる地下世界。その入口のひとつは、オクラホマ州カドウ郡ビンガー近郊の塚にある。同地の住民は、太古にトゥルー（クトゥルーの異称）とともに異星から到来したと伝えられ、永生の技術で不死を実現し、身体組織を分子に分解し自由に再生する能力を備え、テレパシーにより会話する。〈青く輝くツァス〉と〈赤く輝くヨス〉のふたつの都があったが、征服種族である現在の住民はツァスに住み、ヨスは荒廃した。ヨスの地下には、暗黒世界ンカイがあるという。なお、クン゠ヤンは中国の地下にまで及ぶ広大な地底世界であり、地球空洞説の起源になったとする説もある。

【参照作品】「墳丘の怪」「闇に囁くもの」

用語 **ケイシー** Casey

ニューベリイポートの工場監督官。インスマスのギルマン・ハウスに宿泊し、恐怖の一夜を過ごした。

【参照作品】「インスマスを覆う影」

作家 **ケイブ、ヒュー・B** Hugh Barnett Cave

①**臨終の看護** The Death Watch（ク５）一九三九

米国の作家（一九一〇～二〇〇四）。英国チェシャー州チェスターに生まれるが、五歳のとき一家で米国に移住した。一九三〇年頃から『ウィアード・テイルズ』『ダイム・ミステリー』をはじめとする各種パルプ・マガジンにホラーやスリラーを発表。後に冒険物やウェスタンを多く手がけ、作品総数八百篇にのぼる多作家であった。戦後もスリック・マガジンに三百五十篇余の作品を発表、四九年からハイチやジャマイカに滞在し、コーヒー園経営に着手、このときの見聞をもとに『Haiti : Highroad to Adventure』（五二）と『The Witching Lands』（六二）というヴードゥー関連の両著を刊行。七〇年代なかば以降は『Shades of Evil』（八二）などの長篇ホラーも手がけている。

ケイヴはいわゆるラヴクラフト・サークルの作家ではな

いが、①のほか、邦訳のある「四次元の妖怪」（国書刊行会『ウィアード・テールズ3』）でも、粘液質の異次元妖怪の襲来という神話作品と共通した雰囲気のテーマを扱っている。なお、パルプ時代の回顧談が、同じく『ウィアード・テールズ3』に収録されている。

作家 **ゲイマン、ニール** Neil Gaiman

①世界の終わり Only the End of the World Again（学研M文庫『インスマス年代記』）一九九四

英国のポートチェスターに生まれ、米国で活躍する作家、漫画原作者（一九六〇〜　）。長篇『ネバーウェア』（九六）、『コララインとボタンの魔女』（〇二）、漫画〈サンドマン〉シリーズなどの邦訳がある。

①は「調停人」を自称する無頼の人狼が、インスマスの妖物たちと激戦を繰りひろげる、ハードボイルド・タッチの短篇。

用語 **ケツァルコアトル** Quetzalcoatl

古代メキシコ（アステカ王国）で崇拝された神で、農耕神・文化神・風神の性格を有する。マヤ神話の至高神ククルカン **Kukulcan** と同一視される。「ケツァル」は鳥の名、「コアトル」は蛇の意で、しばしば「羽毛ある蛇」の姿で表現される。クトゥルー神話の中では、クトゥルー信仰や蛇神イグと結びつけて語られることがある。一九七一年にテキサスで発掘された史上最大級の翼龍は、この神にちなんで「ケツァルコアトルス」と命名された。

【参照作品】「永劫の探究」「イグの呪い」「電気処刑器」「墳丘の怪」

用語 **月樹の酒** moon-tree wine

ズーグ族が愛飲する酒。月に棲む何者かが落とした種子から生えた木の樹液から造られるという。

【参照作品】「未知なるカダスを夢に求めて」

用語 **ケトゥルトープ農場** Kettlethorpe Farm

英国ハーデン **Harden** 北方の砂丘地帯に広がる、由緒ある農場。その地下には、地底湖とダゴンを祀る地下神殿が太古より存在し、〈深きものども〉の一拠点となっていた。かつてインスマスのウェイト家の生き残りが、この地に移住したこともあったという。

【参照作品】「ダゴンの鐘」

用語 **ゲドニー** Gedney

ミスカトニック大学の大学院生。南極探検隊に参加し、

F・H・ピーバディ教授とともに、ナンセン山 Mt. Nansen の登頂に成功した。狂気山脈の探査中、〈古のもの〉により殺害され、遺体は標本として保存されていた。
【参照作品】「狂気の山脈にて」

用語 **ケフネス** Khephnes

エジプト第十四王朝の人。〈大いなる種族〉と精神を交換され、ナサニエル・ピースリーと会話し、ナイアルラトホテップの秘密を伝授した。
【参照作品】「時間からの影」

用語 **ゲフの折れた石柱** Broken Columns of Geph

プテトリテス人の長老たちが、〈黒きもの〉召喚に関わる訓戒を、象形文字で刻んだ石柱。
【参照作品】「黒の召喚者」「続・黒の召喚者」

用語 **ケプレン** Khephren

ケフレンとも。古代エジプト第四王朝の王（＝ファラオ）。ギゼーにある第二ピラミッドを築造し、かたわらに踞る（うずくま）大スフィンクスの顔は、ケプレンのそれを模したものとされる。アラブの伝説によれば、ケプレンはニトクリスとともに、今もエジプトの地下で、おぞましい合成ミイラの軍勢にかしずかれているという。
【参照作品】「ファラオとともに幽閉されて」

用語 **ケム** Khem

〈影のつどう太古の antique and shadowy〉都市。そこではナイアルラトホテップが、人間の姿で出没するという。ミノアの漁師が曳きあげた〈輝くトラペゾヘドロン〉を買い求めたのは、この地から来た浅黒い肌の商人であった。一説には、ナイル河上流にある、黒い民の棲む土地を指すともいう。
【参照作品】「闇をさまようもの」「ネクロノミコン　アルハザードの放浪」

用語 **ゲリトセン、コーニリア** Cornelia Gerritsen

ロバート・サイダムの花嫁となった女性。新婚旅行に出立した直後、船室内で、新郎とともに惨殺死体となって発見された。
【参照作品】「レッド・フックの恐怖」

用語 **ゲル＝ホー** Gell-Ho

グル＝ホーとも。グリーンランド沖にあるという〈北の深淵〉にして謎の城塞都市。クトゥルーに仕えるものたちの根拠地のひとつと思われる。

【参照作品】「盗まれた眼」「地を穿つ魔」

用語 **ケルラリウス、ミカエール** Michael Cerularius

コンスタンティノープルの総大司教。一〇五〇年に『ネクロノミコン』を焚書に処する命令をくだし、ギリシア語の写本百七十一部を灰燼に帰せしめた。

【参照作品】「『ネクロノミコン』の歴史」「ネクロノミコン アルハザードの放浪」

用語 **ゲレラ** Guerrera

エンマ号の乗組員。ヨハンセンらとともにルルイエに上陸、〈クトゥルーの墓所〉の扉を発見するが、復活したクトゥルーの餌食となった。

【参照作品】「クトゥルーの呼び声」

用語 **『賢者の石について』** De Lapide Philosophico

神学者トリテミウス Trithemius（一四六二～一五一六）が著した錬金術の基本的文献のひとつ。ジョウゼフ・カーウィンが所蔵していた。

【参照作品】「チャールズ・デクスター・ウォード事件」

用語 **『賢者の群』** Turba Philosopharum

『哲学者の一群』『魔法哲学』とも。伝説の智者ヘルメス・トリスメギストス Hermes Trismegistus が著したとされる書物。ジョウゼフ・カーウィン架蔵の一冊。

【参照作品】「チャールズ・デクスター・ウォード事件」

用語 **『ケンタウロス』** The Centaur

アルジャーノン・ブラックウッドが一九一一年に刊行した長篇幻想小説。ケルト系の若者が、ロシアの神秘家の導きで原初の世界へ参入し、半人半馬の神話的存在となって、大宇宙と合一するという、クトゥルー神話における一類型の魁（さきがけ）とも見なしうる作品である。ラヴクラフトは「クトゥルーの呼び声」冒頭に、同書第十章の一節を、エピグラフとして掲げている。

【参照作品】「クトゥルーの呼び声」

用語 **コインスキ、ポール** Paul Choynski

〈魔女の家〉の下宿人のひとり。

【参照作品】「魔女の家の夢」

用語 **『黄衣（こうい）の王』** The King in Yellow

〈『黄衣（おうい）の王』〉を参照。

作品 **哄笑する食屍鬼** The Grinning Ghoul

ロバート・ブロック

【初出】『ウィアード・テイルズ』一九三六年六月号

【邦訳】加藤幹也訳「嘲嗤う屍食鬼」（真1&新2）／柿沼瑛子訳「嘲笑う屍食鬼」（ソノラマ文庫『暗黒界の悪霊』）／三宅初江訳「哄笑する食屍鬼」（ク13）

【梗概】六ヶ月前まで高名な精神科医であったわたしは、今はみずからがサナトリウムに収監の身となっている。すべてはチョーピン教授の来訪に始まったのだ。やつれた姿のチョーピンは、夜ごと奇怪な悪夢に苛まれていると言い、その内容を語り始めた。彼はミザリコード墓地の地下へと降りてゆき、秘密の窖（あな）で、食屍鬼たちの狂宴を覗き見るのだった。事実を確かめるべく、わたしはチョーピンと現地へおもむいた。果たして、墓地の地下には無気味な窖が広がっていた。教授は食屍鬼が実在する証拠を示すと告げて、窖の底へ消えた。そして……闇の中から現われた一群の魔物たちの先頭で、歪んだ笑いを浮かべているそいつは、変わり果てたチョーピンの姿だった！

【解説】地底への下降と異形への変身、悪夢の顕現というラヴクラフトが得意としたテーマを、自己流のグロテスク・ショッカーに応用した、ブロックの才気を感じさせる食屍鬼譚。

用語 **合成ミイラ** composite mummies

人間の胴体と四肢に、牡牛や猫、鰐といった聖獣の頭部を接合して造られたミイラ。古代エジプトの堕落した祭司たちの所産といい、伝説によればミイラたちは、ケプレン王とニトクリス妃が君臨する地下の王宮で使役されているという。

【参照作品】「ファラオとともに幽閉されて」

用語 **光線外被** light-beam envelope

ヤディス星の生物が次元移動に際して身をくるむ「輝く金属でできた鞘」状の外被。発射台から射出され、二十八の銀河世界へ行くことができるという。

【参照作品】「銀の鍵の門を越えて」

用語 **光波外被** light-wave envelope

ズカウバとなったランドルフ・カーターが、ヤディス星から地球へ帰還するための時空移動手段として用いた「異常なまでに強靱な」外被。

【参照作品】「銀の鍵の門を越えて」

作家 **ゴーチエ、テオフィル** Théophile Gautier

①**或る夜のクレオパトラ** Une nuit de Cléopâtre（河出市民

文庫）一八四五

フランスの詩人、小説家、批評家（一八一一～一八七二）。当初はパリで画家を志したが、いわゆる「エルナニ事件」を機に、若いロマン派詩人たちの領袖と目される。後に「芸術のための芸術」理論を展開、華麗な幻想を繰りひろげる詩や小説に本領を発揮、ボードレールらに影響を与えた。怪奇小説の代表作に、妖艶な吸血美女の惑わしを描く「死霊の恋」（一八三六）など。

①についてラヴクラフトは「文学と超自然的恐怖」の中で、「『ある夜のクレオパトラ』のエジプトの幻想は、このうえなく激烈で表現力あふれる効果的なものとなっている。ゴーチエは、その謎めいた生活や巨大な殿堂と共に、遙か古えのエジプトの奥深くに秘められた魂の姿を捉えて描き、地下墓地の地獄の恐ろしさを一度だけ吐露している。地獄では硬直した香料漬けの屍体がギヤマン様の眼を光らせて暗闇の中から、最後の審判の時まで睨み上げ、怖ろしい無言の召喚を待ちわびているのである」（植松靖夫訳）と記している。特に後半の描写など、クトゥルー神話におけるエジプト幻想譚やミイラ恐怖譚まで、あと数歩といった趣ではないか。

用語 **ゴーツウッド** Goatswood

英国ブリチェスター近郊のよからぬ噂の絶えない町。その名が暗示するようにシュブ＝ニグラス信仰が伝わり、近くの森には〈シャッガイの昆虫族〉の拠点がある。

【参照作品】「ムーン・レンズ」「妖虫」「異次元通信機」

用語 **ゴードン、エドガー・ヘンキスト**
Edgar Henquist Gordon

怪奇幻想小説の大家。真の怪奇小説は、怪物そのものの観点から語られるべきだという信念から生み出された作品

ゴーツウッド（ケイオシアム社の作品集より）

カ コウシ

は、あまりにも恐ろしすぎて不評をかった。夢に〈暗きもの〉の啓示をうけて、『妖魅の樋口』『夜の魍魎』『混沌の魂』などの著作を残して消失した。
【参照作品】「闇の魔神」「ウィンフィールドの遺産」

用語 **コープランド、ハロルド・ハドリー** Harold Hadley Copeland
名著『先史時代の太平洋海域――東南アジア神話の原型に関する予備調査 Prehistory in the Pacific : A Preliminary Investigation with Reference to the Myth-Patterns of Southeast Asia』（一九〇二）を著した高名な考古学者。後に『ポリネシア神話――クトゥルー神話大系に関する一考察』（一九〇六）や『「ポナペ島経典」から考察した先史時代の太平洋海域』（一九一一）で物議をかもし、晩年は精神に異常をきたす。一九一三年に中央アジアのツァン台地で、ムー大陸の妖術師サントゥーの墓を発見した。
【参照作品】「墳墓の主」「奈落の底のもの」「時代より」「陳列室の恐怖」

用語 **コーリイ、ウェスリー** Wesley Corey
ダニッチの住人のひとり。アーミティッジ博士一行による怪物退治の模様を、望遠鏡で見守った。
【参照作品】「ダニッチの怪」

用語 **コーリイ、ナサニエル** Nathaniel Corey
アーカム在住の精神分析医師。エイモス・パイパーを診察した後、精神錯乱に陥る。
【参照作品】「異次元の影」

用語 **コーリイ、ベニアー** Benijah Corey
クリストファー・カーターの屋敷で働いていた、年老いた使用人。
【参照作品】「銀の鍵」

作家 **コール、エイドリアン** Adrian Cole
①**横断** The Crossing（学研M文庫『インスマス年代記』）一九九四
英国の作家（一九四九〜　）。デヴォン州プリマスに生まれる。父の軍務にともない、幼年期をマレーシアで過ごす。図書館勤務のかたわら作家を志し、一九七六年に〈The Dream Lords〉三部作を初出版。代表作に、ヒロイック・ファンタジーとホラーの融合を試みた〈The Omaran Saga〉シリーズなど、邦訳に短篇「フランケンシュタイン伝説」（ジャストシステム『フランケンシュタイン伝説』）

がある。
①は英国南西部のひなびた漁村アプルドーと米国のインスマスとが、時空を超えて繫がっているという、いかにも作者らしいファンタジックな着想にもとづく短篇である。

用語 **ゴールデン・ゴブリン・プレス**
Golden Goblin Press
ニューヨークの出版社。一九〇九年に、フォン・ユンツトの『無名祭祀書』を挿絵入りの豪華本として再刊したが、それは全体の四分の一ほどに相当する、いかがわしい箇所が削除された不完全版だった。
【参照作品】「屋根の上に」

用語 **コールド・スプリング渓谷** Cold Spring Glen
ダニッチ郊外の大渓谷。ウィップアーウィルの群棲地で、夏には螢が異様なほど乱舞する。同地の「落石の山」と「熊の巣穴」の間では、ときおり奇怪な物音が聞こえるという。
【参照作品】「ダニッチの怪」

用語 **コールド・ハーバー** Cold Harbor
カナダ中央部マニトバ州の一地方。郊外の林の奥には、三基の環状列石と祭壇が設けられ、原住民によるイタカ崇拝の祭祀が執りおこなわれていた。一九三三年春には、同地で不可解な連続失踪・凍死事件が報告されている。
【参照作品】「イタカ」

作品 **コールド・プリント** Cold Print
ラムジー・キャンベル
【初出】アーカム・ハウス『クトゥルー神話作品集』一九六九年刊
【邦訳】野村芳夫訳（トライデント・ハウス『ナイトランド』創刊号）
【梗概】たまさか行き合ったルンペン（浮浪者）に案内され、ロワー・ブリチェスター（英国）の路地裏に廃屋めいて店を構える古書店に足を踏み入れた書痴サム・ストラットは、姿を見せぬ店主と異常に怯えるルンペンを不審に思いつつ、予期せぬ掘出物に気を好くして、翌日ふたたび店を訪れる。皺だらけで奇妙に肥大した姿の店主は、ラヴクラフトやダーレスの本が並ぶ棚から一冊の古びた綴本を取りだしてストラットに示す。それは『グラーキの黙示録』の存在しないはずの第十二巻だった！ 餌食を求め市井に隠れ潜む邪神イゴローナクの罠が、ストラットに迫る……。
【解説】クトゥルー神話ムーヴメントの申し子として颯爽

とデビューした作者の初期短篇中でも傑出した一篇。陰惨なムードに満ちた暗示技巧や嗜虐趣味など、後年の作者の持ち味が早くも開花している点に注目したい。

作家 コーンフォード、ローレンス・J
Laurence J. Cornford

①**下から見た顔** The Face from Below（新紀元社『エイボンの書』）二〇〇一
②**アボルミスのスフィンクス** The Sphinx of Abormis（新紀元社『エイボンの書』）二〇〇一
③**万物溶解液** The Alkahest（新紀元社『エイボンの書』）二〇〇一
④**ウスノールの亡霊** The Haunting of Uthnor（新紀元社『エイボンの書』）二〇〇一
⑤**霊廟の落とし子** The Offspring of the Tomb（新紀元社『エイボンの書』）二〇〇一
⑥**指輪の魔物** The Demon of the Ring（新紀元社『エイボンの書』）二〇〇一
⑦**クソウファムの民へのエイボンの書簡** The Epistle of Eibon to the Xouphamites（新紀元社『エイボンの書』）二〇〇一
⑧**カルヌーラのタボアム王へのエイボンの書簡** The Epistle of Eibon to King Thaboam og Kalnoora（新紀元社『エイボンの書』）二〇〇一

米国のファンタジー作家（?〜　）。「The Return of Rhan-Tegoth」（一九九八）をはじめ幾つかの小品を執筆。「Masters of Terror」（二〇〇〇）「The Doom of Enos Harker」（〇一／リン・カーターとの合作）など。①から⑧はいずれも、R・M・プライスの求めに応じて、神話作品集『エイボンの書』のために書かれたものである。同じくプライス編纂の『Beyond the Mountains of Madness』（二〇一五）などにも寄稿している。

用語 コキディウス、シルウァヌス Sylvanus Cocidius

ジェディダイア・オーンがジョウゼフ・カーウィンに宛てた書簡の中で言及される人物。ハドリアヌスの塁壁の地下埋葬所で、〈黒きもの Black Man〉に何事かを教授したらしい。
【参照作品】「チャールズ・デクスター・ウォード事件」

用語 コス Koth

太古の邪悪な神々の一柱として、クトゥルーやヨグ＝ソトースとともに名前を挙げられているが、詳細は不明である。

【参照作品】「アッシュールバニパルの焔」

用語『コス＝セラピスの暗黒の儀式』 The Black Rituals of Koth-Serapis

失われたアケロンの時代に世界を悩ませた不死の妖術師コス＝セラピスが、パピルスに記した魔道書。

【参照作品】「地を穿つもの」

用語 コスの黒き城 black citadels of Koth

マリク・タウスの名で知られる暗黒の帝王が統べる死の都市。黒々とした巨大な城壁に囲まれたコスの城に到り、魔王と契約を交わす者は、二百五十年の寿命を与えられるという。なお神性としての〈コス〉や〈コスの印〉との関連はさだかでない。

【参照作品】「墓はいらない」

用語 コスの印 Sign of Koth

〈コスの塔〉をはじめ、〈夢の国〉と覚醒の世界とを結ぶ戸口に見出される魔術的な印形で、封じの力を有するらしい。ジョウゼフ・カーウィンの実験室の奥まった扉にも、この印が彫られていたことを、ウィリット医師が目撃している。

【参照作品】「未知なるカダスを夢に求めて」「チャールズ・デクスター・ウォード事件」「魔道書ネクロノミコン」

用語 コスの塔 tower of Koth

ガグ族の王国から〈夢の国〉上層部の〈魔法の森〉へ至る大階段を備えた巨大な塔。戸口の上には慄然たる〈コスの印〉が据えられている。

【参照作品】「未知なるカダスを夢に求めて」

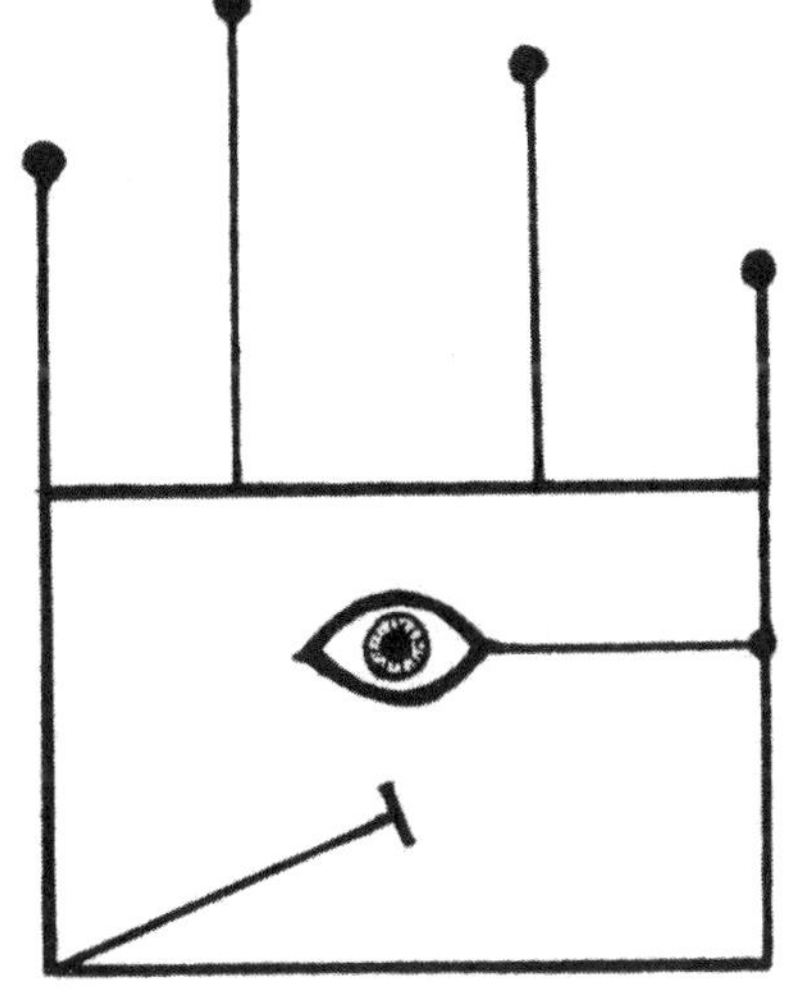

コスの印（『魔道書ネクロノミコン』より）

用語『**国境の要塞**』Frontier Garrison
ロリウス・ウルビクス Lollius Urbicus が一三八年頃に著した、世に知られぬ稀覯書。ローマ軍団によるイェグ＝ハ退治の顛末が記されているらしい。
【参照作品】「魔物の証明」

作家 **コッパー、ベイジル** Basil Copper
①**シャフト・ナンバー２４７** Shaft Number 247（真6―1&新6）一九八〇
②**暗礁の彼方に** Beyond the Reef（学研M文庫『インスマス年代記』）一九九四
ベイザル・カパーとも。英国の作家（一九二四～二〇一三）。ロンドンに生まれる。地方紙の記者を三十年近く勤めた後、一九七〇年から作家専業となり、スリラーやホラーを手がける。ホラーの第一作は六四年にパン・ブック版『恐怖小説集』第五集に掲載された「The Spider」。第一回ワールド・ファンタジー・コンベンションで年間最優秀作品の次点に選ばれた短篇集『From Evil's Pillow』（七三）や、ゴシック長篇『Necropolis』（七七）のほか多くの著書がある。
①は、異次元監視員を蝕む閉塞感を暗示的なタッチで描いた異色作である。

作家 **コッブ、アーヴィン・S** Irvin Shrewsbury Cobb
①**魚頭　フィッシュヘッド** Fishhead（別冊幻想文学『クトゥルー倶楽部』）一九一三
米国のユーモア作家、ジャーナリスト、コラムニスト（一八七六～一九四四）。ケンタッキー州パデューカに生まれ、十代で地元新聞に勤務。一九〇四年にニューヨークへ移住し、ジャーナリストとして活躍、六十冊余の著書と三百篇を超える短篇小説を遺した。

ラヴクラフトは「文学と超自然的恐怖」の中で、①について「人里離れた湖に棲む不思議な魚と白痴の混血児が無気味にもよく似ているさまを、気持ちが悪いほど効果的に描き出している」（植松靖夫訳）と評しており、〈深きものども〉をめぐる不気味な幻想の一端が①に由来することは、次に引用するくだりに照らしても、まず間違いないところだろう。

「フィッシュヘッドこそは怪異であり、まさにこの世の悪夢であった。体こそ人間の体――背の低いがっしりした体軀――だが、顔は限りなく魚に近く、それでいてどこか人間らしさも残している。前頭骨が後頭部に向かって急激に傾斜しているため、額はほとんどないと言っていい。顎は削ぎ落としたように影も形もない。どんぐり眼に、黄色く濁った瞳。それも、はるか右と左に離れていて、瞬きもせずじっと見据えるところまで魚そっくり。鼻は、黄色い顔の真中に二つ小さい穴が開いているだけで、口はと言えば、これこそ最悪。あの醜怪なナマズの口そのもので、唇がなく、信じられないほど大きく耳まで裂けているのだ」（曽田和子訳）

また、S・T・ヨシ『The Annotated Supernatural Horror in Literature』によれば、右に続けてラヴクラフトが、作品名を記すことなく言及しているもうひとつの「先祖の記憶を扱った作品」は、未訳の「The Unbroken Chain」（一九二三）であり、こちらは「壁のなかの鼠」に影響を与えているという。

フィッシュヘッド（ネクロノミコン・プレス版より）

作品 **湖底の恐怖** The Horror from the Depths

A・ダーレス&M・スコラー

【初出】『ストレンジ・ストーリーズ』一九四〇年十月号

【邦訳】岩村光博訳（ク12）

【梗概】一九三一年春、世界博覧会の会場建設のため埋め立て工事が進められていた米国ミシガン湖の水底から、奇怪な生物の骨が発見された。工事関係者であるわたしは、フィールド博物館のジョーダン・ホウムズ教授に調査を依頼する。研究室に収納された化石は、ひそかに再生を始め、守衛を殺害して行方をくらます。やがて湖の周辺で頻発する怪死事件。ホウムズ教授は、怪物の正体が、クリタヌスの『告白録』に記された邪神の落とし子であることを突きとめる。怪物を封じていた五芒星形の石が、工事によって浚渫（しゅんせつ）されたため、古代の邪悪が蘇ったのだった。湖底から一体、また一体と這いあがる怪物たちを、撃退する手段はあるのか……。

【解説】ダーレスが創造した魔道書のひとつ『発狂した修

道士クリタヌスの告白録』が活用されている神話作品。B級怪獣映画を髣髴させる設定と展開は、このコンビならではの持ち味といえよう。

用語 **ゴドルフォ、モレラ** Morella Godolfo

スペインからカリフォルニアに渡った魔女。海獣の一員となって、姿を消した。

【参照作品】「暗黒の接吻」

モレラ・ゴドルフォと海獣

用語 **コハセット** Cohasset

南ロード・アイランド（米国）の漁村。ブラウン大学のジョージ・ロウアーデイル George Lauerdale によると、一九一五年にラヴクラフトは同村を訪れ、マーシュ船長 Captain Marsh という人物に面会したという。

【参照作品】「ロイガーの復活」

用語 **五芒星形の印** seal of the five-pointed star

ムナールの灰白色の石に、炎の柱を囲む五芒星形を刻んだ護符。これを所持する者は、〈深きものども〉、ショゴス、トゥチョ゠トゥチョ人、ミ゠ゴウなど旧支配者に従うものたちから身を護ることができる。ただし旧支配者そのものと直属の配下には効き目がない。〈旧神の印〉〈ルルイエの封印〉とも呼ばれる。

【参照作品】「永劫の探究」「魔女の谷」「暗黒の儀式」「恐怖の巣食う橋」「湖底の恐怖」「彼方からあらわれたもの」「モスケンの大渦巻き」

用語 **ゴメス、トニイ** Brava Tony Gomes

チャールズ・ウォードに雇われた、ポルトガル人の混血の召使い。凶悪な顔つきで、ほとんど英語が話せなかったという。

五芒星形の印（『魔道書ネクロノミコン』より）

【参照作品】「チャールズ・デクスター・ウォード事件」

用語 **コモリオム** Commoriom

コムモリオムとも。ヒューペルボリアの旧首都。かつては〈大理石と御影石の王冠〉と形容される美しい都だったが、ロクアメトロス王 **King Loquamethros** の治世に、クニガティン・ザウムの呪いにより荒廃した。

【参照作品】「アタマウスの遺言」「サタムプラ・ゼイロスの物語」

用語 **ゴヤ** Francisco Jose de Goya y Lucientes

スペインの宮廷画家（一七四六〜一八二八）。「マハ」連作をはじめとする肖像画や風俗画のほか、「巨人」「わが子を喰らうサトゥルヌス」など、怪奇幻想絵画の分野にも〈宇宙的恐怖〉を予感せしめるような傑作を遺している。セント・ジョンと友人の暮らす邸宅には、「ゴヤが絵筆をとりながらも自作とは認めなかったという噂のある、無署名の名状しがたい絵」（大瀧啓裕訳）が秘蔵されていたらしい。

【参照作品】「魔犬」「ピックマンのモデル」

用語 コラツィン Chorazin
ニューヨーク州アッティカ近郊の頽廃した村落。雑多な人種から成る背教者たちが暮らしている。
【参照作品】「アロンソ・タイパーの日記」

用語 コラム、ネイランド Nayland Colum
ロンドン在住の怪奇小説作家で『異世界の監視者』の著者。シュリュズベリイ博士とともに無名都市におもむき、アブドゥル・アルハザードの口寄せに立ち合った。
【参照作品】「永劫の探究」

用語 コリンズ船長 Capt. Collins
エンマ号の船長。アラート号の襲撃をうけた際に殺害された。
【参照作品】「クトゥルーの呼び声」

用語 ゴル Gor
ロバ・エル・ハリイエーに棲息する〈黒い泉の部族 Black Spring Clan〉の長（おさ）を務める食屍鬼。アルハザードと友誼を結ぶ。
【参照作品】「アルハザード」

用語 ゴルゴー Gorgo
レッド・フック地区にある荒廃した教会の壁に刻まれていた、古代の呪文の中で言及される魔霊の呼称。
【参照作品】「レッド・フックの恐怖」

用語 コルシ、バートロミオ Bartolomeo Corsi
十二世紀フローレンス（フィレンツェ）の修道士。〈大いなる種族〉により精神を交換され、ナサニエル・ピースリーと会話した。
【参照作品】「時間からの影」

用語 コン Kon
古代インカ族が崇拝した海底の恐怖の神で〈地震の王〉とも呼ばれる。クトゥルーの異称であるらしい。
【参照作品】「永劫の探究」

用語 『コンゴ王国』 Regnum Congo
水夫ロペックス Lopex の覚書にもとづいて、ピガフェッタがラテン語で記し、一五九一年に刊行されたコンゴの地誌。一五九八年にフランクフルトで出版された版には、ド・ブロイ De Bry 兄弟による奇怪な木版挿絵が収められている。

【参照作品】「家のなかの絵」

用語『**混沌の魂**』The Soul of Chaos
怪奇作家エドガー・ゴードンの著書。出版社と絶縁した後、最初に自費出版された単行本である。
【参照作品】「闇の魔神」

用語**コンラッド、ジョン** John Conrad
隠秘学の研究家にして珍奇な遺物のコレクターでもあり、『無名祭祀書』などの禁断の書物も秘蔵している。友人のキロワン Kirowan 教授とともに、数々の奇怪な体験をする。ジャスティン・ジョフリの事績を調査中に、謎の自殺を遂げたジェイムズ・コンラッドは、同一人物ではないかと思われる。
【参照作品】「夜の末裔」「墓はいらない」「黒の詩人」

サ

用語**サージャント、ギディアン** Gideon Sargent
ジョー・サージャントの孫で、現代のインスマスで昔ながらの漁師をしている。インスマス面の形質を最も顕著に受け継いでいるひとりで、デイヴィッド・スティーヴンスによる遺伝子研究の調査に、率先して協力した。海難事故により〈悪魔の暗礁〉付近で死亡した。
【参照作品】「インスマスの遺産」

用語**サージャント、ジョー** Joe Sargent
アーカム＝インスマス＝ニューベリイポートを結ぶ路線バスの運転手。彼が運転する灰色の老朽バスは、ニューベリイポートのハモンド・ドラッグストア Hammond's Drug Store 前の広場から、午前十時と午後七時の二便が出ているが、インスマスの住民以外に、ほとんど利用者はいないらしい。
【参照作品】「インスマスを覆う影」

用語 **サージャント、モーゼス** Moses Sargent
インスマスの住人。妻のアビゲイル Abigail とともに、長年にわたりエフレイム・ウェイトに仕えた。
【参照作品】「戸口にあらわれたもの」

用語 **サーストン、フランシス・ウェイランド** Francis Wayland Thurston
大叔父にあたるエインジェル教授の遺した資料をもとに、一九二五年に起きたクトゥルー復活にまつわる一連の事件の真相を突きとめた人類学者。米国ボストン在住。
【参照作品】「クトゥルーの呼び声」

用語 **サーツィー** Surtsey
北緯六三度一八分、西経二〇度三六分五〇秒のスコットランド沖に浮上した海底火山。北欧神話の〈ラグナロックのフライアー神と戦うために火とともに南から来た神〉サーターSurter にちなんで命名された。
【参照作品】「盗まれた眼」

用語 **サーバー** Thurber
ボストンのアート・クラブ会員で、怪奇画の論文を書くため、尊敬する画家ピックマンのもとを頻繁に訪れていた。ノース・エンドのアトリエに案内され、そこでピックマンの絵に秘められた恐るべき真相を知る。
【参照作品】「ピックマンのモデル」

用語 **サイクラノーシュ** Cykranosh
キュクラノシュとも。ムー・トゥーランにおける土星の呼び名。ツァトゥグアと由縁のあるフジウルクォイグムンズハーをはじめとする奇怪な神々や、ブフレムフロイム族、イドヒーム族などの奇想天外な民族が棲息している。
【参照作品】「魔道士エイボン」「サイクラノーシュへの扉」

用語 **ザイクロトル** Xiclotl
シャッガイの近くにある植民惑星。ザイクロトル族と呼ばれる、のっぺらぼうの円筒形生物が棲息する。食肉種族だが、シャッガイの昆虫族には隷属している。
【参照作品】「妖虫」

作品 **サイコポンポス** Psychopompos
H・P・ラヴクラフト
【初出】『ザ・ヴァグラント』一九一九年十月号／『ウィアード・テイルズ』一九三七年九月号
【邦訳】福岡洋一訳「サイコポンポス」（定7―2）／訳

「夜に這う詩」（国書刊行会『ウィアード・テールズ４』）

【解説】フランスのオーヴェルニュで、みずからの城館に隠棲するド・ブルゥワ卿夫妻の奇怪な最期を描く物語詩。蛇女と狼狂の怪異が暗示的に詠われている。

用語 **『最大窮極の術』** Ars Magna et Ultima

『大いなる秘法』『普遍的魔術』とも。十三世紀スペインの哲学者・神学者にして錬金術師ライムンドゥス・ルルス Raimundus Lullus（一二三五頃～一三一六）が著した魔術書。イスラム教徒を改宗させる目的で書かれたという。ジョウゼフ・カーウィンが所蔵していたのは、ツェツナー Zetsner 版であった。

【参照作品】「チャールズ・デクスター・ウォード事件」「丘の夜鷹」「暗黒の儀式」「ロイガーの復活」

用語 **サイダム、ロバート** Robert Suydam

ニューヨーク市ブルックリンのフラットブッシュ地区 Flatbush に隠棲するオカルティストで、カバラとファウスト伝説に関する小冊子を著したこともある。オランダの古い家系の出という。レッド・フック地区のパーカー・プレイスに借りたフラットに、得体の知れぬ連中を集めては、悪魔崇拝の儀式を執りおこない、みずから〈リリスの花婿 Bridegroom of Lilith〉となった。

【参照作品】「レッド・フックの恐怖」

用語 **サイダリア** Cydathria

〈キュダトリア〉を参照。

用語 **ザイラック** Zylac

ムー・トゥーランの大魔術師で、エイボンの師。

【参照作品】「最も忌まわしきもの」

用語 **材料** Materials

ジョウゼフ・カーウィンが忌まわしい目的のために死から蘇らせた賢人・思想家たちの通称。かれらの〈塩〉を収めた壺には「マテリア Materia」（ラテン語で「材料」の意）と記されていた。その一人（一一八番の壺に収められた人物）は、ウィリット医師の召喚に応じて、カーウィン一味の掃討に助力した。

【参照作品】「チャールズ・デクスター・ウォード事件」

用語 **サザーン、リズ** Liz Southern

一六一二年に処刑された、英国ランカシャーの魔女のひとり。ロマ族の長老ベン・チクノと関わりがあったらしい。

【参照作品】「ロイガーの復活」

用語 **サシー** Sashi
ロバ・エル・ハリイェー砂漠の〈風の精霊〉であるチャクラーイのひとり。大きな頭部には蝙蝠のような耳があり、大きな黒い目は落ちくぼみ、口には剣のような歯が生えている。死骸を食する。アルハザードの体内に入りこみ、放浪の旅を伴にする。

【参照作品】「アルハザード」

用語 **ザス** Zath
ウルタールの検視官。

【参照作品】「ウルタールの猫」

用語 **『サセックス断章』** Sussex Fragments
詳細の不明な魔道書。『サセックス稿本』を指すか。

【参照作品】「ルルイエの印」「クレイボーン・ボイドの遺書」「サセックス稿本」

作品 **サタムプラ・ゼイロスの物語**
The Tale of Satampra Zeiros
クラーク・アシュトン・スミス

【初出】『ウィアード・テイルズ』一九三一年十一月号

【邦訳】仁賀克雄訳「魔神ツアソググアの神殿」(『ミステリ・マガジン』一九七三年九月号)／大瀧啓裕訳「サタムプラ・ゼイロスの物語」(ク12)／大瀧啓裕訳「サタムプラ・ゼイロスの話」(創元推理文庫『ヒュペルボレオス極北神怪譚』)

【梗概】おれはウズルダロウムきっての盗賊サタムプラ・ゼイロス。相棒のティロウヴ・オムパリスとともに、廃都コモリオムへ古代の宝探しにやってきた。密林に埋もれた邪神ツァトゥグアの神殿で、おれたちは、蝙蝠とナマケモノを思わせる醜悪な神像と、澱んだ粘液を湛えた水盤を見つけた。その水盤を覗きこんだときだった、中の粘液がにわかに触手と変じて、襲いかかってきたのは！　おれたちは必死に逃げたが、気がつくと、元の神殿に戻っていた。神殿に逃げこんだおれたちを、貪欲な邪神は容赦しなかった。友の肉体とおれの片腕は、そのとき邪神の体内に消え去ったのだ。

【解説】スミスの創造した邪神ツァトゥグア、初見参の一篇。ダンセイニ卿が好んで手がけた、幻想的な盗賊譚の影響を感じさせる。

作家 **サットン、デイヴィッド** David Sutton

①**インスマスの黄金** Innsmouth Gold（学研M文庫『インスマス年代記』）一九九四

英国の作家、アンソロジスト（一九四七～　）。著書に『Earthchild』をはじめとする長篇ホラー、編纂書に、スティーヴァン・ジョーンズとの共編による『The Best Horror from Fantasy Tales』ほか多数がある。

①は一攫千金を夢見て、廃墟と化したインスマスに黄金探しにおもむいた語り手が、〈深きものども〉のおぞましい成れの果てに遭遇する物語。

用語 **『サドカイ教徒の勝利』** Saducismus Triumphatus

十七世紀英国の哲学者で魔女信仰の擁護者でもあったジョウゼフ・グランヴィル **Joseph Glanvil**（一六三六～一六八〇）の著書で、没後の一六八一年にロンドンで刊行された。キングスポートの邪教徒集団の長老が架蔵していた。ちなみに同書は、シャーリイ・ジャクスン **Shirley Hardie Jackson**（一九一六～一九六五）の名作恐怖短篇「くじ The Lottery」でも、印象的な形で引用されている。

【附記】 同書のタイトルに含まれる **Triumphatus** は、「魔宴」の既訳いずれでも「勝利」と訳されているが、正しくは「打ち負かされた」の意であり、『打ち負かされたサドカイ教徒』もしくは『サドカイ教に打ち勝つ』などとするのが正しい旨、翻訳者のひとりでもある並木二郎こと南條竹則氏から御教示をいただいた。

【参照作品】「魔宴」「ファン・ロメロの変容」

用語 **サドゴワア** Sadogowaah

〈オサダゴワア〉を参照。

用語 **『サボスのカバラ』** Cabala of Saboth

サイモン・マグロアが所蔵していた稀覯本で、一六八六年に刊行されたとおぼしきギリシア語版である。

【参照作品】「奇形」

用語 **サマコナ、パンフィロ・デ** Panfilo de Zamacona

フルネームは、パンフィロ・デ・サマコナ・イ・ヌーニエス Panfilo de Zamacona y Nunez。故郷アストゥリアス（スペインの自治州）からニュースペイン（スペイン帝国の副王領）に出て、フランシスコ・ヴァスケス・デ・コロナド Francisco Varquez de Coronado 将軍によるメキシコ北部への探検行に加わった、十六世紀のスペイン人。一五四一年十月、原住民に教えられた谷間の洞窟から地下世界クン゠ヤンに入りこみ、驚異的な光景の数々を目撃し、見聞を書きとめた巻物を残した。
【参照作品】「墳丘の怪」

作家 **サムター、ゲアリイ** Gary Sumpter
①**ヒッチハイカー** The Hitch（青心社文庫『ラヴクラフトの世界』）一九九七
米国のゲームライター&エディター（?～　）。一九九一年から長期にわたり、RPG『Call of Cthulhu』の執筆と編集を手がける。クトゥルー関連誌にも寄稿しており、『M.R. James of the modern horror RPG world』にも書き下ろし原稿を寄せている。アーカム近郊の〈魔女の谷〉を舞台とする①は、都市伝説風な味わいのホラー短篇。

用語 **サラプンコ** Salapunco
ペルーの山岳地帯の最奥に位置する人跡未踏の地。同地からさらに山奥に入った古代要塞付近は、クトゥルー崇拝者の最大の拠点となっている。
【参照作品】「永劫の探究」

用語 **サララ** Salalah
マスカットオーマン（現在のオマーン）のスルタンの夏の宮殿があったという、アラビアの砂漠の都市。この近くに、無名都市があるとされる。
【参照作品】「永劫の探究」

用語 **ザリアトナトミク、ベン** Ben Zariatnatmik
ジェディダイア・オーンがジョウゼフ・カーウィンに宛てた書簡の中で言及される人物。黒檀の櫃に恐るべきものを秘め隠していたらしい。
【参照作品】「チャールズ・デクスター・ウォード事件」

用語 **ザル** Zar
人々が見て忘れ去った美の夢や思いが、ことごとく留まっているという〈夢の国〉の都市。ザルの草原を踏み歩いた者は、二度と故郷の海岸に戻ることはない。
【参照作品】「白い帆船」「未知なるカダスを夢に求めて」

用語 **サルキス** Sarkia
ロマールの地にある高原。大理石都市オラトーエがある。
【参照作品】「北極星」

用語 **サルコマンド** Sarkomand
〈夢の国〉のレンの下方の谷間にある、荒廃した無人都市。その中央広場には、一対の巨大な閃緑岩で出来た有翼の獅子像が、〈大いなる深淵〉に至る硝石階段を守護している。黒いガレー船の到来以前は、レンの人間もどきが支配していた。その沖合には、夜間おぞましい咆哮を発する、名もない鋸歯状の岩の小島が屹立し、船乗りたちを恐れさせている。

【参照作品】「未知なるカダスを夢に求めて」

用語 **サルナス** Sarnath

一万年の昔、ムナールの地にあった広大な湖の畔に栄えた、壮麗なる大都。黒髪の牧羊の民が、地中から貴金属を産するこの地に都を築いた。一千年の長きにわたり〈世界の驚異、人類すべての誇り〉として繁栄を極めたが、ナルギス＝ヘイ王の在世中、イブの呪いにより一夜にして滅び去った。

【参照作品】「サルナスの滅亡」「無名都市」

用語 **サンス** Sansu

禁断の霊峰ハテグ＝クラに登攀した人物。『ナコト写本』には、サンスに関わる恐ろしげな言及が見いだされる。

【参照作品】「蕃神」

用語 **サンドウィン、アサ** Asa Sandwin

アーカム近郊、インスマスへの道沿いにあるサンドウィン館の当主。蛙男と徒名される醜貌の小男だが、〈深きものども〉との契約を自分の代で打ち切るために敢然と闘い、ロイガーによって連れ去られた。

【参照作品】「サンドウィン館の怪」

作品 **サンドウィン館の怪** The Sandwin Compact
オーガスト・ダーレス

【初出】『ウィアード・テイルズ』一九四〇年十一月号

【邦訳】後藤敏夫訳（ク3）

【梗概】インスマスの道沿いに建つサンドウィン館の当主アサは、不安な日々を過ごしていた。彼の一族は三代前から〈深きものども〉と忌まわしい契約を交わし、金銭的援助の見返りに、自分と息子の肉体と魂を捧げる定めにあったのだ。契約を彼の代で終わらせようとするアサの身に迫りくる怪異の数々。べっとりと濡れた扉のノブ、異界から聞こえる楽の音。クトゥルーとイタカの脅威から逃れる術を心得ていたアサをも恐怖せしめた、意想外の邪神とは？

【解説】旧支配者に仕えるものたちの間に起こる内紛と葛藤を、一種の呪術合戦の形で描いた作品。「インスマスを覆う影」の後日譚としても読むことができる。

用語 **サントゥー** Zanthu

ザントゥーとも。古代ムー大陸の巫術師にして僧侶。ムーの滅亡に際し、古代宗教の教典を携え、中央アジアのツァン台地に逃れた。一説によれば、ムーの滅亡は、サントゥーの所業に起因するという。

【参照作品】「墳墓の主」「赤の供物」

用語 **『サントゥー粘土板』** Zanthu Tablets

ザントゥー石版とも。一九一三年、H・H・コープランド教授が、中央アジア奥地の巫術師サントゥーの墓で発見・解読した謎の古代文書。

【参照作品】「墳墓の主」「タイタス・クロウの帰還」「赤の供物」「奈落の底のもの」「時代より」

用語 **海棲ショゴス** sea-shoggoth

ショゴスの一種で、ゲル＝ホーなどの海底の城塞にあって、クトゥルーの眷属に使役されている。生命ある巨大なコルクの塊のごとき体軀に、無数の眼と吻を有し、凄まじい悪臭を放つ。

【参照作品】「地を穿つ魔」

用語 **シートン、サムエル** Samuel Seaton

探検家。一八五二年十月十九日、コンゴのオンガで蒐集した覚書の草稿を携え、ロバート・ジャーミン卿のもとを訪れ、「白い神に支配される白い類人猿の灰色の都市」にまつわる伝説の重要性を説いたが、突如錯乱したロバートにより惨殺された。

【参照作品】「故アーサー・ジャーミンとその家系に関する事実」

用語 **シーム、シドニー・H** Sidney Herbert Sime

英国の挿絵画家（一八六七～一九四一）。マンチェスターに生まれ、炭鉱夫などさまざまな職業を転々とした後、ロンドンに出て雑誌に挿絵を描くようになる。ダンセイニ卿に才能を見いだされ、『ペガーナの神々』『驚異の書』をはじめとする卿の著書に、神韻縹渺たる幻想画の傑作を描いた。シームの描く異界の光景は、ラヴクラフトの異次元描写にも影響を及ぼしているとおぼしい。

【参照作品】「クトゥルーの呼び声」「ピックマンのモデル」

作家 **シーライト、リチャード・F**

Richard F. Searight

①**暗恨** The Sealed Casket（真10＆新2）一九三五

②**知識を守るもの** The Warder of Knowledge（ク11）一九九二（死後発表）

米国の作家（一九〇二～一九七五）。一九二〇年代から『ウィアード・テイルズ』に作品を発表し、三三年八月よりラヴクラフトと文通を交わす。就中『エルトダウン・シャーズ』は、シーライトの創案した魔道書だという。

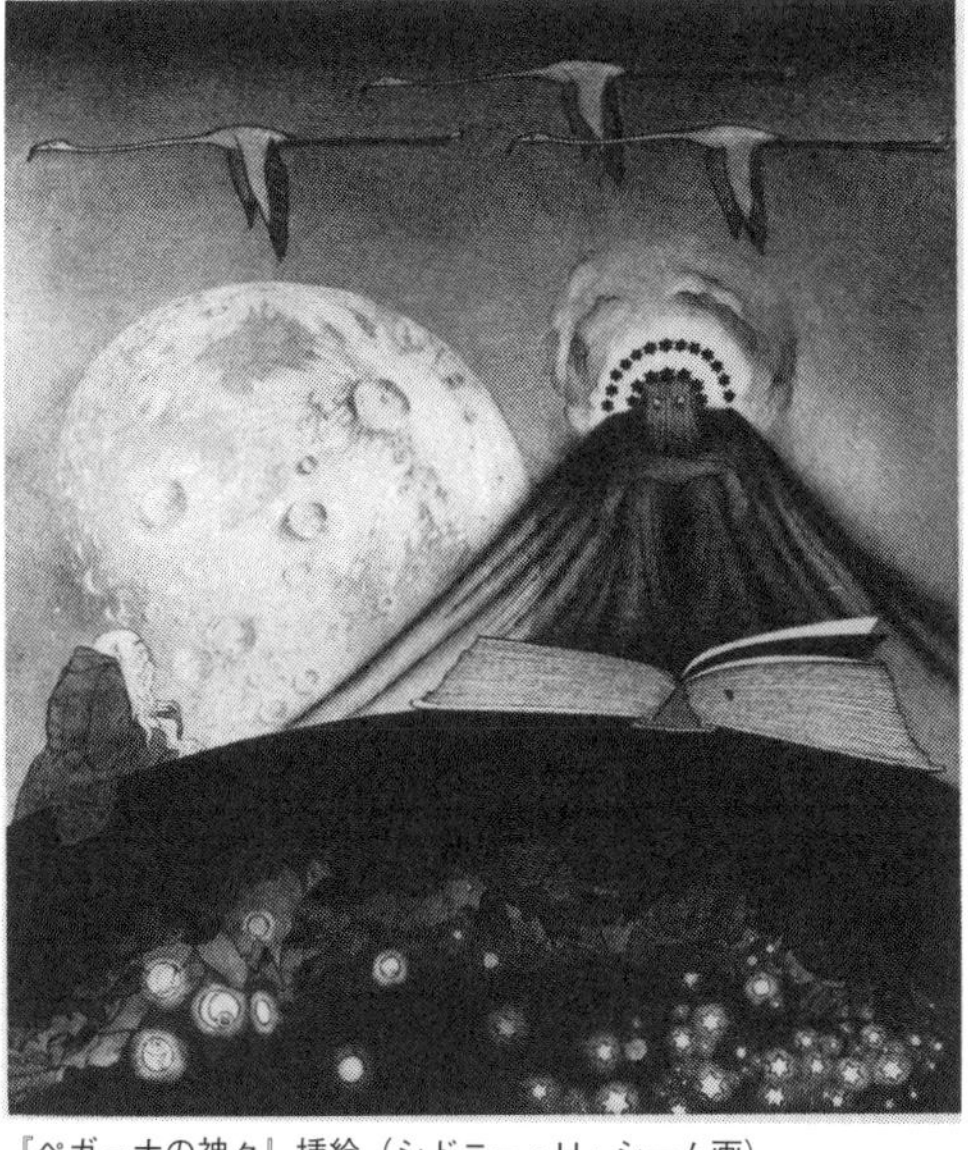
『ペガーナの神々』挿絵（シドニー・H・シーム画）

①は封印された小匣から解き放たれた透明な魔物を描く呪物ホラーで、冒頭に『エルトダウン・シャーズ』からの引用が掲げられている点を除くと、神話大系との関連は薄い。一方、②は『エルトダウン・シャーズ』の粘土板解読に憑かれた学究が、第十九粘土板に記された呪文を唱えることで〈知識を守るもの〉を召喚、超古代から未来に及ぶ暗黒の地球史を、目の当たりにする物語である。

作家 **シール、マシュー・フィップス**

Matthew Phipps Shiell（M. P. Shiel）

①**音のする家** The House of Sounds（新人物往来社『怪奇幻想の文学4　恐怖の探究』）一九一一

②**ユグナンの妻** Huguenin's Wife（筑摩書房『英国短篇小説の愉しみ3』）一八九五

英国の小説家（一八六五～一九四七）。西インド諸島の英国領モントセラット島に生まれる。父はアイルランド人。ロンドンで医学を学んだ後、文筆の道に進む。探偵小説集『プリンス・ザレスキー』（一八九五）や、世界の終末を描いた先駆的SF長篇『Purple Cloud』（一九〇一）で名高いが、佶屈した熱狂的文体で綴られる怪奇小説にも、しばしばポオの再来と評される珠玉の名作が少なくない。

ラヴクラフトは「文学と超自然的恐怖」の中で①につい

て「まぎれもない傑作」「この種の作品の中で最も重要な位置を占める価値のある作品」（植松靖夫訳）と賞讃している。またサム・モスコウィッツは、②とラヴクラフト「ピックマンのモデル」との間に共通するテーマが認められることを示唆している。

作家 **シェイ、マイクル** Michael Shea

①**異時間の色彩** The Color out of Time（ハヤカワ文庫）一九八四

米国の作家（一九四六〜二〇一四）。カリフォルニアに生まれる。ジャック・ヴァンスやラヴクラフトの影響のもと、怪奇的色彩の濃いファンタジーなどを手がける。邦訳に、世界幻想文学大賞受賞作『魔界の盗賊』（八三）がある。

①はラヴクラフトの名作「宇宙からの色」の続篇もしくは現代版といった趣の異色長篇。作品中に原典たる「宇宙からの色」そのもの、さらには作者ラヴクラフト本人をも取りこむことによって、一種のメタ・ノベルともなっている。

用語 **シェイ、ロデリック** Roderick Shea

英国人の神父で、キャラウェイ教授の盟友。

【参照作品】「プリスクスの墓」

作家 **ジェイムズ、モンタギュウ・ロウズ** Montague Rhodes James

①**マグナス伯爵** Count Mugnus（創元推理文庫『M・R・ジェイムズ怪談全集1』）一九〇一（〇二?）

②**トマス僧院長の宝** The Treasure of Abbot Thomas（創元推理文庫『M・R・ジェイムズ怪談全集1』）一九〇四

③**バーチェスター聖堂の大助祭席** The Stall of Barchester Cathedral（創元推理文庫『M・R・ジェイムズ怪談全集1』）一九一〇

④**笛吹かば現れん** Oh Whistle, and I'll come to you, My Lad（創元推理文庫『M・R・ジェイムズ怪談全集1』）一九〇三

⑤**寺院史夜話** An Episode of Cathedral History（創元推理文庫『M・R・ジェイムズ怪談全集2』）一九一四

英国の古文書学者、聖書学者、怪談作家（一八六二〜一九三六）。ケント州の牧師の家に生まれ、サフォーク州リバームアの牧師館で少年時代を過ごす。ケンブリッジ大学に学び、若くして古文書学者、聖書学者としての名声を確立。フィッツウィリアム博物館長、ケンブリッジ大学博物館長、同大のキングズ・カレッジとイートン校の学長を経て、一九一三年にケンブリッジ大学の副総長に就任した。生涯独身で学究生活をおくり、同僚や教え子たちからは

「モンティ」の愛称で親しまれた一代の碩学である。晩年、メリット勲章を受章。

ケンブリッジ大学では教師たちと学生たちの茶話会(chitchat)が頻繁に催されていたといい、一八九三年十月二十八日の茶話会でジェイムズ自身により朗読されたのが、処女作「アルベリックの貼雑帳」と「消えた心臓」であったという(『M・R・ジェイムズ怪談全集1』所収の紀田順一郎による解説を参照)。これが評判となり、商業誌や学術誌に作品が掲載されるようになり、『考古家の怪談集』(一九〇四)を皮切りに、『続・考古家の怪談集』(〇六)『痩せこけた幽霊』(一九)『猟奇への戒め』(二五)と四冊の良質な怪談小説集を上梓、ほかに長篇ファンタジー『五つの壺』(二二)や多数の学術書がある。

ラヴクラフトは「文学と超自然的恐怖」の最終章「現代の巨匠たち」で、ダンセイニと好対照を成す作風の作家としてジェイムズを取りあげ、①から⑤の作品に触れながら、その美点を賞讃している。特に①については「サスペンスと暗示的表現のまさに宝庫」「まぎれもない傑作」(植松靖夫訳)と評価し、異例の紙幅をついやして、その内容を紹介しており、たいそうなお気に入り作品だったことが窺える。就中「男の背後から迫っているのは頭巾のついた衣をかぶった蛸の足みたいいいなものが突き出ているずんぐりした異形のもので」(同前/傍点引用者)などというくだりは、そのままクトゥルー神話世界へと繋がってゆくかのようで微笑ましいではないか。

また、ジェイムズが唱えた怪奇小説創作の三原則に賛同している点も、ラヴクラフト自身の小説作法を知るうえで注目に価しよう。すなわち――「怪奇小説はまず現代のごく普通の環境を舞台として、読者の体験的世界に密着していなくてはいけない。第二に怪異現象は良い結果よりも害毒をもたらすものでなくてはいけない。というのも、恐怖感とは主に刺戟されるための感情だからである。第三に、オカルティズムや疑似科学の専門用語は避けねばならない。

「マグナス伯爵」挿絵
(リー・ブラウン・コイ画)

いかにも本当にありそうな場面のさりげない魅力が、あやしげな学をひけらかすと台無しになってしまうからである」（同前）。

用語 **ジェルサレムズ・ロット** Jerusalem's Lot

米国メイン州沿岸部にある呪われた集落。一七一〇年、狂信的な牧師ジェイムズ・ブーンの指導のもとに建設された。近親相姦を常習とする宗教共同体を形成、近隣の住民から忌み嫌われていたが、ブーンが『妖蛆（ようしゅ）の秘密』を入手してまもない一七八九年十月三十一日、一夜にして全住民が謎の消失を遂げた。

【参照作品】「呪われた村〈ジェルサレムズ・ロット〉」

用語 **塩** Salts

〈本質の塩 the Essential Salts〉とも。ミイラとなった死体を、釜で煮詰めることで得られる白い粉末。降霊術に用いられる。

【参照作品】「チャールズ・デクスター・ウォード事件」「ネクロノミコン　アルハザードの放浪」

作品 **時間からの影** The Shadow out of Time

H・P・ラヴクラフト

【執筆年／初出】 一九三四年／『アスタウンディング・ストーリーズ』一九三六年六月号

【邦訳】 仁賀克雄訳「超時間の影」（創土社『暗黒の秘儀』ほか）／大瀧啓裕訳「時間からの影」（全3）／福岡洋一訳「超時間の影」（定6）

【梗概】 ミスカトニック大学の政治経済学部教授ナサニエル・ウィンゲイト・ピースリーは、一九〇八年五月十四日、講義中に突如昏睡状態に陥り、回復時にはそれまでの記憶を失っていた。人格も別人のようになり、文化系の諸学問や隠秘学を驚くべき理解力で修得し、さらにはヒマラヤやアラビアへ探検に出かけたりする。

そして一九一三年九月に再度の昏睡に陥り、目覚めたときには、元の人格に復していた。回復後、ピースリーは巨石建造物が建ち並ぶ異様な世界の光景を夢に見るようになり、記憶喪失期の自分がおこなった知的探究の跡をたどった結果、禁断の知識を記した書物から、時間の秘密を突きとめた超生命体〈大いなる種族〉の存在を知る。かれらは過去や未来に自分たちの精神を投影し、その時代の生物の肉体に宿って、知的探検をおこなうのだという。ピースリーは夢の記録を続けるうちに、自分が〈大いなる種族〉の肉体に宿っていた時の記憶を次第に取り戻し、その間に見聞した超古代からはるかな未来に及ぶ地球の暗澹たる年代記に思いを馳せるのだった。
そんな折もおり、西オーストラリアの砂漠で謎の巨石遺跡が発見されたという連絡がもたらされ、ピースリーはミスカトニック大学の調査隊とともに現地へ向かう。そこは確かに夢の中で親しく接した〈大いなる種族〉の巨大都市の廃墟だった。単身、遺跡の奥深く入りこんだピースリーは、夢の記憶を頼りに都市の中央記録保管所に到達し、目的のものを手にするが、そのとき地底の深淵から、〈大いなる種族〉を恐れさせた〈先行種族〉の接近を告げる魔風が吹き寄せる。必死に逃げおおせたピースリーは、その直前、確かに目にしたものを忘れることができなかった。記録保管所に保存されていた容器の中、巻物に英語で記されていた、まぎれもない自分自身の筆跡を！
【解説】本篇はラヴクラフト神話の集大成であるとともに、「未知なるカダスを夢に求めて」にいたる〈夢物語〉の、より現実的な変奏曲とみることもできる。まさに超時空作家ラヴクラフトの総決算というにふさわしいだろう。異形の生物の肉体に強制的に宿らされたピースリーの口調に、さしたる嫌悪の念も感じられないあたり、いかにもラヴクラフトらしくもある。

用語 **敷石道** The Causeway
キングスポートの北に聳える崖の一角に付けられた、地元民による呼称。柱状のものが段をなしている箇所をいう。
【参照作品】「霧の高みの不思議な家」

用語 **『屍食教典儀』** Cultes des Goules
オーガスト・ダーレスの祖先であるダレット伯爵が著したとされる異端の書物。ミスカトニック大学ほか世界各地で所蔵が確認されている。
【参照作品】「闇をさまようもの」

作家 **シスコ、マイケル** Michael Cisco
①**夕べの夜** The Night of the Night（新紀元社『エイボンの書』）二〇〇一
米国ニューヨーク在住の作家、教師、翻訳家（一九七〇～　）。最初に手がけた長篇ホラー小説『The Divinity Student』が、国際ホラーギルド賞の一九九九年度最優秀新人長篇賞を受賞したことで知られる。ほかに『The Great Lover』など。①はケイオシアム社版『エイボンの書』に寄稿された散文詩風の作品である。

用語『シドニー・ブラトゥン』 Sydney Bulletin
オーストラリアで発行されている新聞。その一九二五年四月十八日付け紙面には、「謎の漂流船発見」の記事と、奇怪な彫像の写真が掲載されていた。
【参照作品】「クトゥルーの呼び声」

用語 シドラク山 Sidrak
ムナールの都市テロス近郊に位置する山。
【参照作品】「イラノンの探求」

用語 シナラ Sinara
ムナールの南の丘陵にある都市。その市場には、陽気なヒトコブラクダ人たちが屯(たむろ)するという。
【参照作品】「イラノンの探求」

用語 シビリー Cybele
〈キュベレ〉を参照。

用語 シャーマン Sherman
ミスカトニック大学の南極探検隊に参加した通信士。
【参照作品】「狂気の山脈にて」

用語 ジャーミン卿、アーサー Sir Arthur Jermyn
アフリカ奥地の〈白い類人猿の女神〉の伝説に憑かれた、呪われしジャーミン一族最後の嫡男。アルフレッド卿と、ミュージックホールの歌手の間に生まれた。醜い容貌とは裏腹に、詩人にして夢想家肌で学問を好み、オックスフォード大学を首席で卒業。先祖伝来のアフリカ民俗学研究を志し、現地調査にもおもむいたが、一九一三年八月三日、アフリカから到着した荷物を開封した直後、壮絶な焼身自殺を遂げた。
【参照作品】「故アーサー・ジャーミンとその家系に関する事実」

用語 ジャーミン卿、アルフレッド Sir Alfred Jermyn
ネヴィル卿の遺児。二十歳のときミュージックホールの芸人一座に加わり、三十五歳で妻子を捨て、旅廻りのサーカスに身を投じた。最後はサーカスのゴリラと格闘し、無惨な死を遂げたという。
【参照作品】「故アーサー・ジャーミンとその家系に関する事実」

用語 ジャーミン卿、ウェイド Sir Wade Jermyn
アーサー・ジャーミンより五代前の当主であり、ジャーミン一族の狂疾の発端となった人物。著名な探検家であり、最も初期にコンゴ一帯を踏査した者のひとりだった。著作に、奇書として名高い『アフリカ各部の考察』があり、彼が酔って口にするアフリカ奥地のおぞましい土俗信仰の見聞談は、良識ある人々の顰蹙（ひんしゅく）をかった。アフリカから連れ帰った謎めいた妻との間に、一子フィリップをもうけた。一七六五年にハンティングトン Huntingdon の精神病院に収容され、三年後に死亡。

【参照作品】「故アーサー・ジャーミンとその家系に関する事実」

用語 ジャーミン卿、ネヴィル Sir Nevil Jermyn

ロバート卿の次男。一八四九年に下賤な踊り子と駆け落ちし、翌年、息子のアルフレッドを連れて親元へ戻った。一八五二年十月十九日、錯乱したロバート卿により殺害される。

【参照作品】「故アーサー・ジャーミンとその家系に関する事実」

用語 ジャーミン卿、フィリップ Sir Philip Jermyn

ウェイド卿の息子で、きわめて風変わりな人物。小柄で力が強く敏捷だった。ジプシーの血をひく猟場番人の娘と結婚後まもなく海軍に入隊、後に商船に乗りくみ、コンゴ沖に停泊中の船から行方をくらました。

【参照作品】「故アーサー・ジャーミンとその家系に関する事実」

用語 ジャーミン卿、ロバート Sir Robert Jermyn

フィリップ卿の息子。著名な民俗学者でもあった。一八一五年にブライトルム子爵の娘と結婚、三人の子をもうけたが、次男のネヴィル以外は、ついに人の目にふれることがなかった。一八五二年十月十九日に突如錯乱、三人の我が子とサムエル・シートンを惨殺して監禁され、二年後に脳溢血で死亡した。

【参照作品】「故アーサー・ジャーミンとその家系に関する事実」

用語 シャールノス Sharnoth

ナイアルラトホテップの故郷とされる外宇宙の地。巨大な黒檀の宮殿があるという。

【参照作品】「アルソフォカスの書」

用語 シャーロン Shaalon

レバノンの海岸沿いにある小さな村で、二百四十人ほどの血族が、漁業と交易に従事している。〈深きものども〉と通婚しており、かれらが深海からもたらす鋳塊をダマスクスの剣造りに売り、巨万の富を得ている。

【参照作品】「ネクロノミコン　アルハザードの放浪」

作家 ジャコビ、カール　Carl Richard Jacobi

①水槽 The Aquarium（角川文庫『怪奇と幻想2』）／ハヤカワ文庫『幻想と怪奇1』）一九六二

米国の作家、ジャーナリスト（一九〇八～一九九七）。ミネソタ州ミネアポリスに生まれる。一九三二年、『ウィアード・テイルズ』に掲載された「マイヴ」（国書刊行会『黒い黙示録』所収）で注目を集める。同誌や『スリリング・ミステリー』にホラー短篇を発表したが、四〇年代に入るとSFなどへ移行した。七十篇にのぼるホラー作品は『黒い黙示録』（四七）『Portraits in Moonlight』（六四）『Disclosures in Scarlet』（七三）にまとめられている。

①は、無気味な水槽が据えつけられた貸家に引っ越した女流画家とルームメイトが遭遇する恐怖を描いた佳品。水槽の中には、前住者の貝類学者が深海で採集した奇怪な貝が飼育されており、彼は貝に生贄を捧げる妄想に取り憑かれていたらしい。夜中、怪しい物音とともに飼猫が消失する事件が発生して……。呪われた屋敷、禁断の書物、怪物の出現という神話大系の三原則（?）を踏まえているが、先行する他作家の神話作品との関連は薄い。ブライアン・ラムレイお気に入りの一篇で、ラムレイの「深海の罠」や「続・深海の罠」は本篇に触発されて書かれ、『水棲動物』『深海祭祀書』などの書名も継承されている。

用語 シャダッド　Shaddad

古代アラビアの神秘な四種族のひとつとされる〈アド〉最後の暴君。恐るべき鬼神 terrific genius とともに、千柱の都市アイレムを築き、アラビアのペトラの砂漠に隠したという。

【参照作品】「銀の鍵の門を越えて」

用語 「シャッガイ」　Shaggai

作家ロバート・ブレイクが一九三四年から翌年にかけての冬の間に書きあげた、五篇の傑作短篇小説のひとつ。後にリン・カーターが、同題の短篇を執筆している。

【参照作品】「闇をさまようもの」

用語 シャッガイ　Shaggai

角度を有する宇宙の最果てにある、死臭に満ちた悪夢の星。灰色の金属でできた都市には、知性をそなえた邪悪な昆虫族が棲み、その地下では、かれらが召喚した異次元の巨大蛆が、惑星そのものを喰らい尽くそうとしている。

【参照作品】「シャッガイ」「闇をさまようもの」

用語 **シャッガイの昆虫族** Insects from Shaggai

巨大な眼球と三つの口、十本の脚、半円形の翅をもつ知的生物。故郷であるシャッガイ星の滅亡後、ザイクロトル、サゴンを経てルギハクス（天王星）に定住、後に宗教上の対立から、その一部が英国ゴーツウッド近くの森に飛来した。

【参照作品】「妖虫」「シャッガイ」

用語 **ジャック** Jack

キングスポートの〈恐ろしい老人〉が所有する瓶のひとつに付けられた名称。

【参照作品】「恐ろしい老人」

用語 **シャッド＝メル** Shudde-M'ell

地底都市グ＝ハーンに跋扈（ばっこ）する奇怪な異形の生物（クトーニアンとも呼ばれる）を率いる、ゴムのような肉体を有する魔物。クトゥルーの眷属のひとつであるともいう。

【参照作品】「盗まれた眼」「狂気の地底回廊」「地を穿つ魔」

用語 **ジャディス** Jadis

古代アラビアにおける謎の四種族のひとつ。アラビア半島の中央部に居住したという。

【参照作品】「アルハザードのランプ」

用語 **シャリエール、ジャン＝フランソワ** Jean-Francois Charriere

謎めいたフランス人医師。一六三六年バヨンヌに生まれ、パリで医学を学び、インドやカナダで医療活動に従事した後、一六九七年に米国プロヴィデンスにシャリエール館を築き、隠棲。一九二七年に世を去ったとされる。爬虫類の長命さを人間に応用するという奇怪な研究の過程で〈深きものども〉に着目した。

【参照作品】「生きながらえるもの」

用語 **シャリエール館** Charriere house

プロヴィデンスのベナフィット・ストリートに建つ、珍しい建築様式の屋敷。所有者であるシャリエール医師の死後、幽霊屋敷の風評がたっていた。

【参照作品】「生きながらえるもの」

用語 **ジャレン** Jaren
　ムナールのクサリ河沿いに位置する都市。縞瑪瑙の城壁で囲われている。
【参照作品】「イラノンの探求」

用語 **シャン** Shang
　ウルタールの鍛冶屋。
【参照作品】「ウルタールの猫」

用語 **シャンタク鳥** Shantak
　象よりも巨大で、馬のような頭部をもち、羽毛のかわりに鱗の生えた怪鳥。ナイアルラトホテップに仕え、レンとカダスを護るが、夜鬼には弱い。また、インクアノクの宮殿の大円蓋には、あらゆるシャンタク鳥の始祖が宿り、好奇心を抱く者に奇怪な夢を送りつけるという。
【参照作品】「未知なるカダスを夢に求めて」「破風の窓」

用語 **ジャンバリア** Shambaliah
　東方の砂漠にあるという霊的なバリアーの彼方に存在する都市。五千万年前に、レムリア人 Lemurians によって築かれたという。あるいはシャンバラのことか？
【参照作品】「アロンソ・タイパーの日記」

作家 **シュウェーダー、アン・K** Ann K.Schwader
①**灰色の織り手の物語（断章）** Rede of the Gray Weavers（新紀元社『エイボンの書』）二〇〇一
②**ムー・トゥーランでのアブホースへの祈願文** Mhu Thulanese Invocation（新紀元社『エイボンの書』）二〇〇一
③**ヴーアミによる救済の讃歌** Voormi Hymn of Deliverance（新紀元社『エイボンの書』）二〇〇一
　SF、ファンタジー系の米国詩人（?～　）。小説『Strange Stars & Alien Shadows』（二〇〇三）のほか、ラヴクラフトの「ユゴスの黴」に触発された詩集『In The Yaddith Time』（〇七）などを発表している。①②③の詩篇は、ケイオシアム社版『エイボンの書』の「第四の書　沈黙の詩篇」のために書き下ろされたものである。

用語 **シュー・ゴロン** Shoo Goron
　〈シュグオラン〉の異称。
【参照作品】「角笛をもつ影」

用語 **修道士の谷** Monk's Hollow
　米国東部の丘陵地帯にある、奥まった谷間の村。近くの北の沼には、往古よりおぞましいものが棲みついており、魔女たちの忌むべき妖術がおこなわれていた。

【参照作品】「蛙」「狩りたてるもの」

用語 **シュグオラン** Shugoran

マレー半島一帯で信じられている黒い魔物。角笛を吹く死の使いの姿であらわされる。オランは「人」、シュグは「嗅ぐ」の意だが、原義は「象の鼻」を意味するという。

【参照作品】「角笛をもつ影」

用語 **シュトレゴイカバール** Stregoicavar

ハンガリーの山岳地帯にある寒村。〈魔女の村〉を意味する地名どおり、かつては近郊の〈黒い石〉に集う邪教徒の巣窟だったが、一五二六年にトルコ軍によって全住民が掃討され、以後は善良な人々の暮らす普通の村になった。

【参照作品】「黒い石」「木乃伊の手」

用語 **シュブ＝ニグラス** Shub-Niggurath

〈千匹の仔を孕みし森の黒山羊 The Black Goat of the Woods with a Thousand Young〉と呼ばれる大地母神的な神性。おもに古代ムー大陸やクン＝ヤンで崇拝され、蛇神イグなどと同様、比較的、人間に好意的な神と考えられている。一説によれば、〈クトゥルーの落とし子〉たちは、クトゥルーとシュブ＝ニグラスとの交接により生み出された

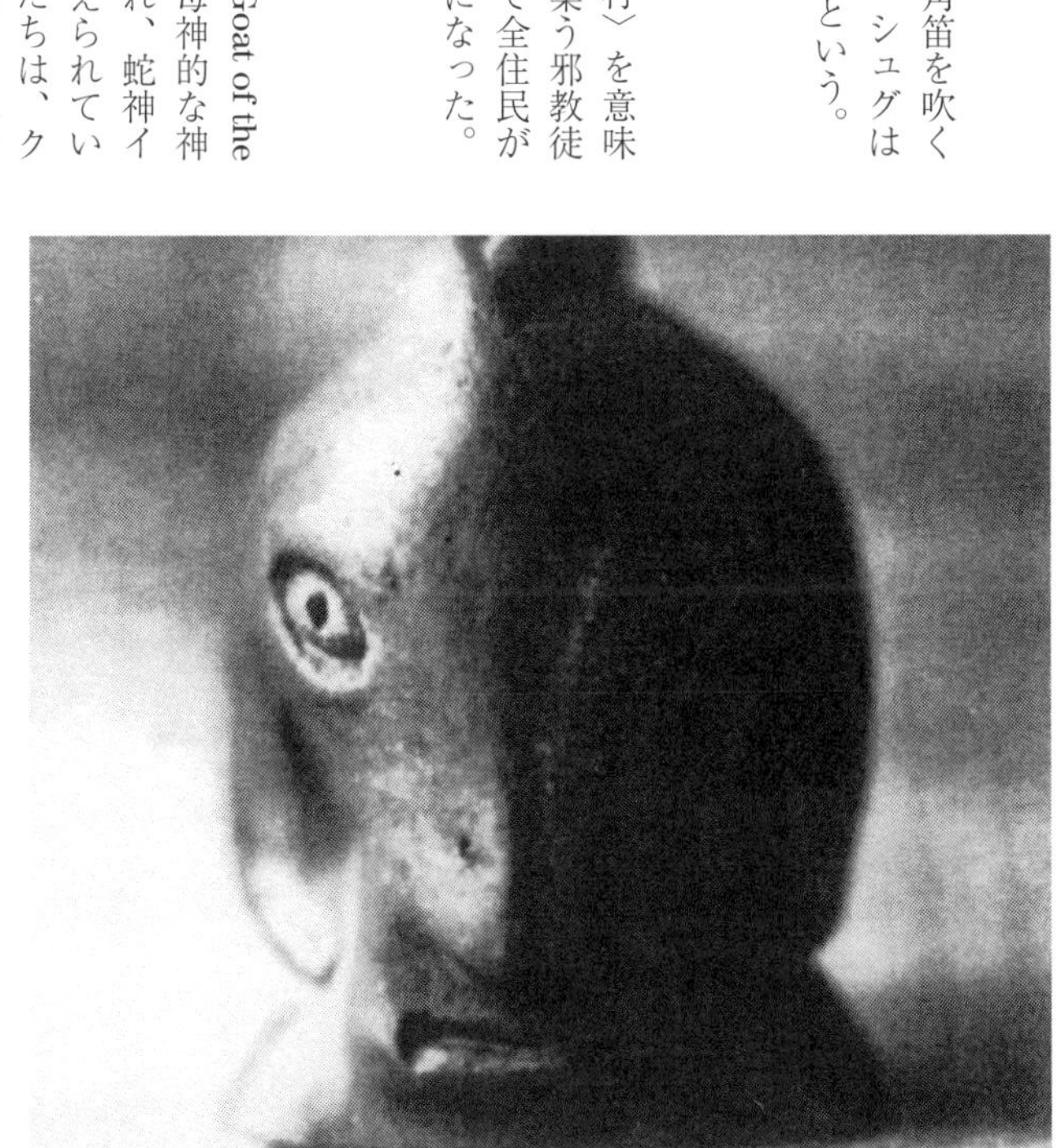

シュブ＝ニグラス（C・A・スミス作）

ともいう。
【参照作品】「永劫より」「墳丘の怪」「呪術師の指環」「タイタス・クロウの帰還」「タトゥル」「ネクロノミコン　アルハザードの放浪」「アルハザード」

用語 **シュブ＝ニグラスの落とし子**
the offspring of Shub-Niggurath

バビロン（イラク）の廃墟に君臨する、有翼七頭の黒い獣。七つの頭部には、餌食とした人間たちの顔がかわるがわる顕われ、ときには往古の知識を授けてくれるという。
【参照作品】「ネクロノミコン　アルハザードの放浪」

用語 **シュリュズベリイ、ラバン** Laban Shrewsbury

アーカム在住の神秘思想研究家にして哲学教授、古代の神話や宗教の権威。一時期、ミスカトニック大学で教鞭をとった。『ルルイエ異本を基にした後期原始人の神話の型の研究』および『ネクロノミコンにおけるクトゥルー』（未刊）の著作がある。プレアデス星団のセラエノにある大図書館で二十年間、禁断の知識を学び、一九三八年から四七年にかけて、地球におけるクトゥルー復活を阻止するため、ワールドワイドに奔走した。
【参照作品】「永劫の探究」

用語 **「ジョウゼフ・カーウィンの生涯と一六七八年から一六八七年にかけての旅、どこに旅立ち、どこで逗留し、誰に会い、何を学んだか」**
Joseph Curwen his Life and Travells Bet'n ye yeares 1678 and 1687 : Of Whither He Voyag'd, Where He Stay'd, Whom He Sawe, and What He Learnt.

チャールズ・ウォードが、アルニイ・コートの旧カーウィン宅で発見した古文書のひとつ。
【参照作品】「チャールズ・デクスター・ウォード事件」

用語 **『将来あらわれる者に託す時空を超越する法』**
To Him Who Shal Come After, & How He May Gett Beyonde Time & Ye Spheres.

チャールズ・ウォードが、アルニイ・コートの旧カーウィン宅で発見した古文書のひとつ。
【参照作品】「チャールズ・デクスター・ウォード事件」

用語 **ジョーンズ、スティーヴン** Stephen Jones

ロンドン在住の怪奇芸術愛好家。ジョージ・ロジャーズと知り合ったため、恐るべき体験をする。『インスマス年代記』等の編者である同姓同名の批評家との関係はさだかでない。

【参照作品】「博物館の恐怖」

用語 **ジョーンズ博士、リチャード・M**
Dr. Richard M. Jones

ポトワンケット在住の科学者。一九一三年八月に落下した隕石を最初に調査し、半金属質の塊の中から、驚くべき手記が古典ギリシア語で記された、不思議な冊子を発見した。

【参照作品】「緑の草原」

作家 **ジョーンズ、レイ** Ray Jones

①**窖** The Well（真9&新5）一九七〇

経歴不詳。①はホラーのセミ・プロ誌『ウィアード・ブック』第三号に掲載された作品で、米国南部に引っ越した学生が、怪しげな井戸に溜まった水を飲み、異次元トリップを体験するという話。固有の神話アイテムは登場しない。

用語 **食屍鬼** ghoul

屍食鬼、グールとも。墓地などの地底に群棲し、人肉を食する魔物。その容貌は犬に似て、肌はゴム状、前かがみで飛び跳ねるように歩く。人間がおぞましくも退化した存在だといわれ、ときには人間の赤子をさらってきて、食屍

ニューヨークの食屍鬼（「遥かな地底で」挿絵より）

食屍鬼（C・A・スミス画）

鬼に育てることもあるという。〈夢の国〉には食屍鬼の棲む深淵があり、かれらは夜鬼を軍馬がわりに乗りこなす。ランドルフ・カーターは、食屍鬼の言葉を話すことができた。

【参照作品】「ピックマンのモデル」「未知なるカダスを夢に求めて」「遙かな地底で」「哄笑する食屍鬼」「名もなき末裔」「食屍姫メリフィリア」「ネクロノミコン　アルハザードの放浪」「アルハザード」

用語 **「食事をする食屍鬼」** Ghoul Feeding

怪奇画家リチャード・アプトン・ピックマンが描き遺した絵画の表題。彼の最高傑作と評されたが、その生けるがごとき迫真の描写は、実は本物を写生したものだった。

【参照作品】「ピックマンのモデル」

用語 **ショゴス** shoggoth

原初の南極に飛来した〈古のもの〉が、都市建造の奴隷として使役するために、無機物から合成して生み出した、泡だつ粘着性の原形質生物。無限の可塑性と延性を備え、自在にその形態を変化させるという。後に知能を発達させて反乱を起こし、最後は〈古のもの〉によって地底深くに封印されたものの、なおもおぞましい増殖を続け、しばしば邪教崇拝者の祈りに応えて地上に出没する。万物を喰らい、その本質をも、みずからの一部となすという。

【参照作品】「狂気の山脈にて」「無人の家で発見された手記」「戸口にあらわれたもの」「インスマスを覆う影」「狂気の地底回廊」「地を穿つ魔」「ネクロノミコン　アルハザードの放浪」「古きものたちの墓」

ハネス・ボクの描く「食事をする食屍鬼」

用語 **ショパン、アレクサンダー** Alexander Chaupin

〈チョーピン、アリグザンダー〉の項を参照。

用語 **ジョフリ、ジャスティン** Justin Geoffrey

ジェフリーとも。ニューヨーク在住の狂気の天才詩人で、E・P・ダービイとも親交があった。『旧世界より』『石碑の民』といった詩に異界の消息を詠いあげて絶讃されるが、一九二六年に精神病院で、絶叫しながら死亡した。享年二十一。十歳のときにオールド・ダッチタウンのオークの森の家で一夜を過ごし、それ以後、異界の悪夢に夜ごと悩まされるようになったという。

【参照作品】「黒い石」「黒の詩人」「黒の召喚者」

用語 **ショロック、グラディス** Gladys Shorrock

英国ブリチェスターのマーシー・ヒル地区ヴィクトリア・ロード七番地の家に暮らしていた魔女。同家の周辺では怪現象が頻発し、一九二五年十月三十一日にグラディスが不可解な死を遂げた後も、近隣には忌まわしい都市伝説が囁かれていた。

【参照作品】「魔女の帰還」

用語 **ジョン・カーター・ブラウン図書館** John Carter Brown Library
プロヴィデンスのブラウン大学に付属する図書館。
【参照作品】「チャールズ・デクスター・ウォード事件」

用語 **ジョンスン、リチャード・H** Richard H. Johnson
キャボット考古学博物館の学芸員。一九三二年に同博物館で起きた怪事件の真相を手記に書き残し、翌年四月二十二日に、不可解な心臓発作で急死した。
【参照作品】「永劫より」

作家 **ジョンソン、R・B** Robert Barbour Johnson ①**遙かな地底で／地の底深く** Far Below（ク13／神）一九三九
米国の作家、画家（一九〇七～一九八七）。父は鉄道関係の仕事に従事しており、代表作である①にも、その反映が認められるという。一九三五年から四一年にかけて、『ウィアード・テイルズ』に「Lead Soldiers」「They」「Lupa」など六篇の作品を発表した。いずれも水準を超える出来映えで、とりわけ①は、同誌編集長となったドロシー・マクルレイスをして「ウィアード・テイルズ掲載作品中、最高傑作のひとつ」と評せしめた、傑作食屍鬼譚である。

用語 **ジョン・ヘイ図書館** John Hay Library
プロヴィデンスのブラウン大学に付属する図書館。大理石造りの建物で、ラヴクラフト関連図書のコーナーも設けられている。ロバート・ブレイクは一九三四年に、この図書館に程近いカレッジ・ストリートの外れに建つ家を借りて、制作に没頭した。
【参照作品】「チャールズ・デクスター・ウォード事件」「闇をさまようもの」

用語 **シリウスの子ら** the Sons of Sirius
マギ族がみずから用いる異称。かれらが崇拝する神の顕現を、シリウス（天狼星）に認めるがゆえの呼び名だという。
【参照作品】「ネクロノミコン　アルハザードの放浪」

用語 **『死霊秘法』** Necronomicon
〈ネクロノミコン〉を参照。

用語 **『死霊秘法新釈』** Note's on the Necronomicon
ヨアキム・フィーリーJoachim Feeryが著した『ネクロ

ノミコン』の註釈書。
【参照作品】「狂気の地底回廊」「地を穿つ魔」

用語 **シルヴァ、マヌエル** Manuel Silva
キングスポートにある〈恐ろしい老人〉の屋敷に押し入った強盗一味のひとり。翌日、惨殺死体となって発見された。
【参照作品】「恐ろしい老人」

作家 **シルヴァーバーグ、ロバート** Robert Silverberg
①**クトゥルーの眷属** Demons of Cthulhu（ク10）一九五九
米国の著名なSF作家（一九三五～　）。ノンフィクション作家、アンソロジストとしても知られる。ニューヨーク出身。五六年にヒューゴー賞の新人賞を受賞後、多作家として活躍。六七年の『いばらの旅路』を機に新境地を拓き、『夜の翼』（六九）『禁じられた惑星』（七一）ほか数多くの名作を発表している。
『アラビアン・ナイト』のランプの魔神のエピソードを思わせる①は、パルプ作家時代に手がけた珍しい作例である。

用語 **シルヴァーハット、ハンク** Hank Silberhutte
テキサス生まれの巨漢で、元〈ウィルマース・ファウンデーション〉所属の邪神狩人。並外れた精神感応能力者で、邪神の接近を感知する。後に〈イタカ・プロジェクト〉調査隊の隊長となり、仲間とともに風神イタカの拠点である惑星ボレア **Borea** に拉致された。同地でイタカの軍勢に抗戦する風の巫女アルマンドラ **Armandra** の台地民軍を率いて「将軍」と呼ばれるようになる。
【参照作品】「風神の邪教」「ボレアの妖月」「地を穿つ魔」

用語 **白い稲妻** white lightning
一九三〇年の秋にマヌーゼット河で発生した巨大な潮津波と、それに付随する一連の奇妙な現象を指す、地元での呼称。
【参照作品】「暗礁の彼方に」

用語 **白い類人猿の女神** white ape-goddess
アフリカのコンゴ奥地に灰色の石造都市を築いていた、奇怪な混血生物が崇めていた女神。その正体は未知の種類の類人猿で、信じがたいほど白人種に近い姿をしていた。ウェイド卿以降のジャーミン一族は、その血をひいているとおぼしい。
【参照作品】「故アーサー・ジャーミンとその家系に関する事実」

用語 **ジン** Zin

〈ズィン〉を参照。

作品 **深淵の恐怖** The Abyss

ロバート・W・ロウンデズ

【初出】『スターリング・サイエンス・ストーリーズ』一九四一年二月号／『マガジン・オヴ・ホラー』一九六五年冬号（改訂版）

【邦訳】岩村光博訳（ク11）

【梗概】わたしたち——グランヴィル、チャーマズ、コウルビイ、わたしの四人は、友人だったグラーフ・ノードゥンの死体を山中へ運び、車ごと焼却した。すべての発端は、わたしたちが出席していたヘルド教授の講義に、ドゥリーンと名のる国籍不明の謎めいた男が加わったことにあった。あるとき、催眠術をめぐってドゥリーンとコウルビイが口論となり、ノードゥンの家で、真偽が試されることになった。ドゥリーンの施術にかかったコウルビイは、青い絨毯の中央に走る黒い筋を、恐ろしい深淵にかかる狭隘な橋だと幻視する。しかも深淵は、生ける影のような異次元生物の巣窟だった！　コウルビイはノードゥンの助力で危地を脱したが、その代わりにノードゥンが彼らの餌食となってしまう。『イステの歌』に記されたところによれば、かれらアドゥムブラリは、他の次元に〈探求者〉を送りこみ、幻影の罠を仕掛けては、かれらの世界に犠牲者を引き入れる。かれらに襲われた死体は、全身に不気味に蠢き輝く斑紋が顕われて……。

【解説】魔道書『イステの歌』やアドゥムブラリ、ディルカといった魅力的なオリジナル神話アイテムを導入して、コズミック・ホラーの精神を独自に継承追求しようとした意欲作である。

用語 **『深海祭祀書』** Unter-Zee Kulten

『ウンテル・ツェー・クルテン』とも。ドイツで刊行された、海の魔物に関わる魔道書。

【参照作品】「水槽」「盗まれた眼」「ド・マリニーの掛け時計」「ダゴンの鐘」

用語 **『深海探索』** Undersea Quest

ディープネットの子会社であるパラジク・ソフトウェア・プロダクツ社 Pelagic Software Products が開発したコンピューター・ゲーム・ソフト。

【参照作品】「ディープネット」

用語 **深海のケルプ** deep kelp

英国のハートゥルプール Hartlepool からサンダーランド Sunderland にかけての浜辺に、秋になると漂着する、謎めいた海藻の地元での呼び名。茎は白く葉は濃緑色で、悪臭を放つ。

【参照作品】「ダゴンの鐘」

用語 **深睡の門** Gate of Deeper Slumber

〈深き眠りの門〉を参照。

作品 **侵入者** The Invaders

ヘンリイ・カットナー

【初出】『ストレンジ・ストーリーズ』一九三九年二月号

【邦訳】小林勇次訳「触手」（真3＆新3）／三宅初江訳「侵入者」（ク8）

【梗概】迫真の怪異小説で有名な作家ヘイワードからの電報を受けて、わたしとメイスンはサンタ・バーバラ（米国カリフォルニア州）の浜辺にある別荘に急行した。ヘイワードはひどく脅えた様子で、屋外の甲高い鳴き声を気にしていた。わたしは窓外にのたうつ蔓のようなものを目撃する。外に飛びだしたメイスンは何物かに連れ去られた。ヘイワードは『妖蛆（ようしゅ）の秘密』の秘法によって時間溯行薬をつくり、それを服用して作品のアイディアを得ていたのだ。あるとき、彼は太古の世界にさかのぼり、異次元の魔物と地球の神々の抗争を目撃する。彼の前世は、人類に友好的な神ヴォルヴァドスの大神官だった。ところが彼はあやまって、異次元の魔物を封じこめた「戸口」を開いてしまったのだ。群なして別荘に襲来する魔物たち。もはやこれまで、というとき、ヘイワードの口から、ヴォルヴァドス召喚の呪文が！

【解説】本篇は同じ作者の「狩りたてるもの」と同様、断片的ながらダーレス神話とは別種の神話大系が想定されている点で、おおいに興味深い作品である。

用語 **『侵略者の書』** Book of Invaders

アイルランドに侵攻したギリシア人の歴史を綴った書だというが、詳細は不明である。

【参照作品】「月の湿原」

用語 **『水神クタアト』** Cthaat Aquadingen

無名氏の手になる、おぞましき書物。クトゥルーやオトゥームなど、水の旧支配者を喚び出す際の呪文や召喚儀式を集成した伝説の書で、世界に三冊しか現存しないという。その一冊はタイタス・クロウが所蔵しているが、同書の表

サ ジン

装には人皮が用いられているらしい。
【参照作品】「盗まれた眼」「縛り首の木」「狂気の地底回廊」「地を穿つ魔」

用語 **『水棲動物』** Hydrophinnae
『ヒュドロピナエ』とも。ガントレイ Gantley が著した書物。海の魔物に関する言及が含まれている。
【参照作品】「水槽」「盗まれた眼」「ド・マリニーの掛け時計」「ダゴンの鐘」

用語 **『随想二十一篇』** The Twenty-one Essays
ウィテリウス・プリスクスの著書だが、オカルトに関わる忌まわしい内容のため、発禁処分とされた。
【参照作品】「プリスクスの墓」

用語 **ズィン** Zin
ジンとも。〈食屍鬼の深淵〉と〈魔法の森〉の間にある、ガグ族の国の墓地に程近い大洞窟。ガーストの棲息地である。地下世界ヨスの都市との関連は、さだかでない。
【参照作品】「未知なるカダスを夢に求めて」

用語 **ズィンの窖**（あな） vaults of Zin
ジンとも。ヨス最大の都市の廃墟の地下にある窖。ヨスの失われた住民が遺した文書や彫刻が発見された場所である。
【参照作品】「墳丘の怪」「ズィンの害悪の中を自由に歩く法」

用語 **ズヴィルポグア** Zvilpogghua
ツァトゥグアの第一の落とし子。凍りついた遠隔地アビスに住まいし、地上に召喚された際には人間の血肉を生贄に要求するという。このため〈星から来て饗宴に列するもの The Feaster from the Stars〉という呼び名がある。
【参照作品】「星から来て饗宴に列するもの」「ヴァーモントの森で見いだされた謎の文書」

用語 **ズーグ族** Zoogs
〈夢の国〉の〈魔法の森〉に棲む、詮索好きな種族。小さな褐色の体で敏捷に動きまわる妖精のような存在で、穴や木の幹をすみかとする。菌類を主食とし、舌を震わせる独特な言語を用いる。
【参照作品】「未知なるカダスを夢に求めて」

用語 **ズーラ** Xura
〈夢の国〉にある、死臭漂う「歓楽かなわぬ土地 the Land of Pleasures Unattained」。納骨堂庭園があるという。
【参照作品】「白い帆船」「未知なるカダスを夢に求めて」

用語 **スカー・フェイス** Scar-Face
キングスポートの〈恐ろしい老人〉が所有する瓶のひとつに付けられた名称。
【参照作品】「恐ろしい老人」

用語 **スカイ河** River Skai
〈夢の国〉を流れる河。レリオン山に発し、ハテグ、ニル、ウルタールなどの集落が点在する平野を貫流している。
【参照作品】「ウルタールの猫」「未知なるカダスを夢に求めて」

用語 **ズカウバ** Zkauba
貘の鼻と鉤爪、昆虫を思わせる関節の多い体をもつ、ヤディス星の魔道士。ドール族を封印するための呪文作成に余念がない。ランドルフ・カーターの、異次元における半身であり、カーターは一時、ズカウバの中に宿っていた。
【参照作品】「銀の鍵の門を越えて」

用語 **スカカバオ、イブン** Ibn Schacabao
ジョウゼフ・カーウィンがサイモン・オーンに宛てた書簡の中で言及されている人名。『ネクロノミコン』のヨグ゠ソトース召喚に関わる一節に言及がある。著書に『内省録 Reflections』。
【参照作品】「魔宴」「チャールズ・デクスター・ウォード事件」「地を穿つ魔」「ネクロノミコン　アルハザードの放浪」

作家 **スコラー、マーク** Mark Schorer
【いずれもA・ダーレスと合作】
①**邪神の足音** The Pacer（ク3）一九三〇
②**潜伏するもの／羅睺星魔洞** The Lair of the Star-Spawn（ク8／真1&新2）一九三四
③**モスケンの大渦巻き** Spawn of the Maelstrom（ク12）一九三九
④**湖底の恐怖** The Horror from the Depths（ク12）一九四〇
⑤**納骨堂綺談** The Occupant of the Crypt（真4&新2）一九四七
米国の英文学者、作家、批評家（一九〇八～一九七七）。カリフォルニア大学の英文学部長を務めた。ウィスコンシン州ソーク・シティに生まれる。A・ダーレスとは高校時

代からの友人で、しばしば合作を試みては『ウィアード・テイルズ』などに投稿、後にそれらをまとめた短篇集『Colonel Markesan and Less Pleasant People』（六六）を、アーカム・ハウスから刊行している。スコラー単独の著作としては『A House Too Old』をはじめとする地方小説や、ウィリアム・ブレイクの研究書などがある。

最初期の作例のひとつである①は、前住者が召喚した太古の邪神が、階上の部屋を歩きまわる物騒な貸家に引っ越した作家を見舞う惨劇を描いた作品で、筆法は神話大系のパターンを踏襲しているものの、固有名をもつ神話アイテムはまだ登場しない。③は、ノルウェーの孤島に棲息する魔物が、人間になりかわってロンドンへ侵攻しようとする妖異を描く。⑤は邪教徒の祭祀跡に建てられた屋敷の地下納骨堂から出没する吸血怪物の恐怖を描いた作品で、こちらも神話大系との関連は薄い。ほかに幽霊屋敷ならぬゾンビ屋敷の怪異を描く「甦った毒牙」（国書刊行会『ウィアード・テールズ3』所収）の邦訳がある。

用語 **ズシャコン** Zushakon

〈ズ・チェ・クォン〉の異称。

【参照作品】「恐怖の鐘」

用語 **スタークウェザー＝ムーア探険隊** Starkweather-Moore Expedition

ミスカトニック大学の南極探検隊に続いて、大陸内奥部の調査を大規模に進めようと計画しているグループ。

【参照作品】「狂気の山脈にて」

作家 **スターリング、ケネス** Kenneth J.Sterling

①**エリュクスの壁のなかで／エリックスの迷路** In the Walls of Eryx（全別下／定6）一九三九

米国の医学者（一九二〇～一九九五）。コロンビア大学で医学部教授を務めた。プロヴィデンスで過ごした少年時代、SF好きが嵩じて、いきなりラヴクラフトの家を訪ねて面談に及んだという。両者の合作として、HPL没後に『ウィアード・テイルズ』に掲載された①は、幻想の金星を舞台に、先住種族が設えた不可視の迷宮に囚われの身となった男の困惑と恐怖を描いたSFホラーである。スターリングは印税の半分を、HPLの遺族に渡したという。

用語 **ズ・チェ・クォン** Zuchequon

邪悪なる鐘の音によって地底から召喚される魔物。地震とともに出現し、地上に漆黒の闇と冷たい死をもたらす。かつてクン＝ヤンとムーで崇拝され、インディオたちも召喚の術に通じていた。『イオドの書』では〈ズシャコン〉と表記されている。
【参照作品】「恐怖の鐘」

用語 **スティーヴンスン、デイヴィッド** David Stevenson
英国の生化学者。友人のアン・エリオットに招かれて現代のインスマスを訪れ、〈インスマス症候群〉の遺伝子調査をおこなった。
【参照作品】「インスマスの遺産」

用語 **ステイヴリイ、ジェスロウ** Jethro Staveley
ミスカトニック大学付属図書館の図書館長。同館が所蔵する稀覯書の保管に、厳重な配慮を施した。
【参照作品】「暗礁の彼方に」

作家 **ステイブルフォード、ブライアン** Brian Stableford
①**インスマスの遺産** The Innsmouth Heritage（学研M文庫『インスマス年代記』）一九九二
英国のSF作家（一九四八〜 ）。ヨークシャー州シプリーに生まれる。ヨーク大学を卒業、レディング大学で社会学の講師を務める。一九六九年、長篇『Cradle in the Sun』で作家デビュー。邦訳に〈タルタロスの世界〉三部作（サンリオSF文庫）や『地を継ぐ者』（ハヤカワ文庫）などがある。

用語 **スティルウォーター** Stillwater
カナダのネルスンより三十マイル北方、オラシー街道沿いにある寒村。一九三〇年二月二十五日夜、一夜にして住民全員が不可解な消失を遂げる事件が発生した。
【参照作品】「風に乗りて歩むもの」

用語 **ステテロス** Stethelos
ステスロスとも。ムナールにある都市。大瀑布の下にあり、そこには果てしなく年老いた若者たちがいるともいう。
【参照作品】「イラノンの探求」「緑の草原」

用語 **ズトゥルタン** Xuthltan
シュトレゴイカバールの古名。同名の魔道士との関係はさだかでない。
【参照作品】「黒い石」

用語 **ズトゥルタン** Xuthltan

人跡未踏の地にある洞窟から、魔物の護る宝石を盗みだした、古代アッシリアの魔道士。その宝石を見つめることで、アダム誕生以前の奇怪な秘密を読みとっていた。

【参照作品】「アッシュールバニパルの焰」

作家 **ストラウブ、ピーター** Peter Straub

①**ミスターX** Mr. X（創元推理文庫）一九九九

米国の作家（一九四三〜　）。ウィスコンシン州ミルウォーキーに生まれる。ウィスコンシン大学とコロンビア大学で現代文学を専攻。アイルランド留学中の七三年に、純文学長篇『Marriage』を初出版。七五年刊行の『ジュリアの館』（早川書房）からホラー作家に転向、スティーヴン・キング作品に刺激されて書きあげた大作『ゴースト・ストーリー』（七九／ハヤカワ文庫）がベストセラーとなり、キングと並ぶモダンホラー作家としての名声を確立した。ほかに『シャドウランド』（創元推理文庫）『ココ』（角川ホラー文庫）、粒ぞろいの短篇集『扉のない家』（扶桑社）、友人でもあるキングと共作したダーク・ファンタジー『タリスマン』（新潮文庫）など。ちなみにキングの「クラウチ・エンドの怪」は、ストラウブの家を探して、ロンドンの陋巷を徘徊した際の実体験にもとづく作品だとか。

用語 **ストロンティ** Stronti

超銀河の星。この星の生物は、人類の遠い遠い祖先にあたるという。ランドルフ・カーターは、ヤディス星のズカウバであったときに、この星を訪れたことがあるらしい。

【参照作品】「銀の鍵の門を越えて」

用語 **砂に棲むもの** Sand-Dweller

米国南西部の洞窟に棲む、クトゥルーの従者の一種族。粗い肌の痩せこけた体に、コアラを歪めたような異常に大きな眼と耳をもつ、人間に似た生物である。

【参照作品】「破風の窓」

用語 **スニレス＝コ** Snireth-Ko

月の裏面を見た唯一の人間といわれている夢想家。

【参照作品】「未知なるカダスを夢に求めて」

用語 **スパニッシュ・ジョウ** Spanish Joe

キングスポートの〈恐ろしい老人〉が所有する瓶のひとつに付けられた名称。

【参照作品】「恐ろしい老人」

用語 **スフィンクス** Sphinx

古代オリエント神話に登場する人面獅身の怪物。エジプト起源で、その石像が王家の権威の象徴として建立された。最大最古の像であるギーザの大スフィンクス像の地下は、ナイアルラトホテップを祀る神官たちの巣窟となっており、かれらは〈本質の塩〉を用いて忌まわしい降霊術を執りおこなうという。

【参照作品】「ネクロノミコン　アルハザードの放浪」「アボルミスのスフィンクス」

作家 **スミス、D・R** D. R. Smith

①**アルハザードの発狂** Why Abdul Alhazred Went Mad〈クトゥルー12〉一九五〇

経歴不詳。『The Nekromantikon』一九五〇年秋号に発表された①は、アブドゥル・アルハザードが狂乱のうちに綴ったという、知られざる『ネクロノミコン』最終章の修正版と銘打たれた超異色作。クトゥルーやヨグ＝ソトースを生み出した（！）とされる〈大いなるもの〉を、ローマ軍の豪傑が、思いもよらぬ手段で滅ぼした顛末を描く。

用語 **スミス、エリエイザ** Eleazar Smith

プロヴィデンス在住の船員。エズラ・ウィーデンに協力して、ジョウゼフ・カーウィンの秘密を調査・追及し、その一端を日記に書き残した。

【参照作品】「チャールズ・デクスター・ウォード事件」

作家 **スミス、ガイ・N** Guy N. Smith

①**インスマスに帰る** Return to Innsmouth〈学研M文庫『インスマス年代記』〉一九九二

英国の作家（一九三九〜　）。スタッフォードシャーのタムワースに近い小さな村に生まれる。歴史小説家だった母親の薫陶を受け、十二歳にして地方新聞に短い物語を寄稿していたという。父の跡を継いで銀行家の道に進んだが、七四年にホラー第一作『Werewolf by moonlight』を刊行した翌年から作家専業となる。代表作に『Night of the crabs』（七六）に始まる「蟹ホラー」の連作などがある。

①は大叔母が書き遺したインスマスの記録を読んで以来、彼の地に取り憑かれ、ついには単身、呪われた町へとおもむく男の憧憬と恐怖を、息づまるような筆致で描いた短篇である。

作家 **スミス、クラーク・アシュトン**

Clark Ashton Smith

①**妖術師の帰還／魔術師の復活** The Return of the Sorcerer

（ク3&創元推理文庫『アヴェロワーニュ妖魅浪漫譚』／新人物往来社『暗黒の祭祀』）一九三二

②**サタムプラ・ゼイロスの物語／サタムプラ・ゼイロスの話／魔神ツアソググアの神殿** The Tale of Satampra Zeiros（ク12／創元推理文庫『ヒュペルボレオス極北神怪譚』／早川書房『ミステリ・マガジン』一九七三年九月号）一九三一

③**魔道士エイボン／土星への扉／魔道師の挽歌** The Door to Saturn（ク5／創元推理文庫『ヒュペルボレオス極北神怪譚』&新紀元社『エイボンの書』／真3&新2）一九三二

④**名もなき末裔／墳墓の末裔** The Nameless Off-spring（ク8／神）一九三二

⑤**アタマウスの遺言／アタムマウスの遺書** The Testament of Athammaus（ク5&創元推理文庫『イルーニュの巨人』／創元推理文庫『ヒュペルボレオス極北神怪譚』）一九三二

⑥**彼方からのもの／彼方から狩り立てるもの** The Hunters from Beyond（ク3／創元推理文庫『アヴェロワーニュ妖魅浪漫譚』）一九三二

⑦**氷の魔物** The Ice-Demon（創元推理文庫『ヒュペルボレオス極北神怪譚』&創元推理文庫『イルーニュの巨人』）一九三三

⑧**アヴェロワーニュの獣** The Beast of Averoigne（創元推理文庫『アヴェロワーニュ妖魅浪漫譚』&創元推理文庫『イルーニュの巨人』）一九三三

⑨**ウボ＝サスラ／ウッボ＝サトゥラ／ウボ＝サトゥラ** Ubbo-Sathla（ク4／創元推理文庫『ヒュペルボレオス極北神怪譚』／創土社『魔術師の帝国』）一九三三

⑩**アゼダラクの聖性／聖人アゼダラク** The Holiness of Azederac（創元推理文庫『アヴェロワーニュ妖魅浪漫譚』／創元推理文庫『イルーニュの巨人』）一九三三

⑪**死体安置所の神／食屍鬼の神** The Charnel God（創元推理文庫『ゾティーク幻妖怪異譚』／国書刊行会『呪われし地（ロキ）』）一九三四

⑫**墓の落とし子／忘却の墳墓** The Tomb-Spawn（創元推理文庫『ゾティーク幻妖怪異譚』／創土社『魔術師の帝国』）一九三四

⑬**イルーニュの巨人／イルゥルニュ城の巨像** The Colossus of Ylourgne（創元推理文庫『イルーニュの巨人』／創元推理文庫『アヴェロワーニュ妖魅浪漫譚』）一九三四

⑭**七つの呪い** The Seven Geases（ク4&創元推理文庫『ヒュペルボレオス極北神怪譚』&創土社『魔術師の帝国』）一九三四

⑮**皓白の巫女** The White Sybil（創元推理文庫『ヒュペルボレオス極北神怪譚』）一九三四
⑯**塵埃を踏み歩くもの** The Treader of the Dust（創元推理文庫『アヴェロワーニュ妖魅浪漫譚』）一九三五
⑰**白蛆の襲来** The Coming of the White Worm（神&創元推理文庫『ヒュペルボレオス極北神怪譚』&新紀元社『エイボンの書』）一九四一
⑱**三十九の飾帯盗み** The Theft of the Thirty-Nine Girdles（創元推理文庫『ヒュペルボレオス極北神怪譚』）一九五八

米国の詩人、作家、画家、彫刻家（一八九三〜一九六一）。カリフォルニア州ロング・ヴァレーに生まれる。父は金鉱探索のため移住した英国人。十四歳で学校を中退し、『エンサイクロペディア・ブリタニカ』と辞書をテクストに独学、稀語・古語をちりばめた絢爛たる文体の素地を培った。肉体労働のかたわら詩作に志し、当時神秘的作風で注目を集めていた詩人ジョージ・スターリング George Sterling（一八六九〜一九二六）に師事。その推挽により『The Star-Treader』（一二）など四冊の詩集を出版した。

二二年八月、スミスの絵画と詩に感銘をうけたラヴクラフトから称讃の手紙が舞いこみ、以後、親しく文通を交わすようになる。翌年、ラヴクラフトの薦めで『ウィアード・テイルズ』に詩を発表、二八年九月号掲載の「九番目の骸骨」（創元推理文庫『イルーニュの巨人』所収）を皮切りに怪奇幻想小説にも筆を染め（ただしスミスは一一年から翌年にかけて、すでに『ブラック・キャット』誌などに冒険小説を発表している）、一九三〇年代前半にはラヴクラフト、ハワードと並ぶ『ウィアード・テイルズ』三大家のひとりとして活躍した。しかし両親やラヴクラフトの相次ぐ死を一契機として、次第に小説執筆から遠ざかり、後年はおもに彫刻作品を手がけた。

スミスが残した百二十篇近い小説作品は、そのほとんどが、ゾシーク（死にゆく地球の最後の大陸）、アヴェロワーニュ（フランス南部とおぼしき架空の王国）、ヒューペルボリア（古代北極の大陸）、そしてアトランティスといった幻想世界を舞台とするグロテスク&アラベスク綺譚である。スミスの邦訳作品集には、『魔術師の帝国』（創土社／長篇詩「大麻吸飲者」などの詩篇をも交えた二十四篇を収録）、『イルーニュの巨人』（創元推理文庫／幻想大陸物以外の作品が比較的多い十八篇を収録）、『魔界王国』（ソノラマ文庫／幻想大陸物のみを地域別に十一篇収録）、『呪われし地(ロキ)』（国書刊行会／同題のアーカム・ハウス版作品集を原著の体裁のまま復刻した十五篇を収録）、そして大瀧啓裕編訳による『ゾティーク幻妖怪異譚』（創元推理文庫／ゾシークを舞台とする十六篇に詩「ゾティーク」を収録）『ヒュペルボレオス極北神怪譚』（創元推理文庫／ヒュ－ペルボリアを舞台とする十一篇に、アトランティス物の五篇、それ以外の異界小説七篇を収録）『アヴェロワーニュ妖魅浪漫譚』（創元推理文庫／アヴェロワーニュを舞台とする小説十一篇と詩一篇に、妖術師物の六篇を収録）の三部作がある。また、スミスが自作の構想やメモを書き留めた『The Black Book』と呼ばれる黒革の手帳が、一九七九年にアーカム・ハウス社から翻刻されている。

ラヴクラフト・サークルの作家たちの中にあって、唯一ラヴクラフトとはまったく異なる切り口から神話大系に参入したのが、スミスだった。「クトゥルー／ネクロノミコン」に対して「ツァトゥグア／エイボンの書」を掲げたスミス流クトゥルー神話（というよりもツァトゥグア神話というべきか）は、その舞台が現実離れした架空世界であることも手伝って、ラヴクラフト神話以上に奔放な幻想性にあふれている。④はスミスには珍しく、冒頭に『ネクロノミコン』からの引用を掲げ、英国の田園地帯を舞台とする現代物。ポオの影響を強く感じさせるが、食屍鬼譚としては最良の部類に属する一篇といえよう。⑥も現代物で「ピックマンのモデル」の彫刻家バージョンといった趣の作品、出てくる魔物にはF・B・ロングの影響も感じられる。⑪には食屍鬼の神まで登場する。一方、⑩はアヴェロワーニ

クラーク・アシュトン・スミス

クトゥルー像が表紙を飾るCASのアート作品集

ユを舞台とする妖術師譚の一篇だが、『エイボンの書』やヨグ・ソトース、ソダグイなどの名は登場するものの、霊薬によるタイム・トリップを絡めた艶笑譚である本筋とは、あまり関係がない。⑯にはオリジナルの魔道書『カルナマゴスの遺言』と魔物クアキル・ウッタウスの妖異が描かれる。最晩年に書かれた⑱は②の主人公が活躍する盗賊譚である。

　ラヴクラフトは「文学と超自然的恐怖」の中でスミスの詩と小説に触れ、「その着想のおそるべき怪異性と豊かさという点では、スミス氏は過去現在を問わずどんな作家よりもすぐれている。これほどまでに壮麗優美で、しかも強烈に歪んだ無限の空間と多次元の世界を目のあたりにして、さらにそれを物語にできるまで生きのびた者などほかにいたためしがあっただろうか」（植松靖夫訳）と賞讃している。そして自身の死の直前にも、「アヴェロワーニュの主クラーカシュトンに捧ぐ To Klarkash-Ton, Lord of Averoigne」（一九三七）という短詩を草して、こよなき詩友を讃えているのだった。

作家 スミス、ジェイムズ・ロバート

James Robert Smith

①**タトゥル** Tuttle（青心社文庫『ラヴクラフトの世界』）一九九七

　米国の作家（一九五七〜　）。家族とともにノースカロライナに在住。小説のほか、コミックの脚本を六十本以上執筆している。著作に『Flock』『The Living End』など。短篇小説も多数。アーカム・ハウス社から出版されたアンソロジー『Evermore』の編者でもある。①はアーカムの丘陵地帯にコミューンを作ろうと移住したヒッピーたちを侵蝕する〈シュブ＝ニグラス〉の妖影を、ムーディに描いた作品である。

作家 スミス、マイケル・マーシャル

Michael Marshall Smith

①**海を見る** To See the Sea（学研M文庫『インスマス年代記』）一九九四

　英国の作家、脚本家（一九六五〜　）。チェシャー州のナッツフォードに生まれる。幼少年期を米国、南アフリカ、オーストラリアで過ごす。ケンブリッジ大学を卒業。放送作家のかたわら、一九九一年発表の処女短篇「猫を描いた男」で英国幻想文学大賞の短篇賞を受賞、九五年には長篇第一作『オンリー・フォワード』（ソニー・マガジンズ）でオーガスト・ダーレス賞（！）を受賞している。マイケル・マーシャル名義でサスペンスを、マイケル・マーシャ

ル・スミス名義でホラーやSFを執筆中。邦訳に、悪夢のようなクローン幻想世界を描いた傑作SF『スペアーズ』（ソニー・マガジンズ）のほか、短篇集『みんな行ってしまう』（創元SF文庫）など。短篇集の表題作などにも、①に通ずるような、現実と異界のボーダーランドに踏み迷うものの悲哀が色濃い。

用語 **スライ** Thurai

かつて地球の神々が住まいした山峰のひとつで、白い雪を戴く。

【参照作品】「蕃神」

用語 **スラマ** Surama

アトランティスの邪悪な魔術師で、遠く現代にまで永らえ、クラランダン Clarendon 博士の助手に身をやつして、黒死病を世界に蔓延させようと画策した。

【参照作品】「最後の検査」

用語 **スラン** Thran

〈トゥーラン〉を参照。

用語 **スリシック・ハイ** S'lithik Hhai

ヒューペルボリアの蛇人間が築いた沼地の王国。

【参照作品】「スリシック・ハイの災難」

用語 **スレイター、ジョー** Joe Slater

スラーダーとも呼ばれた。キャッツキル山脈の奥地で孤立した集落を営む、堕落した一族の末裔である愚鈍で野蛮な男。宇宙の精神生命体〈光輝くもの〉に憑依されて凶暴な発作を起こし、壮麗な夢の世界での体験を口ばしる。収容された精神病院で、一九〇一年二月二十一日に死亡した。

【参照作品】「眠りの壁の彼方」

用語 **ズロイグム** Zloigm

蛇人間の魔術師の中でも、第一級とされる黒魔術師。恐竜ディプロドクスの皮で装釘された禁断の魔法書を遺した。

【参照作品】「二相の塔」「最も忌まわしきもの」

用語 **ズロ河** Zuro

テロスの花崗岩都市をゆったりと流れる河。

【参照作品】「イラノンの探求」

用語 **スロク** Throk
〈トォーク山脈〉を参照。

用語 **スンガク** S'ngac
知性を有する菫色の気体。かつてクラネスと語り合い、ナイアルラトホテップやアザトースの脅威を警告した。また虚空(こくう)を落下するランドルフ・カーターに、故地ニューイングランドへの道を示した。〈光輝くもの〉との関連は不明である。
【参照作品】「未知なるカダスを夢に求めて」

用語 **スン高原** Plateau of Sung
ミャンマー(ビルマ)山岳地帯の奥にある失われた高原。中心部の〈恐怖の湖〉には、トゥチョ゠トゥチョ人によって護られた廃都アラオザルがある。
【参照作品】「潜伏するもの」

用語 **『西欧における魔女信仰』**
Witch-Cult in Western Europe
〈西ヨーロッパの魔女儀式〉を参照。

用語 **セイレム** Salem
米国マサチューセッツ州の都市。一六九二年に起きた魔女狩り事件で知られる。ジョウゼフ・カーウィンをはじめとする多くの妖術師やオカルティストが、一度は活動の拠点とした場所でもある。
【参照作品】「チャールズ・デクスター・ウォード事件」「セイレムの恐怖」

作品 **セイレムの恐怖** The Salem Horror
ヘンリイ・カットナー
【初出】『ウィアード・テイルズ』一九三七年五月号
【邦訳】高木国寿訳「セイレムの怪異」(真1&新3)/三宅初江訳「セイレムの恐怖」(ク7)
【梗概】人気作家カースンが、新作執筆の仕事場に借りた部屋は、悪名高いセイレムの魔女アビゲイル・プリンが、魔女狩りの群衆に殺害されるまで暮らしていた家だった。うるさく出没する鼠に導かれるように、カースンは秘密の地下室を発見する。そこは奇妙な図形が描かれ、床には金属製の円盤がある隠れ部屋だった。そこを仕事部屋にさだめたカースンは、見学に訪れるオカルティストたちに業を煮やすが、そのひとりマイケル・リーには不思議な魅力をおぼえる。リーは部屋を一瞥するなり、緊張した面持ちで

セイレムに現存する「魔女の家」
現在は観光名所になっている。

夢見の有無を訊ねた。カースンは、なぜか夢の記憶が欠落していることに気づく。翌朝、散歩に出た彼は、プリンの墓が暴かれ、通行人がショック死したことを知る。家に戻った彼に、リーは告げる。あなたは魔女に操られている。家に即刻、家を離れるべきだ、と。しかしカースンは拒否する。仕事部屋で眠りこんだ彼は、ミイラのような化物が、地下からまっ黒いアメーバ状のものを召喚するさまを目の当たりにする。そこへ飛びこんできたリーは、高らかに魔物退散の呪文を唱えはじめた。

【解説】オカルト探偵マイケル・リー物の一篇だが、ラヴクラフトの魔女小説の影響が色濃い。魔女が召喚する黒い魔物は、旧支配者の同胞ニョグタであると説明されている。

用語「セイレムをはなれ植民地プロヴィデンスに在する紳士ジョス・カーウィンの日誌および覚書き」

Journall and Notes of Jos : Curwen, Gent. of Providence-Plantations, Late of Salem.

チャールズ・ウォードが、アルニイ・コートの旧カーウィン宅で発見した、ジョウゼフ・カーウィンの手稿。肖像画の背後の壁の中に秘匿されていた。

【参照作品】「チャールズ・デクスター・ウォード事件」

用語 **ゼイロス、サタムプラ** Satampra Zeiros
ウズルダロウムの凄腕の盗賊。相棒のティロウヴ・オムパリオス Tirouv Ompallios とともにコモリオムのツァトゥグア神殿に忍びこみ、友とおのれの右手を喪った。
【参照作品】「サタムプラ・ゼイロスの物語」

用語 **セヴァン谷** Severn valley
セヴァーンヴァレーとも。英国ブリチェスター郊外のセヴァン地区にある谷間の地で、グラーキ信仰の拠点となる湖を擁する。
【参照作品】「城の部屋」「湖畔の住人」

用語 **『セヴァン谷の伝説と慣習』** Legendry and Customs of the Severn Valley
ヒル Hill の著した書物。
【参照作品】「城の部屋」

用語 **セヴァンフォード** Severnford
英国ブリチェスター近郊の怪しい土地。旧支配者の痕跡をとどめる古城や森、呪われた石碑の立つ小島などが点在する。
【参照作品】「妖虫」「異次元通信機」「城の部屋」「呪われた石碑」

用語 **『世界の実相』** Image du Monde
十三世紀フランスの詩人にして聖職者ゴーティエ・ド・メッツ Gauthier de Metz の著作。読む者を発狂せしめる冒瀆的内容に満ちているという。
【参照作品】「無名都市」

用語 **「石碑の民」** The People of the Monolith
狂気の天才詩人ジャスティン・ジョフリの詩。ハンガリーを旅行中、シュトレゴイカバールで目にした〈黒い石〉に触発されて書かれたらしい。
【参照作品】「黒い石」「戸口にあらわれたもの」

用語 **セクメトの星** The Star of Sechmet
ローマ人によるエジプト侵略の際、牝ライオンの頭部をした女神像の王冠から盗み取られたという、呪われた宝石の名称。異次元を覗き見るレンズの役割を果たすが、その所有者には恐るべき運命がふりかかる。
【参照作品】「妖術師の宝石」

用語 ゼニグ Zenig

〈アフォラートのゼニグ〉を参照。

作家 セニット、スティーヴン Stephen Sennitt

①**緑の崩壊** The Green Decay（新紀元社『エイボンの書』）二〇〇一

②**穴から吐き出されしもの** The Disgorging of the Pit（新紀元社『エイボンの書』）二〇〇一

③**イググルルの呪文** The Yggrr Incantation（新紀元社『エイボンの書』）二〇〇一

④**グローニュの憎悪の呪い** The Execrations of Glorgne（新紀元社『エイボンの書』）二〇〇一

⑤**プノムの厳命** The Adjuration of Pnom（新紀元社『エイボンの書』）二〇〇一

⑥**ザスターの連禱** The Litany of Xastur（新紀元社『エイボンの書』）二〇〇一

⑦**フナア式文** The Hnaa Formula（新紀元社『エイボンの書』）二〇〇一

⑧**リヴァシイの加護** The Warding of Rivashii（新紀元社『エイボンの書』）二〇〇一

米国の編集者（?～　）。一九八六年から九一年にかけて、オカルト専門誌『XENOX』の編集に携わる。その後、超自然現象や魔術結社、初期グノーシス主義などに関する研究家となる。魔術関連の著書に『The Process』（一九八九）、ホラー漫画の研究書『Ghastly Terror!』（九九）、ホラー小説集『Creatures of Clay: and Other Stories of the Macabre』（〇三）など。クトゥルー神話関連では、ダゴン秘密教団とヨグ＝ソトース教団による魔術書という触れ込みの『The Pylon』（九〇）という怪作も。また『Headpress-A Sex Religion Death』誌に書評や映画評を定期的に寄稿している。①～⑧の呪文は、ケイオシアム社版『エイボンの書』の「第五の書　エイボンの儀式」のために起草されたものである。

用語 セベク Sebek

エジプトで崇拝された、永生の源を司る神。『妖蛆（ようしゅ）の秘密』所載の「サラセン人の儀式 Saracenic Rituals」の章によれば、男の体とクロコダイルの頭部をそなえ、双方の貪欲な欲望を併せもつ、恐るべき神である。

【参照作品】「セベクの秘密」

用語 セラーン Selarn

〈夢の国〉の都市。インクアノクの西方に位置する。

【参照作品】「未知なるカダスを夢に求めて」

用語 **セラエノ** Celaeno

プレアデス星団中の星。巨石を用いて建造された大図書館には、旧支配者が旧神から盗みだした書物や石碑が収蔵されている。

【参照作品】「永劫の探究」

用語 **『セラエノ断章』** Celaeno Fragments

書物や写本ではなく、壊れた石板の形で遺されたという禁断の文献。旧神や旧支配者の秘密が記されている。シュリュズベリイ博士は、セラエノの大図書館に滞在中、その内容に接したらしく、自筆の写本を所持している。

【参照作品】「永劫の探究」「破風の窓」

用語 **セラニアン** Serannian

〈夢の国〉の都市。西風が天へ吹き上がる碧空の岸辺に築かれた、朱鷺色の雲上都市である。クラネスは、ここととセレファイスで交互に執務をするという。

【参照作品】「セレファイス」「未知なるカダスを夢に求めて」

用語 **セレケ、サツメ** Satsume Sereke

ヨコハマ丸の乗組員の日系人。同船はポナペ近海で〈深きものども〉の襲撃をうけ、謎めいた小島に遭遇した。

【参照作品】「永劫の探究」

用語 **セレネル海** Cerenerian Sea

セレナリア海とも。〈夢の国〉にある海。オオス＝ナルガイと北方の大陸の間に広がっている。

【参照作品】「セレファイス」「未知なるカダスを夢に求めて」

用語 **セレファイス** Celephais

〈夢の国〉のオオス＝ナルガイの渓谷にある、麗しき光の都市。〈千塔の都〉とも呼ばれる。その玉座には、騎士団を従えたクラネスが君臨している。

【参照作品】「セレファイス」

用語 **先住種族** elder race

彼方の宇宙から到来し、約六億年前に、地球をはじめとする太陽系の四惑星を支配した半ポリプ状の生物。物質的なのは体の一部だけで、その精神構造は〈大いなる種族〉にすら交換不可能なものだった。視覚をもたず、無窓の塔から成る壮大な玄武岩の都市を築き、生物を見つけ次第、捕食した。大風を操り、ときに武器として用いるともいう。

〈大いなる種族〉によって地底に追いやられるが、絶えず地上への侵略の機会を窺っている。
【参照作品】「時間からの影」「無名都市」

用語 **センティネル丘** Sentinel Hill

ダニッチの村に程近い丘陵。頂上には、太古の人骨が埋まる塚があり、その中央部には、かつて祭祀に用いられたとおぼしい、大きなテーブル状の岩がある。ウェイトリイ母子は、五月祭前夜と万聖節に、ここで炎を焚きつけ怪しい儀式を執りおこなっていた。
【参照作品】「ダニッチの怪」

作品 **尖塔の影** The Shadow from the Steeple
ロバート・ブロック
【初出】『ウィアード・テイルズ』一九五〇年九月号
【邦訳】岩村光博訳（ク7）
【梗概】シカゴ在住の怪奇小説家エドマンド・フィスクは、かつて親しく文通した同好の作家ロバート・ブレイクの謎めいた死に疑問を抱き、第二次大戦をはさむ十五年間、折にふれ真相を究明しようと努めてきた。けれども、事件を小説に描いたラヴクラフトをはじめ、おもだった関係者は相次いで世を去り、唯一の証人であるデクスター医師は杳として所在が知れなかった。

戦後、フィスクはデクスターが核兵器の開発研究に関与していることを知る。そして十五年目、私立探偵からの報告で、デクスターがプロヴィデンスに戻ってきたことを知ったフィスクは単身、医師を訪問する。デクスターは、なぜか部屋の照明が暗くなることを怖れていた。その異様に黒く日焼けした顔を目にしたとき、フィスクは卒然と悟ったのだ。〈輝くトラペゾヘドロン〉を暗黒の深海に投じた行為の決定的な誤ちについて。いまデクスターと名のっている男の正体について。そして彼が核兵器の開発に携わっていることの戦慄すべき理由について。
【解説】本篇はラヴクラフトの「闇をさまようもの」の後日譚であり、同時に、ラヴクラフトの長篇詩「ユゴスの黴」に見える黙示録風の一節を、ブロック一流のスリラー・タッチで小説化したものでもあるという凝った仕掛けが施されている。

用語 **セント・ジョン** St. John

耽美とデカダンの芸術に飽きたらず、友人とともに猟奇の実体験を追求した英国人。オランダの教会墓地で、禁断の魔除を掘りだしたため、恐るべき魔物に追跡され惨死した。

【参照作品】「魔犬」

用語 **セントラル・ヒル** Central Hill

キングスポートの地名。同地にあった会衆派教会の跡地からは、奇妙な穴や地下通路めいたものが発見されている。

【参照作品】「銀の鍵」

作品 **潜伏するもの** The Lair of the Star-Spawn

A・ダーレス&M・スコラー

【初出】『ウィアード・テイルズ』一九三二年八月号

【邦訳】江口之隆訳「羅睺星魔洞」（真1&新2）／後藤敏夫訳「潜伏するもの」（ク8）

【梗概】ミャンマー（ビルマ）奥地をめざしたホークス探検隊一行は、謎の矮人族トゥチョ＝トゥチョ人の襲撃をうけ全滅する。偶然にも難をのがれたエリック・マーシュは、スン高原に到り、伝説の廃都アラオザルを発見するが、トゥチョ＝トゥチョ人に捕まってしまう。そこには、数年前に自宅で殺害されたはずのフォ＝ラン博士がいた。博士は誘拐され、都市の地下に潜伏するロイガーとツァールを甦らせる計画に加担させられていたのだった。しかし博士は精神感応によって、宇宙の彼方の〈大いなる古のもの〉に邪神討伐の助力を求めようとしていた。アラオザルを脱出し、なりゆきを見守るふたりの眼前に、驚くべき光景が展開される。遙かな天空から飛来した〈星の戦士〉が、旧神の武器をたずさえ、呪われた都市への壮烈な攻撃を開始したのだ。

【解説】ダーレス神話の形成過程を知るうえで重要な初期作品。とかく神秘のヴェールに鎖されて実態の明らかでない旧神の側が具体的に描写されていたり、旧神の攻撃によって邪神が殺害されるなどといった大胆な趣向は、他に例を見ない。また〈大いなる古のもの〉と〈旧神〉が混同されている点にも注意したい。

用語 **『象牙の書』** Liber Ivonis

『エイボンの書』の異称。

【参照作品】「闇をさまようもの」

用語 **『ゾーハル』** Zohar

『ゾハールの書』とも。カバラの教典。ジョウゼフ・カーウィンが架蔵する一冊として挙げられているが、実際には、十三世紀後半にスペインで書かれた複数巻（全二十二巻）から成る大冊である。

【参照作品】「チャールズ・デクスター・ウォード事件」

サ センテ

用語 **ソーヤー、アール** Earl Sawyer
ダニッチの住民。アーミティッジ博士一行による怪物退治を見守ったひとりである。
【参照作品】「ダニッチの怪」

用語 **ソーヤー、アサフ** Asaph Sawyer
ペック・ヴァリー村の住人で、一八八〇年から翌年にかけての冬に熱病で死亡した。生前、異様に執念深いことで知られていた。埋葬の際、足首を切断され、小さな棺桶に無理矢理押しこめられた恨みを忘れず、腐乱死体となって葬儀屋に復讐した。
【参照作品】「地下納骨所にて」

用語 **ソーヤー、サリー** Sally Sawyer
ダニッチにあるセス・ビショップの家で働いていた家政婦。透明怪物事件の犠牲者のひとり。
【参照作品】「ダニッチの怪」

用語 **ソーヤー、チョーンシイ** Chauncey Sawyer
サリー・ソーヤーの息子。ウェイトリイ老の家が破壊された様子を最初に目撃した。透明怪物事件の犠牲者のひとり。
【参照作品】「ダニッチの怪」

用語 **ソーントン** Thornton
イグザム小修道院の調査に参加した心霊研究家。精神に異常をきたし、ハンウェルにある施設に収容された。
【参照作品】「壁のなかの鼠」

用語 **ゾ＝カラル** Zo-Kalar
ゾ＝カラールとも。サルナスで崇められた三主神の一柱。顎髭をたくわえ優雅な姿をした生き写しの像が、壮麗な神殿に祀られている。
【参照作品】「サルナスの滅亡」

用語 **ゾシーク** Zothique
ゾティークとも。遙かな未来、終末期の地球に出現するという大陸。そこでは忘れ去られた太古の神々に対する信仰が復活し、降霊術師や妖術師が跳梁跋扈するとされる。
【参照作品】「墓の落とし子」「死体安置所の神」「永劫の探究」

用語 **ゾス** Zoth
緑色の二重恒星。クトゥルーの落とし子であるガタノト

ゾシークの王（C・A・スミス作）

ーア、イソグサ、ゾス＝オムモグの三神は、この星系からムー大陸に降臨したと『ポナペ島経典』に記されている。
【参照作品】「陳列室の恐怖」「奈落の底のもの」「タイタス・クロウの帰還」

用語 ゾス＝オムモグ Zoth-Ommog

クトゥルーの三柱の子神の第三で、ゾスより到来し、ポナペ島沖合の底知れぬ海溝で、狂気の裡にまどろみ夢見ているとされる。
【参照作品】「陳列室の恐怖」「タイタス・クロウの帰還」

用語 ゾス・サイラ Zoth Syra

〈緑の深淵の帝国〉と呼ばれる深海の魔界に君臨する〈深淵の女王〉。ギリシア神話のセイレーネスさながら、甘美な歌声で船乗りを深海へと誘い、忌まわしい交婚をおこなう。
【参照作品】「緑の深淵の落とし子」

用語 ゾタクア Zhothaqquah

ゾタックアーとも。ツァトゥグアの異称とされる。ゾタグア Zhothagguah と綴られることも。
【参照作品】「魔道士エイボン」「暗黒の儀式」

用語 **ソダグイ** Sodagui

ツァトゥグアの異称。

【参照作品】「暗黒の儀式」

用語 **ゾッカール** Zokkar

ゾカールとも。サルナスの古代の王。壮麗な庭園を造営した。

【参照作品】「サルナスの滅亡」

用語 **ソナ＝ニル** Sona-Nyl

〈夢の国〉にある、時空や生老病死を超越した国。限りなく美しく、広さも極まりなく、壮麗な都市では、満ち足りた人々が十全なる幸福のうちに暮らしている。

【参照作品】「白い帆船」「未知なるカダスを夢に求めて」

用語 **『ソフィストの生涯』** Vitae sophistrarum

エウナピウス **Eunapius** が著した書物。

【参照作品】「ピーバディ家の遺産」

用語 **ゾブナ** Zobna

ロマールの民が、大氷河の到来前に居住していた、父祖たちの地。

【参照作品】「北極星」

用語 **存在** the Being

〈窮極の門〉の彼方にある深淵に到達した探求者に呼びかけ、地球の生物に十一度のみ、人間あるいは人間に似た生物には五度のみ許されている〈窮極の神秘 **the Ultimate Mystery**〉を開示する、全能のもの。ランドルフ・カーターには「打ちたたき燃えあがり轟く驚異的な波」として知覚された。〈古(いにしえ)のものども〉は地球の延長部におけるその顕現であり、ヨグ＝ソトースや、ユゴス星の甲殻種族が崇める〈彼方なるもの **Beyond-One**〉といった神性も、実のところ〈存在〉の異称であるらしい。

【参照作品】「銀の鍵の門を越えて」

タ

用語 **ダーク、ジョナサン** Jonathan Dark
　アーカムのチェイムバズ屋敷に住んでいた、悪名高い死体盗掘人。一八一八年の魔女狩り直前、裁判にかけられ、地下に潜むものに関する冒瀆的な事どもを口ばしり、刑務所で死亡した。
【参照作品】「窖に潜むもの」

用語 **ダーク山** Dark Mountain
　ヴァーモント州ウィンダム郡にある山。ユゴス星の甲殻生物の前哨基地がある。
【参照作品】「闇に囁くもの」

用語 **ダーナ** Dahna
〈深紅の砂漠〉の意。無名都市があるというアラビア南部の大砂漠を指す。
【参照作品】「永劫の探究」

用語 **ダービイ、エドワード・ピックマン** Edward Pickman Derby
　アーカム出身の詩人で神秘家。ミスカトニック大学では英仏文学を専攻した。早熟の天才で、十八歳のとき刊行した詩集『アザトースその他の恐怖』は、読書界でセンセーションを巻き起こした。三十八歳でアセナス・ウェイトと結婚するが、邪悪な罠にはまり命を落とした。
【参照作品】「戸口にあらわれたもの」

作家 **ダーレス、オーガスト** August William Derleth
①**風に乗りて歩むもの／奈落より吹く風** The Thing that Walked on the Wind（ク4／真9&新2）一九三三
②**ハスターの帰還** The Return of Hastur（ク1）一九三九
③**エリック・ホウムの死** The Passing of Eric Holm（ク13）一九三九
④**サンドウィン館の怪** The Sandwin Compact（ク3）一九四〇
⑤**イタカ** Ithaqua（ク12）一九四一
⑥**戸口の彼方へ／幽遠の彼方に** Beyond the Threshold（ク5／真4&新3）一九四一
⑦**アンドルー・フェランの手記** The Trail of Cthulhu（ク2）一九四四

⑧**闇に棲みつくもの** The Dweller in Darkness（ク4）一九四四

⑨**エイベル・キーンの書置／インスマスの追跡** The Watcher from the Sky（ク2／神）一九四五

⑩**謎の浅浮彫り** Something in Wood（ク9）一九四八

⑪**丘の夜鷹** The Whippoorwills in the Hills（ク3）一九四八

⑫**クレイボーン・ボイドの遺書** The Testament of Claiborne Boyd（ク2）一九四九

⑬**彼方からあらわれたもの** Something from out There（ク13）一九五一

⑭**ネイランド・コラムの記録** The Keeper of the Key（ク2）一九五一

⑮**ホーヴァス・ブレインの物語** The Black Island（ク2）一九五二

⑯**谷間の家** The House in the Valley（ク5）一九五三

⑰**ルルイエの印** The Seal of R'lyeh（ク1）一九五七

【以下はラヴクラフトとの合作作品】

①**暗黒の儀式** The Lurker at the Threshold（ク6）一九四五

②**生きながらえるもの／爬虫類館の相続人** The Survivor（ク6／真1&新4）一九五四

③**破風の窓** The Gable Window（ク1）一九五七

④**アルハザードのランプ** The Lamp of Alhazred（ク10&神）一九五七

⑤**異次元の影** The Shadow out of Space（ク4）一九五七

⑥**ピーバディ家の遺産** The Peabody Heritage（ク5）一九五七

⑦**閉ざされた部屋／開かずの部屋** The Shuttered Room（ク7／真2&新4）一九五九

⑧**ファルコン岬の漁師** The Fisherman of Falcon Point（ク10）一九五九

⑨**魔女の谷** Witches' Hollow（ク9&神&論創社『漆黒の霊魂』）一九六二

⑩**屋根裏部屋の影** The Shadow in the Attic（ク8）一九六四

⑪**ポーの末裔** The Dark Brotherhood（真4&新4）一九六六

⑫**恐怖の巣食う橋／魔界へのかけ橋** The Horror from the Middle Span（ク6／真3&新4）一九六七

⑬**インスマスの彫像** Innsmouth Clay（真9&新5）一九七四

【マーク・スコラーとの合作作品はスコラーの項を参照】

米国の作家、アンソロジスト、出版人（一九〇九～一九七一)。ウィスコンシン州ソーク・シティに生まれる。十三歳で創作を始め、十七歳のとき「蝙蝠の鐘楼」(継書房『慄然の書』所収)が『ウィアード・テイルズ』一九二六年五月号に掲載された。ウィスコンシン大学の修士論文のテーマは「一八九〇年以降の英国怪奇譚」。三一年にオカルト雑誌『マインド・マジック』の編集に携わった後は専業作家となる。『ウィアード・テイルズ』の先輩作家ラヴクラフトの作品に敬服したダーレスは、二六年七月から文通を始めて多大な感化を受けたが、実際に対面する機会はついに訪れなかった。ラヴクラフトの死後、ダーレスは師の作品集刊行を計画するが、引き受けてくれる出版社がなく、友人のドナルド・ワンドレイと共同で出版社アーカム・ハウス **Arkham House** を設立、三九年にラヴクラフト作品集『アウトサイダーその他』を初出版した。同社はラヴクラフト・スクールの作家の作品を中心に地道に刊行点数を伸ばし、世界にも類をみない怪奇幻想小説専門の出版社に成長、ダーレス没後の現在も堅実な出版活動を続け、多くの新進作家を送りだしている。

ダーレスは二百点近い著書をもつ多作家だが、その本領は怪奇小説よりも、故郷ウィスコンシンを舞台とする地方小説や、名探偵ソラー・ポンスを主人公とするミステリーのシリーズなどに発揮されているといわれる。怪奇小説の分野での業績としては、クトゥルー神話大系のオーガナイザーとしての活動や、『**Sleep No More**』(四四)『漆黒の霊魂 **Dark Mind, Dark Heart**』(六二/論創社)『**Travellers By Night**』(六七)をはじめとする優れたアンソロジーや競作集の編纂が注目されよう。その中には、古今の怪奇幻想詩を集めた(といっても後半はラヴクラフト・サークル詩集だが……)『**Dark of the Moon**』(四七)のような異色作もある。なお、ダーレスの非クトゥルー神話作品のまとまった邦訳としては、短篇集『淋しい場所』(六二/国書刊行会)がある。

ダーレスの神話作品は、ラヴクラフトとの合作作品とオリジナル作品に二大別されるが、合作と称するものも、その多くはラヴクラフトが遺したメモをヒントに、ダーレスが創作したものと考えたほうが妥当であろう。オリジナル作品の③は、魔道書『発狂した修道士クリタヌスの告白録』が引き起こす怪異を描いた〈妖術師物語〉系の凡作。同書は⑬においても重要な役割を果たすが、こちらは英国の海辺の廃墟を舞台とするM・R・ジェイムズ風の作品で、読みごたえがある。⑩も木彫りのクトゥルー像の怪異を描いた呪物ホラーである。オリジナル作品の場合、ラヴクラフトの作風を踏襲したオーソドックスなスタイルの④⑧⑪⑯などでは、ダーレスの弱点である文体・構成の平板さが際だつ結果となり、あまり成功しているとはいいがたい。むしろ独自の神性であるイタカを扱った①⑤⑥や、クトゥルー・ハンター物に先鞭をつけた⑦⑨⑭⑮の連作『永劫の探究』などのほうに見るべきものがある。

合作作品の⑥は「チャールズ・デクスター・ウォード事件」や「魔女の家の夢」に連なる典型的な〈妖術師物語〉で、新味に乏しい。⑩も呆れるくらい同工異曲の話だが、主人公の恋人の女性が積極的に怪異に立ち向かうという展開は、ラヴクラフト作品では考えられないことだろう。⑪はプロヴィデンスゆかりの作家E・A・ポオとそっくりの「ポオ氏」が、幾人も町中を徘徊しているという奇想天外な作品。結末近くに顕われる触手を生やした円錐体のエイリアンを〈イースの大いなる種族（がのっとった生物）〉と考えればクトゥルー神話だが、そうでないとただの侵略SFになってしまう。⑧は変人の漁師を、⑬は彫刻家を、それぞれ主人公とする「イハ＝ントレイへの帰還」テーマの作品で、これまた新味には乏しい。

なおダーレスはアーカム・ハウスから、ラヴクラフトの作品だけでなく、他の作家の神話作品も系統的に整理・刊行していった。特に同輩・後輩作家の神話作品選集『Tales of the Cthulhu Mythos』（六九）と、ラヴクラフトが添削を施した作家たちの作品集『The Horror in the Museum and Other Revisions』（七〇）の二冊は、神話大系の新約聖書ともいうべき基本図書であり、七〇年代以降のクトゥルー神話ムーヴメントの実質的な起爆剤となった。また、みずから編纂・刊行した書き下ろし競作集に、若手作家の神話作品を積極的に登用し、新たな芽を育んだ点も特筆すべきである。ラヴクラフト作品の粘り強い顕彰啓蒙活動も含めて、ダーレスはなによりも「クトゥルー神話育ての父」であり、その功績はきわめて大きいといえよう。

ダーレス「丘の夜鷹」挿絵
（リー・ブラウン・コイ画）

用語 **ダイアー、ウィリアム** William Dyer

ミスカトニック大学の地質学教授。一九三〇年から翌年にかけて実施された、同大による南極探検の隊長を務め、助手のダンフォースとともに〈古のもの〉が築いた古代遺跡を踏査、恐るべきショゴスを目撃した。一九三五年には、同大によるグレート・サンデー砂漠の遺跡調査にも同行している。

【参照作品】「狂気の山脈にて」「時間からの影」「アーカムそして星の世界へ」「狂気の地底回廊」

用語 **ダイコス** Daikos

ロマールの地のサルキス高原山麓にある城塞都市。イヌート族の攻撃で陥落した。

【参照作品】「北極星」

用語 **大神官** High-Priest

レン高原の台地に建つ、無窓で石造りの異様な修道院に独居する「名状しがたい」大神官。赤い紋様の入った黄色い絹衣をまとい、顔を絹の覆面で隠して、聖堂礼拝室の黄金の玉座に鎮座し、蕃神とナイアルラトホテップに祈りを捧げている。また、聖堂の中央には〈ズィンの窖〉に通じるという井戸がある。

【参照作品】「未知なるカダスを夢に求めて」

作家 **タイスン、ドナルド** Donald Tyson

①**ネクロノミコン　アルハザードの放浪** Necronomicon : The Wanderings of Alhazred（学研）二〇〇四

②**アルハザード** Alhazred:Author of the Necronomicon（学研）二〇〇六

カナダの作家、魔術研究家（一九五四〜　）。ハリファックスに生まれる。幼少期から星の世界に魅せられ、八歳のとき天体望遠鏡を自作。大学でも天文学を専攻したが、その関心は次第に宇宙の神秘的構造に向けられていったという。近年はグノーシス神秘主義に傾倒し、その理論追求と実践に打ちこんでいるとのこと。『Enochian Magic for Beginners : The Original System of Angel Magic』『Ritual Magic : What It Is & How To Do It』をはじめ、魔術関連の入門書を多数執筆。小説作品に、オカルティストと古代の闇の力が対峙するサイキック・ホラー『The Messenger』（九三）、ジョン・ディー博士とエドワード・ケリイのコンビが、リリス復活の企みを阻止するべく活躍する伝奇サスペンス『The Tortuous Serpent』（九七）がある。

②は衝撃を以て迎えられた①の完全小説化（物語化）を果たした一大伝奇長篇。王女との姦通が露見したため、残

忍な宮刑に処されてイエメンの王宮を放逐されたアブドゥル・アルハザードが、暗黒の男（ナイアルラトホテップ）に導かれ、禁断の知識を求めて、砂漠地帯を彷徨する遍歴冒険譚である。風の精サシーや不思議な少女マータラといったオリジナル・キャラクターも加わり、かの『ヴァテック』をはじめとするオリエンタル・ゴシックの再来ともいうべき、剣と魔法の世界が繰りひろげられている。

用語 **大頭をもつ褐色人種** greatheaded brown people
紀元前五万年に南アフリカを支配していた種族。その将軍は〈大いなる種族〉により精神を交換され、ナサニエル・ピースリーと会話した。
【参照作品】「時間からの影」

用語 **タイパー、アロンソ・ハスブラウチ** Alonzo Hasbrouch Typer
アロウンゾとも。ニューヨーク州キングストン在住のオカルト研究家で、呪われた血筋の末裔。一九〇八年、コラツィンのヴァン・デル・ハイル屋敷で消息を絶つ。
【参照作品】「アロンソ・タイパーの日記」

用語 **ダイラス＝リーン** Dylath-Leen
スカイ河の河口、南方海に面した〈夢の国〉の大都市。アイルランドのジャイアント・コーズウェイ Giant's Causeway に似た、玄武岩で築かれた暗い町並を、多くの商人が行き交っている。港には、いずことも知れぬ海岸より紅玉を運び来る、黒いガレー船が去来する。
【参照作品】「未知なるカダスを夢に求めて」「ダイラス＝リーンの災厄」

用語 **タウィル・アトウムル** Tawil At'Umr
ウムル・アト・タウィルの異称。
【参照作品】「ネクロノミコン　アルハザードの放浪」

用語 **ダヴェンポート、エリ** Eli Davenport
ヴァーモント州の古老たちから一八三九年以前に聴き取った伝承資料を含む論文を執筆した人物。
【参照作品】「闇に囁くもの」

用語 **ダオイネ・ドムハイン** Daoine Domhain
アイルランドのコーク Cork 地方における〈深きものども〉の異称。同地のイニシュドリスコル島 Inishdriscol では、九年ごとに、ダオイネ・ドムハインに生贄が捧げられているという。

【参照作品】「ダオイネ・ドムハイン」

作品 **ダオイネ・ドムハイン** Daoine Domhain

ピーター・トレメイン

【初出】ブランドン・ブックス『アイルランド幻想 Aisling and other Irish Tales of Terror』一九九二年刊

【邦訳】大瀧啓裕訳「ダオイネ・ドムハイン」(学研M文庫『インスマス年代記』)／甲斐万里江訳「深きに棲まうもの」(光文社文庫『アイルランド幻想』)

【梗概】アイルランド移民の末裔であるわたし、トム・ハケットは、米国マサチューセッツ州ロックポートの自宅で、この手記をしたためている。深淵に潜む、人類にとっての脅威について、警告を発するために……。先刻、我が家を訪れたキコル・オドリスコルと名のるアイルランド人が残していった手紙、それは六十三年前に同地で消息を絶ったわたしの祖父ダニャル・ハケットが書き残したものだった。祖父は故郷の島イニシュドリスコルに渡り、無人の小屋を借りて滞在するうち、島に今も息づく恐るべき伝承に気づいたらしい。ジプシーの少女が語るところによれば、島の周囲の深淵にはダオイネ・ドムハイン――〈深きものども〉と呼ばれる異教の神々が潜み、島では九年ごとに生贄が捧げられるしきたりなのだった……。祖父が書き残した手記を読み了えたわたしは卒然と気づく。先ほどの来訪者が示した不可解な挙動と不吉な容姿が、おぞましくも示唆する真相に。

【解説】ケルト学者と小説家のふたつの顔をもつ作者が、存分に造詣を傾けて成ったケルティック・クトゥルー神話小説。異教幻想の伝統を感じさせる重厚な味わいは比類がない。

用語 **ダオロス** Daoloth

古代アトランティスで占星術の神として崇められていた神性。〈ヴェールを破るもの Render of the Veils〉と呼ばれるように、崇める者に次元を超え、過去と未来を視る力を授ける。渦巻の中に潜むその姿を無理に見ようとした人間には破滅がもたらされるといい、それゆえ召喚儀式は暗闇の中で執りおこなわれる。

【参照作品】「ヴェールを破るもの」

用語 **タグ** Thugians

黄色い馬車で諸国をさすらう放浪の民。呪われたカインの末裔であるともいわれ、シュブ゠ニグラスを崇拝し、暗殺と呪術に長じている。

【参照作品】「ネクロノミコン　アルハザードの放浪」

用語 **ダグパ** dugpas

中央アジアのツァン台地周辺に出没する食屍鬼の一種。墓に巣喰うという。

【参照作品】「墳墓の主」

用語 **ダグラス、J・B** J. B. Douglas

二本マストの帆船アーカム号の船長。長年、南氷洋で捕鯨に従事する。ミスカトニック大学の南極探検隊に同行した。

【参照作品】「狂気の山脈にて」

用語 **『多元複写法』** Poligraphia

神学者トリテミウス Trithemius（一四六二〜一五一六）が著した、カバラに関する書物。

【参照作品】「ダニッチの怪」

用語 **ダゴン** Dagon

デイゴンとも。クトゥルーの眷属で〈深きものども〉の首領。古代ペリシテ人によって、半人半魚の神として崇められていたことが、旧約聖書「士師記」第十六章にも記されている。後にフェニキア人にも〈オアンネス〉の異称で崇拝された。ピーター・リーランド牧師の所説によれば、ダゴン信仰は、遠く新大陸にまで波及していたという。また、クラーケン Kraken やレヴィヤタン Leviathan といった海の怪物は、ダゴンの異称とする説もある。

【参照作品】「ダゴン」「インスマスを覆う影」「ダゴンの末裔」「暗黒神ダゴン」「ダゴンの鐘」「ネクロノミコン　アルハザードの放浪」

ダゴン（パンサー版『ダゴン』より）

作品 ダゴンの鐘 Dagon's Bell
ブライアン・ラムレイ

【初出】『ウィアードブック 第二十三号』一九八八年刊

【邦訳】大瀧啓裕訳（学研M文庫『インスマス年代記』）

【梗概】ともに英国の炭鉱地帯ハーデンで育った、わたしとデイヴィッド・パーカーの友情は、長じて後も変わることがなかった。デイヴィッドは新妻ジューンと、格安で売りに出されていたケトゥルトープ農場を買い取り移り住むが、そこはかつてジェイスン・カーペンターという世捨人が隠棲し、謎めいた失踪を遂げた曰くつきの土地だった。海に向かって開けた古代神殿を連想させる構造の農場を訪ねたわたしは、奇怪な眩暈に見舞われる。ジューンもまた、移住以来体調を崩し、日に日に痩せ衰えていった。浜辺に漂着する忌まわしい海藻、農場にまつわる幽霊譚、霧の中に響くという鐘の音……一夜、錯乱状態でわたしの家にやってきたデイヴィッドは、農場の地下に隠されていた驚くべき秘密について、わたしに語り聞かせるのだった。

【解説】ラムレイのホームグラウンドというべきハーデン一帯を舞台に、熱のこもった筆致で物語られる英国版〈インスマス物語〉。作者の成長ぶりを窺わせる力作だ。

用語 ダゴン秘密教団 The Esoteric Order of Dagon

インスマスで組織された秘密宗派。ニューチャーチ・グリーン New Church Green にある旧フリー・メイスン会館が、ダゴン教団会館となっている。教団の司祭は、三重冠 tiara を戴きローブをまとい、よろよろと歩く。〈ダゴンの誓い〉を立てた団員は、もはや死ぬことがなく、大昔にかれらを生みだした〈母なるヒュドラと父なるダゴン〉のもとへ還るという。

【参照作品】「インスマスを覆う影」「大物」

用語 「ダゴンへの祈り」 Invocations to Dagon

アサフ・ウェイトが遺した書類の中から発見された、ダゴンに捧げる祈禱詩。

【参照作品】「永劫の探究」

用語 タズム Tasm

古代アラビアにおける神秘の四種族のひとつ。アラビア半島の中央部に居住していたという。

【参照作品】「アルハザードのランプ」

用語 ダドリイ、ジャーヴァス Jervas Dudley

ボストン在住の夢想家で神秘家。邪悪なるハイド家の霊廟に取り憑かれ、夜ごと廟内で死者たちと交歓した。後に精神病院に収容される。
【参照作品】「霊廟」

用語 **タトル、エイモス** Amos Tuttle

アイルズベリイ街道沿いの屋敷に籠もり、数多の魔道書を読破した人物。幽閉されたハスターが、地上に帰還するための安息所を用意する約束を交わしたため、壮絶な死を遂げる。
【参照作品】「ハスターの帰還」

用語 **タナー、シメオン** Simeon Tanner

シミアンとも。フェナムの沼沢地の家に隠棲していた老人。妖術師の家系の末裔で、先祖にはセイレムの魔女狩りで処刑された者もいるという。一八一九年、凄まじい形相で事切れているのが発見され、遺骸は室内の書物や書類とともに焼き捨てられた。その頭骨には、ふたつの突起が認められたという。
【参照作品】「見えず、聞こえず、語れずとも」

用語 **タナール丘陵** Tanarian Hills

〈夢の国〉の神秘的な丘陵地帯で、その向こうには、オオス＝ナルガイの谷が横たわる。
【参照作品】「セレファイス」「未知なるカダスを夢に求めて」

用語 **ダニーディン** Dunedin

ニュージーランドの都市。カナカ人や混血の水夫から成るクトゥルー教団の根拠地と目される。内陸部の森で奇怪な祭祀がおこなわれていたらしい。
【参照作品】「クトゥルーの呼び声」

用語 **ダニッチ** Dunwich

ダンウィッチとも。米国マサチューセッツ州北部中央の丘陵地帯にある古びた寒村。蛇行するミスカトニック河とラウンド山に挟まれるようにして、廃屋同然の家々が建ち並んでいる。環状列石を戴く山頂や、〈悪魔の舞踏園 **Devil's Hop Yard**〉と呼ばれる不毛な山腹、そして大峡谷には、古くは先住民の邪悪な召喚儀式にさかのぼる無気味な伝承が数多く残されている。住民は代々、近親婚をかさねて頽廃し、忌まわしい事件がしばしば発生している。一九二八年に起きた未曾有の怪事件以来、同地を指し示す標識は、アイルズベリイ街道からすべて取り払われ、一帯はますます荒廃の度を深めることとなった。

コネティカットに実在する〈悪魔の舞踏園〉(シュレフラー『ラヴクラフト・コンパニオン』より)

【参照作品】「ダニッチの怪」「暗黒の儀式」「ダニッチの破滅」

作品 ダニッチの怪 The Dunwich Horror

H・P・ラヴクラフト

【執筆年／初出】 一九二八年／『ウィアード・テイルズ』一九二九年四月号

【邦訳】 塩田武訳「ダンウィッチの怪」(早川書房『幻想と怪奇2』)／大西尹明訳「ダンウィッチの怪」(創元推理文庫『怪奇小説傑作集3』)／鈴木克昌訳「ダンウィッチの怪」(定4)／大瀧啓裕訳「ダニッチの怪」(全5)

【梗概】 環状列石を山頂に戴く山並に、夜鷹ウィップアーウィルの無気味な鳴き声が谺する、荒涼とした寒村ダニッチ。村はずれに住むウェイトリイ家の娘ラヴィニアが、父親の知れぬ子供を産んだのは、一九一三年五月のことだった。子供はウィルバーと名づけられ異様な早熟ぶりを示すが、やがて母や祖父と同様、先祖伝来の魔道の探究に精進するようになる。一方、祖父のウェイトリイ老は異常な頭数の牛を定期的に買い入れ、不可解な家の改築を繰りかえしていた。

一九二四年にウェイトリイ老が謎めいた遺言を残して世を去り、ラヴィニアもいつか姿を消したが、ウィルバーは身長七フィートに達し、奇怪な学識を着々と深めていた。そしてヨグ・ソトース召喚の呪文を求めて、ミスカトニック大学付属図書館に秘蔵されている『ネクロノミコン』の借覧を請うが、図書館長のヘンリー・アーミティッジ教授に拒まれる。一九二八年八月未明、ウィルバーはミスカトニック大学図書館に侵入しようとして番犬に襲われ、半人半獣のおぞましい本性をさらして絶命する。

時を同じくして、ウィルバー家の周辺で異変が頻発する。地鳴りと悪臭、家畜の消失と巨大な足跡。ついには谷間近くの農家が目に見えぬ巨大な怪物に襲われ、一家全滅する惨事に発展する。ウィルバーが残した日記から、ウェイトリイ家の秘密を察知したアーミティッジ教授は、二人の助手とともに〈ヨグ・ソトースの門〉がある丘に向かい、破邪の呪文によって、徘徊する怪物を滅ぼす。のたうつロープのような巨体に、無数の眼や口がついた恐るべき姿の怪物は、ラヴィニアが異界のものと交わって産み落とした、ウィルバーの双子の兄弟だったのだ。

【解説】〈ヨグ・ソトース物語〉の大いなる原点。透明な巨大怪物の脅威というSF的アイディアを、緊迫感あふれるホラーの枠組の中に活かしきった手腕はさすがであり、怪異に見舞われる共同体を緻密に描いている点も含めて、後代のモダンホラーやモンスター映画などの先駆と位置づけられよう。ウィルバー・ウェイトリイのキャラクターとその断末魔も、強烈な印象を残す。

作品 谷間の家 The House in the Valley

オーガスト・ダーレス

【初出】『ウィアード・テイルズ』一九五三年六月号

【邦訳】岩村光博訳（ク5）

【梗概】わたしは、友人の斡旋でアイルズベリイ郊外の谷間の家をアトリエとして借り受けた。以前そこに暮らしていたセス・ビショップは、近隣の住民から嫌悪の目で見られ、ついには殺人を犯したらしい。住み心地は快適だったが、わたしは何者かが家の中にいるような気がしてならない。地下室には秘密の洞窟があり、何かの儀式に使う祭壇が築かれ、動物の骨が散乱していた。周辺の家畜が姿を消し、住民たちはセスの再来と噂している。わたしは家の地下から、蛙を思わせる不定形の生物が出現する悪夢を見る。セスは〈深きものども〉と交渉をもち、かれらに食餌を提供していたのだ。待てよ、あの画家は何者だ、勝手に人の家に入りこんで……気がついたとき、わたしは逮捕され、家は炎上していた。炎の向こうにそそりたつ巨大な肉塊を目にしたのは、わたしだけなのか。いまなおセス・ビショップは、谷間の家の地底深く、次の宿主が現われるのを待ち続けているのかもしれない。

【解説】〈クトゥルー物語〉群の一篇だが、同時に「インスマスを覆う影」の後日譚でもある。アイルズベリイの商店主の名前が、オーベッド・マーシュであることに注目。

作家 **ダマサ、ドン** Don D'Ammassa

①**闇のプロヴィデンス** Dark Providence（青心社文庫『ラヴクラフトの世界』）一九九七

米国のSF作家、評論家（一九四六～　）。ロード・アイランド州プロヴィデンス出身。ベトナム戦争に従軍し帰還した後、銀細工の会社に勤め生産管理に携わる。二〇〇二年に引退後、本格的な執筆活動を始める。旺盛なる読書量を活かした『The Encyclopedia of Science Fiction』『The Encyclopedia of Fantasy and Horror』『The Encyclopedia of Adventure Fiction』などの文芸百科事典のほか多くの作品を執筆。邦訳には「デッド・ビート・ソサエティ」（扶桑社ミステリー『ショック・ロック』所収）、「改竄」（祥伝社文庫『喘ぐ血』所収）、「淫夢の男」（祥伝社文庫『囁く血』所収）などのホラー短篇がある。①はHPLマニアのガールフレンドとともに、時空が混乱し異形の巷と化したプロヴィデンスを逃げまわる男の物語である。

用語 **魂の瓶** soul bottle

タグの女たちに伝わる呪具のひとつで、死者の魂を召喚して封入するために用いられる硝子の小瓶。

【参照作品】「ネクロノミコン　アルハザードの放浪」「恐ろしい老人」「黒い二本の壜」

用語 **タマシュ** Tamash

タマッシュとも。サルナスで崇拝された三主神の一柱。顎髭を生やした優雅な姿の生けるがごとき像が、豪奢な神殿に安置されている。

【参照作品】「サルナスの滅亡」

用語 **ダマスキウス** Damascius

ダマスキオスとも。ダマスクス出身の新プラトン派の哲学者で神秘主義者（四三〇頃～五五〇）。プラトンのアカデメイアにおける最後の学頭となった。主著に、語りえぬものへの神秘的参入を説いた『第一原理についての問題と解 Problems and Solutions About the First Principles』などがある。

【参照作品】「無名都市」

用語 **ダマスクス鉄** Damascus steel

最強の剣を生みだす極上の鉄。シャーロンの商人によってダマスクスへ運ばれ、同地で剣に鋳造されている。

【参照作品】「ネクロノミコン　アルハザードの放浪」

用語 **タムード** Thamood

古代アラビアにおける謎の四種族のひとつ。アラビア半島の北部に居住した。

【参照作品】「アルハザードのランプ」

用語 **ダムバラー** Damballah

アフリカの沿岸部におけるイグの異称。

【参照作品】「ネクロノミコン　アルハザードの放浪」

用語 **タラリオン** Thalarion

〈夢の国〉にある千の驚異の魔都。人間が知り得ない、あらゆる神秘が秘められている場所とされる。妖怪ラティの支配のもと、住人は魔物や、人にして人ならざるものばかりで、この都に足を踏み入れて生還した人間はひとりもいないといわれる。

【参照作品】「白い帆船」「未知なるカダスを夢に求めて」

用語 **タラン＝イシュ** Taran-Ish

サルナスの大神官。イブを滅ぼしたサルナスの民が凱旋してまもなく、橄欖石の祭壇に破滅の徴(しるし)を書き残し、恐怖のあまり息絶えた。

【参照作品】「サルナスの滅亡」

用語 **タル** Thal

トンと一対をなすバハルナの灯台。

【参照作品】「未知なるカダスを夢に求めて」

作家 **タルマン、ウィルフレッド・ブランチ** Wilfred Blanch Talman

①**二本の黒い壜／二つの黒い壜** Two Black Bottles（全別上／定9）一九二七

トールマンとも。米国の編集者（一九〇四～一九八六）。ブラウン大学在学中に自身の詩集をラヴクラフトに寄贈したことから文通を始め、終生にわたる友人となる。HPLの窮状を見かねて幾度か仕事を世話しようとしたこともあったが、実現しなかった。七三年に回想記を執筆している。

①はラヴクラフトの添削を受けて『ウィアード・テイルズ』に掲載された短篇で、生者の魂を壜に封じ込める妖術をあやつる老人というモチーフは、ラヴクラフトの「恐ろ

しい老人」や「チャールズ・デクスター・ウォード事件」を彷彿せしめる。

用語 **ダレット伯爵** Comte d'Erlette
　デルレット伯爵とも。作家オーガスト・ダーレスの祖先で、悪名高い魔道書『屍食教典儀』を著した。
【参照作品】「闇をさまようもの」

用語 **ダロウ博士** Dr. Darrow
　ミスカトニック大学の学部長。一九三二年に同大学キャンパスで起きた一連の異変を調査中、不慮の死を遂げた。
【参照作品】「暗礁の彼方に」

用語 **ダンウィッチ** Dunwich
〈ダニッチ〉を参照。

用語 **『探究の書』** Liber-Investigationis
　八世紀アラビアの錬金術師ゲベル Geber の著と伝えられる伝説の書物。
【参照作品】「チャールズ・デクスター・ウォード事件」

用語 **『断罪の書』** Liber-Damnatus
　ジョウゼフ・カーウィンがサイモン・オーンに宛てた書簡中のヨグ＝ソトース召喚に関わるくだりなどで言及されている書物だが、詳細は不明である。召喚呪法に用いられる詩篇が記されているらしい。
【参照作品】「チャールズ・デクスター・ウォード事件」

作家 **ダンセイニ、ロード** Lord Dunsany
①**ヤン川を下る長閑な日々／ヤン川の舟唄** Idle Days on the Yann（河出文庫『夢見る人の物語』／国書刊行会『バベルの図書館26　ヤン川の舟唄』）一九一〇
②**山の神々** The Gods of the Mountain（沖積舎『ダンセイニ戯曲集』）一九一一
　アイルランドの作家、詩人、劇作家（一八七八〜一九五七）。英国ロンドンに生まれる。アイルランド屈指の旧家の第十八代当主で、タラの丘に建つダンセイニ城を居館とするが、幼い頃はイングランドで育った。近衛連隊に入りボーア戦争に従軍、一九〇一年に退役したが、後に第一次大戦にも従軍している。〇五年刊の『ペガーナの神々』（河出文庫『時と神々の物語』）を皮切りに、幻想的な創作神話やハイ・ファンタジーの執筆を始める。ダンセイニの幻想短篇は、河出文庫版『世界の涯の物語』『夢見る人の物

語』『時と神々の物語』『最後の夢の物語』の四巻本に集成されており、ほかに長篇ファンタジー『エルフランドの王女』（沖積舎）、『魔法使いの弟子』（ちくま文庫）、『ダンセイニ戯曲集』（沖積舎）などの邦訳がある。

ダンセイニの神話ファンタジーは、ラヴクラフトの〈夢の国〉やC・A・スミスの〈幻想大陸〉に大きな示唆を与えたが（ラヴクラフトは米国で開かれたダンセイニの講演会を聴講に出向いている）、ラヴクラフトもスミスも、ダンセイニ作品の架空世界をそのまま自作に取りこもうとはしていない。したがってクトゥルー神話大系と直接関連づけられる作品はないが、「白い帆船」に始まるラヴクラフトの〈夢の国〉遍歴の直接的な原型ともいうべき、驚異の川くだりの物語である①をはじめ（①には「〈夢の国〉の地図」という言葉も出てくるのだ！）、『時と神々の物語』所収の「探索の悲哀」や「神々の秘密」、『夢見る人の物語』所収の「バブルクンドの崩壊」「ベスムーラ」、『世界の涯の物語』所収の「宝石屋サンゴブリンド、並びに彼を見舞った凶運にまつわる悲惨な物語」「三人の文士に降りかかった有り得べき冒険」などは、クトゥルー神話的異世界の原風景を知る意味でも一読の要があろう。

ラヴクラフトは「文学と超自然的恐怖」の最終章「現代の巨匠たち」で、ダンセイニの神話小説と戯曲に熱烈な讃辞を捧げている。とりわけ戯曲作品について「多くの場合捉えどころのない恐怖感がみなぎっている」（植松靖夫訳）と指摘し、②を詳しく紹介して「様々な事件といい、話の展開といい、大芸術家ならではの技倆が発揮されていて、作品のどの点をとっても、戯曲の分野に限らず文学全体に非常に重要な貢献となる現代文学中屈指の名作となっている」（同前）と手放しの賞讃を惜しまない。「真の想像力の持ち主にとってダンセイニはまことに霊験あらたかな存在であり、また夢と断片的な記憶が押しつまっている豊かな倉庫の扉を開く鍵のようなものである」（同前）という結びの一節は、ラヴクラフトにとって「ダンセイニ体験」が、いかに甚大なものであったかを雄弁に示唆しているといえよう。

ラヴクラフトには、右の論考に先立ち一九二二年の年末に書かれた評伝「ダンセイニとその業績」もあり、そこには「ダンセイニは他の誰とも異なる。最も近い眷属はワイルドであり、ポオ、ド・クィンシー、メーテルランク、イェイツには、それぞれ相通ずるところがある」（並木二郎訳）という興味深い指摘も見いだされる。また、「エドワード・ジョン・モアトン・ドラックス・プランケット・第十八代ダンセイニ男爵に捧ぐ To Edward John Moreton Drax Plunkett Eighteenth Baron Dunsany」（一九一九）であるとか、「ダンセイニ卿『驚異の書』を読みて On Reading Lord Dunsany's Book of Wonder」（一九二〇）といった詩篇には、ダンセイニ作品との出逢いの衝撃が、濃密に湛えられている。以下に前者の最終部分を掲げる。「我等は感謝しつ汝の名を呼ぶ／不易の名声に輝くその名を／汝！／古愛蘭の王冠に象嵌られし／最も美はしき宝石よ！」（倉阪鬼一郎・並木二郎共訳）

用語 **ダンフォース** Danforth
　ミスカトニック大学の南極探検隊に参加した大学院生。怪奇小説の熱心な愛読者であると同時に、同大図書館所蔵の『ネクロノミコン』を、最後まで読み通した数少ない人物のひとりでもある。狂気山脈の背後に聳える、さらに巨大な超山脈の背後にあるものを垣間見たために、狂気に陥った。
【参照作品】「狂気の山脈にて」「アーカムそして星の世界へ」「狂気の地底回廊」

用語 **チアン** Chian
　キーアンとも。先行人類が用いたとされる言語。作家アーサー・マッケンの著作の中に断片的な言及がある。
【参照作品】「暗黒の儀式」「ロイガーの復活」

用語 **チェイムバーズ教授** Professor Chambers
　チェンバーズとも。ハーヴァード大学教授。一九一三年八月にポトワンケットに落下した隕石から発見された冊子の分析作業を担当した。
【参照作品】「緑の草原」

用語 **チェイムバズ屋敷** Chambers' house
　チェンバーズとも。アーカムのプリングル・ストリートに建つ古屋敷。植民地時代の妖術師イズィーキャル・チェイムバズやジョナサン・ダークが居住していた。その地下室にある鉄扉は、丘の墓地に通じているという。
【参照作品】「窖に潜むもの」

用語 **チェサンクック** Chesuncook
　米国メイン州の荒涼とした森林地帯に近い村。森の中心部に位置する巨石建造物の廃墟では、旧支配者やショゴスに関わるおぞましい祭祀が営まれている。
【参照作品】「戸口にあらわれたもの」

用語 **『知恵の鍵』** Key of Wisdom
　『智恵の書』とも。中世の伝説的錬金術師アルテフィウス Artephius の著作とされる。

【参照作品】「チャールズ・デクスター・ウォード事件」「暗黒の儀式」

作家 **チェンバーズ、ロバート・ウィリアム**
Robert William Chambers

①**評判を回復する者** The Repairer of Reputation（創元推理文庫『黄衣の王』）一八九五
②**仮面** The Mask（創元推理文庫『黄衣の王』）一八九五
③**ドラゴン路地にて** In the Court of the Dragon（創元推理文庫『黄衣の王』）一八九五
④**黄の印** The Yellow Sign（ク3&神&創元推理文庫『黄衣の王』）一八九五
⑤**魂を屠る者** The Slayer of Souls（創元推理文庫『黄衣の王』）一九二〇

チェイムバーズとも。米国の作家（一八六五〜一九三三）。ニューヨークのブルックリンに生まれる。画家を志し一八八六年、パリに留学、ジュリアン・アカデミーに学ぶ。帰国後は『ヴォーグ』『ライフ』など各種の雑誌に挿絵を描いたりしていたが、①を含む短篇集『黄衣の王 **The King in Yellow**』（九五）が好評を博してからは、作家業に専念。初期には怪奇幻想小説を中心に手がけていたが、後に歴史小説や伝記文学に転じ、特に一連の歴史ロマンスで「女店員のシェヘラザード」と呼ばれるほどの広範な大衆的人気を得た。

④はニューヨーク在住の画家と、恋人のモデルが、蛆虫を思わせる容貌の夜警や霊柩車の悪夢に脅かされるうち、書棚に紛れこんでいた禁断の戯曲『黄衣の王』の第二部を読んでしまったため、身の毛もよだつ運命に見舞われるという物語。本篇を含む短篇集『黄衣の王』では、この不気味な書物が④ばかりでなく①②③などの各篇をつなぐ役まわりを担っており、それが取りもなおさず『ネクロノミコン』創出のヒントになったことを、ラヴクラフト自身、書簡中で言明している。『黄衣の王』において暗示的に言及されるハスター、ハリの岸辺、ヒヤデス星団などの固有名詞も、後にラヴクラフトによって神話大系に導入されることとなった。また、短篇集『黄衣の王』の巻頭に掲げられた同書の一節には、ハスターと同じくビアスの作品に由来するカルコサの名も見える。「大昔の無気味な土地と結びつきのある名前や暗示を、作者は殆どアンブローズ・ビアスの作品からヒントを得て使っているので、これは注目に価することであろう」（植松靖夫訳「文学と超自然的恐怖」）チェンバーズ怪奇小説の集大成とも評される長篇⑤は、魔王エルリクを奉じる暗殺教団の神殿で、巫女としての霊能修行を積んだ米国人女性トレッサ・ノーンまたの名をケ

ウケ・モンゴルが、世界の破滅を企む妖術師たちとオカルト・バトルを繰りひろげる物語。神話大系と直接の関わりはないが、伝説のイェーズィーディ族（イエジディ派）が重要な役回りを演じる点に留意されたい。

用語 **「地下鉄の事件」** Subway Accident

リチャード・アプトン・ピックマンが失踪直前に描きあげた絵の一点。地下納骨所から現れた食屍鬼の群が、地下鉄のボイルストン通り駅にひしめく人々に襲いかかる、凄惨な光景が活写されている。

【参照作品】「ピックマンのモデル」

用語 **チクノ、ベン** Ben Chickno

ロイガー族の手先となるロマ族の長老。さまざまな悪事に手を染めた危険人物とされる。ロイガーの秘密を漏らしすぎたため、〈ランダルフェンの大爆発〉で惨殺された。

【参照作品】「ロイガーの復活」

用語 **知識を守るもの** Warder of Knowledge

万有知識の守護者ないしは管理者と目される、悪意ある存在。〈エルトダウン・シャーズ〉の第十九粘土板に、召喚の呪文が記されている。

【参照作品】「知識を守るもの」

用語 **父なるネプトゥーヌス** Father Neptune

キングスポートの北に聳える崖の一部に付けられた、地元民による呼称。グロテスクな輪郭を見せている部分をいう。

【参照作品】「霧の高みの不思議な家」

用語 **「地底に棲むもの」** The Burrower Beneath

作家ロバート・ブレイクが一九三四年から翌年にかけての冬の間に書きあげた、五篇の傑作短篇小説のひとつ。後にブライアン・ラムレイが、同題の作品を著している。

【参照作品】「闇をさまようもの」

用語 **チャーチワード、ジェイムズ** James Churchward

チャーチウォードとも。英国出身の著述家で古代史研究家（一八五二～一九三六）。元英国陸軍大佐と自称。軍務でインドに駐留していたという一八六八年、ベンガル地方のヒンドゥー教寺院で、未知の粘土板碑板を発見・解読した結果、ムー大陸の存在を知ったとされるが、真偽のほどはさだかでない。米国ニューヨークで執筆刊行された著書

『失われたムー大陸』（一九三一）は大きな反響を呼び、超古代史ブームに先鞭をつけた。

【参照作品】「銀の鍵の門を越えて」「永劫より」

用語 チャーマズ、ハルピン Halpin Chalmers

パートリッジヴィル在住のオカルト作家でジャーナリスト。著書に『秘密を見まもる者たち』がある。中国産の遼丹（リャオタン）を服用することで、時間をさかのぼった果てに〈ティンダロスの猟犬〉の姿を垣間見た。

【参照作品】「ティンダロスの猟犬」

作品 チャールズ・デクスター・ウォード事件

The Case of Charles Dexter Ward

H・P・ラヴクラフト

【執筆年／初出】一九二七年／『ウィアード・テイルズ』一九四一年五月号・七月号

【邦訳】宇野利泰訳「チャールズ・ウォードの奇怪な事件」（全2）／小林勇次訳「狂人狂騒曲」（定4）／大瀧啓裕訳「チャールズ・デクスター・ウォード事件」（ク10）

【梗概】プロヴィデンスの由緒ある富家に生まれ育った温和で内気な青年チャールズ・デクスター・ウォードは、生来の好古趣味から、五代前の祖父にあたるジョウゼフ・カーウィンが遺した文書を発見、その虜となる。所在不明な祖先の墓を熱心に探索し、隠秘学研究に打ちこむ姿は、次第に狂熱の度を増していった。カーウィンは、セイレムの魔女狩りを逃れてプロヴィデンスに移住、海運事業で巨万の富を得るかたわら、ポータクシットの農場で怪しげな実験に耽溺していた稀代の妖人であった。百歳を超えても三十代とみまがう容姿が疑惑を呼び、さらには妖術師仲間との文通発覚によって一夜、町の住民たちにより急襲され、殺害されたことが明らかとなる。文書とともに発見されたカーウィンの肖像画は、チャールズ・ウォードに生き写しであった……。

　唐突で謎めいたヨーロッパ旅行から帰国した後、ウォードの挙動はますますカーウィンを髣髴させるようになり、近隣では吸血鬼の所業さながらの殺人事件が頻発する。ウォード家の侍医として、誕生の瞬間からチャールズ・ウォードを見守ってきたウィリット医師は、異変の真相をいちはやく察知し、子孫の肉体をのっとり宿願を果たそうとしたカーウィンの策謀を、未然に阻止したのだった。

【解説】〈妖術師物語〉の大いなる原点にして最高傑作の名に恥じない不朽の名作。ラヴクラフトが、愛してやまない故郷プロヴィデンスに捧げた鎮魂曲といった趣もあり、仄暗い歴史の堆積のまにまに見え隠れする妖異の描写には、読むものの魂を震撼させる深みと凄みが躍如としていよう。なお、ラヴクラフト自身によるプロヴィデンス街歩きといった趣のエッセイに「古い煉瓦造りの街並 The Old Brick Row」（一九二九／定8）がある。

用語 **チャウグナル・ファウグン** Chaugnar Faugn
ツァン台地の洞窟に祀られていた吸血神。象そっくりの長い鼻と、触手のついた大きな耳、口の両端から突き出た巨大な牙をもつ。ふだんは石化しているが、血の臭いとともに動きだす。この神は、数千年前までピレネー山中の洞窟で、〈押し寄せる生ける山〉とローマ人が形容した怖るべき〈兄弟たち〉とともに、ミリ・ニグリを従者として暮らしていたらしい。
【参照作品】「恐怖の山」「墳墓の主」

用語 **チャクラーイ** chaklah'i
チャクラーとも。ロバ・エル・ハリイエーに出没する、砂漠の霊の一種。翼のない大きな蝙蝠に似て、野犬の後半身と脚をそなえている。群れをなして獲物を襲い、窒息死させ、生命の本質を喰らう。
【参照作品】「ネクロノミコン　アルハザードの放浪」「アルハザード」

用語 **チャップマン川** Chapman's Brook
アーカム西方の丘陵地にある〈焼け野〉の近くを流れる川。
【参照作品】「宇宙からの色」

用語 **チャップマン農場** Chapman farmhouse
アーカムのメドウ・ヒルの奥にある、廃屋となっていた農場。医学生時代のハーバート・ウェストは、ここを実験室に改造し、助手とふたりで、おぞましい死体蘇生実験をおこなった。
【参照作品】「死体蘇生者ハーバート・ウェスト」

用語 **チャネク、ジョウ** Joe Czanek
キングスポートにある〈恐ろしい老人〉の屋敷に押し入った強盗一味のひとり。翌日、惨殺死体となって発見された。
【参照作品】「恐ろしい老人」

作家 **チャペル、フレッド** Fred Chappell
①**暗黒神ダゴン** Dagon（創元推理文庫）一九六八
②**恐るべき物語** Weird Tales（アトリエＯＣＴＡ『ラヴクラフト・シンドローム』）一九八四

米国の作家、詩人、英文学者（一九三六～　）。ノースカロライナのキャントンに生まれる。デューク大学で英文学の学位を取得し、大学で教鞭をとるかたわら、詩や小説の創作、批評活動に携わる。代表作に長篇『Farewell, I'm Bound to Leave You』、短篇集『More Shapes Than One : A Book of Stories』など。

神話小説に従来とはまったく異質なアプローチを試みて、特にヨーロッパで反響を呼んだという①もさることながら、なんと原題が『ウィアード・テイルズ』という②もまた、ラヴクラフトその人はもとより、サミュエル・ラヴマン、ハート・クレインら実在の人物が登場する、きわめつきの異色作である。史実を巧みに織りこみながら、海の邪神〈ドゥゼムブウ Dzhaimbu〉の脅威を描いている。

用語 **チャンドラプトラ師** Swami Chandraputra

ヒンドゥー教最大の聖地であるインド北部のベナレス（現在の地名はヴァーラーナシ）から、ランドルフ・カーターの消息について伝えるべき重要な知らせを携えて、米国ニューオリンズで開かれた会議にやってきた「達人（アデプト）」。奇妙に異質な声で話す。ボストンのキャボット博物館を訪れたこともあるらしい。

【参照作品】「銀の鍵の門を越えて」「永劫より」

用語 **超越王** the transcendent lord

ユゴス星の生物が用いる、ヨグ＝ソトースの異称。

【参照作品】「ネクロノミコン　アルハザードの放浪」

用語 **彫像山脈** gargoyle mountains

〈ガーゴイル山脈〉を参照。

用語 **チョーピン、アリグザンダー** Alexander Chaupin

ニューベリイ大学の教授。夜ごと食屍鬼の悪夢に悩まされ、ミザリコード墓地 Misericorde Cemetery の地底へ姿を消した。

【参照作品】「哄笑する食屍鬼」

作品 **地を穿（うが）つ魔** The Burrowers Beneath

ブライアン・ラムレイ

【初出】 DAWブックス『地を穿つ魔』一九七四年刊

【邦訳】 夏来健次訳（創元推理文庫『地を穿つ魔』）

【梗概】 英国の炭鉱地帯で、北海の海底油田で……相次ぐ群発地震の陰には、「地をうがつもの」と呼ばれ地底に棲息するクトーニアンの蠢動があった。夜ごとの霊夢により、いちはやく異変を察知したタイタス・クロウは、広範な調査を開始し、ハーデンの炭鉱で発見された謎の卵を入手する一方、失踪を遂げた考古学者ウェンディー・スミスと甥のオカルト作家が遺した手記を手がかりに、敵の首魁が、アフリカを本拠地とする魔物シャッド＝メルであることを突きとめる。親友アンリ＝ローラン・ド・マリニーと合流、対策を練るクロウに刻一刻、クトーニアンの魔手が迫る。そのとき米国から、ひとりの紳士が来訪する。旧支配者の脅威から人類を護るべく結成された秘密組織ウィルマース・ファウンデーションの指導者ウィンゲイト・ピースリーであった。強力な組織の後ろ盾を得て、クロウ&ド・マリニーの邪神狩人コンビによるクトーニアン掃討作戦が展開されてゆく。

【解説】作者の代表作〈タイタス・クロウ・サーガ〉の開幕篇。怪奇趣味よりもオカルト冒険アクションとしての性格を前面に打ちだすことで、一九八〇年代に入ってから本格化する神話大系と伝奇ロマンの融合に、先鞭をつける試みとなった。

用語 **ツァール** Zhar

ロイガーとともにスン高原の地底に棲み、トゥチョ＝トゥチョ人に崇められる神性。ロイガーよりも強大で齢をかさねているといわれるが、詳細は不明である。

【参照作品】「潜伏するもの」

用語 **ツァス** Tsath

ツァトとも。クン＝ヤンの都。百千の光塔が平原に聳えたつ巨大な全能の都市で、〈青く輝く blue-litten〉ツァスと呼ばれる。その名はツァトゥグアに由来するとされる。

【参照作品】「墳丘の怪」

用語 **ツァト** Tsath

〈ツァス〉を参照。

用語 **ツァトゥグア** Tsathoggua

ツァトッグアとも。地球が誕生してまもなくサイクラノーシュ（土星）から到来し、ヴーアミタドレス山の地底にある秘密の洞窟に、永劫の歳月うずくまる怠惰な神性。せりだした巨大な腹、蟇を思わせる頭部には、眠たげなまぶたが丸い眼のなかばまで垂れ、舌先が口から突き出ている。真っ黒な体表は短い柔毛に覆われ、蝙蝠とナマケモノを連想させる。ヒューペルボリアや暗黒世界ンカイで広く崇拝された。廃都コモリオムには、方形をした玄武岩造りのツァトゥグア神殿が残され、今も生贄の到来を待ちかまえている。ゾタクアおよびソダグイは、ツァトゥグアの異称であると伝えられる。後にナイル河上流に棲むケムの民にも崇拝された。

【参照作品】「サタムプラ・ゼイロスの物語」「七つの呪い」「魔道士エイボン」「墳丘の怪」「暗黒の儀式」「モーロックの巻物」「ツァトゥグァへの祈願文」「ツァトゥグァ」「汝の敵を打つためにツァトゥグァを招来せし法」「裏道」「ネクロノミコン　アルハザードの放浪」

ツァトゥグア（C・A・スミス画）

用語 **ツァト＝ヨ** Tsatho-yo

超古代言語の一つで〈原初のツァト＝ヨ語〉と呼ばれる。

【参照作品】「銀の鍵の門を越えて」「永劫の探究」

用語 **ツァン、エーリッヒ** Erich Zann

オーゼイユ街の下宿屋の屋根裏部屋に住む、ドイツ人の老ヴィオール奏者。口をきくことができず、安劇場のオーケストラで演奏し生計を立てている。夜ごと屋根裏部屋で、この世ならぬ調べを奏で、ついには異界の魔によって命を落とした。

【参照作品】「エーリッヒ・ツァンの音楽」

用語 **ツァン高原** Tsang plateau

ツァン台地とも。中央アジアにある高原地帯。ミ＝ゴウが出没する、極寒不毛の土地である。谷間にはムーの巫術師サントゥーの墓が、近くの洞窟にはチャウグナル・ファウグンの石像が安置されている。レンと何らかの関係があるらしい。

【参照作品】「恐怖の山」「墳墓の主」

用語 **ツァン＝チャン** Tsan-Chan

三千年後の地球で繁栄するといわれる「苛酷な帝国

cruel empire」。

【参照作品】「時間からの影」「眠りの壁の彼方」

用語 **月の生物** moonbeasts

月の裏面に棲む、ポリプ状をした無定形の冒瀆的な生物。ピンク色の触角を有するその姿は蟇を思わせる。レンの人間もどきを隷属させており、黒いガレー船に乗って地球に飛来する。サルコマンド沖合の鋸歯状の岩島に、駐屯部隊の基地がある。ムナールにイブを築いた種族との関連は不明である。

【参照作品】「未知なるカダスを夢に求めて」

作品 **角笛をもつ影** Black Man With a Horn

T・E・D・クライン

【初出】アーカム・ハウス『新編・クトゥルー神話作品集 New Tales of the Cthulhu Mythos』一九八〇年刊

【邦訳】福岡洋一訳（真6—2&新7）

【梗概】ラヴクラフト・スクールの一員だったわたしは、機内で隣り合わせたマレーシア帰りの宣教師から、彼が赴任したマレー奥地のチョーチャ族にまつわるおぞましい体験談を聞かされる。宣教師は何かに追われているように怯えており、空港の売店で目にしたレコード・ジャケットに悲鳴をあげる。そこにはサキソフォンを吹く男のシルエットが写っていた。ニューヨークの博物館で、わたしはそれとよく似た模様が描かれた民族衣裳を発見する。それはトゥチョ＝トゥチョ人の「死の使い」らしかった。妹からの知らせで、わたしは宣教師が行方不明になったことを知る。わたしの話に興味をそそられた妹は、事件を調べはじめるが、急死する。そして角笛を吹く影が、ついにわたしの身辺にも……。

【解説】なまじラヴクラフトの近くにいたばかりに、その亜流とみなされた作家を主人公にするという屈折した趣向の作品。チャウグナル・ファウグンと共通する特徴をもつ、ユニークな魔物シュグオランが登場する。

用語 **ティアニア** Tiania

女神とも、〈神々に選ばれしもの Chosen of the Godth〉とも呼ばれる女性。タイタス・クロウの異界の恋人となる。その居城にはリサードや蜘蛛男が従者として仕えている。

【参照作品】「タイタス・クロウの帰還」「旧神郷エリシア」

作家 **ティアニー、リチャード・L** Richard L.Tierney

①**ツァトゥグァへの祈願文** Petition:To Tsathoggua（新紀元社『エイボンの書』）二〇〇一

②**アトラック＝ナチャへの祈願文** To Atlach-Nacha（新紀元社『エイボンの書』）二〇〇一

③**背教者イズダゴルの祈り** The Prayer of Yzduggor the Apostate（新紀元社『エイボンの書』）二〇〇一

④**大神ヨク＝ゾトースへの祈り** Prayer to Lord Yok-Zothoth（新紀元社『エイボンの書』）二〇〇一

⑤**ギズグズの慰撫** The Appeasement of Ghizguth（新紀元社『エイボンの書』）二〇〇一

⑥**ファロールの召喚** The Summoning of Pharol（新紀元社『エイボンの書』）二〇〇一

⑦**応えざる神々** The Unresponding Gods（新紀元社『エイボンの書』）二〇〇一

⑧**ハオン＝ドルの館** The House of Haon-Dor（新紀元社『エイボンの書』）二〇〇一

⑨**暗黒の妖術師** The Dark Sorcerer（新紀元社『エイボンの書』）二〇〇一

⑩**黙想する神** The Contemplative God（新紀元社『エイボンの書』）二〇〇一

⑪**サイクラノーシュへの扉** The Door to Cykranosh（新紀元社『エイボンの書』）二〇〇一

⑫**ハイパーボリア** Hyperborea（新紀元社『エイボンの書』）二〇〇一

⑬**ズスティルゼムグニの手先** The Minions of Zstylzhemgni（新紀元社『エイボンの書』）二〇〇一

⑭**イクナグンニスススズ** Ycnagnnisssz（新紀元社『エイボンの書』）二〇〇一

米国アイオワ州出身の作家、詩人、ラヴクラフト研究家（一九三六〜　）。ダーレスやワンドレイと親交があり、アーカム・ハウスから詩集も上梓されている。また、R・E・ハワードが遺した断片を神話小説化する作業などもおこなっており、その過程で生まれた〈レッド・ソニア〉シリーズは、映画化されヒット作品となった。ティアニーの書く神話作品はすべて、旧神＝悪と旧支配者の対立の構図が基軸にあり、最強の旧支配者ヨグ＝ソトースが眷属を率いて旧神に反攻を開始したという世界観で描かれている。また、時空を駆け巡るジョン＝タッガートと、紀元一世紀のローマ帝国の魔術師シモン＝マグスの両名が主人公として繰りかえし登場するのも特色である。右に掲げた一連の作品は、ケイオシアム社版『エイボンの書』の「第四の書沈黙の詩篇」のために書き下ろされた。

用語 ディープネット・コミュニケーションズ社

Deepnet Communications Inc.

インスマスに本拠を置くコンピューター・ソフト・メー

カー。一九七〇年代から八〇年代にかけて、多国籍企業に急成長を遂げ、地域振興にも貢献した。多くのユーザーに愛用されているワープロ・ソフト『ディープワード Deepword』やグラフィック・ソフト『ショゴス SHOGGOTH』などで知られる。メール・アドレスは「innsmouth@deepnet.com」。

【参照作品】「ディープネット」

用語 **ディープ・ワンズ** Deep Ones

〈深きものども〉を参照。

用語 **ティームフドラ** Theem'hdra

恐龍が繁栄する以前の先史時代に存在したとされる、失われた超古代大陸。その社会では魔術が殷賑（いんしん）を極め、偉大なるマイラクリオン Mylakhrion を筆頭に、数多の魔道士たちを輩出した。

【参照作品】「名数秘法」

用語 **デイヴィーズ、チャンドラー** Chandler Davies

英国の怪奇画家。終刊前の『グロテスク』誌に多数の絵を寄せていた。五芒星をモチーフにした「星たちと顔たち」が、傑作として高値を呼ぶ。トランス状態に陥って「グ＝ハーン風景」を描いた後、ウッドホルムで錯乱死した。

【参照作品】「盗まれた眼」「魔物の証明」「地を穿つ魔」

用語 **デイヴィス、オードリー** Audrey Davis

米国オクラホマ州の小村ビンガーに住む開拓民ウォーカー Walker の妻。ガラガラ蛇を殺したため、蛇神イグの呪いをうけ、その子を孕んだ。

【参照作品】「イグの呪い」

用語 **デイヴィス、ドクター** Dr. Davis

ペック・ヴァアリー村の老医師。ジョージ・バーチのかかりつけだった。

【参照作品】「地下納骨所にて」

用語 **ティクゥオン霊液** Tikkoun Elixir

ティコウンの霊液とも。聖水をはじめとする貴重で効能高い原料を調合して作られる秘薬で、クトーニアンによる夢を通じての侵犯と追跡を防ぐ効果を有する。

【参照作品】「地を穿つ魔」「セイレムの恐怖」「第七の呪文」

用語 **ディチチ族** Dchi-chis

エリシアに広大な空中都市を築く半人半鳥の種族。洗練された知性を有するという。

【参照作品】「タイタス・クロウの帰還」「旧神郷エリシア」

用語 ティムナ Timna

ローマの博物学者プリニウス（二三～七九）が〈四十の神殿よりなる都市〉と記した、アラビアの砂漠の都市遺跡。

【参照作品】「無名都市」

用語 ディラポア、アルフレッド Alfred Delapore

ディラポア家（旧称はド・ラ・ポーア）の末裔の米国空軍将校。第一次大戦で英国に渡り、祖先の故地について、戦友のエドワード・ノリスに教示される。傷病兵となって帰還し、一九二一年に死亡した。

【参照作品】「壁のなかの鼠」

用語 ディラポア、ランドルフ Randolph Delapore

カーファックスに住むディラポア家の分家の若者。メキシコ戦争から帰還後、ヴードゥー教の司祭となった。

【参照作品】「壁のなかの鼠」

用語 ティリンガスト、イライザ Eliza Tillinghast

プロヴィデンス在住のデューティ・ティリンガスト Dutee Tillinghast 船長の娘。一七六二年三月七日、ジョウゼフ・カーウィンの強引な求婚を受け入れ挙式したが、カーウィンの死後、娘のアンとともに旧姓に復し、一八一七年に没した。

【参照作品】「チャールズ・デクスター・ウォード事件」

用語 ティリンギャースト、クロフォード Crawford Tillinghast

科学と哲学の探究に憑かれた人物。プロヴィデンスのバネヴァラント・ストリート Benevolent Street の古屋敷で、陰鬱な研究を続けていた。人間の中に潜在するさまざまな感覚を呼び起こして異次元を覗き見る、菫色に発光する電気装置を考案したが、その結果、時空の彼方に存在する怪物までをも召喚してしまう。

【参照作品】「彼方より」「闇に輝くもの」

用語 ディルカ一族 The Dirkas

遠祖を氷河期以前にまでさかのぼれるとされる、由緒あるオカルティストの家系。代々、『イステの歌』の研究と翻訳に携わってきた。

【参照作品】「深淵の恐怖」

用語 **ティルトン、アンナ** Anna Tilton

ニューベリイポート歴史協会Newburyport Historical Societyの学芸員。同協会の展示室には、一八七三年にインスマスの酔いどれが質入れしたという、巧緻な三重冠の装身具が展示されている。

【参照作品】「インスマスを覆う影」「インスマスに帰る」

用語 **ティンダロスの猟犬** Hounds of Tindalos

時間をさかのぼった果ての異常きわまりない角度の空間に棲息する、不浄のもの。宇宙の邪悪のすべてが、その痩せて飢えきった体軀に凝縮されているという。角度を通ってしか、三次元には侵入できないとされる。

【参照作品】「ティンダロスの猟犬」「闇に囁くもの」「タイタス・クロウの帰還」「万物溶解液」

作品 **ティンダロスの猟犬** The Hounds of Tindalos

フランク・ベルナップ・ロング

【初出】『ウィアード・テイルズ』一九二九年三月号

【邦訳】大瀧啓裕訳（ク5ほか）

【梗概】オカルト作家ハルピン・チャーマズが企てた、神秘な薬物によって時間をさかのぼる実験に、わたしは立ち合った。チャーマズの意識はぐんぐん時間を超えてゆき、生命創成以前の深淵へ入りこんでいった。そこには、異常な角度をよぎって動きまわる不浄のもの〈ティンダロスの猟犬〉がいた。やつらはぼくの臭いを嗅ぎつけ、いずれ後を追ってこの世界へ侵入するだろうと、正気に戻ったチャーマズは絶望的に呟く。やつらは角度を通ってやってくると信ずるチャーマズは、室内のありとあらゆる角処を、石膏で塗り固めたのだが……。

【解説】角度を通って襲来する異次元の魔物という卓抜な着想で知られる、ロングの代表作。ティンダロスの猟犬を手助けする〈ドール〉についての暗示的言及も認められる。

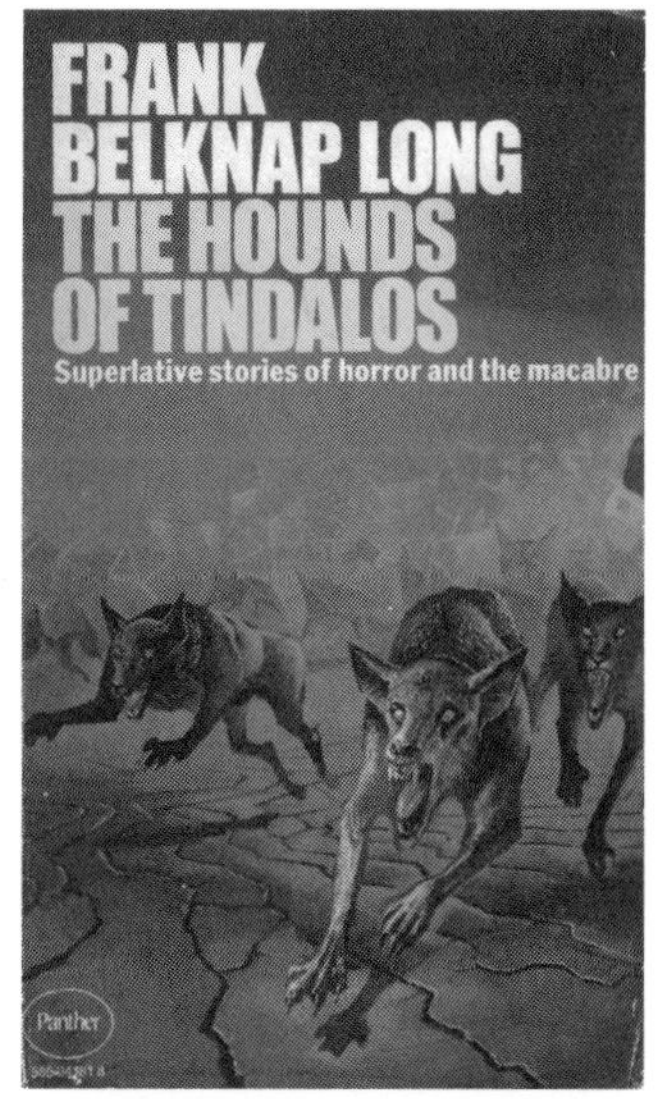

ティンダロスの猟犬（パンサー版『ティンダロスの猟犬』より）

用語『デ・ウェルミス・ミステリイス』 De Vermis Mysteriis
〈妖蛆(ようしゅ)の秘密〉を参照。

用語『デーモン・ギャラリー』 Gallery of Fiends
写真家デイヴィッド・ナイルズの作品集。特殊メイクを施したモデルを使い、アスモデウス、アザジエル、サマエル、ベルゼブブの妖姿を具象化している。
【参照作品】「妖術師の宝石」

用語 テオドティデス Theodotides
紀元前二〇〇年のグレコ＝バクトリア人の官吏。〈大いなる種族〉により精神を交換され、ナサニエル・ピースリーと会話した。
【参照作品】「時間からの影」

作家 デ・カストロ、アドルフ
Gustaf Adolphe de Castro
①**最後の検査／最後の実験** The Last Test（全別上／国書刊行会『ウィアード・テールズ2』）一九二八
②**電気処刑器** The Electric Executioner（ク8&真1&新1&全別上）一九三〇
米国の作家、詩人（一八五九〜一九五九）。本名はグスタフ・アドルフ・ダンツィガーGustav Adolphe Danzigarで渡米後に改名。ドイツ系移民の元歯科医師で、諸国語に通じ、マドリードの米国領事を務めたこともあるという。マーク・トウェインやアンブローズ・ビアスと親交があり、ビアスとは一八九二年に『修道士と絞刑人の娘』（創土社）というゴシック・ロマンスを合作（デ・カストロがドイツ語文献から翻訳した原稿をビアスが自由に脚色）している。ほかに『Portrait of Ambrose Bierce』などの著作がある。
デ・カストロはラヴクラフトの添削指導のもと、二篇の怪奇小説を『ウィアード・テイルズ』に発表している。①と②がそれで、①は古代アトランティスの末裔を悪疫とともに甦らせた医師がのめりこむ狂気の実験の顚末を描く典型的なマッド・サイエンティスト物で、『ネクロノミコン』やアイレムへの言及がある。ラヴクラフトが他人の作品に神話アイテムを導入した嚆矢であるとともに、初めて有償で添削を請け負った作品としても知られる。なおF・ライバーの『闇の聖母』には、デ・カストロをモデルとする人物が、マッド・サイエンティストとなって登場している。

用語 デクスター、アンブローズ Ambrose Dexter
プロヴィデンスのベナフィット・ストリート在住の医師。

ロバート・ブレイクの死後、〈輝くトラペゾヘドロン〉をナラガンセット湾の海底に投棄する。後に核物理学者となり、核兵器の開発を推進した。
【参照作品】「闇をさまようもの」「尖塔の影」

用語 **「テケリ・リ！　テケリ・リ！」**
Tekeli-li! Tekeli-li!
　狂気山脈の地下に棲息するショゴスが、旧支配者の音声をまねて発する、笛を吹くような音響。E・A・ポオの「アーサー・ゴードン・ピム」に描かれる南極の場面にも、白い巨大な鳥や原住民が「テケリ・リ！　テケリ・リ！」と叫ぶ謎めいたくだりがある。
【参照作品】「狂気の山脈にて」「ハスターの帰還」

用語 **デビルズ・リーフ** Devil Reef
〈悪魔の暗礁〉を参照。

用語 **テフ・アット** Teh Atht
　超古代大陸ティームフドラの名高き魔道士。偉大なるマイラクリオンの子孫とされる。
【参照作品】「名数秘法」

用語 **デ・マリニィ、エティエンヌ＝ローラン**
Etienne-Laurent de Marigny
〈ド・マリニー〉を参照。

用語 **デュ・ノール、ガスパール** Gaspard du Nord
　十三世紀アヴェロワーニュの声望ある魔術師。『エイボンの書』の仏訳者としても知られる。降霊術師ナテールに弟子入りするも、その悪行を厭って出奔、後に師の恐るべき企みを阻止する。
【参照作品】「イルーニュの巨人」

用語 **デュワート、アンブローズ** Ambrose Dewart
　英国から米国アイルズベリイにあるビリントン一族の土地へ移り住んだ、その末裔。容姿が、アリヤ・ビリントンAlijah Billington に酷似している。
【参照作品】「暗黒の儀式」

用語 **デラポーア** Delapore
〈ド・ラ・ポーア〉を参照。

作家 **デ・ラ・メア、ウォルター** Walter de la Mare
①**死者の誘い** The Return（創元推理文庫）一九一〇

タ　デウェ

②シートンのおばさん Seaton's Aunt（創元推理文庫『怪奇小説傑作集3』ほか）一九二三

英国の詩人、小説家（一八七三～一九五六）。ケント州チャールトンに生まれる。父は教会管理人、母は詩人ロバート・ブラウニングの遠縁にあたるという。四歳で父を亡くしロンドンに転居。セントポール大聖堂の少年聖歌隊に加わり、附属の聖歌学院で教育を受ける。十四歳で学院を中退し、石油会社に就職。そのかたわら詩や小説の投稿を始め、一八九五年発表の短篇「キスメット」で注目を集める。小説の代表作に『ヘンリー・ブロッケン』（一九〇四）『ムルガーのはるかな旅』（二〇）『謎その他』（二三）、詩集に『ピーコック・パイ』（一三）『妖精詩集』（二二）など。一九四七年にカーネギー賞を受賞、五三年にはメリット勲章を受章した。

ラヴクラフトは「文学と超自然的恐怖」の中で、「その忘れがたい詩にも絶妙な散文にも、隠れた美の世界と禁断の恐怖の世界へ奥深く入りこんで行く不思議な幻影が一貫してみられる」（植松靖夫訳）と、デ・ラ・メアの文学世界を讃え、墓地で死者の魂が生者に憑依する恐怖を惻々と描く長篇①や、「恐怖とか妖術といった暗黒の部分が強烈な」（同前）短篇として、②をはじめ「樹」「深淵より」「隠遁」「ケンプ氏」「オールハロウズ大聖堂」などを「傑作」として列挙している。①における肉体の乗っ取りというモチーフは、たとえば「チャールズ・デクスター・ウォード事件」や「戸口にあらわれたもの」、墓地の恐怖と魅惑は「名状しがたいもの」、廃屋の隠者は「恐ろしい老人」「霧の高みの不思議な家」等々、デ・ラ・メア世界の影響を窺わせる作品は少なくない。また②に顕著な、いわゆる「朦朧」技法も、雰囲気醸成のこだわりとして、ラヴクラフト作品に反映されているように感じられる。

用語 **デルニエール諸島** Isles Dernieres

米国南部ミシシッピ川のデルタ地帯にある無人島。ヴードゥー崇拝のメッカで、異次元の妖魔に生贄を捧げる儀式がおこなわれている。その地名は〈臨終の島〉を意味する。

【参照作品】「呪術師(ババロイ)の指環」

用語 **デルレット伯爵** Comte d'Erlette

〈ダレット伯爵〉を参照。

用語 **テレパシー・ラジオ** telepathic radio

ジョー・スレイターが収容された州立精神病院に勤めていたインターンの医師が考案した、奇妙な送受信装置。送信器と受信器をそれぞれの額に装着することで、思考の伝達を可能にするという。
【参照作品】「眠りの壁の彼方」

用語 **デロシェ** Desrochers
〈魔女の家〉に下宿するフランス系カナダ人。ギルマンの真下の部屋に住んでおり、上の部屋の怪音や怪光に怯えていた。
【参照作品】「魔女の家の夢」

用語 **テロス** Teloth
テロースとも。ムナールにある都市。花崗岩の都と呼ばれ、陰気で実利的な住民が、勤労を美徳とする神々を奉じている。
【参照作品】「イラノンの探求」

作品 **電気処刑器** The Electric Executioner
アドルフ・デ・カストロ
【初出】『ウィアード・テイルズ』一九三〇年八月号
【邦訳】高木国寿訳（真1&新1）／後藤敏夫訳（ク8）
【梗概】メキシコのサン・マテオ山脈にある、わが社の鉱山で不祥事が起きた。第三鉱山の副監督アーサー・フェルドンが、書類や証券を持ち逃げしたのだ。わたしは社長に命じられ、鉄道で現地に向かった。夜行列車の車内で、わたしは異様な挙動を示す大男と乗り合わせた。メキシコの邪神ウイツィロポクトリの再臨を信ずるその男は、自分が考案した奇怪な帽子型の処刑器具の実験台に、わたしを選んだのだ！　一計を案じたわたしが、鉱夫たちから聞き覚えた呪文を唱和すると、男はみずから処刑器をかぶって礼拝を始めた。そのとき器具のスイッチが……。
【解説】添削の過程でラヴクラフトによる徹底的な加筆潤色が加えられたとされる作品。江戸川乱歩の「押絵と旅する男」を彷彿させるような設定のもと、メキシコ土俗神話の神話大系への取り込みが試みられている点が興味深い。

用語 **テンプヒル** Temphill
英国カッツウォールド丘陵にある、呪われた町。中心部のハイ・ストリートに建つ廃教会は、かつてヨグ＝ソトース崇拝の神殿があった場所であり、今もその地下には異界への入口となる窖（あな）が口を開けているという。
【参照作品】「ハイ・ストリートの教会」

用語 **テンペスト山** Tempest Mountain
大嵐山とも。米国キャッツキル地方にある山で、雷雨の多発地帯。怪物が棲むと恐れられている魔処でもあり、山頂にはマーテンス館 Martense mansion がある。

【参照作品】「潜み棲む恐怖」

用語 **トゥーラン** Thran

スランとも。〈夢の国〉の都市。セレネル海に臨むオウクラノス河の河口にあり、金色に輝く壮麗な千の尖塔で名高い。たった一個の雪花石膏から造られたという城壁が、周囲を取り巻いている。

【参照作品】「未知なるカダスを夢に求めて」「銀の鍵」「銀の鍵の門を越えて」

用語 **トゥーラン** Thulan

ヒューペルボリアの最北にある都市。

【参照作品】「アタマウスの遺言」

用語 **『洞窟の女王』** She

英国の作家ヘンリー・ライダー・ハガード Sir Henry Rider Haggard（一八五六〜一九二五）が、一八八六年に発表した秘境冒険小説。その第九章で、夢の中に顕われた女が呟く言葉——「生けるものは死せるなり。死せるものは死せるにあらず。霊魂の輪廻はきわまりなく、生もなければ死もなし。しかり、万物は、ときに眠りて忘られることあれども、永遠に生くるなり」（大久保康雄訳）を、ド・マリニーは、『ネクロノミコン』に記されたクトゥルーに関わる対句の異伝と解していた。またウィンゲイト・ピースリーは、女王アッシャを「火の精」と捉えている。

【参照作品】「地を穿つ魔」

用語 **トゥチョ＝トゥチョ人** Tcho-Tchos

ミャンマー（ビルマ）奥地のスン高原に巣喰う邪悪な矮人族。背の高い者でも四フィートを超えることはなく、異様に小さな目が、ドーム状の無毛の頭部に深く落ちくぼんでいる。七千歳の長老エ＝ポオに率いられ、アラオザルを守護する。またマレー半島にも、同種族の村がある。

【参照作品】「潜伏するもの」「角笛をもつ影」「時間からの影」

用語 **ドゥホウの呪文** Dho formula

ドーの呪文とも。この呪文によって、二つの磁極のうちなる都市（クン＝ヤンを指すか）を見ることができるという。ウィルバー・ウェイトリイが、自身の日記やセプティマス・ビショップ宛書簡の中で言及している。他に〈ドゥホウ＝フナの呪文 Dho-Hna formula〉〈イルからヌフングルまでの呪文 the formulas between the Yr and the Nhhngr〉

への言及も見いだされる。

【参照作品】「ダニッチの怪」「恐怖の巣食う橋」「魔道書ネクロノミコン」

用語 **トゥラー** Thraa

トゥラアとも。ムナールの地にある都市。

【参照作品】「サルナスの滅亡」

用語 **トゥラ＝ユブ** T'la-yub

ツァスの貴族〈戸口を守護する家系〉の娘。サマコナに好意を寄せ、その逃亡を手伝ったために、恐ろしい処罰をくだされる。

【参照作品】「墳丘の怪」

用語 **ドゥリーン** Dureen

〈アドゥムブラリ〉によって、この世界に送りこまれた〈探求者 Messengers〉の名前。人種も国籍もさだかでない整った顔立ちで、優雅な立ち居ふるまいをする。

【参照作品】「深淵の恐怖」

用語 **トゥル** Thul

ウルタールの石工。

【参照作品】「ウルタールの猫」

用語 **トゥルー** Tulu

トゥールー、チュールーとも。太古に星の世界から到来した、蛸の頭を備える神で、宇宙の調和の霊。クン＝ヤンにおけるクトゥルーの異称と思われる。

【参照作品】「墳丘の怪」「邪教の神」

用語 **トゥルー金属** Tulu-metal

クン＝ヤンに見いだされる「磁力のある黒っぽいつやつやした」貴金属。大いなるトゥルーとともに地球へもたらされたといい、地下世界の住民の崇敬の対象となり、偶像や聖職者の装具に加工される。グレイ・イーグルは、そのひとつを所有していた。

【参照作品】「墳丘の怪」

用語 **ドゥワイト、ウォルター** Walter C. Dwight

プロヴィデンスのカリッジ・ヒルにアトリエを構えるベテラン画家で、絵画の修復に長ける。チャールズ・ウォードの依頼により、アルニイ・コートの旧宅に残されていたジョウゼフ・カーウィンの肖像画の修復作業を手がけた。

【参照作品】「チャールズ・デクスター・ウォード事件」

用語 **トォーク山脈** Throk

スロクとも。〈夢の国〉にある伝説の山岳地帯。永遠の薄闇に、人知を超えた高さの灰色の尖峰が連なり、ドール族が棲息するナスの谷を擁する。

【参照作品】「未知なるカダスを夢に求めて」

用語 **ドーソン、ジェラルド** Gerald Dawson

ロンドン在住の怪奇実話作家。『魔女は蘇る!-Here Be Witches!』などの著書がある。『禁断の書!-**Forbidden** Books!』執筆の資料を求め、タイタス・クロウのもとを訪れて以来、親交を結ぶ。

【参照作品】「縛り首の木」「呪医の人形」

用語 **『トートの書』** Book of Thoth

エジプト神話に登場する伝説的な書物。『ネクロノミコン』にもヨグ＝ソトースに関連して、同書への言及があるらしい。〈アトランティス人トートの書〉として知られる、エジプトの大ピラミッド内で発見された幻の超古代文書『エメラルド・タブレット Tabula smaragdina』のことか。

【参照作品】「銀の鍵の門を越えて」「ネクロノミコン　アルハザードの放浪」

用語 **ドートン** Dawton

英国の西海岸にある小さな村落。一九五五年に、客船オールドウィンクル号が沖合の岩礁に乗りあげ座礁して以来、〈深きものども〉の巣窟と化したらしい。毎年十月三十日に、舟形を掲げて海まで練り歩く村祭りが開催されている。

【参照作品】「海を見る」

用語 **ドール** Doels

異次元の存在から放射されるエネルギーによって生み出された、新たな形態の細胞生命体。〈ドール族〉との関連は不明である。

【参照作品】「ティンダロスの猟犬」

用語 **『ドール讃歌』** Dhol Chants / Doel chants

詳細が不明な魔道書で、一部がミスカトニック大学に収蔵されているという。

【参照作品】「破風の窓」「奇形」

用語 **ドール族** Dholes

はるかな未来にヤディス星を死滅させることになる、粘液にまみれた青白い巨大生物。現在は魔道士の呪文によって地底に追いやられている。〈夢の国〉のナスの谷に棲息する同名の生物も、同類かと思われる。
【参照作品】「銀の鍵の門を越えて」「未知なるカダスを夢に求めて」

用語 ドーン Dorn

ウィルヘルム博士の動物学研究所に雇われた超心理学研究家。ESPやテレパシーの研究を専門にしている。ジョウジフィーン・ギルマンに催眠術をかけ、イルカと交信する実験に携わった。
【参照作品】「深きものども」

作品 戸口にあらわれたもの The Thing on the Doorstep

H・P・ラヴクラフト

【執筆年／初出】一九三三年／『ウィアード・テイルズ』一九三七年一月号
【邦訳】仁賀克雄訳「戸口の怪物」（創土社『暗黒の秘儀』ほか）／根本政信訳「戸口の怪物」（真5）／大瀧啓裕訳「戸口にあらわれたもの」（全3）／佐藤嗣二訳「戸をたたく怪物」（定6）
【梗概】わたしの親友エドワード・ダービイは、頭脳明晰だが生来の意志薄弱で、耽美文学とオカルトに没頭していた。そんなダービイが恋に落ちた女性アセナスは、インスマスの妖術師エフレイム・ウェイトの娘で、父親と同じく古怪な魔道に通じていた。ふたりは結婚し、アーカムのクラウニンシールド荘に新居をさだめた。しばらくするとダービイは、ときに別人のようにふるまうようになる。妻が自分の肉体を乗っ取ろうとしていると、彼はわたしに訴える。不死を願ったエフレイムは、まずアセナスの肉体に転移し、いままたダービイを我が物にしようと狙っていたのだ。
【解説】邪悪な魂による肉体乗っ取りというテーマは神話作品にしばしば見られるが、本篇は「チャールズ・デクスター・ウォード事件」と並び、その一原点となった作品である。

作品 戸口の彼方へ Beyond The Threshold

オーガスト・ダーレス

【初出】『ウィアード・テイルズ』一九四一年九月号
【邦訳】渋谷比佐子訳「幽遠の彼方に」（真4&新3）／岩村光博訳「戸口の彼方へ」（ク5）
【梗概】わたしは従兄のフローリンから、切迫する不安を訴える手紙を受けとり、北部ウィスコンシンの森林地帯に建つアルウィン屋敷に急行した。祖父のジョサイアは書斎に籠もり、何事かを熱心に探求しているらしかった。夜ご

タ　トォー

と屋敷の内側だけで聞こえる異様な風の音、巨大な足音、甘美な楽の音。祖父の探求はインスマスの船乗りだった大叔父のリアンダーと関係があった。亡き大叔父は異界の存在と交渉があり、そのための「戸口」が屋敷のどこかに隠されているというのが、祖父の推測だった。日一日と風の音は激しさを増し、ついに天空を覆う巨大な影が出現した直後、祖父はいずこへともなく姿を消していた。あとには書斎の壁に開いた洞窟が……アルウィン屋敷は、異界への戸口である洞窟を隠すために建てられていたのだ！

【解説】〈イタカ物語〉群の一篇。作中で妖異をもたらす神性が何かを隠したまま話を進める、いわば犯人捜しならぬ「邪神捜し」の手法は、ダーレスの専売特許といっても過言ではなかろう。

作品 閉ざされた部屋 The Shuttered Room

H・P・ラヴクラフト&A・ダーレス

【初出】アーカム・ハウス『閉ざされた部屋　その他の断片 The Shuttered Room and Other Pieces』一九五九年刊

【邦訳】波津博明訳「開かずの部屋」（真2&新4）／東谷真知子訳「閉ざされた部屋」（ク7）

【梗概】アブナー・ウェイトリイは、ダニッチ近郊にある祖父ルーサーの家へ戻ってきた。祖父は、家の製粉所の部分を解体せよ、もしそこに生物がいたら断固として殺せ、という奇妙な遺言を残していた。製粉所には昔、伯母のサラが幽閉されていたのをアブナーは思い出す。サラの話は絶対のタブーで、誰も彼女の隠れ部屋を覗くことは許されていなかった。祖父の遺品を調べるうち、アブナーは忌まわしい真相を知る。サラは遠縁にあたるインスマスのマーシュ一族の男と親密な関係になり、その子胤（こだね）を宿したのだ。アブナーが隠れ部屋の扉を開いた日から、ダニッチ一帯で頻発する怪事件。住民が示すあらわな敵意。閉ざされた部

アーカム・ハウス版『閉ざされた部屋』

屋に潜んでいた、おぞましいものとは？
【解説】「ダニッチの怪」のインスマス・バージョンといった趣の作品だが、結末で「ママ、ママア」と悲痛な叫びをあげる化物の忌まわしさはなかなかのもの。『太陽の爪あと』の邦題で映画化もされているが、肝心かなめの化物はどこへやらの演出で、怪物派のファンを失望させた。

用語『**ドジアンの書**』Book of Dzyan
『ヴィアーンの書』とも。ロシア出身の霊媒にして神智学者のブラヴァツキー夫人 Helena Petrovna Blavatsky（一八三一～一八九一）が、主著『シークレット・ドクトリン Secret Doctrine』（一八八八）などで主張するところによれば、本書は〈忘れられたセンザール語 the forgotten Senzar language〉で書かれた〈世界最古の写本〉で、特殊処理の施されたヤシの葉に記されているという。コリン・ウィルスンは、同書が『ネクロノミコン』の原本ではないか、とも推測している。
【参照作品】「闇をさまようもの」「破風の窓」「アロンソ・タイパーの日記」「魔道書ネクロノミコン」

用語**ドジュヒビ族** Djhibbis
サイクラノーシュ（土星）の鳥人族。翼をもたず、岩の止まり台で深遠な瞑想に耽っている。
【参照作品】「魔道士エイボン」

用語**ドジュヘンクォムー** Djhenquomh
ブフレムフロイム族の中で、一世代すべての母となるために選ばれた女性。特別の茸からできる食物を与えられ、途方もない大きさに成長している。
【参照作品】「魔道士エイボン」

用語**突進する野牛** Charging Buffalo
サマコナに、深い峡谷にあるクン＝ヤンへの開口部の様子を教え、道案内を務めたウィチター族の若者。
【参照作品】「墳丘の怪」

用語**ドノヴァン** Donovan
エンマ号の乗組員。ヨハンセンらとともにルルイエに上陸、〈クトゥルーの墓所〉の扉を発見するが、復活したクトゥルーの餌食となった。
【参照作品】「クトゥルーの呼び声」

用語**トビイ医師** Dr. Tobey
プロヴィデンスのタイアー・ストリートに医院をかまえ

タ　トザサ

る医師。ウィルコックス家の主治医で、熱病に冒されたH・A・ウィルコックスを診察した。
【参照作品】「クトゥルーの呼び声」

用語 ド＝フナの谷 valley of Do-Hna

クン＝ヤンのツァス近郊にある谷。機械文明の遺物が残る、博物館のような場所であるという。〈ドゥホオ＝フナ〉と同義か。
【参照作品】「墳丘の怪」

用語 ド・マリニー、アンリ＝ローラン

Henri-Laurent de Marigny

エティエンヌ＝ローラン・ド・マリニーの息子。父の指示により一九三〇年代後半、英国に移住し、タイタス・クロウと親交を結ぶ。後にクロウとともにウィルマース・ファウンデーションの中心メンバーとなり活躍する。
【参照作品】「地を穿つ魔」「タイタス・クロウの帰還」「幻夢の時計」「ニトクリスの鏡」「名数秘法」「旧神郷エリシア」

用語 ド・マリニー、エティエンヌ＝ローラン

Etienne-Laurent de Marigny

デ・マリニィとも。神秘学と東洋の古器物の泰斗であるクリオール人（植民地生まれの白人）。米国ニューオリンズ在住。第一次世界大戦中、フランスの外人部隊に所属し、戦友であるランドルフ・カーターと肝胆相照らす仲となった。カーターとともに〈地球の延長部〉を体験した唯一の人物でもある。彼の所持する棺状の奇妙な時計は、一種のタイムマシンとなるものらしい。
【参照作品】「銀の鍵の門を越えて」「永劫より」「ド・マリニーの掛け時計」

作品 ド・マリニーの掛け時計 De Marigny's Clock

ブライアン・ラムレイ

【初出】アーカム・ハウス『黒の召喚者 The Caller of the Black』一九七一年刊
【邦訳】朝松健訳「デ・マリニィの掛け時計」（国書刊行会『黒の召喚者』）／夏来健次訳「ド・マリニーの掛け時計」（創元推理文庫『タイタス・クロウの事件簿』）
【梗概】隠秘学者タイタス・クロウの居宅ブロウン館に、二人組の強盗が押し入った。あるはずもない隠し金を求めて風変わりな邸内を家捜しするうち、賊は書斎に置かれた

〈ド・マリニーの掛け時計〉に目をつける。それはかつてニューオリンズの高名な隠秘学者ド・マリニーが秘蔵していた、世にふたつとない不思議な時計だった。金庫破りの達人である賊のひとりが、その扉を開けたとき、渦巻く光とともに時計の中から魔物が出現し……。

【解説】ラムレイの神話作品のメイン・キャラクターとなるタイタス・クロウ物語の一篇。「銀の鍵の門を越えて」に登場したド・マリニー所有の時計にまつわる後日譚で、後にラムレイは長篇『幻夢の時計 The Clock of Dreams』（一九七八）をはじめとする一連の作品で、この「時空旅行機」ともいうべき掛け時計を、おおいに活用している。

ド・マリニーの掛け時計（ジョヴ版『幻夢の時計』より）

作家 **トムスン、C・ホール** Charles Hall Thompson

①**緑の深淵の落とし子**／**深淵の王者** Spawn of the Green Abyss（ク13／真10＆新4）一九四六

トンプソンとも。米国の作家（一九二三～一九九一）。『ウィアード・テイルズ』に、一九四六年から四八年にかけて四篇の作品を発表している。ラヴクラフトの影響を色濃く感じさせる①と第二作「Will of Claude Ashur」、ポオ風の暗澹たるゴシック・ホラー「蒼白き犯罪者」（国書刊行会『ウィアード・テールズ５』所収）、呪われた家系の末裔に取り憑いた怪異をおどろおどろしく描いた「呪いの系譜」（歳月社『幻想と怪奇』第十二号所収）と、いずれもパルプ・ホラー特有の煽情的恐怖描写に優れた佳品ぞろいのため、有名作家の変名ではないかとも取沙汰された。

用語 **トヨグ** T'yog

クナアに住む、シュブ＝ニグラスの大神官。母神の霊示を受けて、古代ムー大陸を脅かす邪神ガタノトーアを打ち倒そうとするが、暗黒神の神官たるイマシュ＝モ Imash-Mo の陰謀により敗北、生けるミイラと化した。彼の名は、ナゴブ Nagob、テグ Tog、ティオク Tiok、ヨグ Yog、ゾブ Zob、ヨブ Yob などと転訛して、後世に伝えられた。

【参照作品】「永劫より」「奈落の底のもの」

用語 ドラウン博士 Dr. Drowne
　プロヴィデンスの第四バプティスト教会の神父。一八四四年十二月、〈星の知慧派〉への接近を警告する説教をおこなった。
【参照作品】「闇をさまようもの」

用語 ドラゴンの尾 the Tail of the Dragon
　カウダ・ドラゴーニスに同じ。〈ドラゴンの頭〉とともに、占星術の「合」で、月と太陽の進路が交わる日を指す。これはヨグ＝ソトースにとって聖なる合であり、イグの力が最大となる二日間だという。
【参照作品】「チャールズ・デクスター・ウォード事件」「魔道書ネクロノミコン　アルハザードの放浪」

用語 ドラゴンの頭 the Head of the Dragon
　カプト・ドラコーニスに同じ。〈ドラゴンの尾〉とともに、占星術の「合」で、月と太陽の進路が交わるときを指す。これはヨグ＝ソトースにとって聖なる合であり、イグの力が最大となる時期だという。
【参照作品】「チャールズ・デクスター・ウォード事件」「魔道書ネクロノミコン　アルハザードの放浪」

用語 トラスク博士 Dr. Trask
　イグザム小修道院の調査に加わった人類学者。
【参照作品】「壁のなかの鼠」

用語 トラペゾヘドロン Trapezohedron
　〈輝くトラペゾヘドロン〉を参照。

用語 ド・ラ・ポーア de la Poer
　英国の呪われた男爵家。一二六一年に旧イグザム小修道院跡地に居を定めて以来、忌まわしい儀式の数々に手を染めた。第十一代当主のウォルターは、呪われた血脈を絶つべく一家を惨殺し、米国へ渡り、家名もディラポアと呼ばれるようになった。
【参照作品】「壁のなかの鼠」

用語 ド・ラ・ポーア、ウォルター Walter de la Poer
　第十一代イグザム男爵。四人の召使と共謀し、父親・兄弟姉妹をふくむ、すべての家人を就寝中に殺害し、米国ヴァージニア州に逃亡した。その凶行は、地元アンチェスターの住民に称讃されたという。

【参照作品】「壁のなかの鼠」

用語 **ド・ラ・ポーア、ギルバート** Gilbert de la Poer

初代イグザム男爵。英国王ヘンリー三世より、一二六一年にイグザムの地を下賜され、修道院の土台の上に居城を建てた。

【参照作品】「壁のなかの鼠」

用語 **ド・ラ・ポーア、レディ・メアリイ** Lady Mary de la Poer

ド・ラ・ポーア家の一員で、シュルーズフィールド伯爵と結婚。ほどなくして、物語詩にも詠われる、おぞましい所業がもとで、夫と姑により殺害されたという。

【参照作品】「壁のなかの鼠」

用語 **トラボン** Thorabon

〈夢の国〉の一地方。

【参照作品】「未知なるカダスを夢に求めて」

用語 **ドリエブ** Dorieb

カトゥリアの偉大な王で、半神であるとも、神そのものであるともいわれる。壮麗な宮殿に住まう。

【参照作品】「白い帆船」

用語 **トリガーディス、ポール** Paul Tregardis

ロンドン在住の隠秘学と人類学のアマチュア研究家。骨董屋で買い求めた水晶を見つめるうちに、自分がムー・トゥーランの大魔道士ゾン・メザマレックの生まれ変わりであることを知り、一九三三年に不可解な失踪を遂げた。

【参照作品】「ウボ＝サスラ」

用語 **トリトーン** tritons

ギリシア神話の海の神。上半身は人間、下半身は魚の姿をしており、陽気に法螺貝を吹き鳴らしながら、大神ポセイドンに従う。ノーデンスらとともに〈霧の高みの不思議な家〉に降臨した。

【参照作品】「霧の高みの不思議な家」

用語 **ドリネン** Drinen

ムナールの東方にある都市。オオナイの王は、ドリネンから〈浅黒いフルート吹き〉を宮殿に招いた。

【参照作品】「イラノンの探求」

用語 **トルナスク** tornasuk

旧支配者の言葉で「忠誠を誓うべき軍神」を意味し、クトゥルーを指す。

【参照作品】「ネクロノミコン アルハザードの放浪」

用語 **トルナスク** Tornasuk

北極で一部のイヌイット族（＝エスキモー）が崇拝するという古(いにしえ)の至高の悪魔。その神像は、旧支配者の彫像に酷似するという。

【参照作品】「クトゥルーの呼び声」「永劫の探究」

用語 **トルフィンセン、ゲオルク** Georg Thorfinnssen

三本マストの帆船ミスカトニック号の船長。長年、南氷洋で捕鯨に従事。ミスカトニック大学の南極探検隊に同行した。

【参照作品】「狂気の山脈にて」

用語 **トルフォニオス** Trophonius

イオドの異称の一つ。〈イオド〉を参照。

作家 **ドレイク、デヴィッド** David Allen Drake

①**蠢く密林** Than Curse The Darkness（真6―2&新7）

一九八〇

米国の作家、法律家（一九四五〜 ）。七二年から八〇年までノースカロライナ州チャペル・ヒルの訴訟代理人助手を務め、八一年から専業作家となる。ベトナム戦争従軍体験を活かした戦争ＳＦで頭角をあらわし、ホラーはもとより、シェア・ワールド物ＳＦ、アーサリアン・ファンタジーまで、多彩な作品を発表している。

ドレイクのデビュー作は六七年、ダーレス編のアンソロジー『Travellers by Night』に収められたラヴクラフト風ホラー「Denkirch」だった。作者の従軍体験は①にも反映されており、他の作家の土俗神話物とはひと味ちがう凄みを感じさせる。

用語 **トレヴァー・タワーズ** Trevor Towers

クラネスとその祖先が生まれ育った累代の屋敷。英国コーンウォールの田園地帯にある。

【参照作品】「未知なるカダスを夢に求めて」

用語 **トレヴァー、レディ・マーガレット**

Lady Margaret Trevor

英国コーンウォール出身で、第五代イグザム男爵ゴドフリイ・ド・ラ・ポーアの妻となった貴婦人。同家の秘儀に参加し、魔性の女としてバラッドにも詠われたという。クラネスの家系との関係は不明である。
【参照作品】「壁のなかの鼠」

用語 **ドレ、ギュスターヴ** Gustave Dore
フランスの版画家（一八三二～一八八三）。パリで挿絵画家として名を成した。精緻で想像力あふれる挿絵を描いた書物は、ダンテ『地獄篇』やミルトン『失楽園』、『聖書』をはじめ、九十冊を超える。
「ドレのいわくいいがたい幽暗な作品のように、ありふれた形態や物体の背後に潜む恐怖をほのめかす」（大瀧啓裕訳「レッド・フックの恐怖」より）
【参照作品】「レッド・フックの恐怖」「ピックマンのモデル」

用語 **トレス博士** Dr. Torres
ヴァレンシア（スペインの自治州）の老開業医。ムニョス博士の初期の実験に協力したという。
【参照作品】「冷気」

作家 **トレメイン、ピーター** Peter Tremayne
①**ダオイネ・ドムハイン／深きに棲まうもの** Daoine Domhain（学研M文庫『インスマス年代記』／光文社文庫『アイルランド幻想』）一九九二
トレマインとも。著名なケルト学者ピーター・ベレスフォード・エリス Peter Berresford Ellis（本名）と小説家ピーター・トレメインのふたつの顔を持つ。一九四三年、英国ウォリックシャー州のコヴェントリーに生まれる。ジャーナリストの父は、アイルランド南西部コーク州の由緒ある家柄の出で、家族はしばしば同地へ帰省していたという。大学卒業後、ジャーナリズムの道に進み、週刊紙誌の編集に携わるかたわら、ケルト史に関する著作を執筆。本名による著書の邦訳に『アイルランド史　民族と階級』（論創社）がある。一九七七年から小説執筆にも手を染め、ケルトの民話や伝説に取材した短篇や、歴史ミステリー〈尼僧フィデルマ〉シリーズなどを発表している。①を含むホラー短篇集『アイルランド幻想』には、他にも「石柱」「幻の島ハイ・ブラシル」「妖術師」など、神話小説に近似したテイストの佳品が散見される。

用語 **トン** Thon
タルと一対をなすバハルナの灯台。
【参照作品】「未知なるカダスを夢に求めて」

タ　トルナ

用語 **トンド** Tond

イフネ Yifné の緑の太陽と、死せる星バールボ Baalblo のまわりを公転している恐怖の惑星。人間に似た体に萎縮した耳をもつ支配種族ヤークダオ Yarkdao が棲息する、青い金属と黒い石でできた都市が点在するという。

【参照作品】「湖畔の住人」

用語 **ドンブロフスキ** Dombrowski

アーカムの〈魔女の家〉を所有するポーランド人。

【参照作品】「魔女の家の夢」

ナ

用語 **ナアカル語** Naacal

ムー大陸で使用された神官文字であり、ヒマラヤの僧侶たちも、この原初の言語を使用しているとされる。ナアカルとは〈聖なる兄弟〉の意味で、一八六八年にジェイムズ・チャーチワードが、インドの由緒あるヒンドゥー教寺院で、ナアカル碑文のタブレットを発見、これを解読してムー大陸の存在を知ったという。

【参照作品】「銀の鍵の門を越えて」「永劫より」「墳墓の主」「ロイガーの復活」「永劫の探究」

用語 **ナーブルス** Nabulus

ヒューペルボリアの偉大な魔術師。青銅の女性像に命を吹きこんだことから「奇跡をおこなう人」とも呼ばれた。

【参照作品】「緑の崩壊」

用語 **ナイアルラトホテップ** Nyarlathotep

ナイアーラトテップ、ニャルラトホテプとも。〈無貌の神 The Faceless God〉とも呼ばれるが、無貌なるがゆえに変幻自在の顔をもつ、旧支配者の中でも特異な神性である。その第一の特徴は、しばしば長身痩軀で漆黒の肌をした人間の姿をとって顕現することであり、エジプトから来た高貴なファラオのごとき予言者や、核兵器の研究を推進する物理学者、〈星の知慧派〉の神父、あるいは魔女たちをあやつる〈暗黒の男〉などの姿で顕われては、人界に混乱と死をもたらす先触れとなる。

これに対して〈這い寄る混沌 crawling chaos〉と呼ばれる本来の姿は、ナイアルラトホテップ信仰が猖獗をきわめた古代エジプトの神像にその面影をとどめ、地上における拠点であるウィスコンシン州のリック湖周辺の〈ンガイの森〉や、コンゴの密林地帯などで目撃されている。それは触腕、鉤爪、手が自在に伸縮する無定形の肉の塊と、咆吼する顔のない円錐形の頭部によって特徴づけられる。またフェデラル・ヒルの教会内で〈輝くトラペゾヘドロン〉から出現した際には、黒い翼と三つに分かれた燃えあがる眼が、闇の中に浮かびあがったという。一説によれば、有名なギーザのスフィンクス像は、本来はナイアルラトホテップの真の姿を象(かたど)って造られていたらしい。

〈夢の国〉におけるナイアルラトホテップは、アザトースの使者にして地球の神々の守護者であり、黒人奴隷をはべらせ、きらびやかな虹色のローブと王冠を身につけた、ファラオのごとき偉丈夫となって顕現する。

【参照作品】「ナイアルラトホテップ」「壁のなかの鼠」「尖塔の影」「アーカム計画」「魔女の家の夢」「無貌の神」「暗黒のファラオの神殿」「闇に棲みつくもの」「蠢く密林」「闇をさまようもの」「未知なるカダスを夢に求めて」「ネクロノミコン　アルハザードの放浪」「アルハザード」

[用語] **ナイ＝カー** Gnai-Kah

サルナス最後の大神官。都を呑みこむ忌まわしい緑の霧を、最初に目撃した人物である。

【参照作品】「サルナスの滅亡」

[用語] **ナイト・ゴーント** night-gaunt

〈夜鬼(やき)〉を参照。

[用語] **ナイルズ、デイヴィッド** David Niles

写真家。一流の人物写真カメラマンだったが、オカルティズムに傾倒し、〈セクメトの星〉をレンズに用いて、異次元の光景を撮影しようと試み、命を落とす。

【参照作品】「妖術師の宝石」

[用語] **ナグ** Nug

古代ムー大陸で崇められた、大地母神の息子たちの一柱。クン＝ヤンでも崇拝されている。

【参照作品】「永劫より」「墳丘の怪」「ナグとイェブの黒き連禱」

[用語] **ナグ＝ソス** Nug-Soth

紀元一万六千年に出現する「暗澹たる征服者たち dark

conquerors」の魔術師。〈大いなる種族〉に精神を交換され、ナサニエル・ピースリーと会話した。
【参照作品】「時間からの影」

用語 **『ナコト写本』** Pnakotic Manuscripts
　現在の人類が誕生する五千年ほど前に生存していた種族が残したという最古の魔道書で、〈大いなる種族〉やツァトゥグア、カダスに関する言及がある。古代北極のロマールの民によって、初めて人間の言語に翻訳され、ロマール滅亡に際して持ちだされた最後の一冊が、ウルタールの寺院に収蔵されていた。
【参照作品】「蕃神」「博物館の恐怖」「炎の侍祭」「裏道」

用語 **ナサニエル・ダービー・ピックマン財団**
The Nathaniel Derby Pickman Foundation
　一九三〇年におこなわれた、ミスカトニック大学探検隊による南極探検の資金を調達した団体。
【参照作品】「狂気の山脈にて」

用語 **ナジク砂漠** Bnazic desert
　ムナールの地にある砂漠。
【参照作品】「イラノンの探求」

用語 **ナシュト** Nasht
〈焰の洞窟〉の神官。顎鬚をたくわえ、古代エジプトの二重冠を戴いている。
【参照作品】「未知なるカダスを夢に求めて」

用語 **ナス** Pnoth
サルナスによって征服された地。その窖(あな)からは、サルナスの王に古酒が献上されていた。
【参照作品】「サルナスの滅亡」

用語 **ナスの谷** vale of Pnoth
トォークの絶峰の底にある谷で、ドール族が棲息する。食屍鬼の骨捨て場でもあるという。
【参照作品】「未知なるカダスを夢に求めて」「ナスの谷にて」

用語 **「ナスの谷」** In the Vale of Pnath
作家ロバート・ブレイクが、一九三四年から翌年にかけての冬の間に書きあげた、五篇の傑作短篇小説のひとつ。
【参照作品】「闇をさまようもの」「ナスの谷にて」

用語『ナスの年代記』Chronicle of Nath
古代エジプトの魔術師ヘルメス・トリスメギストスから知識を借用したとされる、ドイツのオカルティストで錬金術師ルドルフ・イェルグラー**Rudolf Yergler**が著した魔道書。英訳版も存在するらしい。
【参照作品】「山の木」

用語**ナス＝ホルタース** Nath-Horthath
セレファイスで崇拝される神。トルコ石でできた神殿では、蘭の花冠を戴く八十名の神官たちが、一万年前の建立時から変わることなく、この神に仕えている。
【参照作品】「セレファイス」「未知なるカダスを夢に求めて」

作品**謎の羊皮紙** The Terrible Parchment
マンリイ・ウェイド・ウェルマン
【初出】『ウィアード・テイルズ』一九三七年八月号
【邦訳】大瀧啓裕訳（青心社『ウィアード3』）
【梗概】妻が『ウィアード・テイルズ』の最新号を持ってきた。玄関先で変な爺さんから渡されたらしい。見ると妙なものが挟まっている。それは長方形の黄褐色をした羊皮紙で、爬虫類の肌を思わせる無気味な感触がした。しかも……その上端には「ネクロノミコン」という文字が、ギリシア語で記されていたのだ！　さらに羊皮紙は「呪文をとなえ、われにふたたび生命をあたえよ」という英語の文字を浮かびあがらせ、まるで生物のように、床をこちらに這い進んでくるではないか！
【解説】魔道書『ネクロノミコン』そのものを怪物として描いた、奇想きわだつ一篇。「崇拝の念をこめてH・P・ラヴクラフトの思い出にささげる」という献辞があるとおり、この年の三月に没したラヴクラフトに捧げた異形の鎮魂歌でもある。

用語**七十の歓喜の宮殿** Palace of the Seventy Delights
セレファイスにある薔薇色水晶でできた宮殿。クラネスが王として君臨している。
【参照作品】「未知なるカダスを夢に求めて」

作品**七つの呪い** The Seven Geases
クラーク・アシュトン・スミス
【初出】『ウィアード・テイルズ』一九三四年十月号
【邦訳】広田耕三&米田守宏訳「七つの呪い」（創土社『魔術師の帝国』）／池田勝子訳「七つの呪い」（ク4）／大瀧啓裕訳「七つの呪い」（創元推理文庫『ヒュペルボレオス

極北神怪譚』）
【梗概】コモリオムの行政長官ラリバール・ヴーズは、ヴーアミ狩りの途中、妖術師エズダゴルの儀式の場にうっかり踏みこんでしまった。激怒した妖術師は、ヴーズに呪いをかけて邪神ツァトゥグアへの貢物（みつぎもの）とした。使い魔の怪鳥ラフトンティスに導かれ、ヴーズは邪神の面前に到るが、飽食した神はヴーズに新たな呪いをかけて蜘蛛神アトラク＝ナクアへの貢物とする。さらに妖術師ハオン＝ドル、蛇人間、アルケタイプたちのもとへ差し向けられたヴーズは、最後にアブホースの洞窟に到る。七つの呪いを経たヴーズの運命や、いかに。
【解説】ヒューペルボリアに棲息する邪神や怪生物の奇想博物誌といった趣もある、興趣尽きない異色篇。随所に発揮されるグロテスクなユーモア感覚は、異界の幻想詩人CASならではのものだ。

用語 **ナハブ** Nahab
〈キザイア・メイスン〉を参照。

用語 **ナラクサ川** Naraxa
セレファイスの郊外を、さらさらと流れる川。海と接する地点には巨大な石橋が架けられている。

【参照作品】「セレファイス」「未知なるカダスを夢に求めて」

用語 **ナラス** Narath
〈夢の国〉にある、玉髄でできた百の門や円蓋を有する美しい都。
【参照作品】「銀の鍵」

用語 **ナラトース** Narrathoth
旧支配者に仕えるデーモン。全身が白い鱗に覆われ、頭部には三つに割れた単眼をもつ。『ネクロノミコン』に記された呪文を唱えることで、未熟な妖術師でも容易に召喚することができるとされ、召喚者のいかなる望みをも叶えるという。
【参照作品】「クトゥルーの眷属」

用語 **ナルギス＝ヘイ** Nargis-Hei
サルナス最後の王。イブ陥落一千年目の祝典の夜、緑色をした異形のものと変じて、サルナスとともに滅び去った。
【参照作品】「サルナスの滅亡」

用語 **ナルグ河** Narg
〈夢の国〉のカトゥリアの地を流れる、聖なる河。

【参照作品】「白い帆船」

用語 **ナルトス** Narthos

ムナールの都市。イラノンは、ここで少年時代を過ごしたという。

【参照作品】「イラノンの探求」

用語 **ニグ** Nig

プロヴィデンスのウォード家で飼われていた老齢の黒猫。チャールズ・ウォードの唱える呪文の声質に敏感に反応し、痛ましい最期を遂げた。

【参照作品】「チャールズ・デクスター・ウォード事件」

用語 **『西ヨーロッパの魔女儀式』**

Witch-Cult in Western Europe

『西欧における魔女信仰』とも。英国の歴史民俗学者マーガレット・マレーMargaret Murray（一八六三～一九六三）が、一九二一年に刊行した古典的研究書。魔女信仰が、キリスト教以前の土着宗教の残滓であるという仮説を提示し、大きな議論を巻きおこした。

【参照作品】「クトゥルーの呼び声」「レッド・フックの恐怖」

用語 **ニス** Nith

ウルタールで公証人を務める痩身の人物。

【参照作品】「ウルタールの猫」

用語 **ニス** Nith

クン＝ヤンにある、青く輝く平原地帯。金雀枝が繁茂し、今は荒れ果てた往時の機械都市がある。

【参照作品】「墳丘の怪」

用語 **ニトクリス** Nitocris

古代エジプトのケプレン王の妃で、またの名を〈食屍鬼の女王ghoul-queen〉。邪神を崇拝し、スフィンクスの神殿の地底深くで、奇怪な合成ミイラたちにかしずかれ、おぞましい宴（うたげ）に耽っているという。

【参照作品】「アウトサイダー」「ファラオとともに幽閉されて」「ニトクリスの鏡」

用語 **ニトラ河** Nithra

ニスラとも。美の都アイラを流れる、清らかな河川。

【参照作品】「イラノンの探求」

ナ ナハブ

用語『ニューイングランドの楽園における魔術的驚異』 Thaumaturgical Prodigies in the New-English Canaan

アーカム在住の神父ウォード・フィリップス師が著した書物。

【参照作品】「暗黒の儀式」「丘の夜鷹」

用語 ニューベリイポート Newburyport

米国マサチューセッツ州北東部の都市。メリマック河の河口にあり、港町として栄えたが、独立戦争や大火災のため斜陽化し、工業都市へと転換した。インスマスに隣接し、ニューベリイポート歴史協会の展示室には、インスマスゆかりの装身具などが展示されている。

【参照作品】「インスマスを覆う影」

作家 ニューマン、キム Kim Newman

①**三時十五分前** A Quarter to Three（学研M文庫『インスマス年代記』）一九八八
②**大物** The Big Fish（同右）一九九三

別名義にジャック・ヨウヴィル Jack Yeovil。英国の作家、映画批評家、ジャーナリスト（一九五九〜　）。ロンドンで生まれ、サマセット州で育つ。サセックス大学を卒業。一九八五年、『Ghastly Beyond Belief : The Science Fiction and Fantasy Book of Quotations』（ニール・ゲイマンと共著）及び『Nightmare Movies : A critical history of the horror film, 1968-88』を、相次ぎ刊行しデビュー。小説家としては、八九年にヨーヴィルの名義で発表した『The Night Mayor』が第一作となる。邦訳に、吸血鬼ドラキュラがヘルシング教授らに勝利して大英帝国の支配者となった世界

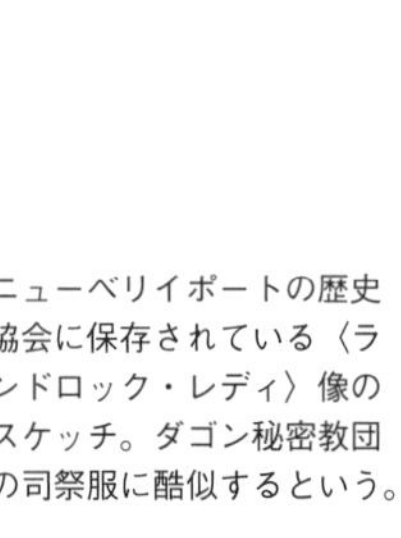

ニューベリイポートの歴史協会に保存されている〈ランドロック・レディ〉像のスケッチ。ダゴン秘密教団の司祭服に酷似するという。

を描く『ドラキュラ紀元』（アトリエサード）『ドラキュラ戦記』『ドラキュラ崩御』（ともに創元推理文庫）の連作大長篇や、ヨウヴィル名義によるゲーム・ノベライズ長篇『ドラッケンフェルズ』（角川文庫）がある。①はインスマスの軽食堂で深夜勤務に就く若者と、地元のイカれた娘の気怠（けだる）い会話を点描した抒情的な小品である。

用語 **ニュトン** Nython

超銀河にある三重星。ヤディス星の生物は光線外被を用いて、この星へ旅をしているらしい。

【参照作品】「銀の鍵の門を越えて」

用語 **ニョグタ** Nyogtha

〈旧支配者の同胞 The brother of the Old Ones〉である〈闇に棲むもの Dweller in Darkness〉。巨大な漆黒のアメーバとも形容されている。召喚の呪文に応えて、不浄の岩窟から這い出してくるが、輪頭十字、ヴァク＝ヴィラ呪文、ティクウォン霊液によって撃退することができる。

【参照作品】「セイレムの恐怖」「第七の呪文」

用語 **ニル** Nir

ニールとも。〈夢の国〉の都市。霊峰ハテグ＝クラに近く、ハテグやウルタールと交易がある。

【参照作品】「蕃神」

用語 **人間もどき** almost-humans

レンに棲む、人間に似た種族。角のある頭部と大きな口、短い尾をもち、月の魔物に隷属している。黒いガレー船に乗って、〈夢の国〉の港に出没する。

【参照作品】「未知なるカダスを夢に求めて」

用語 **ニンの銘板** tablets of Nhing

ヤディス星の魔道士ズカウバが架蔵する魔道具。託宣の力を有するらしい。

【参照作品】「銀の鍵の門を越えて」

用語 **ヌ・カイ** N'kai

〈ンカイ〉を参照。

作品 **盗まれた眼** Rising with Surtsey

ブライアン・ラムレイ

【初出】アーカム・ハウス『ダーク・シングス』一九七一年刊

【邦訳】那智史郎訳（真9&新5）

【梗概】作家のフィリップ・ホートリーは、弟ジュリアンの身を案じていた。気弱でオカルト好きのジュリアンは、夜ごと奇怪な深海の夢を見るようになり、海洋の怪奇に言及のある文献を熟読していた。頻発する発狂・傷害事件のさなか、ジュリアンは精神に錯乱をきたし、高名な精神科医のもとへ預けられた。やがて突如回復した弟が、別人のような行動をとることにフィリップは疑惑をつのらせる。弟の肉体は、クトゥルーに仕える北の深淵の魔道士によって、乗っ取られていたのだ。おりしもスコットランド沖では、魔の海底火山サーツィーが浮上を開始していた。
【解説】〈クトゥルー物語〉群の一篇。新世代の旗手ラムレイは、インスマス系の物語とは一線を画した、オリジナルの海洋神話群を生み出している。

用語 ヌバング族 N'bangus
アフリカの好戦的な部族。白い類人猿の石造都市を攻め滅ぼし、白い類人猿の女神の像を運び去ったという。
【参照作品】「故アーサー・ジャーミンとその家系に関する事実」

用語 ヌフングル Nhhngr
〈ンフングル〉を参照。

作品 ネイランド・コラムの記録
The Statement of Nayland Colum
オーガスト・ダーレス
【初出】『ウィアード・テイルズ』一九五一年五月号
【邦訳】大瀧啓裕&岩村光博訳（ク2）
【梗概】怪奇作家ネイランド・コラムは、シュリュズベリイ博士の来訪を受け、近作『異世界の監視者』が、偶然にもクトゥルー信仰の実態を反映していること、それゆえ作者コラムの身に危険が迫っていることを知らされる。コラムは博士の助手となって、〈無名都市〉探索に同行する。博士は都市の地下でアブドゥル・アルハザードの亡霊を召喚し、クトゥルーに関わる秘事を聞きだそうとするが……。
【解説】連作『永劫の探究』の第四部。間奏曲的な性格の一篇であるが、『ネクロノミコン』の著者本人を召喚するくだりは、ダーレスならでは。

用語 ネームレス・シティ Nameless City
〈無名都市〉を参照。

用語 ネーレーイス nereids
ギリシア神話に登場する、気まぐれで群をなす海の精。ノーデンスらとともに〈霧の高みの不思議な家〉に降臨した。
【参照作品】「霧の高みの不思議な家」

用語 **ネクタネブス** Nectanebus
エジプトの大魔道士。純粋なエジプト人の血をひく最後の王であり、遺体はミイラ化されて、メンフィス西方の墓に葬られた。
【参照作品】「ネクロノミコン　アルハザードの放浪」

用語 **『ネクロノミコン』** Necronomicon
『死霊秘法』とも。アラブの狂詩人アブドゥル・アルハザードが、七三〇年にダマスクス（シリア）で執筆した禁断の魔道書。原題は『アル・アジフ』で、『ネクロノミコン』とは、九五〇年にテオドールス・ピレータースによってギリシア語に翻訳されたときの書名であった。同書は一世紀後、総主教ミカエール・ケルラリウスにより焚書に処された。一二二八年には、オラウス・ウォルミウスによるラテン語版が出現、こちらも一二三二年に、教皇グレゴリウス九世により発禁に処されたが、十五世紀にドイツでゴチック体版が、十七世紀にはスペイン語訳版が、密かに刊行された。また十六世紀にはギリシア語版が、イタリアで復刻されている。

現存する版本の多くは十七世紀版で、公的な機関では、ハーヴァード大学のワイドナー図書館、アーカムのミスカトニック大学付属図書館、ブエノス・アイレス大学図書館などに所蔵が確認されている。また大英博物館には十五世紀版が保管されている。一説に、英国エリザベス朝で魔術師として知られた数学者・占星術師のジョン・ディーJohn Dee（一五二七～一六〇八）によって英訳版が作成されたともいわれるが、不完全なものしか伝存せず、同版を所持していたウィルバー・ウェイトリイは、ミスカトニック大学に出向き、ラテン語版との照合作業をおこなわざるをえなかった。ジョン・ディーには『ロガエスの書Liber Logaeth』もしくは『エノクの書Book of Enoch』と呼ばれる暗号文書があるが、これこそが『ネクロノミコン』であるとする説もあり、エンジニアでオカルティストでもあるロバート・ターナーRobert Turnerらが同書をコンピューター解析によって解読・再構成したものが、『魔道書ネクロノミコン』に収載されている。
【参照作品】「魔宴」「クトゥルーの呼び声」「『ネクロノミコン』の歴史」「ダニッチの怪」「銀の鍵の門を越えて」「末裔」「本」「永劫の探究」「魔道書ネクロノミコン」「魔道書ネクロノミコン続編（ルルイエ異本）」「ネクロノミコン」「ネクロノミコン　アルハザードの放浪」「アルハザード」「ネクロノミコン」

「サセックス稿本」「師の生涯」「ネクロノミコン註解」

作品 ネクロノミコン　アルハザードの放浪
Necronomicon：The Wanderings of Alhazred
ドナルド・タイスン

【初出】 ルウェリン・パブリケイションズ『ネクロノミコン　アルハザードの放浪』二〇〇四年刊

【邦訳】 大瀧啓裕訳（学研『ネクロノミコン　アルハザードの放浪』）

【梗概】 イエメンの宮廷にあって、若くして詩才と美貌を愛でられたアブドゥル・アルハザード。しかし王の娘との密通が、その運命を一変させた。激怒した国王は、アルハザードの耳、鼻、陽根を切り落とし、死の大砂漠ロバ・エル・ハリイェーへ放逐したのだった。しかしアルハザードは錯乱に陥りながらも生きのびた。砂漠の霊や食屍鬼を友とし、降霊術や地底の井戸や洞窟の在処を学び、魔女イタクアーに仕えて禁断の知識を習得。さらには廃都アイレムの地下にある〈無名都市〉へ参入し、時空を超えて旧支配者にゆかりある世界の見聞を深めた。地下世界を経巡った後、紅海へ脱したアルハザードは、エジプト、アレクサンドリア、バビロニアを遍歴して魔術に熟達、マギ族の修道院に潜入して、地下室に囚われていた〈クトゥルーの落とし子〉と対面を果たす。その後、ダマスクスに定住、かの『アル・アジフ』執筆にとりかかったのだ。

【解説】 神話大系の聖典たる『ネクロノミコン』の全容と、アブドゥル・アルハザードの事績を、壮大な遍歴ファンタジーのスタイルで再創造してみせた画期的力業。原典たるラヴクラフト作品を実によく読みこみ、細部の趣向に活かしているという点でも瞠目に値しよう。

用語『ネクロノミコンにおけるクトゥルー』
Cthulhu in the Necronomicon

ラバン・シュリュズベリイ博士が、旧支配者と闘いつつ執筆を続けた、二冊目の著書となる予定の草稿。

【参照作品】「永劫の探究」

用語 ネッシー　**Nessie**

スコットランドのネス湖で目撃例が報告されているＵＭＡ（未確認生物）。ウィルマース・ファウンデーションの調査により、プレシオザウルスの生き残りであることが確認された。二頭が成体、三頭が幼体だという。

【参照作品】「地を穿つ魔」

用語 **ネプトゥーヌス** Neptune

古代ローマで崇拝された水の神。ギリシア神話の海神ポセイドンと同一視される。三叉鉾を持って、ノーデンスらとともに〈霧の高みの不思議な家〉に降臨した。

【参照作品】「霧の高みの不思議な家」「大物」「ダゴンの鐘」

用語 **ネフレン＝カ** Nephren-Ka

〈暗黒のファラオ〉と呼ばれる古代エジプトの伝説の王。ナイアルラトホテップ崇拝を除くすべての信仰を廃し、血なまぐさい生贄の儀式を盛大に執りおこなった。王位を逐われた後は、財宝と魔術の奥義のすべてを携えて秘密の地下納骨所に籠もり、みずからこれを封印した。死の間際、王は暗黒神から予言の力を授けられ、未来の歴史を壁に描き残したという。七千年後、暗黒のファラオとその配下はふたたび甦り、闇なる栄光を回復すると伝えられている。

【参照作品】「アウトサイダー」「暗黒のファラオの神殿」「闇をさまようもの」

用語 **ノイズ** Noyes

ヘンリー・エイクリイの友人と名のる人物。洗練された物腰だが、その声には、妙に聞く者を不安にさせる異質さがあった。

【参照作品】「闇に囁くもの」

用語 **ノース・エンド** North End

米国ボストンの貧民街で、歴史的建造物が多く残されている地域。画家ピックマンは、この地の廃屋をピータース Peters の偽名で借り、地下室をアトリエとして使用していた。ピックマンいわく、かつてノース・エンドの全域にはトンネルが掘りめぐらされており、魔女や海賊や密輸業者の巣窟となっていたという。

【参照作品】「ピックマンのモデル」

用語 **ノーデンス** Nodens

〈大いなる深淵の主 Lord of the Great Abyss〉と呼ばれる海の神。灰色の厳しく恐ろしい姿をして、はかりしれぬ齢(よわい)をかさねた皺だらけの手をもっているが、人間に害をなす存在ではない。夜鬼は、この神に仕える。ときにノーデンスは旧神の一柱とみなされるが、その理由はさだかではない。

【参照作品】「霧の高みの不思議な家」「未知なるカダスを夢に求めて」「破風の窓」「妖蛆の館」

用語 **ノートン鉱山** Norton Mine

米国西部、カクタス山脈にある、世に知られた金鉱。その最深部には、異界へ通ずる深淵が秘められているらしい。

【参照作品】「ファン・ロメロの変容」

用語 **ノオリ族** Gnorri

〈夢の国〉の黄昏の海に奇妙な迷宮を造りあげた、顎鬚と鰭をもつ種族。

【参照作品】「銀の鍵」

用語 **ノトン** Noton

ロマールの地に聳える高峰。

【参照作品】「北極星」

用語 **ノリス、エドワード** Edward Norrys

英国ウェールズのアンチェスター村に住む英国陸軍航空隊大尉。イグザム小修道院とド・ラ・ポーア家にまつわる土地の伝説を、友人のアルフレッド・ディラポアに教示し、その父親による修道院跡の調査に同行するが、不可解な惨死を遂げる。

【参照作品】「壁のなかの鼠」

作品 **呪われた村〈ジェルサレムズ・ロット〉**

Jerusalem's Lot

スティーヴン・キング

【初出】 ダブルデイ『深夜勤務 Night Shift』一九七八年刊

【邦訳】 高畠文夫訳（扶桑社ミステリー『深夜勤務』）

【梗概】 米国メイン州沿岸部チャペルウェイトの岬に建つ従兄弟の家に越してきたチャールズ・ブーンと従者のカルヴィンは、付近の住民がブーン一族に示す異様な敵意と、壁の中から聞こえる奇怪な物音に悩まされる。二人は近くの廃村に出かけ、教会の祭壇に放置された『妖蛆（ようしゅ）の秘密』を見いだす。ジェルサレムズ・ロットと呼ばれるその村は、魔道を奉じる牧師ジェイムズ・ブーンが創建し、近親相姦を繰りかえして頽廃した、呪われた宗教共同体だった。自分が戻ってきたために、ふたたび妖変が始まったことに気づいたチャールズは、カルヴィンとともに邪悪な教会を再訪し、『妖蛆の秘密』に火をつけるが、そのとき祭壇の地底からおぞましい化物が出現し……。

【解説】 呪われた屋敷への帰還、妖術師の家系、頽廃した集落、夜鷹の叫び、壁の中の鼠、粘液質の化物、そして禁断の魔道書！——若き日のキングが、ラヴクラフト流ショッカーをとことん忠実に再現してみせた珍重に値する一篇。舞台となるジェルサレムズ・ロットとは、長篇『呪われた町』におけるセイラムズ・ロットの前身であり……ということは（拡大解釈するならば）あの名作『呪われた町』もクトゥルー神話の一篇ということに⁉

ハ

用語 **パーカー** Parker

エンマ号の乗組員。ヨハンセンらとともにルルイエに上陸、〈クトゥルーの墓所〉の扉を発見するが、復活したクトゥルーから逃げる途中、石造建築物の角に呑みこまれてしまった。

【参照作品】「クトゥルーの呼び声」

用語 **パーカー・プレイス** Parker Place

米国ブルックリンのレッド・フック地区にある貧民窟付近の旧称。ロバート・サイダムが半地下のフラットを借りていた場所で、「国籍も定かでない目のつりあがった者たちの、きわめて異常な居住区」（大瀧啓裕訳）であるという。

【参照作品】「レッド・フックの恐怖」

用語 **パークス** Parks

ランドルフ・カーターに仕えていた、老いて小柄な召使。長年にわたり、主人の奇行に耐え続けた。一九三〇年の初頭に世を去ったらしい。

【参照作品】「銀の鍵」「銀の鍵の門を越えて」

作家 **バークリイ、エリザベス** Elizabeth Berkeley

①**這い寄る混沌／這いうねる混沌** Crawling Chaos（全別上／定3）一九二一

②**緑の草原／緑瞑記** The Green Meadow（全7／定2）一九二七

米国ボストンの詩人（一八七六～一九五九）。本名はウィニフリッド・ヴァージニア・ジャクスン **Winifred Virginia Jackson**。アマチュア・ジャーナリズムの活動を通じてラヴクラフトと知り合い、短期間ではあるが親しく交際したという。①②ともに両人が編集に関与していた同人誌に、バークリイとルイス・テオバルド・ジュニア **Lewis Theobald,Jun.**（ＨＰＬの別名）の合作として発表されたが、実際にはラヴクラフトが大半を執筆したものと推定されている。どちらも〈夢の国〉に通底するような異界の光景を、瑞々しく活写した散文詩風の小品である。

作家 **ハーセ、ヘンリイ** Henry L. Hasse

①**本を守護する者／探綺書房** The Guardian of the Book（ク13／真10＆新2）一九三七

ハッセとも。米国の作家（一九一三〜一九七七）。草創期からのSFファン・ライターとして活動を続け、デビュー当時のレイ・ブラッドベリやイーミル・ペタージャ、A・フェドーらと合作をおこなった。一九四〇〜五〇年代には『アメージング・ストーリーズ』など、いくつかのパルプSF雑誌に作品を寄稿している。「エーリッヒ・ツァンの音楽」を彷彿とさせる異次元ホラー「バイオリンの弦」（番町書房『続世界怪奇ミステリ傑作選』所収）の邦訳がある。①は『ネクロノミコン』をすら凌駕するという究極の魔道書が登場する、いかにもパルプらしい胡乱さに満ちた呪物ホラー。クトゥルーの出自をめぐって、きわめて興味深い仮説が開陳されている点でも、注目に値する作品といえよう。

用語 **バーチ、ジョージ** George Birch

ペック・ヴァリー村の葬儀屋で、はなはだ無神経な悪評高い人物。一八八一年四月十五日に地下納骨所に閉じこめられ、両足首に重傷を負って後は、稼業を廃した。

【参照作品】「地下納骨所にて」

用語 **パーティエル** Partier

米国ウィスコンシン州立大学の人類学教授。旧支配者に関する禁断の知識に通暁している。

【参照作品】「闇に棲みつくもの」

用語 **ハートウェル医師** Dr. Hartwell

アーカム在住の医師で、ヘンリー・アーミティッジ博士の主治医。

【参照作品】「ダニッチの怪」

用語 **ハート、ロバート** Robert Hart

プロヴィデンスにある北墓地 North Burial Ground の夜番。一九二七年から翌年にかけて、たびたび墓荒しに遭った現場を目撃した。

【参照作品】「チャールズ・デクスター・ウォード事件」

用語 **ハーパー、アーミティッジ** Armitage Harper
　元ミスカトニック大学の歴史学教授で図書館長も務めた碩学。マサチューセッツ史の専門家であり、引退後も同大付属図書館に研究室をもつ。
【参照作品】「暗黒の儀式」

用語 **ハーリイ、フランシス** Francis Harley
　ベルヴュー在住の冒険好きな紳士。ウォルター・ド・ラ・ポーアについて、「正義と名誉と慎みを重んじる比類ない人物」と日記に記している。
【参照作品】「壁のなかの鼠」

作家 **バールスン、ドナルド・R** Donald.R.Burleson
①**点を結ぶ** Connect the Dots（青心社文庫『ラヴクラフトの世界』）一九九七
　米国のホラー作家、UFO研究家（一九四一〜　）。東ニューメキシコ大学では、行列理論を講じる。小説やUFO関連書をはじめ多岐にわたる著作があり、『Lovecraft: Disturbing the Universe』『H. P. Lovecraft　A Critical Study』などのラヴクラフト研究書も著している。妻モリイも作家である。①はミスカトニック大学で教鞭を執る男が、妻に対して抱く不安と疑惑の顛末を惻々と描いた作品で、現代版の〈妖術師物語〉といった趣もある。

作家 **バールスン、モリイ・L** Mollie.L.Burleson
①**魔宴の維持** Keeping Festival（青心社文庫『ラヴクラフトの世界』）一九九七
　米国の作家、詩人、UFO研究家、カバー・アーティスト（?〜　）。作家ドナルド・L・バールスンの妻。S・T・ヨシ編纂の競作集『黒き翼』シリーズなどにも参加している。①はラヴクラフトの「魔宴」に魅せられ、その舞台をユールの季節に訪れた画家が体験する、ささやかな神秘を描いて印象的な小品である。

作家 **バーロウ、ロバート・ヘイワード** Robert Hayward Barlow
①**すべての海が／海の水涸れて** Till A'the Seas（全別下／定9）一九三五
②**夜の海** The Night Ocean（全別下／定6）一九三六
　米国フロリダ州出身で作家、詩人、出版人から人類学者まで多彩な経歴を有する（一九一八〜一九五一）。十三歳でラヴクラフトと文通を始め、互いの家に滞在しあうなど親しく交際。やがてHPLの信頼を得て、遺著管理人に指名される。ラヴクラフトの遺稿や手記の整理・保管（その

多くをブラウン大学のジョン・ヘイ図書館に寄贈したのはバーロウに他ならない）に力を尽くした。晩年はメキシコに移住し、幾つかの大学で人類学の教鞭を執ったが、一九五一年元日、同性愛の発覚により自死を遂げた。

ラヴクラフトとの合作に①②があり、他にフロリダのバーロウ邸滞在中に戯れに共作した小品「世紀の決戦 The Battle That Ended the Century」（一九三四／学研『文学における超自然の恐怖』所収）も残されている。①は太陽との距離が接近することで大洋が干上がり終滅の時を迎えた超未来の地球で、人類最後の生き残りとなった若者ウルの孤独な彷徨と皮肉な死を描く。ラヴクラフトの幻想宇宙史にも一脈通ずる作品である。バーロウ自身の手になる「大洋のゆったりうねる波のような文体」（大瀧啓裕）で綴られた②は、浜辺の孤屋に滞在する画家の眼に映じた、海の神秘と魅惑と畏怖を惻々とモノローグで描き出し、地味ながら深い余韻を残す逸品となっている。インスマス物語を彷彿させる作中話の「御伽噺」も、短いが印象的だ。

作家 **ハーン、ラフカディオ** Patrick Lafcadio Hearn

①**きまぐれ草** Fantastics and Other Fancies（恒文社『飛花落葉集』）一九一四

②**怪談** Kwaidan（岩波文庫ほか）一九〇四

日本名は小泉八雲（一八五〇～一九〇四）。ギリシアのレフカダ島に生まれる。父はアイルランド出身の英国陸軍軍医、母はギリシア人。幼時を父の郷里ダブリンで過ごすが、六歳のとき両親が離婚、父方の大叔母に引き取られる。イングランドとフランスのカトリック校で教育を受け、六九年に渡米。その間、遊戯中の事故で左目を失明した。シンシナティ、ニューオリンズで新聞記者生活を送り、八一年、『タイムス・デモクラット』紙の文学部長となる。仏独露の新文学を精力的に翻訳紹介し文名を高めた。八七年から二年間、西インド諸島に滞在、出世作となった小説『チタ』などを著す。九〇年、『ハーパース・マンスリー』誌の特派員として来日したが、契約上のトラブルで辞職し、松江中学校の英語教師として出雲におもむく。古い日本の面影を色濃く残す松江の風物人情に深く魅せられたハーンは、同年、旧士族の娘・小泉節子と結婚、腰を据えて日本文化研究に取り組む意向を固めた。熊本五高教師、『神戸クロニクル』記者を経て、九六年に上京、東京大学文学部で英文学を講じる。その間『知られぬ日本の面影』を皮切りに、日本文化紹介の良心的著作を次々に米国で出版。九六年には日本に帰化して、小泉八雲を名のる。日本研究の総決算ともいうべき大著『日本』をまとめて程なく、狭心症により急逝した。

八雲は代表作である②をはじめとする著作中で、意欲的に日本古来の怪異談の蒐集と再話に努めたが、これは〈夢見る民〉たるケルトの血をひく、その気質によるところが大きい。すでに米国時代から、東西異邦の古伝説を蒐集した処女作『飛花落葉集』や、ゴーチエの英訳『ある夜のクレオパトラその他』、仏語文献に取材した『中国怪談集』と怪奇幻想色の強い著作を相次いで著し、地元の幽霊屋敷や猟奇事件の探訪にもおもむくなど、怪奇派ジャーナリストぶりを発揮している。そうした自身の怪奇への嗜好を綴ったエッセイには『影』所収の「夢魔の感触」や「ゴシックの恐怖」があり、それを一種の怪奇文学論に高めたのが、九九年に東大で講じた「文学における超自然的なるもの The Value of the Supernatural in Fiction」であった。その中で八雲は夢と怪談の関係を分析し、ブルワー＝リットンの「屋敷と呪いの脳髄」を世界最高の怪奇小説と称揚している。

①は、ニューオリンズでの新聞記者時代に地元紙に寄稿した文章を蒐めた没後刊行の小品集。その原題には〈気まぐれ〉のみならず、〈幻想〉や〈夢想〉といった含意も色濃いことは、「幽霊の接吻」「石に書かれた名前」「死後の恋」ほか、幽玄で運命的な愛と死を主旋律とする内容が雄弁に物語っている。ラヴクラフトは、奇しくもハーンの怪奇文学論と酷似したタイトルを冠する「文学と超自然的恐怖」で、『怪談』と並べて『きまぐれ草』に言及しており、なにがしかの影響を受けていたことが、右に掲げた作品などからも窺われるところである。

「アメリカで書いた『奇想天外』（『気まぐれ草』に同じ／引用者註）には残虐きわまりない強烈な作品が何作か収められている。一方『怪談』は日本で書かれた作品だが、あの色彩豊かな国に伝わる無気味な昔話やそっと語りつがれてきた伝説を比類のない技巧と繊細さによって結晶させている。ハーンの言葉の魔術は、フランス語、特にゴーチエ、フローベールの作品の飜訳にもっとはっきりと現われている」（植松靖夫訳）

さるにてもHPLがハーンの良き理解者であり、『怪談』を通じて本邦のおばけ話に親しんでいたとは、われわれ日本のラヴクラフティアンにとって、嬉しいことではないか。

用語 バイアグーナ Byagoona

〈無貌のもの〉と呼ばれる神性。顔のない黒いスフィンクスの姿で顕現する。ナイアルラトホテップと同一の存在であるとも噂されている。

【参照作品】「アボルミスのスフィンクス」

用語 **バイアクヘー** Byakhee

バイアキー、ビヤーキーとも。ハスターに仕える有翼生物。蝙蝠に似た翼で、星間宇宙を飛翔する。金色の蜂蜜酒を飲み、石笛を吹き、呪文を叫ぶことにより、シュリュズベリイ博士はこの生物を呼び寄せ、遠隔地への移動やクトゥルー勢力からの逃亡手段に用いた。

【参照作品】「永劫の探究」

用語 **バイアティス** Byatis

『妖蛆の秘密』の中で〈蛇の髭をもつバイアティス serpent-bearded Byatis〉と記されている予言の神。

【参照作品】「星から訪れたもの」「城の部屋」

用語 **『ハイ・ストリートの教会の伝説について』** On the legend of the High Street Church

英国テンプヒルで調査中のアルバート・ヤングが、失踪前に書き残していた取材メモ集。

【参照作品】「ハイ・ストリートの教会」

用語 **ハイド卿、ジェフリイ** Sir Geoffrey Hyde

米国ボストンで悪名を馳せたハイド家の一員で、一六四〇年に英国サセックスから移住し、数年後に同地で没した。

【参照作品】「霊廟」

用語 **ハイドラ** Hydra

〈ヒュドラ〉を参照。

用語 **パイパー、エイモス** Amos Piper

ミスカトニック大学の人類学者。〈大いなる種族〉による精神交換を、身をもって体験した。

【参照作品】「異次元の影」

用語 **ハイパーボリア** Hyperborea

〈ヒューペルボリア〉を参照。

用語 **パイン・デューンズ** Pine Dunes

英国北西部ランカシャー地方にある海沿いの町。古くから魔女集会や幽霊の噂が絶えない土地柄で、森の中の窖には〈旧支配者の養い子〉が、おぞましい姿をさらすことがある。

【参照作品】「パイン・デューンズの顔」

作品 **パイン・デューンズの顔** The Faces at Pine Dunes

J・ラムジー・キャンベル

【初出】アーカム・ハウス『新編・クトゥルー神話作品集』一九八〇年刊
【邦訳】高橋三恵訳（真6—2&新7）
【梗概】マイケルの両親は、彼が生まれたときからずっとトレーラーを住居に、放浪生活を続けていた。しかし、ここパイン・デューンズに落ち着いてから、父は定住の決意をかためたようで、母の懇願にも耳を貸そうとはしなかった。マイケルは近くの村のクラブに仕事を見つけ、麻薬トリップ常習者のジューンという娘と知り合う。最近異様に太りはじめた父。何かに怯える母。毎夜どこかへ出かける両親。夢に顕われた無気味な顔……。マイケルは、今まで経巡ってきた土地土地が、すべて魔女信仰の拠点であることを知り、疑惑を深める。ある夜、ジューンとともに近くの森へ分け入ったマイケルは、迷路のような樹木のトンネルを抜けた広場の窖（あな）に蠢く（うごめく）、光を発する巨大な物体を目撃する。それは世代を重ねるごとに、おぞましい「親」の姿に近づく〈旧支配者の養い子〉だった！
【解説】孤独な青年の閉塞した日常に忍びよる旧支配者の暗影……。クトゥルー青春小説ともいうべき瑞々しい抒情を湛えた本篇は、作家キャンベルの確かな成長ぶりを印象づけた佳品である。

用語 ハウ、アミティ Amity How
セイレムの魔女裁判で、サイモン・オーンらが悪魔と契約を交わした件を証言した女性。
【参照作品】「チャールズ・デクスター・ウォード事件」

用語 バウドロー Boudreau
ミスカトニック大学の南極探検隊員。レイクとともに狂気山脈を探査した後、消息を絶つ。
【参照作品】「狂気の山脈にて」

用語 ハオン＝ドル Haon-Dor
魔峰ヴーアミタドレス山の底なしの深淵にある千柱の宮殿に住まう、人類以前の妖術師。その宮殿には、無数の使い魔が犇（ひし）めいている。
【参照作品】「七つの呪い」「深淵への降下」「羊皮紙の中の秘密」「ハオン＝ドルの館」「暗黒の妖術師」

作品 墓はいらない Dig Me No Grave
R・E・ハワード
【初出】『ウィアード・テイルズ』一九三七年二月号
【邦訳】児玉喜子訳「墓はいらない」（ク5）／夏来健次訳「われ埋葬にあたわず」（創元推理文庫『黒の碑』）

【梗概】友人のコンラッドが狼狽もあらわに、わたしの家にやってきた。聞けば、かねて悪しき噂のあったオカルティストのジョン・グリムランが、今宵息をひきとったという。わたしは、死体に奇怪な処置を施すことを故人に依頼されているコンラッドに同行し、グリムランの屋敷に向かった。遺された書置には、おぞましい秘事が記されてあった。グリムランは二百五十年前に、おのれの魂と肉体を魔王マリク・タウスに売り渡しており、今宵こそが、その支払いの期日だったのだ！

【解説】典型的な〈妖術師物語〉の一篇だが、マリク・タウス、コスなど、独自の神話アイテムが盛りこまれている。なお、語り手のキロワン教授とコンラッドのコンビは、一九三一年発表の転生幻想譚「夜の末裔」にも、すでに登場している。

作家 バカン、ジョン John Buchan

①魔女の森 Witch Wood（未訳）一九二七

スコットランドの作家、編集者、歴史家、政治家（一八七五〜一九四〇）。初代トゥイーズミュア男爵。第十五代カナダ総督。スコットランド自由教会の牧師であった父の長男として、スコットランドのパースに生まれる。オックスフォード大学では古典学を専攻、優秀な成績で卒業する。ロンドンで出版社の共同経営者に迎えられる一方、政治の世界にも意欲を示し、一九二七年に国会議員に当選、三五年にはカナダ総督に任命された。そのかたわら、小説やノンフィクションの執筆にも精力的に取り組み、スパイ冒険小説『三十九階段』（一九一五）などで人気を博す。

ラヴクラフトは「文学と超自然的恐怖」の中で、①について「スコットランドの人里離れたとある地方を舞台に、魔宴が再び開かれるようになるさまを、凄じい力強さで描き出した作品」「魔性の石を秘めた暗黒の森の描写や、恐怖の物語もいよいよ最後という段での、恐るべき宇宙的規模での不吉な陰がしのびよるさまの描写は、ゆっくりとした筋の進行とスコットランド方言にさんざん付き合わされてきた読者の苦労に報いるだけの素晴らしい出来」（植松靖夫訳）と評している。後期のラヴクラフト作品に顕著な辺境志向——人跡稀な地域に蠢く太古の恐怖を描いた先覚者として、注目に価する作家であろう。

用語 白色変種のペンギン albino penguins

南極の狂気山脈にある石造都市の地下に棲息するペンギン。キングペンギン（王様ペンギン）の最大のものよりも大きい、未知の巨大な種で、白化し眼が退化している。

【参照作品】「狂気の山脈にて」

アーカム・ハウス版『博物館の恐怖』

作品 **博物館の恐怖** The Horror in the Museum
ヘイゼル・ヒールド
【初出】『ウィアード・テイルズ』一九三三年七月号
【邦訳】 野村芳夫訳「博物館の恐怖」（神）／東谷真知子訳「博物館の恐怖」（ク1）
【梗概】 ロジャーズ博物館の特別室は、世にもおぞましい場所だ。そこには禁断の神々――クトゥルーやツァトゥグアの生けるがごとき蠟人形が展示されているのだから。怪奇マニアのジョーンズは、館長のロジャーズと親しくなる。狂気を噂されるこの男は、展示物が人工物ではないとほのめかすばかりか、自分が北極の地下で発見したという仮死状態の「神」の写真を示す。その足もとには、無残に血を吸いとられた犬の死骸が。恐るべきラーン＝テゴスは、本当に甦ったのか。博物館で一夜を過ごすスティーヴンに、恐怖の魔手が迫る。
【解説】 邪神たちのリアルな像が並ぶ蠟人形館という舞台が醸しだす異様なムードが、邪神復活の狂おしい雰囲気を高めている。どこぞのテーマパークで実現させてもらいたい趣向ではある。

用語 **パサムシック河** Passumpsic
米国ヴァーモント州カレドニア郡 Caledonia County を流れる河。一九二七年十一月の大洪水の後、増水した河を流れくだる異形のものが目撃された。
【参照作品】「闇に囁くもの」

用語 **ハスター** Hastur
ハストゥールとも。ときとして〈名状しがたいもの the Unspeakable〉とも呼ばれるように、旧支配者の中でも謎めいた部分の多い神性である。〈星間宇宙を歩くもの〉とも呼ばれ、ヒヤデス星団のアルデバラン近くの暗黒星に潜む。その地は、ときに〈黒きハリ湖〉と呼ばれることもある。バイアクヘーが仕えている。

【参照作品】「カルコサの住民」「羊飼いのハイータ」「闇に囁くもの」「ハスターの帰還」「永劫の探究」「イタカ」

作品 ハスターの帰還 The Return of Hastur

オーガスト・ダーレス

【初出】『ウィアード・テイルズ』一九三九年三月号

【邦訳】岩村光博訳（ク1）

【梗概】弁護士であるわたしは顧客の一人エイモス・タトルの末期を、相続人のポールとともに見守った。エイモスの遺体は魚のような姿に変貌したため、急いで埋葬された。住居を徹底的に破壊するようにという遺言を無視して、叔父の家で暮らしはじめたポールは、遺された資料から、エイモスが旧支配者の秘密に通じ、ハスターとおぞましい契約を交わしていたことを知る。ポールからの電話を受けたわたしは、エイモスを脅かした危機が、甥の身にも迫っていることに慄然とする。屋敷に近づく地底の足音とは？　そして恐るべき「安息所」とは何か？

【解説】ハスターとクトゥルーが怪獣映画さながらに格闘を演じ、それを旧神がウルトラマンよろしく撃退するという、ラヴクラフトが読んだら呆然自失しかねない破格の一篇。良くも悪くも、ダーレス神話の本領が発揮されている。

用語 バスト Bast

〈ブバスティス〉を参照。

用語 『発狂した修道士クリタヌスの告白録』

Confessions of the Mad Monk Clithanus

英国の修道士クリタヌスがラテン語で著し、ローマで内密に刊行された禁断の書物。〈クトゥルーの落とし子〉を海から召喚する呪文などが具体的に記されているという。大英博物館やシカゴのフィールド博物館 Field Museum に収蔵されている。

【参照作品】「湖底の恐怖」「彼方からあらわれたもの」「エリック・ホウムの死」

用語 ハッチンス、サム Sam Hutchins

ダニッチ在住の老人。アーミティッジ博士一行を道案内した村人のひとり。

【参照作品】「ダニッチの怪」

用語 ハッチンスン、エドワード Edward Hutchinson

セイレム郊外のダンバーズ（旧セイレム村）在住のオカルティスト。夜に物音のする林の近くの家に住み、異様な訪問者をもてなしていた。セイレムの魔女狩りが始まる直前、突然姿をくらましたが、約二世紀後の一九二八年に、中欧トランシルヴァニアのフェレンツィ城から、チャールズ・ウォードに宛てて奇怪な書簡を送ってきた。その直後、原因不明の爆発事故で、城もろとも消失したといわれる。

【参照作品】「チャールズ・デクスター・ウォード事件」

用語 **ハテグ** Hatheg

ハセグとも。〈夢の国〉の村。霊峰ハテグ＝クラの麓にある。

【参照作品】「蕃神（ばんしん）」

用語 **ハテグ＝クラ** Hatheg-Kla

ハセグ＝クラとも。ハテグ村の奥地、石の荒野を越えた遠方に聳える霊峰。かつて大地の神々が住みなし、今も山腹を青白い靄が包む夜には、神々が雲の船で来臨し、往時を偲んで舞い遊ぶという。

【参照作品】「蕃神」

用語 **バノフの谷** valley of Banof

ロマールの地にある谷。

【参照作品】「北極星」

用語 **ババドル、セリム** Selim Bahadur

シュトレゴイカバールに侵攻したトルコ軍の指揮官。書家でもあり、〈黒い石〉の祭祀と怪物をめぐる忌まわしい見聞を、巻物に書き遺した。

【参照作品】「黒い石」

用語 **バハルナ** Baharna

〈夢の国〉のオリアブ島にある強大な港町。トンとタルの二灯台が、来船を歓迎している。市街地は、港に臨む岩棚に層をなして広がる。

【参照作品】「未知なるカダスを夢に求めて」

作品 **呪術師（パパロイ）の指環** The Rings of the Papaloi

D・J・ウォルシュJr

【初出】アーカム・ハウス『ダーク・シングス』一九七一年刊

【邦訳】渡辺健一郎訳（真2&新5）

【梗概】ニューオリンズ大学の民俗学教授カールトンは、六人の学生を引率して、ヴードゥー信仰調査のため、ミシシッピのデルタ地帯の奥深く入りこんだ。デルニエール＝臨終の島々と呼ばれるその一帯は、地元の人間が怖れて近寄らぬ魔処で、中心部の広場には石柱と礼拝所があった。

六日目の夜、怪しい太鼓の音に眠りに陥った一行が気づいてみると、そこには裸体の原住民による魔宴が繰りひろげられていた。狂乱のさなか、〈千の仔を持つ森の黒い山羊〉シュブ＝ニグラスへの祈りに応えて、翼もつ妖魔が石柱に飛来した。ただひとり辛くも生還した教授だったが、忌まわしい太鼓の響きが、いま、書斎に……。

【解説】豊饒神的な性格を窺わせるシュブ＝ニグラスの登場によって、ヴードゥー教と神話大系を直結させた異色作。

用語 **バブスン、ユーニス** Eunice Babson

インスマスの住人。アセナス・ウェイトに雇われ、クラウニンシールド荘で働いていた。

【参照作品】「戸口にあらわれたもの」

作品 **破風の窓** The Gable Window

H・P・ラヴクラフト&A・ダーレス

【初出】『サターン』一九五七年五月号

【邦訳】大瀧啓裕訳（ク1）

【梗概】わたしは、急死した従兄ウィルバー・エイクリイの農場に移り住む。禁断の知識の探求者であるウィルバーは、南に面した破風の部屋に大きな丸窓を取りつけ、もっぱらそこで生活していたらしい。奇怪な物音に悩まされたわたしは、それが丸窓の向こう側から響いてくることに気づく。謎を解く鍵は、従兄が遺した資料の中にあった。ヒヤデスの地でつくられた〈レンのガラス〉で出来た丸窓は、旧支配者の信奉者が潜む禁断の地に通じる戸口だったのだ。呪文を唱えたわたしは、荒涼とした砂漠地帯の光景と、醜怪な〈砂に棲むもの〉を目撃して……。

【解説】異界の光景をパノラマ風に垣間見る趣向は、同じ作者の「暗黒の儀式」や「アルハザードのランプ」にも用いられている。

作家 **パミリア、ジョゼフ・F** Joseph F. Pumilia

①**モームロス関連文書** M. M. Moamrath : Notes toward a Biography（早川書房『SFマガジン』一九九六年十月号）

一九七五

米国の作家（一九四五～　）。①に付された伊藤典夫氏の解説によれば「七〇年代、ファニッシュな遊びにみちた短篇をよくホラー系の出版物に発表していた」そうである。ビル・ウォレス **Bill Wallace**（経歴不詳）と合作した①は、評伝「M・M・モームロス　その真の人物像を求めて」、「M・M・モームロス『あっという結末』名作選」、モームロスの短篇「激闘スライム平原 **Riders of the Purple Ooze**」再録の三部構成により、埋もれたパルプ・ホラー作家モーティマー・メビウス・モームロスの文業を浮かびあがらせた労作。ちなみにモームロスは「読むもおぞましくまた下らない恐怖小説を書き、生涯をニューイングランドで過ごした」作家で、出身地はマサチューセッツ州ホーカム、彼が創造したモームロス神話について、『ディプレーヴド・テールズ』元編集長のナイジェル・R・ラトホテップは、「この物語の底にある仮説によれば、地球はかつて古い種族によって支配されていたが、あまりにも無能だったため連中はこれを取り落とし、あげくに異次元に迷い出てしまって、そこから帰る道をずっと探しつづけているというのだ」（伊藤典夫訳）と語っており、そこにはホーカムのマスカトニック大学図書館に所蔵される『ネグログノミコン』をはじめとする数々の奇矯なアイテムが登場するのだとか。

用語 **ハリ** Hali

ヒヤデス星団の暗黒星にあるという広大な黒い湖。ハスターの潜み棲む地とされる。太古の知識に通じた人物の名前としても言及されることがある。

【参照作品】「カルコサの住民」「黄の印」「闇に囁くもの」「永劫の探究」

用語 **バリイ、デニス** Denys Barry

バーリーとも。キルデリイ（アイルランド）にある古城の城主の末裔。アメリカで財を成し、祖先の城を買い戻したが、近くの湿原を干拓しようとしたために、異形のものと化した。

【参照作品】「月の湿原」

用語 **ハリス、アルジャナン** Algernon Harris

マンハッタン美術館考古学部門の少壮主任学芸員。チャウグナル・ファウグンの怪異に直面し、ロジャー・リトルに協力を要請した。

【参照作品】「恐怖の山」

用語 **ハリス、ウィリアム** William Harris

プロヴィデンス在住の裕福な商人で、西インド諸島貿易に携わっていた。一七六三年に建造された〈忌み嫌われる家〉の最初の住人となったが、以後五年間に本人と子供たち、使用人ら七名が死亡し、妻のロビイ Rhoby も廃人と化した。

【参照作品】「忌み嫌われる家」

作家 パルヴァー、ジョセフ・S Joseph S. Pulver

①**イアグサトの悪魔払い** The Exorcism of Iagsat（新紀元社『エイボンの書』）二〇〇一
②**ヤディスの黒い儀式** The Black Rite of Yaddith（新紀元社『エイボンの書』）二〇〇一
③**ムナールの忘れられた儀式** The Forgotten Ritual of Mnar（新紀元社『エイボンの書』）二〇〇一
④**キノスラブの葬送歌** The Kynothrabian Dirge（新紀元社『エイボンの書』）二〇〇一
⑤**外なる虚空の儀式** The Ritual of the Outer Void（新紀元社『エイボンの書』）二〇〇一
⑥**アザトースの灰色の儀式** The Gray Rite of Azathoth（新紀元社『エイボンの書』）二〇〇一
⑦**黒い炎の崇拝** The Adoration of the Black Flame（新紀元社『エイボンの書』）二〇〇一
⑧**ナグとイェブの黒き連禱** The Black Litany of Nug and Yeb（新紀元社『エイボンの書』）二〇〇一
⑨**汝の敵を打つためにツァトゥグァを招来せし法** To Call Forth Tsathoggua to Smite Thy Enemy（新紀元社『エイボンの書』）二〇〇一
⑩**「ヨスの放射」ゾグトゥクを召喚し命を与える法** To Summon and Instruct Zhogtk,the Emanation of Yoth（新紀元社『エイボンの書』）二〇〇一
⑪**ズィンの害悪の中を自由に歩く法** To Walk Free among the Harms of Zin（新紀元社『エイボンの書』）二〇〇一

ホラー、ファンタジー、ハードボイルドの作家、詩人、編集者（一九五五〜　）。ニューヨーク出身でドイツ在住。一九九〇年代から作家活動を開始。デビュー作はラヴクラフト風のホラー小品「Nightmare's Disciple」。小説作品に『Nightmare's Disciple』（一九九九）、『The Orphan Palace』（二〇一一）がある。編集者としては、クトゥルー研究同人誌『Crypt of Cthulhu』の共同編集者として活躍。書籍では、クトゥルー神話競作集『Midnight Shambler』、アン・K・シュウェーダーやジョン・B・フォードの作品集などを編纂している。①〜⑪の呪文は、ケイオシアム社版『エイボンの書』の「第五の書　エイボンの儀式」のために起草されたものである。

作品 遙かな地底で Far Below
R・B・ジョンソン
【初出】『ウィアード・テイルズ』一九三九年六・七月合併号
【邦訳】赤井敏夫訳「地の底深く」（神）／大瀧啓裕訳「遙かな地底で」（ク13）

【梗概】ここ、ニューヨークの地下深く設けられた小駅では、きょうも地下鉄網を「あいつら」の手から護るパトロールが続けられていた。あいつら——それは原初の闇の落とし子であり、人とも獣ともつかぬ姿でニューヨークの地下深くに潜む、食屍鬼たちのことだ。大戦前に起きた忌まわしい地下鉄事故の際、偶然捕獲された一匹の解剖調査を依頼されたゴードン・クレイグ教授は、事態を重くみた市当局によって地下鉄特別班のリーダーに任命された。以来二十五年間というもの、彼は地底の暗闇の中で闘い続けてきた。しかし、長年にわたる暗黒と殺戮の日々は、思いもかけぬ変化をクレイグの身にもたらしていたのだった。

【解説】ラヴクラフトの「ピックマンのモデル」以来、神話大系にも欠かせぬ脇役となっている食屍鬼の恐怖を、現代的なシチュエーションのうちに描いた名作である。

用語 パルグ Parg

〈夢の国〉の都市。スカイ河の河口、ダイラス゠リーンの河向こうにある。黒人たちの象牙細工や黄金の取引で知られる。

【参照作品】「未知なるカダスを夢に求めて」

用語 バルザイ Barzai

ウルタールの賢人で、古城に住む領主の息子。猫殺しを禁ずる法律の制定者。『ナコト写本』をはじめとする秘巻を所蔵し、太古の神秘に精通していた。神々の集う夜、ハテグ゠クラに登ったため、命を落とした。

【参照作品】「蕃神」「未知なるカダスを夢に求めて」

用語 バルザイの偃月刀（えんげつとう） Scimitar of Barzai

召喚呪術に用いられる青銅の霊剣で、柄は黒檀製である。火星の日、火星の刻限に、月がその光を増すときに鋳造される。

【参照作品】「魔道書ネクロノミコン」

用語 バロール Balor

黒猫の姿をした小鬼。ピーバディ家代々の妖術師の使い魔となる。

【参照作品】「ピーバディ家の遺産」

用語 ハロップ、エイバル Abel Harrop

アイルズベリイの住民。ヨグ゠ソトース召喚の儀式をおこない、失踪した。

【参照作品】「丘の夜鷹」

用語 **ハワード** Howard

パートリッジヴィル在住の短篇小説作家。真の宇宙的恐怖を作品化しようとしたが、脳を喰らう魔物の餌食となった。

【参照作品】「喰らうものども」

作家 **ハワード、ロバート・アーヴィン**
Robert Ervine Howard

①**影の王国** The Shadow Kingdom（国書刊行会『ウィアード・テールズ2』）一九二九
②**夜の末裔** The Children of the Night（青心社『ウィアード3』）一九三一
③**黒い石**／**黒の碑** The Black Stone（ク4／創元推理文庫『黒の碑』）一九三一
④**屋根の上に**／**破風の上のもの**／**屋上の怪物** The Thing on the Roof（ク8／神／『黒の碑』）一九三二
⑤**アッシュールバニパルの焔**／**アシャーバニパルの炎宝**／**砂漠の魔都**／**アッシュールバニパル王の火の石** The Fire of Asshurbanipal（ク7／国書刊行会『スカル・フェイス』／ソノラマ文庫『剣と魔法の物語』／『黒の碑』）一九三六
⑥**墓はいらない**／**われ埋葬にあたわず** Dig Me No Grave（ク5／『黒の碑』）一九三七
⑦**闇に潜む顎** Usurp the Night（真3&新2）一九七〇
⑧**闇の種族** People of the Dark（『黒の碑』）一九三二
⑨**大地の妖蛆** Worms of the Earth（『黒の碑』）一九三二
⑩**妖蛆の谷** The Valley of the Worm（『黒の碑』）一九三四

【A・ダーレスが補作】
⑪**黒の詩人** The House in the Oaks（真9&新5）一九七一

米国の作家（一九〇六～一九三六）。テキサス州ピースターに生まれ、同州クロス・プレインズで育つ。内向的で気弱な性格を克服するためボディビルやボクシングのトレーニングに励み、筋骨隆々たる巨漢に成長したという。十五歳で創作を始め、一九二五年七月、『ウィアード・テイルズ』に「Spear and Fang」が初めて採用される。カレッジ・スクール卒業後、文筆一本で生計を立てる決意をかため、『ウィアード・テイルズ』を主舞台に怪奇小説やヒロイック・ファンタジーを発表、後年はウェスタンやSF、ミステリーなども手がけ、変わったところではボクシング小説や、水夫コスティガンが活躍する明朗小説のシリーズなどもある。一九三六年六月十一日、母が危篤状態に陥ったことを告げられたハワードは、常に携行していたという拳銃で卒然、みずからの命を絶った。盟友の不慮の死に際してラヴクラフトは、「ロバート・ハワードを偲ぶ **In** Memoriam: Robert Ervin Howard」（一九三六／定7―1）

という追悼の一文を寄せている。

　ハワードといえば、『ウィアード・テイルズ』一九三二年十二月号発表の「不死鳥の剣」に始まる〈コナン〉シリーズ（創元推理文庫／ハヤカワ文庫）があまりにも有名だが、ほかにも十六世紀の怪物ハンター〈ソロモン・ケイン〉やピクトの蛮王〈ブラン・マク・モーン〉など魅力的なキャラクターの活躍するヒロイック・ファンタジー・シリーズがある。邦訳作品集には『スカル・フェイス』（国書刊行会）『剣と魔法の物語』（ソノラマ文庫）のほか、クトゥルー神話作品を中心とするセレクションの『黒の碑』

R・E・ハワード

（創元推理文庫）が夏来健次編訳により刊行されており、「死都アーカム Arkham」などの神話詩も読むことができる。
　①はヴァルーシアの国王となったアトランティス人カルと、同地に巣喰う蛇人間の暗闘を描くヒロイック・ファンタジーで、後にラヴクラフトが〈ヴァルーシアの蛇人間〉に言及したことによって神話大系に組み入れられた。神話小説というよりも先行作品と位置づけるべきものだろう。
②も冒頭のシーンで魔道書やクトゥルーの神々に関する言及がなされるものの、頭を打った衝撃で前世の自分に回帰し、呪われた闇の種族の血脈が現代に残存していることを知るという転生幻想の物語である本筋とは、あまり関係がない。ただ、『無名祭祀書』が初お目見えすることと、アーサー・マッケンの作品と深い関わりを有するという点で注目すべき作品といえる。⑦は「ダニッチの怪」風の異次元怪物養育譚だが、主人公が先祖伝来の破邪の剣を引っさげて妖術師の屋敷に乗り込み、蹄をもつグロテスクな怪物をめった切りにするあたりが、いかにもハワードらしい。こうした②と⑦の延長線上に位置するのが、⑧⑨⑩に代表される神話風味のヒロイック・ファンタジー作品であり、そこでは蛮族の英雄たちと邪神の眷属との荒ぶる闘いが、作者ならではの狂熱的語り口により活写されている。ハワードの正調神話作品は、総じて作者の本領を十全に発揮す

るものとはなっていない憾みがあるが、これはおそらく神話作品の定石に拠ったのでは、ハワード持ち前の「狂おしき闘争本能」が不完全燃焼に終わらざるをえないためではなかろうか。⑤など、その典型といえる。逆に無理矢理ハワード世界に移行する⑦などは、たしかに痛快だが、相手方の魔物が迫力不足になってしまう嫌いがある。ままならないものである。

用語 ハン Han

『妖蛆の秘密』に〈暗きハン dark Han〉とのみ記される、予言の神。

【参照作品】「星から訪れたもの」

用語 蕃神 other gods

外宇宙より到来した、異形の神々のこと。地球本来の神々と区別する意味で用いられることが多い。旧支配者とも、しばしば同一視される。「弱々しい地球の神々をまもる外なる地獄の神々」として畏怖されている。

【参照作品】「蕃神」「未知なるカダスを夢に求めて」

用語 番人 Guards

ジョウゼフ・カーウィンが、おぞましき目的のために〈塩〉から蘇らせ使役していた「大食らい」なものども。かれらの塩を納めた壺には「クストデス Custodes」（ラテン語で「番人」の意）と記されていた。

【参照作品】「チャールズ・デクスター・ウォード事件」

用語 「パンの大神」 The Great God Pan

英国の作家アーサー・マッケンが、一八九〇年に発表した短篇小説。脳手術の結果、禁断の〈パンの大神〉を目にした少女が産み落とした妖女ヘレン・ヴォーン **Helen Vaughan**が、ロンドンの社交界で男たちを性の秘奥へと誘い、次々に自殺に追いこんでゆくという淫靡にして怪奇な物語である。ヘレンは最期に、進化の過程を逆行するかのような、世にもおぞましい肉体変容のさまを示す。その描写は、ウィルバー・ウェイトリイの断末魔のくだりに影響を与えたとおぼしい。

【参照作品】「ダニッチの怪」

用語 ピアース、アミ Ammi Pierce

ネイハム・ガードナーの隣人で、同家とは妻ともども家族ぐるみの交流があった。一八八二年六月に起きた〈不思議の日々〉の真相を、唯一つぶさに見とどけた人物である。

【参照作品】「宇宙からの色」

牧神が描かれた
『パンの大神』
初刊本の扉

作家 **ビアス、アンブローズ** Ambrose Gwinnett Bierce

①**カルコサの住民／カーコサのある住人** An Inhabitant of Carcosa（ク3／創土社『ビアス怪異譚』）一八九三

②**羊飼いのハイータ** Haïti the Shepherd（創土社『ビアス怪異譚』）一八九三

③**怪物** The Damned Thing（創元推理文庫『怪奇小説傑作集3』ほか）一八九三

米国の作家、ジャーナリスト（一八四二～一九一四？）。オハイオ州メイグズ郡の貧しい開拓農家に生まれる。十五歳で家を出、一八六一年、南北戦争が始まると北軍の義勇兵として従軍、数々の軍功をあげた。その後サンフランシスコに出て舌鋒鋭い敏腕ジャーナリストとして、一八八〇～九〇年代に西海岸の新聞界で一世を風靡する。また、短篇集『生のさなかにも』（九八／創元推理文庫）をはじめとする、切れ味鋭い短篇小説の名手としても知られた。晩年は現実嫌悪の念を深め、革命による動乱下のメキシコにおもむき、忽然と消息を絶った。真相は現在も明らかになっておらず、行き止まりの洞窟に単身、足を踏み入れたまま失踪したという、作者本人の怪異譚もしくは神話作品まがいの怪説まで流布している（ちなみに『週刊少年マガジン』一九六九年九月二十八日号に掲載された水木しげるのグラビア「大妖奇境」の「洞穴巨人境」には、ビアスが洞窟内で巨人族と遭遇する光景が描かれている。またジェラルド・カーシュの「壜の中の手記」はビアスの失踪をテーマにした短篇で、ビアスが「旧き種族」と遭遇する物語である）。邦訳には東京美術版『ビアス選集』全五巻のほか、怪奇小説のみを集めた『ビアス怪異譚』（創土社）がある。

短篇の代表作として名高い「アウル・クリーク橋の一事件」（ちくま文庫『幻想小説神髄』ほか所収）をはじめ、

ビアスは生と死のはざまを揺曳するかのような趣の作品を数多く手がけているが、①は霊媒によって伝えられた死者の言葉を、そのまま書き留めたという体裁による異色の一篇。見晴らすかぎり墓場の続く陰鬱な荒野にたたずむ男は、通りかかった蛮人に、カルコサの邑への道をたずねるが……。〈ハリの霊〉〈アルデバランとヒヤデス星団〉〈先史時代の種族の墓所〉など、神話大系に継承されるフレーズが登場する、神韻縹渺たる小品である。②は羊飼いの神(！)ハスターを崇める純朴な羊飼いの若者をめぐる寓意的な牧歌譚。ハスターは恵み深い神として描かれており、神話大系の中で同神が、ときとして人類に友好的な側面を示す神とされるのも、案外このあたりに遠因があるのかも知れない。③は猟師小屋の周辺に出没する、目に見えない怪物の脅威を臨場感あふれる筆致で描いた短篇で、怪異に疑似科学的説明を施している点で「ダニッチの怪」の〈あれ〉と一脈通ずるものがある（ちなみに『怪奇小説傑作集3』では、「ダニッチの怪」と③が連続して収載されていた）。

用語 **ヒース、カッサンドラ** Cassandra Heath

ラザラス・ヒースの娘。脳外科医師ジェイムズ・アークライト James Arkwright の妻となるが、その正体は、ゾス・サイラがラザラスと交わり産み落とした〈緑の深淵の落とし子〉だった。

【参照作品】「緑の深淵の落とし子」

用語 **ヒース、ラザラス** Lazarus Heath

貨物船マケドニア号 **Macedonia** の一等航海士。同船はアフリカへ向かう途中、洋上で妖霧に呑みこまれて座礁沈没。唯一生き残ったラザラスは、緑の粘着物に覆われた孤島で、おぞましき〈ゾス・サイラ〉の花婿となり、娘カッサンドラをともなって人間界へと帰還する。ケイルズマス **Kalesmouth** の館で隠棲生活をおくり、魚とみまがう姿で絶命した。

【参照作品】「緑の深淵の落とし子」

用語 **ピースリー、ウィンゲイト** Wingate Peaslee

ナサニエル・ウィンゲイト・ピースリーの次男で、一九〇〇年に生まれた。長じてミスカトニック大学の心理学教授となる。一九三五年、父とともにグレート・サンデー砂漠の遺跡調査に参加した。

【参照作品】「時間からの影」「アーカムそして星の世界へ」「地を穿つ魔」

用語『ピースリー体験談』 Peaslee Narrative

N・W・ピースリーの奇怪な体験を記した書物で、H・P・ラヴクラフトが代作したという。息子ウィンゲイト・ピースリーが出版して物議をかもした。

【参照作品】「狂気の地底回廊」

用語 ピースリー、ナサニエル・ウィンゲイト Nathaniel Wingate Peaslee

米国ハヴァーヒル Haverhill の旧家に生まれた政治経済学者。一八九五年、ミスカトニック大学の講師に着任後、アーカムに転居した。一八九六年にアリス・キーザー Alice Keezar と結婚、二男一女をもうけた。一九〇二年に教授となる。一九〇八年に突然奇妙な記憶喪失に陥り、一三年に回復するまで〈大いなる種族〉と精神を交換されていた。妻と一九一〇年に離婚後は、クレイン・ストリート Crane Street 二十七番地の自宅で、次男のウィンゲイトと暮らす。一九三五年、西オーストラリアのグレート・サンデー砂漠で、〈大いなる種族〉の遺跡を発掘した。

【参照作品】「時間からの影」

用語 ピーターズ Peters

キングスポートの〈恐ろしい老人〉が所有する瓶のひとつに付けられた名称。

【参照作品】「恐ろしい老人」

用語 ヒートン Heaton

カドウ郡の小村ビンガーに住んでいた若者。一八九一年に近郊の奇妙な墳丘に探険におもむき、夜になって村に戻ったときには正気を失っていた。

【参照作品】「墳丘の怪」

用語 ピーバディ、E・ラファム E. Lapham Peabody

アーカムの歴史協会学芸員。イライザ・オーンの孫による家系調査に助力した。

【参照作品】「インスマスを覆う影」

用語 ピーバディ、アサフ Asaph Peabody

マサチューセッツ州ウィルブラハム Wilbraham 在住の妖術師。幼児を生贄とするおぞましい反魂(はんごん)の儀式を執りおこなった。

【参照作品】「ピーバディ家の遺産」

用語 ピーバディ家 Peabodys

マサチューセッツ州セイレムから同州ウィルブラハムへ

移住してきた、怪しげな一族。黒猫の姿をした使い魔を従える、妖術師の家系である。
【参照作品】「ピーバディ家の遺産」

用語 **ピーバディ、フランク・H** Frank H. Pabodie
ペーボディとも。ミスカトニック大学工学科教授。地層調査のための高性能ドリル装置を開発した。一九三〇年、同大の南極探検隊に加わる。
【参照作品】「狂気の山脈にて」

作家 **ヒールド、ヘイゼル** Hazel Heald
①**石像の恐怖／石の男** The Man of Stone（ク4／全別下）一九三二
②**博物館の恐怖／蠟人形館の恐怖** The Horror in the Museum（ク1&神&全別下／ソノラマ文庫『魔の創造者』）一九三三
③**羽のある死神／魂を喰う蠅** Winged Death（全別下／国書刊行会『ウィアード・テールズ3』）一九三四
④**永劫より** Out of the Aeons（ク7&神&全別下）一九三五
⑤**墓地に潜む恐怖／墓地の恐怖** The Horror in the Burying Ground（真2&新3／全別下）一九三七
米国マサチューセッツ州ソマーヴィルに暮らしたアマチュア作家（一八九六〜一九六一）。ウィリアム・W・ドレイク William W. Drake と妻オラエッタ Oraetta J. の娘だが、詳しい経歴は不明である。一九三二年にC・M・エディー夫人の紹介でラヴクラフトと知り合ったらしく、①の添削指導を依頼、同作は『ワンダー・ストーリーズ』一九三二年十月号に掲載された。以後、②〜⑤がいずれもラヴクラフトの添削を経て『ウィアード・テイルズ』に掲載されている。③はウガンダ奥地、邪神崇拝の廃墟がある魔処からもたらされた悪魔の蠅の怪異を描いた作品で、早すぎた埋葬テーマをマッド・サイエンティスト物にからめた⑤とともに、神話大系との関連は稀薄である。ヒールドの神話作品には「ゴーゴン妄想」とでも呼ぶべき、人が石と化すことの恐怖と魅惑が共通して顕われており、それなりに独自色が打ち出された世界を形作っている。

用語 **ヒーロー** Hero
アミ・ピアースの愛馬。ガードナー農場で、隕石の引き起こした異常現象の犠牲となった。
【参照作品】「宇宙からの色」

用語 **ピガフェッタ** Pigafetta
『コンゴ王国』の著者（一五三三〜一六〇三）。アフリカ旅行中に、ポルトガルの船員ドゥアルテ・ロペスと知り合い、その見聞談を同書にまとめた。

【参照作品】「家のなかの絵」

用語 **光輝くもの** luminous thing

キャッツキルの住人ジョー・スレイターの肉体に宿った、高度な知性を有し、時空を超えてさすらう宇宙的実体。呪わしい〈圧政者〉に復讐を果たすべく、アルゴール星へ飛び去った。〈大いなる種族〉との関連はさだかでない。

【参照作品】「眠りの壁の彼方」

用語 **「光を照りかえすこともない深淵の暗黒」**

The unreveberate blackness of the abyss

〈無名都市〉に到った旅人が、何度となく唱えたという、ダンセイニ卿の物語に登場する一節。『驚異の書 The Book of Wonder』（一九一二）に所収の「三人の文士に降りかかった有り得べき冒険 The Probable Ad-venture of the Three Literary Men」の結語にあたる。

「しかし、上方にあるその秘密の部屋で明かりがともされた理由と、明かりをともした者の正体を知りつくしているスリスは、この世の縁を跳びこえた。そして音ひとつない奈落の闇を落下しながら、いまだにわれわれから遠ざかっているのである。」（中村融訳／河出文庫版『世界の涯の物語』より）

【参照作品】「無名都市」

用語 **蟇（ひきがえる）の神殿** Temple of the Toad

ホンジュラスのジャングルに埋もれる太古の神殿。インディオ以前に絶滅した古代種族が、触角と蹄をそなえて嘲笑する奇妙な神を礼拝していたという。

【参照作品】「屋根の上に」

用語 **ビショップ家** Bishops

アイルズベリイ一帯に定住する一族。元はウェイトリイ一族とならぶ名家だったが、異界のものと交渉をもつ者が多く、やがて衰退した。北米先住民の血が混入しているともいう。

【参照作品】「恐怖の巣食う橋」「谷間の家」「暗黒の儀式」

用語 **ビショップ、サイラス** Silas Bishop

ダニッチ在住の「まだ堕落してはいない」ビショップ家の者。センティネル丘に向かうウェイトリイ母子の姿を見かけて仰天する。

【参照作品】「ダニッチの怪」

用語 ビショップ、セス Seth Bishop

ダニッチの住人。その居宅は不運にも、村外れのウェイトリイ老の家に最も近い位置にあった。透明怪物事件の犠牲者のひとり。

【参照作品】「ダニッチの怪」

用語 ビショップ、セス Seth Bishop

衰退したビショップ一族の最後の末裔。アイルズベリイの人里離れた孤家（ひとつや）で、クトゥルー崇拝に関わる禁断の研究に携わり、失踪した。一九一九年から一九二三年にかけて、『ネクロノミコン』『屍食教典儀』『ナコト写本』『ルルイエ異本』からの抜粋を筆写した、木製表紙の大冊を作成している。

【参照作品】「谷間の家」

用語 ビショップ、セプティマス Septimus Bishop

ダニッチ北方にある先祖伝来の家に住む魔術師。ウィルバー・ウェイトリイやアセナス・ボウアン Asenath Bowen をはじめとする多くの魔術師やオカルティストと文通を交わし、謎の失踪を遂げた。

【参照作品】「恐怖の巣食う橋」

作家 ビショップ、ゼリア Zealia Brown Bishop

①**イグの呪い** The Curse of Yig（ク7&神&全別上）一九二九

②**メドゥサの髪／メデューサの呪い** Medusa's Coil（全別上／真3&新3）一九三九

③**墳丘の怪／俘囚の塚** The Mound（ク12／真10&新1）一九四〇

米国の作家（一八九七〜一九六八）。ミズーリ州出身。一九二七年から三六年までラヴクラフトの添削指導を受け、『ウィアード・テイルズ』に①〜③を発表している。作者の地元である中西部の風土に根ざした恐怖を追求した①と③は、他の作家の神話作品にはあまり見られない、米国の辺境地帯特有の土俗的怪異が盛りこまれ、異彩を放っている。妖蛇のごとく波うつ頭髪をもった女怪に魅入られた青年の悲劇を描く②は、前二者とはかなり趣を異にし、作者のロマンス小説志向を窺わせる作品となっている。

用語 ビショップ、マミー Mamie Bishop

ダニッチに住むアール・ソーヤーの内縁の妻。好奇心からウェイトリイ老の家を訪れ、生後まもないウィルバーを目撃した。

【参照作品】「ダニッチの怪」

用語 **ヒス** Hith
　ヒューペルボリアの蛇人間の異称。
【参照作品】「スリシック・ハイの災難」

用語 **ピックマン、リチャード・アプトン** Richard Upton Pickman
　米国ボストンのニューベリー・ストリート Newbury Street に住んでいた天才怪奇画家。セイレムの出身で、先祖には一六九二年に絞首刑にされた魔女がいる。代表作の「食事をする食屍鬼」は、ノース・エンドの地下のアトリエで、実在の悪鬼をモデルに描かれた。ピックマンは一九二六年に不可解な失踪を遂げた後、〈夢の国〉で食屍鬼のリーダーとなったらしい。
【参照作品】「ピックマンのモデル」「未知なるカダスを夢に求めて」

用語 **ヒトコブラクダ人** dromedary-men
　ムナールの都市シナラの市場に屯（たむろ）する、下品で酔いどれの民。
【参照作品】「イラノンの探求」

用語 **『秘密書記法』** De Furtivis Literarum Notis
　十六世紀イタリアの自然哲学者ジャンバッティスタ・デッラ・ポルタ Giambattista della Porta（一五三五～一六一五）が一五六三年に著した、暗号研究の書。
【参照作品】「ダニッチの怪」「生きながらえるもの」

用語 **『秘密を見まもる者たち』** The Secret Watcher
　作家ハルピン・チャーマズの著書。
【参照作品】「ティンダロスの猟犬」

作品 **白蛆（びゃくしゅ）の襲来** The Coming of the White Worm
クラーク・アシュトン・スミス
【初出】『スターリング・サイエンス・ストーリーズ』一九四一年四月号
【邦訳】高木国寿訳（神）／大瀧啓裕訳（創元推理文庫『ヒュペルボレオス極北神怪譚』）／中山てい子訳（新紀元社『エイボンの書』）
【梗概】これは『エイボンの書』に記された物語。ムー・トゥーランの民は、北の海から漂着したガレー船の異変に目を瞠（みは）った。乗組員は白変し、火葬の炎を受けつけないのだ。北の魔神に対抗する呪文を調べはじめた魔道士エヴァグは、突如猛烈な寒気に襲われる。気がつくと、周囲は氷原と化していた。北の果てから巨大な氷山に乗って、異次元の邪神ルリム・シャイコースが到来したのだ。見るもおぞましい白蛆のごとき体と、絶えず血のような滴をしたたらせる顔をもつ神は、エヴァグら八名の魔道士を選び、臣従の誓いを結ばせた。南下を続ける氷山の上で、ひとりまたひとり姿を消す魔道士たち。最後に残ったエヴァグは、仲間が邪神に貪り食われていたことを知る。眠りに落ちた神の腹に、エヴァグが死を賭した剣の一撃を加えたそのとき……。

【解説】強烈な存在感を漂わせる異次元の邪神ルリム・シャイコースは、旧支配者とは別種の存在として想定されているらしい。

用語 **ヒヤデス** Hyades

アルデバランとともにハスターの居住地として、しばしば言及される星団。カルコサやハリも、ここにあるとする説がある。

【参照作品】「破風の窓」「ハスターの帰還」

用語 **ヒューペルボリア** Hyperborea

ハイパーボリア、ヒュペルボレオスとも。氷河期以前に存在した北方の大陸。中央部に位置する首都コモリオムは、かつて繁華な都だったが、妖変により廃棄され、南のウズルダグロウムに遷都された。北部にはムー・トゥーラン半島が、南部にはツチョ・ヴァルパノミ **Tscho Vulpanomi** の湖沼地帯がある。大寒波の到来によって滅亡したと伝えられる。

【参照作品】「アタマウスの遺言」「七つの呪い」「白蛆の襲来」「狂気の山脈にて」「ハイパーボリア」

ヒューペルボリア（C・A・スミス画）

用語 **ヒュドラ** Hydra

ハイドラとも。〈父なるダゴン〉と一対を成し、〈深きものども〉によって〈母なるヒュドラ〉と崇められる神で、クトゥルーに従う。

【参照作品】「インスマスを覆う影」

用語 **ヒュドラ** Hydra

ハイドラとも。生物の脳髄を喰らう異次元の怪物。その姿は、無数の首を生やした灰色の粘液の海として、人間の目に映じる。〈母なるヒュドラ〉とは別種の存在と思われる。

【参照作品】「ヒュドラ」

作品 **ヒュドラ** Hydra

ヘンリイ・カットナー

【初出】『ウィアード・テイルズ』一九三九年四月号

【邦訳】加藤遍里訳「ハイドラ」〈真1&新3〉／三宅初江訳「ヒュドラ」〈ク9〉

【梗概】作家のエドモンドは、友人のルドウィヒが古書店で見つけてきた小冊子『魂の投射について』に記された星気体の投射実験を試みることにした。ルドウィヒは、ふたりが師事するオカルト研究家のケネス・スコットに助言を求める手紙を送るが、返事の来ないうちに実験は強行された。薬物が喚起する幻覚の中で、エドモンドは無数の人間や怪物の首が生え出た灰色の海を目撃する。その後、エドモンドの意識は、スコットの家に到着するが、なぜかスコットは狂乱状態で何かから逃げまわっていた。翌日、スコットの首なし死体が発見される。死の直前に彼が投函した手紙には、怖るべきことが記されていた。ふたりが見つけた書物は、生物の脳髄を吸収する異次元の魔物ヒュドラに生贄を捧げるために、その崇拝者が案出した罠だったのだ。魔物の餌食となったスコットの首を解放するため、ルドウィヒは異次元へ向かうが、そこにはアザトースの混沌が待ちかまえていた……。

【解説】神話大系の中でも、属性がいまひとつ不明瞭な神性であるヒュドラが登場する、珍しいエピソード。

用語 **『ヒュドロピナエ』** Hydrophinnae

〈水棲動物〉を参照。

用語 **ヒュプノス** Hypnos

貪欲な眠りの神。卵形の顔をした美青年の姿で顕われる。

【参照作品】「眠りの神」

用語 ビリントン、リチャード Richard Billington

十八世紀のアイルズベリイの大地主。北米先住民の従者クアミスを従え、ニューダニッチ New Dunnich（ダニッチの旧称）南方の敷地内に立つ石塔で、ヨグ＝ソトース召喚の儀式をおこない、みずから進んで異界へおもむいた。後に子孫のアリヤ・ビリントンに憑依しようとしたが失敗し、二百年を経て、一族の末裔アンブローズ・デュワートの肉体に宿った。

【参照作品】「暗黒の儀式」

用語 ピレータース、テオドールス

Theodorus Philetas

テオドラス・フィレタスとも。コンスタンティノープルの書記にして賢人。九五〇年に『アル・アジフ』を、アラビア語写本からギリシア語に密かに翻訳し、『ネクロノミコン』と命名した。

【参照作品】「『ネクロノミコン』の歴史」「ネクロノミコン　アルハザードの放浪」

用語 ビンガー Binger

オクラホマ州カドウ Caddo 郡の小村。大平原のただなかにあり、付近には、先住民の幽霊譚や蛇神イグの伝説が囁かれ、クン＝ヤンへ到るとされる墳丘がある。

【参照作品】「イグの呪い」「墳丘の怪」

用語 ヒンターシュトイザー、スタニスラウス

Stanislaus Hinterstoisser

一八九六年にシュレージエン（＝シレジア）のレグニーツァに生まれた、経済学者にして魔術と心霊現象の研究家。第二次世界大戦後、ザルツブルグ魔術オカルト現象研究所 Salzburg Institute for the Study of Magic and Occult Phenomena を設立した。著書に『魔術史序説 Prolegomena zu einer Geschichte der Magie』全三巻（一九四三年刊）がある。ラヴクラフトと『ネクロノミコン』をめぐって、作家コリン・ウィルスンと注目すべき書簡を交わした直後の一九七七年十月に急逝したとされる。

【参照作品】「魔道書ネクロノミコン」「魔導書ネクロノミコン　捏造の起源」

用語 ファースト・ナショナル・チェーン

First National chain

食料雑貨を扱う全国規模のチェーン店で、インスマスにも支店がある。

【参照作品】「インスマスを覆う影」

用語 **ファー、フレッド** Fred Farr
ダニッチの住民。アーミティッジ博士一行を道案内した村人のひとり。
【参照作品】「ダニッチの怪」

用語 **ファウラー** Fowler
アーカム背後の丘陵地にある小屋で、秘法の毒薬を作っていたという魔女。
【参照作品】「銀の鍵」「銀の鍵の門を越えて」

用語 **ファウラー** Fowler
ミスカトニック大学の南極探検隊員。レイクとともに狂気山脈を探査した後、消息を絶つ。
【参照作品】「狂気の山脈にて」

用語 **ファラジン** Pharazyn
ムー・トゥーランの予言者。ザブダマール Zabdamar 北端の海沿いに建つ花崗岩の家に住んでいた。恐るべきアフーム・ザーの寒気が到来するのを予感し、自死を選ぶ。
【参照作品】「極地からの光」

用語 **ファルコン岬** Falcon Point
インスマスから数マイル離れた地点にある、ぽつんと海に突き出た岬。漁師イーノック・カンガーの家があった。
【参照作品】「ファルコン岬の漁師」

用語 **ファロール** Pharol
魔道士エイボンによって召喚された悪魔。のたくる蛇のような腕と牙をもつ、巨大な黒い怪物の姿で顕現する。
【参照作品】「シャッガイ」「ファロールの召喚」

用語 **ファロス灯台** Pharos
セレファイスの港を耿々(こうこう)と照らす灯台。
【参照作品】「未知なるカダスを夢に求めて」

作家 **ファンティナ、マイケル** Michael Fantina
①**ウボ＝サスラ** Ubbo-Sathla（新紀元社『エイボンの書』）二〇〇一
②**アザトース** Azathoth（新紀元社『エイボンの書』）二〇〇一
③**ツァトゥグァ** Tsathoggua（新紀元社『エイボンの書』）二〇〇一
④**ルリム・シャイコース** Rlim Shaikorth（新紀元社『エイ

ボンの書』）二〇〇一

⑤シムーンズの紅の書 The Red Book of Simoons（『ナイトランド』第二号）

米国の詩人（?～　）。幾つかの大学を卒業後、一時期だが陸軍に入隊。その後は日雇い労働など職を転々としつつ詩を発表する。詩集に『This Haunted Sea』（二〇一一）『Sirens & Silver』（二〇一三）など。

①～⑤の邪神詩篇は、ケイオシアム社版『エイボンの書』の「第四の書　沈黙の詩篇」に書き下ろされたものだが、ほかにクトゥルー俳句（！）も手がけているとか。

用語 **フィーニイ、フランシス・X** Francis X. Feeney

〈星の知慧派〉の信徒。一八四九年に入信。臨終に際してオマリー神父に、宗派の秘密を告白したらしい。

【参照作品】「闇をさまようもの」

用語 **フィスク、エドマンド** Edmund Fiske

シカゴ在住の作家。友人だったロバート・ブレイクの謎めいた死に疑問を抱き、十五年間にわたり調査を続け、恐るべき真相を突きとめる。

【参照作品】「尖塔の影」

用語 **フィップス家** Phipps

英国ブリチェスターのクロットンにある川縁の家に暮らしていた妖術師一家。今にも倒れそうな歩き方が、共通した特色である。一八九八年に家長であるジェイムズが死去してからは、息子のライオネルが旧支配者召喚の大望を引き継いだ。一九三一年、同地を流れる川から出現した異形の怪物たちによる大惨事は、ライオネルが引き起こしたものとされる。

【参照作品】「恐怖の橋」

用語 **フィリップス、ウォード** Ward Phillips

プロヴィデンス在住の初老のオカルト研究家。睡眠中に幾度となく〈夢の国〉を訪れているらしい。ランドルフ・カーターと長年にわたり文通を続けた良き理解者で、カーターの失踪を独自の物語に仕立てて発表している。カーターの遺産分与に異議を唱えた。

【参照作品】「銀の鍵の門を越えて」

用語 **フィリップス、ウォード** Ward Phillips

プロヴィデンスのエインジェル・ストリートに建つ家に住む、パルプ・マガジン作家。祖父ウィプル Whipple の遺品である〈アルハザードのランプ〉によって、妖しい異界の光景を目撃し、数々の作品を残して失踪した。

【参照作品】「アルハザードのランプ」

用語 **フィリップス師、ウォード** Rev. Ward Phillips

十九世紀初頭のアーカムに在住した神父。『ニューイングランドの楽園における魔術的驚異』を著したが、後に同書を回収、焼却しようとした。

【参照作品】「暗黒の儀式」「丘の夜鷹」「ウィンフィールドの遺産」

用語 **フィリップス、シルヴァン** Sylvan Phillips

インスマスの孤絶した家に隠棲し、ルルイエ探求に生涯を捧げた人物。フィリップス家は、マーシュ家とならんで〈深きものども〉と関わりの深い一族で、後にシルヴァンの甥マリアス Marius も、妻のアダ Ada（旧姓マーシュ）とともにポナペ沖で消息を絶った。

【参照作品】「ルルイエの印」

用語 **フィリップス一族** Phillipses

インスマスにおける由緒ある名家のひとつ。かつてはマーシュ一族とともに、中国貿易をおこなっていた。

【参照作品】「ルルイエの印」

用語 **フィレタス、テオドラス** Theodorus Philetas

〈テオドールス・ピレータース〉を参照。

作家 **フィンレイ、ヴァージル** Virgil Warden Finlay

米国の画家、イラストレイター（一九一四〜一九七一）。ニューヨーク州ロチェスターに生まれる。二十一歳のとき、『ウィアード・テイルズ』のファーンズワス・ライト編集長に自作を送付、採用される。稠密な点描技法を駆使した幻想的かつ官能的な画風は、同誌をはじめとするパルプ・マガジンの表紙や誌面を妖しく彩った。ラヴクラフトとも親しく文通を交わしており、創元推理文庫版『ラヴクラフ

フィンレイの世界を少年漫画誌のグラビアでいち早く特集した画期的企画（『少年キング』1969年6月8日号）。仕掛人は若き日の荒俣宏か。

ト全集』のカバーにも使用されているHPLの肖像は、フィンレイの作品である。大瀧啓裕編『ヴァージル・フィンレイ幻想画集』（青心社）が刊行されている。

用語 ブーン、ジェイムズ James Boon

ド・グージ de Goudge の魔書『悪魔の棲み家 Demon Dwellings』を、聖書とならぶ福音の書であると唱える狂信者。一七一〇年、米国マサチューセッツにジェルサレムズ・ロットの村を創建、近親相姦的な宗教共同体の支配者として君臨し、一七八九年に『妖蛆（ようしゅ）の秘密』を入手した後、住民全員とともに謎の失踪を遂げた。

【参照作品】「呪われた村〈ジェルサレムズ・ロット〉」

用語 フェデラル・ヒル Federal Hill

プロヴィデンス市内に位置する「幽霊めいた spectral」たたずまいの円丘で、イタリア系移民が多く居住する地区。かつて〈星の知慧派〉の拠点となった、怪しい事件の絶えない教会がある。

【参照作品】「闇をさまようもの」「尖塔の影」

用語 フェナー家 the Fenners

ポータクシットのカーウィン農場の近くに住む一家。農

フェデラル・ヒルの教会跡地

ハ ブーン

場で頻発する怪異を、たびたび目撃した。息子のひとりルーク Luke は、カーウィン農場襲撃の模様を克明に記した手紙を、コネティカットに住む親戚に送付している。
【参照作品】「チャールズ・デクスター・ウォード事件」

用語 **フェナー、マテュー** Matthew Fenner
ペック・ヴァリー村に住む小柄な老人。一八八〇年から翌年にかけての冬に死亡し、ジョージ・バーチの手で埋葬された。
【参照作品】「地下納骨所にて」

用語 **フェラン、アンドルー** Andrew Phelan
米国マサチューセッツ州ロクスベリイ出身の青年。ハーヴァード大学では言語学を専攻した。シュリュズベリイ博士に雇われ、ペルーにおけるクトゥルーの出現阻止に協力した。
【参照作品】「永劫の探究」

用語 **フェルドン、アーサー** Arthur Feldon
メキシコのサン・マテオ山脈にある鉱山の副監督。ケツァルコアトルやウイツィロポクトリ Huitzilo-pochtli などと呼ばれる、古代アステカで崇拝された邪神の啓示により、恐るべき電気処刑器具を発明した。
【参照作品】「電気処刑器」

用語 **フェルナンデス、ティモト** Timoto Fernandez
南米生まれの船員。ペルーのマチュ・ピチュ遺跡近くの湖で、クトゥルーらしきものを目撃したため、命を落とす。
【参照作品】「永劫の探究」

用語 **フェレンツィ男爵** Baron Ferenczy
トランシルヴァニア奥地のラクス Rakus の東に位置する山脈に領地を有する、空恐ろしくなるほど高齢な男爵。岩山の上に建つ城に、欧州旅行中のチャールズ・ウォードを滞在させた。後に城は謎の大爆発により、住人もろとも崩壊したという。男爵の正体は、エドワード・ハッチンスンではないかと推測されている。
【参照作品】「チャールズ・デクスター・ウォード事件」

用語 **ブオ** Buo
〈超古代のもの Arch-Ancient〉と呼ばれる、ヤディス星の精神体。詳細は不明である。
【参照作品】「銀の鍵の門を越えて」

用語 フォート、チャールズ Charles Hoy Fort

米国の超常現象研究家（一八七四〜一九三二）。一九〇八年頃から、各種の新聞・雑誌に掲載された超常現象関連記事の蒐集を始め、それらを『呪われた者の書 The Book of the Damned』（一九一九）『見よ！ Lo!』（一九三一）など、四冊の大著に集成した。一九三一年には、ベン・ヘクトやジョン・クーパー・ポイスら著名作家をメンバーに擁する〈フォーティアン協会 Fortean Society〉が英国で設立され、フォートの業績の継承が図られた。『超生命ヴァイトン』のE・F・ラッセルをはじめとするSF作家、そしてラヴクラフトをはじめとする怪奇幻想作家に与えた影響も、多大なものがある。

【参照作品】「闇に囁くもの」「末裔」「ルルイエの印」「ポーの末裔」「暗黒の儀式」「ロイガーの復活」

用語 ブオポス族 buopoths

〈夢の国〉の一風変わった鈍重な種族。オウクラノス河沿いの森に棲息するらしい。

【参照作品】「未知なるカダスを夢に求めて」

用語 フォ＝ラン Fo-Lan

中国人の科学者。トゥチョ＝トゥチョ人に誘拐され、魔都アラオザルで邪神復活に協力させられるが、強力な思念波を旧神のもとへ送り助力を要請、アラオザルを壊滅させた。

【参照作品】「潜伏するもの」

用語 フォルタレサ号事件 Fortaleza occurred

一七七〇年一月、スペインのバルセロナ船籍の平底船フォルタレサ号が、エジプトのカイロからプロヴィデンスに向かう途中、英国海軍に拿捕され、船荷のすべてがエジプトのミイラだったことが判明した怪事件。荷受人はジョウゼフ・カーウィンであると噂された。

【参照作品】「チャールズ・デクスター・ウォード事件」

用語 フォレクスン Follexon

ロンドン在住の学者。東インド諸島における、古代からの生存物に関する発見を公表する直前に、中国人街の外れで溺死した。

【参照作品】「永劫の探究」

用語 フォン・ヴィンターフェルト教授 Dr. von Winterfeldt

ドイツのハイデルベルク大学教授。一九一三年八月に、米国のポトワンケットに落下した隕石を調査し、通常の隕石であるという見解に異論を唱えた。第一次大戦末期の一九一八年には、危険な敵性外国人として拘禁された。
【参照作品】「緑の草原」

用語 フォン・ユンツト von Junzt

一七九五年に生まれ、生涯を禁断の領域の探究についやした、ドイツの奇人。無数の秘密結社に参入し、世に知られぬ奥義書や草稿を読破した。モンゴルへの謎めいた旅から帰国して半年後の一八四〇年に、密室内で鉤爪の跡が残る絞殺死体となって発見された。その著書である『黒の書』（別名を『無名祭祀書』）は、一八三九年にデュッセルドルフで出版されている。
【参照作品】「黒い石」「屋根の上に」「永劫より」

用語 深き眠りの門 Gate of Deeper Slumber

〈深睡（しんすい）の門〉とも。〈焔の洞窟〉から階段を七百段くだったところにあり、〈夢の国〉への入口となる。ここを抜けると〈魔法の森〉がある。
【参照作品】「未知なるカダスを夢に求めて」

用語 深きものども Deep Ones

ディープ・ワンズとも。大いなるクトゥルーに仕え、〈母なるヒュドラ〉と〈父なるダゴン〉に導かれる水棲種族。その姿は類人猿を思わせるが、頭部は魚に似て、ふくれあがった大きな眼と、蛙のように大きな口をもつ。首の両側に鰓（えら）があり、長い四肢の先には水掻きがある。体色は灰色がかった緑だが、腹は白い。盛りあがった背中には鱗がある。陸上でも活動でき、ぴょんぴょん跳びはねるような歩き方をする。人間との交婚を好み、生まれた子供は最初のうち人間に見えるが、齢（よわい）をかさねるにつれて変貌し、最後には、深海に棲む同族のもとへ帰還するという。
【参照作品】「インスマスを覆う影」「ルルイエの印」「閉ざされた部屋」「インスマスの黄金」「ダオイネ・ドムハイン」「プリスクスの墓」「ネクロノミコン　アルハザードの放浪」

作品 深きものども The Deep Ones
ジェイムズ・ウェイド

【初出】アーカム・ハウス『クトゥルー神話作品集』一九六九年刊
【邦訳】東谷真知子訳（ク13）
【梗概】超能力研究を専攻する心理学者のドーンは、海洋生物学者ウィルヘルム博士の招聘に応じて、カリフォルニア沿岸の辺鄙（へんぴ）な入江にある博士の動物学研究所にやってきた。博士はイルカと人間のテレパシーによるコミュニケーション実験に打ちこんでおり、被験者を務める助手のジョウジフィーン・ギルマンの野性的な魅力にドーンは惹かれてゆく。研究所の近くには、ヒッピーたちのコミューンがあり、指導者のアロンソ・ウェイトはドーンに、イルカはクトゥルーに仕える邪悪な生物なのだと警告を発する。果たして実験の進展につれてジョウジフィーンは、しばしば不可解な催眠状態に陥るようになり、ある夜、水槽内で意識不明となって発見される。その胎内には、人ならざるものの胤（たね）が宿っており、やがて混乱のさなか、沖の花嫁はイルカに乗って海へと消えていった。

深きものども（フランク・ウトパテル画）

【解説】一九六〇年代の米国ウェストコーストにおけるヒッピー文化興隆を背景に活かした、一風変わった〈インスマス物語〉の変奏曲。

用語『淵（ふか）みに棲む者』 Dwellers in the Depths

ガストン・ル・フェ**Gaston Le Fe**が著した、海の魔物に関するおぞましき書物。

【参照作品】「水槽」「盗まれた眼」「ド・マリニーの掛け時計」

用語ブグラア B'graa

クン＝ヤンのツァス近郊にある、いまは廃墟となった黄金都市。

【参照作品】「墳丘の怪」

用語フサンの謎の七書

The Seven Cryptical Books of Hsan

古代の神々に関する秘典らしいが、その名のとおり内容は一切不明である。ウルタールの賢人バルザイは、同書に精通していたという。〈大地の謎の七書 **the seven cryptical**

book of earth〉とも呼ばれる。
【参照作品】「蕃神(ばんしん)」「破風の窓」

用語 **フジウルクォイグムンズハー** Hziulquoigmnzhah
サイクラノーシュ(土星)の神性で、ゾタクアの父方の叔父とされる。短い足と異様に長い腕、眠たげな表情の頭部が、さかしまに球状の体から垂れ下がっており、奇怪な言葉を発する。
【参照作品】「魔道士エイボン」「黙想せる神」

用語 **『不思議の国のアリス』** Alice's Adventures in Wonderland
英国の数学者で童話作家ルイス・キャロル Lewis Carroll(一八三二~一八九八)が、一八六五年に刊行した長篇童話。ジョン・テニエル卿 Sir John Tenniel(一八二〇~一九一四)が描いた同書の挿絵に登場する〈蛙男〉の絵には、〈深きものども〉の特徴を連想させるものがあるという。
【参照作品】「永劫の探究」

用語 **不思議の日々** strange days
一八八二年六月から翌年の十一月にかけて、アーカム西方の丘陵地にあるガードナー家の農場一帯で起きた、一連の怪事件と異常現象を指して用いられる、地元民による通称。
【参照作品】「宇宙からの色」

用語 **ブダイ** Buddai
オーストラリア原住民の諸部族の伝説に登場する、年老いた巨人。腕を枕にして長いあいだ地底で眠り、いつの日か目を覚まして世界全体を喰らいつくすという。
【参照作品】「時間からの影」

用語 **豚飼い** swineherd
イグザム男爵家最後の当主の夢にあらわれた「白いあごひげをはやした魔物」(大西尹明訳)。汚物にまみれた薄明の洞窟で、ぐにゃぐにゃと締まりのない菌類じみた獣の群を追いまわしている。
【参照作品】「壁のなかの鼠」

用語 **フタグン** fhtagn
旧支配者の言葉で「瞑想している」「眠っている」「夢見ている」など多様な意味をもち、クトゥルーの現在の状態を示唆するという。
【参照作品】「ネクロノミコン アルハザードの放浪」

用語 **プタゴン繊維** Pthagon membrane

ムー大陸で使用されていた紙の一種。フォン・ユンツトによれば、絶滅したヤキス蜥蜴 Yakith-lizard の内皮で製せられていたという。

【参照作品】「永劫より」

用語 **プテトリテス人** Ptetholites

プテトライト族とも。先史時代に存在した亜人類の一種族で、悪魔を召喚して戦敵に送りつける習慣を有していたという。みずから召喚した〈黒きもの〉によって壊滅させられた。

【参照作品】「黒の召喚者」「続・黒の召喚者」

用語 **プトトヤ＝ライ** Pth'thya-l'yi

〈深きものども〉のひとりで、八万年前からイハ＝ントレイに棲んでいる。オーベッド・マーシュと通婚した後、ふたたび水界に戻った。

【参照作品】「インスマスを覆う影」

用語 **ブナジク砂漠** Bnazic desert

ムナールの辺境に位置する砂漠地帯。

【参照作品】「サルナスの滅亡」「イラノンの探求」

用語 **プノム** Pnom

数々の強力な魔物祓いの呪法を校訂したとされる賢者。最高位の系図学者にして予言者でもあるとされる。ムー・トゥーランの魔道士エヴァグは、プノムの著作に精通していた。

【参照作品】「白蛆(びゃくしゅ)の襲来」「下から見た顔」「プノムの厳命」

用語 **ブバスティス** Bubastis

古代エジプト王国時代に崇拝された猫の女神で、イシスの娘ともいわれる。バスト、パシュトの異称がある。猫の頭部に人間の肉体をもち、生贄の屍肉を喰らう、おぞましい神である。

【参照作品】「ブバスティスの子ら」「未知なるカダスを夢に求めて」「ネクロノミコン　アルハザードの放浪」「アルハザード」

作品 **ブバスティスの子ら** The Brood of Bubastis

ロバート・ブロック

【初出】『ウィアード・テイルズ』一九三七年三月号

【邦訳】柿沼瑛子訳「猫神ブバスティス」（ソノラマ文庫『暗黒界の悪霊』）／三宅初江訳「ブバスティスの子ら」（ク13）

【梗概】わたしがなぜ極度の猫恐怖症に陥ったのか、そのわけを教えよう。昨年、わたしは英国コーンウォールに住む友人マルカム・ケントを訪ねるため、海を渡った。隠秘学の研究家であるマルカムは、驚嘆すべき発見をしたと語る。なんとコーンウォールの地底に、古代エジプトの遺跡が眠っているというのだ。彼に連れられ、海辺の洞窟から地底へ入りこんだわたしは、想像を超えた驚異に言葉もなかった。そこには、猫神ブバスティスを祀ったため故国を追われたエジプトの神官たちが造った、忌まわしい人獣混淆のミイラが並んでいたのだ。最奥の洞窟で、わたしは真新しい人骨が散乱する光景に慄然とする。そのときマルカムが突然襲いかかってきた。わたしは逆に彼を叩きのめし立ち去ろうとしたが、背後に異様な気配を感じ、おぞましい光景を見てしまう。それは、マルカムを貪り喰らう猫頭の巨人の姿だったのだ……。

【解説】古代エジプトの邪神と食屍鬼という、ブロックお得意のテーマを結びつけ、しかも伝説の地コーンウォールの地底にエジプトの遺跡をしつらえるという奇想横溢の佳品。『妖蛆(ようしゅ)の秘密』が登場する。

用語 **ブフレムフロイム族** The Bhlemphroims

サイクラノーシュ（土星）の原住民。胸と腹部に顔があり、二足歩行の生物で、実利的な文明を築いている。

【参照作品】「魔道士エイボン」

用語 **『普遍的魔術』** Ars Magna et Ultima

〈最大窮極の術〉を参照。

作家 **フューセリ、ヨハン・ハインリッヒ** Johann Heinrich Fussli

フュスリとも。スイスの画家（一七四一～一八二五）。おもにロンドンで活躍した。有名な「夢魔」（一七八一）をはじめ、怪奇幻想の色濃い画風で知られる。

【参照作品】「宇宙からの色」「ピックマンのモデル」

用語 **フライ、エルマー** Elmer Frye

ダニッチのコールド・スプリング渓谷東端に居住する農夫。透明怪物の襲撃により一家全滅した。

【参照作品】「ダニッチの怪」

用語 **ブライサス、タイタス・センプロニウス** Titus Sempronius Blaesus

将軍スラ Sulla（紀元前一三八～七八）の時代に執政官をしていたローマ人。〈大いなる種族〉に精神を交換され、ナサニエル・ピースリーと会話した。

【参照作品】「時間からの影」

[作家] プライス、ロバート・M Robert M.Price

①**ネクロノミコン註解** A Critical Commentary upon the Necronomicon（学研『魔道書ネクロノミコン』）一九八八

②**悪魔と結びし者の魂** The Soul of the Devil-Bought（エンターブレイン『クトゥルーの子供たち』）一九九六

③**黒檀の書** The Ebony Book : Introduction to The Book of Eibon（新紀元社『エイボンの書』）一九九七

④**エイボンは語る** Eibon Saith（新紀元社『エイボンの書』）一九九七

⑤**緑の崩壊** The Green Decay（新紀元社『エイボンの書』）一九七七

⑥**『夜の書』への注釈** Annotations for the Book of Night（新紀元社『エイボンの書』）一九九七

⑦**地を穿つもの** The Burrower Beneath（新紀元社『エイボンの書』）一九九七

⑧**アトランティスの夢魔** The Incubus of Atlantis（新紀元社『エイボンの書』）一九九七

⑨**裏道** The Shunpike（青心社文庫『ラヴクラフトの世界』）一九九七

⑩**サクサクルースの懇請** The Supplication of Cxaxukluth（新紀元社『エイボンの書』）二〇〇一

⑪**弟子ファンティコールへのエイボンの書簡** The Epistle of Eibon to his disciple Phanticor（新紀元社『エイボンの書』）二〇〇一

⑫**賢者エイボンから同胞マリノレスとヴァジマルドンへの書簡** The Epistle of Eibon the Mage unto his Brethren Malinoreth and Vajmaldon（新紀元社『エイボンの書』）二〇〇一

⑬**弟子たちの組合へのエイボンの書簡** The Epistle of Eibon unto the Guild of his Disciples（新紀元社『エイボンの書』）二〇〇一

⑭**弟子へのエイボンの第二の書簡、もしくはエイボンの黙示録** The Second Epistle of Eibon unto his Disciples,or The Apocalypse of Eibon（新紀元社『エイボンの書』）二〇〇一

米国ミシシッピー州出身の神学者、編集者、作家（一九五四～　）。コールマン神学校教授。イエスの史実についての批判的研究者で、マスコミでは「聖書オタク」として知られる一方、熱心なクトゥルー神話の研究家でもあり、クトゥルー研究同人誌『Crypt of Cthulhu』を主宰している。ケイオシアム社がシリーズで刊行した神話大系アンソロジ

ーの大半も、プライスの編纂になるものである。著作に『H.P.Lovecraft and the Cthulhu Mythos』『Lin Carter:A Look behind His Imaginary』など。神学系の著作も多数。

①は『ネクロノミコン』を実在の書物と措定して、その現存する断片に徹底したテクスト分析と註解を施した労作である。②にはコープランド教授のポナペ神話研究を受け継ぐアントン・ザルナック博士が登場。③〜⑧と⑩〜⑭は、プライスがリン・カーターの遺志を継いで企画編纂したケイオシアム社版『エイボンの書』のために、みずから書き下ろした文章である。⑨は見慣れぬ裏道を通ったために、ロマールの民と『ナコト写本』を奉ずる奇妙に古風な町フォックスフィールドに逢着した男の恐怖を描く。

用語 ブライデン、ウィリアム William Briden

エンマ号の乗組員。ヨハンセンとともにアラート号で、浮上したルルイエを辛くも脱出したが、追いすがるクトゥルーの姿を目撃して発狂、船中で息を引きとった。

【参照作品】「クトゥルーの呼び声」

用語 ブラウン、ウォルター Walter Brown

米国ヴァーモント州ウィンダム郡タウンゼンド郊外の山腹に住む農夫。ユゴス星の甲殻生物の手先となって、H・W・エイクリイを監視していたらしい。

【参照作品】「闇に囁くもの」

用語 ブラウン・ジェンキン Brown Jenkin

魔女キザイアの使い魔。大型の鼠ほどの大きさで、毛むくじゃらな鼠の形をしていながら、鋭い黄色の牙と髭の生えた顔は人間を、前脚は小さな人の手を思わせる。その声は忍び笑いのようで、あらゆる言語が話せるらしい。魔女の血によって養われている。

【参照作品】「魔女の家の夢」

用語 ブラウン、ジョン John Brown

プロヴィデンスの大立者として名高いブラウン四兄弟の長男で、ジョウゼフ・カーウィン襲撃隊の指揮官を務めた。

【参照作品】「チャールズ・デクスター・ウォード事件」

用語 ブラウン大学 Brown University

プロヴィデンスにある大学。ラヴクラフトは同校への入学を望みながら、病弱ゆえに果たせなかった。現在、同大にはラヴクラフト記念文庫が設けられている。現代のホラー作家T・E・D・クラインの母校でもある。附属施設に、カーター図書館とジョン・ヘイ図書館がある。

ブラウン大学の正門とジョン・ヘイ記念図書館

【参照作品】「クトゥルーの呼び声」「チャールズ・デクスター・ウォード事件」「忌み嫌われる家」「闇をさまようもの」

作家 **ブラウン、チャールズ・ブロックデン**
Charles Brockden Brown
①**ウィーランド** Wieland; or the Transformation, An American Tale（国書刊行会）一七九八

米国の小説家、編集者（一七七一～一八一〇）。フィラデルフィアのクエーカー教徒の家に生まれる。アメリカン・ゴシックの開祖として、処女作である①および『エドガー・ハントリー』（一七九九）などの長篇小説を発表。ラヴクラフトは「文学と超自然的恐怖」の中でブラウンを、初期ゴシックを代表する傑作『ユドルフォーの秘密』の作者アン・ラドクリフに比肩しうる書き手であると高く評価し、「ブラウンがラドクリフ夫人と違う点は、ゴシック小説のうわべだけの装置とか小道具を軽蔑するかのように廃して、当世風のアメリカの場面を恐怖小説の題材に選んだところにある」（植松靖夫訳）と、その独自性を指摘している。また、現実に起きた狂信者による一家殺害事件をモチーフとする（それはHPLのみならず、遠くスティーヴン・キングの『シャイニング』や「呪われた村〈ジェルサ

レムズ・ロット〉」にまで水脈を曳くのだが）①について、次のように述べている。「ミッティンゲンの森林を舞台にした場面は、実に活き活きと描かれており、亡霊でも出そうな気配・つのってくる恐怖・誰もいない屋敷にひびく奇怪な跫音に遭遇したクララの戦慄が、本当に芸術的な効果をあげながら描写されている」（同前）

ちなみに①に登場する邪悪な腹話術師の姓が、「チャールズ・デクスター・ウォード事件」の妖術師と同じ「カーウィン」であることは、注目に価しよう。

用語 ブラウン、ルーサー Luther Brown

ジョージ・コーリイ George Corey の家で雇われている牧童の少年。ダニッチの透明怪物の猛威を、つぶさに目撃した。

【参照作品】「ダニッチの怪」

作家 ブラックウッド、アルジャーノン

Algernon Blackwood

①**柳** The Willows（早川書房『幻想と怪奇1　英米怪談集』）一九〇七

②**ウェンディゴ** The Wendigo（アトリエサード）（一九一〇）

③**スミス――下宿屋の出来事** Smith: an Episode in a Lodging-House（光文社古典新訳文庫『秘書綺譚』）一九〇六

④**幻の下宿人** The Listener（ソノラマ文庫『死を告げる白馬』）一九〇七

⑤**古えの妖術** Ancient Sorceries（創元推理文庫『心霊博士ジョン・サイレンスの事件簿』ほか）一九〇八

⑥**ジンボー** Jimbo（月刊ペン社）一九〇九

⑦**ケンタウルス** The Centaur（月刊ペン社）一九一一

英国の小説家（一八六九～一九五一）。ケント州シューターズ・ヒルに生まれる。父は高級官僚で、熱心な福音派キリスト教の活動家。ドイツの寄宿学校やエディンバラ大学で学ぶ。一八九〇年にカナダへ渡って以降、各種の会社経営をはじめ様々な職業に就くが、いずれも長続きせず、一八九九年に英国へ戻って処女作「幽霊島」を発表したのを皮切りに、怪奇幻想小説を手がけるようになる。短篇連作集『ジョン・サイレンス』（一九〇八）の成功で作家専業となり、生涯に二百篇近いホラーやファンタジーを手がけた。また若い頃から東西の神秘思想に傾倒、その影響は多くの作品に認められる。晩年はラジオやテレビに出演、「ゴースト・マン」の愛称で親しまれたという。

ラヴクラフトは「文学と超自然的恐怖」の最終章「現代の巨匠たち」でブラックウッドを取りあげ、「異様な霊的世界や霊的生物が間違いなくすぐ身近に迫っているという恐ろしい気持ちをこれほど強く読者におこさせる文学作品はほかにはない」（植松靖夫訳）と高く評価、特に推奨に価する作品として①と②を挙げている（「半自伝的覚書」では「これまで書かれたうちで最高の怪奇小説は、恐らくアルジャーノン・ブラックウッドの『柳』であろう」と断じている）。どちらも大自然の精霊めく存在の脅威を惻々と描いた名作であり、②はラヴクラフトのみならずダーレスら後続作家の神話作品にも影響を及ぼすことになった。また『ジョン・サイレンス』収録作中の白眉と評する⑤は、「インスマスを覆う影」と注目すべき構造上の相似を示している（⑤のほうが、はるかにロマンティックで魚臭くもないが）。また⑥や⑦について「夢の奥に潜む実体に肉迫し、現実と想像の間にあるとされてきた壁を徹底的に破壊している」（同前）と述べている点も見逃せないだろう。

用語 **ブラドリイ教授** Professor Bradley

コロンビア大学教授。一九一三年八月にポトワンケットに落下した隕石を調査し、ある種の未知の成分が大量に認められることを指摘した。

【参照作品】「緑の草原」

用語 **フラニス** Hlanith

〈夢の国〉のセレネル海に面した大交易都市。堅実な仕事ぶりの職人たちがいることで名高い。ここの住人は、覚醒する世界の人々に近いという。

【参照作品】「未知なるカダスを夢に求めて」

用語 **ブランド老人** old Blandot

オーゼイユ街で、五階建ての傾いた下宿屋の管理人を務める、中風病みの老人。

【参照作品】「エーリッヒ・ツァンの音楽」

用語 **フリーボーン、タイラー・M** Tyler M. Freeborn

ミスカトニック大学の人類学教授。同大によるグレート・サンデー砂漠の発掘調査に参加した。

【参照作品】「時間からの影」

用語 **プリスクス、ウィテリウス** Vitellius Priscus

ローマ帝国の貴族にして軍人、学者としても知られた。エジプトの副知事として赴任中、オカルト研究に没頭、禁断の祭祀に手を染めたためブリテン島に追放、同地で磔刑に処されたという。その遺骸は、サセックス州ロワー・ベドホーLower Bedhoe の海辺に埋葬されていた。著書に『随想二十一篇』がある。
【参照作品】「プリスクスの墓」

用語 **ブリチェスター** Brichester
英国の地方都市。周辺には、セヴァンフォード、ゴーツウッド、カムサイド、テンプヒル、失われたクロットンなど、怪しい事件の絶えない土地が点在している。
【参照作品】「暗黒星の陥穽」「妖虫」「異次元通信機」「ハイ・ストリートの教会」「恐怖の橋」

用語 **フリップ** Flip
ウィルヘルム博士の動物学研究所で飼育されていたバンドウイルカ。人間の言葉を解するらしい。
【参照作品】「深きものども」

用語 **プリン、アビゲイル** Abigail Prinn
セイレムに住んでいた、悪名高き魔女。一六九二年に死亡した後も、自宅の隠れ部屋に憑依し、ニョグタを召喚して住民に復讐しようとした。
【参照作品】「セイレムの恐怖」

用語 **ブリントン卿、ウィリアム** Sir William Brinton
トローアス（小アジアの古代都市トロイを中心とする地域）の発掘で知られた好古家。イグザム小修道院の調査に加わった。
【参照作品】「壁のなかの鼠」

用語 **プリン、ルドウィク** Ludvig Prinn
第九次十字軍（一二七一～七二）唯一の生き残りを自称する、悪名高い魔術師。捕虜としてシリアの妖術師に接触し、魔道の知識を深めたという。エジプトでは、ネフレン＝カの地下神殿に参入したとも伝えられる。晩年は生地フランダース（＝フランドル地方）の廃墟で、使い魔や異界のものに取り巻かれて暮らしていたという。ブリュッセルの異端審問所で処刑されたが、獄中で『デ・ウェルミス・ミステリイス』（別名『妖蛆（ようしゅ）の秘密』）を執筆した。
【参照作品】「星から訪れたもの」「暗黒のファラオの神殿」「呪われた村〈ジェルサレムズ・ロット〉」

作家 **フルツ、ジョン・R** John R. Fultz
①**スリシック・ハイの災難** The Devouring of S'lithik Hhai（新紀元社『エイボンの書』）一九九七
ケンタッキー州出身のファンタジー作家（一九六九～　）。

現在、カリフォルニアの北ベイ・エリア在住。二〇一二年に『The Seven Princes』でデビュー。これに『The Seven Kings』『The Seven Sorcerers』を加えた〈シェイパーの書〉三部作のほか、『The Thirteen Texts of Arthyria』などの著作を発表。ゾンビやクトゥルー・テーマの小品を執筆している。オンライン・マガジン『Cosmic Visions』の編集長でもある。『エイボンの書』の一章として書かれた①は、ヒューペルボリアの蛇人間の王国スリシック・ハイS'lithik Hhaiが、ゾタクアの襲来で滅亡するさまを綴った物語。

用語 **ブレイク、リチャード** Richard Blake

ボストン出身の作家にして詩人。従軍中に目と耳と口に重い障害を負ったが、かつてシメオン・タナーが惨死を遂げた家に居を定め、執筆生活を続けた。一九二四年六月二十八日、錯乱した使用人の通報で駆けつけた医師たちにより、変わり果てた姿で発見されるが、その間際まで何故か屋内からタイピングの音が聞こえており、残された手記には世にも奇怪な内容が記されていた。

【参照作品】「見えず、聞こえず、語れずとも」

用語 **ブレイク、ロバート・ハリスン** Robert Harrison Blake

米国ウィスコンシン州ミルウォーキーのイースト・ナップ・ストリート East Knapp Street 六二〇に在住の作家・画家。「地底に棲むもの」「窖（あな）に通じる階段」「シャッガイ」などの怪異な短篇小説で世に知られる。プロヴィデンスのフェデラル・ヒルにあった〈星の知慧派〉教会を現地調査した後、一九三四年八月八日夜、滞在先の室内で怪死を遂げた。

【参照作品】「闇をさまようもの」「尖塔の影」

用語 **ブレイン、ホーヴァス** Horvath Blayne

考古学者。南太平洋の古代文化研究の権威で、シュリュズベリイ博士のポナペ作戦に協力するが、後に、みずからの呪われた血筋に気づく。インスマスのウェイト一族の末裔。

【参照作品】「永劫の探究」

用語 **フレール・ド・リス** Fleur-de-Lys

フラーダリーズ館とも。プロヴィデンスのトマス・ストリートに建つアパート。十七世紀ブルターニュ様式の建築を模倣した、醜悪なヴィクトリア時代の建物で、周囲の町

フレール・ド・リス遠望（中央の建物）
かなりの急坂の途中にあることが分かる。

並とは不調和な外見である。ロード・アイランド美術学院に程近く、H・A・ウィルコックスをはじめとする芸術家たちが間借りしている。「フレール・ド・リス」とは、菖蒲を様式化した意匠を意味する。

【参照作品】「クトゥルーの呼び声」

用語 **プレゲトーン** Phlegethon

ギリシア神話に登場する、冥界の火の川。

【参照作品】「蕃神（ばんしん）」

名前の由来となった菖蒲のレリーフ

作家 ブレナン、ジョゼフ・ペイン
Joseph Payne Brennan

①第七の呪文 The Seventh Incantation （真3&新4）一九六三

米国の作家、詩人（一九一八〜一九九〇）。コネティカット州ブリッジポート出身。十代の頃から『ウィアード・テイルズ』に投稿するが採用されず、一時は詩作に専念。戦後、図書館勤務のかたわらウェスタン小説を書きはじめ、五二年には「The Green Parrot」で念願の『ウィアード・テイルズ』に初登場、五四年の廃刊までに四作品を寄稿している。ほかにSF、ミステリーなどの著作がある。代表作に『Nine Horrors and a Dream』（五九）をはじめとする怪奇小説集や、オカルト探偵物の連作『The Casebook of Lucius Leffing』（七三）など。

①はニョグタ召喚の恐怖を描いたプロトタイプな〈妖術師物語〉で、特に目新しいところはない。むしろアメーバ怪物が大暴れする「スライム」（ソノラマ文庫『魔の誕生日』所収）のような非神話作品に、作者のラヴクラフティアン・スピリットが、よりよく発揮されているように思われる。なおブレナンには『H. P. Lovecraft : A Bibliography』（五二）『H. P. Lovecraft : An Evaluation』（五五）という著作もある。

用語 ブロア＝アン＝サンテール Belloy-en-Santerre

ベロイ＝アン＝サンテールとも。フランスのソンム県ペロンヌ郡にある町。第一次大戦における「ソンムの戦い」の激戦地として知られる。大戦中、外人部隊に従軍していたランドルフ・カーターは、この地で重傷を負ったという。ちなみにケネディ大統領がその詩を愛唱していたことでも知られる米国の詩人アラン・シーガーAlan Seeger（一八八八〜一九一六）は、ソンムの戦いで戦死を遂げており、カーター負傷のくだりには、その記憶が投影されている可能性があろう。

【参照作品】「銀の鍵」

用語 プロヴィデンス Providence

米国ニューイングランドのロード・アイランド州にある都市。ナラガンセット湾に臨み、西郊にはフェデラル・ヒルがある。ベナフィット・ストリートには〈忌み嫌われる家〉やデクスター博士の屋敷が、プロスペクト・ストリートの山の手にはチャールズ・ウォードの邸宅が、スタンパーズ・ヒルのアルニイ・コートにはジョウゼフ・カーウィンの屋敷があった。ランドルフ・カーターやラヴクラフト本人が、こよなく愛した町である。スワン・レイク墓地にあるラヴクラフトの墓碑には〈I AM PROVIDENCE〉の一文が刻まれている。
【参照作品】「チャールズ・デクスター・ウォード事件」「忌み嫌われる家」「銀の鍵」「闇のプロヴィデンス」

用語 **ブロウン館** Blowne House
英国ロンドン郊外に位置するレナード・ウォーク・ヒース Leonard's-Walk Heath に建つ、宏壮な平屋建ての邸宅。タイタス・クロウが隠遁生活をおくる居館で、厖大な稀覯書と魔術の祭具、〈ド・マリニーの掛け時計〉をはじめとする奇怪な遺物を蔵していた。一九六八年十月四日夜半、不可解な大嵐によって破壊された。
【参照作品】「地を穿つ魔」「ド・マリニーの掛け時計」「名数秘法」

用語 **プロスペクト・テラス** Prospect Terrace
プロヴィデンスを一望する高台。幼いチャールズ・ウォードが乳母に連れられて散歩に訪れた場所であり、ここから眺めた神秘的な夕映えの景色は、最初の記憶のひとつとして彼の脳裡に刻み込まれたという。
【参照作品】「チャールズ・デクスター・ウォード事件」

作家 **ブロック、ロバート** Robert Bloch
①**納骨所の秘密** The Secret in the Tomb（ソノラマ文庫『暗黒界の悪霊』）一九三五
②**自滅の魔術** The Suicide in the Study（『暗黒界の悪霊』）一九三五
③**星から訪れたもの／妖蛆（ようしゅ）の秘密／星から来た妖魔** The Shambler from the Stars（ク7／真2&新2／『暗黒界の悪

プロスペクト・テラス

プロスペクト・テラスからの眺望

霊』）一九三五

④**無貌の神／顔のない神** The Faceless God（ク5／真4&『暗黒界の悪霊』&新2）一九三六

⑤**哄笑する食屍鬼／嘲嗤う屍食鬼／嘲笑う屍食鬼** The Grinning Ghoul（ク13／真1&新2／『暗黒界の悪霊』）一九三六

⑥**闇の魔神／暗黒界の悪霊** The Dark Demon（ク5／『暗黒界の悪霊』）一九三六

⑦**ブバスティスの子ら／猫神ブバスティス** The Brood of Bubastis（ク13／『暗黒界の悪霊』）一九三七

⑧**奇形／悪魔の傀儡** The Mannikin（ク4／『暗黒界の悪霊』）一九三七

⑨**セベクの秘密／セベックの秘密／セベク神の呪い** The Secret of Sebek（ク9／真3&新3／『暗黒界の悪霊』）一九三七

⑩**暗黒のファラオの神殿／暗黒王の神殿** Fane of the Black Pharaoh（ク3／国書刊行会『ウィアード・テールズ4』）一九三七

⑪**窖（あな）に潜むもの** The Creeper in the Crypt（ク11）一九三七

⑫**妖術師の宝石** The Sorcerer's Jewel（ク10）一九三九

⑬**尖塔の影** The Shadow from the Steeple（ク7）一九五〇

⑭**無人の家で発見された手記** Notebook Found in a Deserted House（ク1）一九五一

⑮**首切り入り江の恐怖** Terror in Cut-Throat Cove（ク12）一九五八

⑯**アーカム計画** Strange Eons（創元推理文庫）一九七九

米国の作家（一九一七〜一九九四）。シカゴに生まれる。十歳のとき、叔母に買ってもらった『ウィアード・テイルズ』（一九二七年八月号）を読んだのがきっかけで熱烈な怪奇小説ファンとなり、特に翌月号で読んだ「ピックマンのモデル」の作者ラヴクラフトに心酔。三三年から文通を始めるようになる。三五年一月、ラヴクラフトのアドバイスを受けた「僧院での饗宴」（青心社『ウィアード4』所収）で『ウィアード・テイルズ』にデビュー。初期にはラヴクラフト調の怪奇譚やクトゥルー神話作品を多く手がけたが、師の逝去を境にその影響を脱し、切れ味鋭いグロテスク・ショッカーに独自の境地を拓いた。その後スリラーやSFにも手を染め、五九年発表の長篇ホラー『サイコ』（ハヤカワ文庫／創元推理文庫）が名匠ヒッチコック監督の手で映画化され、大成功を収める。邦訳作品集に『楽しい悪夢』（ハヤカワ文庫）『切り裂きジャックはあなたの友』（同）『血は冷たく流れる』（早川書房）『ポオ収集家』（新樹社）などがあり、クトゥルー神話作品を集成した『暗黒界の悪霊』（ソノラマ文庫）も刊行されている。

①は食屍鬼と化して生きながらえる呪われた妖術師一族の末裔の物語。ラヴクラフトばりの装飾的文体は、後年の作品には見られないものだ。②はおのれの魂を善悪に分離させることを試みた魔術師が、自己の邪悪を体現した類人猿のような分身に殺されるという「ジキル／ハイド」タイプの物語で、『ネクロノミコン』や『妖蛆の秘密』の名が挙げられる以外、神話大系との関わりは薄い。⑥はラヴクラフトを連想させる怪奇作家エドガー・ゴードンを蝕む〈暗きもの〉の恐怖を描いた作品。⑨はエジプト物の一篇で、ド・マリニーがちらりと顔見せしたりするが、物語自体は⑦の鰐神バージョンといった印象にとどまる。〈妖術師物語〉のバリエーションというべき⑪⑫も、前者は犯罪小説風食屍鬼譚、後者は写真術の導入と、それぞれに新味を打ち出してはいるものの、神話大系そのものとの関わりは稀薄といわざるをえない。一方、後年に書かれた⑮には特定神格の固有名詞などは登場しないが、沈没船に潜み棲む邪神の妖異をピカレスク調で描いて秀逸である。

ロバート・ブロック

総じてブロックの神話作品は、しっかりした小説技巧の上に構築されており、神話大系への興味を抜きにしても、読むに堪える良作が多い。「ピックマンのモデル」がラヴクラフトとのファースト・コンタクトだったというだけあって、初期には師匠ゆずりの食屍鬼譚や地下世界の恐怖を扱った作品が目立つ。その後、エジプトを舞台にした一連の作品で独自の神話世界を拓いた感がある。晩年の長篇⑯は、そんなブロックだからこそ書きえた、ラヴクラフト＝クトゥルー神話という共同幻想に、ひとつの終止符を打たんとした渾身の力業であった。

作品 文学と超自然的恐怖

Supernatural Horror in Literature

H・P・ラヴクラフト

【執筆年／初出】 一九二五～二六年／同人誌『レクルース』

一九二七年八月号、『ザ・ファンタジー・ファン』一九三三年十月号〜三五年二月号（増補版）、アーカム・ハウス版『アウトサイダー』一九三九年刊に最終稿完全版を収録

【邦訳】植松靖夫訳「文学と超自然的恐怖」（定7―1&ちくま文庫『幻想文学入門』）／大瀧啓裕訳「文学における超自然の恐怖」（学研同名書）／仁賀克雄訳「恐怖小説の系譜」（創土社『暗黒の秘儀』／抄訳）

【解説】みずからが愛してやまない怪奇幻想文学の歴史的変遷と作家・作品の特色や魅力について記した、ラヴクラフト渾身の長篇評論。その冒頭は、次のように書き起こされていた。

「人間の感情の中で、何よりも古く、何よりも強烈なのは恐怖である。その中でも、最も古く、最も強烈なのが未知のものに対する恐怖である」（植松靖夫訳）

（The oldest and strongest emotion of mankind is fear, and the oldest and strongest kind of fear is fear of the unknown.）

これはラヴクラフト自身の文学的ポリシーであるのみならず、広く幻想と怪奇の文学全般の基調をなす、稀代の名言といえるだろう。そして本篇もまた、発表から一世紀近くを経た現在にあっても、欧米怪奇小説入門のガイドブックとして、また実作者による怪奇小説論として、色褪せぬ輝きを放つ普遍的な基本文献となっているのであった。

全体は十章で構成されている。「宇宙的恐怖」の文学を高らかに称揚する「一、序説」、西欧の神話や伝説をホラー・ジャンルの源流と位置づける「二、恐怖小説の黎明」に始まり、『オトラントの城』から『ユドルフォーの秘密』『マンク』『放浪者メルモス』を経て『ヴァセック』『フランケンシュタイン』『嵐が丘』に至るまで、ゴシック小説の流れをたどる「三、初期ゴシック小説／四、ゴシック・ロマンス最盛期／五、ゴシック小説の余波」、一転してホフマンやフケー、ゴーチエやモーパッサンといった独仏の文豪たちを紹介する「六、ヨーロッパ大陸の怪奇文学」、怪奇小説中興の祖ポオへのオマージュたる「七、エドガー・アラン・ポオ」、みずからの直接の文学的先達であるホーソーンやビアス、さらにはE・L・ホワイトやクラーク・アシュトン・スミスにまで言及する「八、怪奇小説の伝統とアメリカ文学」、ハーン、M・P・シール、デ・ラ・メア、ホジスンらの魅力を熱っぽく説いてやまない「九、イギリス怪奇文学の伝統」、そしてマッケン、ブラックウッド、ダンセイニ、M・R・ジェイムズという近代怪奇小説の四大巨匠について、鋭い分析を交えつつ思いのたけを綴って全篇の白眉というべき「十、現代の巨匠たち」――時代的および時間的な制約から生じた誤脱遺漏の類も散見されるものの（学研版『文学における超自然の恐怖』所収

の大瀧啓裕「作品解題」を参照)、先行する類書やレファレンス類も乏しい時期に、これだけの内容を独力でまとめあげたHPLの博識と情熱には、誰しもが畏敬の念をおぼえることだろう。クトゥルー神話大系の源流を識るためにも、必読必携の文献である。

　ちなみにラヴクラフトは「半自伝的覚書 Some Notes on a Nonentity」(一九三三/定8)の中で「今では自分でも分かっているが、私に文学的才能があるとすれば、それは夢の生活や奇怪な幻影や宇宙的〝外部性〟に関する話に限られているが、人生のその他多くの分野および散文や韻文の修正のプロとしての仕事にも、私は強い興味をもっているのである。(略)私は自作のあやふやな位置については幻想を抱いていないし、気に入りの怪奇作家たち——ポオ、アーサー・マッケン、ダンセイニ、アルジャーノン・ブラックウッド、ウォルター・デ・ラ・メア、モンタギュー・ローズ・ジェイムズ——と張り合えるようになるとも期待していない」(小林勇次訳)と記していることを付言しておこう。

「文学と超自然的恐怖」の初稿が掲載された同人誌『レクルース』

　なお、怪奇幻想小説に関する評論には、ほかに「恐怖小説覚え書 Notes on Writing Weird Fiction」(一九三四/定7—1)、「宇宙冒険小説に関するノート Some Notes on Interplanetary Fiction」(一九三五/定7—1)、「読書の指針 Suggestions for a Reading Guide」(一九三六/定7—1)などがある。

作品 墳丘の怪 The Mound

ゼリア・ビショップ

【初出】『ウィアード・テイルズ』一九四〇年十一月号
【邦訳】渡辺健一郎訳「俘囚の塚」(真10&新1)/東谷真知子訳「墳丘の怪」(ク12)
【梗概】インディアン伝説の研究家であるわたしは、西部オクラホマの小村ビンガー郊外の塚にまつわる幽霊譚を調査に出かける。塚を荒らした者は発狂したり行方不明になっており、ウィチター族の長老は、塚には〈古のもの〉の魔法がかかっていると、わたしに忠告する。わたしは塚の中から、十六世紀スペインの探検隊の一員だったサマコナの手記を発掘する。サマコナは塚の下に広がる地下世界クン＝ヤンに入りこみ、そこで蛸頭の神トゥルーと蛇神イグを崇め、超科学を有する古代種族に遭遇したのだ。かれらは肉体を自在に変容させる術を身につけた不死の種族だが、その文化は頽廃していた。地上への脱出を試みるサマコナに降りかかった、恐怖すべき運命とは？

【解説】事実上、ラヴクラフトとの合作といってよい力作で、地下世界の克明詳細を極めた描写の数々は、とりわけ圧巻である。クトゥルーやツァトゥグア崇拝の実態、複層化された地下世界の構造など、ラヴクラフトの神話観の広がりを窺わせる点にも注目したい。

[用語]『墳墓の屍体嗜食』

De Masticatione Motuorum in Tamulis

ミハエル・ランフト Michael Ranfts が、一七三四年に刊行した書物。サイモン・マグロアが架蔵していた。

【参照作品】「奇形」

[作品]墳墓の主 Dweller in the Tomb

リン・カーター

【初出】アーカム・ハウス『ダーク・シングス』一九七一年刊

【邦訳】佐藤嗣二訳（真9＆新5）

【梗概】これは太平洋海域考古学の権威で、後年、精神に異常をきたしたコープランド教授が、中央アジアの砂漠地帯で遭難した際の日記である。禁断のツァン台地を横断した一行は、白毛の類人猿ミ＝ゴウの襲撃をうけるが、なぜか教授ひとりが難を逃れる。ようやく到達した古代の埋葬地で、教授が見いだした妖術師サントゥーの墓に秘められた、驚くべき秘密とは？

【解説】神話大系の研究家でもあるカーターらしく、おなじみの固有名詞を嬉々として多用している作品。ツァン台地とレンとの関連も、ほのめかされている。

[作家]ベア、エリザベス lizabeth Bear

①ショゴス開花 Shoggoths in Bloom（早川書房『SFマガジン』二〇一〇年五月号）

米国のSF作家（一九七一～　）。邦訳に〈サイボーグ士官ジェニー・ケイシー〉三部作がある。①は神話大系の人気キャラクターたる〈ショゴス〉を博物誌風に描いた奇趣横溢の逸品で、二〇〇九年にヒューゴー賞中篇小説部門を受賞した。

用語 **「ヘイ、アア＝シャンタ、ナイグ」** Hei! Aa-shanta 'nygh!

カダスの縞瑪瑙の城から、シャンタク鳥に駕したランドルフ・カーターを送りだすに際して、ナイアルラトホテップが発した謎の言葉。

【参照作品】「未知なるカダスを夢に求めて」

用語 **ベイツ、スティーブン** Stephen Bates

アンブローズ・デュワートの従弟で歴史学者。初期マサチューセッツ州史の権威で、隠秘学にも通じている博学の士。愛読書は、英国の童話作家ケネス・グレアム Kenneth Grahame（一八五九～一九三二）の『たのしい川辺 The Wind in the Willows』。デュワートの求めに応じてビリントンの屋敷を訪れ、恐ろしい運命に見舞われる。

【参照作品】「暗黒の儀式」「ヴァーモントの森で見いだされた謎の文書」

作家 **ベーレント、フレッド** Fred Behrendt

①**その後** In the Time After（青心社文庫『ラヴクラフトの世界』）一九九七

米国のゲーム作家、詩人（?～　）。ペンシルバニア州のエリー湖畔に妻、娘と暮らす。ソーニャ・H・グリーンの眼に映じる「憑かれた人」ラヴクラフトの姿を眩惑的に描いた①は、作者が、最初に手がけた小説作品とのこと。『Mansions of Madness』をはじめ、いくつかのクトゥルー神話RPGに参加している。

用語 **ペシュ＝トレン** Pesh-Tlen

クトゥルーの配下オトゥームに仕える、北の深淵ゲル＝ホーの魔道士。その姿は、縄のような触手と複数の口をもつ、黒いヌラヌラした十フィートの塊である。

【参照作品】「盗まれた眼」

用語 **ベタール、マルセリーヌ** Marceline Bedard

パリでカルト教団の女司祭を務めていた、謎めいた出自の美女。米国ミズーリ南部で大農園を営むド・リュシ家の御曹司デニス Denis de Russy に見初められ結婚、渡米する。その本体は、太古の邪悪を宿した丈なす黒髪であった。

【参照作品】「メドゥサの髪」

用語 **ペック・ヴァリー** Peck Valley
ニューイングランドの小さな村。同地の墓地では一八八一年に、おぞましい出来事が起きた。
【参照作品】「地下納骨所にて」

用語 **ペック、ダリアス** Darius Peck
ペック・ヴァリー村の住人。一八八〇年から翌年にかけての冬に、九十歳代で死亡し、ジョージ・バーチの手で埋葬された。
【参照作品】「地下納骨所にて」

用語 **ペック博士** Drs. Peck
プロヴィデンス在住の精神科医師。チャールズ・ウォードの治療にあたった医師団のひとり。
【参照作品】「チャールズ・デクスター・ウォード事件」

作家 **ベックフォード、ウィリアム** William Beckford
①**ヴァテック** Vathek（国書刊行会）一七八二
英国の作家、紀行家、美術批評家、蒐集家（一七六〇〜一八四四）。ホイッグ党の大物政治家でロンドン市長も務めた大富豪の御曹司として、ウィルトシャー州フォントヒルの豪邸に生まれる。十歳で父が病没したが、成人後、ジャマイカの荘園の利権をふくむ莫大な遺産を相続、生涯を趣味の追求と遊興に費やした。とりわけ情熱をそそいだのが建築で、自邸の敷地に巨塔を擁するゴシック様式の僧院「フォントヒル・アベイ Fonthill Abbey」を建造、膨大な蔵書や美術品と共に孤独な隠遁生活を続けた。その奇矯な生涯については、澁澤龍彥が「バベルの塔の隠遁者」（『異端の肖像』所収）で、サド侯爵やルドヴィヒ二世と対比しつつ、印象的に描きだしている。
①は幼少期から憧れた『アラビアン・ナイト』の世界を、作者一流の奇想と諧謔を交えてリクリエイトしたオリエンタル・ゴシック小説の傑作である（詳しくは東雅夫編『伝奇ノ匣　ゴシック名訳集成　暴夜幻想譚』解説を参照）。ラヴクラフトは「文学と超自然的恐怖」の中で、①が登場する文化史的背景にふれて、「東洋人だけが怪奇と茶目気とをうまく結びつける方法を知っているのだが、その茶目気のあるユーモアは教養ある世代の心を捉え、バグダッドやダマスカスの地名・人名は、ちょうどイタリア語やスペイン語の名前がやがてそうなるのと同じように、通俗文学にふんだんに取り入れられるようになった」（植松靖夫訳）と述べている。これはベックフォードに劣らず幼少期から『アラビアン・ナイト』に魅せられ、アブドゥル・アルハザードをはじめとするキャラクターや地名を、嬉々として

自作に登場させたラヴクラフト自身の東洋趣味にも響き交わす評言であろう。

用語 ベトゥムーラ Bethmoora

ベスムーラとも。ダンセイニ卿の短篇「ベトゥムーラ」に美しく物語られる、沙漠の廃市。ヘンリー・W・エイクリイは、レンやハリ湖とともにベトゥムーラの名を挙げている。「しかし、わたしの思いは遙か彼方、門がゆらゆらと開いたり閉じたりしている孤独なベスムーラへと向かう。ゆらゆらと開いたり閉じたり、風に軋みながら、しかし、誰もその音を聞かない。その門は緑色の銅でできた実に美しいものだが、誰もその姿を見ない。沙漠の風が砂を蝶番に注ぎ込むが、それを取り除く夜番はいない」（ダンセイニ「ベスムーラ」中野善夫訳／河出文庫『夢見る人の物語』所収）

【参照作品】「闇に囁くもの」

用語 ペナクック族 Pennacooks

北米先住民の一部族。〈ユゴス星の菌類生物〉に関わる神話伝承を伝えているという。

【参照作品】「闇に囁くもの」

用語 蛇人間 Serpent-men

太古の悪鬼の生き残りである、半人半蛇の種族。超古代大陸ヴァルーシアでは、人間に化身した蛇人間による、ひそかな支配が長らく続いたという。

【参照作品】「影の王国」「七つの呪い」「闇をさまようもの」

用語 蛇人間 Serpent-people

魔峰ヴーアミタドレス山の原初の地下世界で、科学の研究にいそしむ、高度な知性をもった直立爬虫類。ヴァルーシアの蛇人間と同種族か否かは不明である。

【参照作品】「七つの呪い」「スリシック・ハイの災難」「最も忌まわしきもの」

用語 蛇の巣 Snake Den

カーター家の屋敷裏にある洞窟で、その奥には異界へ通ずる塔門を秘めた広大な岩窟があるという。かつてエドマンド・カーターが、おぞましい目的に使用したのをはじめ、多くの無気味な伝説が残されており、土地の人間からは忌避されている。しかしランドルフ・カーターは幼い頃、この洞窟をとても気に入っていた。

【参照作品】「銀の鍵の門を越えて」

ヴァルーシアの蛇人間（「影の王国」挿絵より）

用語 **べへモス** behemoth

ナイル河に棲息する獰猛な巨大生物。旧支配者により創造された邪悪なものどもの子孫であるとされる。旧約聖書「ヨブ記」では、獣たちの王ないしは砂漠の魔神として登場。中世には著名な悪魔の一柱ともされた。

【参照作品】「ネクロノミコン　アルハザードの放浪」

用語 **ベラカ** Belaka

古代バビロニア東部の山脈に暮らしていた魔道士。〈シュブ゠ニグラスの落とし子〉のひとつである七頭の怪物に喰われたが、その首のひとつとなって顕われては、求めに応じて深遠な秘術を伝授するという。

【参照作品】「ネクロノミコン　アルハザードの放浪」

用語 **ペルセイ新星** Nova Persei

一九〇一年二月二十二日、エディンバラのアンダースン博士により、アルゴールの近くで発見された新星。

【参照作品】「眠りの壁の彼方」

作家 **ペルトゥン、フレッド・L** Fred L.Pelton

①**サセックス稿本** The Sussex Manuscript（学研『魔道書ネクロノミコン外伝』）一九八九

米国ネブラスカ州リンカンに在住したラヴクラフト研究家だが、詳しい経歴は不明。一九五〇年没。著書に『A Guide to the Cthulhu Cult』（一九四六）がある。
①はサセックスの男爵フレデリクス一世なる人物が、一五九三年にラテン語から英語に翻訳した『ネクロノミコン』の写本。本来のタイトルは『魔神と契約した者の礼拝Cultus Maleficarum』で、四巻本とされる。ペルトゥンは原稿を、みずからら彩色写本風に書きあげ製本して、ダーレスのもとに送ったという。

用語 ベレド＝エル＝ジン Beled-el-Djinn

アラブにおける無名都市の異称で、〈魔物の都市〉を意味する。

【参照作品】「アッシュールバニパルの焔」

用語 ベロイン大学 Beloin University

米国中西部にある小さな大学。敷地内の暗い片隅にある赤煉瓦造りの博物館には、エルトダウン・シャーズの粘土板が収蔵されている。

【参照作品】「知識を守るもの」

用語 ベロウズ、アンドルー Andrew Bellows

アーカム在住の測量技師で、ミスカトニック大学のダロウ学部長の友人。大学キャンパスで起きた謎の陥没事故の調査にあたり、インスマスへと続くおぞましい地下道を発見する。

【参照作品】「暗礁の彼方に」

用語 ベンスン、ウィル Will Benson

〈修道士の谷〉の村から二マイル離れた峡谷の小屋に隠棲する魔術師。イオド召喚儀式のさなか、訪ねてきた従弟アルヴィン・ドイルの凶弾に斃（たお）れる。

【参照作品】「狩りたてるもの」

作家 ヘンダースン、C・J Chris J.Henderson

①コロンビア・テラスの恐怖 The Horror at Columbia Terrace（青心社文庫『ラヴクラフトの世界』）一九九七

米国の作家（一九五一～　）。ホラーやハードボイルド小説を執筆。〈探偵ジャック・ヘイジー〉シリーズで知られる。「クトゥルーの呼び声」に登場するルグラース警部を主役とした（！）連作短篇集『Tales of Inspector Legrasse』や、リン・カーターが生み出したオカルト探偵アントン・ザルナックが登場する『Admission of Weakness』などを手がけている。ラヴクラフトの「レッドフックの恐怖」のサイド・ストーリーといった趣の①も、そうした作者の持ち味が遺憾なく発揮された快作といえよう。

用語 **ボイド、クレイボーン** Claiborne Boyd

米国ニューオリンズ在住の学生。不審な死を遂げた大叔父アサフ・ギルマンの遺品によって、クトゥルー教団の存在を知り、シュリュズベリイ博士の啓示を受ける。ペルーの教団アジトに潜入し、神父に化けた指導者を射殺した。

【参照作品】「永劫の探究」

用語 **ボイル、E・M** E. M. Boyle

オーストラリアのパース在住の医師。ロバート・マッケンジーの友人で、ナサニエル・ピースリーに連絡を取るように助言した。知性豊かで快活な老紳士で、心理学に造詣が深い。

【参照作品】「時間からの影」

用語 **ボウアン、イノック** Enoch Bowen

ボウエンとも。考古学と隠秘学の研究で名高い大学教授。一八四四年五月にエジプトから〈輝くトラペゾヘドロン〉を持ち帰り、七月にプロヴィデンスの自由意志派の教会を買収した。

【参照作品】「闇をさまようもの」

用語 **ボウアン、ジェイベズ** Jabez Bowen

ボウエンとも。アフリカのレイハボウト Rehoboth からプロヴィデンスに移住して、薬種店を開業した老医師。ジョウゼフ・カーウィンはボウアンの店に足繁く通った。

【参照作品】「チャールズ・デクスター・ウォード事件」

用語 **「冒瀆者たち」** The Defilers

米国パートリッジヴィル在住の短篇小説作家ハワードの作品。

【参照作品】「喰らうものども」

作品 **ホーヴァス・ブレインの物語**

The Narrative of Horvath Blayne

オーガスト・ダーレス

【初出】『ウィアード・テイルズ』一九五二年一月号

【邦訳】大瀧啓裕&岩村光博訳（ク2）

【梗概】民俗学者ホーヴァス・ブレインは、シンガポールのバーでシュリュズベリイ博士と青年たちの一行に出会い、南太平洋の〈黒い島〉探索に協力することになる。博士の話を聞きながら、ブレインは妙に心騒ぐものを感じ、祖父の遺品を調べる。そして自分がインスマスのウェイト家の末裔であることを知るのだった。シュリュズベリイ一行はアメリカ海軍の援護のもと、ポナペ沖に浮上した〈黒い島〉に上陸、島に爆薬を仕掛けるが、深淵から出現した巨大な魔物は、爆発により四散しても、ふたたび結合して猛り狂う。ついに米軍は原爆投下を決定、黒い島は瞬時に消滅するが、しかしブレインは知っていた。偉大なるクトゥルーが、原爆ごときで倒せるはずがないことを……。

【解説】連作『永劫の探究』の第五部で、完結篇。クトゥルーに核攻撃を仕掛けるという単純剛直な着想が、いかにもダーレスらしいといえようか（東宝映画「シン・ゴジラ」にまで至る、巨大怪獣に核攻撃を仕掛けるという、お定まりな設定の先駆でもある）。ブロックの「尖塔の影」と読み較べるのも一興だろう。

用語 ホーエイグ、アブナー・イジーキアル

Abner Ezekiel Hoag

アーカム在住の船長。一七三四年頃、南太平洋探検中に、ポナペ島で『ポナペ島経典』を発見した。

【参照作品】「墳墓の主」「ヴァーモントの森で見いだされた謎の文書」

作家 ポオ、エドガー・アラン Edgar Allan Poe

①ナンタケット島出身のアーサー・ゴードン・ピムの物語 The Narrative of Arthur Gordon Pym of Nantucket（創元推理文庫『ポオ小説全集2』）一八三八

米国の詩人、小説家、雑誌編集者（一八〇九〜一八四九）。ボストンに生まれる。幼くして孤児となり、リッチモンドの富裕な商家で養育された。放蕩無頼の学生生活や軍隊生活を経て、除隊後、養家と絶縁。貧困のうちに詩と短篇小説を執筆し、雑誌編集などで糊口（ここう）をしのぐ日々が続く。一八三九年に第一短篇集『グロテスクとアラベスクの物語』を刊行した頃からようやく文名も上がり、ミステリーやSFの原点ともなる名作群を次々と世に問うたが、生活苦は解消されず、幼妻ヴァージニアの夭逝や自身の病苦から泥酔の度を深め、四九年十月、ボルティモアの街頭において意識不明状態で発見され、そのまま錯乱死した。邦訳に創元推理文庫版『ポオ小説全集』全四巻など。

ラヴクラフトは「文学と超自然的恐怖」の中で丸ごと一章を割いて、ニューイングランドが生んだ偉大なる恐怖文学の先達に、最大級の讃辞を、あの装飾的文体で、これでもかとばかり捧げている。とりわけ冒頭の「一八三〇年代になると、ひとり怪奇小説史にとどまらず広く短篇小説全体の歴史に直接影響を与える文学上の夜明けが訪れた。

〈略〉その夜明けこそは我々アメリカ人が招いたものなのだと主張できるのは、実にアメリカ人として幸運なことである。というのも、夜明けは誰よりも輝かしく誰よりも不運だった我が同胞エドガー・アラン・ポオと共にやって来たからである」（植松靖夫訳）というくだりは、生涯にまともな著書を一冊も上梓できずに早世したクトゥルー神話創造主その人の不運を思うにつけ、曰く云いがたい感慨をもよおさざるをえない。ラヴクラフトには「ポオ擬詩人の悪夢 The Poe-et's Nightmare」（一九一八／定7―2）と題するパロディ風の詩作品や、ポオ所縁の地を紹介したエッセイ「ポオゆかりの家と聖地 Homes and Shrines of Poe」（一九三四／定7―1）もある。

「狂気の山脈にて」の直接の原点となった長篇①はもとより、ラヴクラフトが具体的に言及している「ヴァルデマアル氏の症例」「メッツェンガーシュタイン」「群集の人」「リジイア」「アッシャー家の崩壊」（いずれも創元推理文庫『ポオ小説全集』所収）といった名短篇のモチーフや技法は、さまざまなＨＰＬ作品に活かされている。また、「海の都市」「夢の国」「ウラルーム」（いずれも創元推理文庫『ポオ　詩と詩論』所収）などの怪奇幻想詩が、ラヴクラフトの〈夢の国物語〉群に投じた影響もまた見のがせないところだろう。

用語 **ホーキンズ** Hawkins

エンマ号の耳ざとい乗組員。ヨハンセンらとともにルルイエに上陸、〈クトゥルーの墓所〉の扉を発見するが、復活したクトゥルーを目撃するなり、息絶えた。

【参照作品】「クトゥルーの呼び声」

作家 **ホーソーン、ナサニエル** Nathaniel Hawthorne

①**七破風の屋敷** The House of the Seven Gables（泰文堂ほか）一八五一

米国の小説家。マサチューセッツ州セイレムに生まれる。清教徒の由緒ある家柄で、ラヴクラフトによれば「魔女裁判の裁判官の中でも極めて残虐だった男の曾孫にあたる」（植松靖夫訳「文学と超自然的恐怖」）という。メイン州の名門ボードウィン大学卒業後、故郷の邸宅で孤独な創作活動に携わる。代表作に『緋文字』（一八五〇）、短篇集『トワイス・トールド・テールズ』（一八三七）ほか。

①は初期アメリカン・ゴシックを代表する長篇で、ラヴクラフトによれば「非常に古いセイレムの屋敷を不吉な背景として、先祖の呪いが猛威をふるうさまを驚異的なくらい力強く描き出している」「当時の古い破風のあるゴシック様式の屋敷で、今日まで原形をとどめているものはアメリカ全土を探して幾つもないが、ホーソーンがよく知って

セイレムに現存する七破風の屋敷

いた屋敷は現在もなおセイレムのターナー街に建っており、この物語の舞台であると同時に物語発祥の場であるとの指摘がまことしやかになされている」（同前）とのこと。「魔女の家の夢」をはじめとする一連の魔女小説や〈妖術師物語〉群の源流として、一読に価する重厚な名作である。

用語 **ポータクシット** Pawtuxet

ポートゥックストとも。プロヴィデンス郊外の村落地帯。ジョウゼフ・カーウィンが魔術に関わる厖大な書物を揃え、奇怪な実験をおこなう農場があった。カーウィンをめぐる事件の主舞台となり、チャールズ・ウォード事件の際にも吸血鬼騒動などが、この地で起きている。

【参照作品】「チャールズ・デクスター・ウォード事件」

用語 **ホードリイ師、アバイジャ** Reverend Abijah Hoadley

ダニッチ村の会衆派教会に赴任した牧師。一七四七年に、同地の山中から発せられる魔物の声に言及する説教をした後、行方不明となった。そのときの説教は、スプリングフィールドで印刷刊行されている。

【参照作品】「ダニッチの怪」

用語 ホートリー、ジュリアン Julian Haughtree

グラスゴー（スコットランド）在住の作家。精神交換により、ペシュ＝トレンに肉体を奪われる。

【参照作品】「盗まれた眼」

用語 ホートン医師 Dr. Houghton

アイルズベリイ在住の医師。一九二四年の収穫祭の夜、老ウェイトリイの異様な臨終に立ち合った。

【参照作品】「ダニッチの怪」

作家 ホームズ、オリバー・ウェンデル Oliver Wendell Holmes

①エルシー・ヴェナー Elsie Venner（未訳）一八五九

米国の作家、医学者（一八〇九～一八九四）。マサチューセッツ州ケンブリッジ・ミドルセックスに生まれる。ハーバード大学医学部を卒業後、ダートマス医科大学院教授、ハーバード大学医学部教授を歴任。医学の改革者として名を成す一方、文筆にも才能を発揮し、エッセイ集『朝食テーブルの独裁者 The Autocrat of the Breakfast-Table』（一八五八）シリーズなどで人気を博する。同名の息子は著名な法律家で、最高裁判事。

ホームズが最初に手がけた長篇小説である①について、ラヴクラフトは「文学と超自然的恐怖」の中で、「相当抑えた筆致で、出生前のある影響のため蛇と人間の両面を持つようになった若い女性を描いているが、見事な風景描写で小説の雰囲気を盛り上げている」（植松靖夫訳）と評している。ゼリア・ビショップ「イグの呪い」などとの関連で注目すべき作品といえよう。

用語 ホールシイ、アラン Allan Halsey

ミスカトニック大学の医学部学部長。学識豊かな有徳の士として敬愛されていたが、伝染病により死亡。ハーバート・ウェストの蘇生実験によって、凶暴な食人鬼となって蘇り、セフトン Sefton の精神病院に収容された。

【参照作品】「死体蘇生者ハーバート・ウェスト」

用語 ホールト、エベネザー Ebenezer Holt

ミスカトニック谷の孤家（ひとつや）に住む老人に、稀覯書『コンゴ王国』を譲ったとされる人物。

【参照作品】「家のなかの絵」

用語 ボク、ハネス Hannes Bok

米国の画家、小説家（一九一四～一九六四）。本名はウェイン・ウッダード Wayne Woodard。ミネソタ州に生まれる。SFファンダムで活動した後、ロサンジェルスでレイ・ブラッドベリと知り合い、その紹介で『ウィアード・テイルズ』一九三九年十二月号でデビュー。私淑するマックスフィールド・パリッシュの画風にも通ずる夢幻的な装画・挿絵を、多くのパルプ・マガジンに寄稿した。ラヴクラフト作品の挿絵では、「ピックマンのモデル」の食屍鬼図で名高い。小説にも手を染め、『魔法つかいの船 The Sorcerer's Ship』(四二)『金色の階段の彼方 Beyond the Golden Stair』(四八)という二冊の長篇ファンタジーを遺した(ともにハヤカワ文庫)。晩年は貧窮のうちに孤独死したという。

用語 **ポクムタック族** Pocumtucks

ダニッチの先住民であった部族。環状列石やテーブル岩周辺は、かつてはポクムタック族の埋葬所だったという説がある。

【参照作品】「ダニッチの怪」

用語 **ボクラグ** Bokrug

イブと姉妹都市ル＝イブで、異形の種族によって崇拝された青色の水蜥蜴神。その呪いは一夜にしてサルナスを壊滅させた。ボクラグは成人に達するまでは人間の姿をしているため、生まれた子供はいったん人界に送られ、成長すると故郷に戻るという。

【参照作品】「サルナスの滅亡」「大いなる帰還」

作品 **星から訪れたもの** The Shambler from the Stars
ロバート・ブロック

【初出】『ウィアード・テイルズ』一九三五年九月号

【邦訳】松村三生訳「妖蛆の秘密」(真2&新2)／柿沼瑛子訳「星から来た妖魔」(ソノラマ文庫『暗黒界の悪霊』)

ボクラグ(ハーブ・アーノルド画)

／大瀧啓裕訳「星から訪れたもの」（ク7）

【梗概】 怪奇小説作家であるわたしは、新たな霊感の源泉を求めていた。友人であるプロヴィデンスの夢想家は、奇怪な伝承を記した古代の書物群の存在を教えてくれた。探索の甲斐あって、わたしはとある古書店の棚に、ルドヴィク・プリン著『妖蛆の秘密』を発見した。しかし、それはラテン語で記されていたため、わたしはプロヴィデンスの友人のもとへ向かう。彼は最初ためらっていたが、やがてその解読に熱中する。プリンが星の彼方から使い魔を召喚したとき用いた呪文を、うっかり友人が声に出して読みあげた途端、窓外の虚空から湧きあがる哄笑とともに、彼の体は宙に浮いて引き裂かれた。噴出する血潮を啜る音。そして、ああ、友の血を吸って実体化した、見るもおぞましい姿が、目の前に……。

【解説】 若年のブロックが、敬愛するラヴクラフトをモデルとする人物を作中に登場させ、しかもむごたらしい方法で魔物の餌食にしてしまったという記念すべき（？）作品。なお、本篇に応えて、ラヴクラフトが晩年の力作「闇をさまようもの」を執筆したのは、有名なエピソードである。

用語 「星から来て饗宴に列する者」 The Feaster from the Stars

作家ロバート・ブレイクが、一九三四年から翌年にかけての冬の間に書きあげた、五篇の傑作短篇小説のひとつ。

【参照作品】「闇をさまようもの」「星から来て饗宴に列する者」

作家 ホジスン、ウィリアム・ホープ
William Hope Hodgson

①**〈グレン・キャリグ号〉のボート** The Boats of the Glen Carrig（アトリエサード）一九〇七
②**異次元を覗く家** The House on the Borderland（アトリエサード）一九〇八
③**幽霊海賊** The Ghost Pirates（アトリエサード）一九〇九
④**ナイトランド** The Night Land（原書房）一九一二
⑤**幽霊狩人カーナッキの事件簿** Carnacki the Ghost-Finder（創元推理文庫）一九一三
⑥**夜の声** The Voice in the Night（創元推理文庫同名書）一九〇七

英国の小説家（一八七七～一九一八）。エセックス州ブラックモア・エンドの子沢山な牧師の家に生まれる。船乗りに憧れ全寮制の学校を脱走、キャビンボーイ見習いを経

て航海士となる。航海中にいじめに遭った経験から肉体の鍛錬を始めたという。そのノウハウを活かして、一八九九年に英国のブラックバーンでトレーニングジム経営を始める。一九〇二年、奇術師ハリー・フーディーニが、こいつに縛られるのは二度とごめんだ、と音をあげたという逸話は有名である。ジム経営のかたわら文筆業も手がけるようになり、長短の海洋冒険小説や怪奇幻想小説を英米両国の雑誌に発表。第一次大戦が始まると志願兵として従軍、ベルギーの戦場で偵察任務中、流れ弾を受けて名誉の戦死を遂げた。

ラヴクラフトは「文学と超自然的恐怖」の中で、異例に多くの紙幅をホジスンに費やし、①～⑤について懇切な紹介をおこない、その再評価に先鞭をつけた。

「非現実的世界を真面目に扱った点では(略)ブラックウッドに次ぐ作家かもしれない。さりげなくほのめかしながら、あるいは些細なことを詳しく描写しながら、名状しがたい醜怪な侵略者が身近に迫っていることを暗示したり、土地なり建物なりの描写を通して異様なただごとならぬムードを醸し出す技巧では、とてもホジスン氏をしのぐ者などいないだろう」(植松靖夫訳)

特に「最高傑作かもしれない」と評する②については、「語り手の精神が、果てしない宇宙の彼方と、無限の時の中を彷徨し、太陽系の終末を目撃するという話は、この作品に文学としての独自の地位を与えている」(同前)と述べて、はからずもラヴクラフト自身が追求する文学観を示唆するものとなっている。④についての「一種の宇宙的規模の疎外感、息もつかせぬ神秘感、そして怯えながらも抱いている期待感といったものは、匹敵する作品がないほど巧く表現されている」(同前)も同様である。

なお、ホジスン復活の一契機となった海洋恐怖短篇⑥は、東宝映画「マタンゴ」(一九六三)の原作となったことでも知られている。

用語 星の色の毒 the poison of colors from the stars

旧支配者への有力な対抗手段として、マギ族が着目する天文現象。かれらが信ずるところによれば、旧支配者の活動は、星から放射される光の色に左右されており、その色調が変化したことで、地上から駆逐されたのだという。

【参照作品】「ネクロノミコン アルハザードの放浪」

用語 星の戦士 Star-Warriors

人間に似た姿をした炎の生物で、両端が尖った細長い円筒状の物にまたがり、オリオン座より飛来する。両脇にある腕に似たしなやかな三対の付属器官に、筒状をした旧神の太古の武器を携えている。旧神の命により、アラオザルを破壊した。
【参照作品】「潜伏するもの」

用語 **星の知慧派** Starry Wisdom
一八四四年にエジプトより帰国したイノック・ボウアン教授が、プロヴィデンスで組織した邪悪な新興宗派。フェデラル・ヒルの自由意志派教会を買収して本拠とし、〈輝くトラペゾヘドロン〉を奉じて、ナイアルラトホテップに生贄を捧げた。一時は信者数二百名を超えたが、当局の弾圧を受けて、一八七七年に教会は閉鎖された。後に同宗派は、ナイ神父という謎めいた人物により再興されている。
【参照作品】「闇をさまようもの」「尖塔の影」「アーカム計画」「恐怖の巣食う橋」

用語 **ボストン** Boston
米国マサチューセッツ州の州都。ニューイングランド地方の中核となる、歴史の古い港湾都市である。ノース・エンド地区には、画家ピックマンの居宅があった。
【参照作品】「ピックマンのモデル」

用語 **ポター家** Potters
アーカムの西外れの〈魔女の谷〉に暮らす一家。魔法使いとの悪評高いポター老の農場を相続して、ミシガンから移住してきたが、ポター老がヒヤデス星団から喚び降ろした怪物に憑依されてしまった。
【参照作品】「魔女の谷」

用語 **ポトワンケット** Potowonket
米国メイン州の小さな海辺の村。一九一三年八月二十七日の夜、巨大な火球が海中に落下するのが目撃され、後に石質隕石と判明した。
【参照作品】「緑の草原」

用語 **ポナペ** Ponape
ミクロネシア（北西太平洋）のカロリン諸島東部にある火山島。同島沖合の深淵にはルルイエがあり、〈深きものども〉の最大の拠点となっている。
【参照作品】「インスマスを覆う影」「永劫の探究」

用語 **『ポナペ島経典』** Ponape Scripture
『ポナペ教典』とも。A・E・ホーエイグ船長が一七三四年頃、南太平洋を探検中にポナペ島で発見し、アーカムに持ち帰った謎の経典。ヤシの葉の太い繊維でできたパーチメント（羊皮紙の一種）に書かれているという。ムー大陸の秘密が記されているらしい。

【参照作品】「墳墓の主」「陳列室の恐怖」「時代より」「タイタス・クロウの帰還」

用語 『「ポナペ島経典」から考察した先史時代の太平洋海域』 The Prehistoric Pacific in the Light of the 'Ponape Scripture'

ハロルド・ハドリー・コープランド教授が、一九一一年に刊行した著作。

【参照作品】「墳墓の主」「陳列室の恐怖」「時代より」

作家 ボナンジンガ、ジェイ・R Jay R. Bonansinga

①**シック**（学研ホラーノベルズ）一九九五

米国の作家（一九五九〜 ）。イリノイ州エヴァンストン在住。映像学の修士号を持ち、短篇映画やプロモーション・ビデオを手がける一方、SF・ホラー系雑誌に短篇小説やエッセイを発表。九四年の第一長篇『ブラック・マライア』（福武書店）で、モダンホラーの新星として脚光を浴びた。①は無気味なシリアルキラー「脱出芸人」に脅かされるストリッパーの恐怖を描くサイコ・ホラーだが、ヒロインの故郷がウィスコンシン州（アーカム・ハウスの所在地だ！）のアーカムとされている点、そしてラヴクラフトとも因縁浅からぬ奇術師ハリー・フーディーニが重要なファクターとして登場する点に注目したい。

用語 ボノ、アルドワ Ardois-Boonot

フランスの画家。一九二六年春、パリのサロンに「夢の景色 Dream Landscape」と題する冒瀆的な絵画を出品した。

【参照作品】「クトゥルーの呼び声」

用語 焔の洞窟 cavern of flame

浅い眠りの領域で、階段を七十段くだった処にある、炎の柱を擁する洞窟神殿。神官ナシュトとカマン＝ターが奉侍している。ここからさらに階段を七百段くだると〈深き眠りの門〉がある。

【参照作品】「未知なるカダスを夢に求めて」

用語 ポラリオン Polarion

ムー・トゥーランの最北の地で、かつては北の群島の一部であったが、氷河により地続きとなった。

【参照作品】「ウトレッソル」

用語 **ポラリオンの皓白の巫女** white sybil of Polarion

ヒューペルボリアの巫女。コモリオムの廃滅を予言した。

【参照作品】「サタムプラ・ゼイロスの物語」「皓白（こうはく）の巫女」

用語 **『ポリネシア人と南米大陸のインディオ文明の関連性の考察――ペルー考をふくむ』**

An Inquiry Into the Relationship of the Peoples of Polynesia and the Indian Cultures of the South American Continent with Special Reference to Peru

シャリエール医師が架蔵していた書物。

【参照作品】「生きながらえるもの」

用語 **『ポリネシア神話――クトゥルー神話大系に関する一考察』**

Polynesian Mythology, with a Note On The Cthulhu Legend-Cycle

ハロルド・ハドリー・コープランド教授が、一九〇六年に著した書物。そのオカルト理論の異様さにもかかわらず、科学研究の大作と評価されている。

【参照作品】「墳墓の主」「陳列室の恐怖」

用語 **ポリュフェーモス** Polypheme

ギリシア神話に登場する単眼巨人キュクロープス族のひとりで、海神ポセイドンの息子。オデュッセウス一行を洞穴に閉じこめ、六人の部下を喰らったが、酔いつぶれた隙に、オデュッセウスに、ひとつしかない眼を潰された。

【参照作品】「クトゥルーの呼び声」

用語 **ボルチグレヴィンク** Carsten E. Borchgrevingk

ノルウェーの探検家（一八六四～一九三四）。一八九四年、南極大陸に最初に足を踏み入れ、九八年の冬には初めて越冬をした。南極の海豹に、残忍な謎の傷跡が認められることを報告している。

【参照作品】「狂気の山脈にて」

用語 **ボルトン** Bolton

米国マサチューセッツ州の都市。アーカムに程近い工場町である。同地のボルトン・ウーステッド工場 **Bolton Worsted Mills** は、ミスカトニック谷で最大規模を誇る。ハーバート・ウェストやディラポア一家は、一時この町で暮らしていた。

【参照作品】「死体蘇生者ハーバート・ウェスト」「壁のなかの鼠」

用語 **ホルバーグ准将** Brigadier-General Holberg

シュリュズベリイ博士によるポナペ作戦を補佐した、アメリカ海軍の指揮官。一九四七年、南太平洋上に出現したクトゥルーに対して、原爆の投下を指令した。

【参照作品】「永劫の探究」

作家 **ボルヘス、ホルヘ・ルイス** Jorge Luis Borges

①**人智の思い及ばぬこと** There Are More Things（集英社文庫『砂の本』）一九七五

②**トレーン、ウクバール、オルビス・テルティウス** Tlon, Uqbar, Orbis Tertius（岩波文庫『伝奇集』）一九四〇

③**不死の人** L'Immortel（白水社『不死の人』）一九四七

④**アレフ** L'Aleph（白水社『不死の人』）一九四五

アルゼンチンの作家、詩人、批評家（一八九九〜一九八六）。ブエノスアイレスに生まれる。十代後半をヨーロッパで過ごし、一九二一年に帰国後、本格的な文筆活動に入る。当初は詩人、西欧前衛詩の紹介者として認められ、カフカの流れを汲む幻想文学の作家、アンソロジストとしても一家を成し、世界的規模での高い評価を得た。五十代後半から視力の低下に悩まされるが、晩年まで旺盛な文筆・講演活動を続けた。邦訳作品集に『伝奇集』（岩波文庫）、国書刊行会版〈ボルヘス・コレクション〉など。

『ボルヘスとの対話』（晶文社）というインタビュー集の中で、ラヴクラフトを「非常に不愉快で、かなりいんちき」な作家と評したボルヘスは、その後なぜか「H・P・ラヴクラフトを偲んで」と付記する短篇①を発表した。『砂の本』のあとがきに曰く「運命は、御存じのとおり測り知れないが、H・P・ラヴクラフト——この作家を、わたしはポーの無意識のパロディストだと、つねづね考えているのだが——の死後の小説というべきものをでっちあげないことには、わたしの心が落着きそうもなかった。結局、あきらめることにしたが、その嘆かわしい結実が、『人智の思い及ばぬこと』という表題をもつことになった」（篠田一士訳）……。①はラヴクラフト&ダーレスの合作作品によくある「忌まわしき故地への帰還」物をひとひねりしたような趣の作品で、得体の知れぬ異形のものが棲まう屋敷に足を踏み入れた語り手が体験する宇宙的恐怖を描いている。そして七八年に至るや、ポール・セローとの対話の中で、ラヴクラフト作品が好きだと言明しているのだから、ますます不可解である。

さるにても何故ボルヘスは、そうまでしてラヴクラフトにこだわるのか？　おそらくそれは、C・ウィルスンや荒俣宏がすでに指摘しているように、ラヴクラフトとボルヘスが非常によく似たタイプの想像力を持った作家であるこ

とに由来するのだろう。書物を媒介に架空世界が現実への侵犯を開始する②は、その具体例としてよく引き合いに出される傑作である。ほかに、無名都市を彷彿とさせる砂漠の廃墟が登場する③や、「あらゆる角度から見た世界中の場所が交じりあうことなく存在する場所」たる輝く玉虫色の球体〈アレフ〉をめぐる④なども、文芸ラヴクラフティアン必読といえよう。なお、ラヴクラフトの研究家B・L・セント＝アーマンドに、両作家の共通性を律儀に検証した「ラヴクラフトとボルヘス」（定7―1）というエッセイがある。

用語 ホルマゴール Hormagor

ヒューペルボリアの南半分の地域で最強と目された魔術師。ゾン・メザマレックのライバルであった。

【参照作品】「アボルミスのスフィンクス」

用語 ホルム、アクセル Axel Holm

デンマークの首都コペンハーゲン出身の硝子職人にして悪魔主義者。不死の鏡を製作し、内部の異次元世界へ人間や物品を引きずりこんでいた。

【参照作品】「罠」

用語 ホルロイド、ジェファースン Jefferson Holroyd

ミスカトニック大学に所属する暗号学者。附属図書館所蔵の魔道書解読に画期的な業績をおさめるが、後に錯乱し、学部長のダロウ博士を殺害する。

【参照作品】「暗礁の彼方に」

用語 ボレルス Borellus

十七世紀イタリアの高名な数学・物理学・天文学者にして医師でもあったジョヴァンニ・アルフォンソ・ボレリ Giovanni Alfonso Borelli（一六〇八～一六七九）のこと。主著に『動物の運動について De Motu Animalium』（一六八〇～八一）がある。

【参照作品】「チャールズ・デクスター・ウォード事件」

用語 ホワイト、アン Ann White

プロヴィデンスの〈忌み嫌われる家〉に雇われた使用人のひとり。迷信深い土地柄であるエクシターExeterの出身で、屋敷の下に葬られた吸血鬼が怪異をなしているという噂を広めたため、解雇された。

【参照作品】「忌み嫌われる家」

作家 **ホワイトヘッド、ヘンリイ・セントクレア**
Henry St.Clair Whitehead
①**罠** The Trap（全別上）

米国のパルプ作家（一八八二～一九三二）。聖公会司祭の資格も有し、一九二一年から二九年にかけて西インド諸島に赴任した。その間に蒐集した地元の土俗伝承をもとに、エキゾティックな怪奇小説を多数執筆する。ラヴクラフトとは晩年に親交を結び、古鏡の魔力に囚われた少年の恐怖と救出劇を描いた①を合作している（発表はホワイトヘッド名義）。邦訳作品集に『ジャンビー』（国書刊行会）がある。

マ

用語 **マーシュ、オーベッド** Obed Marsh

インスマス出身の海運船船長。東インド諸島の小島で〈深きものども〉の存在を知り、インスマス沖の〈悪魔の暗礁〉でかれらに生贄を捧げ、見返りに金塊と魚群を得た。続いてダゴン秘密教団を組織し、一八四六年の大虐殺以降、事実上、町の指導者となった。

【参照作品】「インスマスを覆う影」

用語 **マーシュ家** Marshes

インスマスに定住する呪われた名門一族。十九世紀初頭、オーベッド・マーシュの代に南洋交易に乗りだしてから、金の精錬所を興して町の有力者となる。〈深きものども〉との通婚の結果、一族の者は成長とともに両棲類さながらのインスマス面（づら）へと変貌を遂げ、ついには〈悪魔の暗礁〉の深淵に棲む同族のもとへ還ってゆくといわれる。

【参照作品】「インスマスを覆う影」「ロイガーの復活」

用語 **マーシュ、ジャニス** Janice Marsh

ハリウッドの映画女優。秘境冒険映画『ジャングル・ジリアンの危機 The Perils of Jungle Jillian』のパンサー・プリンセス The Panther Princess 役で注目を集めたが、日米開戦直後に謎の失踪を遂げた。その正体はオーベッド・マーシュの末裔で、カリフォルニアのヴェニス Venice に本拠を置くダゴン秘密教団の指導者だった。

【参照作品】「大物」

用語 **マーシュ、バーナバス** Barnabas Marsh

オーベッド・マーシュの孫で、精錬所の経営者。変容が進み、人前にはまったく姿を現わさないという。

【参照作品】「インスマスを覆う影」

用語 **マータラ** martala

メンフィスの墓泥棒一家の娘。アルハザードの一行に加わり、旅の仲間となる。

【参照作品】「アルハザード」

用語 **マーテンス、ジャン** Jan Martense

米国キャッツキル地方のテンペスト山に棲んでいた、左右の目の色が異なる一族の末裔。

【参照作品】「潜み棲む恐怖」

用語 **マーテンス館** Martense mansion

富裕なオランダ商人ゲリット・マーテンス Gerrit Martenseが、一六七〇年にテンペスト山頂に建造した石造りの館。一族の者が失踪して後、さまざまな恐怖伝説の舞台となった。

【参照作品】「潜み棲む恐怖」

作家 **マイヤース、ゲイリー** Gary Myers

①**妖蛆の館** The House of the Worm（真3&新5）一九七〇

米国の作家（一九五二〜　）。カリフォルニア州サウス・ゲイト出身。典型的なアーカム・ハウス作家のひとりで、一九七〇年に①が『アーカム・コレクター』に採用されてデビュー、以後数篇を寄稿している。七五年には、それらを収録した神話小品集『The House of the Worm』を同社から刊行した。いずれも小粒ながら、ダンセイニからラヴクラフトへ継承された〈夢の国〉の系譜を純粋に受け継ぐ、得がたい書き手といえよう。

用語 **「マウント・オーバンに葬られたホームズ、ロウエル、ロングフェロー」** Holmes, Lowell and Longfellow Lie Buried in Mount Auburn

リチャード・アプトン・ピックマンが、失踪直前に描きあげた絵の一点。ボストンの地底観光に興じる食屍鬼たちの姿が描かれている。

【参照作品】「ピックマンのモデル」

用語 **マエナルス山** Mount Maenalus
　ギリシアのアルカディアにある山。パーン（牧神）が好んで徘徊する地で、かつては丘の斜面に、カロースとムーシデスの暮らす邸宅があった。
【参照作品】「木」「月の湿原」

作品 **魔宴** The Festival
H・P・ラヴクラフト
【執筆年／初出】 一九二三年／『ウィアード・テイルズ』一九二五年一月号
【邦訳】 仁賀克雄訳「暗黒の秘儀」（創土社『暗黒の秘儀』ほか）／並木二郎訳「祝祭」（定2）／大瀧啓裕訳「魔宴」（全5／ク4）
【梗概】 ユール（クリスマス）の日、わたしは父祖ゆかりの地、ニューイングランドの漁師町キングスポートを初めて訪れた。一世紀に一度おこなわれる祝祭に参列するために。一族の長老に導かれ、秘密の地下洞窟に到ったわたしは、おぞましい火柱の彼方の闇から、異様な有翼の生物が飛来するのを見た。儀式の参列者たちは、ひとり、またひとり、その生物にまたがり、闇の彼方へ消えてゆく。最後に残されたわたしを促す長老の無表情な顔が、仮面であることに気づいた瞬間、わたしはためらわず、暗い地底の川

「魔宴」の教会のモデルとなったマーブルヘッドの聖ミカエル教会
（シュレフラー『ラヴクラフト・コンパニオン』より）

へと身を躍らせたのだった。

【解説】故地ニューイングランドの古さびた町並に寄せる、ラヴクラフトの愛着と畏怖の念が鮮明に打ち出された趣の好短篇。『ネクロノミコン』への言及を除いては神話大系との関連は薄いが、地下世界での祭祀、有翼生物、「形の定まらぬフルート奏者」など、クトゥルー神話の原イメージが散見されるのは興味深い。

用語 **マガー鳥** magah bird

〈夢の国〉に棲息する、七色の鳥。

【参照作品】「未知なるカダスを夢に求めて」

用語 **マギ族** the magi

古代バビロニアの高貴な種族で、〈シリウスの子ら〉とも呼ばれる。ペルシアのダリウス大王 Darius the Great の宮廷に仕えた祭司階級の末裔とされ、天狼星を崇め、ティグリス河の二本の支流が合流する地点を見下ろす丘に建つ修道院を拠点にして、旧支配者とその崇拝者に対抗するための活動に精励している。この世に生きるもので、智慧においてマギ族をしのぐものはないとされる。

【参照作品】「ネクロノミコン　アルハザードの放浪」

用語 **マクタイ** McTighe

ミスカトニック大学南極探検隊の無線通信士。

【参照作品】「狂気の山脈にて」

用語 **マグナス、オラウス** Olaus Magnus

アサフ・ピーバディは、この人物が著した表題のない本を所蔵していたが、それは人間の皮膚で装幀されていたという。

【参照作品】「ピーバディ家の遺産」

用語 **マグナマーター** the Magna Mater

〈キュベレ〉を参照。

用語 **マクニール** Dr.McNeill

オクラホマ州ガスリーにある精神病院の院長。デイヴィス夫妻を見舞った蛇神の呪いの猛威を、目の当たりにした人物。同院の地下室には、オードリイ・デイヴィスが産み落とした半人半蛇の子供たちが収容されている。

【参照作品】「イグの呪い」

作家 **マクノートン、ブライアン** Brian McNaughton

①**食屍姫メリフィリア** Meryphillia（創元推理文庫『ラヴク

ラフトの遺産』）一九九〇

米国の作家、評論家（一九三五～二〇〇四）。ニュージャージー州出身。ニュース番組のリポーターから作家に転身、最初の長篇『Satan's Love Child』（七七）以来、エロチックなオカルト・ホラーを手がける。①は、典雅にして可憐な食屍鬼譚の佳品である。

用語 **マグロア、サイモン** Simon Maglore

米国東部のブリッジタウンに住む、イタリア系の猫背の青年。天才的な文才に恵まれ、その詩「魔女が吊されて」はエズワース記念賞を受賞した。宗教裁判所の追及を逃れて、イタリアから米国へ渡った妖術師の家系の末裔で、自分の肉体に寄生する使い魔によって取り殺された。

【参照作品】「奇形」

作品 **魔犬** The Hound

H・P・ラヴクラフト

【執筆年／初出】 一九二二年／『ウィアード・テイルズ』一九二四年二月号

【邦訳】 荒俣宏訳「妖犬」（角川ホラー文庫『ラヴクラフト恐怖の宇宙史』ほか）／佐藤嗣二訳「妖犬」（定2）／大瀧啓裕訳「魔犬」（ク4）

【梗概】 飽くなき猟奇の探求者であるセント・ジョンとわたしは、オランダの教会墓地に埋められた墓場荒らしの遺骸から、魔除（まよけ）の翡翠を盗みだした。そこには『ネクロノミコン』にほのめかされる恐るべき象徴が刻まれていた。英国に戻ったわたしたちの周囲で頻発する怪事。夜の風にのって聞こえくる、巨大な猟犬の吠え声。セント・ジョンが惨殺された。魔除の略奪に対する報復がくだされたのか。次は、わたしの番なのか……。

【解説】『ネクロノミコン』の著者を、初めてアブドゥル・アルハザードであると特定する言及を除けば、神話大系との関連は薄いが、「中央アジアに位置する接近不能なレンにおける、屍食（ししょく）宗派」（大瀧啓裕訳）という暗示的な一節も認められる。

用語 **マザー、コットン** Cotton Mather

一六六三年、米国ボストンに生まれ、一七二八年に同地で没した、プロテスタント牧師・神学者。ピューリタニズムの振興に尽力し、『見えざる世界の驚異 Wonders of the Invisible World』（一六九三）『善行録 Bonifacius』（一七一〇）ほか膨大な著作を残した。セイレムの魔女狩りにも関与したため、後に画家ピックマンは、マザーのことを口をきわめて罵っている。

【参照作品】「ピックマンのモデル」「名状しがたいもの」

用語 **「魔女が吊(つる)されて」** The Witch Is Hung

サイモン・マグロアが書いた、病的な想像力にあふれた詩。エズワース Edsworth 記念賞を受賞した。

【参照作品】「奇形」

用語 **魔女キザイアの光** Keziah's witch-light

ブラウン・ジェンキンとキザイア・メイスンの幽霊の周囲を踊りまわるという菫色の怪光。

【参照作品】「魔女の家の夢」

用語 **魔女の家** Witch-House

十七世紀に魔女キザイア・メイスンが潜んでいたとされる、アーカムの古屋敷。その屋根裏部屋は、奇妙に歪んだ構造を有する。長らく低家賃の下宿屋として使用されていたが、ウォルター・ギルマンの怪死事件以後は無人の廃屋となり、一九三一年に倒壊、残骸の中から多くの古文書や奇怪な形状をした動物の骨などが発見された。

【参照作品】「魔女の家の夢」

用語 **『魔女の審問』** Quaestio de Lamiis

ヴィネ De Vignate の著書。ウライア・ギャリスンが架蔵していた。

【参照作品】「屋根裏部屋の影」

用語 **魔女の谷** Witches' Hollow

ウィッチズ・ホロウとも。アーカムの一地域。魔道に志すポター家の人々が棲んでいる。

【参照作品】「魔女の谷」「ヒッチハイカー」

作品 **魔女の谷** Witches' Hollow

H・P・ラヴクラフト&A・ダーレス

【初出】アーカム・ハウス『ダーク・マインド、ダーク・ハート Dark Mind, Dark Heart』一九六二年刊

【邦訳】広田耕三訳「魔女の谷」(神)／東谷真知子訳「魔女の谷」(ク9)

【梗概】小学校教師のわたしは、新たに赴任したアーカムの第七地区小学校で、アンドルー・ポターという不思議な少年を受け持つことになった。〈魔女の谷〉にある少年の家を家庭訪問したわたしは異様な悪意を感じるが、果たしてポター家は魔道に志す呪われた一族だった。マーティン・キーン教授の助力を得たわたしは、五芒星形の石を携

え、少年と家族の救出に向かったが……。

【解説】往年のクトゥルー神話作品としては非常に珍しい学園物である。魔法使いの家系に生まれた少年の姓が、あの〈ハリー・ポッター〉シリーズと同じポターPotterなのも、偶然とはいえ面白い。五芒星の護符の威力が遺憾なく発揮されている作品でもある。

用語『**魔女への鉄槌**』Malleus Maleficarum

ドミニコ会修道士ヤコブ・シュプレンゲルJacob Sprenger（一四三七頃〜一四九四）とハインリッヒ・クラメールHeinrich Kramer（一四三〇頃〜一五〇五）が、一四八六年に著した書物。悪魔や魔女、妖術師の脅威を説いた神学文書で、魔女狩りに際して大いに活用された。

【参照作品】「ピーバディ家の遺産」「屋根裏部屋の影」

作家**マスタートン、グレアム** Graham Masterton

①**マニトウ** The Manitou（ヘラルド・エンタープライズ）一九七六

②**シェークスピア奇譚** Will（創元推理文庫『ラヴクラフトの遺産』）一九九〇

グラハムとも。英国の作家、編集者（一九四六〜　）。エジンバラ出身。英国版『ペントハウス』編集長などを務めた経験をもとにセックス啓蒙書を執筆、ベストセラーとなる。その一方で、ホラーをはじめ幅広いジャンルにわたる小説も多数手がけている。

映画化された①は、インディアンの大呪術師ミスカマカスが、三百年の時を超えて白人少女の背中に宿り、現世への復活を策するという『エクソシスト』風の人面疽ホラー。ミスカマカスが異次元から召喚した邪悪なマニトウ（霊）と、コンピューターの善なるマニトウが火花を散らす（!?）破天荒なクライマックスに呆然とさせられたのも、今となっては懐かしい想い出である。「ミスカマカス＝ミスクアマカス」という名称の一致からも察せられるように、同作にはラヴクラフト&ダーレスの『暗黒の儀式』の影響が色濃い（ちなみにヨーロッパでは、『暗黒の儀式』がラヴクラフトの代表作のひとつとして受容されたという史的経緯がある）。②は英国を代表する文豪シェイクスピアが、ヨグ＝ソトースと冥約を交わしていた！　という、これまた仰天物の着想にもとづく好短篇。

用語**マズレヴィッチ、ジョー** Joe Mazurewicz

〈魔女の家〉の一階に下宿する、迷信深い織機修理人。

【参照作品】「魔女の家の夢」

作家 マチューリン、チャールズ・ロバート Charles Robert Maturin

①放浪者メルモス Melmoth the Wanderer（国書刊行会）一八二〇

アイルランドの牧師、小説家、劇作家（一七八二〜一八二四）。フランスから亡命したユグノー教徒の子孫で、みずからもダブリンのトリニティ・カレッジを卒業後、プロテスタント教会の牧師となる。そのかたわら、小説や戯曲を発表。悪魔と契約して果てもなく地上を彷徨（さまよ）う宿命を負った主人公メルモスの遍歴を描いた①は、バルザックからボードレールにいたる西欧のロマン派や象徴派の詩人・小説家たちの熱烈な支持を得た。

ラヴクラフトは「文学と超自然的恐怖」の中で①を評して「漫然と続く物語のここかしこに、それまでのゴシック小説には見られなかった力強い脈動が感じられる。つまり人間性の本質的な真理に接近している点、宇宙的恐怖の根源について理解を示している点」（植松靖夫訳）等々を指摘し、「偏見のない読者なら、恐怖小説の大きな進化を『メルモス』が体現していることを疑い得まい。恐怖というものが、型にはまった月並みの扱いを免れて、人類の運命そのものに覆い被さる険悪な雲と化しているのだから」（同前）と、コズミック・ホラーの先駆という観点からの賞讃を惜しまない。ちなみに作中で、先祖の肖像画と酷似した人物が現代に出没する恐怖シーンや、謎めいた手稿の発見といった設定には、「チャールズ・デクスター・ウォード事件」のそれを彷彿せしめるものがあろう。

用語 マチュ・ピチュ Machu Picchu

古代インカのケチュア＝アヤル Quechua-Ayars 族が築いた要塞都市。ペルー南部のウルバン峡谷にある。

【参照作品】「永劫の探究」「狂気の山脈にて」

作家 マッキンタイア、F・グウィンプレイン F.Gwynplaine MacIntyre

①イグザム修道院の冒険 The Adventure of Exham Priory（早川書房『ＳＦマガジン』二〇一〇年五月号）（二〇〇三）

英国の作家、イラストレイター（一九四九〜　）。〈シャーロック・ホームズ〉物のパスティーシュなどで知られる。①もそのひとつで、「壁のなかの鼠」の世界とホームズの世界が不穏に交錯している。

作家 マッケン、アーサー Arthur Machen

①パンの大神 The Great God Pan（創元推理文庫『怪奇小説傑作集1』）一八九〇

②**黒い石印** The Novel of the Black Seal（創元推理文庫『怪奇クラブ』）一八九五
③**白い粉薬のはなし** The Novel of the White Powder（同右）一八九五
④**輝く金字塔** The Shining Pyramid（国書刊行会『輝く金字塔』）一八九五
⑤**白魔** The White People（光文社古典新訳文庫）一八九九

英国ウェールズ出身の作家、ジャーナリスト（一八六三～一九四七）。モンマスシャーのカーリオン・オン・アスクに、貧しい牧師の子として生まれる。十代でロンドンに出、家庭教師などをしながら文学を志す。一八九四年刊行の①で、十九世紀末文壇の注目を集めた。その後、オカルティズムに沈潜したり、ベンスン劇団の地方巡業に役者として参加するなどしたが、一九一〇年以後は『イヴニング・ニューズ』紙の記者として、多くのコラムや小説を手がけた。特に一四年発表の「弓兵」（『アーサー・マッケン作品集成3』所収）は大戦下の前線・銃後に実話として流布され、マッケンの名を一躍有名にした。邦訳作品集に『アーサー・マッケン作品集成』全六巻（沖積舎）、『バベルの図書館21　輝く金字塔』（国書刊行会）などがある。

①は〈パンの大神〉の項目を参照。②と③は長篇『三人の詐欺師』（邦題は『怪奇クラブ』）中のエピソードだが、それぞれ独立した短篇としても各種アンソロジーに採録されている。山奥に隠れ棲む太古の矮人族と人間の娘との間に生まれた、おぞましい落とし子の恐怖を描く②、サバトの霊液を偶然服用したために、この世ならぬ快楽を味わい、やがて溶け崩れてゆく男の悲劇を描く③はどちらも、前者は「ダニッチの怪」をはじめとする邪神妖婚譚として、後者は幾多の〈妖術師物語〉として、神話大系に取りこまれることとなった。④も無気味な矮人族の暗躍をミステリー仕立てで描いた作品である。魔道に参入するいたいけな少女の手記という形式をとった、マッケン流妖術小説の極北ともいうべき⑤には、アクロ文字、キオス語、ドール、ヴーアスといった、後の神話アイテムの原形が散見される。

ラヴクラフトは「文学と超自然的恐怖」の最終章「現代の巨匠たち」で、真っ先にマッケンを取りあげ、「宇宙的恐怖を芸術の極致にまで高めて創作活動を行なった現存する作家の中で、まことに多才なアーサー・マッケンに匹敵し得る作家は、まず殆どいないであろう。マッケン氏は長短篇十数作を著わし、謎めいた戦慄と忍び寄る恐怖に比類のないほどの現実性と真に迫った鋭さを与えている」（植松靖夫訳）と記し、F・B・ロングの詩「アーサー・マッケンを読みて」までわざわざ引用しながら（ニューヨーク時代のラヴクラフト・サークル、通称〈ケイレム・クラブ〉

の雰囲気が伝わってくるかのようだ）、その生い立ちと作風について熱心に詳述している。特に⑤および②と③を高く買っているのが、さもありなん、という感じである。なお、神話作家への影響という点で、マッケンはラヴクラフト以上に、R・E・ハワードに大きな影響を与えたとおぼしい。事実、ハワードの「夜の末裔」には、「アッシャー家の崩壊」のポオ、「クトゥルーの呼び声」のラヴクラフトと並んで、「黒い石印」のマッケンの名が、「怪奇小説の三大巨匠」として挙げられているのだった。

用語 マッケンジー、ロバート・B・F
Robert B. F. Mackenzie

西オーストラリアのピルバラ Pilbarra 在住の鉱山技師。一九三二年にグレート・サンデー砂漠の遺跡を偶然発見し、後にボイル医師の勧めで、ナサニエル・ピースリーに連絡をとった。五十歳前後の有能で人好きのする人物。

【参照作品】「時間からの影」

用語 マテュースン、ジェイムズ James Mathewson

プロヴィデンス在住のエンタープライズ号船長。誠実で影響力ある人物で、ウィーデンとスミスによるジョウゼフ・カーウィンの調査報告を受けて、町の名士に対策を諮（はか）った。

【参照作品】「チャールズ・デクスター・ウォード事件」

用語 マテリア Materia

〈材料〉を参照。

作品 魔道士エイボン The Door to Saturn
クラーク・アシュトン・スミス

【初出】『ストレンジ・ストーリーズ』一九三二年一月号

【邦訳】小林勇次訳「魔道師の挽歌」（真3&新2）／大島令子訳「魔道士エイボン」（ク5）／大瀧啓裕訳「土星への扉」（創元推理文庫『ヒュペルボレオス極北神怪譚』）／坂本雅之ほか訳「土星への扉」（新紀元社『エイボンの書』）

【梗概】ヒューペルボリア大陸の半島ムー・トゥーランに隠れもなき魔道士エイボンは、帰依する邪神ゾタクアに身の危険を告げられ、異界への扉を抜けて、ゾタクアゆかりの惑星サイクラノーシュ（土星）に到達した。エイボンの仇敵たる女神イホウンデーの神官モルギも、魔道士を追って異界への扉に身を躍らせる。かくして帰還の望み薄い異界にあって、やむをえず旅の道連れとなった両魔道士の珍道中が始まる。奇想天外な怪物が跋扈（ばっこ）し、異様な風俗の住民が住む土地土地の遍歴を経て、かれらが甘受した、新たな人生とは？

【解説】『エイボンの書』の原著者として名高い魔道士の行末が、弥次喜多道中記さながらの奇想とユーモアを交えて描かれる。土星の珍妙怪異な博物誌を活写する荘重で耽美的な筆致は、詩人スミスの独壇場だ。

用語 **マヌーゼット河** Manuxet

米国マサチューセッツ州の北東部を流れる河。河口には、呪われたインスマスがある。

【参照作品】「インスマスを覆う影」

用語 **魔法の森** Enchanted Wood

〈魅惑の森〉とも。〈夢の国〉の入口にある、樫の大木より成る森。密生した菌類の放つ燐光により輝いて見える。森の中央には巨大な環状列石の遺跡があり、その近くにはズーグ族の村落がある。この森は二つのポイントで、人間界と接しているという。

【参照作品】「未知なるカダスを夢に求めて」

用語 **マリガンの森** Mulligan Wood

米国パートリッジヴィルにある森。脳を喰らう無定形の浮遊生物が出没する魔処である。

【参照作品】「喰らうものども」

用語 **マリク・タウス** Malik Tous

イラク北方のクルド台地にあるアラマウント山に住む〈イェジディ派〉が崇拝している、邪悪きわまりない神（＝天使）の称号。「孔雀王」を意味し、その偶像も真鍮製の孔雀である。全宇宙の悪の本体であるセイタンの異称ともいわれる。一九二五年に、探検家ウィリアム・シーブルックが発見した孔雀天使城からは、全人類に向けて悪の電波が発信されていたという。

【参照作品】「墓はいらない」「レッド・フックの恐怖」

用語 **マルコフスキ医師** Doctor Malkowski

アーカムの開業医。意識不明で発見されたウォルター・ギルマンを診察した。

【参照作品】「魔女の家の夢」

用語 **マロウン、トーマス・F** Thomas F. Malone

ニューヨーク警察バトラー・ストリート署の刑事。アイルランドのフェニックス・パーク（ジョイスの『フィネガンズ・ウェイク』にも登場する有名な公園）近くの邸宅に生まれ、ダブリン大学を卒業し、若い頃は『ダブリン・レヴュー』などの雑誌に、詩や読物を発表したこともある。移民として渡米し、ブルックリンのレッド・フック地区の怪事件を担当した後、精神的なショックで長期療養を余儀なくされた。

【参照作品】「レッド・フックの恐怖」

用語 **マントン、ジョウエル** Joel Manton

アーカムにあるイースト・ハイ・スクールの校長。ボストン出身。アーカムの古さびた墓地で、ランドルフ・カーターとともに〈名状しがたいもの〉に遭遇する。

【参照作品】「名状しがたいもの」

用語 **マンハッタン美術館**

the Manhattan Museum of Fine Art

ニューヨークにある美術館。考古学部門には、世界中の秘境を探査する野外調査員たちがこれまでに発見した、珍奇な古代遺物の数々が収蔵されている。

【参照作品】「恐怖の山」

用語 **マンロー、アーサー** Arthur Munroe

テンペスト山の惨劇を取材していた新聞記者。事件を調査中に惨殺された。

【参照作品】「潜み棲む恐怖」

作家 **ミエヴィル、チャイナ** China Miéville

①**細部に宿るもの** Details（早川書房『SFマガジン』二〇一〇年五月号）二〇〇二

英国の作家（一九七二〜　）。ホラー、ファンタジー、SFなどを縦断するハイパージャンルな幻想文学を提唱・実践している。邦訳に『都市と都市』『ジェイクをさがして』ほか。①は〈ティンダロスの猟犬〉をモチーフにした佳品である。

用語 **ミ゠ゴウ** Mi-Go

〈ユゴス星の菌類生物〉のヒマラヤにおける異称とされるが、その姿は、白色の柔毛に被われた巨大な類人猿のような〈忌まわしい雪男〉として、しばしば目撃されている。

【参照作品】「闇に囁くもの」「狂気の山脈にて」「墳墓の主」

用語 **ミシェル・モヴェ** Michel Mauvais

十三世紀フランスの悪名高い妖術師。〈モヴェ〉は「悪」を意味する通り名。息子のシャルルとともに魔道を事としたが、領主によって絞殺された。

【参照作品】「錬金術師」

用語 ミスカトニック大学 Miskatonic University

一七九七年にアーカムに創立された総合大学。同大附属図書館には『ネクロノミコン』をはじめとする数々の魔道書が収蔵されており、同大附属博物館にはインスマスで見つかった奇異な装身具なども収蔵されている。このため、魔術や原始信仰に関心を寄せる各分野の研究者を数多輩出しており、超古代遺跡の発掘調査をはじめとして、旧支配者に関わる学術研究の総本山となっている。

【参照作品】「ダニッチの怪」「狂気の山脈にて」「時間からの影」「永劫の探究」「アーカムそして星の世界へ」「暗礁の彼方に」

用語 ミスクアマカス Misquamacus

ミスカマカスとも。ダニッチ一帯の先住民であるワンパノーアグ族 Wampanaug 第一の賢人といわれる老呪術師。リチャード・ビリントンが召喚した魔物を、〈旧神の印〉を用いて封じ込めた。ビリントンが召喚した魔物を、〈旧神の印〉を用いて封じ込めた。ビリントン家の従者クアミスと同一人物ではないかとも推測されている。

【参照作品】「暗黒の儀式」

作品 ミスターX Mr. X

ピーター・ストラウブ

VNIV·MISCATONICA
ARKHAM·MASS:

ミスカトニック大学の情景（G・M・シンクレア画）

【初出】ランダム・ハウス『ミスターX Mr. X』一九九九年刊
【邦訳】近藤麻里子訳（創元推理文庫『ミスターX』）
【梗概】物語は、主人公の青年ネッド・ダンスタンが、母親の死を察知し、米国中西部の田舎町エドガートンへ急ぎ帰郷するくだりから始まる。ネッドの出生にまつわる複雑な秘密、誕生日になると決まって彼を悩ます奇怪な悪夢、恋多く幸薄き母への甘やかな思慕……物語の豊饒を予感させる瑞々しい幕開けは、しかしながら、つづく「ミスターX」と副題された章（本書は「ぼく＝ネッド」と「ミスターX」のふたつの視点による章が交錯する形で構成されている）の冒頭部――「嗚呼、旧支配者よ」という一読茫然の呼びかけから始まる、パルプ・ホラーの世界から化けて出たような怪人物のモノローグによってトーンを激変させる。ラヴクラフトの「ダニッチの怪」をバイブルとし、暴虐のかぎりを尽くす超常殺人鬼にしてアマチュア怪奇作家のミスターXとネッド、そして謎めいた出没を繰りかえす、もうひとりのネッドとの間に秘められた、驚くべき因縁とは？
【解説】この複雑怪奇な結構を有する大作を、クトゥルー神話小説と断じることには異論もあろう。むしろ作者が意図したのは、かつてラヴクラフトをして数多の名作を書かしめた米国東部の風土、そこに黒闇々（こくあんあん）と蟠（わだかま）る地霊の囁きに耳かたむけること――すなわち神話大系誕生の原風景を追体験することにあったように思えるからだ。結果的に本書は、たとえば「暗黒の儀式」に代表される神話小説の定型と酷似した構造を有することとなった。神話大系の文芸としての可能性を追求しようとする向きには、必読熟読の一作といえよう。

作品 未知なるカダスを夢に求めて

The Dream-Quest of Unknown Kadath

H・P・ラヴクラフト

【執筆年／初出】一九二六～二七年／『アーカム・サンプラー』第一号（一九四八年冬号）～同第四号（四八年秋号）
【邦訳】小林勇次訳「幻夢境カダスを求めて」（真5&定3）／大瀧啓裕訳「未知なるカダスを夢に求めて」（全6）
【梗概】壮麗このうえもない都の夢を三度断ち切られたランドルフ・カーターは、〈夢の国〉の地球の神々に祈りを捧げるも空しく、ついに未知なるカダスに住まう神々に直訴すべく〈夢の国〉に向かう。まず神々の痕跡が残るというングラネク山を目指したが、ダイラス＝リーンの港で黒いガレー船に拉致され、月面でおぞましい儀式の生贄にされるところを、盟友たる猫たちによって救出される。オリアブ島へ渡ったカーターは、ングラネクの山腹に刻まれた神々の顔を見ることができたが、帰途、夜鬼にさらわれ、不吉なトォーク山脈に運ばれる。食屍鬼となった友人ピックマンの助力でガグやガーストの脅威を切り抜け、神々に似た容貌をもつ人々が住む北の地インクアノクへ向かう。地元の住人も恐れて近寄らぬ奥地へ単身入りこんだカーターは、シャンタク鳥を従えた吊り目の商人に、レンの地へと拉致される。そこには月面で目撃した人間もどきが棲息していた。辛くも窮地を脱したカーターは、逃げる途中、食屍鬼が黒いガレー船の人間もどきと月の魔物に捕えられているのを目撃、急を知って駆けつけた食屍鬼軍団や夜鬼とともに魔物の一団を襲撃、壊滅させる。夜鬼の背に乗り、食屍鬼たちを従えて空路、カダスの縞瑪瑙の城に突入したカーターを待っていたものは？

【解説】〈夢の国〉を舞台とするラヴクラフト流ファンタジーの集大成というべきこの長篇は、一九二六年八月から翌年一月にかけて執筆されたが、作者の生前に発表の機会は訪れなかった。「恐怖と暗黒の神話」たるクトゥルー神話大系の本流とはかなり趣を異にするが、〈クトゥルー物語〉〈ヨグ゠ソトース物語〉の系列と、本篇に代表される〈夢の国物語〉の系列との相関関係は、ラヴクラフトにおける「原神話」の成り立ちを理解するうえでの重要な鍵となるように思われる。

用語 導くもの Guide

〈ウムル・アト゠タウィル〉を参照。

作品 緑の深淵の落とし子 Spawn of the Green Abyss

C・ホール・トムスン

【初出】『ウィアード・テイルズ』一九四六年十一月号

【邦訳】高木国寿訳「深淵の王者」（真10＆新4）／大瀧啓裕訳「緑の深淵の落とし子」（ク13）

【梗概】脳外科医の激務に疲れ果てたわたしは、静養のため、米国ニュージャージイの海辺の村ケイルズマスにやってきた。三方を海に囲まれた半島の突端には、ヒース館と呼ばれる灰色の邸宅が建っていた。館には老齢の主人ラザラス・ヒースと娘のカッサンドラが、世を避けるように暮らしていた。狂乱し「ゾス・サイラの歌」を口ずさむラザラスの診療に館を訪れたわたしは、カッサンドラの美しさに魅了され、二人は恋に落ちる。しかし求婚の当夜、ラザラスは魚とみまがう変わり果てた姿で、入江で絶命しているところを発見される。都会での幸福な新婚生活は長続きせず、カッサンドラはヒース館へ戻りたいと訴えた。館へ戻ってから、彼女は人が変わったようになり、好んで夜の海辺を独りで彷徨(さまよ)うのだった。妻が〈ヨス・カラ〉と呼ばれる深海の魔物の子をみごもったと知ったわたしは、禁断の書斎に踏みこみ、ラザラスが残した手記を読む。そこには、霧深い海で遭難したラザラスが、〈緑の深淵の帝国〉に君臨する女王〈ゾス・サイラ〉の歌声に誘われ、忌まわしい交婚の末にカッサンドラをもうけた次第が記されていた。そのとき、幽閉されたカッサンドラの呼び声に応えて、入江からおぞましい粘着物に覆われた塊が、館へと這い進んでくる。わたしは拳銃を握りしめ……。

【解説】ラヴクラフト作品の模倣であるとして、ダーレスが『ウィアード・テイルズ』編集部に猛抗議をしたことで知られる、曰くつきの作品。なるほど〈インスマス物語〉の影響は随処に認められるものの、孤絶した洋館で繰りひろげられる深讐纏綿たる愛憎悲劇は、ラヴクラフトよりもむしろポオのそれに近く、狂熱を湛えた雰囲気醸成の巧みさにも非凡なものがあった。安易にアイテムを踏襲することなく、独自の神話世界を追求しようとした姿勢は、再評価されてしかるべきだろう。

用語 **ミュラー兵曹長** Boatswain Muller

ドイツ軍の潜水艦U29の乗組員で、アルザス地方の出身。撃沈したヴィクトリー号の船員が、蘇生して海中に泳ぎ去った怪異を目撃して錯乱状態に陥り、後に艦内より失踪を遂げた。

【参照作品】「神殿」

用語 **ミリ＝ニグリ** Milli-Nigri

フランスとスペインの国境を成すピレネー山中で、チャウグナル・ファウグンの従者を務める、肌の浅黒い矮人族。蟇(ひき)から造られたといわれ、口をきくことができない。かれらが年に一度もよおす、世にもおぞましい宴(うたげ)については、遠くローマ時代から恐怖とともに語り伝えられてきた。

【参照作品】「恐怖の山」

用語 **ミルズ** Mills

ミスカトニック大学の南極探検隊員。レイクとともに狂気山脈を探査した後、消息を絶つ。

【参照作品】「狂気の山脈にて」

用語 **魅惑の森** Enchanted Wood

〈魔法の森〉を参照。

用語 **ムー** Mu

超古代の太平洋に存在したとされる失われた大陸で、レムリアLemuriaとも呼ばれる。一八七四年に英国の動物学者P・L・スクレーターP. L. Sclater（一八二九〜一九一三）が、レムールLemur（＝キツネザル）の分布を説明する必要から、かつてインド洋に巨大大陸があったとする仮説を立て、これに注目したブラヴァツキー夫人らの神智学者が、レムリアはインド洋ではなく太平洋に実在したと主張した。英国の軍人ジェイムズ・チャーチワードは、インドで発見した古代碑板を解読し、ムーと呼ばれる大陸が五万年前に太平洋に存在し、高度な文明を築いていたと主張、レムリアをムーと改称した。

ムー大陸の聖地クナアにあるヤディス＝ゴー山の地底には、外宇宙から飛来した魔神ガタノトーアがおり、イホウンデーやヴォルヴァドス、シュブ＝ニグラスやイグなどの地神を崇める人々から忌避されている。なお、一説によれば、ムーの人類は、ガタノトーアを首魁とするロイガー族によって生み出されたともいわれる。

【参照作品】「永劫より」「ロイガーの復活」「賢者の石」「墳墓の主」「奈落の底のもの」「墳丘の怪」

用語 **ムーア、トマス** Thomas Moore

アイルランドの詩人（一七七九〜一八五二）。抒情詩集『アイルランド歌曲集Irish Melodies』（一八〇七〜三五）で、国民詩人と称される。ほかに東方幻想の物語詩『ララ・ルークLalla Rookh』（一八一七）など。無名都市に入りこんだ語り手は、恐怖のあまりムーアの詩の一節を唱える。

【参照作品】「無名都市」

用語 **ムーシデス** Musides

ムシデスとも。ギリシア時代の彫刻家。自作の像が、友人カロースの作に劣ることを恐れて、友を毒殺するが、カロースの生まれ変わりであるオリーヴの木によって復讐される。

【参照作品】「木」

用語 **ムー・トゥーラン** Mhu Thulan

ムー・トゥランとも。ヒューペルボリア大陸北部の荒涼とした半島。現在のグリーンランド付近にあたるとされる。

【参照作品】「ウボ＝サスラ」「白蛆の襲来」「魔道士エイボン」

作家 **ムーニイ、ブライアン** Brian Mooney

①**プリスクスの墓** The Tomb of Priscus（学研M文庫『インスマス年代記』）一九九四

英国の作家（一九四〇〜　）。一九七一年、『The London

Mystery Selection』所収の「アラビアの瓶」でデビュー以来、『The Pan Book of Horror Stories』をはじめとするアンソロジーや雑誌に、ホラー短篇を寄稿している。邦訳に「チャンディラ」（ジャストシステム『フランケンシュタイン伝説』所収）がある。①は、英国サセックス州の海辺の村にある古代遺跡の発掘現場で続発する怪事件に、キャラウェイ教授とシェイ神父のコンビが立ち向かう物語。同じコンビが登場する作品に「The Affair at Durmammay Hall」「Vultures Gather」などがある。

用語 **むさぼり食うもの** Devourer

アンデス高地の先住民ケチュア＝アヤル Quechua-Ayars 族が崇める戦争の神。クトゥルーを指すらしい。

【参照作品】「永劫の探究」

作品 **無人の家で発見された手記**

Notebook Found in a Deserted House

ロバート・ブロック

【初出】『ウィアード・テイルズ』一九五一年五月号

【邦訳】三宅初江訳（ク1）

【梗概】身寄りのないぼくは、親戚のおじさん夫婦の家に引きとられた。そこは人里離れた丘の中腹で、周囲の森からは無気味な囁き声や太鼓の音が聞こえてくる、呪われた伝説のある土地だった。激しい雷雨のさなか、外出したおじさんは行方不明になり、続いておばさんも姿を消した。やつらに連れて行かれたんだ。ショゴスのいけにえにされるんだ。ぼくは間一髪、郵便配達のじいさんと逃げだしたけれど、ああ、馬車の行く手に、まっ黒い木のばけものが、ロープみたいな腕を伸ばして……。

【解説】泉鏡花の初期作品、たとえば「龍潭譚」（一八九六）や「化鳥」（一八九七）に一脈通ずるような、少年の一人称独白体という、神話作品としては珍しいスタイルで書かれている。作者の才気が躍如としている佳品。

用語 **ムトゥラ** Mthura

超銀河の星。ランドルフ・カーターはズカウバとしてヤディス星で暮らした間に、この星に旅したという。

【参照作品】「銀の鍵の門を越えて」

用語 **ムナール** Mnar

広大な湖を擁する土地。人類の到来以前には、その湖畔に、水蜥蜴神ボクラグを崇める異形の生物が、イブという都市を築いていた。後に大都サルナスをはじめ、トゥラー、イラーネク、カダテロンなどの古代都市が、この地に人類の手で造られていった。

【参照作品】「サルナスの滅亡」「ムナールの忘れられた儀式」

用語 **ムニョス** Munoz

ニューヨーク西十四丁目の褐色砂岩造りの四階建てアパートに隠れ住む医師。みずから考案した特異な死体蘇生術によって、死後十八年間も生き続けた。

【参照作品】「冷気」

作品 **無貌の神** The Faceless God

ロバート・ブロック

【初出】『ウィアード・テイルズ』一九三六年五月号

【邦訳】片岡しのぶ訳「顔のない神」(真4&新2)/柿沼瑛子訳「顔のない神」(ソノラマ文庫『暗黒界の悪霊』)/森川弘子訳「無貌の神」(ク5)

【梗概】拷問台上の老人が屈服の悲鳴をあげ、ドクター・カーノティは冷酷な笑みを浮かべた。カイロでも札つきの山師の彼は、密貿易の一行が砂漠で珍しい神像を発見したという噂を聞いた。老人からその場所を聞き出したカーノティは、現地人を連れて発掘に急行する。砂中から姿を顕わした神像は、現地人たちに恐慌をもたらす。それはナイアルラトホテップの怖るべき似姿だったのだ。カーノティが目を離した隙に、現地人は一目散に逃げだしていた。大砂漠の真只中にラクダも案内人もなく取り残されたカーノティは、必死の脱出行を試みるが、熱砂地獄の果てに辿りついたのは、神像の立つ元の場所。錯乱するカーノティを、ナイアルラトホテップの幻影が嘲笑するように取りかこみ、そして……。

【解説】〈ナイアルラトホテップ物語〉群の一篇。砂漠の神としての妖異な側面を、荒ぶる大自然の描写を交えて、強烈に印象づける作品といえるだろう。

用語 **『無名祭祀書』** Unaussprechlichen Kulten

フォン・ユンツトが、世界各地を遍歴する過程で見聞した奇怪な伝承の類を書き留めた禁断の書物。『黒の書』とも呼ばれる。古代の石碑や秘密宗派の教典から写し取った古代文字なども含まれているという。一八三九年にデュッセルドルフで初版が刊行された。現在、一部の好事家に知られているのは、一八四五年にロンドンで出た誤訳の多い海賊版と、一九〇九年にニューヨークのゴールデン・ゴブリン・プレスから刊行された、入念な削除版のいずれかで、無削除のデュッセルドルフ版は、全世界に六冊も現存しないだろうといわれる。

【参照作品】「夜の末裔」「黒い石」「闇をさまようもの」「永劫より」

用語 無名都市 Nameless City

ネームレス・シティとも。アラビア南部、ロバ・エル・ハリイェー（ルブ・アル・ハリ）もしくはダーナと呼ばれる大砂漠の彼方に、人知れず存在するという禁断の廃都。ティムナかサララの遺跡の近くにあるともいわれる。鰐や海豹を思わせる、匍匐する爬虫類によって建設され、一千万年の栄華を誇ったが、押し寄せる砂漠に屈して、住民は地上の都市を放棄し、地下世界へ姿を消したという。トルコではカラ＝シェール（暗黒の都市）、アラブではベレド＝エル＝ジン（魔物の都市）など、各民族によりさまざまな異称が伝わっているが、それらが真の無名都市を指したものかは不明である。アブドゥル・アルハザードは、この地を夢見た翌日、『ネクロノミコン』の中でも最も名高い、次の二行聯句を詠じたという。

That is not dead which can eternal lie,
And with strange aeons death may die.

「そは永久に横たわる死者にあらねど
測り知れざる永劫のもとに死を超ゆるもの」（大瀧啓裕訳）

【参照作品】「無名都市」「永劫の探究」「アッシュールバニパルの焔」

作品 無名都市 The Nameless City

H・P・ラヴクラフト

【執筆年／初出】一九二一年／同人誌『ウルヴァリーン』一九二一年十一月号、後に『ウィアード・テイルズ』一九三八年十一月号に掲載

【邦訳】波津博明訳「廃都」（真1&新1&定1）／大瀧啓裕訳「無名都市」（全3）

【梗概】狂えるアラブ人アブドゥル・アルハザードが夢に見たという、呪われた廃都〈無名都市〉に入りこんだわたしは、異様に天井の低い神殿を彷徨ったあげく、遙かな地底へと続く幽暗な通路を降っていった。通路の壁面には都市の興亡史が描かれ、爬虫類を思わせる匍匐生物のミイラが安置されていた。やがて吹きすさぶ烈風のなか、わたしは見た。いまなお地底に蠢く、かれら先住種族の忌まわしい姿を！

【解説】後に神話大系の聖典となる『ネクロノミコン』の著者の名と、〈クトゥルー物語〉群でおなじみの一節「そは永久に……」が初めて登場する記念すべき作品。ラヴクラフト持ち前の「どこまでも下降する想像力」と、卓越し

た異界描写のセンスが、遺憾なく発揮された小傑作である。

用語 **無名部隊** The Unnameables

米国のFBI（連邦捜査局）内に極秘に設けられた特務チームで、特別捜査官フィンレイ Finlay に率いられ、ダゴン秘密教団などの監視・掃討作戦に従事している。

【参照作品】「大物」

用語 **ムワヌ** Mwanu

コンゴ奥地のカリリ部族 Kaliris の長老。調査に訪れたアーサー・ジャーミン卿に、石造都市と〈白い類人猿〉に関する伝説を語り聞かせた。

【参照作品】「故アーサー・ジャーミンとその家系に関する事実」

用語 **ムンバ** M'Bwa

コンゴ奥地の谷間に屹立し、絶えず姿を変える〈回転流〉と呼ばれる赤色の建築物を守護する化木人（かぼくじん） Tree-Men。かつて谷に侵入した冒険者たちが、回転流に棲む主人によって変身させられた姿だという。

【参照作品】「足のない男」

用語 **名状しがたいもの** The Unnamable

アーカムの古い墓地に出没するという魔物。ゼラチン状で、さまざまに変化する恐ろしい姿態と、傷のある目をもった、最も忌むべきものである。ときとして、大渦巻にも喩えられる。ランドルフ・カーターとジョウエル・マントンが目撃している。

【参照作品】「名状しがたいもの」

用語 **メイスン、キザイア** Keziah Mason

十七世紀末のアーカムに悪名をとどろかせた魔女。使い魔であるブラウン・ジェンキンとともに、自在に異次元空間を往還した。魔女集会での秘密の名は〈ナハブ〉である。

【参照作品】「魔女の家の夢」

用語 **メイト・エリス** Mate Ellis

キングスポートの〈恐ろしい老人〉が所有する瓶のひとつに付けられた名称。

【参照作品】「恐ろしい老人」

用語 **メイフィールド教授** Professor Mayfield

米国のマサチューセッツ工科大学教授。一九一三年八月にポトワンケットに落下した隕石の標本を調査し、確かに隕石であることを明言した。
【参照作品】「緑の草原」

用語 **メザマレック、ゾン** Zon Mezzamalech

ムー・トゥーランの大魔道士。眼球を思わせる、両端のややひしゃげた不透明な水晶を通して、地球の過去の光景を幻視した。
【参照作品】「ウボ＝サスラ」「アボルミスのスフィンクス」「ナスの谷にて」

用語 **メドウ・ヒル** Meadow Hill

アーカムにある丘陵地。同地の奥にあるチャップマン農場では、ハーバート・ウェストが死体蘇生実験に着手した。一帯には〈名状しがたいもの〉が出没するという噂もあり、ランドルフ・カーターとジョウエル・マントンが墓地で襲われている。また、この丘を越えた、暗い谷間の古びた白い石の立つ場所では、四月三十日の夜、ヴァルプルギスの魔宴がおこなわれると信じられている。
【参照作品】「死体蘇生者ハーバート・ウェスト」「名状しがたいもの」「魔女の家の夢」「宇宙からの色」

用語 **メネス** Menes

南の土地からウルタールにやってきた「黒い髪をした放浪者 dark wanderers」のキャラヴァンの一員である少年。両親を疫病で失い、黒い仔猫を唯一の友としていた。
【参照作品】「ウルタールの猫」

用語 **メルルッツオ神父** Father Merluzzo

プロヴィデンスの聖霊教会の神父。フェデラル・ヒルの旧〈星の知慧派〉教会で、一九三五年八月八日に起きた怪現象を目撃したひとりである。
【参照作品】「闇をさまようもの」

用語 **メロエ** Meroe

古代エチオピアの首都。この地からエジプトにもたらされた、あるパピルス文書には、超古代の生命形態や「古ぶるしいもの」に関する恐るべき記述が認められたという。
【参照作品】「緑の草原」

用語 **モウズィズ・ブラウン・スクール** Moses Brown School

モーゼズとも。チャールズ・ウォードが一九一八年に入学した、プロヴィデンスの由緒ある学院。

【参照作品】「チャールズ・デクスター・ウォード事件」

用語 **猛燎たる霧の末裔** Children of the Fire Mist
原初の地球に到来し「往古の知識」を人類に授けたとされる、謎めいた存在。
【参照作品】「銀の鍵の門を越えて」

用語 **モウルタン** Moulton
ミスカトニック大学の南極探検隊員。レイクとともに狂気山脈を探査した後、消息を絶つ。
【参照作品】「狂気の山脈にて」

用語 **モーガン、フランシス** Francis Morgan
ミスカトニック大学に勤務する、痩身の博士。一九二八年、アーミティッジ教授によるダニッチの怪物退治に協力した。
【参照作品】「ダニッチの怪」「アーカムそして星の世界へ」

用語 **モーガン、ミナ** Mina Morgan
リーランド農場の借地人であるモーガン家の娘。魚を連想させる平べったい醜貌をしており、ダゴン神崇拝の秘儀に精通している。

【参照作品】「暗黒神ダゴン」

用語 **『モーゼの第七の書』** Seventh Book of Moses
ペンシルヴァニアに住む一部の迷信深い老人たちが珍重するという悪名高い書物。セス・ビショップも架蔵していた。モーゼが書いたとされる第一～第五の書は、旧約聖書の『創世記』以下の五書（いわゆるモーゼ五書）に相当し、第六の書は『ヨシュア記』にあたる。第七の書以降は、本来なら存在するはずがなく、本書は中世以降に偽作された魔術書であるらしい。第八、第九の書まで出現しているという。
【参照作品】「谷間の家」

作家 **モーパッサン、ギ・ド** Guy de Maupassant
①**オルラ** Le Horla（新潮文庫『モーパッサン短編集3』ほか）一八八七
フランスの小説家（一八五〇～一八九三）。短篇の名手として知られた。大学で法律を学び、海軍省に勤務するかたわら、フローベールに師事して文筆を志す。短篇「脂肪の塊」（一八八〇）で認められ、代表作「女の一生」（一八八三）などで、ゾラと並ぶフランス自然主義文学の代表的作家と目された。

その一方でモーパッサンは、超自然や狂気をテーマとする多くの恐怖短篇を手がけている。①はその典型であり、ラヴクラフトも「文学と超自然的恐怖」の中で「水とミルクで生きている目には見えない生物がフランスへとやって来て、人間たちの心を動揺させる。どうやら人類を征服し、支配下に置こうと地球に侵入してきた宇宙人部隊の先兵らしいのだが、この小説の緊迫した語り口に対抗できる怪奇小説はあるいは一つもないかもしれない」と、なにやらクトゥルー神話風の要約とともに絶讃している。透明怪物の脅威というモチーフは「ダニッチの怪」を、宇宙からの侵略者モチーフは「闇に囁くもの」を、それぞれ想起せしめるところがある。

用語 **モーリイ卿、ギルバート** Sir Gilbert Morley

英国セヴァンフォードの丘の上にあるノルマン人の古城に住み、魔道に耽った後、不可解な失踪を遂げた人物。居城の地下には今も、バイアティスが封じられているという。

【参照作品】「城の部屋」

用語 **モノハン、ウィリアム・J** William J. Monohan

プロヴィデンス中央署の巡査。フェデラル・ヒルの旧〈星の知慧派〉教会で、一九三五年八月八日に起きた怪現象を目撃したひとりである。

【参照作品】「闇をさまようもの」

用語 **モリス、ダニエル** Daniel Morris

ヴァン・コーラン一族の血をひく魔術師。『エイボンの書』にならって、生物を石に変える薬品を作り出した。

【参照作品】「石像の恐怖」

用語 **モルギ** Morghi

ムー・トゥーランで崇拝される女神イホウンデーの神官。魔道のライバルたるエイボンを敵視し、その跡を追って、サイクラノーシュ（土星）に向かったまま戻らなかった。

【参照作品】「魔道士エイボン」

用語 **モルディッギアン** Mordiggian

ゾシークの都市ズル＝バ＝サイルで崇拝される「死のごとく古い全能の神」にして「死者を喰らう」不可視の神。生者には慈悲深く公正な神とされる。その神殿は食屍鬼のごとき神官たちによって守護されている。かつては諸大陸で崇拝されていたという。

【参照作品】「死体安置所の神」

用語 **モルモー** Mormo

レッド・フック地区にある荒廃した教会の壁に刻まれていた、古代の呪文中で言及される魔霊の呼称。

【参照作品】「レッド・フックの恐怖」

用語 **モンタギュー、ピエール＝ルイ** Pierre-Louis Montagny

ルイ十三世時代の老齢なフランス人。〈大いなる種族〉により精神を交換され、ナサニエル・ピースリーと会話した。

【参照作品】「時間からの影」

用語 **『モンマスシャー、グロスタシャー、バークリイの妖術覚書き』** Notes on Witchcraft in Mommouthshire, Gloucestershire and the Berkeley Region

サングスター Sangster が著した書物。そこには、モーリイ卿にまつわる恐るべき伝説が記されている。

【参照作品】「城の部屋」

用語 **門を護るもの** Guardian of the Gate

〈ウムル・アト＝タウィル〉を参照。

ヤ

用語 **ヤアネック山** Mount Yaanek

E・A・ポオの詩「ウラルウム――譚詩 Ulalumeo」（一八四七）に詠われた、極北の地の火山。ダンフォースは、南極のエレバス山を目にして、その詩の一節を連想した。そこには In the ghoul-haunted woodland of Weir（食屍鬼の棲むというウイアの森のただなかの）というフレーズが、繰りかえし登場している。

【参照作品】「狂気の山脈にて」

用語 **ヤーラク** Yarak

ヒューペルボリアの北の極点に聳える氷の山。

【参照作品】「極地からの光」

用語 **夜鬼**（やき） night-gaunt

ナイト・ゴーントとも。蝙蝠の翼とねじれた角、針毛突起のある尾、鯨の表皮に似たゴム状の体軀をもつ、顔のない黒い生物。〈夢の国〉のングラネク山に集団で棲息し、

ドレの『神曲』に描かれた悪魔。夜鬼の造形に影響を与えたと思われる。

ノーデンスに仕える。さらった獲物をくすぐる奇妙な習性があるらしい。シャンタク鳥が恐れる天敵であり、食屍鬼とは友好関係にあり、異生物間の戦闘に際しては、食屍鬼軍の前衛を務め、軍馬代わりともなる。

【参照作品】「未知なるカダスを夢に求めて」

用語 **焼け野** blasted heath

アーカム西方の嶮岨な丘陵地帯の奥にある、荒涼とした灰色の曠野。地元では〈不思議の日々〉を境に、邪悪な場所とみなされるようになった。近く貯水池が建設され、水没する運命にある。

【参照作品】「宇宙からの色」

用語 **ヤス湖** Lake of Yath

〈夢の国〉のオリアブ島内陸部にある湖。その奥の岸辺には、今は廃墟となった原初の煉瓦造りの集落がある。

【参照作品】「未知なるカダスを夢に求めて」

用語 **ヤディス** Yaddith

太陽系から遙か離れたところにある、五つの太陽をもつ惑星。昆虫のように関節の多い肉体に、鉤爪と獏の鼻を有する生物が、高度な文明を築いている。ランドルフ・カー

ラヴクラフト自筆の〈焼け野〉の情景

ターは、同星の魔道士ズカウバの肉体に宿り、ヤディスでの生活を体験した。
【参照作品】「銀の鍵の門を越えて」「アロンソ・タイパーの日記」「闇をさまようもの」「ヤディスの黒い儀式」

用語 **ヤディス＝ゴー** Yaddith-Gho
ムー大陸のクナアにある聖なる山。その頂上には、ユゴスの生物が築いた巨石造りの巨大要塞があり、地下の窖(あな)には魔王ガタノトーアが潜んでいる。
【参照作品】「永劫より」「奈落の底のもの」

用語 **ヤド** Yad
エデナ（旧約聖書における「エデン」）の谷に棲む原始的な部族が崇める神。
【参照作品】「ネクロノミコン　アルハザードの放浪」

用語 **「屋根裏の窓」** The Attic Window
ランドルフ・カーターが執筆した怪異譚で、『ウィスパーズ』誌の一九二二年一月号に掲載された。
【参照作品】「名状しがたいもの」

作品 屋根の上に The Thing on the Roof
R・E・ハワード

【初出】『ウィアード・テイルズ』一九三二年二月号

【邦訳】赤井敏夫訳「破風の上のもの」（神）／後藤敏夫訳「屋根の上に」（ク8）／夏来健次訳「屋上の怪物」（創元推理文庫『黒の碑』）

【梗概】わたしの研究に難癖をつけた強欲漢のタスマンが、突然やってきた。フォン・ユンツト著『無名祭祀書』の初版を探してほしい、見つかれば、わたしへの非難に対する謝罪広告を出すという。彼はホンジュラスの密林で古代の神殿を偶然見つけ、隠された財宝にまつわる伝説の裏付けを求めていたのだ。首尾よく入手できた『無名祭祀書』の記述を確認すると、彼は急ぎ南米へ向かった。数ヶ月後、帰国したタスマンのもとへ、わたしは呼ばれた。彼は、神殿のミイラが身につけていた蟇形の宝玉を示し、探検の顛末を語る。祭壇に隠された扉の奥には、何の財宝も見あたらなかったという。彼は軽率にも『無名祭祀書』の記述を熟読しなかったのだ。〈蟇（ひきがえる）の神殿〉の財宝とは、古代の種族が崇めた「触覚と蹄を備えた」神そのものを意味していた。そのとき屋根の上で、蹄を踏み鳴らすような物音が……。

【解説】ハワードのオリジナルである魔道書『無名祭祀書』が、重要な役まわりを果たす佳品。冒頭には、これも作者が創造した狂詩人ジャスティン・ジョフリの詩の一節が掲げられている。

用語 山田博士 Doctor Yamada

マイケル・リーの友人であるオカルティスト。モレラ・ゴドルフォ撃退に際して、リーに協力した。日系人らしい。

【参照作品】「暗黒の接吻」

作品 闇に囁くもの The Whisperer in Darkness
H・P・ラヴクラフト

【執筆年／初出】一九三〇年／『ウィアード・テイルズ』一九三一年八月号

【邦訳】大西尹明訳「闇に囁くもの」（全1）／黒瀬隆功訳「闇に囁くもの」（定5）／大瀧啓裕訳「闇に囁くもの」（ク9）

【梗概】米国ヴァーモント州を見舞った洪水の際、川で目撃された怪物の死体について穏当な所見を発表したわたしのもとへ、ヘンリー・エイクリイという郷士から手紙が届く。同州奥地のダーク山麓にある一軒家に住む彼は、問題の怪生物をしばしば目撃し、証拠の写真や音盤を所持しているという。彼の説によれば、それは宇宙から飛来した有翼の甲殻生物で、付近の丘に前哨基地を置き、ひそかに人類の動静を窺っているのだった。

　わたしはエイクリイと頻繁に文通を交わすが、次第に彼の手紙は、身の危険を訴える切迫したものになる。夜ごと家の周囲に甲殻生物が出没し、手紙や荷物の紛失が続く。ところが最後に届いた手紙は、一転して危機が去ったことを告げ、わたしを自宅に招待するものだった。エイクリイと対面したわたしは、生気を失ったその挙動に異様な気配を感じた。家を脱出する間際、わたしは椅子に残されたエイクリイの顔と手を見て慄然とする。ユゴス星から来た生物は、エイクリイの脳髄を円筒に入れ、すでに宇宙の彼方へ運び去っていたのだ。

【解説】「クトゥルーの呼び声」「ダニッチの怪」に続く本格的な神話作品である本篇は、ビアスやチェンバースの先行作品や、ハワード、スミス、ロング、ビショップら同輩作家の作品に登場する神名・地名を積極的に導入している点で、画期的な作品であった。UFO目撃談がらみで語られる、いわゆる「黒い男」モチーフの先例としても興味深い。神話作品群の中で、最もSFや都市伝説に接近した〈ユゴス物語〉の嚆矢。なお、ラヴクラフトには「ヴァーモント州――その第一印象 Vermont A First Impression」（一九二八）という興味深い紀行文があり、一部は本篇に援用されていることを付言しておく。

作品 闇に棲みつくもの The Dweller in the Darkness

オーガスト・ダーレス

【初出】『ウィアード・テイルズ』一九四四年十一月号

【邦訳】岩村光博訳（ク4）

【梗概】この世には足を踏み入れてはならない場所がある。ウィスコンシン北部のリック湖を取り巻く森も、そのひとつだ。そこは別名〈ンガイの森〉とも呼ばれる禁断の地なのである……。

　民間伝承の研究家アプトン・ガードナー教授が、リック湖の調査に行ったまま消息を絶った。わたしは教授の助手レアードとともに捜索に向かうが、残された教授の書置には、人知を超えた存在と湖の関係が暗示されていた。わたしたちはパーティエル教授に面会し、湖に出没する怪異が、ナイアルラトホテップにほかならないと告げられる。湖畔のロッジに残してきた録音機には、さらに驚くべきことが記録されていた。無気味なフルートの調べや奇怪な吠え声、呪文とともに聞こえてきたのは、ガードナー教授の声だった！　邪神の虜となった教授は、クトゥグアを呪文で召喚することにより、ナイアルラトホテップをこの場所から駆逐するように言い残していた。謎の平石のある林間の空地で、わたしたちは中空から顕現する無貌の神の凄まじい姿を目撃し、教授の言葉が真実だったことを悟る。迫りくる闇の魔神に向かって、レアードはクトゥグア召喚の呪文を絶叫した。

【解説】〈ナイアルラトホテップ物語〉群に属する力作。人間に化身したナイアルラトホテップが、次第に本性を顕わしてゆく様子を、足跡の変化で暗示する手法は、ブラックウッドの「ウェンディゴ」に先例が見られ、同作品のダーレスへの影響の大きさが窺えよう。

用語 **闇の魔神** Black One

〈暗きもの〉を参照。

作品 **闇をさまようもの** The Haunter of the Dark

H・P・ラヴクラフト

【執筆年／初出】一九三五年／『ウィアード・テイルズ』一九三六年十二月号

【邦訳】荒俣宏訳「闇に這う者」（角川ホラー文庫『ラヴクラフト恐怖の宇宙史』）／大瀧啓裕訳「闇をさまようもの」（全3&ク7）／福岡洋一訳「闇の跳梁者」（定6）

【梗概】ミルウォーキー在住の怪奇作家ロバート・ブレイクは、一九三四年の冬、プロヴィデンスの仮寓で執筆にいそしんでいた。部屋の窓から見晴るかすフェデラル・ヒルの夕景、黒々と聳え立つ巨大な教会に興味を惹かれたブレイクは、教会のある界隈を訪れる。教会は無人で荒れ果てており、通りかかった警官に、そこがかつて異端の宗派の巣窟となっていたことを教えられる。廃墟の内部に入りこんだブレイクは、おびただしい魔道書と奇妙な象形文字が刻まれた金属製の箱、そして放置された人骨を発見する。遺体は、〈星の知慧派〉を追って教会に潜入した新聞記者のものだった。教会から持ち帰った書物には、ナイアルラトホテップと〈輝くトラペゾヘドロン〉に関わる謎めいた事柄が記されていた。教会周辺で頻発する怪現象、荒れ狂う雷雨のさなか、闇の中でブレイクの身に忌まわしい運命が迫る……。

【解説】ラヴクラフトは「星から訪れたもの」に応える形で、ブロックならぬブレイクを、ナイアルラトホテップの生贄に供してみせた。HPL最後の神話作品にまつわる右のような成立事情は、その後の神話大系の運命を暗示するかのようでもある。

用語 **ヤムビ** Yambi

ムー大陸の民が信仰していた、海の妖怪。ロイガーを指すらしい。

【参照作品】「ロイガーの復活」

用語 ヤング、アルバート Albert Young

ロンドン在住のオカルト研究家。妖術とその伝承に関する著書を執筆するため、テンプヒルに滞在中、消息を絶つ。

【参照作品】「ハイ・ストリートの教会」

用語『遊牧騎馬民族マジャール人の民話』 Magyar Folklore

ドーンリイ Dornly の著書。夢の神話を扱った章には、〈黒い石〉にまつわる巷説が紹介されている。

【参照作品】「黒い石」

用語 ユグ Yug

〈ズィンの窖(あな)〉の下の洞窟に棲む神。〈ユグの呪文 formula of Yug〉を用いるものは、みずからの精神を他者の肉体に送りこむことができるという。

【参照作品】「ネクロノミコン　アルハザードの放浪」

用語 ユゴス Yuggoth

ヨゴスとも。菌類生物の居留地がある、暗黒の惑星。冥王星の別名とも。

【参照作品】「闇に囁くもの」「狂気の山脈にて」「銀の鍵の門を越えて」「暗黒星の陥穽」「本を守護する者」「ユゴスの黴」

用語 ユゴス星の菌類生物 Fungus-beings of Yuggoth

無限宇宙の彼方（一説には大熊座）から太陽系に飛来し、暗黒星ユゴスを本拠地とする知的生物。テレパシーを用いて会話し、人間を操ることもできる。高度に発達した科学力を有し、肉体改造手術を自在におこない、人間の脳髄を摘出して、円筒形の容器に入れたまま生かしつづけたりもする。

その実体は一種の菌類であるため、種族によって形態が異なる。ヴァーモントの山中に前哨基地を設けた種族は、甲殻類のような胴体に、数対の膜状の翼と何組かの関節肢をもち、頭部は渦巻状の楕円体である。一方、ヒマラヤ山中の〈ミ＝ゴウ〉と呼ばれる種族は、より人間に近い雪男めいた姿をしているらしい。

【参照作品】「闇に囁くもの」「狂気の山脈にて」「銀の鍵の門を越えて」「暗黒星の陥穽」「ネクロノミコン　アルハザードの放浪」

作品 ユゴスの黴 Fungi from Yuggoth

H・P・ラヴクラフト

【初出】『ウィアード・テイルズ』一九三〇年九月号～三一年五月号／アーカム・ハウス『眠りの壁の彼方』一九三六

【邦訳】亀井勝行訳「ヨゴス星より」（定7―2）／大瀧啓裕訳「ユゴスの黴」（学研『文学における超自然の恐怖』）

【梗概】「一、本」「二、追跡」「三、鍵」「四、認識」「五、帰郷」「六、ランプ」「七、ゼイマンの丘」「八、港」「九、中庭」「一〇、鳩を飛ばすもの」「一一、井戸」「一二、吠えるもの」「一三、ヘスペリア」「一四、星の風」「一五、南極大陸」「一六、窓」「一七、記憶」「一八、インの庭園」「一九、鐘」「二〇、夜鬼」「二一、ナイアルラトホテップ」「二二、アザトース」「二三、蜃気楼」「二四、運河」「二五、聖トウドの破鐘」「二六、使い魔」「二七、往古のファロス」「二八、期待」「二九、郷愁」「三〇、背景」「三一、住民」「三二、疎隔」「三三、港の汽笛」「三四、奪還」「三五、夕星」「三六、連続性」

【解説】三十六篇のソネットから成る、史上空前のクトゥルー神話詩の試み。あたかも、神話創造主たるラヴクラフトの内宇宙を経巡るかのごとき趣もある。また、この連作にちりばめられた多種多様なイメージは、菌類の胞子のごとく飛散して、後続作家たちの神話作品にも様々に波紋を拡げることとなった。「語り手が陋巷の古本屋で一冊の本を手にするという、いかにもラヴクラフトらしい場面からはじまるこのソネット集は、本をくすねとった罪が災厄を招きそうな雰囲気をたたえつつ、夢と現の境もおぼろに時空の壁を越え、いずれ劣らぬ驚異の情景が引きも切らずにあらわれて、挫折の落胆や啓示の恐怖が重なりゆくも、見果てぬ夢はとどまるところを知らず、過去への憧憬の念をけざやかに歌いあげ、万古不易のものとの繋がりをさやかにしのばせて終わり、確かに物語詩はつつがなく結構を整えた」（大瀧啓裕『文学における超自然の恐怖』所収「作品解題」より）

用語 ユッギャ Yuggya

イソグサとゾス＝オムモグに仕える、粘液まみれで這いまわる「忌まわしき人類以前の従者の指導者にして父祖なるもの」。禁断の写本『ユッギャ賛歌 Yuggya Chants』が伝えられている。

【参照作品】「奈落の底のもの」「時代より」

用語 夢の国 dreamland

浅き眠りの領域にある〈焔の洞窟〉を経て〈深き眠りの門〉を越えたところに広がる別世界の通称。帆船が行き交

シームの描いた〈夢の国〉の地図

ラヴクラフトの〈夢の国〉の地図（シュレフラー『ラヴクラフト・コンパニオン』より）

う海と、牧歌的なたたずまいの平原に、美しい都市や神秘的な山々が点在し、森や谷間には、さまざまな異形の種族が棲む。その極北には〈凍てつくレン〉と〈未知なるカダス〉の地がある。

【参照作品】「未知なるカダスを夢に求めて」「セレファイス」「ウルタールの猫」「蕃神」「タイタス・クロウの帰還」「幻夢の時計」

用語 **溶岩採り** lava-gatherer

オリアブ島の内陸部で、溶岩の採取を生業とする人々。ターバンを身につけ、キャンプで移動生活をする。

【参照作品】「未知なるカダスを夢に求めて」

用語 **妖術師シャルル** Charles Le Sorcier

十三世紀フランスの妖術師。不老不死の秘法を会得し、父ミシェル・モヴェを殺害した領主一族に、六百年間にわたり復讐を続けた。

【参照作品】「錬金術師」

作品 **妖術師の帰還** The Return of the Sorcerer

クラーク・アシュトン・スミス

【初出】『ストレンジ・テイルズ』一九三一年九月号

【邦訳】米波平記訳「魔術師の復活」（新人物往来社『暗黒の祭祀』）／三宅初江訳「妖術師の帰還」（ク３）／大瀧啓裕訳「妖術師の帰還」（創元推理文庫『アヴェロワーニュ妖魅浪漫譚』）

【梗概】わたしはアラビア語の学識を買われて、妖術師カーンビイの秘書を務めることになった。彼はわたしに『ネクロノミコン』のアラビア語原本の解読を依頼する。そのとき廊下で何かがずるずる這いずる音が聞こえ、カーンビイは狼狽する。物音の正体は、カーンビイに惨殺され死体をバラバラに埋められた彼の弟が、復讐のために戻ってくる音だった。凄まじい絶叫を耳にして、カーンビイの居室へ向かったわたしを待っていたのは、世にもおぞましい光景との遭遇だった。

【解説】バラバラ死体のまま這いずってくる妖術師という鬼気せまるイメージが印象的な呪術合戦小説。神話大系の一側面である〈妖術師物語〉としての展開を予感させる作品であり、CASはその後、ヒューペルボリアの大魔道士エイボンをはじめとする、魅力的な妖術師たちの物語を次々に書き継いでゆくこととなる。

用語『妖術師論』 Discours des Sorciers

フランスの法学者アンリ・ボゲ Henri Boguet（一五五〇頃〜一六一九）が、一六〇〇年に著した書物。悪魔学の古典的名著として知られる。

【参照作品】「ピーバディ家の遺産」

用語『妖術論』 Commentaries on Witchcraft

マイクロフト Mycroft が著した書物。サイモン・マグロアが架蔵していた、奇妙な古典籍の一冊。

【参照作品】「奇形」

作品 妖蛆（ようしゅ）の王 Lord of the Worms

ブライアン・ラムレイ

【初出】『ウィアードブック　第十七号』一九八三年刊

【邦訳】夏来健次訳（創元推理文庫『タイタス・クロウの事件簿』）

【梗概】これはタイタス・クロウ若き日の物語。戦時中、霊的国防要員として陸軍省で重用されたクロウだが、終戦とともに失職し、ジュリアン・カーステアズの屋敷で秘書として働くことになる。カーステアズは〈妖蛆の王〉の異名をもつ老齢の魔術師だった。数多の魔道書が書架に連なる書斎で、蔵書の整理を担当することになったクロウは、カーステアズの言動に不審と警戒を強めるようになる。『妖蛆の秘密』を奉ずる魔術師は、体内に宿した妖虫たちの新たな宿主となる青年を求めていたのだ。ともに数秘術に長じた、新旧ふたりのオカルティストによる静かな死闘が幕を開けた……。

【解説】〈妖術師物語〉の流れを汲む中篇で、ラムレイ自身、「タイタス・クロウものの中短篇のなかで〈この一篇〉といえるものを選ばなければならないとしたら、作者としてはこの『妖蛆の王』を採るだろう」（夏来健次訳）と言明している自信作である。

用語 『妖蛆（ようしゅ）の秘密』 Mysteries of the Worm

ルドウィク・プリンが獄中で執筆した、悪名高き魔道書である。原題を『デ・ウェルミス・ミステリイス De Vermis Mysteriis』といい、忌まわしい知識に満ちた内容であるといわれる。とりわけ中東地域における異端信仰について詳しく記されているという。

【参照作品】「星から訪れたもの」「暗黒のファラオの神殿」「セベクの秘密」「生きながらえるもの」「妖蛆の王」

用語 妖蛆（ようしゅ）の館 House of the Worm

〈夢の国〉のカール平原のヴォルナイを見下ろす丘に建つ、荒涼とした館。旧神の封印を護る老人が住んでいた。

【参照作品】「妖蛆の館」

作品 妖蛆（ようしゅ）の館 The House of the Worm

ゲイリー・マイヤース

【初出】『アーカム・コレクター　第七号』一九七〇年夏季号

【邦訳】小林勇次訳（真3&新5）

【梗概】〈深き眠りの門〉を越えた夢の世界の散策者であるわたしは、ヴォルナイの市を見下ろす丘に建つ〈妖蛆の館〉を間近に見、そこに伝えられる伝説に耳かたむける。かつて館には奇怪な老人が住み、ヴォルナイの若者たちを

妖蛆の館（アーカム・ハウス版）

饗宴に招いては、異界の神々にまつわる畏怖すべき種々(くさぐさ)を語り聞かせたという。館のかたわらに立つ石柱は旧神の封印であり、老人は〈封印の守護者〉であった。しかし不用意に地底の井戸を覗きこんだ老人は、何物かに深淵へ引きずりこまれてしまい、館は荒廃し、ベテルギウスの輝きが消え、館の下からは……。以来、わたしは眠りに就く勇気がない。

【解説】ラヴクラフトの〈夢の国〉を舞台に、ダーレス神話の旧神対旧支配者のテーマを展開する意欲作。本篇によれば、夢の世界では、すでに旧支配者の復活が始まっているらしい。

作品 妖虫 The Insects from Shaggai

J・ラムジー・キャンベル

【初出】アーカム・ハウス『湖畔の住人と歓迎されざる借家人たち The Inhabitant of the Lake and Less Welcome Tenants』一九六四年刊

【邦訳】山中清子訳「妖虫」（真9&新4）

【梗概】英国ブリチェスター郊外のゴーツウッドの森に伝わる怪しい噂の真相を確かめるべく、わたしは森に踏みこんだ。霧の中から出現したノッペラボーの円筒形生物に追われて、わたしは森の奥の空地に到る。そこには円錐形の塔があり、中から出てきた昆虫生物に、わたしは憑依されてしまった。わたしの意識は、シャッガイを故郷とする昆虫族の惑星遍歴を幻視し、かれらの崇める痴愚神の恐怖、そして円錐塔の忌まわしい正体を知るのだった……。

【解説】主人公が幻視する星間遍歴の場面には、クトゥルー神話版異界博物誌の趣がある。

用語『妖魔の樋口』 Gargoyle

怪奇作家エドガー・ゴードンの代表作。宇宙の最果(さいはて)の暗黒都市や、その奇妙な住民、超地球的な生命形態などに関わる物語であるという。

【参照作品】「闇の魔神」

用語 ヨガシュ Yogash

カダスの縞瑪瑙の城で、ナイアルラトホテップにかしずく黒人奴隷のひとり。

【参照作品】「未知なるカダスを夢に求めて」

用語 ヨグ＝ソトース Yog-Sothoth, Yok-Zothoth

ヨグ＝ソトホース、ヨグ＝ソトト、さらにはヨーグルト（水木しげる「地底の足音」参照）などとも。旧支配者が棲む外宇宙への〈門の鍵にして守護者〉である神性。その姿は、虹色の球体の集積物という仮面をもち、時空の混沌のただなかで、原初の粘液として泡だつ、触角のある無定形の怪物として人間の目に映じる。

【参照作品】「ダニッチの怪」「暗黒の儀式」「丘の夜鷹」「銀の鍵の門を越えて」「タイタス・クロウの帰還」「ネクロノミコン　アルハザードの放浪」

用語 **ヨゴス** Yuggoth

〈ユゴス〉を参照。

用語 **ヨス** Yoth

ヨトとも。クン＝ヤンの中層部に位置する世界で、〈赤く輝くヨス red-litten Yoth〉と呼ばれる。現在は無人だが、かつては爬虫類に属する四足の住民が同地を支配していた。かれらは生命を合成する技術を有しており、グヤア＝ヨトンも、そのひとつと考えられている。

【参照作品】「墳丘の怪」「闇に囁くもの」

用語 **ヨス・カラ** Yoth Kala

〈ゾス・サイラ〉の臣民である深淵の生物で、カッサンドラ・ヒースのおぞましき許嫁。ゼリー状の不定形な体軀は悪臭を放つ粘着物に覆われ、いやらしい巻きひげと、先端に目のついた触手を有する。

【参照作品】「緑の深淵の落とし子」

用語 **『ヨス写本』** Yothic manuscripts

ヨスの最大の都市ズィンの地下から発見された古代文書。ツァトゥグアの縁起が記されている。

【参照作品】「墳丘の怪」

用語 **ヨト** Yoth

〈ヨス〉を参照。

用語 **ヨハンセン、グスタフ** Gustaf Johansen

エンマ号の二等航海士だったノルウェー人。一九二五年三月、南太平洋を航海中に、浮上したルルイエに上陸。復活したクトゥルーの襲撃を切り抜けて、謎の彫像を携え、乗組員の中でただひとり生還した。故郷のオスロに戻り、自身の体験を手記にまとめた後、不可解な横死を遂げた。

【参照作品】「クトゥルーの呼び声」

用語 **『ヨブ記』第十四章十四節** Job XIV. XIV.

ジョウゼフ・カーウィンが、サイモン・オーン宛て書簡で言及している聖書の一節。『ヨブ記』は旧約聖書の一書で、ヨブ Job という信仰者の苦難が対話形式で綴られている。その十四章十四節には「人もし死なば、また生きんや。我はわが征戦の諸日のあいだ望みおりて、わが変更の来たるを待たん」とある。

【参照作品】「チャールズ・デクスター・ウォード事件」

用語 **ヨム・ビイ** Y'm-bbi

〈イム゠ブヒ〉を参照。

用語 **『夜の魍魎』** Night-Gaunt

怪奇作家エドガー・ゴードンの初の単行本。あまりに病的なテーマを扱っていたために、失敗作になったとされる。

【参照作品】「闇の魔神」

ラ

用語 **ラール** lares

ロバ・エル・ハリイェーで目撃される、砂漠の霊の一種。人間の姿を保ったまま、みずからの墓の近くに出没する。

【参照作品】「ネクロノミコン　アルハザードの放浪」

用語 **ラールセン** Larsen

ミスカトニック大学の南極探検隊に同行した船員のひとり。

【参照作品】「狂気の山脈にて」

用語 **ラーン゠テゴス** Rhan-Tegoth

人類誕生以前の北極に、外宇宙（ユゴス星か？）から到来した神性の一柱。アラスカのヌトカ河上流にある廃墟と化した石造都市の地下三階に据えられた、巨大な象牙の玉座に鎮座する。球形の胴体に、先端が蟹の鋏状になった六本の長い手足をもち、泡状の頭部には、三角に位置する魚の眼と、長さ一フィートの鼻がある。全身に密生した吸引管から、生贄の血を吸いとる。
【参照作品】「博物館の恐怖」「モーロックの巻物」「極地からの光」

用語「ラーン＝テゴスの生贄」
The Sacrifice to Rhan-Tegoth
蠟人形師ジョージ・ロジャーズが遺した最後の作品。その真に迫った超絶技巧には、恐るべき秘密が隠されていた。
【参照作品】「博物館の恐怖」

ラーン＝テゴス（パンサー版『博物館の恐怖』より）

用語ライガス木 Iygath-tree
〈夢の国〉の樹木。
【参照作品】「未知なるカダスを夢に求めて」

用語ライス、ウォーラン Warren Rice
ミスカトニック大学教授。鉄灰色の髪をして、がっしりした体格。一九二八年、アーミティッジ教授によるダニッチの怪物退治に協力した。
【参照作品】「ダニッチの怪」

作家ライバー、フリッツ Fritz Reuter Leiber
①アーカムそして星の世界へ To Arkham and the Stars（ク4）一九六六
②闇の聖母 Our Lady of Darkness（ハヤカワ文庫）一九七七
米国の作家（一九一〇〜一九九二）。シェイクスピア俳優の息子として、シカゴに生まれる。牧師見習や俳優修業を経て、一九三九年『アンノウン』誌に発表した〈ファファード&グレイマウザー〉シリーズ（創元推理文庫）でデビュー、一躍ヒロイック・ファンタジーの人気作家となる。四三年の『妻という名の魔女たち』（創元推理文庫）以後は、オカルト・ホラーやSF長篇にも手を染め、五八年、『ビ

ッグ・タイム』(サンリオSF文庫)でヒューゴー賞を獲得した。

ラヴクラフト作品に登場するキャラクターたちのその後を描いた①を、作者がラヴクラフトとアーカムの町に捧げた熱烈なオマージュとするならば、②はさしずめ、魔都サンフランシスコに集った悲運の幻想作家たち——A・ビアス、ジャック・ロンドン、ジョージ・スターリングらに捧げるレクイエムともいうべき異色のオカルト・スリラーである。しかも全篇の鍵のひとつとなる謎の日記の筆者がクラーク・アシュトン・スミスで、魔道士ド・カストリーズのモデルがアドルフェ・デ・カストロときては、たとえ神話大系と直接の関係はなくとも見のがすわけにはゆくまい。ライバーには、作家ラヴクラフトの本質に肉迫した二篇の好エッセイ——「怪奇小説のコペルニクス」(創土社版『ラヴクラフト全集1』所収)「ブラウン・ジェンキンとともに時空を巡る」(同右4所収)があるが、②にもそうしたラヴクラフト通ぶりが、随所にさりげなく発揮されている。

フリッツ・ライバー

用語 **ライマン博士** Dr. Lyman

ボストン在住の精神科医師。チャールズ・ウォードの治療にあたった医師団の一員。

【参照作品】「チャールズ・デクスター・ウォード事件」

作家 **ライメル、ドゥウェイン・ウェルドン**

Duane Weldon Rimel

①**墓を暴く** The Disinterment (全別下) 一九三七

②**山の木/丘の上の樹木** The Tree on the Hill (全別下/定10) 一九四〇

米国の作家(一九一五〜一九九六)。晩年のラヴクラフトと文通を交わしたことで知られる。HPLが文芸全般にわたる懇切なアドバイスを、年少の友人におこなっていたことが、遺された書簡の数々から窺えよう。ラヴクラフトの添削を経て発表された怪奇小説に①と②があり、前者は「ハーバート・ウェスト」風の身体損壊小説として、後者は異界瞥見小説として、コズミック・ホラーの片鱗を感じさせる。後年は別名義でウェスタンや官能小説に転じた。

用語 **ラ・イラー** R'lyeh

〈ルルイエ〉を参照。

用語 **ラヴェ＝ケラフ** Luveh-Keraphf

謎につつまれた、バスト（＝ブバスティス）の神官。『黒い儀式』を著した。

【参照作品】「哄笑する食屍鬼」「自滅の魔術」

作家 **ラヴクラフト、ハワード・フィリップス**

Howard Phillips Lovecraft

①**ダゴン／デイゴン** Dagon（全3／定1）一九一七

②**ナイアルラトホテップ／ナイアーラソテップ** Nyarlathotep（全5／定1）一九二〇

③**無名都市／廃都** The Nameless City（全3／定1）一九二一

④**魔犬／妖犬** The Hound（全5／定2）一九二二

⑤**魔宴／祝祭** The Festival（全5／定2）一九二三

⑥**クトゥルーの呼び声／クトゥルフの呼び声／クスルウーの喚び声** The Call of Cthulhu（ク1／全2／定3）一九二六

⑦**ピックマンのモデル** Pickman's Model（全4＆定3）一九二六

⑧**銀の鍵／銀の秘鑰** The Silver Key（全6／定3）一九二六

⑨**未知なるカダスを夢に求めて／幻夢境カダスを求めて** The Dream-Quest of Unknown Kadath（全6／定3）一九二六〜二七

⑩**『ネクロノミコン』の歴史／「死霊秘法」釈義** History and Chronology of the 'Necronomicon'（全5／定4）一九二七

⑪**チャールズ・デクスター・ウォード事件／チャールズ・ウォードの奇怪な事件／狂人狂騒曲** The Case of Charles Dexter Ward（ク10／全2／定4）一九二七〜二八

⑫**ダニッチの怪／ダンウィッチの怪** The Dunwich Horror（全5／定4）一九二八

⑬**闇に囁くもの** The Whisperer in Darkness（ク9＆全1＆

ラ ライマ

定5）一九三〇
⑭**狂気の山脈にて／狂気山脈** At the Mountains of Madness（全4／定5）一九三一
⑮**インスマスを覆う影／インスマウスの影／インズマスの影** The Shadow over Innsmouth（ク8／全1／定5）一九三一
⑯**戸口にあらわれたもの／戸をたたく怪物** The Thing on the Doorstep（全3／定6）一九三三
⑰**銀の鍵の門を越えて／銀の秘鑰の門を越えて** Through the Gates of the Silver Key（全6／定6）一九三二〜三三
⑱**時間からの影／超時間の影** The Shadow out of Time（全3／定6）一九三四
⑲**闇をさまようもの／闇の跳梁者** The Haunter of the Dark（全3／定6）一九三五
【メリット、ムーア、ハワード、ロングと合作】
⑳**彼方よりの挑戦** The Challenge from Beyond（真2＆新2）一九三五

米国の作家（一八九〇〜一九三七）。一八九〇年八月二十日午前九時、ロード・アイランド州プロヴィデンス市エインジェル・ストリート一九四番地のフィリップス家（母の実家）で生まれる。銀器製造業者の巡回セールスマンだった父ウィンフィールド・スコット・ラヴクラフト **Winfield Scott Lovecraft**（一八五六〜一八九八）と母サラ・スーザン **Sara Susan**（旧姓フィリップス／一八五七〜一九二一）の独り息子であった。二歳のとき、父が不全麻痺により発狂、入院生活を送ることになったため、母子は母の実家に身を寄せた。

祖父ホイップル・フィリップス **Whipple Van Buren Phillips**（一八三三〜一九〇四）は富裕な実業家で、同家の書斎や蔵書に寄せる愛着の念を、後年ラヴクラフトは追懐している。早くも三、四歳の頃からグリム童話やアラビアン・ナイト、ギリシア神話などに親しみ、五歳で創作を始める。病弱で学校には満足に通えず、もっぱら家庭教師と読書によって教養を培った。一九〇四年、祖父の死に際して屋敷が人手に渡ったため、エインジェル・ストリート五九八番地に転居。この頃から天文学への関心を深め、『サイエンティフィック・アメリカン』などの科学雑誌に投稿を始める。〇八年、神経症のためハイスクールを退学、地元の名門ブラウン大学への進学を断念する。幼少年期の創作の大半を廃棄し、一時は小説から遠ざかった。

一九一四年、UAPA（ユナイテッド・アマチュア・プレス・アソシエーション）に入会、同人誌にエッセイ・論考・詩作品などを精力的に寄稿する一方、翌年から文章の添削指導の仕事を始める。一七年からは、W・P・クック

ラヴクラフトとロング

の励ましで小説の執筆を再開、おもに同人誌に作品を発表するようになる。一九年にはダンセイニ卿の作品に接して感銘を受け、ボストンで開かれた卿の講演会にも列席している。二一年、母が死亡。アマチュア作家大会でソーニャ・H・グリーンと知り合う。

二三年、創刊まもない『ウィアード・テイルズ』の十月号に「ダゴン」が掲載され、以後ラヴクラフトは同誌の常連寄稿家となってゆく。二四年にソーニャと結婚、ニューヨークのブルックリンで新生活を始め、同地の文学サークル〈ケイレム・クラブ〉の作家仲間との親交を深める。しかし二六年、ラヴクラフトは単身プロヴィデンスに戻り、二九年に正式離婚した。

三三年よりカレッジ・ストリート六六番地の家で、伯母アニー・E・ギャムウェルと暮らす。晩年には、文通仲間としばしばカナダやニューイングランド各地へ探訪旅行に出かけたり、ニューヨークでクリスマス休暇をケイレム・クラブの仲間たちと過ごしたりしている。一九三七年三月十五日午前六時、ジェイン・ブラウン記念病院にて、腸癌のため永眠。享年四十六。遺体はスワン・レイク墓地にあるフィリップス家の墓に埋葬された。一九七七年には、有志の手によってラヴクラフト単独の墓碑が建てられ、「I AM PROVIDENCE」の碑銘が刻まれた。二〇一三年七月には、エインジェル・ストリートとプロスペクト・ストリートの交叉点が、「H・P・ラヴクラフト・スクエア」と命名された。

ラヴクラフトの小説作品は、ホラーとファンタジーの二系統に大別されるが、その中からクトゥルー神話作品を抽出する作業は、意外にやっかいである。なぜならラヴクラフトの神話大系には、作者による自作（ときに他作家の作品も）の統合・関連づけ作業の所産という側面があり、しかもそれは時間を追って形を成していったものであるからだ。神話作品の判定基準をどこに求めるかによっても、そのリストは大きく様変わりする。本項では、固有の神格や魔道書がストーリー展開と密接に絡んでいる作品のみに限定し、「未知なるカダスを夢に求めて」をはじめとする〈夢の国〉系列の作品については、他の神話作品と関わりの深い後期の代表作を掲げるにとどめた（文末はすべて執筆年）。

作者の実質的なデビュー作である①は、海中から隆起した島に上陸した船員が、太古の邪悪な存在を目撃する話で、⑥などの原型となった。②は後に神話大系で重要な役まわりを担うナイアルラトホテップの初登場作品。作者が見た夢をほぼそのまま綴ったものだという（学研『夢魔の書』参照）。〈食屍鬼〉を神話大系固有のキャラクターとみなすか否かは意見の分かれるところだが、⑦の主人公である食屍鬼画家ピックマンは、神話世界の有名人である。⑧は⑰の後日譚ならぬ前日譚で、作者の郷土愛と幼年期への郷愁が横溢する名品。⑩は『ネクロノミコン』に関する、創造主みずからの註釈として貴重な基本資料となっている。『ファンタジー・マガジン』一九三五年九月号に掲載された⑳は、C・L・ムーア、エイブラム・メリット、R・E・ハワード、F・B・ロング、そしてラヴクラフトという、パルプ界の人気五作家によるリレー小説で、ラヴクラフトは第三章を担当している。円盤が埋めこまれた不思議な水晶体を入手した主人公が、その中へ吸いこまれて……という他愛のない話だが、ラヴクラフトは『エルトダウン・シャーズ』を持ち出して、ちゃっかり神話作品にしてしまっている。

次に、右記以外の全小説作品を、ファンタジー系とホラー系に分けて、執筆年代順に掲げておく。

【ファンタジー系】

北極星／ポラリス Polaris（全7&学研『夢魔の書』／定1）一九一八

緑の草原／緑瞑記 The Green Meadow（全7／定2）一九一八（一九？）

忘却 Memory（定1）一九一九

白い帆船 The White Ship（全6&定1）一九一九

サルナスの滅亡／サルナスをみまった災厄／サーナスの災厄 The Doom that Came to Sarnath（全集7／学研『夢魔の書』／定1）一九一九

木／木魅 The Tree（全7／定1）一九二〇

詩と神々Poetry and the Gods（全7&定2）一九二〇

ウルタールの猫／ウルサーの猫 The Cats of Ulthar（全6／定1）一九二〇

通り／古い通りの物語 The Street（全7／定1）一九一九

セレファイス／光の都セレファイス Celephais（全6／定1）一九二〇

忘却の彼方へ Ex Oblivione（定1）一九二〇

イラノンの探求／流離の王子イラノン The Quest of Iranon（全7／定1）一九二一

月の湿原／月沼 The Moon-Bog（全7／定1）一九二一

アウトサイダーThe Outsider（全3&定1）一九二一

蕃神（ばんしん）／異形の神々の峰 The Other Gods（全6／定1）一九二一

眠りの神／ヒュプノス Hypnos（全7／定2）一九二二

月の魔力 What the Moon Brings（定2）一九二二

霧の高みの不思議な家／霧のなかの不思議の館 The Strange High House in the Mist（全7／定3）一九二六

イビッド Ibid（定4）一九二八

【ホラー系】

洞窟の獣／洞窟に潜むもの The Beast in the Cave（全7／定1）一九〇五

錬金術師 The Alchemist（全7&定1）一九〇八

霊廟／奥津城 The Tomb（全7／定1）一九一七

眠りの壁の彼方／眠りの壁を超えて Beyond the Wall of Sleep（全4／定1）一九一九

ファン・ロメロの変容 The Transition of Juan Romero（全7&定1）一九一九

ランドルフ・カーターの陳述／ランドルフ・カーターの証言 The Statement of Randolph Carter（全6／定1）一九一九

恐ろしい老人／怪老人 The Terrible Old Man（全7／定1）一九二〇

神殿／海底の神殿 The Temple（全5／定1）一九二〇

故アーサー・ジャーミンとその家系に関する事実／アーサー・ジャーミン卿の秘密 Facts Concerning the Late Arthur Jermyn and His Family（全4／定1）一九二〇

彼方より／向こう側 From Beyond（全4／定1）一九二〇

家のなかの絵／一枚の絵 The Picture in the House（全3／定1）一九二〇

エーリッヒ・ツァンの音楽 The Music of Elich Zann（全2

&定1）一九二一
死体蘇生者ハーバート・ウェスト Herbert West-Reanimator（全5&定2）一九二一〜二二
潜み棲む恐怖／おそろしきもの潜む The Lurking Fear（全3／定2）一九二二
アザトホース／アザトート Azathoth（全7／真3）一九二二
壁のなかの鼠 The Rats in the Wall（全1&定2）一九二三
名状しがたいもの／名状しがたきもの The Unnamable（全6／定2）一九二三
忌み嫌われる家／斎忌の館 The Shunned House（全7／定2）一九二四
ファラオとともに幽閉されて Imprisoned with the Pharaohs（全7&定2）一九二四
レッドフックの恐怖／レッドフック街怪事件 The Horror at Red Hook（全5／定3）一九二五
あの男／あいつ He（全7／定3）一九二五
死体安置所にて／死体安置所で In the Vault（全1／定3）一九二五
冷気 Cool Air（全4&定3）一九二六
宇宙からの色／異次元の色彩 The Colour out of Space（全4／定4）一九二七
末裔／闇の一族 The Descendant（全7／真3）一九二七
魔女の家の夢／魔女屋敷で見た夢 The Dreams in the Witch-House（全5／定6）一九三二
本／いにしえの書 The Book（全7／真3）一九三三
怪夢 The Thing in the Moonlight（真3）一九三四
邪悪なる牧師 The Evil Clergyman（定6）一九三七

なお、これらの小説作品以外にも、ラヴクラフトは多くの詩篇や評論・エッセイを残している。その中から、神話大系との関連で注目すべき主要な邦訳作品を以下に掲げておく。また、神話作品の重要な源泉となった夢に関するラヴクラフト書簡を蒐めた、大瀧啓裕編訳『夢魔の書』（九五／学研）や、作家仲間と交わされた厖大な書簡の一部をまとめた『定本ラヴクラフト全集』（八六／国書刊行会）の第九巻と第十巻も、ラヴクラフトと神話大系の理解に欠かせない必読の資料集である。

【評論・エッセイ】
デイゴン弁護論 In Defence of Dagon（定8）一九二一
ダンセイニとその業績／ダンセイニ卿とその著作 Lord Dansany and His Work（定7—1／学研『文学における超自然の恐怖』）一九二二
文学と超自然的恐怖／文学における超自然の恐怖 Supernatural Horror in Literature（定7—1&ちくま文庫

『ウィアード・テイルズ』編集長のファーンズワス・ライト（左から二人目）

『幻想文学入門』／学研『文学における超自然の恐怖』）一九二七〜三六

怪奇小説の執筆について／恐怖小説覚え書　Notes on Writing Weird Fiction（全4／定7―1）一九三四

宇宙冒険小説に関するノート／惑星間旅行小説の執筆に関する覚書 Some Notes on Inter-planetary Fiction（定7―1／学研『文学における超自然の恐怖』）一九三四

ロバート・ハワードを偲ぶ In Memoriam : Robert Ervin Howard（定7―1）一九三六

【詩】

ポオ擬詩人の悪夢 The Poe-et's Nightmare（定7―2）一九一六？

虚空に独り Alone in Space（定7―2）一九一七

サイコポンポス Psychopompos（定7―2）一九一八

ネメシス Nemesis（定7―2）一九一八

悪夢の湖 The Nightmare Lake（定7―2）一九一九

都市 The City（定7―2）一九一九

夢見る者に To a Dreamer（定7―2）一九二〇

レグナル・ロドブルグの哀歌 Regnar Lodbrug's Epicedium（定7―2）一九二〇？

古えの道 The Ancient Track（定7―2）一九二九

前哨地 The Outpost（定7―2）一九二九

ラ　ラヴク

異形の使者 The Messenger （定7―2） 一九二九

ヨゴス星より／ユゴスの黴 Fungi from Yuggoth （定7―2／学研『文学における超自然の恐怖』） 一九二九～三〇

ブロック氏の小説『顔のない神』の挿し絵を描いたフィンレイ氏に寄す To Mr. Finlay, Upon His Drawing for Mr. Bloch's Tale, "The Faceless God" （定7―2） 一九三六

アヴェロワーニュの主クラーカシュトンに捧ぐ To Klarkash-Ton, Lord of Averoigne （定7―2） 一九三六

H・P・ラヴクラフト

用語 **ラウンド・ヒル** Round Hill

米国ヴァーモント州ウィンダム郡の丘陵地。H・W・エイクリイは、ここの森の中で、未知の象形文字が刻まれた黒い石を発見した。山の内部には、ユゴス星の甲殻生物の第一居留地 **principal outpost** があるという。

【参照作品】「闇に囁くもの」

用語 **ラウンド山** Round Mountain

米国マサチューセッツ州の北部、ダニッチの村に程近い山。あまりにも丸く整いすぎた山容といい、山頂に立つ「インディアンの環状列石」といい、どこか見る者の不安を掻きたてる山である。

【参照作品】「ダニッチの怪」

用語 **ラクタンティウス** Lactantius

アフリカのヌミディア地方に生まれ、三世紀後半から四世紀初めにかけて活動したキリスト教神学者（生没年不詳）。著書に『神学大系』『神の怒りについて』などがある。

【参照作品】「魔宴」

用語 **ラザーフォード** Rutherford

古文書学者。一九一三年八月にポトワンケットに落下し

た隕石から発見された冊子の手記を、古典ギリシア語から現代ギリシア語の書体に書き写した。
【参照作品】「緑の草原」

用語 **ラティ** Lathi
タラリオンを支配している妖怪eidolon。その姿を目にした者の骨が、都の通りには散乱しているという。
【参照作品】「白い帆船」

用語 **ラドー、アレクシス** Alexis Ladeau
フォン・ユンツトの親友だったフランス人。ユンツトが死の直前に書き残した草稿を一読した後、すべてを焼却、みずからの喉を掻き切って果てた。
【参照作品】「黒い石」

用語 **ラファム、セネカ** Seneca Lapham
ミスカトニック大学の人類学教授。禁断の知識に通じ、リチャード・ビリントンによるヨグ＝ソトース召喚を阻止した。
【参照作品】「暗黒の儀式」「ウィンフィールドの遺産」

用語 **ラフ金属** Lagh metal
ユゴスよりもたらされた金属。地球の鉱山では見いだされないという。
【参照作品】「永劫より」

用語 **ラフトンティス** Raphtontis
妖術師エズダゴルの使い魔である怪鳥。夜行性の始祖鳥であり、蜥蜴の尾と薄黒い羽根をもつ。
【参照作品】「七つの呪い」

作家 **ラムレイ、ウィリアム** William Lumley
①**アロンソ・タイパーの日記** The Diary of Alonzo Typer／**アロンゾウ・タイパーの日記**（ク1／全別下）一九三八
米国ニューヨーク州バッファローの警備員（一八八〇〜一九六〇）。作家志望でオカルトにも傾倒、世界各地の神秘スポットを遍歴したと吹聴し、ラヴクラフトたちの作品世界を事実と信じてもいたらしい。ラヴクラフトと何度か文通を交わし、その草稿メモをもとにHPLが全面的に書き改めた①が『ウィアード・テイルズ』に掲載された。

作家 **ラムレイ、ブライアン** Brian Lumley
①**大いなる帰還** The Sister City（真3＆新5）一九六九

②**縛り首の木** Billy's Oak（国書刊行会『黒の召喚者』&創元推理文庫『タイタス・クロウの事件簿』）一九七〇
③**魔物の証明** An Item of Supporting Evidence（同右）一九七〇
④**深海の罠** The Cyprus Shell（真4&新5&『黒の召喚者』）一九六八
⑤**盗まれた眼** Rising with Surtsey（真9&新5）一九七一
⑥**続・深海の罠** The Deep-Sea Conch（真9&新5）一九七一
⑦**黒の召喚者** The Caller of the Black（『黒の召喚者』&『タイタス・クロウの事件簿』）一九七一
⑧**ニトクリスの鏡** The Mirror of Nitocris（同右）一九七一
⑨**海が叫ぶ夜** The Night Sea-Maid Went Down（『黒の召喚者』）一九七一
⑩**異次元の灌木** The Thing from the Blasted Heath（同右）一九七一
⑪**ダイラス＝リーンの災厄** Dylath-Leen（同右）一九七一
⑫**ド・マリニーの掛け時計／デ・マリニィの掛け時計** De Marigny's Clock（『タイタス・クロウの事件簿』／『黒の召喚者』）一九七一
⑬**狂気の地底回廊** In the Vaults Beneath（『黒の召喚者』）一九七一
⑭**地を穿(うが)つ魔** The Burrowers Beneath（創元推理文庫）一九七四
⑮**タイタス・クロウの帰還** The Transition of Titus Crow（創元推理文庫）一九七五
⑯**幻夢の時計** The Clock of Dreams（創元推理文庫）一九七八
⑰**風神の邪教** Spawn of the Winds（創元推理文庫）一九七八
⑱**ボレアの妖月** In the Moons of Borea（創元推理文庫）一九七九
⑲**旧神郷エリシア** Elysia（創元推理文庫）一九八九
⑳**木乃伊の手** The Second Wish（真6―1&新6）一九八〇
㉑**名数秘法** Name and Number（『タイタス・クロウの事件簿』）一九八二
㉒**妖蛆(ようしゅ)の王** Lord of the Worms（同右）一九八三
㉓**続・黒の召喚者** The Black Recalled（同右）一九八三
㉔**ダゴンの鐘** Dagon's Bell（学研M文庫『インスマス年代記』）一九八八
㉕**大いなる〝C〟** Big C（創元推理文庫『ラヴクラフトの遺産』）一九九〇
㉖**けがれ** The Taint（扶桑社ミステリー『古きものたちの

墓』）二〇〇五

英国の作家（一九三七〜　）。ダラム州ホーデンに生まれる。十三歳のとき、ブロックの「無人の家で発見された手記」を読み、クトゥルー神話の虜となる。二十一歳で英国陸軍に入隊、ドイツやキプロスに赴任していたときに小説の投稿を始め、六八年「深海の罠」が『アーカム・コレクター』に掲載された。八〇年に退役するまで職業軍人として勤務するかたわら、余暇を利用して神話小説を書き続けていたという。

②はタイタス・クロウが暮らすブロウン館の因縁話。③は神話作品の批判者に、クロウがこの世ならぬ遺物そのものを突きつけるという話。④と⑥はジャコビの「水槽」に触発されて成った、妖怪ならぬ妖貝譚。⑦は邪悪な魔術師とクロウの妖術合戦譚。⑧は古代エジプトの魔女王ニトクリスにまつわる呪物ホラー。⑨は海底掘削ドリルが深海の邪神の体に穴を開けてしまい……というだけの話。⑩はラヴクラフト「宇宙からの色」の後日譚。⑪は〈夢の国〉物に挑んだ異色作。⑳はシュトレゴイカバールに〈黒い石〉見物（！）に出かけたカップルが、帰途立ち寄った廃墟の教会で怪異に見舞われる話。㉑では、世界の破滅をもくろむ謎の兵器商人の野望を、クロウが阻止する。㉓は⑦の後日譚。「癌」と「クトゥルー」のダブル・ミーニングとも解釈しうる㉕は、エイリアンによる侵略テーマの馬鹿ＳＦホラー。㉖は現代英国の漁師町でひそやかに繰りひろげられる〈インスマス物語〉後日談。ラムレイにしては抑制された筆致が印象的な中篇である。

ラムレイの初期作品は、神話アイテムが列挙される単純なアイディア・ストーリーの域を出ないものが多かったが、タイタス・クロウがアンリ＝ローラン・ド・マリニーとコンビを組み、邪神ハンターとなって活躍する長短の連作に取り組むようになって、次第に独自の路線を見いだした観がある。特に⑭〜⑲と続く〈タイタス・クロウ・サーガ〉には、良くも悪くも初期のラムレイらしさが全開といってよい。⑮ではクロウが大時計＝タイムマシンで時間旅行を堪能し（白亜紀ではプテラノドン大活躍！）、⑯ではド・マリニーも加わり〈夢の国〉巡りの大冒険が展開。さらに、風神イタカの惑星ボレアでの正邪の抗争を描く⑰⑱では、クロウに替わる邪神狩人ハンク・シルバーハットが大活躍、旧神世界が舞台となる集大成的な完結篇である⑲……怪奇小説ならぬスペース・ヒロイック・ファンタジーの一大絵巻が繰りひろげられている。

［作家］ラングフォード、デイヴィッド David Langford

①**ディープネット** Deepnet（学研M文庫『インスマス年代

記』）一九九四
②**ジョン・ディー文書の解読**（学研『魔道書ネクロノミコン』）一九七八

英国のSF作家、批評家（一九五三～　）。モンマスシャー州のニューポートに生まれる。ソフトウェアのコンサルタントのかたわら、多くの雑誌やアンソロジーに、短篇小説を寄稿。熱心なSFファンダム活動でも知られる。著書の邦訳に『世界終末大戦』（三笠書房）や『２０００年から３０００年まで　31世紀からふり返る未来の歴史』（ブライアン・ステイブルフォードと共著／パーソナルメディア）があり、二〇〇一年度のヒューゴー賞受賞作「異型の闇」（『ＳＦマガジン』二〇〇二年一月号）をはじめ、短篇の邦訳も数多い。①はインスマスを地盤とするコンピューター・ソフト・メーカーが送り出すパソコン・ソフトによってもたらされる、ハイテク時代の新たなる侵攻の恐怖を、専門知識を活かしつつ静かな筆致で描いている。②はジョン・ディー博士による暗号文を、コンピューターを駆使して分析解読を試みた報告文書として発表された。

用語 **ラング、ポール・ダンバー** Paul Dunbar Lang

米国ヴァージニア大学の英文学者で、Ｅ・Ａ・ポオの研究家。『ヴォイニッチ写本』の暗号解読に成功し、その正体が『ネクロノミコン』であることを突きとめた。ウェールズでアーカート大佐と出会い、ロイガー族の謎に迫るが、セスナ機でワシントンへ向かう途中、消息を絶つ。

【参照作品】「ロイガーの復活」

用語 **ランダルフェンの大爆発**
The Great Llandalffen Explosion

英国ウェールズのランダルフェンにある、ロマ族（＝ジプシー）の居留地で発生した謎の巨大爆発。ロイガー族の仕業とされる。ＵＦＯ研究家フランク・エドワーズ **Frank Edwards** の『事実より奇なり **Stranger than Logic**』には、この事件に触れた一章がある。

【参照作品】「ロイガーの復活」

用語 **ランファー博士** Doctor Llanfer

ミスカトニック大学附属図書館の館長。

【参照作品】「ハスターの帰還」「永劫の探究」

用語 **リー、マイケル** Michael Leigh

禁断の知識に通暁したオカルティスト。長身痩軀と、鋭い灰色の目が特徴である。

【参照作品】「セイレムの恐怖」「暗黒の接吻」

用語 **リーランド、ピーター** Peter Leland

北カリフォルニアのアフトンに住むメスジスト派牧師。「米国清教主義における異教の残滓」をテーマとする研究論文執筆のため、祖父母から遺贈されたササナスのリーランド農場に滞在中、妻を殺害して失踪した。

【参照作品】「暗黒神ダゴン」

作家 **リゴッティ、トマス** Thomas Ligotti

①**ハーレクインの最後の祝祭** The Last Feast of Harlequin（青心社文庫『ラヴクラフトの世界』）一九九〇

米国のホラー作家（一九五三〜 ）。デトロイト出身。哲学ホラーとも称される唯一無二の文体で、カルト的人気を誇る。ブラム・ストーカー賞ほか多くの受賞作品がある。アル・サラントニオ編のホラー&サスペンス競作集『999——狂犬の夏』（創元推理文庫）にも、作者の短篇「影と闇」が収録されている。①は道化師の奇祭を調査に田舎町を訪れた人類学者が体験する異様な出来事を、じっくりと描きあげた力作である。

用語 **リサード** lithard

サクル゠ヨン Thak'r-Yon と呼ばれる故郷を新星の爆発で喪い、哀れんだ旧神によってエリシアに連れてこられた、ドラゴンに似た種族。巨大な翼で天空を飛翔し、エリシアの住民の足ともなる。

【参照作品】「タイタス・クロウの帰還」「旧神郷エリシア」

用語 **リック湖** Rick's Lake

米国ウィスコンシン州の北部中央にある、深い森に囲まれた湖。巨大な海蛇めいた生物が目撃されており、周囲の森でも怪しい出来事が絶えない。ナイアルラトホテップの地球のすみかで、一帯は〈ンガイの森〉とも呼ばれる。

【参照作品】「闇に棲みつくもの」

用語 **『慄然たる神秘』** Horrid Mysteries

グロッセの侯爵 Marquis of Grosse が著した稀覯書。ジョン・コンラッドが、その十八世紀版を架蔵しているが、詳細は不明である。

【参照作品】「夜の末裔」

用語 **リッチ、アンジェロ** Angelo Ricci

キングスポートにある〈恐ろしい老人〉の屋敷に押し入った強盗一味のひとり。翌日、惨殺死体となって発見された。

【参照作品】「恐ろしい老人」

用語 リッチモンド、ジョン John Richmond

ポトワンケットの漁師。一九一三年八月に落下した隕石を、トロール網に引っかけ、同僚とともに海岸に運びあげた。

【参照作品】「緑の草原」

用語 リトル、ロジャー Roger Little

博学のオカルティストで、霊能力者にして心理学者。かつては犯罪調査員をやっていた。タイム゠スペース・マシーンを発明し、チャウグナル・ファウグンの脅威を退けた。

【参照作品】「恐怖の山」

用語 リナル Rinar

〈夢の国〉の都市。交易市場がある。

【参照作品】「未知なるカダスを夢に求めて」

用語 遼丹(リヤオタン) Liao

中国産の幻覚剤。中国の春秋戦国時代の思想家・老子は、この薬を服用して「タオ」を幻視したのだという。ハルピン・チャーマズは遼丹を飲んで、時空を超える恐怖を目撃する。

【参照作品】「ティンダロスの猟犬」

用語『龍脚類の時代』 The Saurian Age

バンフォート Banfort が著した書物。シャリエール医師が架蔵していた。

【参照作品】「生きながらえるもの」

用語 猟犬 hound

魔犬とも。翼を備えた猟犬もしくは、なかば犬に似た顔をもつスフィンクスを思わせる姿の魔物。緑色の翡翠で出来た魔除(まよけ)を奪い去った者たちを追跡し、恐るべき死をもたらす。〈ティンダロスの猟犬〉との関係は、さだかでない。

【参照作品】「魔犬」

用語 リリス Lilith

バビロニアの古伝承に淵源する夜の悪魔で、人類の始祖アダムの最初の妻であったとされる。レッド・フック地区で執りおこなわれていた忌まわしい祭祀は、リリスに捧げられたものであったらしい。一説によれば、リリスとはシュブ゠ニグラスの異称であるという。

【参照作品】「レッド・フックの恐怖」「ネクロノミコン アルハザードの放浪」

用語 リリブリッジ、エドウィン・M
Edwin M. Lillibridge
『プロヴィデンス・テレグラム』紙の記者。一八九三年、〈星の知慧派〉を調査中に、謎の失踪を遂げた。
【参照作品】「闇をさまようもの」

作品 臨終の看護 The Death Watch
ヒュー・B・ケイヴ
【初出】『ウィアード・テイルズ』一九三九年六・七月合併号
【邦訳】後藤敏夫訳（ク5）
【梗概】無線技師のわたしは、友人でフロリダの沼沢地に住むイングラム夫妻のことを案じていた。妻のエレインは、死んだ弟が戻ってくると信じこみ、怪しげな先住民の男ヤゴを同居させている。夫のピーターも、極超短波装置によ る奇妙な実験に熱中しはじめた。彼はその装置によって、エレインが唱えていたのと同じ呪文を発信しようとしていたのだ、宇宙の彼方、暗黒神ナイアルラトホテップに向かって！　わたしの見守る前で、彼は「応答があった」と叫ぶ。そのとき、階下で物凄い足音が……。
【解説】無線装置という当時のハイテク科学を異次元の存在とからめる発想は、ラヴクラフトの「ランドルフ・カーターの陳述」に先例がある。ナイアルラトホテップとハリ湖が関連づけられている点、ハスターが「邪悪の皇太子」と呼ばれている点に注目したい。

用語 ル＝イブ Lh-yib
イブの姉妹都市。英国北東部ヨークシャーの荒野の地下にある。水蜥蜴神族の一拠点。
【参照作品】「大いなる帰還」

作家 ルーイス、D・F D. F. Lewis
①**長靴** Down to the Boots（学研M文庫『インスマス年代記』）一九八九
英国のホラー作家、アンソロジスト（一九四八〜　）。エセックス州の小さな町ウォルトン・オン・ザ・ネイズに生まれる。ランカシャー大学に学び、在学中、「ゼロイスト・グループ」を結成したという。一九八六年から二〇〇〇年までの間に、一千五百篇にのぼる短篇小説を、雑誌やアンソロジーに発表。一九九二年には短篇集『Best of D. F. Lewis』が刊行されている。二〇〇一年から、年刊競作集『Nemonymous』を編纂刊行中。①は、インスマスの周囲に広がる塩性湿地帯に暮らす人々の物憂い日常を描いた小品である。

用語 ルーズフォード Roodsford

米国ニューイングランドの辺境地帯。誰も足を踏み入れたことのない山や丘が点在し、今なおショゴスに生贄を捧げる魔宴がおこなわれているらしい。

【参照作品】「無人の家で発見された手記」

用語 ルグラース、ジョン・レイモンド John Raymond Legrasse

米国ニューオリンズ警察の警視正。ニューオリンズのビアンヴィル・ストリート一二一番地に居住。一九〇七年、同地南部の未開の沼沢地で、クトゥルー教団の儀式を急襲し、奇怪な神像を押収した。

【参照作品】「クトゥルーの呼び声」

用語 ルタア L'thaa

クン＝ヤンの都市。現在では廃墟と化している。

【参照作品】「墳丘の怪」

用語 ルナザール Runazar

ダンセイニ卿の掌篇「消えた帝王」（『時と神々』所収）に登場する国名。同国の王アルタザールは、ペガーナの神々の似姿を造らせた咎（とが）により、存在そのものを抹消された。ジョウゼフ・カーウィンの運命との類比で言及されている。

【参照作品】「チャールズ・デクスター・ウォード事件」

作家 ルポフ、リチャード・A Richard A.Lupoff

①ダニッチの破滅 The Doom that Came to Dunwich（青心社文庫『ラヴクラフトの世界』一九九七）

米国のSFファンタジー作家（一九三五〜　）。ミステリーやユーモア小説、ノンフィクションなども手がける。E・R・バロウズやラヴクラフトの研究でも知られる。ニューヨークのブルックリンに生まれる。年少の頃からSFファンダムで活躍し、多くの同人誌を編集発行する。邦訳書に、日本神話に取材した長篇ファンタジー『神の剣　悪魔の剣』（一九七六／創元推理文庫）や『宇宙多重人格者』（七六／創元推理文庫）、『バルスーム　バロウズの火星幻想』（七六／東京創元社）ほかがある。ラヴクラフトの「サルナスの滅亡」をもじったタイトルも愉快な①は、「ダニッチの怪」の遠い後日談にして、映画『ガメラ2』における仙台壊滅に匹敵するスケールの大破局を描いた佳品。

用語 ルミウス Rumius

マギ族の秘密教団の指導者で、修道院上長を務める人物。

ペルシアの貴族の家に生まれ、少年時代からこの修道院で育ったという。
【参照作品】「ネクロノミコン アルハザードの放浪」

用語 **ルリム・シャイコース** Rlim Shaikorth

ルリム・サイコルスとも。極地の彼方の宇宙から、巨大氷山イイーキルス Yikilth に乗って到来した、異次元の邪神。その姿は太った白蛆(びゃくしゅ)さながらで、象海豹よりも大きい。肉厚な白い円盤状の頭部には、歯も舌もない口裂と、血のように赤い眼球のような小玉が絶えまなくしたたる眼窩がある。強大な呪力で、万物を凍らせた。
【参照作品】「白蛆の襲来」「ルリム・シャイコース」

用語 **ルルイエ** R'lyeh

ラ・イラー、ル・リエーとも。南太平洋、ニュージーランドの沖合、南緯四七度九分、西経一二六度四三分の海底に広がる、巨大な石造都市。その一角の山の頂(いただき)には、おぞましい石柱が聳え立つ〈クトゥルーの墓所 the tomb of Cthulhu〉がある。未来派の絵画に似て、あらゆる線と形が歪み、緑色の滲出物をしたたらせる悪夢の死の都であり、〈深きものども〉によって護られている。
【参照作品】「クトゥルーの呼び声」「永劫の探究」「アーカム計画」「ネクロノミコン アルハザードの放浪」

用語 **『ルルイエ異本』** R'lyeh Text

クトゥルー崇拝に関わる禁断の書物。エイモス・タトルは、アジアの暗い内陸部から、人間の皮で装幀された写本を十万ドルを費やして入手した。異界のものを召喚する呪文などが記されているらしい。
【参照作品】「破風の窓」「ハスターの帰還」「丘の夜鷹」「地を穿つ魔」「魔道書ネクロノミコン外伝」

用語 **『ルルイエ異本を基にした後期原始人の神話の型の研究』** An Investigation Into the Myth-Patterns of Latterday Primitives With Especial Reference to the R'lyeh Text

ラバン・シュリュズベリイ博士の著書。
【参照作品】「永劫の探究」

用語 **ルルイエ語** R'lyehian

人類誕生以前の言語。永劫の太古に〈クトゥルーの落とし子〉により地球にもたらされたとされる。地球内外の禁断の場所では、現在も使われているらしい。次に、その一例を掲げる。

ラ ルーズ

「Ph'nglui mglw'nafh Cthulhu R'lyeh wgah'nagl fhtagn.
ふんぐるい　むぐるうなふ　くとぅるう　るるいえ　うがふなぐる　ふたぐん」（大意は「ルルイエの館にて死せるクトゥルー夢見るままに待ちいたり」／大瀧啓裕訳による）

【参照作品】「クトゥルーの呼び声」「永劫の探究」

作品 **ルルイエの印** The Seal of R'lyeh
オーガスト・ダーレス

【初出】『ファンタスティック・ユニヴァース』一九五七年七月号

【邦訳】岩村光博訳（ク1）

【梗概】インスマスの旧家フィリップス家の末裔であるわたしは、海を忌避する祖父の意向で、内陸部で育てられた。両親の死後、叔父シルヴァンの遺産を相続したわたしは、インスマスの海辺に建つ叔父の家で暮らしはじめる。叔父は何かを熱心に探求していたらしく、部屋には万巻の魔道書とともに、奇妙な円盤模様の印があちこちに飾られていた。家政婦として雇い入れたアダ・マーシュの謎めいた言葉。偶然見いだした叔父の手記には、幽遠の過去から現在におよぶ暗黒神話の縁起、わけても水深に眠るクトゥルーとわたしの血族の深い関わりが示されていた。屋敷の地下から外洋へと泳ぎ出たわたしは、アダに導かれ、水棲人としての本能に目覚めてゆく。

【解説】〈クトゥルー＝インスマス物語〉群の一篇。ダーレスの神話作品の中でも後期に属するため、作中で語られる神話の概要もよく整理されており、クトゥルー崇拝者の実態を知るには最適の作例となっている。

用語 **ルレ、エティエンヌ** Etienne Roulet

一六九六年に、東グリニッチからプロヴィデンスに移住してきたルレ家の家長で聖職者。もとはフランスのコーデCaude出身のユグノー教徒で、先祖のひとりジャック・ルレ Jacques Roulet は、一五九八年に悪魔憑きとして死刑宣告されたという。ルレ夫妻は翌九七年に、現在〈忌み嫌われる家〉のある区画の一部を与えられ、屋敷と墓地を設けた。

【参照作品】「忌み嫌われる家」

用語 **ルレ、ポール** Paul Roulet

エティエンヌ・ルレの息子。無愛想で奇矯なふるまいから妖術師と噂され、ルレ家が皆殺しにされる騒乱事件を招いた。その死体は〈忌み嫌われる家〉の地下に埋まっていた。

【参照作品】「忌み嫌われる家」

用語 **レイク** Lake

ミスカトニック大学の生物学科教授。同大の南極探検隊に加わり、驚異的な生物学的発見をなし、その探査中に狂気山脈を発見するが、一九三一年一月二十四日、狂気山脈の麓に設営されたキャンプ地で、他の隊員ともども怪死を遂げた。

【参照作品】「狂気の山脈にて」

用語 **レイス、アブドゥル** Abdul Reis

エジプト人の観光ガイド。その容貌はケプレン王に生き写しで、ときに旅行者を、ピラミッドの地下にある魔界へと誘うらしい。

【参照作品】「ファラオとともに幽閉されて」

用語 **レヴィ、エリファス** Eliphas Levi

フランスのオカルティスト(一八一〇〜一八七五)。本名はアルフォンス・ルイ・コンスタン Alphonse Louis Constant。カバラ学の権威として知られ、近代オカルティズム中興の祖として、多くの文学者や芸術家に影響を与えた。主著に『高等魔術の教理と祭儀 Dogme et Rituel de la Haute Magie』(一八五五年刊)がある。チャールズ・ウォードが一九二七年四月十五日に自室で唱えた式文は、レヴィの著作に記されたそれと酷似していたという。

【参照作品】「チャールズ・デクスター・ウォード事件」

用語 **レーリヒ、ニコライ** Nicholas Roerich

リョーリフとも。ロシア出身の画家、神秘家(一八七四〜一九四七)。風景画家アルヒープ・クインジに師事。ロシア・アヴァンギャルドに属する画家として、ストラヴィンスキー作曲のバレエ「春の祭典」の舞台美術を手がけ、賛否半ばする反響を呼ぶ。ロシア革命で祖国を追われ、ヒマラヤ=チベット地方へおもむき、霊的修業を積んだという。後半生は米国に定住して、シャンバラ思想にもとづいた美術による心霊修業を展開、霊的指導者のひとりとなった。ラヴクラフトは、しばしば作中でレーリヒに言及し、その神秘的な風景画を称讃している。著書に『シャンバラへの道』(中央アート出版)など。

【参照作品】「狂気の山脈にて」

用語 **レッド・フック** Red Hook

米国ニューヨーク、ブルックリンにある貧民街。ガヴァナーズ島 Governor's Island を対岸に臨む、古びた海岸通り

レーリヒ描く「チベット」(1933)

に近い、混血の移民たちが住む迷宮のような地区で、さまざまな犯罪の温床となっている。
【参照作品】「レッド・フックの恐怖」「コロンビア・テラスの恐怖」

用語 **レミギウス** Remigius
〈悪魔崇拝〉を参照。

用語 **レムリア** Lemuria
〈ムー〉を参照。

用語 **レラグ＝レン** Lelag-Leng
〈夢の国〉の都市。
【参照作品】「未知なるカダスを夢に求めて」

用語 **レリオン山** Lerion
〈夢の国〉に聳える急峻な山で、かつて大地の神々が住まいした。スカイ河は、この山中に源流を発するという。
【参照作品】「蕃神(ばんしん)」「未知なるカダスを夢に求めて」

用語 **レレクス** Relex
〈ルルイエ〉の異称。

【参照作品】「墳丘の怪」

用語『錬金術研究覚え書き』 Remarks on Alchemy

英国の高名なオカルティストであるE・A・ヒッチコック E. A. Hitchcockが、一八六五年に著した書物。アクロ文字への断片的言及が含まれているという。

【参照作品】「ロイガーの復活」

用語『錬金術の鍵』 Clavis Alchimiae

十七世紀英国のカバラ学者ロバート・フラッド Robert Fludd（一五七四〜一六三七）が、一六三三年に著した書物。錬金術とカバラを擁護する内容であるとされる。

【参照作品】「チャールズ・デクスター・ウォード事件」「暗黒の儀式」

用語 レン高原 Plateau of Leng

〈隠されしレン〉とも呼ばれるように、所在のはっきりしない、謎めいた高原。中央アジアにあるとも、ミャンマー（ビルマ）奥地にあるとも、また南極の狂気山脈がその原型であるともいわれている。『ネクロノミコン』の著者によれば、レンは〈多くの世界と相接する闇の国〉〈三次元とは異なる次元が交互に現れる国〉であるという。〈夢の国〉におけるレンは、インクアノク北方の凍てつく荒野の彼方に広がる禁断の高原であり、そこでは角と蹄を有する人間もどきの住民が、月の生物を崇めている。また高原にある有史前の石造の修道院には、黄色い絹の覆面で顔を覆った大神官が独居しており、訪れたクラネスやランドルフ・カーターを恐怖せしめた。レンの北方周辺には、夜鬼さえ厭がる落とし穴が無数にあり、奇妙な小山に建つ白い半球状の建築物に、底知れぬほどの力が集中しているという。

【参照作品】「戸口の彼方へ」「狂気の山脈にて」「墳墓の主」「セレファイス」「未知なるカダスを夢に求めて」「破風の窓」「風に乗りて歩むもの」「ネクロノミコン　アルハザードの放浪」

用語 レンの人間もどき Leng's almost-humans

〈人間もどき〉を参照。

用語 ロイガー Lloigor

〈星間宇宙のただなかで風の上を歩むもの〉と呼ばれる神性。スン高原の地底で、ツァールとともに、トゥチョ＝トゥチョ人にかしずかれている。「感覚をもって震える凶々しい肉の山」とも形容され、緑色に輝く目と、長い触腕を有するという。
【参照作品】「潜伏するもの」「サンドウィン館の怪」

用語 ロイガー族 The Lloigor

　アンドロメダ星雲から到来して、古代ムー大陸を支配した、透明で不定形な種族。〈ロイガー〉と同義と思われるが、両者の関係には不明確な点が少なくない。ムーの人類は、ロイガー族が奴隷として使役するために生み出したのだという。徹底したペシミズムを奉ずる種族であるかれらは、地球の活力によって圧迫され、次第に衰弱し地底深くへ退いたが、地上への再臨を企んでいるとされる。ガタノトーアとは、この種族の指導者の名前であるともいわれる。
【参照作品】「ロイガーの復活」

作品 ロイガーの復活 The Return of Lloigor

コリン・ウィルスン

【初出】アーカム・ハウス『クトゥルー神話作品集 Tales of the Cthulhu Mythos』一九六九年刊
【邦訳】荒俣宏訳（ハヤカワ文庫『ロイガーの復活』／角川ホラー文庫『ラヴクラフト恐怖の宇宙史』）
【梗概】英文学者ポール・ダンバー・ラングは、ロジャー・ベイコン作と伝えられる暗号文書『ヴォイニッチ写本』の正体が『ネクロノミコン』という謎めいた書物であることを突きとめた。さらなる探究を続けるラングは、ラヴクラフトを知り、アーサー・マッケンの作品に、アクロ文字への言及があることを知る。手がかりを求めてマッケンの故地ウェールズへ向かったラングは、アーカート大佐という奇人と知り合う。アーカートは古代ムー大陸の研究家で、星から飛来しムーを支配したロイガー族と呼ばれる種族の実在を確信していた。
　ロイガーはムーの人類を、奴隷として使役するために生み出したが、若い地球の活力に圧迫されて次第に衰退し、地中や海中深くに潜伏を余儀なくされた。しかし今なおウェールズや米国のロード・アイランド南部など一部の地域では、ロイガーが地上の人間たちの精神に見えない影響を及ぼして、異常な犯罪を頻発させており、ときにはその力を行使して、地殻変動や爆発事故をも引き起こしているのだ……。
　最初は半信半疑だったラングも、同地の地方新聞に掲載される凶悪犯罪の異常な多さと、探訪先で出会ったロマ族の若者の怪しい挙動、さらには地下室でのアーカートの不審な転落事故などによって、ロイガーの存在を信じるようになる。かれらの手先になっているというロマ族の悪漢ベン・チクノは、泥酔してロイガーの秘密の一端をラングに明かすが、翌朝、謎の大爆発によって惨死する。ロイガーの脅威を確信したラングとアーカートは、全人類に警告を発するべく奔走を始めるが……。

【解説】コリン・ウィルスンは『精神寄生体』や『賢者の石』などの長篇でもクトゥルー神話を援用しているが、本篇は最もオーソドックスなスタイルの「純クトゥルー神話」作品であり、さながらウィルスン版「クトゥルーの呼び声」の趣がある。そして本篇に懐胎した『ヴォイニッチ写本』=『ネクロノミコン』の幻想は、一九七八年刊行の奇書『魔道書ネクロノミコン』に直結してゆくのであった。

作家 **ロイル、ニコラス** Nicholas Royle

①**帰郷** The Homecoming（学研M文庫『インスマス年代記』）一九九四

英国の作家、俳優、アンソロジスト（一九六三〜　）。マンチェスターに生まれる。俳優としてヨーロッパ各地で舞台に立ち、クライヴ・バーカーが脚本を担当した『コロサス』にも出演したという。一九八五年から、多くの雑誌やホラー競作集などに短篇作品などを寄稿するかたわら、『Counterparts』（九三）を皮切りに個性的な怪奇幻想長篇にも手を染めている。邦訳に「サクソフォン」（創元推理文庫『死霊たちの宴』）「非関連性」（新潮文庫『カッティング・エッジ』）などのホラー短篇がある。

①はチャウシェスクによる独裁体制が崩壊した直後のルーマニア市街を彷徨する若い娘の不安な心理を、旧支配者への怖れに重ね合わせて描いた異色作だが、神話小説とみなすには、やや無理があるか。

用語 **老ウェイトリイ** Old Wateley

〈ウェイトリイ老〉を参照。

用語 **陋態（ろうたい）のものども** Forms

〈窮極の門〉のとば口で怒号する、恐怖すべき存在。

【参照作品】「銀の鍵の門を越えて」

用語 **ロウリイ** Rowley

インスマスの近くにある町。廃線となった鉄路と並行して、ロウリイ街道が通じている。

【参照作品】「インスマスを覆う影」

作家 **ロウンデズ、ロバート・A・W** Robert Augustine Ward Lowndes

①**深淵の恐怖** The Abyss（ク11）一九四一／六五（完全版）

②**月に跳ぶ人** Leapers（真10＆新5）一九四一

③**グラーグのマント** The Mantle of Graag（フレデリック・ポール、H・ドクワイラーと合作／ク10）一九四一

米国の作家、編集者（一九一六～一九九八）。コネチカット州ブリッジポートに生まれる。一九三〇年代にSFファンダムで活躍し、四一年以降、各種パルプ雑誌の編集を手がける。画家ハネス・ボクに初めて小説を書かせた編集者としても知られている。パルプ時代の終焉後は、オカルト実話雑誌『Exploring the Unknown』の編集に携わる一方、『Magazine of Horror』などの雑誌で、パルプ黄金時代の作品の復刻を推進した。その中には自作も含まれており、『ウィアード・テイルズ』関係者が実名で登場する②も、そうしてふたたび日の目をみた「ラヴクラフティアン小説」の怪作である。作家・編集者仲間のF・ポール、H・ドクワイラーと合作した③は〈妖術師物語〉の流れを汲む作品だが、やはりその独創（白い蛆（うじ）となって降りかかる呪いのおぞましさ！）には見るべきものがあろう。

用語 **ローザ、サルヴァトール** Salvator Rosa

イタリアの画家（一六一五～一六七三）。ローマやフィレンツェで活躍し、音楽や詩作にも才能を発揮した。その画風は、ロマン主義的風景画の先駆とみなされ、特に怪奇的雰囲気の描出に優れていた。

【参照作品】「宇宙からの色」

用語 **ロースン、ヘプズィバ** Hepzibah Lawson

ハッチンスン邸の裏の林で、魔女と悪魔が集会を開いていたことを、セイレムの魔女裁判で証言した女性。

【参照作品】「チャールズ・デクスター・ウォード事件」

用語 **ロートン大将** Captain George B. Lawton

一九一六年五月十一日に、ビンガー近郊の墳丘の調査に出かけて失踪した退役軍人。一週間余の後、村に帰還したときには四十歳ほどに若返っており、地下世界に関わる奇怪な事どもを口ばしりながら息を引き取った。

【参照作品】「墳丘の怪」

用語 **六王国** Six Kingdoms

〈夢の国〉にある六つの王国。

【参照作品】「未知なるカダスを夢に求めて」

用語 **ロコル** Rokol

ムナールの辺境都市。

【参照作品】「サルナスの滅亡」

用語 **ロジャーズ、ジョージ** George Rogers

悪夢の奇形学と図像学に憑かれた、ロンドンの天才的蠟人形師。タッソー蠟人形館を芳しからぬ理由で解雇され、みずからロジャーズ博物館を開設した。古代の廃墟からラーン＝テゴスを発掘したために、世にも忌まわしい運命に見舞われる。

【参照作品】「博物館の恐怖」

用語 **ロジャーズ博物館** Rogers' Museum

ロンドンのサウスウォーク・ストリートの地下にある、風変わりな博物館。成人のみが入場できる特別室には、ゴルゴーンやキマイラといった神話の怪物像に混じって、ツァトゥグアやクトゥルーのおぞましい蠟人形が展示されている。

【参照作品】「博物館の恐怖」

用語 **ロドリゲス** Rodriguez

エンマ号の乗組員で、ポルトガル人。ヨハンセンらとともにルルイエに上陸、〈クトゥルーの墓所〉の扉を発見するが、その奥から出現したものを見るなり即死した。

【参照作品】「クトゥルーの呼び声」

用語 **ロバ・エル・ハリイエー** Roba El Khaliyey

ロバ・エル・カリイエとも。アラビア南部のルブ・アル・ハリ大砂漠の古名で、〈虚空(こくう)〉を意味するという。「死者を愛し、生命あるものすべてを憎む」砂漠として畏怖され、この地のどこかに、無名都市が埋もれているともいわれる。

【参照作品】「永劫の探究」「ネクロノミコン　アルハザードの放浪」「アルハザード」

用語 **ロビンス、マリーア** Maria Robbins

アン・ホワイトの後任としてハリス家に雇われた、ニューポート出身の使用人。気立ての良い女丈夫で、一七六九年から八三年まで〈忌み嫌われる家〉に住み続け、ハリス家の悲劇の生き証人となった。

【参照作品】「忌み嫌われる家」

用語 **ロビンスン、バック** Buck Robinson

ボルトンで開催されたボクシングの闇試合で死亡した、黒人ボクサー。ゴリラさながらの容姿で、ハーバート・ウェストの実験材料となった。

【参照作品】「死体蘇生者ハーバート・ウェスト」

用語 **ロペス** Ropes
ミスカトニック大学の南極探検隊に参加した大学院生。
【参照作品】「狂気の山脈にて」

用語 **ロボン** Lobon
サルナスで崇められた三主神の一柱。顎髭をたくわえた優雅な姿を写した像が、壮麗な神殿に安置されている。
【参照作品】「サルナスの滅亡」

用語 **ロマール** Lomar
現在の北極付近にあった超古代大陸。海底より隆起したという。往古の人類による王国に統治され十万年にわたって繁栄したが、グノフケー族、イヌート族の侵攻や、大寒波の到来により滅亡したとされる。
【参照作品】「北極星」「博物館の恐怖」「銀の鍵の門を越えて」「未知なるカダスを夢に求めて」「墳丘の怪」

用語 **ロムノド** Romnod
花崗岩都市テロスに住んでいた少年。美と歌舞のある土地に憧れ、イラノンと旅を続け、歓楽都市オオナイに定住し、放蕩の末に死んだ。
【参照作品】「イラノンの探求」

用語 **ロメロ、ファン** Juan Romero
ノートン鉱山で働いていたメキシコ人鉱夫。一八九四年十月十八日深夜、地底から聞こえる鼓動のような音に誘われて幽体離脱し、異形のものに変じた。
【参照作品】「ファン・ロメロの変容」

用語 **ロング・トム** Long Tom
キングスポートの〈恐ろしい老人〉が所有する瓶のひとつに付けられた名称。
【参照作品】「恐ろしい老人」

作家 **ロング、フランク・ベルナップ**
Frank Belknap Long
①**喰らうものども／怪魔の森** The Space Eaters（ク9／真2&新1）一九二八
②**ティンダロスの猟犬** The Hounds of Tindalos（ク5）一九二九
③**恐怖の山／夜歩く石像** The Horror from the Hills（ク11／真4&新1）一九三一
④**脳を喰う怪物** The Brain-Eaters（真1&新2）一九三二
⑤**暗黒の復活** Dark Awakening（真6―1&新6）一九八〇
米国の作家（一九〇三～一九九四）。ニューヨーク出身。

新大陸へ最初の入植者を運んだメイフラワー号の乗組員を先祖に持つという。二冊の詩集を出版した後、パルプ・ライターに転じ、一九二四年十一月「The Desert Lich」で『ウィアード・テイルズ』に初登場。以後、同誌の常連寄稿家のひとりとして息長く活躍する。後年は『アンノウン』や『スリリング・ミステリー』などへも進出し、ＳＦやスリラーを手がけた。

　ロングはラヴクラフト・サークルの中でも最古参に属し、ラヴクラフトと文通を交わしただけでなく、ニューヨークの文学サークル「ケイレム・クラブ」の一員として、直にその謦咳に接した数少ないプロ作家のひとりである。神話大系に真っ先に参入したのもロングで、①は記念すべき（ラヴクラフト以外の作家による）神話小説第一号となった。④は①とよく似た、脳を喰らう異次元の怪物が登場する海洋怪奇小説である。晩年の作品である⑤は、避暑地の浜辺を舞台に、ひそやかに忍び寄る旧支配者復活の恐怖をロマンチックに描いて印象深い。ロングの神話作品は数こそ少ないものの、安易に既成のアイテムに頼ることをせず、異次元の魔物と人間との関わりを、ひたむきに追求している点で、とても好感がもてる。なお、ロングにはラヴクラフトとの交友を回想した長篇エッセイ『Howard Phillips Lovecraft : Dreamer on the Nightside』（七五）もある。

ワ

作家 ワーネス、マーチン・Ｓ Martin S. Warnes

①アルソフォカスの書 The Black Tome of Alsophocus（真6―2&新7）一九八〇

英国ブラッドフォードに生まれ、同地で繊維工業関係の仕事に就いているというアーカム投稿作家のひとり（?～　）。①はダーレスのひそみに倣い、ラヴクラフトが遺した断章「本」（全7）にワーネスが補作を試み、ナイアルラトホテップと魔道書『暗黒の大巻』をめぐる幻視篇に仕上げたものである。

用語 ワイト、アラリック Alaric Wayt

英国在住の考古学者で、インスマスのウェイト家の生き残りのひとり。ロワー・ベドホーで、遺跡の発掘中に、ウィテリウス・プリスクスの墓を掘り当て、おぞましい変容を遂げた。

【参照作品】「プリスクスの墓」

用語 **ワイドナー図書館** Widener Library
ハーヴァード大学の附属図書館。ミスカトニック大学とならび、『ネクロノミコン』を収蔵することで知られる。
【参照作品】「ダニッチの怪」「チャールズ・デクスター・ウォード事件」「永劫より」

用語 **ワク＝ウィラジの呪文** Vach-Viraj Incantation
〈ヴァク＝ヴィラ呪文〉を参照。

用語 **ワトキンス** Watkins
ミスカトニック大学の南極探検隊員。レイクとともに狂気山脈を探査、〈古のもの〉の化石を発見した。
【参照作品】「狂気の山脈にて」

用語 **ワラケア** Walakea
〈深きものども〉に生贄を捧げ、交易・交婚していた、カナカ人の老酋長。
【参照作品】「インスマスを覆う影」

作家 **ワンドレイ、ドナルド** Donald Wandrei
①**足のない男** The Tree-Men of M'Bwa（真10＆新2）一九三二
②**屍衣の花嫁** The Lady in Grey（真10＆新2）一九三三
米国の作家、編集者（一九〇八～一九八七）。ミネソタ出身。一九二五年からラヴクラフトと文通を始め、その推挽により『ウィアード・テイルズ』一九二七年十月号に散文詩風のコズミック・ホラー「赤い脳髄」（角川文庫『怪奇と幻想2』所収）でデビュー。もともと詩人肌のワンドレイは、ラヴクラフトの唱えるコズミック・ホラーの良き理解者であったらしい。出版社勤務のかたわら、同誌や『アスタウンディング・ストーリーズ』などに怪奇ＳＦを発表する。三九年にダーレスとアーカム・ハウスを設立、同社ではラヴクラフト書簡集の編纂を手がけている。著書に短篇集『The Eye and the Finger』（四四）やクトゥルー神話長篇『The Web of Easter Island』（四八）など。
いかにも怪奇パルプといった趣の①に較べて、ラヴクラフト風というよりはポオ風の死美人幻想と悪夢の綴れ織りを展開する②には、ワンドレイの美質がよくあらわれている。ただし、神話大系との関連はほとんどない。

用語 **ワンプ族** wamps
〈夢の国〉の廃都に生まれる種族で「赤足のワンプ族 red-footed wamps」と呼ばれる。その生態は食屍鬼に似るらしい。

【参照作品】「未知なるカダスを夢に求めて」

用語 **ンガア＝クトゥン** N'gha-Kthun

旧支配者の一柱もしくは所縁の地名と思われるが、詳細は不明である。

【参照作品】「闇に囁くもの」「ハスターの帰還」

用語 **ンカイ** N'kai

ヌ・カイとも。クン＝ヤンの〈赤く輝くヨス〉の下層にあるといわれる暗黒世界。かつては偉大なる神と文明が繁栄したが、今は荒廃を極め、不定形の黒いねばねばした粘液物の塊が、ツァトゥグアの像を崇めているという。

【参照作品】「墳丘の怪」「闇に囁くもの」

用語 **ンガイの森** Wood of N'gai

ナイアルラトホテップの地球のすみか。米国ウィスコンシン州のリック湖周辺の森が、それにあたるといわれる。ンカイとの関係は不明である。

【参照作品】「闇に棲みつくもの」

用語 **ングラネク山** Ngranek

〈夢の国〉の南方海に浮かぶオリアブ島内陸部にある、溶岩でできた休火山。その南面の岩肌には、地球の神々の巨大な顔容が刻まれて今に遺されているという。

【参照作品】「未知なるカダスを夢に求めて」

用語 **ンフングル** Nhhngr

ヌフングルとも。カダスの遠方にあるとされる、遙けき地である。

【参照作品】「暗黒の儀式」

学研版『クトゥルー神話事典』初刊本

ワ ワイド

異次元の人

――ラヴクラフトの生涯と文学

◆はじめに

ハワード・フィリップス・ラヴクラフトは、一八九〇年にアメリカ東海岸のロード・アイランド州プロヴィデンスに生まれ、一九三七年に同地で病没しました。

彼が生きた時代に起きた世界史上の出来事といえば、やはり第一次世界大戦（一九一四～一九一八）と、ラヴクラフトとも所縁深いニューヨークに端を発する世界大恐慌（一九二九）が、特筆すべき出来事でしょう。どちらも人類の未来に黒々とした不安の影を投げかけるような未曾有の災厄でしたが、戦乱の地ヨーロッパから遠く隔たっていた新興大国アメリカは、旧世界の混乱に乗じて、むしろ目覚ましい発展を遂げることになります。

ラヴクラフトは、悲惨な戦争と華やかな文化的経済的繁栄とが交錯する狂乱の時代に生きた作家だったのです。

ところで、アメリカ出身のホラー作家といえば、多くの方は「モダンホラーの帝王」と異名をとる当代きってのミリオンセラー作家スティーヴン・キングの名前を、真っ先に連想するのではないでしょうか。

あるいは「アッシャー家の崩壊」や「黒猫」でおなじみの文豪エドガー・アラン・ポオを思い出す方もいるかもしれません。

ラヴクラフトは、十九世紀のポオに始まり現代のキングに至るアメリカン・ホラーの輝かしい歴史において、畏敬の念をこめて「中興の祖」と呼ばれる巨匠であります。

たとえばキングは少年時代、叔母の家の屋根裏部屋で、家出して行方知れずとなっ

エドガー・アラン・ポオ

キング『呪われた町』（集英社）

た自分の父親の蔵書を発見、そこに含まれていたラヴクラフトの短篇集と出逢ったことが、長じてホラー作家を志す原体験のひとつになったと感慨をこめて回想しています。そして後に有名な中篇「霧」や「クラウチ・エンドの怪」をはじめとするラヴクラフト風の作品を、いかにも嬉しげな筆致で書き綴っているのです。

キングばかりではありません。

前衛的な現代文学の巨匠として世界的に知られるアルゼンチンの文豪ホルへ・ルイス・ボルへスや、イギリスの批評家でオカルト研究家としても著名なコリン・ウィルスン、さらには『ノルウェイの森』や『騎士団長殺し』でおなじみの村上春樹など、国籍も専門分野も異なる名だたる文学者たちが、なぜかラヴクラフトの人と作品に異様なまでの関心を示し、そればかりか、みずからもラヴクラフト風の作品を、どこか愉しげな様子で執筆してさえいるのです。

作家たちばかりではありません。

ラヴクラフトと、彼が創造した「クトゥルー神話大系」と呼ばれる幻想神話の世界観（後で詳述します）は、現在では各種のゲームや漫画、アニメ、映画など、実にさまざまなエンターテインメントの尖端分野に浸透し、世界中の若者たちを日夜、イアー！　イアー！　と熱狂させているのでした。そうした方面に関心のある方なら、おそらく一度くらいは、「クトゥルー（クトゥルフなどとも表記）」とか「ネクロノミコン（死霊秘法とも表記）」とか「アーカム」とか「邪神召喚」「蠢（うごめ）く触手」「這い寄る混沌」などといった、どこか呪文めくキイワードの数々を、見たり聞いたりされたことがあるのではないでしょうか。

すでに没後七十年余を経ているにもかかわらず、一向に衰えることのない人気を保

綺麗なHPLが表紙のオムニバス漫画集『ラヴクラフトの幻想怪奇館』

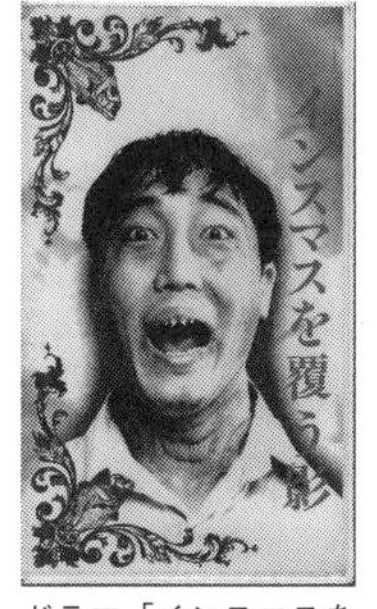

ドラマ「インスマスを覆う影」ビデオ

映画「ダンウィッチの怪」DVD

ち続けているラヴクラフトの作品群。きっと生前もキングや春樹のような国民的人気作家として、さぞや華々しい栄光につつまれた生涯をおくっただろうと思われることでしょう。

とんでもない。

文壇での成功どころか、その半世紀に満たない生涯の間に、ラヴクラフトはただの一冊も、自著を商業出版社から公刊することさえ、できなかったのです。今日では主要作の数々が、英語圏のみならず世界各国で翻訳され、膨大な部数を売り上げていることを考えるとにわかには信じられない話ですが、これには主にふたつの要因が考えられます。

第一に、作品の発表場所の問題。

ラヴクラフトの主要な小説作品は、その多くが「パルプ・マガジン」と呼ばれる、安価で粗悪な用紙に印刷された大衆向けの娯楽読物雑誌か、さもなければ、今でいう同人雑誌の類に掲載されたのでした。『ウィアード・テイルズ（怪奇な物語）』『アスタウンディング・ストーリーズ（吃驚仰天物語）』『アメイジング・ストーリーズ（驚異物語）』といった誌名からもお分かりのように、一連のパルプ・マガジンには、怪奇小説はもとより犯罪小説や冒険小説、草創期のSFやファンタジーなどのジャンルに属するエンターテインメント小説が、半裸のグラマー美女やグロテスクな触手だらけの怪物などが描かれた煽情的な装画に飾られて掲載され、駅前など繁華街の売店で売られていました。

端的にいって、それらは一過性の娯楽品として読み捨てにされる宿命にありました。

そしてラヴクラフトと同様、パルプ・マガジンに採用掲載されるべく投稿を繰りかえしていた全米各地の書き手たちもまた、その多くがプロ作家として名を成すことな

半裸美女と野獣が描かれた『ウィアード・テイルズ』

〈大いなる種族〉が描かれた『アスタウンディング・ストーリーズ』

く消えてゆく運命にあったのです。中には経歴不詳どころか、本名すら定かでないというケースが見られることからも、当時のパルプ作家たちが置かれていた社会的ポジションが察せられるでしょう。

　ラヴクラフトもまた、世間的にはほぼ無名に近いパルプ小説作家、実質的にはセミプロのアマチュア作家として、出版界で煌(きら)びやかな脚光を浴びることなく、孤高の一生を終えたのでした。

　とはいえ、パルプ・マガジン作家としてのラヴクラフトは、決して小さな存在ではありませんでした。怪奇幻想小説を売り物とする『ウィアード・テイルズ』の看板作家のひとりとして活躍し、一九二四年には同誌の編集長就任を打診されるほど、重んじられてもいたのです。もしもこのとき就任要請を受諾して、出版界で辣腕をふるっていたら、彼の後半生はまったく違うものになっていたのかもしれません。

　けれども、ラヴクラフトはせっかくの依頼を断ってしまいます。理由は、同人作家仲間のソーニャ・H・グリーンと結婚し新生活を始めてまもないニューヨークを離れ、『ウィアード・テイルズ』の編集部がある中西部のシカゴへ移住する決心がつかなかったためだとされています。

　それと同時に、ひたすら俗世を嫌悪し、孤独と静謐と自由を愛し、それ以上に故郷ニューイングランド地方を愛してやまない生来の気質も、編集長就任を躊躇(ためら)わせる大きな要因になったものと想像されます。

　結局このときに限らず、ラヴクラフトは生涯を通じてただの一度も、会社勤務などの定職に就いたことはなかったのです。だからといって、遊んで暮らせる資産家の御曹司などでもありませんでした。

1922年にブルックリンで撮影されたHPL

ソーニャ・H・グリーンの回想記

え、それでは一体、どうやって生計を立てていたの？

というか、それなのに、どうして結婚とかできたの⁉

そんな不遇に終わった作家の作品が、今になってこんなに注目されているのは、なぜ？


……さまざまな疑問符が、読者諸賢の脳裏に点滅していることでしょう。

以下に彼の生涯をたどりながら、それらの謎に迫ってみたいと思います。

まずは、この不思議な人物の核（コア）を把握していただくために、ラヴクラフト自身が綴った「略伝」をお読みください。

> ハワード・フィリップス・ラヴクラフト。一八九〇年八月二十日ロード・アイランド州プロヴィデンス市のイギリス系ヤンキーの旧家に生まれる。以来、幾度かごく短期間留守にした他は同市に定住。地元の学校及び家庭教師によって教育を受く。病弱のため大学には進まず。幼少より色彩豊かなものや神秘的なものに興味を示す。長じては、詩とエッセイ――大冊だが価値がなく、大部分は自費出版のものであった――に関心を持つ。一九〇六年より一八年まで天文学に関するエッセイを新聞に寄稿。懐疑的合理主義の見地に立ち、科学を大いに尊重するも、現在のところ労作は、夢の世界、奇怪な幻影、宇宙の「異界」などを題材とする小説のみ。古典と古代遺物の研究を趣味とし、平穏無事な生活を営む。とりわけ、植民地時代の名残りを留めるニューイングランドの雰囲気を好む。好きな作家――親近感を覚えるという甚だ個人的な意味でだが――は、ポオ、アーサー・マッケン、ダンセイニ卿、ウォルター・デ・ラ・メア、アルジャーノン・ブラックウッドなど。職業は、添削や

ラヴクラフトが手がけた天文学同人誌

特殊な編集仕事も引き受ける三文文士。一九二三年より〈ウィアード・テールズ〉誌に怪奇小説を常時寄稿。芸術における幻想と哲学における機械論的唯物主義に抵触しない限り、一般的な物の見方や行動は保守的。ロード・アイランド州プロヴィデンス市在住。（国書刊行会版『定本ラヴクラフト全集8』所収「略伝」佐藤嗣二訳）

この一文は、エドワード・J・オブライエン編のアンソロジー『一九二八年度短篇小説傑作選および米国短篇小説年鑑 **The Best Short Stories of 1928 and the Yearbook of the American Short Story**』（一九二八）に、ラヴクラフトの「宇宙からの色」が★★★（三つ星）の高評価で採録されることになった際、自筆プロフィールを求められ、執筆されたものです（翌年の巻には「ダニッチの怪」が、やはり★★★ランクで収録されています）。

その作家活動を通じて滅多になかった晴舞台に上がるに際して、少なからぬ自負の念とともに描かれた半生の自画像であることが、限られた文字数の中からも、ひしひしと伝わってくるように思われます。とりわけ「懐疑的合理主義の見地に立ち、科学を大いに尊重するも、現在のところ労作は、夢の世界、奇怪な幻影、宇宙の『異界』などを題材とする小説のみ」という作家としての自己認識はまことに的確なものですし、「職業は、添削や特殊な編集仕事も引き受ける三文文士」の一節にこめられた複雑な胸中を忖度するに、惻隠の情を禁じえません。

ラヴクラフトという作家の根幹、その最も尊重されるべきエッセンスは、この「略伝」にほぼ尽くされているといっても過言ではないでしょう。

とはいえ、これだけではいかにも断片的ですので、次に右の記載を補足する形で、

「宇宙からの色」挿絵
（V・フィンレイ画）

その生涯を跡づけてみたいと思います。

◆ラヴクラフトの生涯

　淀みの川に架かりたる石の橋梁、
　　家々は丘の斜面に立ち並び、
　路地裏には神秘と夢が
　　立ち籠める霊に満つる。

　小路の険しき階段は蔓に覆われ、
　　麓近くに取り残されし
　僅かな野辺の黄昏に、
　　小さき玻璃の窓々に明かり輝く。

　我がプロヴィデンスよ、汝が金色の
　　風見を回すは如何なる風の軍団か。
　汝が小道を陰欝な幽鬼で満たすは
　　如何なる妖魔の仕業ならん。

（ラヴクラフト「プロヴィデンス」小林勇次訳より／国書刊行会版『定本ラヴクラフト全集7―2』所収）

　ラヴクラフト生誕の地であるプロヴィデンスは往時、東洋やアフリカとの貿易港として栄えたロード・アイランドの州都で、アメリカで最も歴史の古い都市のひとつで

フェデラル・ヒルから眺めたプロヴィデンス全景

す。ニューヨークでかりそめの結婚生活をおくった約二年間を除き、ラヴクラフトは終生この町で暮らし、その美しいたたずまいをこよなく愛したのでした。

一九二六年四月——結婚生活を解消して、単身帰郷したラヴクラフトは、一ヶ月後の五月十六日、友人のジェイムズ・F・モートンに宛てた書簡で、次のように当時の心境を吐露しています。

おお限りなき力の持ち主よ

………家に戻る列車の中で読むのに『ホブハウス』を出しておいたのですが、ニューイングランドを目にして再び生きかえったような思いに我を忘れ、けっきょく窓の外の石壁や起伏する野原や、教会の白い尖塔を見つめることしかできませんでした——見えていないときは心に思い描いて………。

……もともと自分の属している場所に戻って以来、以前の思考がどれほどよく働くようになったかは驚くばかりです。流浪がつづくうち、読書したり文章を書く速度さえ遅くなり、ひどく骨の折れる仕事になってしまっていました。そのため書簡はひどく短くなったくせに、書くのにずいぶん労力を要しました。しかし今は、以前のプロヴィデンス時代の流暢さがしだいに戻ってきており、ブルックリンの雑種たちの巣窟の悪夢に呑み込まれていたときに必要だった努力に比べればほんのわずかな労力で、まずまともな手紙を綴ることができるようになっています。あの頃の体験は、もはや茫漠たる夢と化しつつあります——しばらくでもここを離れていたということを、いくらかでも確信をもって、はっきり意識して理解しようとすれば困難を感じるほどに。私はプロヴィデンスであり、プロヴィデンスが私そのもの——二つがしっかりと分かち難く結びついたまま、時の流れを潜りぬけてゆく。雪

HPL が友人たちに送った転居通知。ジョン・ヘイ図書館や教会の絵葉書を使用して、道案内を書き添えている。

をいただくダーフィ（訳註／ダーフィ・ヒル）の陰にとこしえに残る記念碑として！

あらゆる心配りをこめて
貴君のもっとも忠実なる
テオバルドス

（国書刊行会版『定本ラヴクラフト全集9』所収／佐藤嗣二訳）

ちなみに手紙の最後のほうに見える「私はプロヴィデンスであり、プロヴィデンスが私そのもの」（原文はI am Providence, and Providence is myself）という一節の前半部分は、没後四十年を経た一九七七年、有志によって設けられたラヴクラフト単独の墓に、碑文として掘り刻まれることになりました。

右の「私はプロヴィデンスであり、プロヴィデンスが私そのもの――二つがしっかりと分かち難く結びついたまま、時の流れを潜りぬけてゆく」というくだりは、それから程なくして書かれた長篇ゴシック・ホラー「チャールズ・デクスター・ウォード事件」の核心を、早くも暗示しているように感じられます。この物語においても、故郷プロヴィデンスをこよなく愛する主人公は、別の存在と「分かち難く結びついたまま、時の流れを潜りぬけて」しまうのですから。

右のモートン宛て書簡に先立ち、おそらくはニューヨークから帰還する直前に、プロヴィデンス在住の伯母に宛てて書き送った手紙の中でも、ラヴクラフトは「私がほしいのは休息と忘却――少なくとも、現代の現実世界を打ち棄てて古びた場所に引き籠もり、読書や書きものをしたり、風変わりな場所、歴史の残る場所を訪ねたりして

ラヴクラフトの墓碑

静かに暮らすことです。幼時をすごした環境のなかで夢見たいのです」（一九二六年四月八日付F・C・クラーク夫人宛書簡／国書刊行会版『定本ラヴクラフト全集9』所収／佐藤嗣二訳）と記していました。

「チャールズ・デクスター・ウォード事件」の序盤には、幼少期から青年時代にかけての主人公が、風光明媚な故郷の町に魅せられ、成長するにつれて散策のエリアを拡大し、ついには郷土が過去に経てきた幽暗な歴史の領域に関心を寄せてゆく過程が、まことに精細な筆遣いで活写されておりますが、それは帰郷直後のラヴクラフトの心の動きそのままでもあったことが、これらの書簡の発言から窺い知られるのであります。

さて、ラヴクラフトが生まれ育ったプロヴィデンスのフィリップス家（エインジェル・ストリート四五四番地）は、母親であるサラ・スーザンの実家で、サラの父ホイップル・フィリップスは、不動産業などで財を成した実業家でした。

一方、父親であるウィンフィールド・スコット・ラヴクラフトは当時、プロヴィデンスのゴーラム銀器社に勤務するセールスマンでした。ラヴクラフト家は英国系の一族で、ラヴクラフトの曾祖父にあたるジョウゼフ・S・ラヴクラフト夫妻が、一八三一年に英国デヴォン州から米国ニューヨーク州のロチェスターに移住してきたようです。ウィンフィールド自身も英国訛りがあって、尊大なイギリス人（**pompous Englishman**）のニックネームで呼ぶ知人もいたそうですが、結婚までの詳しい経歴などは分かっておりません。十八世紀大英帝国の熱烈な崇拝者だったラヴクラフトは、父がイギリス由来の一族であることを誇りに思っていたことが、先に引いた「略伝」の記載などからも察せられます。

胸像設置に合わせて、2013年夏に同館で開催された記念展示の会場風景

プロヴィデンス図書館に設置されたラヴクラフトの胸像

ウィンフィールドとサラは、独り息子となるハワードが誕生する前年、一八八九年の六月に恋愛結婚をしています。

ラヴクラフトが三歳のとき、その生涯に暗雲を投げかける最初の異変が起きました。シカゴに出張中の父親が突如、錯乱状態に陥り、禁治産者の宣告をうけて精神病院に収容されたのです。診断は、梅毒による全身不全麻痺でした。先述の「チャールズ・デクスター・ウォード事件」や、晩年の長篇「時間からの影」（一九三四年執筆）に、類似した出来事（突然の精神錯乱と施設への収容）が描かれていることを見ても、この不幸な事件が一家に及ぼした影響の深甚さが察せられるところです。まさに降って湧いたような夫の発病と長期にわたる入院加療という事態に直面して、幼な児を抱えた若妻サラは、実家に身を寄せる途(みち)を選びます。

こうしてラヴクラフトは幼少年期の大部分を、裕福な祖父のお屋敷で過ごすことになったのでした。読書家でもあった祖父の書斎には、さまざまな種類の書物が架蔵されており、ラヴクラフトは早くも三、四歳の頃から、グリム童話や千夜一夜物語、ギリシア・ローマ神話などに親しみ、異界への夢と憧れを培ったのです。七歳にしてエドガー・アラン・ポオの怪奇幻妖な文学世界に傾倒、それと前後する時期から、自分でも詩や物語の創作を試みるようになったといいますから、驚くべき早熟ぶりといってよいでしょう。

しかしながら、生まれつき病弱だったラヴクラフトは、神経質で過保護な母親の方針もあって、満足に学校に通うことができず、もっぱら家庭教師と読書によって基礎教養を身につけていったのでした。

幼いラヴクラフトと両親

幼少期を過ごした母の実家フィリップス家の屋敷

稚(いわけな)き頃の記憶が、恐怖と悲哀のみしかもたらさぬ者こそ、不幸なるかな。褐色の帷(とばり)たれ、気もふれようかというほど古書籍の立ちならぶ、広く陰鬱な部屋でわびしくすごしたひととき、あるいはまた、ねじくれた枝を遙か高みで音もなく揺らす、グロテスクにして巨大、蔦(つた)のからむ木々からなる、小暗い森を畏(おそ)ればかりながらすごした眠れぬ夜、かかるをしのぶ者こそみじめなるかな。かような運命を諸神は余に与え給うた——眩惑と失意、挫折と落胆をば。

（創元推理文庫『ラヴクラフト全集３』所収「アウトサイダー」／大瀧啓裕訳）

名作「アウトサイダー」冒頭の名高き一節には、そんなラヴクラフトの孤独な心境が投影されているに違いありません。

一八九六年に母方の祖母ロービーが、そして九八年には廃人同然の身で入院中だった父が、ついに回復することなく世を去ります。

相次ぐ肉親の死は、幼いラヴクラフトの心に強いショックを与えたようです。特に祖母の死をきっかけに、全身が真っ黒で顔のない無気味な飛行生物におびやかされるという奇怪な悪夢に、夜ごと悩まされるようになりました。このときの恐怖を、ラヴクラフトはずっと後年、友人に宛てた書簡の中で、次のように描写しております。

わたしは何とも恐ろしい悪夢を見るようになり、その悪夢には「夜鬼」という生物——この名称はわたし自身がつくりだしました——がひしめいていました。目が覚めてから、よく夜鬼を描いたものです（おそらくこの夜鬼についての考えは、ある日のこと、東側の居間で見つけだした、ドレの挿絵に飾られる『失楽園』の豪華

両親とラヴクラフトの墓

祖父と祖母の墓

版から得たものでしょう）。夢のなかの夜鬼どもは常に、すさまじい速度で虚空（こくう）をよぎってわたしを運び、忌（いま）わしい三叉槍（みつまたやり）でわたしをいたぶり押しやるのでした。
（一九一六年十一月十六日付ラインハート・クライナー宛書簡より／学研『夢魔の書』所収／大瀧啓裕訳）

ラヴクラフトは、この夢魔めいた存在である夜鬼（ナイト・ゴーント）を、後年の長篇「未知なるカダスを夢に求めて」（一九二六～二七年執筆）などに、重要なキャラクターとして登場させています。

祖母、父の死にもまして、ラヴクラフトの人生に大きな影響を与えることになったのが、一九〇四年の祖父の急逝でした。父親代わりとなって幼い孫に愛情をそそいだ、最良の理解者であるホイップル翁の死は、精神面ばかりでなく経済的な面でも、残されたラヴクラフト母子に打撃を与えることになります（一時は真剣に自殺を考えたと、ラヴクラフトは後に回想しています）。祖父の死とともに住み慣れた屋敷は人手に渡り、一家はエインジェル・ストリート五九八番地の小さな家に転居を余儀なくされたのでした。

こうして、ラヴクラフトの孤独だが幸福だった少年時代は、祖父および祖父の屋敷の喪失によって、悲歎と衝撃のうちに終わりを告げたのです。

祖父の死と前後する時期から、ラヴクラフト少年の関心は科学、わけても天文学に向けられてゆきます。

手製の天文学雑誌や天文学書を作成しては数少ない知人に配布したり、やがてそれだけでは飽きたらず、『サイエンティフィック・アメリカン』などの科学雑誌に、大

大瀧啓裕編訳『夢魔の書』（学研）

緑濃いブラウン大学のキャンパス

人の研究家に混じって論文の投稿を始めるようになります。

その一方で、怪奇幻想小説やミステリーの習作に励むようになったのも、やはりこの十代の頃からでした。

とはいえ、科学と文学に対する精力的な取り組みとは裏腹に、精神と肉体の不調は相変わらずで、一九〇八年には神経症が嵩じてハイスクールを途中退学しています。このため切望していた地元の名門ブラウン大学への進学も断念せざるをえませんでした。

一九一四年四月、二十三歳のラヴクラフトは、ＵＡＰＡ（ユナイテッド・アマチュア・プレス・アソシエーション）に入会、数々のアマチュア新聞・雑誌に、論考や詩や小説を発表する一方、それらの主宰や編集作業にも携わるようになります。今でいう同人活動に、その才能の発露を見いだしたわけです。

またそれにともなって、他人の文章の通信添削指導を始めています。全米各地のアマチュア文筆家から郵送されてくる原稿に細かく目を通し、朱筆を入れたり、ときには全面的に書き直したりすることで、いくばくかの報酬を得るという仕事でした。

大の読書家にして並外れた文章力の持ち主である反面、日常生活では病弱で家に引きこもりがちなラヴクラフトにとって、これは願ってもない収入の手段となりました。実際、晩年に至るまでラヴクラフトは、小説執筆で得られる原稿料ではなく、それなりに安定した収入が見込める文章添削指導の稼ぎで生計を立てていたのです。

一九二一年五月、宿痾のノイローゼが嵩じて夫と同じ病院に収容されていた母親サラが世を去ります。最後の身近な家族を亡くしたラヴクラフトの悲嘆は深く、数週間にわたり何も手につかない状態が続いたそうです。

ラヴクラフトも利用したプロヴィデンス図書館（1909年当時）

同じ年の夏、ラヴクラフトはアマチュア作家の大会で、ソーニャ・H・グリーンという文芸好きなキャリア・ウーマンと知り合います。ソーニャはラヴクラフトよりも七歳年長のロシア系ユダヤ人で、九歳でアメリカに移住、十代のときに結婚した夫と死別し、洋装店の店長を務めていたのでした。ラヴクラフトとソーニャは三年間の微笑ましい交際期間を経て、一九二四年三月に結婚、ニューヨークのブルックリンに新所帯をかまえます。

　図書館や美術館に足しげく通ったり、ニューヨーク在住の作家仲間と「ケイレム・クラブ」という名の親睦サークルを結成、盛んに交流するなど、当初は刺戟に満ちた都会生活を満喫していたラヴクラフトでしたが、いつしか大都会の喧噪と混沌に、精神的疲労と圧迫感を覚えるようになりました。ブルックリンの貧民街に暗躍する黒魔術集団の無気味さを描いた短篇「レッド・フックの恐怖」（一九二五年執筆）は、当時の見聞にもとづく息詰まるようなオカルト・ホラーです。

　妻のソーニャもまた、独立して始めた帽子店の経営不振からノイローゼに陥り、同人カップルの結婚生活は二年ほどであえなく破綻、一九二六年四月にラヴクラフトは、先述のように単身プロヴィデンスに舞い戻り、二九年に離婚が正式に成立しました。

　この一九二〇年代はラヴクラフトにとって、別の意味でも激動の時代となりました。一九二三年三月、怪奇小説専門のパルプ・マガジン『ウィアード・テイルズ』がシカゴで創刊されると、ラヴクラフトは満を持して、「ダゴン」「故アーサー・ジャーミンとその家系に関する事実」「ウルタールの猫」「魔犬」「ランドルフ・カーターの陳述」という五篇の怪奇幻想小説を投稿、まず同年十月号に「ダゴン」が採用・掲載されました。

ラヴクラフトと妻ソーニャ

ケイレム・クラブの会合

太古の魚神復活の恐怖を、憑かれたような文体で暗示的に描いた(「窓に！　窓に！」)この作品は、読者の好評を博したようで、これ以後ラヴクラフトは同誌を主舞台にして、次々と記憶に残る幻想と怪奇の名作佳品を発表していったのです。

不世出のパルプ・ホラー作家ラヴクラフトの誕生でした。

「魔犬」(一九二四年二月号)
「壁のなかの鼠」(一九二四年三月号)
「魔宴」(一九二五年一月号)
「エーリッヒ・ツァンの音楽」(一九二五年五月号)
「アウトサイダー」(一九二六年四月号)
「レッド・フックの恐怖」(一九二七年一月号)
「ピックマンのモデル」(一九二七年十月号)

現在でも各種アンソロジーに頻繁に採録され、ラヴクラフト流ホラーを代表する名作として愛読されているこれらの短篇群は、いずれもこの時期の『ウィアード・テイルズ』誌上に発表されたのでした(ラヴクラフトには、ホラーとは別系統のファンタジー系作品も少なくありませんが、それらは大半がアマチュア同人誌に発表されています)。

ちなみにこの時期——主に一九二五年の冬から翌年にかけて、ラヴクラフトは同人誌仲間であるW・ポール・クックの依頼をうけて、やがて「文学と超自然的恐怖」と題される怪奇小説通史の執筆に打ち込んでいました。先行する類書が乏しいなか、ニ

学研版『文学における超自然の恐怖』

『文学と超自然的恐怖』註釈版

ユーヨークの大きな図書館を利用するなどして熱心にリサーチをおこないまとめあげた労作であり、実作者による怪奇小説案内として、今日なお有意義な基本文献となっています。

すでに大瀧啓裕氏も指摘されているとおり（学研『文学における超自然の恐怖』の「作品解題」を参照）、この「文学と超自然的恐怖」の執筆は、ラヴクラフト自身にとっても、たいそう有意義な経験になったようです。古今の怪奇幻想作家たちが生み出した名作佳品と批評的に向き合うことによって、彼が提唱する「宇宙的恐怖（コズミック・ホラー）」を自作に結実させる方法論を、おのずから会得していったように感じられるからです。

果たせるかな、ラヴクラフトはこれ以降、ニューヨークからプロヴィデンスへ帰還した直後に書かれた力作「クトゥルーの呼び声」（『ウィアード・テイルズ』一九二八年二月号掲載）を先駆けとして、後にクトゥルー神話大系と総称されることになる幻想神話を背景に据えた、真に独創的な中・長篇作品を次々と執筆、作家としての円熟期を迎えることになります。

「ダニッチの怪」（『ウィアード・テイルズ』一九二九年四月号）
「闇に囁くもの」（『ウィアード・テイルズ』一九三一年八月号）
「銀の鍵の門を越えて」（『ウィアード・テイルズ』一九三四年七月号）
「狂気の山脈にて」（『アスタウンディング・ストーリーズ』一九三六年二〜四月号）
「時間からの影」（『アスタウンディング・ストーリーズ』一九三六年六月号）

これらのうち「狂気の山脈にて」と「時間からの影」の両篇が『ウィアード・テイルズ』ではなく、SF系のパルプ・マガジンである『アスタウンディング・ストーリ

「クトゥルーの呼び声」初出誌の扉

At the MOUNTAINS of MADNESS
Part One
A gripping word picture in three parts—of science—and a lost world!
by H. P. LOVECRAFT

「狂気の山脈にて」初出誌の扉

ーズ』に掲載されていることに、お気づきでしょうか。その理由を、ラヴクラフトは友人のE・ホフマン・プライスに宛てた一九三六年二月十二日付書簡（国書刊行会版『定本ラヴクラフト全集10』所収）に記しています。

貴方に『狂気山脈』を面白く読んでもらって嬉しく思います。それは十歳の時以来絶えず私に付き纏ってきた死を招く荒涼たる白い南極地方に対する漠然とした感情を突き止めようとする試みだったのです。書いたのは一九三一年ですが、ライトらに見せたところ、敵意をもって迎えられたため、私はかつてないほど深甚な打撃を受け、私の作家生活も事実上これまでかと思いました。自分が具体化しようと試みた気分を実現できなかったという気がしたため、同じように、つまり同程度の自信や意欲をもって、この種の問題に取り組むことが何故か微妙にできなくなったのです。しかし、たとえ単なる遺作としてにせよ、この作品がついに印刷されたことは多少は慰めとなりました。本文には許しがたい誤りがいくつかあります――例えばpalaeogean（全東半球生物地理圏）を"palaeocene"（古第三紀の）とするなど――が、挿絵は立派です。その画家は文章から太古の存在を完璧に視覚化したのであり、このことから彼が実際に本文を読んだことが分かりますが、これは太守ファーナベイザス（引用者註『ウィアード・テイルズ』編集長のファーンズワス・ライトのこと。すなわち同誌の挿絵画家の多くが原稿をろくに読まずに挿絵を描いていると非難しているのである）のヘボ絵師の大部分がしていることより立派なことです。（佐藤嗣二訳）

いつもは温厚で紳士然としたラヴクラフトが、珍しく悲憤慷慨した調子の手紙を書

ファーンズワス・ライト（左）とC・センフ

E・ホフマン・プライス

き綴っているのには無理からぬ理由がありました。みずから会心の出来映えと思いつつ送付した原稿に対して、『ウィアード・テイルズ』編集長のファーンズワス・ライトは、主に長すぎることを理由に掲載を拒む決定を下したのです。過去にもライトは、ラヴクラフトが投稿するSF的なアイディアの作品や長めの作品には否定的な判断を示しており、新境地というべき大作が、その理解をはるかに超えていたのは無理からぬところだったのかもしれません。渾身の自信作を却下されたラヴクラフトの落胆は深く、以来「狂気の山脈にて」の原稿は空しく筐底(きょうてい)に秘されたまま、四年の歳月が流れます。

そして一九三五年十二月、文芸エージェントのジュリアス・シュワルツによって「狂気の山脈にて」の原稿は、その年に執筆された「時間からの影」とともに、SF系のパルプ・マガジン『アスタウンディング・ストーリーズ』に持ち込まれて首尾よく採用となり、同誌の一九三六年二月号から四月号まで三回に分けて連載されました。しかも連載一回目の二月号では、「狂気の山脈にて」がカバー・ストーリー（表紙絵に描かれる＝イチオシの掲載作）に抜擢されます。これは『ウィアード・テイルズ』時代にはなかったことで、まずは厚遇といってもよいでしょう。

ようやく陽の目をみた「狂気の山脈にて」でしたが、ラヴクラフトが右の書簡で（それでもかなり控えめに）指弾しているように、おびただしい数にのぼる誤植や無断改変、さらには一千語近い削除箇所があったことが判明します。S・T・ヨシ「ラヴクラフト＝テクストにおける諸問題」（国書刊行会版『定本ラヴクラフト全集1』所収）によれば――「これを掲載するにあたって、編集担当者のF・オーリン・トレメーン（この男のことをラヴクラフトは「あのハイエナの糞め！」と罵ったことがある）は何千とまではいかぬにせよ、何百という数の変更、削除を行なった。トレメー

ファーンズワス・ライト

「狂気の山脈にて」初出誌の挿絵

ンは、ラヴクラフトの作品は〈アスタウンディング・ストーリーズ〉の読者には難解すぎると考えたらしく、平易な文章に書き直し、パラグラフの切り方も変えてしまった」（片岡しのぶ訳）のでした。

新人作家ならまだしも（いや、それでもこれはあってはならない所業ですが）、確乎たる文章哲学を有し、他作家の添削指導を生業にもしてきたラヴクラフトにとって、これが堪えがたい屈辱であったことは想像に難くありません。

ことほどさように呪われた出自（ショゴスの呪い⁉）を有する「狂気の山脈にて」ですが、現在ではラヴクラフト晩年の傑作として高く評価される一方、クトゥルー神話文学史の観点からも、とりわけ作中における〈旧支配者〉の扱いが従来の作品とは大きく異なり、人類に先行して地球に棲息した異種生命体としてリアルに描き出されている点で、注目を集めております（人気映画監督のギレルモ・デル・トロが映画化を切望しているそうですが、遺憾ながら未だ実現していません）。

もしもラヴクラフトが病に斃(たお)れることなく、さらに十年二十年と作家活動を続けていたならば、おそらくはクトゥルー神話大系も、現行のものとは大きく様変わりしていたに違いないのです。

◆死後の栄光

一九三七年三月十日――末期の腸癌で余命いくばくもないことを医師に告げられていたラヴクラフトは、プロヴィデンス市内のジェイン・ブラウン記念病院に収容されます。そして三月十五日の午前六時頃、その魂は病み衰えた肉体を離れ、久遠(くおん)のドリームランドへと旅立ったのでした。四十六年の生涯でした。葬儀は近親者とごく少数の友人が参列して執りおこなわれ、遺体は同市のスワン・レイク墓地（広大な庭園墓

ラヴクラフトが晩年を過ごした家

地です）にあるフィリップス家の墓に埋葬されました。

　生前には商業出版で著書を上梓することが叶わなかったラヴクラフトですが、逝去から二年後の一九三九年、彼を師と仰ぐ作家のオーガスト・ダーレスとドナルド・ワンドレイによって出版社アーカム・ハウスが設立され、初のラヴクラフト作品集となる『アウトサイダー及びその他の物語 The Outsider and Others』が刊行されました。同社はその後もラヴクラフトの作品を着実かつ系統的に世に出すかたわら、R・E・ハワードやクラーク・アシュトン・スミスをはじめとする他作家の作品集出版や新人の育成にも取り組み、怪奇幻想小説専門の出版社として独自の地歩を築くに至ります。

　そして一九六〇年代末頃に始まる世界的な怪奇幻想文学ブームの到来とともに、ラヴクラフトが遺した作品群は、新世代の読者に歓呼して迎えられることとなったのでした。


　こうしてラヴクラフトの孤高の生涯を振りかえるとき、いつもしみじみと考えさせられることがあります。

　もしも彼が、二十世紀前半のアメリカではなく、二十一世紀初頭の日本に生まれていたら、どんな生活を営んでいただろうか、と。

　おそらくは、自作のホラーやファンタジー同人誌を携えて、コミケ（コミック・マーケット）や文フリ（文学フリーマーケット）に嬉々として参加し、インターネットのブログや掲示板、ミクシィをはじめとするSNSサイトのコミュニティなどで、怪奇幻想文学の布教に指導的な役割を果たしていたのではないでしょうか。

　ツイッターで「戸隠なう！　思ったより参道が長くて死にそう(^_^;)これから頑張って九頭龍社に向かいますよ」などと呟いたり、最新の電子メディアにも積極的な

アーカム・ハウスとダーレス

ドナルド・ワンドレイ

関心を示して〈電子版・魔道書註解〉シリーズなどを企んでいたに違いありません。

　これはあながち、私の恣意的な妄想ではないのです。その根拠は、すでに何度か言及・引用してきた、ラヴクラフトの尋常ならざる手紙魔ぶり――ともすれば怪奇幻想小説の大家としての側面ばかりが強調されるラヴクラフトですが、彼が遺した全文業を通覧すると、小説をはじめとする創作に優るとも劣らぬ文量の膨大な書簡の存在が、いやでも目につくはずです。

　国書刊行会版『定本ラヴクラフト全集』（一九八四〜八六）でも、全十巻のうち最後の第9巻と第10巻が書簡篇に充てられていますが、これはアーカム・ハウス版『ラヴクラフト書簡選集 H.P.Lovecraft Selected Letters』全五巻（一九六七〜七六）の中から一部を編訳したものにすぎません。右の『定本ラヴクラフト全集10』に収められた監修者・矢野浩三郎による「解説」から引用します。

> ラヴクラフトにとって、友人知人に手紙を書くということは、今日でいうならば、私たちが電話で話をする、という行為にもひとしかった。いや、それどころの話ではない。（略）一九二七年の夏の午後、プロヴィデンスのロジャー・ウィリアムズ公園で友人と時をすごしていたラヴクラフトは、ほぼ二時間のあいだに、葉書四枚と、各二枚から四枚の手紙を五通書き上げた、といわれている。ＨＰＬ自身、ある友人に、葉書は別として、日に平均十五通の手紙を書いている、と洩らしたことがある。
>
> 　しかもラヴクラフトの手紙の書き方は、じつに細かな字で手紙用箋の左端から右端いっぱいびっしりと、それも裏表にわたって書き込むというやりかたである。そ

H. P. LOVECRAFT

SELECTED LETTERS

1925–1929

Edited by August Derleth and Donald Wandrei

ARKHAM HOUSE: Publishers
Sauk City, Wisconsin
1968

『ラヴクラフト書簡選集』の口絵と扉

こで〝語られる〟テーマは、たんなる身辺報告から、夢や創作や旅の話はいわずもがな、文学、政治、文明論、哲学、アマチュア・ジャーナリズム、歴史、美学、天文学、生物学、はては日本の俳句のことや古代エジプト暦のことまで、ＨＰＬの幅広い関心の及ぶあらゆる領域にわたっている。

（略）

こうして友人知人に送られた手紙は、現在では可能なかぎり回収されて、そのほとんどがブラウン大学のジョン・ヘイ図書館に保管されている。Ｓ・Ｔ・ヨシによると、もしもラヴクラフトが生涯に書いた書簡のすべてが回収できたと仮定して、これを出版するとしたら、少なくとも五十巻は越える量になるだろう、という。つまりアーカム・ハウスで刊行されたものの、ゆうに十倍以上ということである。

ラヴクラフトが稀代の手紙魔となったのは、ひとつには文通相手の多くが、文章添削指導の「お得意様」であったという実利的な側面も否定はできないと思われます。しかしながら、ラヴクラフトから手紙を受けとった人たちのほとんどが、それを捨てずに保管しており、アーカム・ハウス版書簡選集の計画発動に際して、全米各地から分厚い手紙の束が送られてきたという事実は、真に感動的であるというほかありません。

ラヴクラフト書簡の現物を一読すれば、どうして友人たちが、それを大切に取っておきたくなったかが分かることでしょう。次にそのささやかな一例を挙げてみます。

ツァトゥグァの大祭司クラーカシュ・トンへ

恐竜の遺骨、まさに拝受しました。これほどまでに想像力をかきたてる魔除けを

手紙魔ラヴクラフト
（リー・ブラウン・コイ画）

ラヴクラフト直筆の戯画が入った書簡

お送り下さいまして、感謝の他ありません。目を閉じると、菌類がはびこって蒸気を発するレムリア大陸の沼地を、こいつがもがきながら進んでゆく姿が見えます——さらに、オクラハシア海岸にある奇怪な都市の、玄武岩でできた三角形の門から、蛇の頭を持つブラフナギディーがじわじわと出て来て、電子管を使ってこいつの同類を狩る様子が見えます。このことは、いつか小説に書くつもりです——しかし今は、南部に旅行するために、確実にしかも即時に報酬が貰える添削仕事の山に取り組まなければならないのです。

巨獣の永劫に呪われた遺体を送って頂き、そのためにマニ教徒を崩れかけた悪の家にかいま見ることができまして、繰り返し御礼申しあげます。

貴方の最も敬虔かつ最も
忠順にして最も卑しきしもべ
呪われたトメロン

（一九三〇年三月付クラーク・アシュトン・スミス宛書簡／国書刊行会版『定本ラヴクラフト全集９』所収／佐藤嗣二訳）

『ウィアード・テイルズ』の盟友である幻妖の詩人作家クラーク・アシュトン・スミスから送られてきた恐竜の化石に大歓びし、その小説さながらの放恣な空想に身をゆだねるラヴクラフトの愛すべき姿が、文面から透けて見えるような手紙ではないですか。

こんな素敵な手紙を送られたら、誰でも大切に愛蔵しておきたくなるに違いありません。

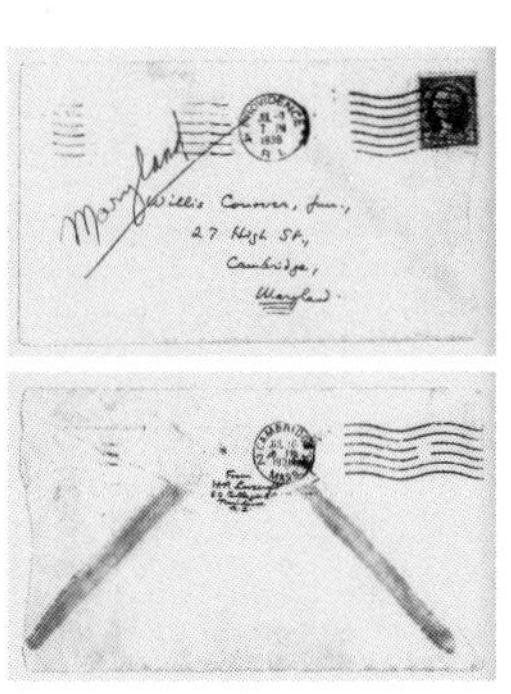

ウィリス・コノヴァーに宛てた晩年のラヴクラフト書簡と封筒

ちなみに、ラヴクラフトは自身や文通相手の名前をギリシア・ローマ風に読み替えたり、奇抜なニックネームを付けたりすることを好みました（これぞまさしく、現在のインターネットにおけるハンドルネームの先駆！）。右の宛名に出てくる「ツゥトゥグァ」とは、C・A・スミスの作品に登場する邪神の名前であり、これは現在ではクトゥルー神話の神々の一柱に数えられております。

このことにも暗示されているように、いまやラヴクラフトの代名詞といっても過言ではないクトゥルー神話の生成過程においては、ラヴクラフトが文通や添削仕事を通じて培った交友関係が、きわめて重要な役割を果たしていると考えられるのです。

右の問題に立ち入る前に、ラヴクラフトによって創始され、友人や後輩の作家たちによって継承され、そのひとりオーガスト・ダーレスによって後に体系化が図られるクトゥルー神話大系というものの概要を、なるべく簡潔に分かりやすく説明しておきましょう。

◆クトゥルー神話大系とは何か

われわれ人類が出現するよりも遙か以前の超古代、原初の地球には外宇宙から飛来した異形の存在たちが君臨していました。世界各地の神話や伝説に語り伝えられる悪魔や妖怪、怪物のような姿をした原始的な神々などは、かれら〈旧支配者〉たちの似姿なのです。

悠久の歳月のうちに、旧支配者は地上から姿を消しましたが、いまなお地底や深海、異次元空間に潜んで、ふたたび地球を支配する好機を虎視眈々と窺っています。

そして『ネクロノミコン』をはじめとする禁断の魔道書に記された秘法を用いて異次元の扉を開き、かれら旧支配者と忌まわしい関係を結ぼうとする妖術師や邪悪な宗

若き日のCAS

ツァトゥグア像（CAS作）

教組織も、古（いにしえ）より跡を絶たないのでした……。

ラヴクラフトが数多の名作を書くに際して想定していた幻想神話の世界観は、おおよそ右のようなものと考えられます。

その発想の源には、彼が敬愛してやまないアイルランドの幻視者ダンセイニ卿の幻想神話譚（『ペガーナの神々』ほか）や、同じく愛読していた英国ウェールズ出身の作家アーサー・マッケンのオカルティックな怪奇小説（『パンの大神』ほか）からの影響が、顕著に認められます。

ここで注意すべきは、旧支配者とは必ずしも単一な存在ではないことです。

クトゥルー（**Cthulhu**）、ヨグ＝ソトース（**Yog-Sothoth**）、ナイアルラトホテップ（**Nyarlathotep**）など、人類が用いる言語では発音不可能とされる異様な名称を冠された、まさに邪神とでも呼ぶほかはない超越的な存在が跳梁する一方で、かれらに較べればまだしも生物的な形態をそなえた〈古（いにしえ）のもの **Old Ones**〉や、精神寄生体である〈大いなる種族 **Great Race**〉、無限宇宙の彼方から太陽系に飛来し、暗黒星ユゴス（**Yuggoth**）を本拠地とする〈ユゴス星の菌類生物 **Fungus-beings of Yuggoth**〉など、さまざまな異形異能の種族が、神話大系には登場するのでした。

さて、それでは現在のクトゥルー神話の母胎となったラヴクラフトによる原神話が、どのような過程を経て形成されていったのかを、次に考察してみたいと思います。

そもそも、ラヴクラフトが最初に手がけた神話作品は何なのか――これは論者によって見解がまちまちのようです。なぜかというと、すでに見てきたように、クトゥルー神話には最初から定まった教義や大系が存在したわけではなく、アマチュア同人誌

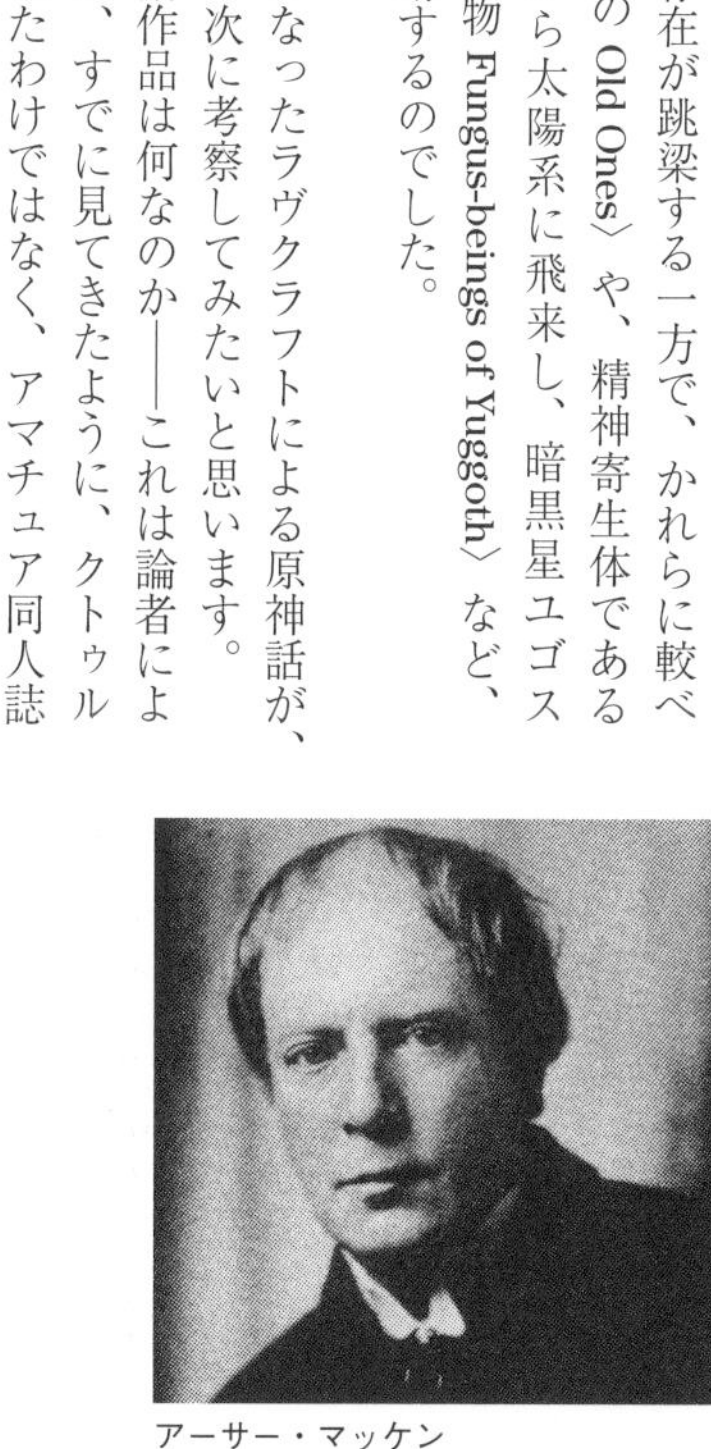

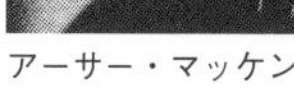

アーサー・マッケン

軍服姿のダンセイニ卿

やパルプ・マガジンで執筆活動を続けていたラヴクラフトの作家的想念の中で、次第にその骨子が形づくられていったものだからです。

私自身は、神話大系の要（かなめ）となる魔道書『ネクロノミコン』の著者アブドゥル・アルハザードの名前が初めて登場する作品であると同時に、ラヴクラフトによる神話作品の集大成となった後年の大作「狂気の山脈にて」や「時間からの影」の原型とも考えられる初期短篇「無名都市」（一九二一年執筆）をもって神話大系の原点とするのが、妥当ではないかと考えています。

この作品の語り手は、かつて狂えるアラブ人アブドゥル・アルハザードが夢に見たという呪われた砂漠の廃都「無名都市」に侵入し、異様に天井の低い神殿を彷徨（さまよ）ったあげく、遙かな地底へ続く通路を降ってゆきます。通路の壁面には、人間の想像を絶する都市の興亡史が描かれ、爬虫類を思わせる匍匐（ほふく）生物のミイラが安置されていました。そして吹きすさぶ烈風の中、語り手は、今も生きて地底に蠢（うごめ）く先住種族＝匍匐生物の忌まわしい姿を目の当たりにするのでした……。

ラヴクラフトは続く「魔犬」「魔宴」などのオカルト色濃厚なホラー短篇でも、アルハザードの名と『ネクロノミコン』をいかにも思わせぶりに登場させ、その成立や内容について暗示的言及を重ねてゆきました。

つまり、クトゥルー神話の出発点には、なによりもまず『ネクロノミコン』をめぐる妖奇な夢想があったと考えられるのです。

「無名都市」から五年後の一九二六年に書かれた中篇「クトゥルーの呼び声」は、神話大系のシンボルというべき神格である〈クトゥルー〉復活の恐怖を、壮大なスケールで描いた記念碑的名作となりました。

『ウィアード・テイルズ』1938年11月号掲載の「無名都市」挿絵

ラヴクラフトはこの作品で初めて〈旧支配者〉と呼ばれる謎めいた存在についての本格的な言及をおこなっているほか、夢や秘密文書による啓示、邪教徒とそれに抗する人々との対立図式、魔道書や奇怪な影像をはじめとするアイテムなど、後のクトゥルー神話作品を特色づける諸々の要素が、この作品でほぼ出揃った感があります。

「クトゥルーの呼び声」によって神話大系の骨格を完成させたラヴクラフトは、そこから神話世界を縦横に広げ、深めるかのような傑作群を矢継ぎ早に書きあげていきました。すなわち――

〈ドリームランド〉と呼ばれる夢の世界を舞台に、食屍鬼（グール）や夜鬼をはじめとする神話世界の住人たちがのびやかに活躍する「未知なるカダスを夢に求めて」（一九二六～二七年執筆）。

故郷プロヴィデンスを舞台に、アルハザードの末裔ともいうべき妖術師の恐るべき悪計を描く「チャールズ・デクスター・ウォード事件」（一九二七年執筆）。

ヨグ＝ソトースの落とし子たちが、アメリカ中西部の頽廃した寒村ダニッチの住民たちをパニックに陥れる「ダニッチの怪」（一九二八年執筆）。

ユゴス星より地球に飛来した菌類生物が、ヴァーモントの田園地帯に暗躍するさまをスリリングに綴った「闇に囁くもの」（一九三〇年執筆）。

呪われた港町インスマスを舞台に、邪神の眷属たる〈深きものども〉のおぞましき跳梁を描く「インスマスを覆う影」と、超古代の南極で繰りひろげられた旧支配者たちの驚くべき抗争と興亡の歴史を物語る「狂気の山脈にて」（共に一九三一年執筆）。

そして、時間の秘密を突きとめた超生命体〈大いなる種族〉をめぐる、時空を超えた驚異の見聞記が開陳される、ラヴクラフト神話の総決算というべき大作「時間からの影」（一九三四年執筆）。

ラヴクラフト自筆の食屍鬼

ラヴクラフト自筆のクトゥルー

一九二〇年代中盤からの約十年間にラヴクラフトが生み出したこれらの神話作品群は、今日まで続くクトゥルー神話ムーヴメントの大いなる原点となり、後続作家たちのイマジネーションの豊沃な源泉ともなって、「無名都市」以来かれこれ一世紀が経とうとする現在もなお、不朽不滅の妖しい輝きを放っております。

ところでラヴクラフトは、みずからが創造した神々の名称や、怪異の舞台となる架空の地名、禁断の知識が記された魔道書のタイトルなどといったクトゥルー神話に固有のアイテムを、神話大系に関心を示す友人や後輩の作家たちに進んで提供したり、自分が添削指導を請け負うセミプロ作家たちの作中に意図的に紛れこませたりといった、おそらくは風雅な悪戯心に発する試みをおこなっています。

これこそがクトゥルー神話の無限増殖の始まりなのだと申しあげてよいでしょう。

いち早く神話大系に関心を示したフランク・ベルナップ・ロングに始まり、「イグの呪い」のゼリア・ビショップ、「永劫より」のヘイゼル・ヒールド、さらに一九三〇年代に入ると、ラヴクラフトとともに『ウィアード・テイルズ』の屋台骨を背負った両作家――クラーク・アシュトン・スミスとロバート・E・ハワードが、相次ぎ神話大系に参入します。ハワードの創造した『無名祭祀書』、スミスの創造した『エイボンの書』は、後に『ネクロノミコン』とならぶ神話大系の聖典としての知名度を獲得するまでになりました。

そしてラヴクラフトの没後も、エジプトを舞台とする神話作品で知られるロバート・ブロックや、クトゥルー神話中興の祖ともいうべきオーガスト・ダーレスをはじめとして、ラヴクラフトを敬愛する若手作家たちの手でクトゥルー神話は書き継がれ、第二次世界大戦後は、ダーレスが創設したアーカム・ハウスを拠点に、ジョン・ラム

新紀元社版『エイボンの書』　F・B・ロング『自伝的回想』

ジー・キャンベルやブライアン・ラムレイといった、クトゥルー神話から作家としてのキャリアをスタートさせる新進たちも輩出します。また、リン・カーターやロバート・M・プライス、S・T・ヨシら、ラヴクラフト&クトゥルー神話研究のスペシャリストと呼ぶべき編集者、アンソロジスト、学究も登場するようになりました。

一九八一年にケイオシアム社からTRPG（テーブルトーク・ロール・プレイング・ゲーム）『クトゥルフの呼び声（クトゥルフ神話TRPG）』が発売されて以降の、文芸ジャンルを超越した、驚くべき拡散と浸透ぶりについては、すでに申しあげたとおりです。

いかがでしょう？

クトゥルー神話大系の成り立ちをこうして振りかえってみますと、ラヴクラフトが文通によって多くの作家たちと親交を温め、ときには親身な助言を与え、また懇切丁寧な添削指導によって顧客である作家たちの信頼を集めていたからこそ、神話世界の拡大が可能であったことが、あらためて実感されるのではないでしょうか。

広大な国土を有するアメリカでは、遠隔地間を頻繁に往き来することには非常な困難が伴いました。現代のように各種の交通網が発達し、携帯電話やインターネットによって遠距離の相手とも即座に連絡をとれる環境など、まさしく夢物語の時代だったのです。

しかしそれだからこそ、自分と趣味や仕事を同じくする同志たちと繋がっていたいという思いは、より切実なものであったに違いありません。

誰よりも、病弱ゆえに幼い頃から孤独な生活を強いられ、大学で学ぶことも叶わなかったラヴクラフト自身が、そうした知的連帯を烈しく希求していたことでしょう。

ラムレイ『タイタス・クロウの事件簿』（創元推理文庫）

S・T・ヨシ『ラヴクラフトの生涯』

カーター&プライス『クトゥルーの子供たち』（エンターブレイン）

アマチュア作家協会に積極参加して長らく世話役を務めたことといい、パルプ・ホラー作家やニューヨークに集う文士たちの兄貴分的な存在として慕われていたことといい、ラヴクラフトが書き遺した膨大な書簡からは、同好の士との交友を心から歓び、大切にする姿勢が伝わってまいります。

史上空前の創作神話大系（サイクル）の誕生には、ラヴクラフトという魅力あふれる個性が築きあげた人の環（サイクル）の存在が不可欠だったのです。

そして、クトゥルー神話大系が今もなお、ラヴクラフトの故地から遠く離れた極東の島国においても愛され、ジャンルを超えて新たなクリエイターたちを惹きつけてやまない由縁は、創始者ラヴクラフトが同好の士に向けて発した連帯の意志が、おのずから神話大系のうちに宿ることで時を超え、現代にまで伝わっているからではないかとも思うのです。

中野ブロードウェイやアキバの雑踏で、あるいはコミケや文フリの会場で、時として私は、異様に顔が長くて背の高い痩せた外国人の幻影を、オタクな熱気あふれる人混みの彼方に捜し求めてしまうのでした……。

プロヴィデンス図書館のラヴクラフト胸像

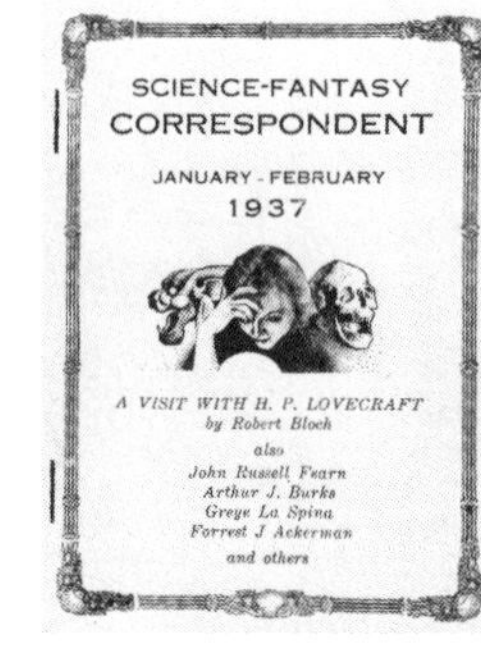
SCIENCE-FANTASY
CORRESPONDENT
JANUARY - FEBRUARY
1937
A VISIT WITH H. P. LOVECRAFT
by Robert Bloch
also
John Russell Fearn
Arthur J. Burks
Greye La Spina
Forrest J Ackerman
and others

若きブロックのHPL会見記が掲載された『サイエンス・ファンタジー・コレスポンデント』

AMATEUR
CORRESPONDENT
MAY - JUNE
1937

Dedication
This issue is respectfully dedicated to the memory of Howard Phillips Lovecraft, who died March 15, 1937, at the age of forty-six. Called by many the dean of modern writers of weird fiction, he will be mourned by every reader of fantasy, not only for the excellence of his writings but also for the fine calibre of mind typified therein.

『アマチュア・コレスポンデント』のラヴクラフト追悼号

それからのクトゥルー神話

◆無限増殖の始まり

いかに魅力的で独創的なアイディアに満ちた作品も、それが一作家の専有物となっているかぎりは、あくまでも閉ざされた世界でしかありえません（まあ、通常はそれが当たり前でもあるわけですが）。

しかしながら——すでに「異次元の人」でも御説明したように——ラヴクラフトは、みずから創案した神々の名称や、怪異の舞台となる架空の地名、禁断の知識が記された魔道書名などといったクトゥルー神話に固有のアイテムを、神話大系に関心を示す同輩後輩作家たちに進んで提供したり、ときには他作家のアイテムを自作に取り込んだり、あるいは自分が添削指導するセミプロ作家たちの作品に意図的に挿入したりといった、遊び心を感じさせる試みを折にふれ実践していました。

これこそが、二十一世紀まで脈々と連なる、クトゥルー神話大系のショゴス化、すなわち無限増殖の起点となったのです。

真っ先に神話大系に関心を示したのは、文通仲間であり、ラヴクラフトがニューヨークに暮らしていた時期には〈ケイレム・クラブ〉の一員として親しく交遊したパルプ作家フランク・ベルナップ・ロングでした。

ラヴクラフトの承諾を得て『ネクロノミコン』からの一節を冒頭に掲げた「喰らうものども」が『ウィアード・テイルズ』誌に発表されたのは一九二八年七月——「クトゥルーの呼び声」が同誌に掲載されたのが同年二月ですから、その先見の明は驚くべきものといえるでしょう。翌二九年には、傑作の世評高い「ティンダロスの猟犬」

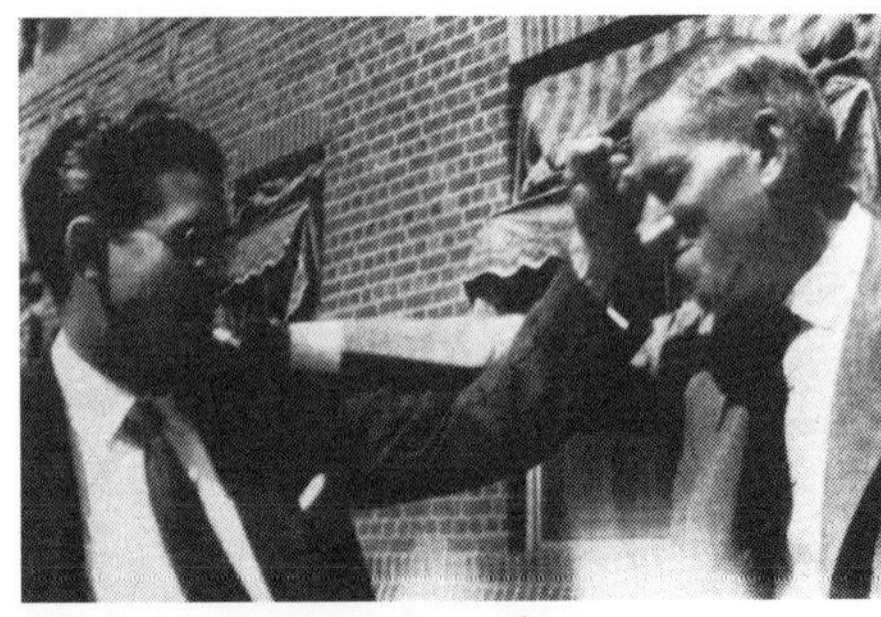

拳闘ごっこに興じるHPLとロング

を、三一年には、ある夜ラヴクラフトが見た古代ローマの妖夢を、これまた本人の承諾を得て借用した力作「恐怖の山」を発表しています。

ロングの神話作品は、独自のSF的アイディアを交えながらも、ラヴクラフトが唱えたコズミック・ホラーの精神を律儀に追求している点が、なによりの特色と申せましょう。

一九二八年の十一月には、アドルフ・デ・カストロの「最後の検査」が、やはり『ウィアード・テイルズ』に掲載されています。こちらはラヴクラフトの添削指導によるクトゥルー神話系作品の記念すべき第一号となりました。

同様の過程を経て神話作品を書いた（書かされた？）作家には、秀作「イグの呪い」で知られるゼリア・ビショップ、「博物館の恐怖」などのヘイゼル・ヒールド、「アロンソ・タイパーの日記」のウィリアム・ラムリーらがいます。

実質的にはラヴクラフトとの合作といってもよいこれら一連の作品には、神話大系の観点から見たとき、ひとつの共通点があることに気づかされます。それは「土俗の探求」とでも呼ぶべき志向性です。

デ・カストロの場合はメキシコ神話や古代アトランティスの世界、ビショップの作品では米国中西部の平原地帯に残る民間伝承、ヒールドの場合は失われた古代文明の遺物といった具合に、ニューイングランドを基盤とするラヴクラフト自身の作品世界とは異質な地域の伝承世界とクトゥルー神話世界との融合が画策されているかのようです。

ラヴクラフトが添削に際して、どこまで意識的であったのかは分かりませんが、この試みによって神話大系に時間的・空間的な奥行きと広がりが増したことは間違いあ

『ウィアード・テイルズ』1939年1月号掲載のビショップ「メドゥサの髪」挿絵

りません。

一九三〇年代に入ると、クラーク・アシュトン・スミス、ロバート・Ｅ・ハワードという、ラヴクラフトとともに『ウィアード・テイルズ』の屋台骨を背負った実力派の両作家が、相次いで神話大系に参入しました。

ハワードの創造した『無名祭祀書』、スミスの創造した『エイボンの書』は、後に『ネクロノミコン』とならぶ神話大系の聖典と目されるようになります。前者が近代西欧人の著作、後者が超古代の魔術師の著作と、『ネクロノミコン』を間にはさんで好対照の時代背景を有する点も、造り手の個性を如実に感じさせて、いかにも面白いと思います。

ハワードとスミスは、ともにヒロイック・ファンタジー草創期の大立者としても知られていますが、こと神話大系に関しては、両者の姿勢はまことに対照的です。

ハワードがクトゥルー神話をあくまで現代物のホラーとして捉え、自身の〈コナン〉シリーズのようなヒロイック・ファンタジーとは截然と区別していたのに対して、スミスは超古代のヒューペルボリアや中世のアヴェロワーニュを舞台とする奔放怪異な物語世界に、しばしばクトゥルー神話のアイテムを織り込み、きわめて個性的な〈妖術師物語〉群や奇想天外な〈ツァトゥグア物語〉群を創案していったのですから。

この点において、ＨＰＬに比肩しうるオリジナリティを神話作品で発揮した唯一の同輩作家、それがＣＡＳだったといっても過言ではないでしょう。

一九三五年には、第四の魔道書『妖蛆（ようしゅ）の秘密』を引っさげた若武者が、神話大系の世界に颯爽と参入してきました。当時まだ十代のロバート・ブロックです。

スミスの作品集『ゾティーク幻妖怪異譚』

ハワードの神話作品集『黒の碑』

ブロックの神話作品集『妖蛆の秘密』（ケイオシアム）

ラヴクラフト作品の熱烈な信奉者だったブロックは、同年発表の「星から訪れたもの」で、なんと敬愛する心の師ラヴクラフトをモデルにした作中人物を、星界から到来した魔物の生贄に供してしまったのです。

この稚気あふれる挑戦に応えて執筆されたのが、ラヴクラフト最後の神話作品となった「闇をさまようもの」でした。

ラヴクラフトから手渡された〈ナイアルラトホテップ物語〉の妖しい篝火は、ブロックの胸中で消えることなく、十五年後の続篇「尖塔の影」や、晩年の大作『アーカム計画』へと受け継がれてゆきます。なおブロックには、ナイアルラトホテップゆかりのエジプト神話の世界とクトゥルー神話の世界とを大胆に結合することで独自色を打ち出した好短篇が、いくつもあることを申し添えておきましょう。

◆中興の祖ダーレス登場

このようにしてクトゥルー神話が、他の作家たちを巻き込んで、じわじわと増殖を始めた矢先の一九三七年、創造主たるラヴクラフトは不運にも病に斃れ、四十六年の生涯を終えました。

盟友ハワードもその前年にみずから命を絶っており、スミスは三〇年代なかばを境に次第に小説の執筆から遠ざかり、ブロックは哀しみのうちにラヴクラフト／クトゥルー神話大系の翳からの脱却を図ります。

わずかにヘンリイ・カットナーら何人かの『ウィアード・テイルズ』系作家が、この時期、神話作品に手を染めていますが、いずれも散発的なものに終わりました。

そこに登場したのが、やはり若くして『ウィアード・テイルズ』の寄稿作家となっ

左からカットナー、CAS、ホフマン・プライス

ケイオシアム版『ナイアルラトホテップ作品集』

ブロックの神話長篇『アーカム計画』

たオーガスト・ダーレスです。尊敬するラヴクラフトの作品が散佚することを惜しんだダーレスは、友人のドナルド・ワンドレイとともに出版社アーカム・ハウスを設立、一九三九年に初のラヴクラフト作品集『アウトサイダー及びその他の物語』を刊行しました。

これと並行して、ダーレスはみずからクトゥルー神話小説の量産を開始するのです。ラヴクラフト作品のプロット、キャラクター、道具立てを律儀に踏襲したそれらの神話作品には、クトゥルー神話の概要紹介が決まって挿入され、ときにはラヴクラフトその人の名前と唯一の著書である『アウトサイダー及びその他の物語』が、あたかも魔道書さながらの扱いで、いかにも曰くありげに言及されているのでした。

そう、ダーレスにとってクトゥルー神話とは、師ラヴクラフトの業績を顕彰するための、小説の形を借りたプロパガンダのツールにほかならなかったのです。

ラヴクラフトという作家の独自性をアピールするうえで、神話大系を最重要視したのは、出版人としてまことに正しい戦略だったといえるでしょう。

事実、アーカム・ハウスは零細とはいえ着実に経営を軌道にのせ、ラヴクラフトの全作品はおろか、他の『ウィアード・テイルズ』系作家や、ラヴクラフトが「文学と超自然的恐怖」で言及した怪奇小説家たちの作品集をも続々と刊行し、怪奇幻想小説専門のユニークな出版社として独自の地歩を固めるに至ります。

ただし、ダーレスの宣伝戦略にまったく問題がなかったわけではありません。

ダーレスはラヴクラフトが存命中の一九三〇年代前半から、すでに神話作品を手がけていますが、そこには早くも彼独自の解釈による特異な神話観が打ち出されていました。

オーガスト・ダーレス

レオン・ニールセン『アーカム・ハウスの刊行物』

たとえば、マーク・スコラーと合作した「潜伏するもの」では、科学者の思念波に応えて宇宙から飛来した旧神の使者〈星の戦士〉が、ウルトラマンさながらの光線技を繰りだして、邪神の根拠地を破壊する面妖な光景が描かれています。

旧神対旧支配者という善悪の対立図式や、四大精霊になぞらえた邪神たちの相関相克関係など、今日クトゥルー神話の基本設定と見なされている事柄の多くは、ラヴクラフトではなく、実はダーレスの創案によるものだったのです。

それではここで、ラヴクラフトの原神話を再解釈して発展させた、ダーレス流神話の世界観を概説しておきましょう。

その基調を成すのは、宇宙的な「善」を体現する全能の存在〈旧神 Elder Gods〉と、これに反旗をひるがえした〈旧支配者〉という二元論的な対立図式です。善なる光と邪悪な闇の対立抗争――世界各地の神話や宗教の教義に語られている図式ですね。

さらには、反逆者たる旧支配者の中にも、その属性によって――

【地】ヨグ＝ソトース、ツァトゥグア、シュブ＝ニグラス、イグ、ナイアルラトホテップなど

【水】クトゥルー、ダゴン、ヒュドラ、オトゥームなど

【火】クトゥグア

【風】ハスター、ツァール、イタカ、ロイガー

という四大（地・水・火・風）の別が設けられ、クトゥルーには〈深きものども〉やクトーニアン、ハスターにはバイアクヘー、クトゥグアには〈炎の生物〉が従うなど、それぞれにヒエラルキーが存在するとされました。

そして四大の神性間には対立関係が認められ、クトゥルーとハスター、ナイアルラ

ブロック「無人の家で発見された手記」のシュブ＝ニグラス（マット・フォックス画）

フォ＝ラン博士を描いた「潜伏するもの」挿絵（ウトパテル画）

トホテップとクトゥグアは、どうやら烈しく敵対しているらしいのです。

ただし、アザトース、アブホース、ウボ＝サスラ、ウムル・アト＝タウィルのように、明確な位置づけが困難な神性も少なくなく、また、ノーデンス、イオド、ヴォルヴァドス、イホウンデーといった地球本来の神々もわずかながら登場し、かれらは総じて人類に好意的であるとされています。


遠い太古の昔、旧支配者は結束して旧神に反逆したが敗退し、地球の地底や海中、宇宙空間にそれぞれ幽閉を余儀なくされました（ナイアルラトホテップだけは、その後も自在に暗躍しているとされます）。

しかしながら旧支配者は、彼らの従者や一部の人間たちを操って、かれらを封じ込めている〈旧神の封印〉を破らせ、地上に復活再臨する機会を常に窺っています。

これに対して、旧神に由来する呪力を抑止力に用いたり、旧支配者間の抗争関係を巧みに利用することで、悪しき勢力の策謀を阻止しようとする人々も、ひそかに活動を続けているのでした……。


こうしたダーレス流の神話解釈は、陳腐なキリスト教的二元論に則って神話大系を卑小化するものであるといった批判が、しばしばなされます。たしかにそれは正論かも知れませんが、一方でそうした読み替えと割り切りの結果、欧米の一般読者にとってクトゥルー神話の世界が、より理解しやすく親しみやすいものになったこともまた事実でしょう。

ハスター対クトゥルーの怪獣プロレスさながらの肉弾戦や、クトゥグアの火炎噴射を利用して、敵対するナイアルラトホテップを撃退するなどといった趣向の数々は、

『クトゥルー神話 FILE』よりナイアルラトホテップとクトゥグアの大決闘（天野行雄画）

往年のグラビア画報のテイストを再現した『クトゥルー神話 FILE』（学研）

深遠なるコズミック・ホラーとは似て非なるものですが、現在もハリウッドで大人気の「アメコミ」的な空想冒険活劇に通じる、一大スペクタクルではあったのですから。元祖「邪神ハンター」たるシュリュズベリイ博士がバイアクヘーを駆って、地球どころか宇宙空間まで飛びまわる『永劫の探究』連作などは、さしずめダーレス流神話の極致であり、後のブライアン・ラムレイや風見潤、栗本薫らのクトゥルー伝奇活劇や、現代日本におけるクトゥルー系ライトノベル作品群の出現を、いち早く予見させる試みでもあったのです。

ダーレスは一九四五年に「ラヴクラフトとの合作」と銘打つ長篇『暗黒の儀式』を刊行しました。これは実際には、ラヴクラフトが遺した覚え書きの類にもとづく創作に近い代物でしたが、スペインやドイツなどにもいち早く翻訳紹介されて、なかなかの好評を博したようです。

そのせいか五〇年代に入ると、アーカム・ハウスから刊行されるラヴクラフト関連書の目玉商品として、似たような「合作」がしばしば試みられるようになります。

その一方でダーレスは、他の作家が無断でクトゥルー神話を援用することに警戒の目を光らせるようになりました。四六年にC・ホール・トムスンが、ラヴクラフトの影響を色濃く感じさせる「緑の深淵の落とし子」で『ウィアード・テイルズ』に登場したときには、ラヴクラフト作品の版権を楯に取って同誌編集部に猛烈な抗議をおこなったといいます。

ラヴクラフトの度量の広さとはずいぶんな違いだ……などとは申しますまい。それもまたダーレスの、ラヴクラフトとクトゥルー神話に寄せる愛ゆえの過剰反応だったのでしょうから。実際、第二次世界大戦前後の混乱期に、ダーレスが粘り強く推進し

パンサー版『暗黒の儀式』

『永劫の探究』挿絵（リー・ブラウン・コイ画）

バランタイン版『永劫の探究』

た「ラヴクラフト＝クトゥルー神話プロパガンダ」と、膨大な書簡集や断簡零墨にまで及ぶラヴクラフトの全文業の公刊作業なくして、今日の神話大系隆盛はありえなかったのです。

◆クトゥルー・ルネッサンス到来

一九六〇年代に入ると、アーカム・ハウスの出版物によってラヴクラフトとクトゥルー神話の世界を知った若い読者の中から、新たな神話作品の創造に挑む書き手たちが現われるようになりました。

勇躍その先陣を切ったのが、英国リヴァプール出身のジョン・ラムジー・キャンベルです。ラヴクラフトに熱中するあまり、自分でも神話作品を習作するようになったキャンベル少年は、原稿をアーカム・ハウスへ送りつけ、ダーレスから激励の返事を受け取ったのです。そして、安易に既成の神話アイテムに頼らず、オリジナルな神話世界の構築を目指すようにというダーレスのアドバイスのもと、英国版アーカムともいうべき架空の土地ブリチェスターを舞台とする神話作品群を創造したのでした。キャンベルの処女作品集『湖畔の住人と歓迎されざる借家人たち』が、アーカム・ハウスから刊行されたのは一九六四年、なんと著者がまだ十八歳のときでした。

クトゥルー神話作品によって、いきなり単行本デビューを果たした新鋭の出現は、同じように神話世界への参入を夢見ていた若者たちを大いに発奮させたことでしょう。ダーレスは、みずから編纂する書き下ろし競作集や季刊誌『アーカム・コレクター』などを通じて、かれらに発表の場を提供しました。こうして世に出た新世代の神話作家には、ブライアン・ラムレイやゲイリー・マイヤース、デヴィッド・ドレイクらが

アーカム・ハウス版『湖畔の住人と歓迎されざる借家人たち』

います。

　一九六九年にアーカム・ハウスから刊行された『クトゥルー神話作品集』は、ラヴクラフトの「クトゥルーの呼び声」からコリン・ウィルスンの「ロイガーの復活」まで、主要な神話作品を系統的に収めた史上初のアンソロジーとして、まさにエポック・メイキングな書物となりました。なにより、それまで個々の作家の作品集や初出誌を読み漁らねば把握できなかった神話大系の全貌に、同書によって容易に接しうるようになったことには、計り知れない意義があったと申せましょう。これには、編集者・アンソロジストとしても良い仕事を遺したダーレスの才腕が、遺憾なく発揮されているように思います。


　おりしも一九六〇年代から七〇年代にかけて、フランス、イタリアをはじめとするヨーロッパ諸国でラヴクラフトの文学的再評価が進み、これにともないクトゥルー神話の知名度もワールドワイドで高まっていきました。

　アルゼンチンのホルヘ・ルイス・ボルヘスや、ドイツのカール・ハンス・アルトマンといった現代幻想文学の大家が、この時期ラヴクラフト作品に積極的な関心を寄せてパスティーシュを試みたりしている背景には、米本国にもましてヨーロッパの文学界でラヴクラフト作品が高く評価され、多くの翻訳が刊行され流布していたという底流があったのです。

　ここでは一例として、フランス文学者・森茂太郎氏のエッセイ「フランスにおけるラヴクラフト」（『幻想文学』第六号に掲載）から印象的なくだりを引用しておきます。


過日、現代フランスのもっとも尖鋭な哲学者として名高いジル・ドルーズの本を

C・ウィルスン『ロイガーの復活』

『クトゥルー神話作品集』新装版

読んでいたら、「ラヴクラフトの化け物のようにグロテスクな」という表現に出会(でくわ)して仰天したので、ためしに現在出ている固有名詞辞典のうち、もっとも手頃なロベール2でラヴクラフトの項を引いてみると、なんと三十七行！　も紹介されていた。ポーの七十七行には及ぶべくもないにしても、ジョイスの四十七行、T・S・エリオットの四十三行、ボルヘスの二十八行と比較すれば、これは驚くべき数字である。つまりラヴクラフトは、カミュ（四十二行）やモーパッサン（三十五行）並みの待遇はすでにフランスで受けている訳である。なんとも羨ましい話ではないか！

右のエッセイとともに森氏が『幻想文学』第六号に訳載したモーリス・レヴィ「異界からの来訪者――ラヴクラフト小伝」には、英語圏の研究者があまり触れないラヴクラフトの右翼思想や人種差別論が詳細に論じられていて一読の要があるかと思われます。

人種問題といえば、つい先ごろ日本でも国書刊行会から翻訳が出て話題を呼んだ、現代フランスの人気作家ミシェル・ウエルベックの長篇エッセイ『Ｈ・Ｐ・ラヴクラフト　世界と人生に抗って』（一九九一）なども、こうしたフランスにおけるＨＰＬ評価の土壌あればこそ生まれた奇書といえるのではないでしょうか。

ウエルベックが手がけている過激な近未来小説が、若き日のラヴクラフト耽読に淵源することは明白です。クトゥルー神話とはまた別のところでも、ＨＰＬの文学が蒔いた種子は着実に異形の果実を結びつつあるようです、いま現在もなお。

国書刊行会版『H・P・ラヴクラフト　世界と人生に抗って』

ラヴクラフトの『時間からの影』や『狂気の山脈にて』といった物語の初読後に、もっとも印象深いものは、おそらく建築物の描写だ。どこよりもここで、わたしたちはひとつの新しい世界を目の当たりにする。恐怖そのものも消え去る。いかなる人間的な感情も消え去り、残るのはかつてない純度で分離された眩惑そのもののみである。

（略）

生涯にわたって、ラヴクラフトはヨーロッパ旅行を夢見たが、それを実現できたことは一度もなかった。とはいえ、仮にアメリカの人間の誰かが旧世界の建築の至宝を正しく評価するために生まれたとすれば、それは確かに彼であった。彼が「美的高揚で気を失う」と言っているのは、誇張ではない。クライナーに対して彼は本気そのもので、人間は珊瑚のポリプに似ていて——そのただひとつの運命は、「壮麗な鉱物質の巨大建造物を築き、みずからの死後に月がそれを照らし出すようにすること」であると言明する。

（国書刊行会『Ｈ・Ｐ・ラヴクラフト　世界と人生に抗って』所収／星埜守之訳）

こうした一連のラヴクラフト再評価の潮流に見すごしえない影響を及ぼした人物として、英国の作家・文芸評論家で超常現象研究家としても知られるコリン・ウィルスンの名を忘れるわけにはいきません。

『アウトサイダー』（一九五六）という同じタイトルの著書をもつ奇縁からラヴクラフトに関心を抱くようになったウィルスンは、『夢見る力』（六一）をはじめとする評論集で再三にわたりラヴクラフトを取りあげる過程で、次第にクトゥルー神話世界への傾倒を深め、とうとう六七年には神話大系に触発された長篇ＳＦ『精神寄生体』を、

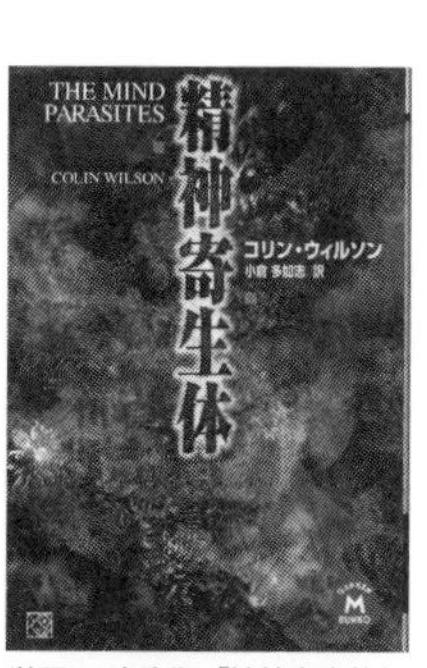

学研Ｍ文庫版『精神寄生体』

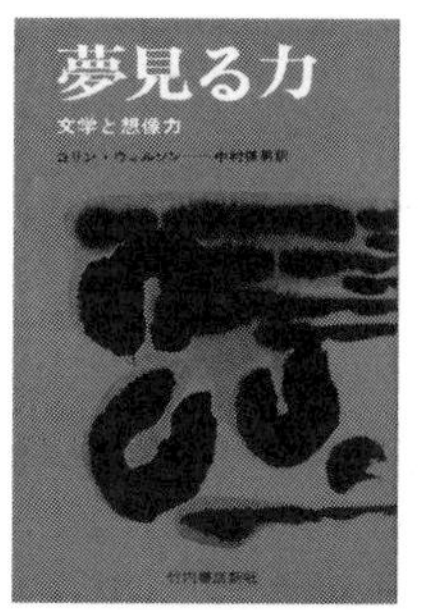

C・ウィルスン『夢見る力』（竹内書店新社）

アーカム・ハウスから書き下ろし出版するに至ります。

アメリカン・ホラーとは異なる分野で活躍する有力作家・批評家の神話大系参入は、より広範な読者に、ラヴクラフト／クトゥルー神話の存在をアピールすることにもなりました。なお、ウィルスンは七八年にも、編集者のジョージ・ヘイやオカルティストのロバート・ターナーらと共謀（？）して、その名も『魔道書ネクロノミコン』と銘打たれた書物を世に出しています。英国エリザベス朝の万有博士ジョン・ディーが遺した暗号文書から解読したと称する『ネクロノミコン』の原典を収めた同書は、まさにクトゥルー神話という共同幻想の具現化たる世紀の奇書として、大きな反響を呼びました（後にウィルスンはエッセイで、フェイク作業の種明かしをしています）。

ウィルスンをクトゥルー神話の世界へ誘う過程でも大きな役割を演じたダーレスは、一九七一年、還暦もそこそこに世を去ります。

後半生をラヴクラフト文学の顕彰と神話大系の普及に捧げたクトゥルーの鉄人ダーレスの死は、いささか皮肉なことに、神話作品創造の場がアーカム・ハウスの専有物であった時代の終焉を告げる出来事でもありました。

これ以後、リン・カーター編『クトゥルーの落とし子』（七一）、エドワード・P・バーグランド編『クトゥルーの使徒たち』（七六）などのオリジナル神話競作集が他社から堰を切ったように刊行される一方、爆発的に拡大したラヴクラフト／クトゥルー神話ファンダムを基盤とする創作研究や、アマチュア／セミプロの出版活動が、未曾有の盛り上がりをみせるようになります。

そうした活動の中から人気と実力を兼ねそなえた神話作家が輩出し、かつての『ウ

The
NECRON-
OMICON.
OR,
The book of dead names.

VVritten by the Moor: El Hazzared,
Done into English by Iohn
Dee, Doctor.

Imprinted at ANTVVERPIAE
1571.

『魔道書ネクロノミコン』扉

『ラヴクラフト――クトゥルー神話の背景』

ィアード・テイルズ』黄金時代を再現する……というわけには残念ながらいきませんでしたが、編集者／アンソロジストとして七〇年代におけるファンタジー小説ブームの仕掛人のひとりとなったリン・カーターによる啓蒙的研究書『ラヴクラフト――クトゥルー神話の背景』（七二／二〇一一年に『クトゥルー神話全書』のタイトルで東京創元社から待望の邦訳版が刊行されました）を皮切りに、ワインバーグ＆バーグランド編『クトゥルー神話入門ガイド』（七三）、P・シュレフラー編『ラヴクラフト・コンパニオン』（七七）、S・T・ヨシ編『ラヴクラフト批評の四十年』（八〇）などの神話研究書やガイドブックが誕生したことは、なによりの収穫だったといえるでしょう。

いまや老舗の風格を漂わせるアーカム・ハウスから一九八〇年に刊行された『新編・クトゥルー神話作品集』は、モダンホラーの帝王スティーヴン・キングの「クラウチ・エンドの怪」を巻頭に据え、老大家から新鋭まで多彩な作家たちの書き下ろし神話作品を収めて、いかにも清新な印象を与える競作集でした。

神話創造主ラヴクラフトへの原点回帰を志向する姿勢とともに、真に現代的な恐怖の創造を提唱した編者ラムジー・キャンベルの序文は、まさにクトゥルー神話新世紀へ向けたマニフェストの観があります。

◆新時代の幕開け

オリジナル・アンソロジーという少々矛盾した業界用語（アンソロジー、すなわち精華集とは本来、定評ある名作佳品を選りすぐって成立するものであり、書き下ろしの新作集に冠されるべき言葉ではありません。このため私は、後者を「競作集」と呼

『ラヴクラフト・コンパニオン』

『ラヴクラフト批評の四十年』

『新編・クトゥルー神話作品集』

んで「アンソロジー」とは区別しています）で呼ばれる書き下ろし競作集が、米国の出版界で盛んに刊行されるようになる一九八〇年代以降、クトゥルー神話の分野でも、ユニークなテーマを掲げた競作集の試みが相次ぐようになります。

ＨＰＬその人に捧げられたオマージュ創作集といった趣のＲ・Ｅ・ワインバーグ＆Ｍ・Ｈ・グリーンバーグ編『ラヴクラフトの遺産』（九〇）や、〈インスマス物語〉の名作新作を集大成したスティーヴァン・ジョーンズ編『インスマス年代記』（九四）、アーカムをはじめとする架空の土地＝ラヴクラフト・カントリーをめぐるスコット・デイヴィッド・アニオロフスキ編『ラヴクラフトの世界』（九七）など、従来にもましてマニアックな着眼による競作集が企画され、神話大系に関心を抱く作家たちに発表の場を提供していきました。

一方、一九八一年には文芸の世界とは別のところで、これ以降のクトゥルー神話ムーヴメントに大きな影響を及ぼすことになる出来事が起こりました。

米国のゲーム会社であるケイオシアム社から『クトゥルフの呼び声 Call of Cthulhu』というＴＲＰＧ（テーブルトーク・ロールプレイング・ゲーム）が発売されたのです。クトゥルー神話の恐怖世界をプレイヤーが体感できるように工夫の凝らされた内容は大きな反響を呼び、ヒット商品となってシリーズ化されていきました。

そしてゲーム発売から十余年を経た一九九三年、ケイオシアムは画期的な文芸アンソロジー／競作集を発刊します。『ハスター神話作品集 The Hastur Cycle』に始まる〈コール・オブ・クトゥルー・フィクション〉シリーズです。アザトース、シュブ＝ニグラス、ツゥトゥグア、ナイアルラトホテップといった邪神たちは云わずもがな、『ネクロノミコン』『エイボンの書』『妖蛆の秘密』『イオドの書』といった有名無名の

『ハスター神話作品集』

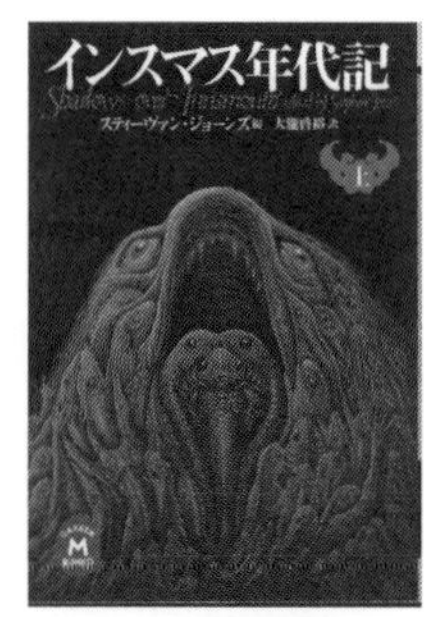

『インスマス年代記』

『ラヴクラフトの遺産』

魔道書や、インスマス、ダニッチ、アーカムなどの架空都市、マッケン、チェンバース、ブラヴァツキー夫人らの神話大系関連著作、さらには神話百科事典（ダニエル・ハームズ『エンサイクロペディア・クトゥルフ』新紀元社）に至るまで、個別の神話アイテムやテーマごとに歴代の名作佳品や新作を一巻に収め系統的に刊行する……人気ゲームの関連商品として企画展開されることで、従来の文芸出版社には実現の難しい壮挙が可能となったのです（権利関係の問題などもあり、同シリーズの邦訳はなかなか実現しませんでしたが、ようやく二〇〇八年に新紀元社から『エイボンの書』全訳版が刊行され、一一年には学研版『魔道書ネクロノミコン外伝』に『ネクロノミコン作品集』の一部が収録されるなど、日本でもその現物の紹介が緒に就いたのは嘉すべきことであります）。

シリーズの編纂監修を担当しているロバート・M・プライスは、生前のリン・カーターと親しく、その遺著管理人に指定されているほどですが、ダーレスやカーターが執念を燃やした神話大系の補完・拡充作業は、プライスの手で九〇年代以降、よりいっそうの進展を遂げたと申せましょう。

プライスと並んで忘れることのできない新時代の担い手が、S・T・ヨシです（ただし彼はプライスとは対照的に、ダーレス以降のクトゥルー神話には一貫して否定的な立場を取っています）。

一九五八年インドに生まれ米国で育ったヨシは、プロヴィデンスのブラウン大学に進学してラヴクラフト関連資料の研究に打ち込み、研究批評誌『ラヴクラフト・スタディーズ』の編集に携わったり、八〇年代に刊行されたアーカム・ハウスの新版〈ラヴクラフト作品集〉の本文校訂を担当するなど、学術的なラヴクラフト研究のエキスパートとして主導的な役割を果たしてきました。日本でも二〇一二年に、その集大成

『ラヴクラフト・スタディーズ』

『エンサイクロペディア・クトゥルフ』

TRPG『クトゥルフの呼び声』

というべき『H・P・ラヴクラフト大事典』（〇一）がエンターブレインから翻訳刊行されたことで、ようやくHPL研究の碩学ヨシの真価が明らかになりつつあるのは、これまた嘉すべきことと云えるでしょう。

かくして、クトゥルー神話小説の系統的な出版と、原点たるラヴクラフト作品の整備・研究が、それぞれ大幅に進展したことを受けて、一九九〇年代以降、英米では新たなクトゥルー神話創造の試みが、さまざまに実践されているようです。

二〇〇四年にルウェリン・パブリケイションズから刊行されたドナルド・タイスンの『ネクロノミコン　アルハザードの放浪』（学研）もまた、クトゥルー神話新世紀への期待と手応えを十二分に感じさせる、絢爛たる野心作でした。ラヴクラフト世界のみならず、オカルティズムや古典文学に関しても並々ならぬ造詣を窺わせる作者は、これまで断片的にしか内容を伝えられてこなかった『ネクロノミコン』を、どこかボルヘス風な驚異博物誌にしてアブドゥル・アルハザードの一代記としても読める、巧緻なオカルト遍歴幻想譚のスタイルで再創造してみせたのです。この作品が、ラヴクラフト神話の一原点たる「未知なるカダスを夢に求めて」に回帰するような志向性を感じさせることは、決して偶然とは思われません。そればかりかタイスンは二〇〇六年には、同書にもとづく伝奇ロマン大作『アルハザード』を上梓し、物語作家としての並々ならぬ膂力を示しています。

なお、一九九〇年代以降の英米におけるクトゥルー神話シーンの実態については、『SFマガジン』二〇一〇年五月号の特集「クトゥルー新世紀」と『ナイトランド』創刊号（二〇一二年三月発行）の特集「ラヴクラフトを継ぐ者たち」に、好個の作例

『アルハザード』

『ネクロノミコン　アルハザードの放浪』

が紹介されております。前者に収められた特集監修者・中村融による「特集解説」と竹岡啓による「クトゥルー新世紀概説」も、最新の動向を窺うに際して大いに参考になることでしょう。

開祖ラヴクラフトの精神を受け継ぎながら、新たなる神話世界の創造に挑む書き手たちが、今後も洋の東西を問わず輩出することを期待したいと思います。

『SF マガジン』の「クトゥルー新世紀」特集

ラヴクラフトのいる日本文学史

——覚え書き風に

ラヴクラフトの生没年（一八九〇〜一九三七）を和暦に直すと、明治二十三年から昭和十二年となり、大日本帝国憲法発布（明治二十二年）によって近代国家としての体制を確立した明治日本が、富国強兵の途（みち）を邁進し、その帰結として、昭和十二年の盧溝橋事件に始まる日中全面戦争へ突入するまでの期間に相当していることが分かります。

文学史的に俯瞰すると、明治二十三年は――ラヴクラフトもその著作を愛読していたらしい――後の小泉八雲ことラフカディオ・ハーンが来日した年であり、昭和十二年は、大正から昭和初頭にかけて隆盛の一途をたどった日本の怪奇幻想文学シーンが、迫り来る戦火を前に最後の輝きを放った時代でありました。

ラヴクラフト誕生の前年にあたる明治二十二年（一八八九）には内田百閒と夢野久作が、二十三年には小酒井不木や豊島与志雄、日夏耿之介らが生まれており、さらに二十五年に芥川龍之介と佐藤春夫が、二十七年に江戸川乱歩と橘外男が、それぞれ誕生しています。

まさに文芸の諸分野において、日本幻想文学黄金時代の屋台骨を背負うことになる天才鬼才碩学怪人たちが陸続と呱々（ここ）の声をあげていたわけで、壮観というほかありません。ラヴクラフトもまた――遠く太平洋を隔てた、しかも交戦国の民だったとはいえ――幻想と怪奇の文学に志す、かれらの同時代人であったのです。

◆ラヴクラフトvs夢野久作!?

ところで右に列挙した文豪たちの中でも、ラヴクラフトとの比較対照において、ことのほか興味深い存在が、夢野久作です。

夢野久作、本名・杉山直樹は、明治二十二年（一八八九）一月四日、福岡市に生ま

ヨシ『ラヴクラフト図書館』のHPL蔵書目録にはハーンの著書も。

小泉八雲ことラフカディオ・ハーン

れました。政界の黒幕として勇名を馳せた父・茂丸は家庭を顧みること少なく、生母ホトリも姑との折り合いが悪く、出産後まもなく杉山家を離縁されたといい、長男の久作は祖父母の寵愛のもと、もっぱら乳母の手で育てられたそうです。

こうした生い立ちの環境や家族関係といい、長期にわたる同人誌活動を経て、三十代で商業誌に作家デビューしている点といい、かたやニューイングランド、かたや北九州という故地とその作品とが分かちがたく結びついている点といい、ラヴクラフトと久作がたどった生の軌跡は、奇妙なほどの一致をみせております。

そう、異様に縦長で、写真によっては同一人物に見えないこともないほど酷似した容貌ばかりが、両者の共通点ではないのです。

昭和十一年（一九三六）三月十一日午前十時、久作は東京・渋谷の継母宅で来客と面談中、ああ〜ッと伸びをしながら真後ろに倒れ、そのまま急逝します。脳溢血でした。享年四十七……みずから「幻魔怪奇探偵小説」と銘打つ一代の奇作『ドグラ・マグラ』をはじめ、ホラーからファンタジーまで幅広い分野に（これもラヴクラフトとの共通点ですね）革新的な作品を遺した鬼才・夢Ｑは、奇しくもＨＰＬより一年早く生まれ、一年早く世を去ったのでした。

奇妙な符合はそればかりではありません。ラヴクラフトが末期癌でプロヴィデンスの病院に収容されたのは一九三七年の三月十日、息をひきとったのは五日後の十五日——つまり久作の死からちょうど一年を経たタイミングで、ラヴクラフトも病没しているのです。

ラヴクラフトと久作のもうひとつの共通点は、幼少の頃から文才に恵まれながら不遇をかこっていた両者が、新たな雑誌メディアの出現を機に、小説家として本格的なデビューを飾ることができたという点にあります。

Ｈ・Ｐ・ラヴクラフト

夢野久作

すなわち、ラヴクラフトにとっての『ウィアード・テイルズ』、久作にとっての『新青年』です。

ラヴクラフトは一九二三年、創刊まもない『ウィアード・テイルズ』十月号に短篇「ダゴン」が採用されたのが縁で同誌の常連寄稿家となり、一時は編集長就任を打診されるほどに中核的な存在となっていきました。「魔宴」「クトゥルーの呼び声」「チャールズ・デクスター・ウォード事件」「ダニッチの怪」「闇に囁くもの」等々をはじめとする代表作の多くは、いずれも同誌に掲載されています。

久作もまた『新青年』の創作探偵小説募集に投稿した短篇「あやかしの鼓」が二等入選を果たし、同誌の大正十五年（一九二六）十月号に「夢野久作」という新たな筆名で掲載されて一躍注目を集め、以後「死後の恋」「押絵の奇蹟」「氷の涯」などの代表作を同誌に発表しています。結局、掲載には至りませんでしたが、『ドグラ・マグラ』の完成稿も、当初は『新青年』の水谷準編集長に託されていたのでした。

ここでふたつの雑誌についても、手短かに解説しておきましょう。

『ウィアード・テイルズ』は、一九二三年三月にシカゴで創刊された怪奇幻想冒険小説専門のパルプ・マガジンです。創刊当初は低調でしたが、一九三〇年代前半のファーンズワス・ライト編集長時代に部数を伸ばし隆盛期を迎えます。ラヴクラフトはもとより、R・E・ハワード、C・A・スミスから、R・ブロック、A・ダーレスに至る作家たち、ヴァージル・フィンレイ、ハネス・ボクほかの挿絵画家など、クトゥルー神話大系関係者の主要な活動舞台となりました。戦後の一九五四年九月に終刊しています。

一方の『新青年』は、大正九年（一九二〇）一月、戦前の出版界を代表する出版社のひとつだった博文館から『冒険世界』の後継誌として創刊されました。当初は地方

国書刊行会版〈ウィアード・テールズ〉

『ウィアード・テイルズ』1933年10月号

在住の青年向けに海外雄飛を奨める垢抜けない雑誌でしたが、森下雨村初代編集長による海外探偵小説積極導入の方針が、ほどなく江戸川乱歩ら日本人作家の輩出に結びつき、大正・昭和初期のモダニズム文化を代表する娯楽雑誌にして新興探偵文壇の牙城へと成長を遂げました。こちらも戦後の昭和二十五年（一九五〇）七月に終刊しています。

　こうして並記してみると、ラヴクラフトと久作のみならず、かれらの晴舞台となった東西の名雑誌もまた、一九二〇年代の幕開けとともに誕生し、一九三〇年代に黄金時代を迎え、終戦後その歴史的役割を終えて静かに消えていった、同時代人ならぬ同時代メディアであったことが実感されるでしょう。

　しかも、両誌が当時の米日両国において、怪奇幻想文学ジャンルに最も積極的に誌面を割いた雑誌であったこともまた、あらためて指摘するまでもないところです（『ウィアード・テイルズ』については、国書刊行会版〈ウィアード・テールズ〉全五巻、『新青年』については、立風書房版〈新青年傑作選〉全五巻を、それぞれ参照）。

　こうなると、ひとつの興味として、両誌に何らかの交流や影響関係があったのかという問題が浮上してまいります。『新青年』から『ウィアード・テイルズ』へというベクトルは、言語・文化圏の相違や歴史的経緯から見て、可能性は限りなく低そうですが、逆は大いにありえるでしょう。事実、那智史郎・宮壁定雄両氏による労作『ウィアード・テールズ』（国書刊行会）所載の「Weird Talesインデックス」をチェックしていくと、意外に多くの掲載作が、ほぼリアルタイムで邦訳紹介されていることに驚かされます（ただし、それらは雑誌から直接紹介されたのではなく、英国で刊行されていたクリスティン・キャンベル・トムスン編のアンソロジー『ウィアード・テイルズ年刊傑作選』経由であった可能性が高いようです。同書については継書房版『慄

立風書房版〈新青年傑作選〉

『新青年』1932年12月号

然の書――ウィアード・テールズ傑作集』を参照)。

たとえば『新青年』一九二八年八月増刊号「探偵小説傑作集」には、M・リヴイタン「第三の拇指紋」(『ウィアード・テイルズ』一九二五年六月号掲載)と、アール・アンソニー「寄生手　バーンストラム博士の日記」(『ウィアード・テイルズ』一九二六年十一月号掲載)の二篇が訳載されており、翌一九二九年七月号には、オーガス・ダアレス「蝙蝠鐘楼」(『ウィアード・テイルズ』一九二六年五月号掲載)が、みずからも怪奇幻想短篇を手がけた妹尾アキ夫の翻訳で掲載されております。一九三〇年二月春季増刊号にも、F・コオタア「白手の黒奴」(『ウィアード・テイルズ』一九二七年一月号掲載)の名が見えます(以上の作者名表記は訳載時のものに準拠しました)。

このうち、ラヴクラフトの高弟オーガスト・ダーレスの初期短篇「蝙蝠鐘楼」が載った号には、久作の短篇「鉄槌行進曲」も掲載されていて、まさに両者のニアミスといった趣で、私などは昂奮を禁じえません。

残念ながらラヴクラフトの作品そのものが『新青年』に邦訳されることはなかったのですが、戦後になって本格的なラヴクラフトの作品紹介が始まるに際して、その主舞台となったのが、江戸川乱歩責任編集による推理小説専門誌『宝石』だったのは、当然の帰結でもありました。なぜなら『宝石』は、事実上の『新青年』後継誌であったからです。末期の『新青年』を支えた二大連載――横溝正史の長篇『八つ墓村』と江戸川乱歩のエッセイ「探偵小説三十年」は、同誌の廃刊後、『宝石』誌で再開されているのでした。

◆江戸川乱歩とラヴクラフト

戦後初めて、というよりも日本史上初めて、ラヴクラフトについての言及がなされ

『宝石』1949年4月号

継書房版『慄然の書』

たのも、現時点で確認されているところでは、昭和二十三年（一九四八）六月から翌年七月まで、江戸川乱歩が『宝石』に連載した「怪談入門」においてであったとするのが定説となっています。ただし「怪談入門」というタイトルは単行本『幻影城』（一九五一）収録時に付されたもので、連載中は「幻影城通信」の通しタイトルのもと、「怪談について」「怪談」等の表題が随時、掲げられていました。

「彼の作には次元を異にする別世界への憂鬱な狂熱がこもっていて、読者の胸奥を突くものがある」云々という有名な一節を含む乱歩のラヴクラフト紹介文は、単行本版の「怪談入門」（平凡社ライブラリー『怪談入門　乱歩怪異小品集』などに収録）では第二章「英米の怪談作家」に含まれていますが、連載時のこの回には該当する記述がありません。

実は乱歩が、ラヴクラフトの人と作品についてまとまった情報を得たのは、連載開始後のことだったのです。その経緯は追記の形で、翌二十四年四月号掲載の「幻影城通信／怪談（八）」冒頭に「ラヴクラフトについて」という見出し付きで掲げられました。

その冒頭には、次のように記されています。

> この小文の初めの方で、英米怪談作家を年代順に記した中に、ラヴクラフトについては詳しいことが分らぬと書いたが、其後、ある人からこの作家の短篇集 The Dunwich Horror and Other Tales の文庫本を贈られ、その編者の序文によって、ラヴクラフトは純怪談作家としてマッケンやブラックウッドやモンターグ・ジェームズなどと肩を並べてよい人であることが分ったので、ここに追記する。

「怪談入門」ほか乱歩の怪奇エッセイを集成した平凡社版『怪談入門　乱歩怪異小品集』

江戸川乱歩「怪談（八）ラヴクラフトについて」

これに続く記述は、現行版の「怪談入門」第二章のそれとほぼ同一です。したがって、日本における本格的なラヴクラフトの紹介は、昭和二十四年（一九四九）四月に乱歩の手で始まったとするのが、現時点における最も正確な日付であると考えられるのであります。

ちなみに右の引用文中で、乱歩にラヴクラフトの短篇集を贈呈した人物が誰だったのか——土曜会の常連で『宝石』の創刊にも関与し、後述するように同誌で「エーリッヒ・ツァンの音楽」の翻訳も手がけている宇野利泰ではなかろうか、はたまた世界大ロマン全集版『怪奇小説傑作集』（一九五七）で乱歩と名タッグを組むことになる英米怪奇小説翻訳の先覚者・平井呈一だった可能性はなかろうか……などと烈しく気になるところですが、残念ながら詳細は判明しておりません（御存知の方は是非とも御教示を賜わりたく）。

さらに付言しますと、右の「幻影城通信／怪談（八）」に続く見開き頁から、高木彬光の代表作『能面殺人事件』が、一挙四百枚長篇読切作品として掲載されています。高木は日本初のクトゥルー神話小説（ただし作中に登場する邪神像はクトゥルーならぬ「チュールー神」と呼ばれていますが、超古代の大陸で崇拝されていたという出自といい、所有者を狂気へ誘う魔力といい、「クトゥルーの呼び声」がベースとなっていることは、まず間違いのないところでしょう）として歴史的意義を有する短篇「邪教の神」（『小説公園』一九五六年二月号〜三月号）の作者ですが、執筆に至る一契機として、乱歩の右の一文が何らかの影響を及ぼした可能性は高いように思えます。

ところで、乱歩が読んだという文庫本すなわちペーパーバックは、刊行時期やタイトル、収録内容から推して、一九四五年に兵隊文庫（Editions for the Armed Forces）

世界大ロマン全集版『怪奇小説傑作集』

角川文庫版『邪教の神』

の一冊として刊行された『The Dunwich Horror and Other Weird Tales』ではないかと思われます。同書はダーレスによる序文を巻頭に掲げ、「ダニッチの怪」「死体安置所にて」「壁のなかの鼠」「ピックマンのモデル」「エーリッヒ・ツァンの音楽」「アウトサイダー」「クトゥルーの呼び声」「インスマスを覆う影」「月の湿原」「魔犬」「宇宙からの色」「闇に囁くもの」の十二篇を収録した、アーカム・ハウス版作品集からの傑作選というべき、なかなかにバランスのとれた、これ一冊でラヴクラフトの真価を窺うに足るセレクションのアンソロジーでした。日本での初紹介にあたり、乱歩が繙読したのが同書であったことは、ラヴクラフトにとっても幸運だったと申せましょう。

実際、乱歩は同書を一読、かなりの衝撃と興趣を覚えたとおぼしく、「怪談入門」の中で、「ダンウィッチの恐怖」(別に「ダンウィッチ怪談」とも。以下、乱歩自身の表記に準拠)をはじめとして、「エリヒ・ツアンの音楽」「異次元の色彩」「他界人」(=アウトサイダー)「In the Vault」の五篇に言及しています。これは「怪談入門」全体のコンセプトが、テーマ別分類による西洋怪談小説案内であることから、「音」「匂」「色」に関わる作品をピックアップしたのでしょうが、同時に、いかにも乱歩好みのチョイスであるように感じられます。

エリヒ・ツアンというドイツ人の老ヴァイオリニストが、奇妙な町の廃墟のようなアパートの屋根裏部屋に独り住んで、夜な夜な、世界のどこの音楽にも無いような不気味な調子の弾奏をしている。それはどうやら屋根裏部屋のたった一つの窓の外の暗闇に蠢(うごめ)く、何かの妖気のさせる業らしい。その暗闇からも同じリズムが響いて来る。窓を開いてみると、当然下に見える筈の市街の灯火が全く無くて、ただモヤモヤした暗黒にとじこめられ、そこから異様な風が吹きこんで来る。(「エリヒ・

『宝石』1955年11月号掲載の「エーリッヒ・ツァンの音楽」

兵隊文庫版『ダニッチの怪その他の怪奇小説集』

ツアンの音楽」)

やがてその落下した附近の農作物が異常発育をはじめ、花も葉も果実も驚くほど巨大となり、その上、未だ嘗て人間が目にしたことのないような色彩を持つ。この世に無い色である。この力は昆虫、動物、人間にまで影響し、種々の怪異が起るが、最後にはその辺一帯の樹木や建物の屋根からこの世ならぬ色の光が発し、数日の間巨大な火焔となって天に冲する。(「異次元の色彩」)

最後にこの怪物は、人々に追われて向うの山に駈けのぼるが、ある学者の発明した薬品を大きな噴霧器で怪物にかけると、その瞬間だけ正体を現わす。村人達は望遠鏡で遥かにこれを眺めるのだが、現れた怪物の姿は太いグニャグニャした縄がメチャクチャにもつれ合ったような巨大な塊りで、その到る所に、いやらしい目と口と、奇妙な手足が数知れずついているという妖怪、これが異次元の生物なのである。

(「ダンウィッチの恐怖」)

いかがですか、このゾクリとくるような名調子！　あたかも乱歩自身の作品を彷彿させるがごとき語り口で、いまだ邦訳されざる主要作品の概要と勘所が、いち早く紹介されたことは、これまたラヴクラフトと日本の読者にとって幸運だったと申せましょう。

◆最初に邦訳されたラヴクラフト作品は？

「怪談入門」で言及されたラヴクラフト作品のいくつかは、ほどなく乱歩みずから監

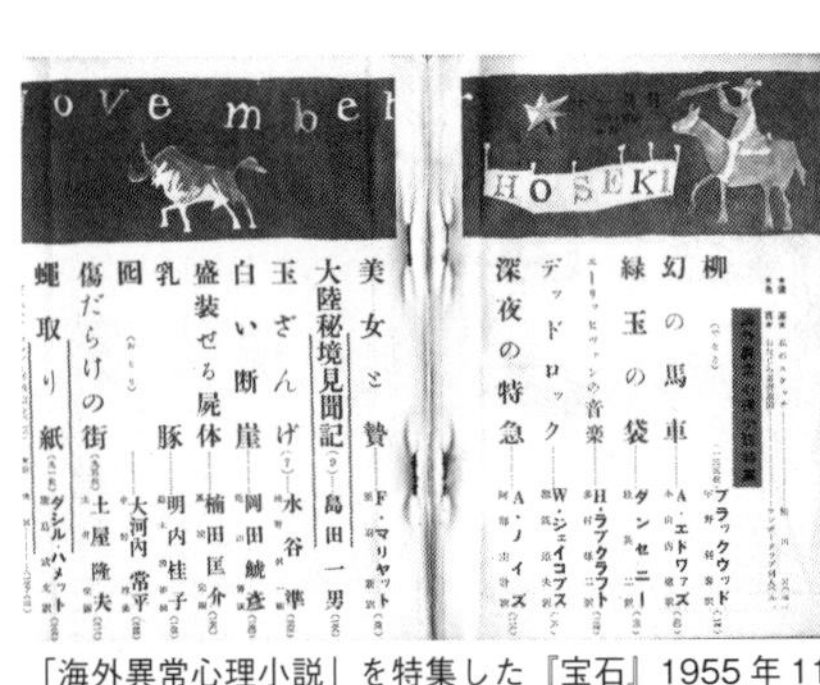
HOSEKI

柳　ブラックウッド
幻の馬車　A・エドワーズ
緑玉の袋　ダンセニー
エーリッヒ・ツァンの音楽　H・P・ラヴクラフト
デッドロック　W・ジェイコブス
深夜の特急　A・ノイズ
美女と贄　F・マリヤット
大陸秘境見聞記　島田一男
玉ざんげ　水谷準
白い断崖　岡田鯱彦
盛装せる屍体　楠田匡介
乳豚　明内桂子
囮　大河内常平
傷だらけの街　土屋隆夫
蠅取り紙　ダシル・ハメット

「海外異常心理小説」を特集した『宝石』1955年11月号の目次から

修する『宝石』誌上で邦訳紹介されることになりました。

まず「エーリッヒ・ツァンの音楽」（多村雄二訳）が昭和三十年（一九五五）十一月号に掲載され、続いて三十二年（一九五七）八月号に「異次元の人」（平井呈一訳）が、三十六年（一九六一）十月刊の『別冊宝石』一〇八号に「冷房装置の悪夢」（志摩隆訳）が、それぞれ訳載されています。

このため長らく、ラヴクラフト作品邦訳の嚆矢は、右の多村雄二（翻訳家・宇野利泰の別名義）訳「エーリッヒ・ツァンの音楽」であるとされてきましたが、実際にはそれより四ヶ月早く、河出書房発行の文芸誌『文藝』の昭和三十年（一九五五）七月号に「壁の中の鼠群」（加島祥造訳）が翻訳掲載されていたことが、現在では明らかとなっております。

実を申せば、私がこの事実を発見したのはまったくの偶然で、たまたまそのとき編纂中だった『文豪怪談傑作選　吉屋信子集　生霊』（ちくま文庫）収録作の初出を確認するため、古びた『文藝年鑑』を山と積み上げ、掲載データを延々とチェックしていた際、天の配剤か邪神の御加護か、目の端に「壁の中の鼠」という文字が飛び込んできたのでした。仄暗い早大図書館の雑誌書庫の片隅で、名状しがたい歓喜の叫びを発したのは申すまでもありません。よもやラヴクラフトの怪奇小説が、この時代の文芸誌に訳載されていようとは……これは盲点でした。

担当編集者にお願いして、図書館で現物のコピーを取ってきてもらったのですが、目次を一瞥して驚愕。なんと、Ｈ・Ｐ・ラヴクラフト「壁の中の鼠群」と隣り合う形で、江戸川乱歩の短篇「防空壕」が掲載されているではないですか。戦時中の空襲体験にもとづく奇談「防空壕」は、戦後の乱歩作品には珍しい夢幻の抒情纏綿たる逸品であることは、御承知の向きも多いことでしょう。

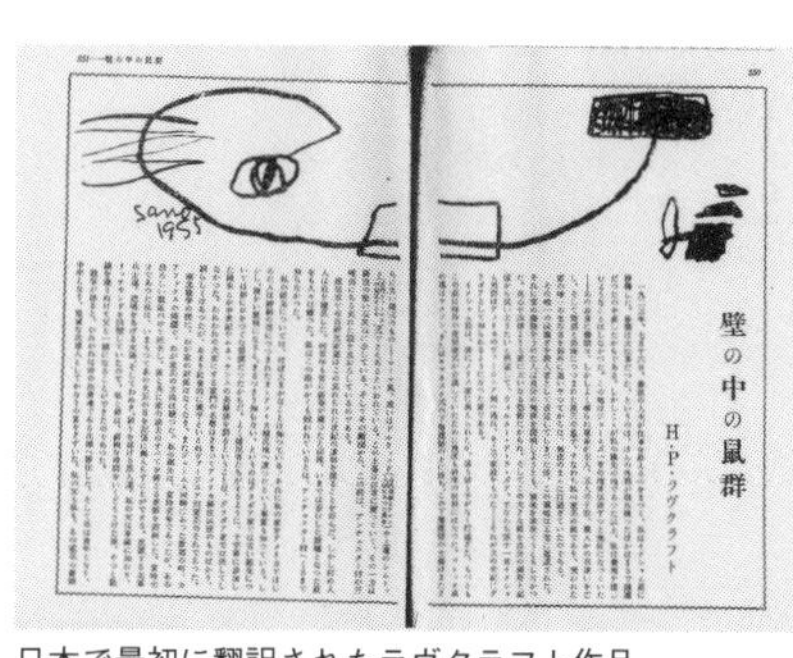
壁の中の鼠群
H・P・ラヴクラフト

日本で最初に翻訳されたラヴクラフト作品

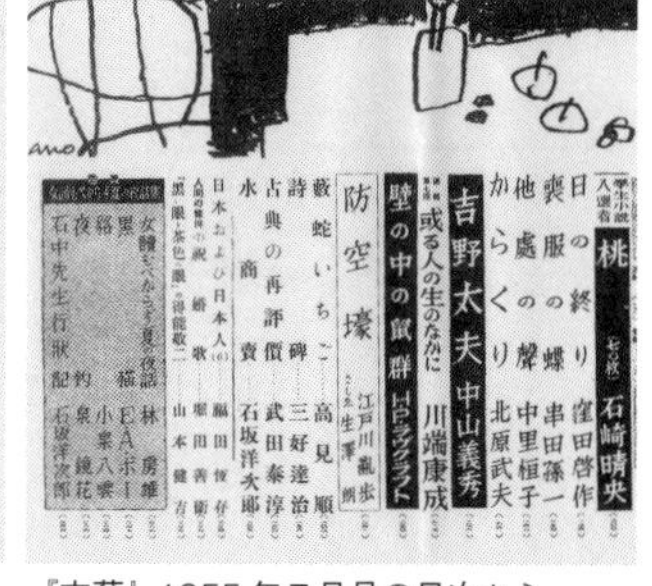
桃 石崎晴央
日の終り 窪田啓作
喪服の蝶 串田孫一
他處の聲 中里恒子
からくり 北原武夫
或る人の生のなかに 川端康成
吉野太夫 中山義秀
壁の中の鼠群 H・P・ラヴクラフト
防空壕 江戸川亂歩
薮蛇いちご 高見順
詩碑 三好達治
古典の再評價 武田泰淳
水商賣 石坂洋次郎
日本および日本人 福田恆存

『文藝』1955年7月号の目次から

さらに巻末の特集「女読むべからず夏の夜話集」に、石坂洋次郎「石中先生行状記」と林房雄「女読むべからず夏の夜話」に挟まれる形で（昭和だなあ……）、E・A・ポー「黒猫」（中野好夫訳）、小泉八雲「貉」、泉鏡花「夜釣」という怪談小説トリオの再録が配されているのを確認するに及んで、この異色企画の黒幕は、もしや乱歩その人だったのではあるまいか……という推測を、私は学研M文庫版『クトゥルー神話事典・第三版』（二〇〇七）に記しましたが、その後『エソテリカ別冊　クトゥルー神話の本』（二〇〇七）に寄稿する際、「壁の中の鼠群」を翻訳された加島祥造氏に、編集部を通じて照会のお手紙をさしあげたところ、まことに懇切なる返信を頂戴しました。次に掲げるのが、その全文であります。

> ラヴクラフトのこの翻訳は記憶にある。この年（一九五五）の前の年に、アメリカ留学から帰って、この年は信州大学（松本）で教職についていました。三十二歳でした。
>
> 　しかしどんな経過で、この訳を『文藝』に載せたか、覚えていない。江戸川さんの推薦ではなかったでしょう。
>
> 　この作品はたぶん、私が米国に滞在中に、短篇傑作選といった本から採って、訳した、そして『文藝』に送ったのではないかと思います。
>
> 　一九五六年以降は、アガサ・クリスチーのものの訳その他を早川書房から続刊しているが、ラヴクラフトについては、深入りしないで終っています。

なお、御存知の向きも多いでしょうが、加島氏は詩人、英文学者として、『加島祥造詩集』（思潮社現代詩文庫）『対訳　ポー詩集』（岩波文庫）ほか多くの著作を世に

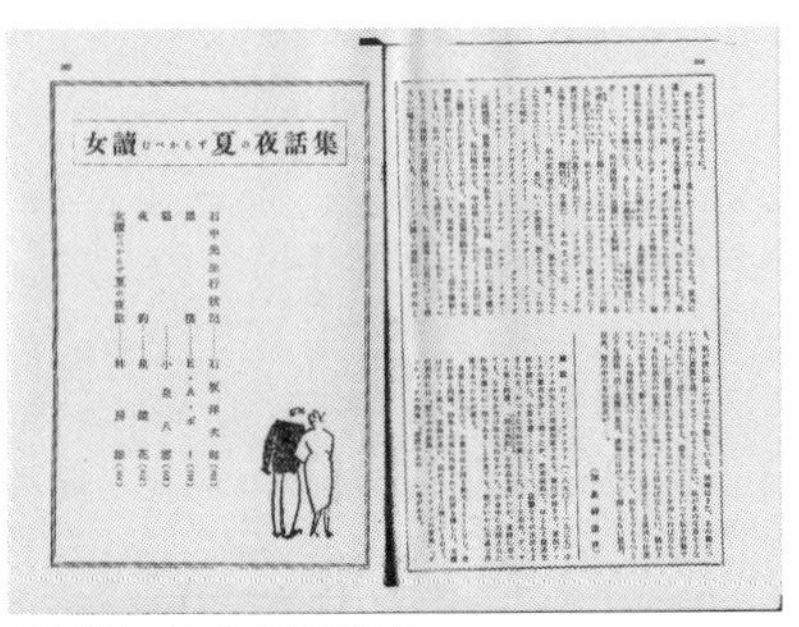

女讀むべからず夏の夜話集

「女読むべからず夏の夜話」

『文藝』1955年7月号

問われ、晩年は『タオ　老子』（ちくま文庫）をはじめとする老荘思想の研究家、実践者としても高名でした。このお手紙をいただいた後、二〇一五年に九十二歳の天寿を全うされましたが、「一ノ瀬直二」の筆名でも多くの翻訳を手がけていらしたことが没後、御遺族から明かされております。怪奇幻想文学ファンにはおなじみのクレッシング『料理人』、ブラッドベリ『スは宇宙（スペース）のス』、そしてジョン・ジェイクスのヒロイック・ファンタジー〈戦士ブラク〉シリーズなども、実は加島氏の翻訳によるものだったのです。

なお、こうした正規の邦訳紹介に一歩先んじて、はなはだ意外というかイレギュラーな形でラヴクラフト作品が移入されていたケースとして、西尾正（一九〇七～一九四九）の短篇「墓場」（論創社版『西尾正探偵小説選2』所収）を挙げておきたいと思います。

戦前から『新青年』などを舞台に、ラヴクラフトにも一脈通ずる過剰な文体で、いわゆるエロ・グロ・ナンセンス味に富んだ怪奇小説を発表していた作者が、戦後になって探偵小説誌『真珠』昭和二十二年（一九四七）十一月・十二月合併号に寄稿した短篇です。ちなみに掲載誌の『真珠』は、表紙デザインからして煽情的なパルプ・マガジンのそれを彷彿させる体裁で、この怪作にいかにもふさわしいたたずまいとなっております。

物語の外枠こそ、語り手が知り合いの外国人とともに、三浦半島へ行楽に出かけるというオリジナルな設定なのですが、話中話として外国人が語り聞かせる怪異遭遇談は、明らかにラヴクラフトの短篇「ランドルフ・カーターの陳述」を下敷きにしており、「ビッグ・サイプレス」という原典に見える地名まで、そのまま登場しております。

「墓場」が収録された西尾正の作品集

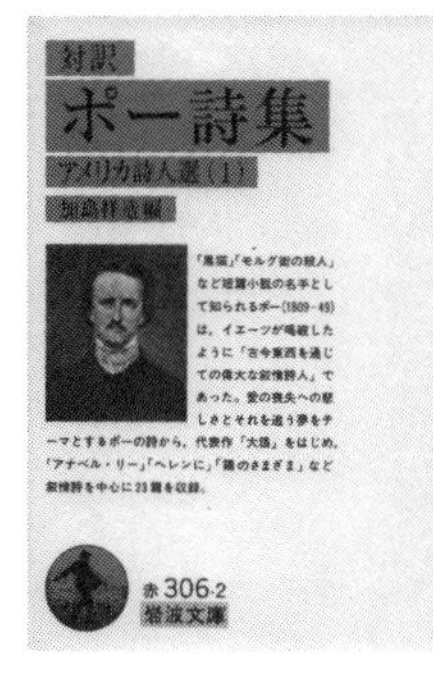

加島祥造編『対訳ポー詩集』「夢の邦」「海中の都市」なども所収

作者がどのような経緯で、日本では当時まだ知られざる存在だった（大乱歩でさえ昭和二十四年の時点まで詳細を知らなかったのですから！）ラヴクラフトの、しかもさほど有名作でもない（先述の兵隊文庫の傑作選にも含まれていません）短篇「ランドルフ・カーターの陳述」に注目したのかなど、詳しいことは分かりませんが、それはさておき、『新青年』系怪奇作家の中にあって、夢野久作にもましてアメリカン・パルプ・ホラーに近似したテイストを有する西尾正の手で、いかにもパルプ的／カストリ的な翻案手法によって、ラヴクラフトの作品が戦後いち早く移入せられていたことは、パルプ・ホラーのチープスリルな味わいを愛でる読者にとっては、思わずニヤリとさせられる奇縁となりました。おそらく泉下のラヴクラフトも、自作がこのような形で日本に初上陸したことを、苦笑を浮かべつつも愉快に思っているのではないでしょうか。

◆『ダニッチの怪』と『ウルトラQ』と

さて、ラヴクラフト作品の本格的な邦訳紹介が始まった昭和三十年代前半は、かく申す私が生まれた時期でもあります（昭和三十三年生まれなので、今年で還暦）。

そんな私が生まれて初めて読んだラヴクラフト作品は、創元推理文庫版『怪奇小説傑作集3』（一九六九）に収録されていた「ダニッチの怪」（同書での訳題は「ダンウィッチの怪」）でした。昭和四十四年（一九六九）の冬、小学校六年当時のことです。

その際の正直な第一印象は、おお、コズミック・ホラーよ！　でも、嗚呼ネクロノミコン!!　でもなく……あっ、これはウルトラQじゃないか！　でした。

『ウルトラQ』とは、昭和四十一年（一九六六）一月から半年間、ＴＢＳ系列で放映された円谷プロダクション制作の空想特撮ドラマで、『ウルトラマン』に代表される

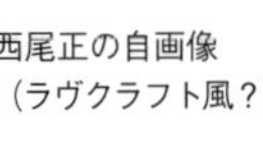

西尾正の自画像
（ラヴクラフト風？）

〈ウルトラ〉シリーズの原点となり、一九六〇年代後半の日本を席巻した第一次怪獣ブームを招来した作品であることは、御存知の方も多いでしょう。作中に登場するガラモン、カネゴン、ナメゴン、ケムール人といった人気怪獣の名前は、特撮に興味がない人でも、どこかで耳にしたことがあると思います。

「そうです。ここは、すべてのバランスが崩れた、恐るべき世界なのです。これから三十分、あなたの目は、あなたの身体を離れて、この不思議な時間の中に入っていくのです……」――無気味に蠢動するテーマ音楽とともに流れる、名優・石坂浩二の印象的なオープニング・ナレーションを、懐かしく想起される向きも少なくないでしょう。

ちなみに、いま右の引用文を書き起こしていて、あらためて感じ入ったのですが、これはラヴクラフト的なコズミック・ホラーの世界とも、どことなく通い合うところがある一文ではないでしょうか。とりわけ、身体を離れて不思議な時間の中に入って行く……というあたりですね。

そもそも私が、怪奇幻想小説の世界へ参入するひとつの契機になったのが、小学校低学年の頃に接して激甚な衝撃をうけた『ウルトラQ』の作品世界――劇中で用いられるキイワードに従えば「アンバランス・ゾーン」が醸し出す妖しい魅力なのでした。

町の書店の児童書コーナーから、大人が読む文庫本のコーナーへ遠征して、初めて手に取った本が、カフカ『変身』の岩波文庫版だったのも、『ウルトラQ』に同タイトルの作品（第二十二話「変身」）あればこそ、でありましたし、それからほどなくして創元推理文庫の棚で『怪奇小説傑作集』全五巻と邂逅したのも、書物の世界にアンバランス・ゾーンを希求した必然の成り行きだったといってよいのですから。

朝日ソノラマ『ウルトラＱグラフィティ』

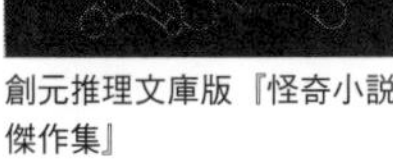

創元推理文庫版『怪奇小説傑作集』

さるにても「ダニッチの怪」であります。物語前半の陰鬱でオカルティックな怪奇ムードから一転、飢えた透明怪物が餌を求めて村を荒らしまわるというスペクタクルな展開は、まさに怪奇映画と怪獣映画の要素が嬉しくも共存する『ウルトラQ』の世界観そのものでした。わけても私を震撼させたのは、不可視の巨大怪物が農場に襲来するありさまを活写した、次のような臨場感満点の描写だったのです。

「みんながこっちでその電話をじっと聞いていると、むこうの電話口からは、ビショップ家のものがみんな息をはずませているらしいようすがよく聞こえた。すると、だしぬけにもう一度サリーの悲鳴が聞こえたかと思ううちに、家畜置場の頑丈な杭垣が、たったいまおしつぶされたが、つぶしたやつの姿はまるきり見えないと電話口のむこうからいってきた。そのうちに、こっちで聞いているみんなの耳に、チョンシーやセスじいさんの悲鳴も聞きとれたが、サリーはもうきゃあきゃあ泣くような声で、なんかすごく重たいものが家にぶちあたった——いいや、稲妻でもなんでもなく、ただ表のほうから重たいものがぶちあたり、くり返しくり返し、自分のからだをおしあててこようとしているが、それでも表がわの窓からはなに一つ見えないのだそうだ。そうしているうちに……そのうちに……。（創元推理文庫『怪奇小説傑作集3』大西尹明訳）

文明の利器のシンボルともいうべき電信機器越しに、この世ならぬ怪異の跳梁ぶりをなまなましく伝えるという趣向は、初期短篇「ランドルフ・カーターの陳述」から晩年の大作「狂気の山脈にて」に至るまで、ラヴクラフトがことのほか好んだ手法で

「ダニッチの怪」初出誌挿絵

すが、それはまた『ウルトラQ』や、その源流となった東宝怪獣映画でも（たとえば『ゴジラの逆襲』におけるテレビ中継班遭難シーンや、『空の大怪獣　ラドン』におけるパイロットと指揮官のやりとり等）なじみ深いものでした。

　さらにいえば、「まるで象がずしんずしんと歩いてるみてえな、なんか大きな音が、自分んちのほうへむかってくるのが聞こえてきたそうだ」（大西尹明訳）とも描写される「ダニッチの怪」の怪物接近シーン自体が、『ゴジラ』第一作における有名なゴジラ初登場シーン（嵐のなか大戸島に上陸したゴジラによって民家が蹂躙される）を、見事に先触れしていたのでありました。

　今にして思えば、『ウルトラQ』とラヴクラフト／クトゥルー神話作品との間には、当時気づいていた以上に多くの共通点・類似点を数えあげることができそうです。

　オーソドックスな半魚人のスタイルに造形された海底原人ラゴン（第二十話）と、おなじみの〈深きものども〉。

　文明社会のエネルギーを吸い取って無限増殖する風船怪獣バルンガ（第十一話）と、ウボ＝サスラやアザトース（!?）。

　クトゥルー神話の邪神や怪生物を特徴づける触手や触腕によく似た吸血根をグニャグニャと蠢かせて、人間を襲う古代植物ジュラン（第四話）。

　こうした視覚的な連想もさることながら、クトゥルー崇拝の一大拠点でもある南太平洋の群島を舞台に、島の守護神たる大蛸スダールの猛威を描く第二十三話「南海の怒り」、猛吹雪のなか南極探検隊員に迫る巨大なペンギン怪獣の恐怖を描いた第五話「ペギラが来た！」、超古代文明の遺物である彫像が、破滅の使者たる貝獣を召喚する第二十四話「ゴーガの像」、二〇二〇年の未来から地球人の若い肉体を奪いにやって

奇想天外社版『ゴジラ／ゴジラの逆襲』

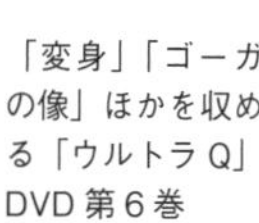
「変身」「ゴーガの像」ほかを収める「ウルトラQ」DVD第6巻

くるケムール人の暗躍を描く第十九話「2020年の挑戦」あたりの設定と着想、ストーリーは、それぞれ「クトゥルーの呼び声」「狂気の山脈にて」「闇をさまようもの」（カール・ジャコビの「水槽」でも可）「時間からの影」（「闇に囁くもの」でも可⁉）といった代表的神話作品のそれと、奇妙なほどの符合を示しているように感じられるのです。

また、第十二話「鳥を見た」や第二十六話「206便消滅す」、再放映で初めて日の目を見た異色作「あけてくれ！」など、異次元に触れることの戦慄と恍惚をリアルに描いた一連の作品が、ラヴクラフトの提唱する宇宙的恐怖（コズミック・ホラー）のありようときわめて近い視点を有することも、忘れずに指摘しておきたいと思います。

なお、『ウルトラQ』『ウルトラマン』から三十年後に制作された『ウルトラマンティガ』（一九九六～九七）の掉尾を飾るラスト三話では、先兵怪獣ゾイガーの大群を率いた邪神ガタノゾーアが海底遺跡から復活、浮上した超古代都市を背景に、光の巨人と幻妖バトルを繰りひろげる巡り合わせとなったことも申し添えておきましょう。

◆大伴昌司と紀田順一郎

実は『ウルトラQ』とラヴクラフト／クトゥルー神話との間には、ささやかな、けれどたいそう興味深くもある接点が存在します。

そもそも『ウルトラQ』という番組は、当初『UNBALANCE（アンバランス）』という仮タイトルのもと、当時日本でも放映されて注目を集めていた『ミステリーゾーン』や『アウターリミッツ』といった海外SFドラマを意識して、企画が起ちあげられたといいます。そのため餅は餅屋とばかり、日本SF作家クラブのメンバーが企画に参画、検討用脚本の執筆などに協力していました。その中には作家の半村良や光

「ウルトラマンティガ」の脚本家・小中千昭による神話小説「深淵を歩くもの」（『ホラーウェイヴ』創刊号掲載）

瀬龍、『SFマガジン』編集長の福島正実、そして大伴昌司の名前が見いだされます。

この大伴昌司（一九三六〜一九七三）こそ、『ウルトラQ』とクトゥルー世界との幽き接点と目される重要人物なのです。番組企画がSFから怪獣中心に路線変更された際、ほかの作家陣が手を引くなか大伴だけは残留し、結果的にインスマス臭濃厚な「海底原人ラゴン」の回の共同脚本クレジットに（おそらくは原案提供者として）その名を留めることとなりました。

今日、大伴といえば、SF特撮映画の紹介者、怪獣図鑑や少年漫画誌のグラビア画報などの企画編集者・ライターとして、オタク文化の黎明期に巨大な足跡を遺しながら夭折した天才エディターといったイメージが一般的でしょう。しかしながら、SFや特撮怪獣物の分野で才能を発揮する直前の一時期、大伴は慶應義塾大学の推理小説同好会以来の盟友で、共にSRの会（関西に拠点を置くミステリー愛好団体の老舗）同人でもあった紀田順一郎らと日本初の恐怖文学専門誌『THE　HORROR』を旗揚げしているのです。作家・評論家として現在も幅広い分野で活躍する紀田氏が、当時を回顧した談話から引用します。

創刊当初の同人は、私と大伴くんと現在シナリオ・ライターとして有名な桂千穂の三人でした。その後SF関係の人たちなんかも支持してくれて、同年（一九六四年／引用者註）四月に出した第二号の会員欄を見ると、光瀬龍や宇野利泰、荒俣宏くんの名前もあったりして時代を感じさせますね。

この雑誌は英米恐怖短篇の紹介を中心に、四号、一年半続いて休刊になりました。その間平井先生には「怪談つれづれ草」という連載エッセイや、デ・ラ・メア、ダーレスの詩の翻訳などをいただきました。本当はもっと続けたかったんですが、『S

中央が大伴、左は紀田順一郎。SRの会で納涼百物語会が開催されたときのスナップ

大伴昌司研究の基本図書『OHの肖像』（飛鳥新社）

Fの手帳』という増刊号を出した頃から、大伴くんがSFの方に興味を示し始め、めざす方向がちょっと違ってきた。それに私の方も会社を辞めて独立したので、今までみたいに遊び半分じゃできなくなって、それでお互いに少し疎遠になっちゃったんですね。

（国書刊行会『幻想文学講義』所収のインタビュー「恐怖文学出版夜話」より）

『THE　HORROR』の創刊は昭和三十九年（一九六四）一月頃だったそうですが、円谷プロダクションで「UNBALANCE」の企画が具体的に動きだすのは、同じ年の秋頃からであったらしく、はからずも右の紀田氏の証言を裏付ける形となっています。

ちなみに談話中で言及されている「平井先生」とは、すでに何度か言及した英米怪奇小説翻訳の名匠・平井呈一（一九〇二～一九七六）のことです。平井は『宝石』一九五七年八月号にラヴクラフトの「アウトサイダー」を「異次元の人」という乱歩ゆずりの訳題で発表したり、「壁のなかの鼠」「インスマスを覆う影」「ダニッチの怪」から成る本邦初のラヴクラフト作品集（併録されたアンブローズ・ビアスも、クトゥルー神話に影響を与えた作家ですね）というべき東京創元社版『世界恐怖小説全集第五巻　怪物』（一九五八）の編纂解説を担当するなど、戦後日本におけるラヴクラフト／クトゥルー神話の普及紹介に大きく寄与した人物であることは申すまでもありません。

しかしながら、『THE　HORROR』とラヴクラフトとの関わりは、平井呈一という老大家を顧問格に擁した点のみにあるのではないのです。

創刊号の巻頭を飾ったのは、紀田順一郎訳によるラヴクラフトの散文詩「廃墟の記

異次元の人
L・P・ラヴクラフト
平井呈一訳
水田力・画

平井呈一訳「異次元の人」

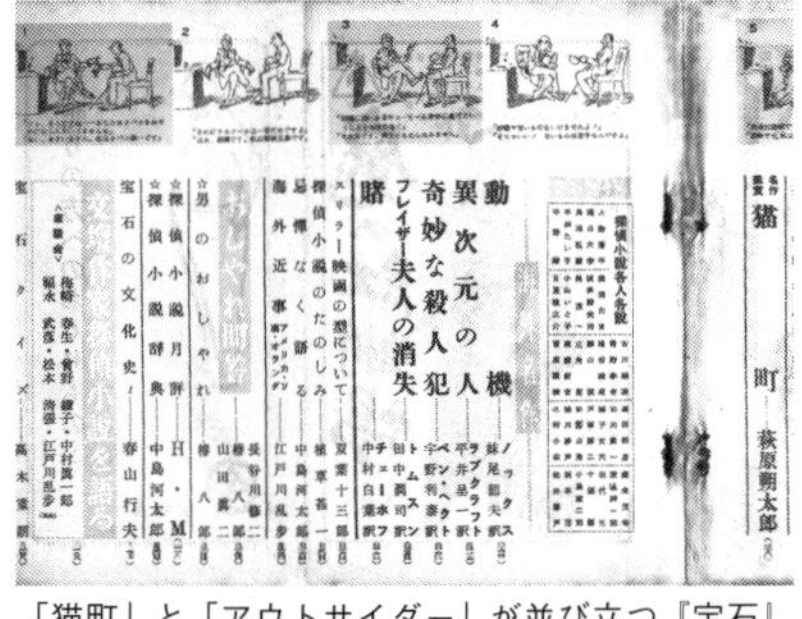
猫町　萩原朔太郎
動機　ノックス
異次元の人　ラヴクラフト　平井呈一訳
奇妙な殺人犯　ベン・ヘクト
フレイザー夫人の消失

「猫町」と「アウトサイダー」が並び立つ『宝石』1957年8月号目次

憶」であり、巻末資料として「アーカムハウス一九六三年度の在庫リスト」が掲げられているのも、いま見れば微笑ましいかぎりであります。

第二号には「『インスマウスの影』の創作メモより」と題されたマニアックな資料が訳載されており、終刊号となった第四号掲載の「東西怪談・恐怖小説番附」では、西の横綱『ドラキュラ』（ブラム・ストーカー著）、大関『ジョン・サイレンス』（アルジャノン・ブラックウッド著）に次ぐ関脇の地位に、ラヴクラフトの『チャールズ・デクスター・ウォード事件』が抜擢されているのでした。まさにラヴクラフトとアーカム系作家の作品が、同人たちの精神的支柱として位置づけられているかのようではないですか。そうした無心な傾倒ぶりの一端を如実に窺わせるエピソードを、紀田氏の回想記『幻想と怪奇の時代』（二〇〇七）から紹介しておきます。

> アーカムハウスにカタログを注文したところ、数ヶ月して小型のパンフが送られてきたのはうれしかった。そのころ同社はオーガスト・ダレスが健在だったので、私たちは「この手書きの抹消もダレス本人によるものに相違ない」などと、大いに感激したものである。内容も草創期のラヴクラフト『アウトサイダー』から、ホジスンの『辺境の家』やブラックウッドの『人形』などが全部リストアップされているという、目もくらむようなしろもので、大伴などはすっかり興奮し、「全部買おう。おれが全額負担する！」などといい出す始末。

一冊の在庫目録を介して、海彼の怪奇小説シーンと直に接していることに大昂奮するホラー好き青年たち……国内とさほど変わらぬ旅費で海外へ行けたり、インターネット経由で国境を越えたやりとりがリアルタイムで可能となった現在では、想像もつ

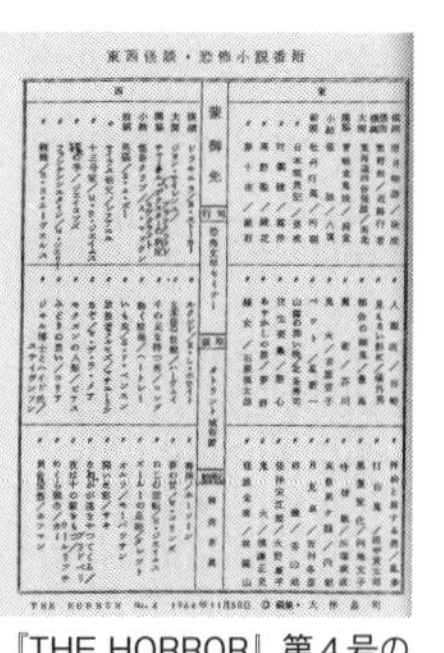
東西怪談・恐怖小説番附

『THE HORROR』第４号の「東西怪談・恐怖小説番附」

紀田順一郎『幻想と怪奇の時代』

かない光景かもしれませんが、二十世紀の終わり近くまでは、それが当たり前だったのです。

これに続く次の一節も、涙なくしては読めません。

『ラヴクラフト書簡集』の第一巻が入ったときなど、六千円という代金が月給一万二千円の身にはどうしても工面できない。丸善の番頭さんに「来月必ず取りにきますから」と頼み込んで、ようやく保管してもらうことにしたが、翌月もまた払えない。その本が注文棚の正面に一ヶ月、二ヶ月と置かれて、だんだん汚れてくるのがはっきり見える。番頭さんは私の顔を見ると「キャンセルにしてもいいですよ。うちは売れますから」といってくれるのだが、裏表紙のラヴクラフトの照影（怪奇小説の鬼となって窮死）を見ると、罰があたるような気がして、とうとう会社に給料の前借りをして引き取った。

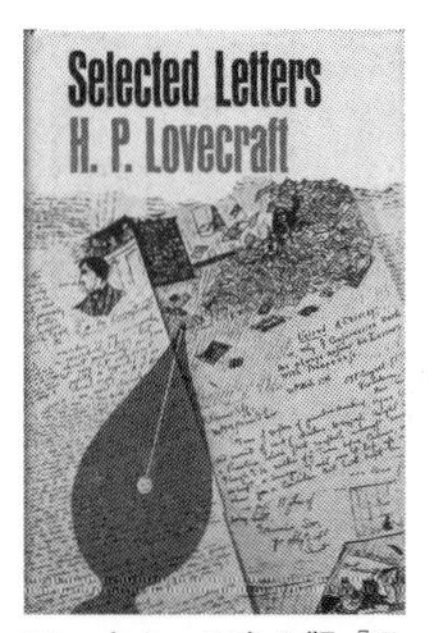

アーカム・ハウス版『ラヴクラフト書簡選集』

ラヴクラフト／クトゥルー神話が、現在の日本で目を瞠（みは）るばかりの普及浸透を果たした陰には、こうした「おばけずき」の先人たちによる日々是刻苦勉励の累積があったことを、忘れてはならないでしょう。

◆水木しげるとラヴクラフト

ここでいったん、私自身の「ダニッチの怪」初体験に話を戻すことをお許しください。あっ、これはウルトラQじゃないか！　と思ったと記しましたが、実は同時にもうひとつ、しきりに連想された別の作品があったのです。

妖怪漫画の巨匠・水木しげる（一九二二～二〇一五）の漫画「朝鮮魔法」――昭和

四十三年（一九六八）の二月から三月にかけて、前・中・後篇と三回にわたり『週刊少年マガジン』誌上に連載されたこの作品は、作者の代表作〈ゲゲゲの鬼太郎〉シリーズの雄篇。鬼太郎が仲間の妖怪たちと朝鮮半島に渡り、村人たちの若さを奪い老化させる謎の妖怪「アリランさま」と対決するという異色作でした。「アリランの歌」を朗々と歌いながら（これはもちろん水木オリジナル）、ドスンドスンという足音と巨大な足跡だけを残して村を蹂躙する透明妖怪のインパクトは強烈で、中期の鬼太郎シリーズの中でも私にとって一読忘れがたい作品となりました。怪異の正体である妖怪ぬっぺらぼうが、「あれは　わたしたちの　兄弟でして／どういうわけか　生まれながらに　姿が見えないうえに　大きいのです」と語っていることからも、「朝鮮魔法」が「ダニッチの怪」を本歌取りして生まれた作品であることは明白でしょう。

　多くの方が調査考察されているように、水木しげるは〈世界恐怖小説全集〉をはじめとする叢書や雑誌類に訳載される海外怪奇小説を熱心に渉猟しては、オリジナルな着想を交えて、自作の糧にしていました。ラヴクラフトに関しても、すでに貸本漫画時代に『地底の足音』（一九六二）という中篇作品を手がけていたことを、これはかなり後になって知り、あらためて感嘆これ久しゅうさせられたものです。

『地底の足音』においては「朝鮮魔法」よりもさらに本格的に、「ダニッチの怪」の設定とストーリーが、日本の風土に巧みに移し替えられています。

　ダニッチの村は、水木自身の故郷でもある鳥取県の辺境「八つ目村」に。

　ミスカトニック大学は、「鳥取大学」に。

　ウィルバー・ウェイトリイは、「足立家の怪童・蛇助」に。

　アブドゥル・アルハザードの『ネクロノミコン』は、「ペルシャの狂人アトバラナ（別の箇所ではガラパゴロスとも）」の『死霊回帰』に。

『地底の足音』初刊本（文華書房・曙出版）

「地底の足音」が収録されている『水木しげる漫画大全集006』

そしてヨグ＝ソトースが、なんと「ヨーグルト」に……といった具合に、なかなかに味わい深い、ジャパネスクな土俗風味のアレンジが施されております。

その一方で、「妖怪とか幽霊とかいうものをおそれる根拠は、あることは分っているがとらえることのできない『異次元』の恐怖なんだ」「地上には長い間『古きもの』と呼ばれる生物が支配していた。その生物は人間の手でふれることもできない異次元の生物であった」といった具合に、コズミック・ホラーや〈旧支配者〉など、ラヴクラフトとクトゥルー神話の核心をなす概念については、きっちり原典を踏まえた扱い方がなされているあたり、さすがは水木大人（たいじん）というほかありません（全集の月報所載のインタビュー中で御本人は、海外の怪奇小説作家ではラヴクラフトが一番好きで「かなり漁って読みましたよ」と答えておられます。さてこそ！）。

ところで私の手元には、先述の水木しげる「朝鮮魔法」の中篇が掲載された『週刊少年マガジン』昭和四十三年（一九六八）三月三日号が、たまたま残されています。六〇年代後半の『マガジン』は、毎号欠かさず購読しては土間に積み上げたミカン箱の書棚に収納していたのですが、何度かの転居を経るうちに散逸し、現在はほんのひと山を残すのみとなってしまいました。まあ、それだけ愛着のある号だったことになるでしょうか。

実はこの号の巻頭グラビア「パノラマ図解劇場　よみがえった死者　ミイラ男の怪奇」の構成を担当しているのが、余人ならぬ大伴昌司なのです。

ツタンカーメンの呪いと米国ユニバーサル社のミイラ男映画をおもな素材に、石原豪人、南村喬之、桑名起代至の三画家が腕を競う充実の特集で、あまつさえ「世界のミイラ怪奇談」というコラム・コーナーには、「怪奇作家をよびよせたミイラ」と題して、アンブローズ・ビアス失踪の謎を、メキシコ奥地の洞窟に眠る古代インディオ

『週刊少年マガジン』
1968年3月3日号

のミイラに関連づけるという、嬉しくなるような記事まで載っています。

まさにこれなど、クトゥルー神話まであと一歩、というノリではないですか（ちなみに大伴はこの時期、ラヴクラフト「インスマスを覆う影」の絵物語化も手がけていることを付言しておきましょう。おりしも『THE HORROR』の編集作業と「UNBALANCE」の企画協力が同時進行していた最中の一九六四年、月刊漫画誌『ぼくら』九月号に発表された「怪物のすむ町」です。大伴は「インスマス」がよほど気に入っていたのか、『毎日中学生新聞』一九六八年八月四日～十一日号にも、絵物語「インスマウスの影」を連載しています）。

さて、鬼太郎とミイラ男が対峙する『マガジン』の表紙をめくれば、見開きカラー口絵には、当時撮影中だった大映映画『妖怪百物語』の着ぐるみ妖怪たちがズラリ勢ぞろいし、桑田次郎描く漫画版『ウルトラセブン』（『ウルトラQ』『ウルトラマン』に続く円谷プロの〈ウルトラ〉シリーズ第三作）では、軍艦ロボット怪獣アイアンロックスが、ルルイエさながら海中から浮上し、地上への侵攻を開始する……。

まさに「怪獣」と「妖怪」が、「怪奇SF」と「冒険奇談」が、いかがわしくも交錯するカオスの真只中で、日本における本格的なラヴクラフト／クトゥルー神話の受容史が、ひそやかに幕を開けていたのだということを、古ぼけた一冊の漫画雑誌は教えてくれるのでした。

◆東雲（しののめ）の曙光かがやく一九七〇年代

ここまで、日本におけるラヴクラフト作品紹介の黎明期というべき一九四〇年代後半から六〇年代にかけての経緯を、幾人かの先達にスポットを当てることで概観してまいりました。

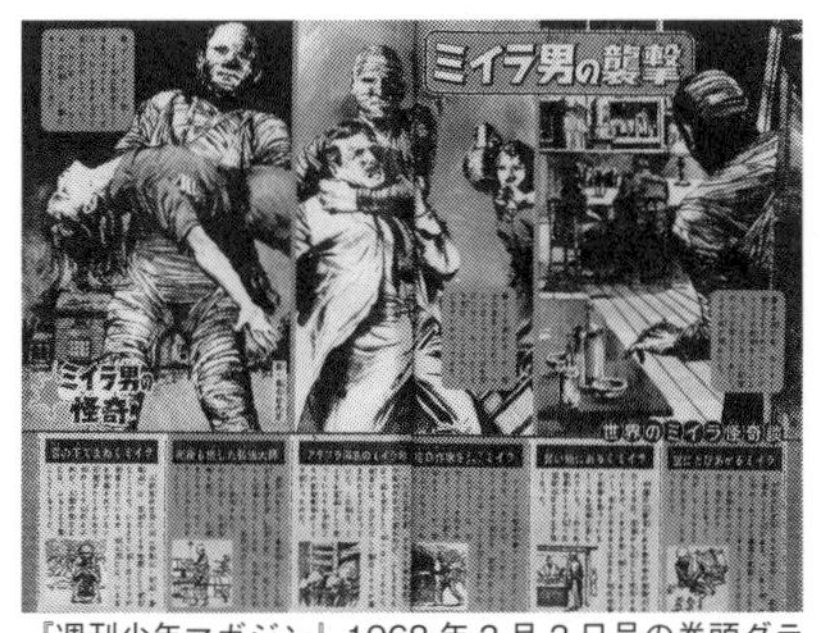

『週刊少年マガジン』1968年3月3日号の巻頭グラビアから

一九七〇年代に入ると、大きな画期が到来します。それまでは、雑誌やアンソロジーの一篇として散発的に紹介されることが通例でしたが、これ以降、ラヴクラフト単独の作品集や全集、さらにはラヴクラフト／クトゥルー神話を前面に打ち出した雑誌特集などが、毎年のように刊行される時代を迎えるのです。

まずは一九七二年――日本のアーカム・ハウスともいうべき理想を掲げて創業した小出版社・創土社から、日本初となるラヴクラフト傑作集『暗黒の秘儀』（仁賀克雄編訳）が〈ブックス・メタモルファス〉シリーズの一冊として五月に上梓されました。「ダゴン」や「白い帆船」「アウトサイダー」から「クトゥルーの呼び声」「時間からの影」まで、作家ラヴクラフトの全容をおおよそ窺うに足る中・短篇の主要作品十三篇がまとめて収載されたのに加えて、長篇評論「文学と超自然的恐怖」の本邦初訳がいち早く収められたことには、思わず快哉を叫びました。たとえ全体の半分にも満たない抄訳だったとはいえ、ラヴクラフト自身の手になる恐怖小説通史の現物に接することができた歓びは、多大なものがあったのです。

創土社の〈ブックス・メタモルファス〉シリーズからは『暗黒の秘儀』に続いて、紀田順一郎編訳『ブラックウッド傑作集』（七二）と荒俣宏編訳『ダンセイニ幻想小説集』（七二）も相次ぎ上梓され、怪奇党に随喜の涙を流させました。ブラックウッドとダンセイニは共にラヴクラフトが敬愛してやまない作家であり、かれらの作品がクトゥルー神話の誕生にも深甚な影響を及ぼしていることは先述したとおりです。これら三大家のまとまった作品集が、わずか一年のうちに邦訳紹介された意義は計り知れないものがあったのだと、あらためて痛感いたします。

七二年のトピックスは、それぱかりではありませんでした。『SFマガジン』九月臨時増刊号で、荒俣宏プロデュースによる、こちらも史上初の「クトゥルー神話大

『SFマガジン』1972年7月臨増号

生頼範義描くクトゥルーが表紙のソノラマ文庫版『暗黒の秘儀』

創土社版『暗黒の秘儀』

系」特集が組まれたのです。「闇をさまようもの」「永劫より」「ティンダロスの猟犬」「黒い石」というベストなセレクトの四作品と、若き日の荒俣氏による熱意あふれる解説を収めたこの特集は、それまでラヴクラフトに付随して言及されるのみだったクトゥルー神話が、一本立ちの文芸ムーヴメントとして日本で注目される最初の契機となりました。ラヴクラフト以外の作家によるクトゥルー神話の現物とは、いかなるものか……と半信半疑で読みはじめた私は、神話作品中でも屈指の名作たる四作品のつるべ打ちに手もなく翻弄され、その妖しげな魅力の虜（とりこ）になってしまったのですから。

そんな読者の渇望に応えるかのように、翌七三年には、紀田・荒俣の両氏を編集陣の柱に据えて同年四月に創刊された日本初の怪奇幻想文学専門誌『幻想と怪奇』誌上で、本格的な「ラヴクラフト＝CTHULHU神話」特集が組まれます。リン・カーターによる「クトゥルー神話の神々」（大瀧啓裕訳）を冒頭に掲げ、「宇宙よりの影」「石の民」「ウボ＝サトゥラ」の三作品に加えて、荒俣宏の力作評論「ラヴクラフトとかれの昏い友愛団」で締めるという布陣――特にカーターによる邪神名鑑の訳出は、謎めいた固有名詞の頻出に興味津々だった当時の読者にとって、まさに待ち望まれた企画だったといえます。

同号発売の翌春、高校入学から間もない頃でしたが、後に「見えない大学本舗」の思想家となる浅羽通明が私のクラスにやってきて、いきなり「これ、見たか？」と、この神話特集号を突きつけた日のことを、今でも鮮やかに想い出します（もちろん私も読んでましたが。浅羽が結成した横高SF研究会の機関誌『百鬼夜行』に、ラヴクラフト関連の拙文を寄稿したこともありましたな）。

さて、こうして一躍、クトゥルー神話紹介の最前線に躍り出た荒俣氏は、一九七五

創土社版〈ラヴクラフト全集〉

『幻想と怪奇』第4号

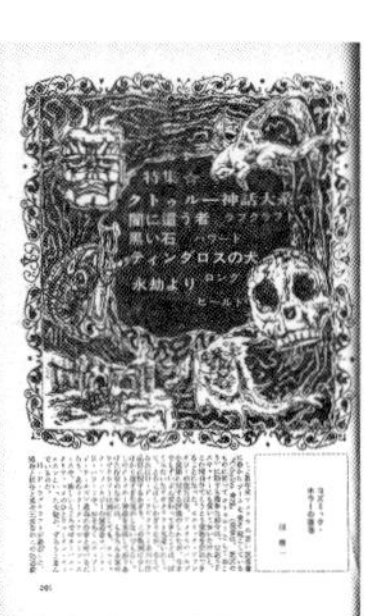

『SFマガジン』のクトゥルー神話特集扉

年に創土社版『ラヴクラフト全集』発刊という壮挙に着手します。この創土社版全集は、燻し銀の函に納められた重厚なデザインと相俟って、ラヴクラフティアンの期待を大いに掻きたてましたが、残念なことに荒俣氏の仕事が多方面で注目を集め、多忙を極めるようになったこともあって、二冊のみで中絶してしまいました（後に角川ホラー文庫から『ラヴクラフト　恐怖の宇宙史』として再編刊行されています）。

翌七六年には、本邦初の神話小説アンソロジーとなった国書刊行会版『ク・リトル・リトル神話集』が登場。こちらも荒俣氏の編纂・解説によるものです。同書はクトゥルー神話入門の「最初の一冊」として、その後長年にわたり版を重ねるロング・セラーとなりました（驚くべきことに、初刊から四十余年を経た現在でも、新刊本として流通しています）。

◆伝説と化した一九八〇年代

こうして一九七〇年代に本格始動したラヴクラフトとクトゥルー神話の移入紹介作業は、八〇年代に入ると、一気に加速されます。

その原動力となったのが、八〇年にスタートした青心社版〈クトゥルー〉（大瀧啓裕編訳／一九八五年に全六巻で完結、文庫版に移行）と、八二年スタートの国書刊行会版〈真ク・リトル・リトル神話大系〉（黒魔団編訳／一九八四年に全十巻で完結、第三巻以降は那智史郎編）の両シリーズであったことは、まず異論のないところでしょう。

つまりクトゥルー神話大系の全容を、系統的に翻訳紹介していこうとする動きが緒に就いたのでした。どちらも快調に巻を重ね、前者は単行本から文庫版へと移行して、最終的に全十三巻に。後者も当初予定されていた全二巻から全十巻へと拡大、共に

『ク・リトル・リトル神話集』

青心社版〈クトゥルー〉

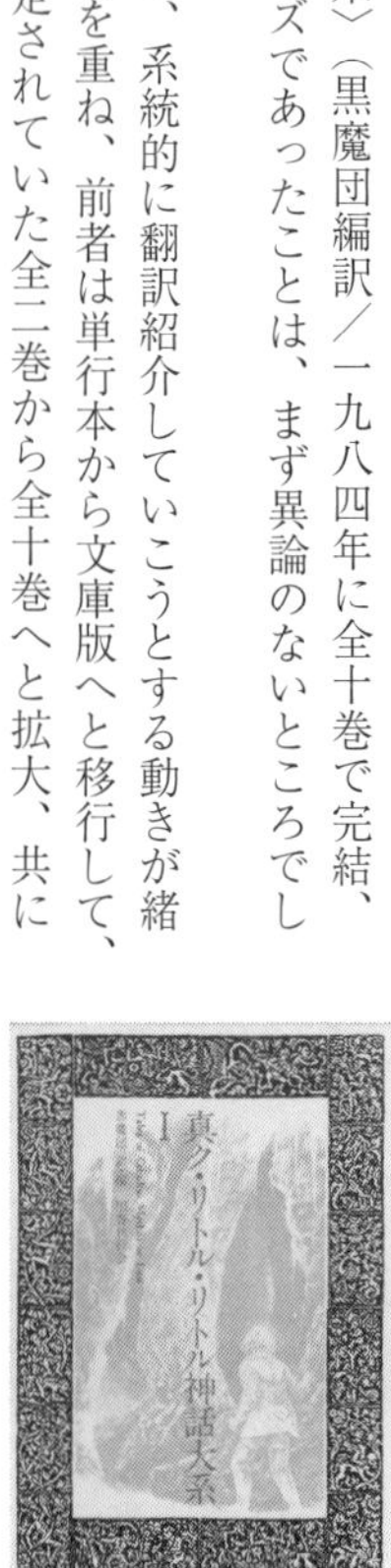

国書刊行会版〈真ク・リトル・リトル神話大系〉

堂々たる文学叢書となりました。

かくして、伝説の一九八四年（昭和五十九年）がやってきます。

この年、創元推理文庫と国書刊行会から、かたや〈クトゥルー〉シリーズの大瀧啓裕氏による個人全訳、かたやエンタメ翻訳界の重鎮・矢野浩三郎氏を監修に迎えた総動員態勢（!?）と、タイプの異なる二種類の〈ラヴクラフト全集〉が発刊され、それに呼応する形で、創刊三年目の幻想文学研究批評誌『幻想文学』（第六号／幻想文学会出版局）と老舗の文学批評誌『ユリイカ』（十月号／青土社）が、相次ぎラヴクラフト特集を組むなど、わが国のラヴクラフト／クトゥルー神話ムーヴメントは、一九八〇年代なかばにして、ひとつの頂点（ピーク）を迎えます。

そういえば『幻想文学』の特集「ラヴクラフト症候群（シンドローム）」が発売されて間もない頃、編集長を務めていた私は、地下鉄の車内で同号に読みふける青年の姿を目撃して、嬉しい驚きを味わったことがあります。『幻想文学』と『幽』（メディアファクトリー→KADOKAWA）を合わせると、かれこれ四十年近くなる編集長生活を通じて、そんな経験は後にも先にも、その一度きり。ああ、今度の号は売れそうかな……と思っていたら、案の定「ラヴクラフト症候群」は驚異的な売れ行き（とはいえマニアックな専門誌なので数千の単位ですが）となり、当時の日本におけるラヴクラフト／クトゥルー神話シーンのかつてない昂揚ぶりを、はからずも身を以て実感させられることになりました。

ちなみに同号に掲載した「七人のラヴクラフティアン」では、栗本薫（一九五三〜二〇〇九）、風見潤（一九五一〜生死不明）、矢野浩三郎（一九三六〜二〇〇六）、仁賀克雄（一九三六〜二〇一七）、松井克弘（後の朝松健）、鏡明、荒俣宏（掲載順）と

『幻想文学』第６号

国書刊行会版〈定本ラヴクラフト全集〉

創元推理文庫版〈ラヴクラフト全集〉

いう七人の作家、翻訳家、評論家、編集者に、ラヴクラフト／クトゥルー神話との関わりや思い入れのほどをインタビュー取材しており、いま読んでも、というかむしろ今だからこそ、クトゥルー・ジャパネスク草創期の関係者の熱気が直（じか）に伝わってくる、貴重な時代の証言集になっていると思います（後に『ラヴクラフト・シンドローム』に再録）。

時代の証言といえば、同じ『幻想文学』の第三号（一九八三）に掲載された村上春樹氏のインタビューには、ラヴクラフトとクトゥルー神話に関する、非常に興味深い発言が見いだされます。

「ラヴクラフトやハワードの〝ウィアード・テイルズ〟一派というのは大好きで、だいたい漏らさず読んでますね。ラヴクラフトの場合はまず文体ね。あのメチャクチャな文体（笑）、あれ好きですねえ。めったにお目にかかれない文体でしょう。それと世界ね。ラヴクラフト自身の、ひとつの系統だった世界を作っちゃってますよね。完結した世界性というもの、そのふたつだと思うんですよ。〝クトゥルー神話大系〟とかね。ああいうの面白いし、なんとなく書いてみたくなりますよね、ただその場合いかにもそれふう、にならないように、やってみたいんだけど」（『幻想文学』第三号所収の村上春樹インタビューより）

すでにデビュー作『風の歌を聴け』（一九七九）に、架空のパルプ・マガジン作家ハートフィールドを登場させていた作者らしい発言であり、名だたる文豪たちを魅了してやまないラヴクラフト作品の魔力を裏書きするような「証言」ではないでしょうか。

村上春樹『風の歌を聴け』（講談社文庫）

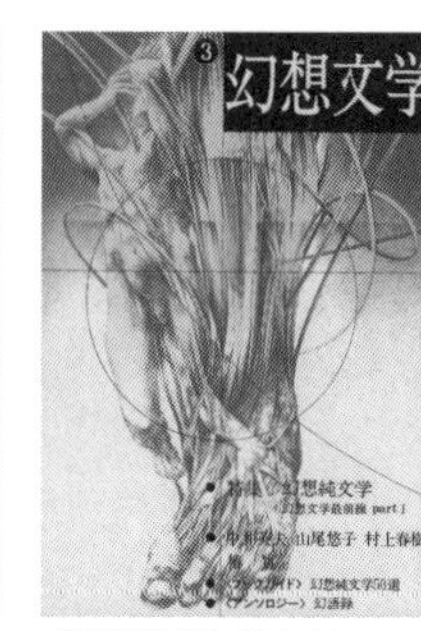

『幻想文学』第３号

さて、風見潤の〈クトゥルー・オペラ〉全四巻（八〇～八二／二〇一五年に創土社から合本で復刊）と、栗本薫の〈魔界水滸伝〉全二十巻（八一～九一）という国産クトゥルー伝奇の両シリーズが相次ぎスタートしたのを皮切りに、日本作家による神話大系参入が本格化するのも、やはり八〇年代に入ってからのことです。

先述の高木彬光「邪教の神」（五六）や、ラヴクラフトはビアスと同様（本書「アンブローズ・ビアス」の項を参照）、ある日突然に不可解な失踪を遂げたが、それは禁断の知識に通じていたためだ……などと、まことしやかに物語る黒沼健の実話風怪作「雲散霧消した話」（五七年刊『謎と怪奇物語』所収）など、『宝石』周辺の書き手が（おそらくは大乱歩に感化されて）いち早くラヴクラフトやクトゥルー神話に関心を示したものの、日本作家による本格的なクトゥルー神話小説となると、SF界の新星・山田正紀が『小説現代』一九七七年四月号に発表した短篇「銀の弾丸」を嚆矢とします。

「H・P・L協会」の東京支部（同時期に書かれたラムレイ作品の「ウィルマース・ファウンデーション」と軌を一にする発想なのが興味深いところ）に属する主人公が、アテネのパルテノン神殿で奉納される「バテレン能」公演、実はクトゥルー（作中の表記は「クトゥルフ」）召喚の陰謀を阻止する任務に挑むというハードボイルド調の同篇は、結末部における斬新きわまる神話解釈も含めて、日本オリジナルなクトゥルー・ジャパネスク創出の可能性を感じさせる快作でした。

思えば、風見潤と栗本薫のクトゥルー伝奇SFにせよ、地球外生命体がインスマスに飛来して……という意表を突く着想に瞠目させられた村上龍の『だいじょうぶマイ・フレンド』（八三）にせよ、はたまたゲテモノ料理の達人が海底都市ルルイエで、クトゥルーの食欲を満たすべく奮戦するという仰天設定に度肝を抜かれた菊地秀行の

優しき鬼たち　志茂田景樹
松の都　赤江瀑
ミステリーの面白さを全て揃えた11本大特集
偽装自殺　佐野洋
禁断の罠　伴野朗
柴田巡査の奇妙な　西村京太郎
女友達　戸板康二
夜光虫の果て　勝目梓
銀の弾丸　山田正紀
探偵小説殺人事件　都筑道夫
ショート・ミステリー
轢死　斎藤栄
スペシャル・メニュー　皆川博子
軋るドア　草野唯雄
サイクリング・コース　眉村卓

『小説現代』1977年4月号目次から

黒沼健『謎と怪奇物語』（新潮社）

神話第一作『妖神グルメ』（八四）にせよ、八〇年代前半に相次ぎ登場した国産クトゥルー小説は、いずれも「銀の弾丸」と同じく、オーソドックスな怪奇ではなく、破天荒な発想の転換による伝奇の妙味に活路を見いだそうとする傾向に、期せずしてありました。

　これに対して八〇年代も後半に入ると――ラヴクラフトの全集やクトゥルー神話の系統的作品集が、並行して複数の出版社から刊行されるという事態の到来により、作家側にも読者の側にも、神話作品を享受する共通の基盤がともかくも形成されたことで、よりマニアックなアプローチの作品が増加します。

　こうした傾向にひとつの先鞭をつけたのが（手前味噌で恐縮なのですが）、一九八七年五月に刊行された『別冊幻想文学　クトゥルー倶楽部』（幻想文学会出版局）だったように思われます。

　国書刊行会の編集者時代に〈真ク・リトル・リトル神話大系〉をはじめとする一連の企画を相次ぎ実現させた朝松健が、若き日のラヴクラフトを主人公に虚実綯い交ぜて描くUFO怪奇譚「闇に輝くもの」、後に人情時代小説の人気作家になるとは誰も予想だにしなかった怪奇小説家時代の倉阪鬼一郎が、いわゆる「就活」を切り口として（その意味では現在の作風にも通じているのか⁉）、現代日本社会の澱みに「Cthulhu Yog-sothoth Army」なる怪しげな組織を跳梁させた「異界への就職」、中国・清朝を揺るがした太平天国の騒乱にまつわる史実を巧みに活かした、小畠逸介（後の芦辺拓）の力作チャイニーズ・クトゥルー小説「太平天国殺人事件」（後に「太平天国の邪神」と改題）など、いずれもマニアックな作り込みの入念さが際立つ書き下ろし競作が実現したのでした。怪獣特撮画の巨匠・開田裕治が、クトゥルーとHPLの

創土社版『妖神グルメ』

開田裕治の描き下ろし表紙絵も圧巻だった『別冊幻想文学 クトゥルー倶楽部』

『クトゥルー倶楽部』目次。「ラヴクラフト入門百科事典」は本事典の一原点

妖姿を描き下ろした表紙画も、クトゥルー・ジャパネスクの開幕を告げるかのごとくで、たいそう印象的でありました。

なお一九八八年には、作家兼ゲーム・デザイナーの山本弘が、コンピュータRPGのクトゥルー風味ノベライゼーション『ラプラスの魔』（角川スニーカー文庫）と、TRPG『クトゥルフの呼び声』のガイドブックである『クトゥルフ・ハンドブック』（ホビージャパン）を刊行して、ゲーム系クトゥルー神話の流行に先鞭をつけていることも付言しておきましょう。

◆百怪斉放の一九九〇年代

かくして一九九〇年代には、菊地秀行の『魔界創世記』（九二／双葉社）『闇陀羅鬼』（九三／同前）『暗黒帝鬼譚』（九六／同前）『美凶神　YIG』（九六／光文社）、梅原克文『二重螺旋の悪魔』（九三／角川書店）、田中文雄『邪神たちの2・26』（九四／学研）、新熊昇『アルハザードの遺産』（九四／青心社）、友成純一『幽霊屋敷』（九五／角川ホラー文庫）、朝松健の『崑央の女王』（九三／同前）『小説ネクロノミコン』（九四／学研）『胆盗村鬼譚』（九六／角川ホラー文庫）『邪神帝国』（九九／早川書房）等々、マニアックな趣向を盛り込んだ本格神話長篇が、日本でも陸続と書かれるようになりました。

ちなみに右のうち『邪神たちの2・26』と『小説ネクロノミコン』は、学研ホラーノベルズの第一弾として一九九四年八月に四点同時刊行された〈クトゥルー神話セレクション〉（東雅夫企画編集）に含まれる書き下ろし作品です。残り二冊は、邦訳の待ち望まれていた『魔道書ネクロノミコン』（ジョージ・ヘイ編／大瀧啓裕訳）と、「極東邪神ホラー傑作集」の副題を有するアンソロジー『クトゥルー怪異録』（東雅夫

『クトゥルフ・ハンドブック』

『YIG　美凶神』

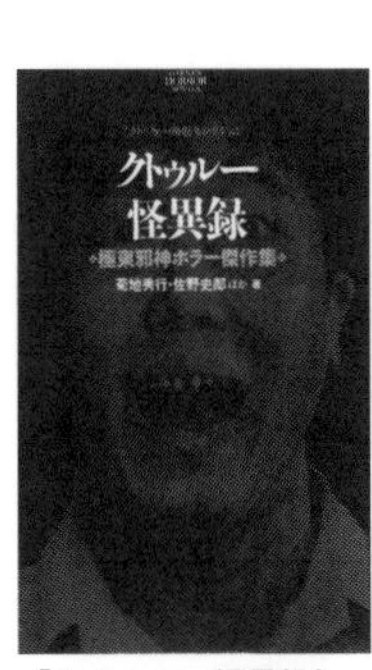

『クトゥルー怪異録』

編）。後者には「邪教の神」と「銀の弾丸」の両篇に加えて、大のクトゥルー好きで知られる俳優・佐野史郎が、郷里・島根の風土に邪神を降臨させた書き下ろし短篇「曇天の穴」や、佐野が主演した伝説のテレビドラマ『インスマスを覆う影』（九二）の脚本を担当した小中千昭によるノベライズ「蔭洲升を覆う影」、巻末には佐野と菊地秀行の対談「ラヴクラフトに魅せられて」などが収録されており、この時点におけるクトゥルー・ジャパネスクを展望しうる内容となっていました（圧倒的な売れ行きを記録したのは『魔道書ネクロノミコン』でしたが）。

なお学研では雑誌『ムー』誌上で八〇年代から何度か、クトゥルー神話関連の大小の特集が組まれ、日本における神話大系の普及に大きな役割を果たしてきました。特に九〇年に「ムー特別編集・学研ムック」として刊行された『クトゥルー神話大全』は、二〇〇〇年代に入って量産されるヴィジュアル重視の神話入門ガイドブックの先駆となった点で、神話受容史に明記されるべき一冊と申せましょう。

同書は〈クトゥルー神話セレクション〉の発刊に合わせて九四年に「緊急復刻」されましたが、先述の『クトゥルー倶楽部』もこの年、『別冊幻想文学　ラヴクラフト・シンドローム』のタイトルで増補再刊されています。佐野史郎と小中千昭、そして八〇年代以降の神話紹介を牽引した立役者である大瀧啓裕という各氏へのロング・インタビューが、新たに加えられております（地方在住で書斎派のゆえか、肉声の伝わる機会が少ない大瀧氏が、みずからの神話観や翻訳観を大いに語っている貴重な内容かと）。

◆混沌這い寄る二〇〇〇年代

最後に、二〇〇〇年代に入ってからの状況を、急ぎ足で概観しておきたいと思いま

『ムー』のクトゥルー神話特集号

『クトゥルー神話大全』

『魔道書ネクロノミコン』

す。

九〇年代に活性化した日本作家による神話作品執筆の動きは、朝松健編の『秘神』（九九）および『秘神界（歴史編／現代編）』（〇二）という大部な競作集で、ひとつのピークに達します。とりわけ後者には、紀田順一郎「明治南島伝奇」と荒俣宏「道」という斯界の先達たる師弟コンビの雅致あふれる競作をはじめ、田中啓文「邪宗門伝来秘史（序）」、立原透耶「苦思楽西遊傳」、牧野修「屍の懐剣」、小林泰三「C市」、南條竹則「ユアン・スーの夜」、妹尾ゆふ子「夢見る神の都」、友野詳「暗闇に一直線」等々、多彩な顔ぶれによる清新な着想の神話作品が連なり、まことに壮観でありました。

この時期の長篇作品で何より注目すべきは、新本格ミステリーの分野で活躍しながら惜しくも早世した殊能将之（一九六四〜二〇一三）の『黒い仏』（〇一）でしょう。ON対決の日本シリーズに湧く福岡市内のアパートで身元不明の絞殺死体が発見される一方、自称「名探偵」の石動戯作と助手のアントニオのコンビが、やはり福岡にある海辺の田舎町で怪しげな秘宝探しを依頼されるところから物語は始まります。依頼者の姓が大生部、町の名が阿久浜（巧い！）、秘宝伝説が残る寺の住職は星慧……善良なるミステリー・ファンには「？」だったでしょうが、ラヴクラフティアンなら「きたきたきたぁ〜！」と闇に双眸を輝かせるに違いありません。そうした一部マニアの邪悪な期待は裏切られることなく、顔を削り取られた漆黒の本尊を崇める謎の一派と天台宗総本山の暗闘だの、その鍵となる『妙法蟲聲經』だの、入念な仕込みの跡を窺わせるアイテムが頻出、ついにはお約束のグロテスクな妖魔まで出没して、これぞまさしく新本格版『インスマスを覆う影』か、はたまた二十一世紀の『アーカム計画』か……と盛りあがった期待は、しかし最終章に至って絶妙な肩すかしを喰わされ

創元推理文庫版『秘神界』

『黒い仏』

るのです。本格ミステリー読者と神話小説読者の双方を煙に巻いて呵々大笑するかのような悪意ある幕切れを、「裏切られた」と捉えるか、「ボルヘスやアルトマンの衣鉢を継いだ！」と賞讃するかは、人それぞれかと。「不倶隷（ふぐれい）　目楼那訶（もくろなか）　朱誅楼（しゅちゅろ）　楼楼（ろろ）隷（れい）　阿伽不那瞿利（あきゃふなくり）　不多乾（ふたけん）」――をはじめ、神話アイテムの「翻訳」に傾注された無償の情熱と絶妙なセンス、冷徹ともいうべき現実感覚は、神話アイテムを安直に導入するような風潮への強烈なアンチ・テーゼとなった観があります。

二〇〇五年には、創元推理文庫版〈ラヴクラフト全集〉と青心社文庫版〈クトゥルー〉の両シリーズが、相次ぎ完結を迎えました。

八〇年代以降のわが国におけるラヴクラフト／クトゥルー神話ムーヴメントを振りかえるとき、常時入手の容易な文庫版で、しかも文学観と翻訳観の両面に（やや過激とはいえ）確たるポリシーを有する編訳者・大瀧啓裕氏ひとりの手でまとめあげられた両シリーズが、クトゥルー文芸入門の基本図書として果たしてきた役割には絶大なものがあったと、あらためて思わざるをえません。

最終巻となった『ラヴクラフト全集7』刊行までに、あろうことか十五年余（しかも二〇〇七年には別巻二冊が増補されました。ここまで来たら別の訳者による第一巻・第二巻の大瀧新訳も、ぜひ実現してほしいところです）、同じく『クトゥルー13』刊行までに三年弱という前巻からのインターバルの長さが、近年における文芸出版状況の苛酷さを浮き彫りにしています。そうした逆風に抗して完結に漕ぎつけた編訳者の執念と作家的良心に、私は深い敬意と称讃の念を表するものです。

おりしも右と時期を同じくして、新興ジャンルであるライトノベルの領域で、ゲー

創元推理文庫版『ラヴクラフト全集』別巻下

青心社文庫版『クトゥルー13』

ムと連携した画期的な作品が登場しているのは、興味深い暗合といわねばなりません。

コンピューター・ゲーム・ソフトのノベライゼーションとして刊行された『斬魔大聖デモンベイン』（鋼屋ジン原作／涼風涼著／外伝のみ古橋秀之著／〇三〜〇四）です。驚くなかれこの作品では、魔道書ならぬ魔導書『ネクロノミコン』が、アル・アジフという名の美少女に化身してアーカム・シティに降臨し、善なる魔術師役の青年とともに鬼械神デモンベインと呼ばれる巨大戦闘ロボットを召喚、クトゥルー復活を企む邪教集団が操る魔導書（『ナコト写本』『妖蛆（ようしゅ）の秘密』等々、やはり美少女の姿で登場）と鬼械神、邪神の眷属らと激闘を繰りひろげるのでした。

美少女ゲーム＋「巨大ロボ」アニメ＋クトゥルー神話という三点セットの基本アイディアだけでも、草葉の陰のラヴクラフトを卒倒せしめるに十分といえましょうが（ダーレスはニヤリとしそうですが）、この作品の独創はそれのみにとどまりません。クトゥルー神話を彩るさまざまなアイテムを、バトル・アクション・ゲームを構成するファクターとして巧みに取り込んでいる点も注目に値します。過去にも、巨大ロボ物と神話大系を結びつけた作例はライトノベル系に散見されますが、ここまで割り切って、アイテムを単なるアイテムとして徹底活用してみせた作品は他に類をみません。

ダーレスの蒔いた種子は極東の島国へ漂着し、オタク文化の豊かで活力ある土壌に異形の花々を開かせつつあるようです。

二〇〇九年には、ライトノベルの代表的レーベルである電撃文庫から、逢空万太『這いよれ！　ニャル子さん』が発売されました。「いつもニコニコあなたの隣に這い寄る混沌、ニャルラトホテプです」と名告る銀髪の美少女ニャル子と、彼女につきまとわれる運命となった普通の高校生・八坂真尋、二人の周囲に次々と出没する怪人たち……が繰りひろげる「ボーイ・ミーツ・邪神（ガール）」（第一巻あとがき）のハイテンショ

『斬魔大聖デモンベイン』

『這いよれ！　ニャル子さん』

ン混沌ラヴコメ（ただしこれは「ラヴクラフトコメディ」の略なのだとか）連作で、アニメ・特撮・ゲームなどへの並々ならぬ造詣を活かした物語世界が展開されております。同作はシリーズ刊行されて大好評を博し、アニメやコミカライズの追い風も得て、全十二巻（〇九～一四）のシリーズ累計でミリオンセラーを記録、十代の読者に向けてのさらなるクトゥルー神話啓蒙に、大きな役割を果たすこととなりました。

◆そして深まりゆく二〇一〇年代

日本的オタク文化の精髄（？）たる美少女と、米国的ギーク文化の精髄たるクトゥルー神話の危険で愉快なアマルガムは、黒史郎『未完少女ラヴクラフト』（一三）という、さらなる混沌を招来しました。そこでは美少女化されたラヴクラフト（愛称はラヴ！）と相棒の美少年が、神話アイテムの鏤められた異世界で、ランドルフ・カーターさながら本格的な遍歴冒険ファンタジー絵巻を繰りひろげるのでした。

ところで、続篇の『未完少女ラヴクラフト2』（一三）には、〈ラゴゼ＝ヒイヨ〉という見慣れぬ名前の邪神が登場しますが、これは作者が創造したオリジナルな神格です。初登場作品となった掌篇「ラゴゼ・ヒイヨ」（〇九）には「満月を背にして、蜻蛉（とんぼ）の様な十字型の影がある。その影が月を四つに割れたように見せている。それこそが、石柱に刻まれたラゴゼ・ヒイヨの姿だった」という一節があります。どことなく「和」の風情を感じさせる、幽玄な邪神描写ではないですか。

同篇は二〇〇七年に実施された「史上最小のクトゥルー神話賞」（上限八百字のクトゥルー神話掌篇をウェブ上で公募）の最優秀賞に輝いた作品であり、ブックス・エソテリカ別冊『クトゥルー神話の本』（〇七）に掲載されたのち、二〇〇九年に単行本『リトル・リトル・クトゥルー　史上最小の神話小説集』（東雅夫編／学研）に収

『未完少女ラヴクラフト』

『クトゥルー神話の本』

録されました。

かくも特殊な賞の公募に、二百五十余篇の応募作が寄せられ、その最優秀作品から日本オリジナルな邪神が誕生したというのも、二十一世紀の日本におけるクトゥルー神話シーンの定着ぶりを示唆する出来事なのかも知れません。

ちなみに二〇〇七年の秋には、右の『クトゥルー神話の本』と『スタジオ・ボイス』十月号、『ダ・ヴィンチ』十月号の三誌が提携して、それぞれに異なる黒史郎の書き下ろし神話小説を、造形作家・山下昇平とのコンビで同時掲載するという史上空前のキャンペーン企画も実施されています（発案者である私自身、まさか本当に実現するとは……と、やや狼狽（うろた）えた記憶があります）。

そして黒&山下コンビは、同年十二月刊行の『クトゥルー神話の謎と真実』（学研）でも「書簡に隠された悪夢――クトゥルー神話外伝」と題する、嬉しくなるほどフェイクな醍醐味あふれる試みに挑んでくれました。これは未発見のラヴクラフト書簡で言及されている、ある狂信者による博物学的手記に記された奇奇怪怪な神話風オブジェの数々を、「幻想怪奇博物館」と銘打ち、誌上に復元したものです。黒氏の奇想と山下氏のセンスががっぷり嚙み合い、独特な異形美の小宇宙が形成された逸品ですので、機会があればぜひ御高覧のほどを。なお山下氏はその後、二〇〇九年夏に発売された映像作品『H・P・ラヴクラフトのダニッチ・ホラーその他の物語』（品川亮監督／東映アニメ・幻冬舎）でも造形美術を担当、荒涼としたニューイングランドの辺境に点在する廃屋や影のような住人たちを印象的な技法で視覚化して注目を集めました。『深泥丘奇談』（二〇〇八）の綾辻行人、『英雄の書』（二〇〇九）の宮部みゆき、『屍者の帝国』（一二）の円城塔など、人気作家の神話参入も相次ぎました。

学研版『リトル・リトル・クトゥルー』

『クトゥルー神話の謎と真実』

『H・P・ラヴクラフトのダニッチ・ホラーその他の物語』

クトゥルー文芸とアートとのコラボレーションといえば、二〇一一年五月に東京・銀座のギャラリーで、史上初となる大規模なクトゥルー・アート展が開催されたのに合わせて、現代作家によるアートと小説の競作集『邪神宮』（児島都監修）が、学研から美麗な造本で刊行されたことも思い出されます。同書には円城塔「セラエノ放逐」、松村進吉「ブラオメーネ」、真藤順丈「十億年浴場」、飴村行「魔界幻視」、岩井志麻子「無明都市」など、神話大系とはいっけん無縁に思われる書き手たちの書き下ろし短篇が収録されていました。同年秋にはやはり学研から、往年の少年漫画誌における大図解や画報グラビアの路線を意識して（大伴昌司リスペクト！）、山下昇平、天野行雄、ノッツオ、小野たかし、原友和という気鋭の造形作家・イラストレイターたちが競作した神話入門ガイド『ヴィジュアル版　クトゥルー神話FILE』（東雅夫編著）も刊行されています。

リン・カーターによる神話研究の基本図書『クトゥルー神話全書』（朝松健監訳／東京創元社）や、やはり邦訳の待ち望まれていた『ネクロノミコン』の異本群が『魔道書ネクロノミコン外伝』（大瀧啓裕編訳／学研）として刊行されたのも、二〇一一年のことです。翌一二年には、ラヴクラフト研究の泰斗S・T・ヨシによる『H・P・ラヴクラフト大事典』（森瀬繚日本語版監訳／エンターブレイン）の全訳も実現するなど、海外の研究書やレファレンスに紹介の機会が増加してきたことは、大いに歓迎したいと思います。

二〇一二年には、かつて『暗黒の秘儀』や『ラヴクラフト全集』を上梓してクトゥルー神話ファンに随喜の涙を流させた創土社から（ただし現在の経営者や編集部と創業時のそれとは直接の繋がりはないそうな）〈クトゥルー・ミュトス・ファイルズ〉

『H・P・ラヴクラフト大事典』

『魔道書ネクロノミコン外伝』

『クトゥルー神話全書』

と銘打つクトゥルー・ジャパネスクのシリーズが発刊され、精力的なペースで主要作家たちの長篇・短篇集やテーマ競作集が刊行されています。

クトゥルー神話が、十九世紀末の幻想的文学や神秘思想を想像力の糧として誕生してから、すでに一世紀が経過しました。「夜の夢こそまこと」と信ずる夢想家たちによって育まれ受け継がれてきたクトゥルーという名の共同幻想は、これからも深淵のショゴスさながら無限増殖を続けてゆくに違いありません。

その一翼を次に担うのは、今これをお読みの貴方かも知れないのです！

創土社版『インスマスの血脈』

2018年にイタリアで刊行された研究書『ラヴクラフトと日本』。本事典の紹介も掲載されている。

【ラ行】

【ワ行】

【マ行】

【ヤ行】

【ハ行】

【ナ行】

【タ行】

【サ行】

【カ行】

作品名索引

【ア行】

あとがき

この事典の旧版である『クトゥルー神話事典』（学研）を最初に刊行したのは一九九五年ですから、かれこれ四半世紀近くも昔のことになります。それまでもっぱら編集畑で仕事をしてきた私にとって、初の単著でした。以来、三度にわたり新訂版を上梓するという、拙著にしては珍しいロングセラーとなりましたが、ちょうど刊行から二十年目の二〇一五年、母胎である学研M文庫の終了によって、自動的に絶版となりました。

　いずれどこかで新版を……と暢気にかまえていたのですが、「復刊ドットコム」に多くのリクエストが寄せられるなどしたことに後押しされて、思いのほか早く、こうして面目一新のリニューアル版を実現することができました。

　いち早くお声がけくださった新紀元社営業企画部の阿部伸彦氏と編集担当の田村環氏をはじめ、復刊に際して御理解・御協力を賜わった関係各位に衷心より御礼申しあげます。

　今回の「原点回帰」という方針を踏まえて、本書のカバー装画には、怪獣アートの巨匠・開田裕治画伯がクトゥルー&ラヴクラフトを描いた、往年の傑作を使用させていただくことに致しました。今を去ること三十年前、『別冊幻想文学　クトゥルー倶楽部』（一九八七年発行）のために描き下ろしていただいた想い出深い作品です。

　また、特別附録として収録したクトゥルー紙人形は、金沢の型染作家で、大のおばけずきとしても知られる北村紗希さんの新作です。拡大コピーして工作いただけると吉かと。お好みで着彩しても愉しいかも知れませんね。

　本書の両見返しに掲げた書簡は一九二七年、ラヴクラフトがウィリス・コノヴァーに宛てて書き送った「『ネクロノミコン』の歴史」全文です。

　本書の一部は、左記の雑誌や単行本に別名義を交えて発表した原稿にもとづいています。

『幻想文学』第六号〈特集=ラヴクラフト症候群〉（幻想文学会出版局／一九八四）
『クトゥルー神話大全』（学習研究社／一九九〇）
『ラヴクラフト・シンドローム』（アトリエOCTA／一九九四）
『クトゥルー神話の本』（学研／二〇〇七）

『クトゥルー神話の謎と真実』（学研／二〇〇七）
『新訳　狂気の山脈』（PHP研究所／二〇一一）
『チャールズ・ウォードの奇怪な事件』（PHP研究所／二〇一四）
『ダンウィッチの怪』（PHP研究所／二〇一四）

本書をまとめるにあたり、故・那智史郎氏より資料の御提供を、大瀧啓裕氏、瀬高道助氏、故・加島祥造氏より作品のデータに関する御教示を賜りました。また創元推理文庫版〈ラヴクラフト全集〉、国書刊行会版〈定本ラヴクラフト全集〉、青心社版〈クトゥルー〉、国書刊行会版〈真ク・リトル・リトル神話大系〉、国書刊行会版〈ウィアード・テールズ〉の各叢書などに収められた、朝松健、大瀧啓裕、坂本雅之、那智史郎、夏来健次、久留賢治、宮壁定雄、森瀬繚、矢野浩三郎各氏の解説・資料・訳業などから直接間接に被った恩恵にも多大なものがあります。

Philip A.Shreffler『The Lovecraft Companion』、S.T.Joshi & David E.Schults『An H.P.Lovecraft Encyclopedia』、Daniel Harms『The Cthulhu Mythos Encyclopedia:A Guide to H.P.Lovecraft's Universe』をはじめとする海外の研究文献からも多くの示唆を得ました。

ここに記して謝意を表する次第です。

末筆ながら、学研版『クトゥルー神話事典』企画編集制作のパートナーとして長きにわたりお世話をかけた、〈ブックス・エソテリカ〉シリーズなどの名伯楽・増田秀光氏に、この場を借りて、格別の感謝を捧げたいと思います。ありがとうございました。

二〇一八年十月

東雅夫

クトゥルー神話大事典

2018年12月7日　初版発行

著者　東雅夫（ひがし まさお）

カバーイラスト　開田裕治
クトゥルー紙人形　北村紗希
編集　株式会社新紀元社 編集部
DTP　株式会社明昌堂

発行者　宮田一登志
発行所　株式会社新紀元社
〒101-0054　東京都千代田区神田錦町1-7
錦町一丁目ビル2F
TEL：03-3219-0921
FAX：03-3219-0922
http://www.shinkigensha.co.jp/
郵便振替　00110-4-27618

印刷・製本　中央精版印刷株式会社

ISBN978-4-7753-1636-8
定価はカバーに表示してあります。
Printed in Japan